피를 마시는 새

4

브릿G britg.kr

종이책의 감성을 온라인으로
황금가지의
온라인 소설 플랫폼

인기 출판소설 무료 연재 중!

이영도 판타지 장편소설

# 피를 마시는 새

**4**
불을 휘두르는 자

황금가지

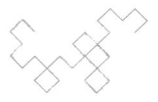

## 차례

16장 늦은 것과 낮은 것   7

17장 불씨의 군무   107

18장 돌 속의 바람   209

19장 언약을 이행하는 태도   317

20장 바른 것과 부른 것   413

# 제 16 장

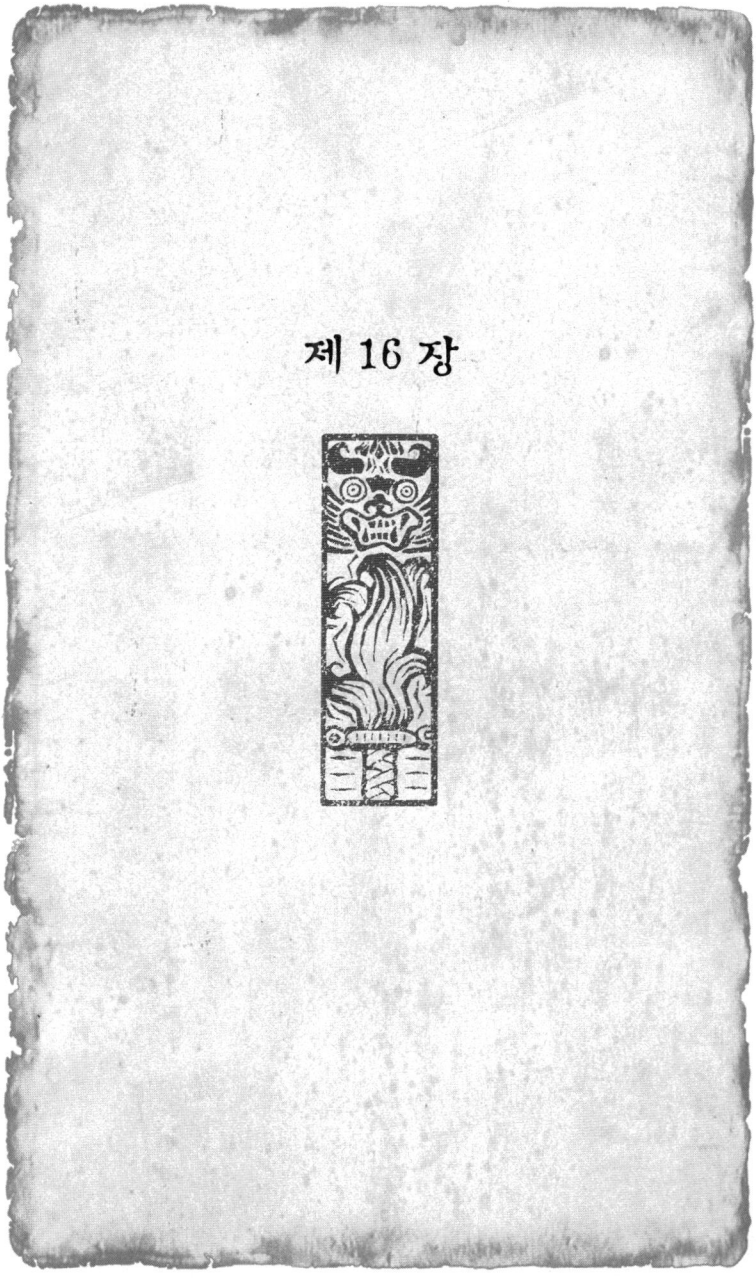

"아버지는 제가 무엇이든지 할 수 있다고 하던데요."

"반짝거리기, 흩어지기, 흐르기, 녹기, 줄어들기, 쪼개지기, 납작해지기, 끓기 등의 무수히 많은 것들을 빼면 맞는 말이지."

— 사르마크 가에서 있었던 할머니와 손자의 대화 중

## 늦은 것과 낮은 것

갈 길 잃은 조각구름이 바람의 부재를 슬퍼한다.

하늘과 지평선이 묘하게 비슷한 거리감을 준다. 지평선까지의 거리가 그대로 천정까지의 거리일 듯한 텅 빈 느낌의 평야 한구석, 자신이 살았는지 죽었는지 결정하지 못하는 것 같은 늙은 나무 아래에 레콘이 걸터앉아 있다.

그의 이름은 히베리였다. 그리고 그를 그렇게 부르는 사람은 아무도 없었다. 그를 아는 사람은 모두 기억하는 전설적인 사고를 겪은 후 그는 언제나 그을린발이었다.

그을린발은 켄테롭 평야를 어정거리는 코끼리 무리를 바라보았다.

외견상 코끼리와 나가의 공통점을 찾는 것은 어렵다. 한쪽이 육중하다면 한쪽은 날렵하다. 한쪽은 더운 피의 초식동물이고 한쪽은 차가운 피의 육식동물이다. 하지만 그을린발의 눈에 나가와 코끼리는 판에 박은 듯 비슷하다. 나가에게는 아버지가 없다. 때때로 가문을 방문하여 후손을 만드는 것에 일조하고 그 대신 휴식과 음식을 제공받은 다음 떠나는 남자들이 있을 뿐이다. 그리하여 태어난 후손들은 한 명의 어머니만 가지게 된다. 생물학적인 관계는 그리 고려되지 않는다. 모든 나가의 어머니는 가문을 지배하는 가주다. 만약 생물학적인 어머니가 가주가 아니라면 자식은 어머니를 이모로 취급한다.

코끼리의 무리에서도 성인 수컷은 자신의 참정권을 주장할 수 없다. 무리를 이끄는 연륜 있는 암코끼리(편의상 그녀를 가주라고 불러도 될 것이다.)는 수컷의 필요성에 대하여 명쾌한 이론을 가지고 있다. 코끼리 무리가 성장한 수코끼리를 만났을 경우 무리 내에 가임기의 암코끼리가 있다면 가주 코끼리는 짝짓기를 허용한다. 하지만 그렇지 않을 경우 수코끼리는 무리에 접근조차 할 수 없다. 그리하여 태어난 어린 코끼리는 모든 무리의 자식이다. 암코끼리들은 함께 새끼들을 키우며 뜻하지 않은 사고로 새끼가 죽으면 죽은 새끼를 둘러싼 채 함께 슬퍼한다. 그들의 그런 모습은 감수성 예민한 관찰자들을 뭉클하게 만들지만 통찰력 있는 관찰자는 그것이 생물학적 어머니를 인정하지 않는 나가들의 냉정한 모습과 똑같다는 사실을 알 수 있다.

코끼리들이 자신들의 그런 모습을 어떻게 생각하는지는 알 수 없다. 만족스럽지 않다면 오래전에 바꿨을 테니 아마도 만족하고 있을 것이다. 하지만 그을린발은 만족할 수 없었다.

코끼리는 훌륭한 가축이 될 수 있다. 길든 코끼리를 한 번만 바라봐도 알 수 있는 일이지만 코끼리는 압도적인 노동력을 제공할 수 있다. 단지 코끼리가 힘세기 때문만은 아니다. 호랑이가 개보다 힘이 세다는 것은 분명하지만 개 썰매 대신 호랑이 썰매를 제작하려 했던 미치광이는 한 명도 없다. 사역 동물이 되기 위해서는 사육을 받아들이는 성격을 가지고 있어야 한다. 다행히 코끼리는 이미 오래전에 그런 성격을 가지고 있음을 입증해 보였다. 또 한 가지, 코끼리는 다른 어떤 동물에게서도 찾아볼 수 없는 기적적인 신체 기관을 가지고 있다. 코끼리의 길고 예민한 코는 사람의 손에 버금가는 일을 할 수 있다. 그을린발이 코끼리의 가축화에 계시를 느낀 부분 또한 코끼리의 강력한 힘이나 사육을 받아들이는 성격이 아닌 그 코였다. 그런 신체 기관을 가진 동물을 가축으로 쓰지 않는다는 것은 너무 아까운 일이다.

물론 단점도 있다. 코끼리는 끔찍하게 많이 먹고 성장이 느리며 아주 가끔이지만 사육자를 죽일 정도로 난폭해진다. 하지만 그을린발은 코끼리의 장점에 비하면 그런 단점은 아무것도 아니라고 생각했다. 많이 먹지만 먹는 만큼 일한다. 성장이 느리지만 대신 오래 산다. 그리고 어차피 모든 가축은 가끔 난폭하게 군다. 사람의 가장 친한 친구라는 개는, 사람들과의 접촉이 가장 광범위해서 그런 것이겠지만, 사람에게 가장 많은 상처를 입히는 동물이기도 하다. 그리고 레콘인 그을린발은 코끼리의 폭행이 위험하다는 생각을 하기 어려웠다.

하지만 번식을 통제할 수 없는 동물은 가축이 될 수 없다. 코끼리는 자손을 남기는 일에 대해 자신의 기준이 있고 그을린발은 사육자에게 협력하는 것이 더 안정적인 종족 번식을 성취할 수 있다는 것을 코끼리에게 납득시킬 방법이 없었다.

그리고 그을린발은 실제로 코끼리에게 더 유익한 환경을 제공할 수 있을지 알 수 없었다.

사람들은 자신들이 가축을 이용하는 듯한 느낌을 받는다. 죄없는 가축에게 모질게 대한 이의 비참한 말로는 교훈적 도덕극의 낡은 소재다. 하지만 그을린발은 그런 이야기가 누가 주인인지 모르는 멍청한 자에게 닥친 비극을 나타낸 것이 아닌가 의심하곤 했다. 누가 주인인가? 사람이 가축을 이용하는 만큼 가축도 사람을 이용한다. 생명의 첫 번째 목표가 종족 번식이라면 가축들은 사람으로 하여금 자신의 번식에 봉사하도록 만드는 것에 성공한 생물들이다. 가축에게 사육자는 매파이고 산파이며 유모이며 집사다. 많은 사람들이 농업을 위대한 발명으로 여기지만 그을린발이 보기에 가축들은 그보다 더 굉장한 것을 발명했다. 농사를 짓지 않고도 농업 생산품을 풍족하게 제공받는 가축들을 볼 때 그을린발은 그들의 간접 농업법에 감탄하고픈 충동을 느끼곤 했다.

도축? 물론 도축은 한 마리의 돼지에겐 크나큰 비극이다. 하지만 그런 일은 사람에게도 일어난다. 사람은 법이 자신을 돌보게 하고 법이 사람을 처형하게 한다. 돼지는 사람이 자신을 돌보게 하고 사람이 자신을 처형하게 한다. 사형은 도축이다. 돼지는 특별히 부당한 대우를 받는 것이 아니다. 돼지에겐 선택권이 없다는 항의는 농담일 뿐이다. 사람에게도 무법을 선택할 선택권은 없으니까.

따라서 어떤 동물을 가축으로 만들려면 그들이 사람에게 도움이 된다는 것만으로는 부족하다. 사람 또한 그들에게 도움이 되어야 하는 것이다. 그런데 그을린발이 보기에 코끼리는 사람에게 도움이 될 수 있지만 사람이 코끼리에게 무슨 도움을 줄 수 있는지는 좀 불명확하다. 사람이 번식까지 포함한 코끼리의 모든 것을 통제하려면, 그 통제가 코끼리에게 도움이 되어야 한다. 그래야만 코끼리는 사람이 자신에게 봉사하도록 허락할 것이다.

그을린발은 두 발을 죽 폈다. 발의 해묵은 상처가 약간 저릿했지만 그런 일이 일어날 것을 알고 있었기에 당황하지 않았다. 두 손으로 머리 뒤를 받친 그을린발은 하늘을 가린 나뭇가지들을 물끄러미 바라보았다.

그을린발은 엘시 에더리를 생각했다.

엘시는 그에게 자신의 일을 도우면 정신 억압자를 주선하겠다는 약속을 보냈다. 엘시가 그런 제안을 보낸 것은 그것이 그을린발 자신의 착상이기 때문이다. 한때 그을린발은 정신적으로 코끼리를 통제하여 몇 세대 정도 사람의 통제 하에 번식하도록 유도한다면 정신 억압 없이도 사람의 통제를 받아들이는 후손을 얻을 수 있을 거라 생각했고 그 계획을 엘시에게 들려주기도 했다. 하지만 많은 사색과 연구 끝에 그을린발은 그런 계획을 폐기했다. 지금 생각해 보면 터무니없는 계획이다. 정신 억압은 개체 단위로 적용되는 기술이다. 하지만 그을린발은 가축화가 개체의 문제가 아닌 종의 문제라는 것을 깨달았다. 어떤 종 전체의 번식률이 유의미한 증가를 보일 때만 그 종은 가축이 된다.

하지만 사람이 코끼리의 번식률을 증대시키기 위해 어떤 일을 할 수 있을까? 코끼리는 자신의 규칙에 따라 번식을 결정하며 사람은 그 번식에 관여하기 어렵다. 새끼에 대한 보호책을 제공하는 것도 무의미하다. 성장한 코끼리를 제압할 수 있는 육식동물은 오직 대호뿐인데 대호는 쇠약해져서 어쩔 수 없는 경우를 제외하면 새끼 코끼리를 그다지 공격하지 않는 기묘한 성격을 가지고 있다. 그리고 그 밖에 육식동물은 감히 무리의 보호를 받는 새끼 코끼리를 공격할 수 없다.

그을린발의 추론은 결국 이전의 수천 번의 경우처럼 답이 없는 것으로 결정났다. 그을린발은 한숨을 내쉬고는 수천 번째가 될 잠에 빠져 들었다. 그는 좌절할 바엔 잠을 자는 성격이었다. 그리고 세계 대부분의 지역에서 나무 그늘은 잠들기 좋은 곳이다.

파르바리 계곡을 바라보던 이레는 갑작스레 현기증을 느꼈다.

이레는 코와 입을 가렸다. 파르바리 계곡을 떠도는 공기를 들이마신다는 것은 참을 수 없이 역겨운 기분을 선사했다. 생명이 땅을 거닌 이후로 모든 사체를 쉼 없이 받아들여온 대지도 한꺼번에 이렇게 많은 사체를 받아들인 적은 없었을 것이다. 파르바리 계곡의 참혹한 모습은 대지가 수령을 거부한 시체들이 쌓여 있는 것 같았다.

시체를 거부하는 것은 악명 높은 시체 처리자들 또한 마찬가지다. 이레는 발케네의 조류 분포에 대해 잘 모르지만 세계 어디를 가든 시체들의 향연을 즐기는 날개 달린 문상객들은 존재하게 마련이라는 것을 알고 있었다. 하지만 이레는 어떤 새도 볼 수 없었다. 네 발로 걷는 문상객 또한 마찬가지다. 낮이라 그런지도 모르지만 사체의 일부분을 주둥이에 문 채 뛰어다니는 작은 육식 동물들을 찾아볼 수 없었다. 그들도 이곳의 상황에 질려 버렸는지 모른다.

혹은 이런 상황을 만들어 낸 자들에 대한 형언할 수 없는 공포감 때문인지도.

이레는 시체들 위로 나 있는 바퀴 자국에 충격을 받았다. 소화차의 바퀴 자국으로 추정되는 자취가 여러 곳에 일직선으로 곧게 뻗어 있었다. 바닥에 너저분하게 깔려 있는 사체들을 피하려 했던 흔적은 어디에서도 보이지 않았다. 물리적으로 어려운 일은 아니었다. 소화차의 바퀴는 크다. 잘 짓이겨진 시체는 소화차에게 큰 방해가 되지 않았을 것이다. 하지만 이레 달비는 그들이 심리적인 저항감을 어떻게 해소했는지 짐작도 할 수 없었다. 덜컹거리며 시체들 위를 굴러가는 소화차를 상상하는 것만으로 이레는 정신이 어떻게 될 것 같았다. 그리고 그런 의견은 그만의 것이 아니었다.

"우리가 만날 게 미치광이 부대일지도 모르겠군. 제국군 전부가 제정신으로 여기를 통과했을 거라고 생각되지는 않소."

이레는 위체 파림을 돌아보았다. 시모그라쥬에서 온 정보 수집가는 바닥에 앉아서 기절한 딸을 무릎에 앉힌 채 그녀의 입가를 닦아 주고 있었다. 세레지는 속이 뒤집힐 만큼 토하다가 혼절한 참이었다. 새하얗게 굳어 있는 세레지의 얼굴을 내려다보며 위츠는 비통하게 중얼거렸다.

"발케네 공이 왜 반역을 저질렀는지 알 수 있을 것 같지 않소, 이레?"

"전후가…… 바뀌었습니다. 발케네 공이 반역을 저질렀기에 이런 일이 벌어진 겁니다."

"그런 논리에 만족하시오?"

"솔직히, 어렵군요."

이레는 더 말하기 어려웠다. 지금은 그곳을 떠나왔지만 위츠와 세레지는 시모그라쥬 사람이다. 이레는 시모그라쥬 사람에게 눈앞의 광경이 시모그라쥬의 모습이 될지도 모른다고 말하고 싶지는 않았다. 하지만 위츠는 이레와 같은 예측을 했다.

"시모그라쥬도 이렇게 될 거라고 생각하시오?"

이레는 어떻게 말해야 할지 알 수 없었다. 만약 발케네 공이 크게 패한다면 시모그라쥬 공은 무조건 항복을 선언할지도 모른다. 하지만 대장군을 억류했던 그의 죄는 용서받기 어렵고 시모그라쥬 공이 영민을 위해 깨끗한 죽음을 선택하는 대신 결사항전을 결심한다면 파르바리 계곡의 모습은 그대로 시모그라쥬의 모습이 될 수도 있다.
"그것은 절대로 안 돼!"
이레는 자기 대신 대답한 것이 누군지 돌아보았다. 주테카가 몸의 깃털을 부풀리고 있었다. 이레와 위츠를 번갈아 쳐다보던 주테카는 몸을 돌려 엘시에게 척척 걸어갔다.
"시모그라쥬 공은 빌어먹을 자식이야. 하지만 그 때문에 시모그라쥬 전체가 이런 꼴을 당해서는 안 돼. 그건 정의가 아냐!"
주테카는 홀로 파르바리 계곡을 내려다보던 엘시 앞에 섰다. 그는 눈을 부릅뜨고 말했다.
"엘시, 황제가 돼라."
엘시는 말하기도 힘들다는 얼굴로 주테카를 올려다보았다. 주테카의 몸은 성벽을 연상시키리만큼 부풀어 있었고 그 때문에 얼굴은 몸에 파묻혀 있다시피 했다. 정의를 사랑하는 현상금 사냥꾼은 주먹을 으스러져라 움켜쥔 채 씨근거리며 말했다.
"이건 아냐. 이런 황제가 더 이상 제국을 다스리면 안 돼. 다른 황제가 필요해. 치천제를 더 이상 제위에 남겨 두지 않기 위해서라도 네가 황제가 되어야 해. 그것이 치천제가 바라는 것이겠지. 지독한 악당이 되어서 사람들이 너를 환영하게 하겠다는 거지? 그래. 그 뜻을 받아들여. 그렇게 해. 그렇지 않으면 황제는 더 끔찍한 짓을 할지도 몰라."
엘시는 머릿속이 복잡해서 대답을 할 수도 없었다. 그때 론솔피가 성큼 다가와 주테카의 곁에 섰다.
"내가 네 금군이 되지, 엘시."
주테카는 고개를 갸웃했다.
"너, 치천제의 금군이 될 작정 아니었어?"

"아니. 내 숙원은 황제의 금군이 되는 거야. 치천제의 금군이 아니고. 내가 엘시의 금군이 되고 엘시가 황제가 되면, 순서가 좀 바뀌긴 하지만 내 숙원은 이루어지는 거야."

주테카는 만족스럽게 고개를 끄덕였다. 그때 저편에서 지멘이 말했다.

"치천제는 내가 죽여 주지."

론솔피와 주테카, 엘시의 눈이 지멘을 향했다. 지멘은 망치 머리로 땅을 짚은 채 파르바리 계곡을 바라보고 있었다.

"복수왕은 말했지. 두 태양은 있을 수 없으니 두 번째 태양은 떨어져야 한다고. 하지만 첫 번째 태양이 떨어져도 돼. 그렇게 해도 태양은 하나야."

엘시는 힘겨운 표정을 지었다.

"나는……."

"솔직히 고민이 좀 있었어. 나는 무슨 일이 있어도 황제를 죽일 작정이야. 하지만 제국에 황제가 없어지면 꽤 곤란하겠지."

지멘이 고개를 돌렸다. 그는 형형한 눈으로 엘시의 눈을 들여다보았다.

"다음 황제가 준비되어 있다면 고민할 필요가 없군."

엘시는 입을 다물었다. 그때 준람이 말했다.

"그게 좋겠다, 엘시."

"왜 그렇습니까?"

엘시는 반문했다. 딱히 준람의 말이었기 때문에 반문하는 것이 아니라 그럴 수밖에 없는 시점이기 때문이다. 엘시가 바라본 나발칸의 레콘은 비통한 심사를 드러내고 있지는 않았다. 점잖지 못한 일이기 때문이다. 하지만 준람의 눈은 슬퍼 보였다.

"너나 제국에 대해서는 잘 모르겠다. 하지만 나는 이 짓을 한 것이 레콘이라는 것을 알 수 있다. 모르는 척해 봐야 속보이는 짓이지. 레콘들만이 시체를 저 지경으로 만들어 놓을 수 있다."

일부러 그런 언급을 피하고 있던 주테카와 론솔피, 지멘은 불편한 표정을 지었다. 준람이 말했다.

"고추냉이 여단도 왔다고 들었다. 나는 거기 출신이야. 어쩌면 내가 아는 장교가 여기 있었을지도 모르겠군. 시체를 뭉개고 있었겠지. 어쩌면 살아 있는 사람을 뭉개고 있었을지도 모르고."

이레는 등골이 오싹해지는 것을 느꼈다. 위츠의 일그러진 얼굴을 보던 이레는 정말 그랬을지도 모르겠다고 생각했다.

"아무리 군대의 목적이 살인이라고 해도 이건 아니야. 어떻게 레콘들이 이럴 수 있는지 모르겠어. 이렇게 놔두면 안 돼."

주테카는 고개를 힘있게 끄덕이고 쵸지를 바라보았다. 모두 한마디씩 하니 너도 한마디해야 하지 않겠느냐는 태도였다. 하지만 쵸지는 누구도 바라보지 않은 채 생각에 잠겨 있었다. 엘시는 두 손으로 이마 양쪽을 지그시 눌렀다.

"폐하를 봬야겠습니다."

주테카가 의심하는 눈초리로 엘시를 쏘아보았다.

"그래서? 만난 다음에는 어쩔 건데?"

엘시는 자신이 어떻게 할지 알 수 없었다. 막연하게 황제가 변명할 기회를 주어야 한다는 생각은 떠올랐지만 이런 살육에 대한 변명이 가능한지 의심스러웠다. 어쩌면 상대가 일만 레콘이라는 무서운 전력을 가지고 있기 때문에 이쪽에서도 악랄하게 나갈 수밖에 없는 것일지도 모른다. 하지만 코네도에서 일어난 참사와 파르바리 계곡에서 일어난 참사는 모두 인간들이 대상이었다. 악랄함이 필요하다면 그것은 레콘을 위한 것이어야 한다. 레콘 병사들이 없다면 발케네 공에겐 제국군에 대항할 수단이 없다.

엘시는 억누르고 싶은 의혹이 되살아나는 것을 느꼈다. 이것이 멸종 전쟁이라는 증거가 너무 많다. 레콘 여단 2개의 추가 소환, 코네도의 대학살, 파르바리 계곡에 펼쳐져 있는 상식 밖의 광경.

엘시의 침묵이 길어지자 주테카는 조바심을 냈다.

"배신이 아니잖아! 황제도 원한다면서. 그렇다면 네가 황제가 되는 것은 곧 황제의 뜻을 따르는 거야. 그렇잖아?"

"나는 장물아비가 되고 싶지 않습니다."

엘시가 단숨에 꺼낸 말은 사람들을 침묵하게 했다. 그 침묵은 조금 당황스러운 것이었다. 사람들은 서로 바라보다가 다시 엘시를 쳐다보았다. 엘시는 그들 모두를 무시한 채 말했다.

"황제가 주는 황위는 받을 수 있습니다. 하지만 라세가 훔친 황위를 받을 수는 없습니다."

사람들이 다시 침착을 잃은 얼굴로 서로를 바라보았다. 론솔피가 뜨악한 얼굴로 그들의 당황을 표현했다.

"라세가 뭐냐?"

지멘이 그것을 알고 있었다. 사냥꾼이 사냥감에 대해 잘 아는 것은 당연하다.

"치천제의 이름이다."

"치천제? 이름? 황제도 이름이…… 어, 있겠군. 그래. 황제의 이름이 그거야?"

지멘은 고개를 끄덕였다. 그것이 본명은 아니다. 나가들의 본명은 가장 가까운 사람만 아니까. 하지만 그 외의 사람에게 황제는 라세다.

차가운 바람 속에서 아실은 황제의 이름을 불렀다.

"라세, 당신은 정말 사람들을 정신 억압할 수 있어?"

"왜 그걸 알고 싶어하지?"

아실은 몸이 당장이라도 부서질 것 같은 두려움 속에서 치천제를 바라보았다. 그녀는 황제가 왜 반문하는지 정말 궁금했다. 그녀는 코네도의 사람들이 도망치지 않은 것이 정신 억압을 당했기 때문인지 궁금했다. 그녀는 쥐딤에서 몰락한 분리주의자들이 한 명의 초인적인 장수가 아니라 한 명의 초인적인 정신 억압자에게 당한 것인지 궁금했다. 그녀는 지멘이 오래전부터 준비되어 있던 황제의 자살 도구인지 궁금했다.

끔찍한 일이다. 사람을 정신 억압할 수 있는 정신 억압자는 모든 것을 가능하게 한다. 도무지 가능하지 않을 것 같은 일조차도. 반문은 있을 수 없다. 그것을 궁금해하는 것은 당연하다! 아니, 반문은 정신 억압을 위해 필요한 행동일까? 아실은 당황하여 자신의 정신 상태를 파악하려 했다. 하지만 정신 억압을 당하는 사람이 자신의 정신을 더듬어 이상을 발견하는 것이 가능할까? 아실은 혼란을 느꼈다. 그 혼란은 정신 억압을 쉽게 하려는 의도일까? 아무것도 제대로 생각할 수 없었다. 사람을 정신 억압할 수 있는 정신 억압자는 모든 것을 불가능하게 한다. 가장 단순해 보이는 일조차도. 아실은 울음을 터뜨리고 싶었다. 울음을 터뜨리고 싶다는 것은 그녀 자신의 느낌일까, 치천제가 필요하다고 판단한 일일까?

아실은 오른손으로 부들부들 떨리는 왼쪽 어깨를 움켜쥐었다.

아실은 아스라한 지평선을 보고 싶었다.

불타는 태양이 광막한 땅에 그림자를 아로새기는 것을, 수십만

년의 바위에 몇 시간의 이슬이 엉기는 것을 보고 싶었다. 벼락과 돌풍의 산꼭대기들이 굽어보는 가운데 흙냄새 가득한 진한 바람을 어깨에 매달고 대지의 살결에 남은 오래된 흉터들 사이를 거닐고 싶었다. 하지만 보이는 것이라곤 하늘누리를 등진 채 허공에 떠 있는 치천제뿐이다.

부들부들 떨리는 어깨를 움켜잡은 채 아실은 신음처럼 말했다.

"나는 지멘이 당신을 죽여선 안 된다고 생각해."

지멘. 아실은 지멘을 말할 수밖에 없었다. 타이모를 말하는 것은 이제 그녀에게 아무런 위안이 되지 않았다. 락토는 타이모의 사상이 바로 아실 자신의 것임을 증명했다. 타이모를 여전히 사랑하지만, 아실은 바로 그녀 자신이 타이모에게 덧씌운 허위 때문에 타이모의 이름에서 신뢰감을 느낄 수 없었다. 치천제가 말했다.

"그것은 지멘의 숙원인 것으로 아는데."

아실은 어깨를 감싼 손가락을 세웠다. 손톱이 어깨를 파고드는 날카로운 느낌은 그녀에게 대답할 힘을 주었다.

"레콘은…… 자신의 숙원을 추구해야 해. 진짜 레콘은 자신이 중요하다고 판단한 일을 자기에게 부과하는 사람이야. 다른 사람의 평가에 신경 쓰는 것, 그래서 다른 사람이 중요하다고 생각하는 일에 매달리는 것은 가짜 레콘이야."

만약 지멘이 황제에게 정신 억압을 당해서 황제를 죽일 결심을 했다면, 아실은 가짜 레콘들을 욕하면서 최악의 가짜 레콘과 함께 7년을 보낸 것이다. 아실은 그런 사실을 받아들일 수 없었다. 생각도 할 수 없는 일이었다.

"절대로, 절대로, 절대로 그럴 수 없어."

"내가 지멘을 정신 억압하지 않았다고 말하면 너는 그것을 믿을 수 있나?"

"뭐라고?"

"나를 믿을 수 있나? 아니, 내가 방금 너에게 말을 했다는 사실을 확신할 수 있나? 너는 내가 하는 말을 들었다는 기억을 가지고 있겠지. 그 기억은 사실일까? 아니면 내가 너로 하여금 그런 기억을 가지게 만든 것일까? 아실, 너는 나를 보고 있다고 믿고 있겠지. 하지만 네가 정말 나를 보고 있는 것일까?"

아실은 황급히 주위를 둘러보았다. 그러나 치천제가 먼저 말했다.

"다른 사람들도 우리를 보고 있다는 대답은 도움이 안 될걸. 너는 다른 사람들도 우리를 보고 있다고 느끼게 된 것인지도 모르니까."

"그건, 그건…… 나는……."

"너는 아실이야?"

"나는……."

"너는 자신이 아실이라고 믿게 된 터무니없이 다른 존재인지도 모르지. 지멘은 정말 실존 인물일까? 타이모는 어때? 지멘이나 타이모는 내가 만들어서 네 머릿속에 집어넣은 기억인지도 모르잖아. 나는 어때? 제국은 어떨까? 제국이라는 것이 정말 존재하고 치천제가 그것을 다스리고 있을까? 지금이 아라짓력 31년일까? 자, 아실. 왜 그걸 알고 싶어하지?"

아실은 눈물 없이, 소리 없이 흐느꼈다. 치천제가 옳았다. 그녀는 반문해야 한다. 질문 자체가 무의미한 것이니. 아실의 질문에 대한 대답이 긍정이라면 그 순간 모든 것이 사라진다. 긍정

자체까지도 포함해서. 질문은 무의미하다. 잠든 사람에겐 세계가 없다. 정신이 왜곡된다면 세계는 없다.

그런데 왜 내 눈은 하나뿐일까?

아실은 치천제를 노려보았다. 그리고 그녀의 뒤쪽에 떠 있는 하늘누리를 바라보았다. 터무니없이 거대한 하늘누리와 조그마한 치천제. 아실은 원래부터 애꾸가 아니었다. 그녀는 눈 하나를 잃기 전의 시각을 기억한다. 그리고 눈 하나를 잃은 후 자신의 시각에 생긴 변화를 알고 있다. 아실은 재빨리 손을 들었다. 그녀는 집게손가락을 펴 눈앞으로 들어 올렸다. 치천제는 무표정한 얼굴로 아실의 기묘한 행동을 바라보았다. 아실은 치천제를 무시한 채 자신의 손가락을 응시했다.

그녀의 손가락은 하나다.

그 뒤의 치천제도 하나다.

그 뒤의 하늘누리도 하나다.

하지만 눈이 두 개인 사람은 그중 하나를 바라봄으로써 다른 것을 두 개로 만들 수 있다.

아실은 미칠 듯한 열망으로 손가락을 바라보았다. 그 모습이 환상이라는, 그녀의 억압된 정신 속에 구현된 현실의 모사라는 가능성은 물론 존재한다. 그녀는 하나의 눈으로 보는 세계의 모습을 느끼도록 조작당했을지도 모른다. 하지만 아실에게 그것은 더 이상 중요하지 않았다. 무엇에 집중하든 그 밖에 다른 것들이 둘로 나뉘지 않는 시각은, 모든 것이 자신의 모습을 유지하는 시각은 바로 그녀의 시각이었다.

아실은 천천히 손가락을 떨어뜨렸다.

"그래. 이 모습마저 조작당한 것일지도 모르지. 하지만 이것은 내 시각이야. 그것도 환상일지 모르지만, 환상 속에서 환상을 타파할 수는 없어. 나는 내 것을 가지겠어. 내 눈이라고 생각되는 것으로 세상을 보겠어. 나는 조작되지 않았다고 생각하겠어."

치천제는 무표정을 고수했다. 그녀는 마치 만들어진 존재처럼 보였다. 아실은 말했다.

"당신을 죽이겠어."

"그럴 생각이니?"

"그럴 생각이야."

"어떻게?"

아실은 치천제의 등 너머 하늘누리를 노려보았다. 그래도 치천제의 모습은 하나였다.

암살성 내의 모든 사람들이 치천제와 아실을 바라보고 있었다. 그래서 발케네 공이 쓰러지는 모습을 본 사람은 공격자 외에 없었다. 그 공격자는 뒤로 물러나 크게 숨을 몰아쉬며 락토를 바라보았다.

락토는 두 무릎을 가지런히 바닥에 대고 두 손은 주먹 쥔 채 바닥에 엎드려 있었다. 머리는 땅을 향해 숙여 있고 등 뒤에는 깊숙이 박힌 칼자루가 하늘을 가리키고 있었다. 공격자는 락토가 쓰러지기를 기다렸다. 하지만 락토는 절하는 듯한 자세로 꿈쩍도 하지 않았다. 더 참을 수 없었던 공격자는 앞으로 한 발 걸어갔다. 그는 서두르는 동작으로 락토를 밀었다.

락토는 옆으로 쓰러졌다. 공격자는 진저리를 치며 물러났다. 하지만 락토는 꿈쩍도 하지 않았다. 그는 눈을 뜨고 있었고 그 눈은 모호한 곳을 바라보고 있었다. 공격자는 그 눈을 피하고 싶었다. 그대로 도망치고 싶었다. 하지만 공격자에겐 아직 할 일이 남아 있었다. 공격자는 위아랫니를 부딪치며 모로 쓰러진 락토에게 다가갔다.

결심보다 먼저 손이 움직였다.

공격자는 피해자의 품속을 뒤지는 강도처럼 락토의 옷 속에 손을 집어넣었다. 이곳저곳 더듬던 공격자는 곧 목표하던 물건을 찾아내었다. 공격자는 피에 젖은 감투를 꺼내었다. 공격자는 그것을 세심하게 살폈다. 피에 젖어 있지만 다행히 찢어지지는 않았다. 조심스럽게 피를 닦아 내면 다시 쓸 수 있을 것 같았다. 공격자는 안도하며 쓰러진 락토를 바라보았다. 목숨도 감투도 잃은 암살공의 모습을 보며 공격자는 웃어야 한다고 생각했다. 웃음이 자연스럽게 나오지는 않았지만 공격자는 애써 웃음을 지었다. 공격자는 그를 조롱하려 했다.

그때 락토의 눈이 갑자기 움직였다.

공격자는 뒤로 물러나서 경악에 찬 표정으로 암살공을 바라보았다. 암살공은 몸을 일으켰다. 가슴에 칼을 꽂은 채 느리지만 확고한 동작으로 움직였다. 잠시 후 락토는 가부좌를 틀고 노대에 앉았다.

락토는 흐트러진 머리카락을 쓸어 넘겼다. 아침에 일어나 몸치장을 하듯 틀에 박힌 동작이었다. 락토는 머리카락을 정돈하고 조금 전 공격자가 헤집어 놓은 옷매무새를 가다듬었다. 암살공이 태연하게 소맷자락을 바로잡았을 때 공격자는 신음을 흘리고 말았다. 락토는 그 소리를 들었다. 그는 입매를 살짝 추켜올렸다.

"어설프구나, 스카리."

공격자는 뒤로 후닥닥 물러났다. 락토의 머리가 신음과 발소리가 들려온 곳으로 서서히 돌아갔다. 시선을 이리저리 옮겼지만 아무것도 보이지 않았다. 락토는 아무것도 보이지 않는 허공을 이리저리 둘러보며 말했다.

"도깨비감투는 암살을 쉽게 하는 도구가 아니다. 더 어렵지. 어디서나 구할 수 있는 칼 같은 거야 아무런 증거가 되지 않지만 도깨비감투는 확실한 증거가 된다. 지금 상황을 봐라. 세 개의 감투 중 내 것을 빼면 두 개가 남는다. 나는 그것을 두 사람에게 나눠 주지 않았다. 누가 범인인지 알 수 없는 꼴을 피하기 위해서. 그래서 내가 너를 아는 거다."

스카리는 어깨로 숨을 쉬었다. 아버지의 눈길이 몸을 스칠 때마다 주저앉고 싶을 정도로 무서웠다. 도깨비감투로 몸을 감추고 있었지만 스카리는 벌거벗은 채 서 있는 것 같았다. 하지만 락토는 그를 보지 못했다. 다시 고개를 돌려 앞을 바라보는 락토의 입에서 피가 왈칵 흘러나왔다. 락토는 가슴에서 비죽 튀어나온 칼날을 내려다보며 말했다.

"용기를 버리고 승리했구나. 훌륭하다. 내가 너를 과소평가했구나."

입 안 가득 질퍽거리는 피 때문에 말을 하는 것이 어려웠다. 피를 뱉어 내고 싶었지만 락토는 그런 동작을 어떻게 하는지 알 수 없었다. 발케네의 공작은 피를 씹으며 말했다.

"도깨비감투는 앞으로 쓰지 마라. 너는 너무 자주 쓴다. 나처럼 자는 모습을 감추기 위해서만 사용해라. 도깨비들은 너 자신을 위해 그것을 쓰는 것은 눈감아 주겠지만 다른 사람을 해치기 위해 쓰는 일이 반복되면 무사장을 보내어 결자해지하려 할 거다. 네가 즈믄누리 무사장의 반환 요구를 거부할 수 있겠느냐?"

스카리는 얼어붙었다. 락토가 말했다.

"떠나는 소리가 들리지 않는구나. 멍청한 놈. 빨리 가라. 내 목을 들고 가서 황제에게 진상할 필요는 없다. 누가 이 일을 했는지 모르게 하는 것이 좋다. 모호한 추측이 네 무기가 될 거다. 빨리 가!"

스카리는 주춤하다가 몸을 돌렸다. 그때 찢어지는 비명이 들려왔다.

"공작님!"

스카리는 기겁했다. 그의 앞쪽, 노대로 통하는 문 앞에 헤어릿이 서 있었다. 헤어릿은 두 팔을 앞으로 내민 채 달려왔다. 마치 스카리의 목을 조르려 하는 것 같았다. 스카리의 칼은 락토에게 꽂혀 있었고 그에겐 무기가 없었다. 스카리는 엉겁결에 두 팔을 들어 얼굴을 가렸다.

헤어릿은 그를 지나쳐 달려갔다. 뒤를 돌아본 스카리는 헤어릿이 락토의 앞쪽에 서 있는 것을 보았다. 스카리는 진저리를 치며 조심스럽게 노대를 떠났다.

헤어릿은 무릎을 꿇고 락토의 가슴을 바라보았다. 가슴에서 튀어나온 칼날에서 핏방울이 뚝뚝 떨어지고 있었다. 헤어릿은 토하고 싶은 기분을 느꼈다. 손으로 입을 가린 채 칼날과 락토의 얼굴을 바라보던 헤어릿이 말했다.

"공작님? 자, 잠깐만요. 사람을 데려오겠어요."

헤어릿은 일어섰다. 하지만 락토의 손이 그녀의 팔을 움켜쥐었다. 헤어릿은 깜짝 놀라 팔을 잡아당겼다. 앞으로 휘청하던 락토의 몸이 뒤로 기울었다. 헤어릿은 자신도 모르게 몸을 숙였다.

그녀는 락토의 곁에 무릎을 꿇고 그의 어깨를 감싸 쥐었다. 락토의 몸은 무거웠다. 헤어릿은 팔에 힘을 주어 그를 끌어안았다.

"공작님! 죄송해요, 놀라서. 공작님?"

"다른 사람은 부르지 마라."

"예?"

"발케네의 공작이 죽을 땐 한 명의 참관인이면 충분하다."

헤어릿은 양볼이 싸늘해지는 것을 느꼈다. 그녀가 끌어안고 있는 락토가 오히려 뜨겁게 느껴졌다. 지금 당장이라도 숨이 넘어갈 것 같은 사람이. 알 수 없는 노릇이었다. 락토가 말했다.

"쓸모없다. 내 삶과 죽음의 권위 있는 해석권자는 나뿐이다. 그 유일한 해석자가 죽는 거다. 나 외에 아무도 해석할 수 없다. 내 마지막을 목격했다는 이유로 그가 이랬느니 저랬느니 떠들 바보는 초대하지 않는다. 사망을 고지할 한 사람이면 돼. 그놈이 확실히 뒈졌다고 다른 사람에게 알려 줄 한 사람이면 충분해. 누군가는 그 소식에 관심이 있을지도 모르니까."

문득 헤어릿은 락토의 목소리가 가늘어졌다는 것을 깨달았다. 락토는 그의 존재를 끝내려 하고 있었다. 절대로 돌아올 수 없는 곳으로 넘어가려 하고 있었다.

"죽으면 안 돼요."

락토는 눈동자를 굴려 헤어릿을 바라보았다. 그녀는 자신의 말에 놀란 듯 보였다. 그러나 그녀의 입은 같은 말을 반복했다.

"죽으면 안 돼요. 물어볼 것이 있어요. 확인해야 해요. 평생 의심하면서 살 수는 없어요. 제발, 죽지 마요."

"무엇이 알고 싶으냐."

헤어릿은 질문하려 했다. 누가 이랬냐고. 누가 암살공을 암살한 것이냐고. 하지만 헤어릿의 입에서 나온 것은 그런 질문이 아니었다.

"왜 혼자가 된 저를 거둬들이셨죠?"

"미인이니까."

"저를 왜 원추리문에 보내셨죠?"

"가격이 오르니까."

화가 나지 않았다. 헤어릿은 알싸한 무서움 같은 것을 느꼈다. 연약하지만 날카로운 발톱을 가진 새끼 동물을 옷 속에 품고 있는 듯했다. 가렵고 두렵다. 그리고 초조하다. 시간이 없다. 헤어릿은 시간이 있었다면 절대로 하지 않았을 말을 했다.

"예, 공작님. 저는 발케네 공작의 혈육이고 예쁘고 좋은 교육도 받았어요. 훌륭한 상품이지요. 그런데 왜 십 년 동안이나 팔지 않으셨죠?"

"나머지 하나의 감투를 찾아라, 헤어릿."

헤어릿은 발케네 가문에 세 개의 감투가 있다는 것을 떠올렸다. 하나는 암살공 자신이, 그리고 또 하나는 스카리가 가지고 있다. 세 번째 감투의 소유자는 알려져 있지 않다. 마치 세 번째 벽난로 방의 소재가 알려져 있지 않은 것처럼. 하지만 그것은 헤어릿의 질문에 대한 답이 아니었다.

"제가 왜 그것을 가져야 하지요?"

"네가 이유를 찾아라. 죽은 자의 이유를 네 이유로 삼지 말고. 나는 찾으라 했지 가지라 하지 않았다."

"그렇다면 제가 왜 그것을 찾아야 하지요?"

"그것을 찾으면 네 질문에 대한 내 대답도 알게 될 거다."

"어디에 있지요?"

락토는 일어났다.

헤어릿은 자신도 모르게 옆으로 물러났다. 어쩌면 암살공이 그녀를 밀어냈는지도 모르지만 헤어릿은 확신할 수 없었다. 그녀가 알 수 있었던 것은 락토가 어느새 그녀의 품을 떠나 노대 끄트머리로 걸어가고 있다는 사실뿐이었다. 헤어릿은 그 앞에 있는 허공을 보다가 갑자기 어깨를 꿈틀했다.

락토는 노대 끝에 잠시 멈춰 서지도 않았다. 한결같은 걸음으로 허공을 밟았다.

그리고 그의 모습이 사라졌다.


치천제는 고개를 돌려 등 뒤를 바라보았다. 꽤 의도적인 동작이다. 하늘누리를 한 번 바라본 황제는 다시 아실을 돌아보았다. 아실은 온몸을 긴장시켜 작은 돌덩이처럼 굳어 있었다. 치천제는 고개를 끄덕였다.

"그래. 네가 하늘누리를 움직이는 방법을 알아내었다는 것을 알고 있다."

치천제는 흑사자 모피를 살짝 들어 올렸다. 모피 아래로 손을 집어넣으며 치천제는 계속 말했다.

"네가 엘시의 천경유수가 되길 바랐기 때문에 그걸 알도록 내버려두었다. 하지만 네게 하늘누리를 넘겨준 것은 아니다. 너는 그렇게 생각하고 있는지도 모르지만."

아실의 얼굴에 공포 비슷한 것이 떠올랐다. 그녀의 눈은 치천제의 모피 아래에서 나온 칼에 고정되었다. 그것은 한계선 이북에 단 한 자루만 존재하는 칼이었다. 육친을 죽이는 의무를 짊어진 자에게 지급되는 나가들의 검 쉬크톨이 북부의 하늘 아래에서 빛났다.

"네가 알아낸 것은 라수 규리하가 알고 있는 것이다. 하지만 라수 규리하가 『천경비록』을 쓴 이래 하늘누리는 많은 변화를 겪었다. 너는 그 변화까지는 알지 못한다."

주저앉고 싶은 공포 속에서 아실은 자신에게 말하듯 중얼거렸다.

"그래도 원칙은 바뀌지 않아. 하늘치는 물고기야. 저기엔 날개가 아닌 지느러미가 달려 있어. 그것은 바꿀 수 없어."

"아실, 유수부 통제국에는 많은 통제국원이 있지."

"뭐?"

"회전 담당, 고도 담당, 전후진 담당이 따로 있지. 물론 속도 담당도 따로 있고. 그들 모두를 지휘하는 통제국장도 있지."

아실은 겁먹은 얼굴로 치천제를 바라보았다. 그녀는 황제의 말을 이해할 수 있었고 그 이해는 아실을 두렵게 했다. 그때 치천제가 앞으로 걸어나왔다.

치천제는 쉬크톨을 옆으로 늘어뜨린 채 아실을 향해 천천히 걸었다. 그녀가 허공을 디디며 다가오는 모습을 보던 아실은 자신도 모르게 한 발 물러났다. 황제는 무심한 어조로 말했다.

"너를 정신 억압하지는 않았다."

아실은 그 말에서 아무런 위로도 느낄 수 없었다. 좌절감에 사로잡힌 아실의 마음속 가장 깊은 곳에서는 정신 억압이 죽음보다 낫다는 생각도 떠돌았다. 아실은 그 생각을 뿌리치려 애썼다.

"지멘도 정신 억압하지 않았다. 나는 그런 식으로 정신 억압을 하지는 않는다."

아실은 또 한 발 물러나며 외쳤다.

"그러면 어떤 식이야…… 어떤 식이냐고!"

"너는 알고 싶은 것이 아니야. 그저 시간을 벌려는 거지."

아실은 흠칫했다. 충격 때문에 물러나는 걸음이 흔들렸고 비틀거리다가 겨우 똑바로 섰다. 그리고 그녀는 다시 발을 뗄 수 없게 되었다.

"네가 너로서 죽을 수 있다는 것을 알려 주고 싶을 뿐이야."

"왜! 왜 내게만 특별 대우지? 코네도에서 죽은 사람들은 왜 그들 자신으로 죽을 수 없었던 거냐고!"

"그들도 그들 자신으로 죽었다."

"무슨 소리야?"

"그만두자, 아실. 점잖게 죽도록 해라."

"안 돼. 너는 날 죽일 수 없어."

"왜지?"

왜일까? 아실은 혼란 속에서 말했다.

"나를 죽이는 건 지멘이야. 내 목숨은 지멘 것이라고."

치천제는 쉬크톨을 들어 올렸다.

"나도 그렇지."

아실은 그 칼끝이 하나라는 사실에 진저리를 쳤다. 치천제를 보아도, 그 뒤의 하늘누리를 보아도 쉬크톨의 칼끝은 예리한 한 점이었다.

"나를 죽이는 것도 지멘이지. 우리는 죽음으로 연결된 자매로군. 혈육을 죽이는 이 칼이 좋은 사냥감을 얻었군."

아실은 뒤로 물러나려 했지만 다리가 말을 듣지 않았다. 아실은 비통함을 느꼈다. 자신의 다리조차 움직이지 못하면서 하늘누리를 움직이려 했던 것이 어처구니없게 느껴졌다. 아실은 절망감을 담아 다시 하늘누리를 노려보았다.

그리고 아실은 기묘한 것을 보았다.

하늘누리의 거대한 눈들이 갑자기 빛난 것 같았다. 원래부터 보석과 비슷한 눈들이지만 아실은 그 순간 보석에는 없는 생기 같은 것을 느꼈다.

아실의 표정을 본 황제는 의아해하며 뒤를 돌아보았다. 그때 황제와 아실은 똑같은 느낌을 받았다. 그들은 자신의 몸이 두 다리가 아닌 다른 힘에 의해 움직인다고 느꼈다. 아실과 황제는 똑같이 자신의 다리 쪽을 바라보았다. 그리고 똑같은 결론을 내렸다. 그녀들이 서 있는 환상 계단이 움직이고 있었다. 두 사람은 환상 계단의 기원을 바라보았다.

하늘누리가 서서히 움직이고 있었다.

지알데 락바이는 하늘누리의 움직임을 느끼고 만족했다. 몸은 땀에 젖어 있고 팔과 허리엔 경련이 일 정도였지만 지알데는 뿌듯한 기분으로 주위를 둘러보았다.

천경유수가 서 있는 곳은 유수부 통제국의 지하실이었다. 엄밀하게 말해서 하늘누리에서 지하라는 표현은 적합하지 않지만 보다 합리적인 다른 말을 강구해 낸 사람은 없다. 새로운 단어는 새로운 대상이 있을 때 만들어지지만 또한 그 새로운 대상에 대해 충분히 많은 사람이 이야기할 필요가 있을 때 만들어진다. 하지만 지알데 락바이가 서 있는 공간에 대해 이야기할 사람은 극소수이다. 극소수의 사람을 위해 새로운 말을 만들어 내는 것은 비경제적이다. 따라서 지알데가 서 있는 곳은 통제국 지하실이다.

원래 통제국 지하실의 모습은 복잡한 기계 장치들이 가득하다는 인상을 준다. 지금도 그런 인상을 주는 것은 마찬가지지만 약간의 차이가 있는데, 현재 지하실을 가득 메우고 있는 것은 부서진 기계 장치들이기 때문이다. 지알데 락바이는 결연한 의지와 날카로운 절단기를 가지고 있었고 지하실의 기계 장치들은 그 둘의 조합을 견뎌 내지 못했다.

지알데는 기계를 업신여기는 사람은 아니지만 자신의 파괴에 심한 죄책감을 느끼지는 않았다. 그 기계들은 가장 반기계적인 기계라고 할 수 있는 물건이다. 기계의 목적은 사람의 노동을 절감하는 것이지만 통제국 지하실을 가득 채우고 있는 기계들의 목적은 오직 하나, 사람을 힘들게 하는 것이다.

그리고 지알데가 그 기계들을 때려부순 지금 통제국원들은 자신의 노동이 더 쉬워졌다는 사실에 경악하고 있었다.

파라말은 하늘누리의 통제에 대해 아무것도 모르지만 상황이 예사롭지 않다는 것은 간단히 알 수 있었다. 느닷없는 움직임에 당황한 통제국원들은 원인을 알아내려 했고 잠시 후 통제국원들은 미친 듯이 자신의 조종기를 움직였다. 그들의 조종기는 아무런 저항 없이 우쭐거렸다. 바라보고 있는 파라말도 그 움직임에서 갈대를 흔드는 것만큼의 반동도 느낄 수 없었다. 하늘누리의 움직임을 담당하는 국원들이 드디어 비명을 질렀다.

"안 됩니다! 통제가 안 됩니다!"

"제멋대로 놉니다!"

"반응이 없습니다!"

"조종기가 부러졌나 봅니다!"

통제국장은 파랗게 질린 얼굴로 유수부차사를 돌아보았다. 파라말은 주먹을 움켜쥐며 애써 침착하게 말했다.

"통제국장, 점검이나 수리를 담당한 사람들이 있을 텐데? 왜 부르지 않는 거지?"

"저, 그게, 없습니다."

"없다고? 그게 무슨 말인가?"

"있기는 하겠지만 저는 모릅니다. 그건 비밀입니다. 천경유수님만이……."

"천경유수에게 직속 관리반이 있다는 건가?"

"예. 아마 그럴 겁니다."

"아마는 또 뭔가! 아니, 관두지. 지금 당장 천경유수의 댁에 사람을 보내! 조종기가 문제를 일으켰으니 당장 수리해야 한다고 전해! 폐하께서 바깥에 계신단 말이야! 나는 경비국에 가겠다. 폐하를 안으로 모셔야……."

일어나서 밖으로 뛰쳐나가려던 파라말은 발을 헛디디고 바닥에 주저앉았다. 하늘누리가 이동 속도를 갑자기 높인 탓이다. 떨어지는 물건을 피하기 위해 머리를 감싸던 파라말은 갑자기 소름끼치는 예감을 느꼈다. 그는 이리저리 우쭐거리는 조종기를 바라보았다. 그리고 창백해진 통제국원들의 얼굴을 쳐다보았다.

파라말은 제국 수도가 폭주한다는 상상은 하고 싶지도 않았다.


두 번째 벽난로 방에서 데라시는 벽난로에서 쏟아져 나온 장작들을 당황한 눈초리로 바라보았다. 자칫하면 방에 불이 붙을 판국이다. 그리고 데라시는 방 밖으로 도망치기 어렵다. 데라시는 황급히 장작을 집어 벽난로 속에 던져 넣었다. 그 와중에 비늘이

타들어 갔지만 데라시는 아랑곳하지 않았다. 다시 재생될 테니까. 가까스로 장작들을 벽난로 안으로 몰아넣은 데라시는 바닥에 흩어진 불똥을 짓밟았다. 그리고 머릿속으로는 유수부 통제국에 욕설을 퍼부었다. 하늘누리를 전쟁 도구로 이용한다는 시허릭 마지오 상장군의 전술에는 데라시도 전폭적인 찬성을 보냈다. 따라서 통제국이 그를 돕는 것에도 찬성했다. 하지만 데라시는 통제국원들이 지나치게 흥분하여 자신들이 전사가 아니라 도시 관리자임을 망각하는 것은 반길 수 없었다. 그들이 다루고 있는 것은 초거대 병기가 아니라 사람들이 살고 있는 도시다. 이런 거친 움직임은…… 그때 데라시에게 갑자기 니름이 들려왔다.

〈데라시! 데라시!〉

데라시는 온몸의 비늘을 한꺼번에 부딪쳤다. 니름은 날카로웠다. 죽음이 부르는 것만큼이나 강력한 부름에 데라시는 몸이 마비되는 것만 같았다. 그리고 치천제는 데라시가 진정할 틈을 주지 않았다. 폐부를 찔러 들어오는 창끝 같은 니름이 비스그라쥬백을 덮쳤다.

〈데라시! 당장 지알데 락바이를 찾아라!〉

〈예? 어, 저, 폐하. 저는 방 바깥으로 나갈 수가…….〉

〈그러면 다른 사람을 보내! 지알데가 하늘누리를 움직이려 한다!〉

〈지알데요? 이것은 유수부가…….〉

〈지알데다!〉

데라시의 정신을 후벼 파는 니름은 도무지 반문이 불가능했다. 데라시는 그것이 자신의 판단인 것처럼 느꼈다. 아니, 자신의 판단이라 해도 이토록 확신에 찰 수는 없을 것이다. 데라시는 지알데 락바이가 하늘누리를 움직이고 있다고 확신했다.

하지만 데라시의 기억에는 그 사실과 양립하는 다른 기억도 있었다. 천경유수는 자신의 집에 유폐되어 있다. 그런 지알데가 어떻게 하늘누리를 움직인다는 것인지 이해할 수 없었다. 상충하는 기억은 데라시를 완벽한 무력 상태에 빠트렸다. 그는 호흡도 제대로 할 수 없었다.

다행히도 치천제는 그런 데라시의 상태를 짐작이라도 한 것처럼 설명을 보냈다. 짧은 시간이 지난 후 데라시는 치천제가 하늘누리의 움직임에 대해 이해하고 있는 것만큼 이해하게 되었다. 데라시는 충격으로 비늘을 세웠다.

〈하늘누리가…… 한 사람의 힘으로 움직일 수 있다고요?〉


아실은 그것을 바라보았다.

자연 세계에도 아실이 보고 있는 것에 비교될 만큼 거대한 물체는 극히 드물다. 시구리아트 산맥의 고봉들은 분명 아실이 보고 있는 것보다 더 높지만 산은 부피감을 느끼기 어려운 물체이며 움직이지도 않는다. 하지만 아실이 지금 보고 있는 것은 움직였다. 육상에 있는 물체 중 그런 부피를 가지고 있으면서 움직이는 물체는 하나뿐이다. 그 때문에 그것이 홍염처럼 들끓고 있는데도 아실은 빙하를 보는 듯한 느낌이었다.

대야를 준비한다. 그곳에 물을 붓고 물고기 한 마리를 집어넣는다. 그리고 그것을 겨울의 바람 속에 방치하여 얼어붙게 만든다. 충분히 얼어붙은 다음 대야를 뒤집어 얼음덩이가 땅 위에 엎어지게 한다. 투명한 얼음 사이로 얼어붙은 물고기가 언뜻언뜻 보인다. 얼음이 지극히 투명하다면 물고기는 땅 위에 떠 있는 것처럼 보일 것이다. 그 물고기에 하늘누리를 대입한다면 물고기를 둘러싼 얼음은 지금 아실이 보고 있는 것이 된다.

그것은 환상 계단이었다.

환상 계단은 상상한 자에게만 영향을 끼친다고 알려져 있다. 한가한 장난꾼부터 진지한 학자까지 많은 부류의 사람들이 온갖 실험을 했지만 자신이 창조한 환상 계단을 타인과 공유하는 것에 성공한 사례는 없다. 그리하여 환상 계단의 비공유성은 공리로 받아들여진다. 하지만 『천경비록』을 완전히 이해한 아실은 환상 계단을 공유할 수 있는 존재가 있다는 것을 알고 있다.

환상 계단을 창조한 자는 그 환상 계단을 하늘치와 공유할 수 있다.

물이 없는 곳에 배를 띄울 수 없듯 하늘치가 없는 곳에서는 환상 계단을 만들 수 없다. 환상 계단은 하늘치에게 속한다. 따라서 환상 계단은 하늘치에게 영향을 받는 것이며, 그 역 또한 성립한다. 그리고 배가 물에 영향을 받아 뜨듯이 물 또한 배의 영향을 받아 배의 부피만큼 물러나게 된다. 하늘치 또한 환상 계단에 영향을 받는다. 일반적으로 환상 계단을 상상하는 것은 사람이고 그 사람이 가장 거대한 레콘이라 해도 하늘치와 비교도 될 수 없을 만큼 작다. 따라서 사람이 상상한 환상 계단이 하늘치에 끼치는 영향은 무시해도 좋을 만큼 작다.

하지만 물속에 극히 거대한 물건을 집어넣으면 물은 넘치게 된다. 지금 아실이 보고 있는 것과 같은 규모의 환상 계단은 하늘치를 움직일 수 있다.

그것은 더 이상 계단이라고 할 수도 없지만, 아실은 새로운 단어를 만들어 낼 필요를 절감하지는 않았다. 그녀가 바라는 것은 적절한 명칭을 부여하는 것이 아니라 그것을 이용하는 것이었다. 아실은 하늘치를 움직이길 바랐다. 하지만 다른 사람들이 만든 환상 계단이 하늘치를 붙잡아 두고 있었다. 그것은 타인의 환상 계단이기 때문에 아실은 볼 수 없다. 그리고 그것은 아실보다 몇 배나 많은 통제력이었다. 오직 회전에만 신경을 쓰는 통제국원, 오직 고도에만 신경을 쓰는 통제국원, 오직 전후진에만 신경을 쓰는 통제국원 등 많은 이들이 만들어 낸, 그녀가 볼 수 없는 환상 계단들이 그녀를 막고 있었다.

　천경유수 지알데 락바이가 파괴한 것은 통제국원들의 상상을 돕는 장치들이었다.
　통제국원들이 조종기를 움직일 때마다 적당한 저항을 주는 것, 무엇인가를 움직이고 있다는 느낌을 되먹임하는 것이 그 기계의 유일한 목적이었다. 유수부 통제국원들은 자신의 팔심이 아닌 자신의 상상력으로 하늘치를 움직이고 있다는 것을 모른다. 정교하게 만들어진 그 저항 기계는 그런 느낌을 유지하는 것에 상당한 도움이 된다.
　그것은 값비싼 장난감이 아니라 안전을 위한 세심한 배려였다. 하늘치가 한 사람의 상상력만으로 움직일 수 있다는 것이 공개된다면 제국 수도의 기적적인 장점인 이동성은 거꾸로 최악의 취약점이 될 수 있다. 통제국원들에게 자신이 하는 일을 정확히 알려 주지 않은 것은 그 때문이다. 한편 하늘누리가 단 한 사람의 상상력 우수한 반란자에 의해 장악되는 것을 막기 위해 하늘누리의 통제는 되도록 많은 사람이 참여하는 것으로 분할되었다.

하지만 지알데 락바이가 저항 기계들을 파괴했기 때문에 통제국원들은 자신이 하늘누리의 통제력을 상실했다고 느끼고 있었다. 만약 그들이 제자리에 앉아 지금까지 했던 일을, 즉 하늘누리를 통제하는 일을 의지만으로 하려 했다면 지알데는 그들에게서 통제 능력을 빼앗아 올 수 없을 것이다. 통제국원들은 고도로 훈련된 자들이니까. 하지만 그들은 자신들이 그럴 수 있다는 것을 알지 못한다. 그 때문에 지알데는 하늘누리의 전체 모습을 볼 수 없는 방 안에서도 하늘누리의 통제권을 빼앗아 올 수 있다고 판단했다. 그는 하늘누리를 그대로 제국령까지 끌고 간 다음 황제에게 종전 선언을 받아낼 작정이었다. 그 다음에는 아마도 투하형을 당한 첫 번째 죄수가 될 테지만, 지알데는 그것이 두렵지 않았다.

그리고 어차피 그는 다른 것을 두려워할 겨를이 없을 것이다.

지알데는 건물 내부에 있었다. 그는 자신이 하늘누리를 올바른 방향으로 움직이고 있는지 확신할 수 없었다. 그가 의도하는 움직임은 하늘누리를 선회시키는 것이었다. 발케네 남쪽의 제국령으로 돌아가는 것이 그의 목적이므로. 하지만 지알데는 회전하는 듯한 느낌을 받을 수 없었다. 지알데는 불안감을 느꼈다.


비스그라쥬 백 데라시는 황제가 전해 준 지식을 검토했다. 방 바깥으로 나갈 수도 없는 처지에서 하늘누리의 폭주를 막아야 할 상황에 처한다면 누구나 떠올릴 법한 생각이 뇌리에 떠오른 것은 얼마 후의 일이었다. 데라시는 닐렀다.

〈폐하, 그렇다면 제가 하늘누리를 움직일 수도 있습니까?〉
〈뭐? 그래. 할 수 있다! 해라! 이것을 멈춰라!〉

데라시는 황제의 느낌이 다급하다고 느꼈다. 그녀가 어떤 불안정한 상황에 빠져 있을지도 모른다는 추측은 비스그라쥬 백을 얼어붙게 했다. 데라시는 비틀거리며 바닥의 물건을 옆으로 치운 다음 주저앉았다. 그리고 한번도 시도하지 않았고 정확히 어떻게 해야 하는지도 잘 모르는 일을 시도했다.

데라시의 추측처럼 황제는 꽤 다급한 처지였다. 그러나 위험에 빠져 있는 것은 아니다. 치천제는 누군가를 위험에 빠트리기 위해 다급해하고 있었다. 그리고 그 대상은 아실이었다.

"멈춰!"

황제는 환상 계단 위를 비틀거리며 달려갔다. 아실은 자신에게 다가오는 쉬크톨을 보며 질겁했다. 그녀가 취할 수 있는 대비책은 황제의 환상 계단을 흔드는 것이었다. 물론 황제의 환상 계단은 황제의 것이었고 아실은 그것을 통제할 수 없다. 하지만 황제의 환상 계단이 이어져 있는 하늘치는 통제할 수 있었다. 아실의 다급한 시도에 하늘치가 갑자기 속도를 바꿨다. 하늘치는 갑자기 느려졌다가 다시 움직였다.

그녀의 시도는 성공했다. 황제는 비틀거리며 한쪽 무릎을 꿇었다.

치천제는 한 손으로 환상 계단을 짚은 채 아실을 노려보았다. 아실은 저편에서 두려움에 빠진 얼굴로 그녀를 마주 보고 있었다. 아니, 그녀를 보고 있는지 불명확하다. 아실의 눈은 하나고 그 초점은 찾기 어렵다. 치천제는 그녀가 하늘누리를 보고 있을지도 모르겠다고 생각했다.

환상 계단이 거칠게 진동했다. 치천제는 뒤를 돌아보았다. 하늘누리가 그녀에게 쇄도하고 있었다. 당장 충돌이 일어날 것 같지만 그런 일은 불가능하다. 하늘누리가 움직이고 있는 만큼 치천제 또한 움직이고 있기 때문이다. 그 사실을 확고하게 인정한 치천제는 눈을 떼기 어려운 그 광경에서 주저 없이 고개를 돌렸다. 치천제는 아실을 향해 말했다.

"이 짓을 그만둬라."

아실은 치천제의 말을 들은 척도 하지 않았다. 치천제는 그녀가 보고 있는 것이 쉬크톨일지도 모르겠다고 생각했다. 치천제는 쉬크톨을 칼집에 도로 꽂아 넣었다.

"아실, 그만둬."

"하지 마!"

아실이 찢어지는 비명을 지르며 쭈그리고 앉았다. 그 순간 뚜렷하게 느낄 수 있는 돌풍이 치천제의 살갗을 두드렸다. 치천제는 기막힌 표정으로 날아가는 철시를 바라보았다. 오뢰사수의 거대한 철시가 아실의 머리 위를 지나갔다. 파리를 잡기 위해 쇠몽둥이를 휘두르는 격이다. 날아간 철시는 곧 보이지도 않게 되었지만 치천제는 저 먼 곳의 돌산에서 피어오르는 작은 먼지구름을 볼 수 있었다. 뒤이어 먼 곳의 천둥소리 같은 것이 들려왔다.

하늘누리 위에서 철시를 쏘았던 금군 부악타는 벼슬을 빳빳하게 세웠다. 하지만 안타까워하지는 않았다. 어쨌든 그의 철궁을 저격 무기라고 말하기는 어렵다. 부악타는 두 번째 철시를 철궁에 걸면서 외쳤다.

"황제! 돌아와!"

계명성을 내지르고 싶었지만 부악타는 그러지는 않았다. 아무것도 없는 허공에 서 있는 황제에게 치명적인 영향을 줄지도 모르기 때문이다. 부악타는 황제가 뒤를 돌아보기를 애타게 바랐다. 하지만 치천제는 돌아보지 않았다.


"아무래도 이상합니다, 수교위님."

니어엘 헨로 수교위는 말한 사람을 돌아보지 않았다. 그녀의 눈은 저 앞쪽 하늘에서 움직이는 하늘누리에 고정되어 있었다. 그리고 그녀에게 말을 걸었던 다미갈 카루스 부위 또한 하늘누리를 바라보며 말했다.

"하늘누리가 꼭 정신 나간 말이 끄는 수레처럼 움직이는군요. 뭔가가 잘못된 것 같습니다. 게다가 돌을 이상한 방향으로 던지는군요."

"그게 돌이었을까? 돌이라면 너무 멀리 날아가는 것 같지 않아?"

"하긴 그렇습니다. 그럼 뭐라고 생각하십니까?"

"아까 하늘누리 앞쪽에서 불빛이 움직였지?"

"예. 그랬습니다."

"아무래도 가 봐야겠군. 그 불빛이 마음에 걸린다."

"예? 하지만 저 아래엔 발케네의 레콘들이 잔뜩 있습니다."

"그 불빛이 어떤 침입자고 날아간 것이 돌이 아니라 오뢰사수의 철시라면, 하늘누리는 지금 침입자를 저격하려고 애쓰는 것이다. 그리고 하늘누리가 저렇게 비틀거리는 것도 침입자 때문이겠지."

카루스는 니어엘의 설명이 의미하는 바를 깨닫고는 숨이 막히는 것을 느꼈다.

"누가 하늘누리를 움직일 수 있단 말입니까?"

"통제국에서는 항상 하는 일이잖아."

"예? 어, 그거야 그렇습니다만……."

"가 봐야겠어. 철시로 뭔가를 저격하기는 어려워."

"제가 가겠습니다."

다른 목소리가 갑자기 끼어들었다. 맥키 네미 부위였다. 맥키는 말고삐를 당겨 쥐며 말했다.

"암살성 주변에는 레콘들이 깔려 있습니다. 중대장님은 여기 계셔야 합니다. 제가 가겠습니다."

니어엘은 잠깐 생각하고는 고개를 가로저었다.

"아니. 하늘누리 근방에 대고 활을 쏴야 할지도 몰라. 활은 귀 관보다는 내가 나아."

"그래도 안 됩니다. 중대장님은 중대를 지키셔야 합니다."

"카루스 부위가 맡으면 돼."

그때 누군가가 손을 들었다. 니어엘과 카루스, 맥키가 돌아본 곳에는 가리아 릿폴 부위가 창백한 얼굴로 서 있었다.

"이런 중재안을 내게 되어 좀 유감입니다만, 지금 당장은 아무도 가실 수 없겠습니다. 적이 오고 있습니다."

니어엘과 부위들은 황급히 시선을 돌렸다. 지금껏 하늘을 보고 있느라 미처 파악하지 못했지만 암살성 주변에 흩어져 있던 레콘들은 한자리로 집결한 후였다. 하나가 된 사라티본 부대는 지상에 남아 있던 제국군 본대를 향해 다가오고 있었다.

긴 고민을 끝낸 힌치오는 쾌적한 기분을 느꼈다. 앞으로의 일은 알 수 없지만 해야 할 일을 결정했다는 데서 오는 안도감이 몸에 힘을 불어넣었다.

　제국군의 레콘들이 바위를 모을 때부터 힌치오는 한 가지 전술을 떠올렸다. 제국군 레콘들이 파르바리 계곡에서 그러했던 것처럼 하늘누리를 통해 그들의 배후로 내려온다면 사라티본 부대는 그 기습을 막아야 한다. 하지만 제국군은 암살성 안쪽에 준비되어 있는 물을 기반으로 한 방어 체계 때문에 직접 내려오는 대신 투석을 선택했다. 제국군 레콘들이 내려오지 않는다면 사라티본 부대는 싸울 상대가 없다. 하지만 지상에는 또 다른 제국군이 남아 있었다.

　힌치오는 떨어지는 바위를 상대하는 것보다는 지상에 있는 인간 병사들을 공격하는 편이 훨씬 즐거울 것 같았다. 또한 지상에 남아 있는 본대에 철저한 공격을 가하면 암살성으로 향하던 하늘누리를 회귀시킬 수 있을지도 모른다. 유일한 문제는 제국군 본대에 막대한 숫자의 소화차가 준비되어 있다는 점이다. 하지만 힌치오는 제국군 레콘들의 전술에서 한 가지 교훈을 얻었다. 물을 준비한 암살성에 대해 그들은 바위를 던지기로 했다. 그들이 할 수 있는 일을 사라티본 부대가 할 수 없을 까닭은 없다. 그리고 암살성 주변에는 바위가 많다.

　"달릴 필요 없다! 야키보로! 앞으로 뛰어나가는 녀석은 뭐야? 말 안 들으면 뒤통수라도 부숴 버려! 윽. 말이 그렇다는 거지. 안 죽었냐? 아, 다행이군. 그 자식 안 걸리는 곳에 던져 놔! 정신 차리면 따라오라고 해. 자, 우리도 분열인지 뭔지 한번 해 보자. 이 녀석들아! 달리지 마!"

　레콘들에겐 고통스럽기까지 한 주문이었다. 하지만 힌치오는 사라티본 부대가 돌격하는 것을 엄격하게 금했다. 함부로 돌진한 레콘들이 소화차의 공격을 받아 혼란에 빠진다면 부대 전체가 무너질지도 모른다. 힌치오는 줄을 서서 제국군 본대를 향해 걸어가게 했다. 그에 대비하여 제국군 측에서는 소화차들이 살수관을 높이 쳐들었다.

레콘들의 얼굴에 불안감이 감돌 무렵 힌치오는 사라티본 부대를 멈춰 세웠다. 그리고 조금 더 복잡한 주문을 내렸다. 그 명령에 따라 비시올, 파미, 크락스, 야키보로는 자신이 거느리고 있는 레콘들 중 쉰 명씩 골라 일렬로 서게 했다. 이백 명의 레콘들이 일렬 횡대로 서서 제국군을 마주하게 되었다. 조금 전까지만 해도 돌격하고 싶어 몸이 근질거리던 레콘들은 이제 힌치오가 돌격을 명령할까 봐 걱정했다. 그들 앞쪽에는 살수관이 성난 뱀처럼 머리를 쳐들고 있었다. 하지만 힌치오가 명령을 내리자 그들은 탄성을 내질렀다.

"다 섰냐? 그러면 나머지는 가서 돌 모아 와! 앞에 서 있는 놈들은 돌이 오는 대로 받아서 집어던져!"

제국군 사령부에서 사라티본 부대의 움직임을 보던 시허릭 마지오 상장군은 이를 갈았다.

"소화차! 전진! 그리고 헨로 중대!"

명령을 내릴 필요가 없었다. 뒤쪽에서 시위를 튕기는 경쾌한 소리가 들려왔다. 급박한 상황이었지만 시허릭은 고개를 한 번 끄덕였다. 잠시 후 천 개의 아기살과 이백 개의 바위가 하늘을 가로질렀다.


암살성의 성벽 위에 서 있던 팔리탐 지소어는 사라티본 부대의 움직임을 보면서 전율 같은 것을 느꼈다.

 힌치오는 지휘관처럼 행동하고 있었고 사라티본 부대는 지휘를 받는 부대처럼 행동하고 있었다. 비록 서툴고 굼뜬 동작이었지만 그것은 경험의 부족을 나타낼 뿐 이해의 부족을 나타내는 것은 아니다. 팔리탐은 자신이 성공할 리 없다고 믿었던 일이 레콘 자신들에 의해 성공하는 모습을 보며 복잡한 심회를 느꼈다. 그들은 군대였다.

 팔리탐은 가면을 쓸어 만졌다. 이제 사라티본 부대에겐 그가 필요 없었다. 팔리탐은 자신이 어떻게 해야 하는지 생각했다. 그리고 곧 결론을 내렸다. 그는 이제 사라티본 부대의 참모가 아니라 발케네 공의 가신으로 돌아가야 한다. 상실감이 가득했지만 자신의 판단을 행동으로 옮기는 것에 주저하지는 않았다. 그는 암살공이 있던 노대를 바라보았다.

 하지만 노대에는 아무도 없었다. 팔리탐은 잠깐 주위를 훑어보았다. 그때 팔리탐의 눈에 기묘한 것이 들어왔다.

 팔리탐은 그것을 노려보다가 갑자기 숨을 들이쉬었다. 노대 아래에 널브러져 있는 것은, 추락 때문에 모양이 심하게 훼손되어 있지만 분명히 시체였다. 그 얼굴까지는 알아볼 수 없었지만 추락한 위치는 불길한 예감을 느끼기에 충분했다. 팔리탐은 계단을 따라 빠르게 성벽 아래로 내려갔다.

 잠시 후 팔리탐은 시체 옆에 도달했다. 암살성 내부의 사람들은 모두 하늘과 바깥에서 일어나는 일에 정신이 팔려 있었기에 팔리탐이 도착할 때까지 시체 곁에는 아무도 다가오지 않았다. 팔리탐은 속이 타들어 가는 불안감 속에 무릎을 꿇었다. 그리고 시체의 얼굴을 조심스럽게 돌려 놓았다. 떨어지면서 머리가 깨져 얼굴 한쪽이 움푹 들어가 있었지만 팔리탐은 그 얼굴을 알아볼 수 있었다.

"각하……."

팔리탐은 발케네 공작의 사체 앞에 고개를 떨어뜨렸다.

"각하. 돌아가셨습니까?"

대답은 없었다. 팔리탐은 긴 한숨을 내쉬고 공작의 사체를 똑바로 눕혔다. 그러다가 그는 공작의 몸에 꽂혀 있는 칼 조각을 발견했다. 그것 또한 충격 때문에 부러진 듯 칼자루는 보이지 않았다. 팔리탐은 그것이 무엇인지 모르겠다는 눈으로 그 쇳조각을 물끄러미 바라보았다. 그때 누군가의 목소리가 들려왔다.

"아버님께서 자살하셨군."

팔리탐은 고개를 들었다. 새파랗게 질려 당장이라도 쓰러질 것처럼 보이는 스카리 빌파가 락토 곁에 서서 그를 내려다보고 있었다. 팔리탐은 스카리의 눈이 자신에게 고정되어 있다는 것을 깨달았다. 스카리는 책을 읽듯 무미건조한 말투로 중얼거렸다.

"패배하실 바에는 자결을 택하셨군. 아버지다운 일이야. 그래, 내가 알고 자네가 아는 아버지는 그런 성격이셨어. 황제와 타협할 바에는 전쟁을 선택하셨지. 그리고 패배하는 모습을 보이는 대신 자결하셨고. 맞아. 그것이 아버지답지."

팔리탐은 스카리의 허리를 바라보았다. 무엇인가를 황급히 뜯어낸 듯한 흔적이 보였다. 팔리탐은 그것이 빈 칼집일 거라고 추측했다. 그리고 팔리탐은 락토의 몸에 꽂혀 있는 칼 조각을 바라보았다. 스카리의 목소리는 열병에 걸린 사람처럼 새된 목소리로 바뀌었다.

"하지만 누군가는 뒤처리를 해야겠지. 발케네의 공작은 이렇게 가셨지만 발케네는 아직 남아 있다. 그리고 그것은 위험에 빠져 있지. 누군가 도탄에 빠진 발케네를 맡아야 해. 나는 아버지의 계승권자다. 나 스카리 빌파가 아버지의 책무와 아버지의 빚을 상속할 것이다."

팔리탐이 부스스 일어났다.

팔리탐은 허리를 똑바로 펴서 스카리를 바라보았다. 스카리는 그 표정 없는 가면이 거북했다. 그의 속마음을 읽을 수가 없었다. 스카리는 손으로 아래쪽을 가리키며 말했다.

"이제 내가 명령하니 아버님의 유해를……."

팔리탐은 손등을 세차게 휘둘러 스카리의 말을 중단시켰다.

느닷없이 따귀를 맞은 스카리는 몇 걸음 비틀거렸다. 스카리는 볼을 감싸 쥔 채 핏발 선 눈으로 팔리탐을 쏘아보았다. 팔리탐은 고개를 가로저었다.

"제가 아닙니다. 아버님을 보십시오."

포악한 말을 쏟아내려던 스카리는 그 요구에 입을 다물었다. 팔리탐이 다시 말했다.

"손가락질은 안 됩니다. 무릎을 꿇고 발케네의 공작을 보십시오."

스카리는 그 요구를 따르지 않았다. 팔리탐은 더 이상 말을 낭비하지 않았다. 그는 스카리에게 성큼 걸어갔다. 스카리는 허리로 손을 가져갔지만 거기엔 아무것도 없었다. 팔리탐은 스카리의 멱살을 붙잡아 확 끌어내렸다.

스카리는 쓰러지지 않기 위해 무릎을 꿇었다. 팔리탐은 곁에 나란히 무릎을 꿇으며 팔로는 스카리의 어깨를 감싸 안았다. 스카리가 몸부림쳤지만 팔리탐은 팔에 더욱 힘을 주며 속삭였다.

"가만히 있어, 이 멍청아! 슬퍼하는 척해!"

스카리의 몸부림이 멈추었다. 그는 놀란 표정으로 팔리탐의 가면을 바라보았다. 팔리탐이 윽박질렀다.

"내가 아니라고 했다. 아버지를 봐!"

스카리는 황급히 고개를 돌렸다. 하지만 락토의 얼굴을 보자마자 스카리는 진저리를 치며 눈을 감았다. 팔리탐은 가면 아래에서 콧방귀를 뀌고는 스카리의 머리를 내리눌렀다. 스카리는 턱으로 가슴을 찌르게 되었다. 스카리를 그렇게 만들어 놓은 팔리탐은 다시 일어나 락토에게 다가갔다. 팔리탐이 무슨 일을 하는지 궁금했던 스카리는 실눈을 떠서 살폈다.

팔리탐은 락토의 몸을 똑바로 수습했다. 락토의 의복을 바로하던 팔리탐은 자연스러운 동작으로 락토의 가슴에서 칼 조각을 뽑아내었다. 스카리는 가까스로 비명을 삼켰다. 팔리탐은 빼낸 칼 조각을 자신의 소매 속에 밀어넣고 나서 락토의 앞섶을 가다듬었다. 그리고 일어섰다.

"예. 노대 아래로 몸을 던지셨군요."

스카리의 어깨가 움찔했다. 팔리탐은 약간 냉기가 감도는 어조로 말했다.

"공작님께서 이렇게 가신 것은 크나큰 비극입니다만 다행히 계승권자가 이렇듯 주인 잃은 성으로 돌아오셨으니 불행 중 다행입니다. 새 공작님의 명령은 무엇입니까?"

스카리는 입을 열어도 되는지 알 수 없었다. 그가 주저하자 팔리탐은 퉁명스럽게 말했다.

"예, 각하. 사람들을 불러모아 아버님을 안으로 모시겠습니다. 당연한 명령입니다. 하지만 지금은 전쟁 중입니다. 부친을 잃은 슬픔으로 정신을 가다듬기 어려우리라는 점 이해합니다만 새 공작님께서는 이 전쟁을 책임져야 합니다."

스카리는 겨우 입을 열었다.

"나는……."

"전쟁을 끝내기를 원하십니까, 각하?"

"전쟁을…… 그래. 전쟁을……."

"항복입니까?"

"항복을……."

"물론입니다, 각하. 우선은 휴전을 요청해야겠지요. 아버님의 죽음을 황제에게 알리고 휴전을 요청하겠습니다. 그리고 차차 항복을 의논하는 것이 옳을 듯합니다. 네 아버지가 모두 뒤집어써 줄 거다, 개자식아. 손가락으로 네 눈이라도 찔러서 사람들이 왔을 때 눈물을 보여라. 그러면 사람들을 불러오겠습니다."

고개를 들 수 없었던 스카리는 팔리탐이 떠나는 모습을 보지 못했다. 똑바로 누워 있는 아버지의 얼굴도 볼 수 없었다. 스카리는 자신의 손을 보았다. 팔리탐이 했던 말이 떠올랐다. 스카리는 손가락 두 개를 폈다. 손가락이 부들부들 떨렸다. 스카리는 그 손으로 자신의 눈꺼풀 위를 찔렀다.

엄청나게 아팠다. 그러나 눈물은 나오지 않았다.


부악타의 외침을 들은 치천제는 고개를 돌리지 않았지만 아실은 머리를 들었다. 흐트러진 머리카락 사이로 보이는 아실의 얼굴은 창백했고 땀에 젖어 마치 익사체 같았다. 아실은 목으로 으르렁거리는 소리를 내며 하늘누리를 응시했다.

그 순간 부악타는 뒤로 나동그라질 뻔했다. 하늘누리가 위아래로 크게 움직였기 때문이다. 부악타는 가장 가까운 지붕을 부여잡았다. 하지만 부악타가 지붕을 잡을 수 있을 정도로 낮은 그 집은 레콘을 위한 집이 아니어서 그렇게 튼튼하지도 않았다. 부악타는 철궁과 지붕 더미에 깔렸다. 분노의 외침이 터져 나왔다.

환상 계단 위에 서 있던 치천제 또한 그 진동을 피할 수 없었다. 황제는 두 손으로 바닥을 짚어야 했다. 아실이 사납게 말했다.

"땅이 그립지?"

치천제는 고개만 들어 아실을 쳐다보았다. 아실 또한 엎드린 자세였지만 볼품없다기보다는 민첩한 맹수처럼 보였다. 치천제는 아실의 입 안에 송곳니가 자라고 있지 않나 살펴보고 싶은 충동을 느꼈다. 아실이 말했다.

"땅에 발을 딛지 않는 것이 자랑이야? 땅에 발을 딛고 사는 사람들을 통치하는 황제가? 법 위에 있다는 것이 즐거워? 법으로 사람들을 통치하는 황제가?"

치천제는 아실이 하늘누리를 완전히 통제하고 있음을 인정했다. 사방이 막힌 방 안에 있는 천경유수나 데라시는 하늘누리의 외관을 바깥에서 볼 수 있는 아실보다 불리했다. 그리고 치천제는 아실이 도저히 통제할 수 없는 분노에 빠져 있다는 것 또한 인정했다. 미증유의 정신 억압자일지도 모르는 상대와 마주 섰을 때 아실은 이미 의식의 상당 부분을 공포에 잠식당한 상태였고 공포를 억누르기 위해 가혹한 증오를 불러일으켰다. 그리고 쉬크톨과 철시의 공격은 그런 아실을 더 큰 노여움 속으로 밀어 넣었다.

"그렇게 해서 나머지를 몽땅 하나로 만들어 버리는 거지? 땅에 사는 것들, 법 아래 있는 것들! 네멋대로 우리를 하나로 만들어 놓고 그 하나에서 벗어나는 것은 가차 없이 잘라 내지…… 그 빌어먹을 정신 억압으로 말려 죽였지!"

"그래서?"

아실은 하나뿐인 눈을 치켜뜨며 황제를 노려보았다. 황제는 차갑게 말했다.

"그래서? 네가 원하는 것을 짐이 말해 볼까. 다른 것들은 따로 살아야 한다는 거지? 레콘들은 제국으로부터 분리되어야 한다. 그리하여 그들이 유사 이래 한번도 가져 본 적이 없었던 정체(政體)를 고안해 내고 확립한 다음 다시 제국에 통합한다. 아마 이것이 분리주의지?"

"그래!"

황제는 흘러내리는 흑사자 모피를 끌어당겼다.

"분리된 자들이 어떻게 되는지 모르느냐?"

"무슨 소리야?"

"지상에는 네 선민 종족이 있다. 레콘, 인간, 도깨비, 나가지. 그런데 나가는 네가 제안하는 것과 같은 일을 한 번 겪었다. 그들은 한계선을 통해 다른 세 종족과 분리되었다. 그리고 그들에게 잘 어울리는 정체를 확립했지. 각 가문을 장악한 가주들로 구성되는 가주 평의회가 도시 단위로 그들을 다스렸지. 네가 제안하는 일은 이미 나가들에 의해 실험되었고, 그 결과도 나와 있다. 남과 북으로 분리되었던 세계는 어찌되었지?"

아실은 턱을 부들부들 떨었다. 황제는 날카롭게 말했다.

"대확장 전쟁이 벌어졌지."

소화차에 바위가 부딪혔다. 수조가 박살 나며 튀어오르는 물보라가 마치 피처럼 보였다. 치솟아 오르는 목재와 수레바퀴들이 하늘을 어지럽히다가 대지를 강타했다. 소화차를 밀고 있던 병사들은 이 순간이 올 것을 알고 있었다. 소화차가 상대해야 할 것은 어차피 불 아니면 레콘이다. 사람 머리통만 한 바위에서 황소의 몸통만 한 바위들까지 온갖 바위들이 날아들었지만 각 소화차를 지휘하던 상전사들은 고함을 내질렀다.

"멈추면 죽는다! 달려! 밀어! 가서 물을 뿌려야 산단 말이다!"

소화차 위에 뛰어올라 칼을 휘두르며 독려하던 상전사 한 명이 날아든 바위에 맞았다. 머리가 으스러지며 상전사는 뒤로 공중제비를 넘었다. 상전사는 즉사했지만 그 몸은 살았을 적엔 한번도 할 수 없었던 복잡한 묘기를 죽은 채 보여 주었다. 소화차를 밀던 병사들은 질겁했다. 하지만 그들의 머리 위로 상전사들의 외침이 채찍처럼 떨어졌다.

"가야 해! 멈추지 마!"

사라티본 부대의 살아 있는 투석기라고 할 만한 레콘들도 난처한 꼴을 겪고 있었다. 소낙비처럼 날아온 아기살들이 그들의 사지를 매섭게 파고들었다. 레콘의 밝은 눈은 아기살들을 파악할 수 있었으므로 그들은 들어 올린 바위로 얼굴을 가렸다. 그 때문에 투석률은 많이 떨어졌다. 기어코 가장 그악스럽게 달려온 소화차가 살수 가능 거리까지 좁혀 들어왔다. 소화차 위에 있던 상전사는 노기로 턱을 떨며 살수관을 흔들었다.

"살수!"

하전사들이 양수 손잡이를 부서져라 내리눌렀다. 강력한 수압은 좁은 살수관을 통과하며 더욱 거세어졌다. 물줄기가 레콘들을 향해 뿜어져 나갔다.

물줄기가 목표한 곳에 서 있던 레콘들은 놀라운 순간 동작으로 그것을 피했다. 하지만 그들이 피한 곳은 뒤쪽이었고 그 때문에 돌을 들고 오던 레콘들과 연쇄 충돌이 일어났다. 거친 욕지거리와 비명이 터져 나왔다. 균열이 일어난 곳은 레콘 크락스가 지휘하던 곳이었고 크락스는 격분하여 그 소화차에 바위를 집어던졌다. 물을 뿌릴 수 있을 만큼 가까운 거리였고 바위는 거대했다. 소화차는 사지를 뚫고 힘겹게 가져온 물을 채 1할도 쏟아 내지 못한 채 박살 났다. 하지만 크락스는 만족할 수 없었다. 부서진 소화차에서 물이 폭발했기 때문이다. 자신의 휘하 레콘들에게 더 큰 혼란이 일어나는 것을 보며 크락스는 암담한 기분을 느꼈다. 힌치오 또한 그 모습을 보았다.

"뒤로! 계속 바위를 던지면서 뒤로 물러나!"

사라티본 부대의 레콘들은 뒤로 물러섰다. 거리가 멀어지는 만큼 죽을 확률도 높아진다는 것을 알고 있는 소화차들은 기를 쓰고 그들을 따라 전진했다.


아실은 움켜쥔 주먹으로 환상 계단을 후려쳤다.

"레콘은 나가가 아니야!"

"어떻게 다르지?"

"레콘에겐, 레콘에겐 숲이 필요 없어! 나가들처럼 지상을 뒤덮는 숲을 원하지 않는단 말이야!"

"나가들에게도 필요 없었다."

아실은 호흡을 멈췄다. 그녀는 황제가 무슨 이야기를 하는지 알 수 있었다. 그리고 황제는 그녀가 짐작하는 이야기를 했다.

"2차 대확장 전쟁이 벌어지기 전에도 나가들에겐 이미 키보렌이라는 광대한 밀림이 있었어. 그들만의 숲이었지. 왕이 없었던 북부가 그 숲을 빼앗아 갈 리도 없었고. 하지만 나가들은 신의 힘을 훔쳐서 한계선을 넘었어. 아실. 네가 말하는 분리주의는 아무리 보아도 3차 대확장 전쟁을 위한 준비 작업처럼 보이는군. 레콘 대 다른 세 종족의 전쟁 말이야. 레콘들은 신의 힘을 훔칠 필요가 없겠지. 그들 자신이 힘이고 무기니까. 저기를 봐."

아실은 꼼짝도 하지 않았다. 치천제는 팔을 뒤쪽으로 뻗었다.

"저기를 봐. 저게 네가 만들려고 하는 세상이니까."

아실의 고개가 천천히 돌아갔다. 하늘치를 둘러싸고 있는 환상 계단 때문에 잘 보이지 않았지만 먼 곳에서 전투가 벌어졌다는 것은 알 수 있었다. 그것은 사라티본 부대와 제국군 본대의 전투였다.

환상 계단의 속도가 일정해졌다. 그것은 아직도 앞으로 움직이고 있었지만 이제 그 속도는 바뀌지 않았다. 황제는 서서히 몸을 일으켰다.

"분리된 것은 반목한다. 너는 레콘들을 사랑하지. 레콘들에게 정말 그들 외의 다른 세계와 끊임없이 싸우는 운명을 주려는 거냐? 그것이 타이모가 원하는 것이었을까? 짐은 그렇게 생각하지 않는다."

아실은 멍하니 전장을 바라보았다. 똑바로 선 황제는 손을 앞으로 내밀었다. 아실이 그 손을 마주 잡기엔 거리가 멀었지만 그 동작의 의미는 분명했다.

"일어나라, 아실."

"엎드려!"

아실이 날카롭게 외친 순간 하늘누리가 다시 경련하듯 속도를 변화시켰다. 황제는 비틀거리다가 주저앉았다. 아실이 고개를 돌려 황제를 노려보았다.

"그런 속 보이는 거짓말로 나를 속여 넘길 수 있다고 생각했어?"

치천제는 목 주위의 비늘을 조금 세웠다. 그녀를 바라보고 있는 아실의 얼굴은 젖어 있었다. 아실은 눈물을 흘리며 말했다.

"저건 레콘의 싸움이 아니야. 너와 발케네 공의 싸움이지. 레콘의 악몽은 바로 네가 만드는 세상이야! 싸움? 세상과 싸워? 레콘이 싸움이야! 레콘은 숙원의 전사다. 다른 사람의 욕망을 위해, 다른 사람의 증오를 위해 싸우는 것은 레콘이 아냐! 네가 만들려는 세상, 모든 것이 비슷비슷한 세상에서 레콘들이 다른 자들과 비슷해진다면, 황제를 위해 싸우고 공작을 위해 싸우는 자들과 마찬가지가 된다면 그것이 바로 비극이야! 저걸 보라고? 저걸 봐야 할 것은 바로 너야! 저것은 네가 만들려는 세상이니까!"

황제는 아실의 요구를 받아들이지 않았다. 대신 앉은 채 쉬크톨을 다시 뽑았다. 아실은 격분하여 하늘누리를 뒤흔들었다.


바질튼의 남작 친 피타오는 말이 힘들어 하는 것을 느꼈다.

볼존 스베이크의 사체가 돌아온 직후 암살성에서 함께 도망쳤던 무리들은 하나 둘씩 흩어졌다. 아직 많은 무리가 함께 달리고 있었지만 친 피타오는 바질튼으로 가기 위해선 방향을 바꿔야 한다고 생각했다. 그는 말을 멈춰 세웠다. 도망자 무리들은 친 피타오를 흘끔 쳐다보았지만 말을 걸거나 하지는 않았다. 그들은 지금까지 달려왔던 방향으로 계속 도주했다. 친 티파오는 도주자 무리에게 방해가 되지 않도록 옆으로 멀찍이 비켜섰다.

남작의 기수는 다행히도 가까운 곳에 있었다. 피타오 남작은 기수에게 깃발을 높이 들도록 명령했다. 말이 아닌 두 발로 달리는 바질튼의 보병들은 뒤처져 있었다. 친 피타오는 뒤처진 보병들이 따라오기를 기다리며 생각에 잠겼다.

암살공이 패배하는 것은 자명한 사실이고 이제 피타오 남작은 자신의 앞날을 고민해야 했다. 진작 도망쳤어야 마땅한 일이었다. 암살공의 소환을 받고 바질튼을 떠날 무렵 그의 계획은 소환에 응했다는 사실만 고지한 다음 무슨 핑계를 대서라도 바질튼으로 돌아가는 것이었다. 하지만 사라티본 부대의 모습을 목격한 피타오 남작은 다른 사람들과 마찬가지로 그 모습에 매료되어 버렸다. '인생은 도박이다. 그리고 많은 것을 걸수록 이겼을 때 돌아오는 것 또한 크다. 어쩌면 공작에게 승기가 있을지도 모르고, 그렇다면 그의 곁에 있어야 승리의 영광을 조금이라도 나눠 가질 수 있을 것이다.' 세상 일을 다 안다는 듯이 똑똑한 소리를 하는 자들은 그렇게 말했다. 그리고 피타오 남작은 그 말이 합리적이라고 생각하는 우를 저질렀다. 친 피타오는 어떻게 제국을 이길 수 있다는 황당한 소리를 믿었는지 알 수 없었다.

다행인지 불행인지 친 피타오와 그의 병사들은 별다른 전공을 세우지 못했다. 전투는 대부분 사라티본 부대가 수행했다. 한때는 그런 저조한 전적이 전리품 분배에서 악영향을 끼칠지도 모른다고 초조해했지만 이제 남작은 그 때문에 살아날지도 모르겠다고 생각했다. '공작이 소환해서 어쩔 수 없이 갔던 것입니다. 차

마 폐하께 대적할 수 없어서 제 병사들에게는 전투 행위를 명령하지 않았습니다. 확인해 보옵소서…….'

상념에 잠겨 있던 남작의 눈에 기묘한 것이 들어왔다.

피타오 남작은 의아한 표정으로 그것을 바라보았다. 하늘에 나무다리가 있었다. 판자와 목재로 제법 잘 만들어진 튼튼한 다리였다. 너무도 의외의 장소에 뜻밖의 물건이 있는지라 남작은 그것을 해석할 수 없었다. 그래서 남작은 그것이 떨어지는 모습을 물끄러미 바라보았다.

마치 가랑잎처럼 유유히 떨어진 나무다리는 땅에 부딪혔다. 그리고 가랑잎 수만 장이 모여도 이루어 낼 수 없는 굉음을 내며 박살 났다. 땅이 울리는 충격에 말이 발길질을 했고 남작은 가까스로 정신을 차렸다. 남작은 결사적으로 말에 매달려 도망치려는 말을 달래며 황급히 위를 바라보았다. 그리고 잠깐 동안 자신이 눈을 뜬 채 악몽을 보고 있는 것이 아닌가 의심했다.

하늘누리가 그를 향해 미친 듯이 날아오고 있었다. 아래로 떨어져 남작의 말을 기겁하게 한 것은 그 옆구리에 붙어 있던 나루터들 중 하나였다.


맥키 네미 부위는 9014 독립 중대, 일명 헨로 중대의 자랑인 아기살의 공격에 별다른 피해를 입지 않는 사라티본 부대의 모습에 조바심을 느꼈다. 호의적인 전략가라면 전원 레콘으로 구성된 사라티본 부대의 공격 효율을 그 정도까지 떨어뜨린 것만으로도 대단한 전과라며 칭찬하겠지만 맥키 네미는 그런 칭찬에 관심이 없었다. 제국군의 레콘들은 모두 하늘누리로 올라가 있고 돌격하는 발케네의 레콘을 저지할 수 있는 것은 아기살과 소화차뿐이다. 그 둘만으로 궤멸적인 타격을 입히지 못한다면 호의적인 칭찬은 추도사로나 사용될 것이다. 하지만 네미는 화를 내거나 짜증을 부리지는 않았다.

"젠장. 더럽게 안 자빠지네. 쏴! 오늘 레콘이 찰과상으로 죽는 꼴 한번 보자! 계속 쏴!"

다른 부위들도 병사들을 대하는 네미의 태도에 공감했다. 가리아 릿폴 부위가 웃음을 터뜨렸다.

"간질여서 죽이는 건 어때?"

"둘 다 멍청하긴! 쏜 데 또 쏘면 돼. 한 군데만 계속 쏘라고!"

"이런 나약한 것들 같으니라고. 잔인해져야 해! 침 발라서 쏴!"

9014 독립 중대의 부위들은 실로 다채로운 대(對)레콘 사법의 오의들을 창안해 내어 병사들에게 전파했다. 그리고 그와 동시에 오만한 태도도 전파했다. 물론 그들의 목적은 후자에 있다. 병사들 모두는 승리에 대한 확신으로 시위를 잡아당겼다. 부위들과 병사들의 모습을 본 니어엘은 빙긋 웃으며 활을 잡아당겼다.

몇 번째인지 기억도 나지 않는 온작을 했을 때, 니어엘은 가슴 한구석이 뜨끔하는 것을 느꼈다.

니어엘은 활을 내렸다.

이마에 맺힌 땀방울이 눈썹에 차갑게 매달렸다. 니어엘은 눈썹을 문질렀다. 미끈거리는 손가락을 무심하게, 아니면 초조하게 비벼 문지르며 니어엘은 하늘을 살폈다. 그리고 자신이 받은 인상이 잘못되지 않았다는 것을 어쩔 수 없이 인정했다. 하늘누리가 예상외로 작았다.

하늘누리의 거대한 크기 때문에 그것을 알아차리는 것이 늦었다. 아직 그 인상적인 거대함은 줄어들지 않았지만 이제 하늘누리는 말을 타고 달려도 한참 걸릴 거리에 있었다. 암살성에 레콘들을 떨어뜨리기는커녕 조만간 파리조 바깥으로 벗어나지 않나 싶은 거리였다.

뭔가가 엄청나게 잘못되고 있었다. 하늘누리는 제국군을 남겨둔 채 북녘으로 날아가고 있었다. 니어엘은 입 안이 말할 수 없이 썼다. 손안의 활이 낯설었다. 그녀의 땀이 묻어 미끈거리는 활은 징그러운 동물 같았다. 니어엘은 활을 떨어뜨리지 않기 위해 두 손으로 움켜쥐었다.

갑자기 호흡이 터져 나왔다. 니어엘은 입술을 깨물었다.

지금 외칠 수는 없었다. 그녀의 주위에는 그녀의 지휘를 받는 부하 장병들이 있었다. 이곳에서 감정적으로 흔들리는 모습을 보일 수는 없었다. 니어엘은 그 어떤 단어보다 부하 장병들의 마음을 휘저어 버리게 될 단어들을 입속으로 외쳤다.

'아버지, 어머니!'

니어엘은 몸이 덜덜 떨리는 것을 애써 억눌렀다. 하늘누리의 통제에 잠깐의 이상이 생긴 것이다. 어쩌면 멈추는 기능에 작은 문제가 생겨 정지하지 못하는 것일 수도 있다. 하지만 그것은 곧 회복되고 하늘누리는 돌아올 것이다. 니어엘은 그렇게 생각하기로 했다. 하지만 가슴이 두근거리는 것은 쉬 멈추지 않았다. 철사로 가슴을 감아 놓은 것 같은 답답함에 니어엘은 앞섶을 잡아당겼다. 익숙한 활쏘기를 하며 다른 곳에 신경을 쏟고 싶은 마음이야 한량없었지만 니어엘은 아기살을 쏠 수 없었다. 흔들리는 마음으로 쏘기에 아기살은 지나치게 위험한 무기다. 그래서 니어엘은 고함을 지르며 부위들처럼 부하들을 독전하기로 했다.

도르 헨로는 사태가 심상찮다고 생각했다. 하늘누리는 오래전에 멈췄어야 했다. 하지만 하늘누리는 멈추기는커녕 여러 차례에 걸쳐 속도를 높이고 있었다. 도르 헨로는 도시 외곽 쪽에서 들리는 굉음도 마음에 들지 않았다. 건물이 무너지는 듯한 그 굉음은 하늘누리의 비정상적인 움직임과 분명히 관련 있을 것이다. 도르는 이를 악문 채 말했다.

"어쩌면 나루터가 떨어졌을지도 모르겠군."

도르 헨로는 마당에 앉아 있었다. 집 안에서는 온갖 물건들이 떨어져 위험했다. 어쩌면 집 자체가 무너질지도 몰랐다. 도르는 하늘누리의 속도가 변할 때마다 삐걱거리는 지붕을 보며 그런 일이 일어날지도 모르겠다고 생각했다. 지금의 상황은 지진에 가까운 것이니까.

모디사 헨로는 그의 곁에 앉아 도르의 팔을 끌어안고 있었다. 조금 떨어진 곳에서는 집안의 사용인들이 주저앉아 불안한 표정으로 서로를 부여잡고 있었다. 그 사용인들을 바라보던 모디사가 지나가는 말처럼 말했다.

"아래로 내려가요."

"뭐?"

모디사는 도르의 얼굴을 돌아보았다.

"아래로 내려가요. 아래는 그룸 성이죠. 부냐가 우리를 환영해 줄 거예요."

도르는 아내를 바라보았다.

자신이 최소한 백작 부인이 되어야 한다고 믿던 소녀가 있었다. 권력욕이나 허영심과는 조금 다르다. 소녀는 많은 주의력 부족한 부모들이 행하는 쓸데없는 짓의 희생자일 따름이다. 소녀의 부모는 소녀가 공작 부인이나 후작 부인, 최소한 백작 부인은 될 거라고 말하곤 했다. 그들이 실제로 그렇게 믿었을 수도 있고, 그렇지 않으면 딸에게 예의 범절을 가르치기 위한 동기 부여쯤으로 생각했을 수도 있고, 그저 계급 개념에 기초한 애정 표현을 한 것일 수도 있다. 다행히 그런 말을 듣고 자라난 많은 아이들은 인생의 난이도를 체감하게 될 무렵 어린 시절의 꿈을 가볍게 무시하는 방법도 배우게 된다. 하지만 그런 방법을 배우지 못하거나 배우기를 거부하는 일부 아이들도 있다. 그런 아이들은 어린 시절에 주입된 성인상에 걸맞지 않는 성인으로 자라났을 경우 어떤 성취에서도 성취감을 느끼지 못하고 심지어 죄의식마저 느끼게 된다. 그리고 모디사는 그런 아이였다.

  자작 부인이 되었다는 것은 모디사에게 인생의 실패를 의미했다. 아직 사랑의 술에 세월의 물이 적게 들어가 그 농도가 짙던 무렵 도르는 모디사의 우울함에 당황해하고 그녀의 비위를 맞추려고 애썼다. 하지만 모디사는 그것을 죄인에게 바치는 동정으로 해석했다. 도르가 이해하기 힘들었던 것은 모디사가 그를 원망하지 않았다는 것이다. 도르가 생각하기에 자작 부인이 된 것이 불만이라면 남편을 원망하는 것이 평범한 반응일 것 같았다. 하지만 모디사는 자신을 원망하고 자신을 증오했다. 그리고 딸이 자신의 실패를 되풀이하는 것을 두려워했다.

  모디사 자신의 해석에 따르자면 모디사와 니어엘이 일으킨 갈등의 원인은 모정이었다. 니어엘이 궁술에 좋은 자질이 있다는 것이 밝혀졌을 때 모디사가 보인 반응은 다른 말이 필요 없는 발광이었다. 공교롭게도 당시 니어엘은 어머니의 말을 반대하기 위해 존재하는 것쯤으로 생각하는 나이였다. 니어엘은 차갑게 어머니를 무시하고 군인의 길을 선택했다. 그리고 좀 더 나이를 먹은 다음 니어엘은 자신의 행동을 후회했다. 니어엘은 죄의식을 가지고 어머니를 대했고 그 태도는 둘의 관계를 호전시키기는커녕 더욱 냉각시켰다. 모디사의 모든 열망이 그대로 체화된 것처럼 자라난 부냐가 대장군 엘시 에더리와 약혼했을 때, 물론 모디사는 뛸 듯이 기뻐했지만 도르는 속으로 그보다 더 기뻐했다. 대장군의 장인이 된다는 것에 기뻐한 것이 아니라 마침내 그의 가정이 정상적으로 돌아올 거라는 예감 때문이었다. 실제로 모디사와 니어엘의 관계는 일시적으로 호전되기까지 했다. 부냐를 대장군에게 소개한 것이 니어엘이기 때문이다. 도르는 어쩌면 니어엘이 바로 그것을 노리고 대장군에게 부냐를 소개한 것은 아닐까 의심하곤 했다. 그리고 그런 의심이 들 때마다 도르는 그것을 지우기 위해 애썼다. 어머니에게 괴롭힘 당할 때 그가 아무런 도움도 주지 못했던 딸이 그 자신이 방치해 둔 가정의 평화를 홀로 힘겹게 회복했다는 생각이 들 때마다 도르는 견디기 어려운 기분이 들었다.

 희망의 날갯짓이 클수록 추락 거리는 늘어난다.

 부냐가 태위청에 끌려간 이후로 도르는 모디사가 정상인인 것처럼 대하려 애썼다. 사실은 그렇게 생각하지 않기 때문이다. 모디사는 두 딸 모두가 자신처럼 참담한 실패를 겪었다는 사실을 받아들일 수 없었다. 흔들리는 하늘누리 위에서, 도르는 아내를 뿌리치고 싶다는 생각과 그녀를 더 세게 끌어안고 싶다는 생각을 동시에 느꼈다.

 도르는 한숨을 내쉬었다. 그리고 지금까지 그러했던 것처럼 모디사가 정상인 것처럼 행동했다. 그는 모디사의 말이 합리적일 수도 있다는 태도를 취했다.

"하늘누리가 위험에 빠졌다면 대피해야겠지. 그리고 대피한다면 가장 가까운 곳은 암살성이고, 그곳에는 우리 딸도 있지. 일리 있는 말이오."

말해 놓고 보니 정말 합리적인 말처럼 들렸다. 도르는 반대할 명분을 떠올릴 수 없었다. 피로감 속에서 도르는 그 말에 반대해야 하는가 하는 의문을 느꼈다. 황제는 그의 딸을 가두고 거듭된 탄원을 모두 거부했다. 도르는 당황하며 황제에 대한 애정의 발로를 찾아보려 했지만 그런 것은 떠오르지 않았다.

다시 하늘누리가 진동했다. 사용인들 무리에서 비명이 터져 나왔다. 신경이 곤두선 모디사가 거친 호흡 소리를 내며 그의 팔을 부여잡았다. 도르는 그 모든 것이 싫었다. 그는 평화를 원했다. 다른 모든 것을 지불하고서라도 얻고 싶을 만큼.

"하지만 내려갈 방법이 없소. 하늘누리는 움직이고 있소. 환상계단이나 승강기, 그 무엇으로도 내려갈 수가 없소."

모디사는 신경질적인 웃음을 터뜨렸다. 도르는 덜컥 겁이 났다. 그는 탐색하는 눈으로 아내의 얼굴을 살폈다. 가까스로 웃음을 멈춘 모디사가 말했다.

"딱정벌레가 있잖아요."

말을 하면서 모디사는 하늘 쪽을 가리켰다. 고개를 들어 올린 도르는 하늘을 날고 있는 많은 딱정벌레들을 발견했다. 하늘누리의 갑충사 전원이 하늘로 날아오른 것 같았다. 도르가 질문했다.

"갑충사들? 그들이 우리를 태워 준단 말이오?"

모디사는 확신을 담아 말했다.

"물론이죠. 우리는 부냐의 부모니까."

도르는 그것이 알맞은 대답이 아니라고 생각했다. 그때 하늘누리가 다시 거세게 진동했다. 도르가 진저리를 칠 때였다.

"이봐요, 거기! 헨로 남작입니까? 위를 보십시오!"

도르 헨로와 모디사 헨로는 놀란 표정으로 위를 쳐다보았다. 율형부사 사라말이 허공에 떠서 그들을 내려다보고 있었다.

"유, 율형부사, 어떻게 거기 있는 건가?"

사라말은 담담하게 말했다.

"물론 승천한 티나한처럼 위로 뻗는 환상 계단을 상상했지요. 당신들도 그러는 것이 좋을 겁니다. 뭔가가 떨어지는 높이보다 더 높은 곳에 있는 것이 안전하지 않겠습니까?"

대단히 옳은 말이었다. 하지만 그 말을 따를 수가 없었다. 사용인들 중 몇 명이 하늘로 뛰어 올라가는 것을 보며 도르 헨로는 안타까운 표정을 지었다. 그가 말을 하려 할 때 사라말이 사태를 이해했다.

"알겠습니다. 상상을 못하시는군요. 잠깐 기다리십시오. 곧 구해 드리겠습니다."

도르는 사라말이 어떻게 자신을 구한다는 것인지 궁금했다. 하지만 사라말이 허공을 빠르게 뛰어가는 바람에 물을 수가 없었다. 도르 헨로는 걱정 반, 희망 반의 얼굴로 아내를 끌어안았다.


파라말 아이솔은 자신이 어떻게 유수부 경비국에 도달했는지 알 수 없었다. 누가 물었다면 파라말이 할 수 있는 최선의 대답은 애매한 미소뿐일 것이다. 그가 경비국까지 이동하면서 사용한 수단은 주로 쓰러지고 미끄러지고 구르는 것이었으며 걷거나 달린 기억은 별로 없었다. 그리고 그런 그의 주변으로 계속해서 무엇인가가 떨어져 내렸으며 발아래는 몸서리쳐지도록 흔들렸다.

그런 간난신고 끝에 경비국에 도달했지만 파라말은 끝내 경비국에 도달하지 못했다. 유수부차사가 경비국이 있는 위치에 도달한 것은 분명하다. 하지만 그곳에는 경비국이 없었다. 무너진 폐허뿐이었다. 파라말은 그것을 받아들일 수 없었다. 발아래가 조금이라도 평온했다면 파라말은 발을 굴렀을지도 모른다. 하지만 하늘누리는 그런 행동을 꿈도 꿀 수 없을 정도로 진동하고 있었다. 전진 속도를 변화시킴으로써 탑승자들을 당혹스럽게 만들던 하늘누리는 언제부터인가 자신의 행동에 좌우의 진동을 추가한 상태였다. 파라말은 하늘치가 춤을 연습하고 있는 것이 아닌가 의심스러웠다.

파라말은 반파된 벽을 짚은 채 정신을 뒤덮은 혼란을 걷어내려 애썼다. 일의 우선순위를 결정해야 했다. 가장 중요한 것은 황제다. 하늘누리가 파괴되는 한이 있어도 황제는 구출해야 한다. 파라말은 일단 황제의 상태를 살피기로 했다. 그러고 나서 파라말은 자신의 아둔함에 경악했다.

파라말은 자신의 착상을 시험해 보았다. 곧 그의 앞에 넓은 경사로가 나타났다. 하늘을 향해 뻗어 올라간 경사로는 호를 그리며 하늘누리 앞쪽으로 이어져 있었다. 파라말은 자신이 온갖 고생을 하며 경비국에 온 사실을 누가 알까 두렵다고 생각하며 경사로 위로 뛰어올랐다. 그리고 뜻밖의 상황에 놀랐다. 하늘치가 진동할 때마다 그가 만든 경사로 또한 진동했기 때문이다.

파라말 아이솔은 다른 사람들과 마찬가지로 환상 계단이 다른 사람에게 영향을 주거나 받지 않는다는 공리를 믿는 사람이었다.

그런 파라말에게 자신의 환상 계단이 하늘치의 움직임에 영향을 받는다는 사실은 꽤 당혹스러운 규칙 위반으로 느껴졌다. 그러나 조금 후 파라말은 그것이 당연하다는 것을 깨달았다. 환상 계단은 하늘치에 속하는 것이다. 하늘치가 없는 곳에서는 환상 계단을 만들 수 없다. 따라서 하늘치가 움직이면 환상 계단 또한 움직이는 것이 당연하다.

생각의 그 지점에 도달했을 때 파라말은 충격을 받고는 멈춰섰다. 자신이 뭔가 중요한 사실을 깨달은 것 같았다. 하지만 사색에 잠기기엔 상황이 지나치게 나빴다. 파라말은 자신이 멈춰섰다는 사실조차 믿을 수 없었다. 최우선순위는 황제의 안위를 확보하는 것이다. 파라말은 상념을 집어치우고 다시 경사로 위를 달렸다.

하늘누리 위 높은 곳에 이르자 파라말은 주위를 날아다니는 많은 딱정벌레들을 볼 수 있었다. 파라말은 하늘누리의 진동에 딱정벌레가 겁을 먹자 갑충사들이 전부 하늘로 날아오른 것이라고 판단했다. 파라말은 그들에게 신호를 보내 자신을 돕게 할 방법이 없을지 생각해 보았다. 소리는 통하지 않을 테니 몸짓밖에 없었다. 그는 팔을 크게 휘둘렀다. 하지만 그에게 주의를 기울이는 딱정벌레는 없었다. 대부분 너무 멀리 있었고, 그를 볼 수 있을 만큼 가까이 있는 딱정벌레는 전부 엉뚱한 곳에 신경 쓰고 있는 듯했다. 파라말은 그 딱정벌레들이 하늘치 앞쪽의 허공에 주의를 쏟고 있다는 인상을 받았다. 아마 황제를 보고 있는 것이리라.

파라말은 딱정벌레의 주의를 끄는 것을 포기하고 경사로를 따라 달렸다. 조금 후 둥그스름한 경사로가 아래를 향하기 시작했다. 파라말은 자신이 지나치게 급한 경사를 만들었다고 생각했다. 유수부차사는 앞으로 곤두박질치지 않기 위해 상체를 뒤로 한껏 젖힌 채 경사로를 따라 내려갔다. 그때 그의 눈에 금군 부악타의 모습이 보였다.

부악타는 철궁을 잡아당기고 있었다. 파라말은 그가 도대체 무엇을 겨냥하나 알아보기 위해 앞쪽을 바라보았다. 파라말은 비명을 지를 뻔했다. 질주하는 하늘누리의 앞쪽 허공에는 치천제가 앉아 있었다. 부정의 외침을 내뱉으려던 파라말은 문득 그 허공에 치천제 외에 한 사람이 더 있다는 것을 깨달았다. 조그마한 인간 소녀가 엎드린 자세로 허공에 떠서 치천제를 마주 보고 있었다. 그 순간 부악타는 철궁을 만작했다.

"하지 마!"

소녀의 가느다란 외침이 들려온 순간 파라말은 조금 전 그를 괴롭혔던 진동을 다시 느꼈다. 하늘누리는 왼쪽으로 출렁하듯 움직였다. 파라말은 경사로에서 벗어나 떨어질 뻔했다. 그는 황급히 몸을 뒤집어 경사로 위에 엎드렸다. 그 때문에 파라말은 완전히 엉뚱한 방향으로 날아가는 부악타의 철시를 보지 못했다.


철시가 날아가는 모습을 보던 치천제는 뒤를 향해 손을 흔들었다. 부악타는 그 뜻을 이해했다. 자꾸 엉뚱한 곳으로 날아가는 철시는 자칫하면 주위를 날아다니는 딱정벌레나 황제 자신을 맞힐지도 모른다. 부악타는 분노에 벼슬을 떨면서 철궁을 내렸다.

치천제는 왼쪽 무릎과 왼손으로 환상 계단을 짚은 채 환상벽을 주위에 펼쳤다. 황제의 의지에 의해 그녀만이 볼 수 있는 벽이 주위에 나타났다. 황제는 그 위에 천경유수 지알데 락바이의 모습이 나타나길 바랐다.

　그곳에는 부서진 기계 사이에 쓰러져 있는 지알데 락바이의 모습이 나타났다. 그는 바닥에 쓰러져 있었고 하늘누리의 격한 진동 때문에 무너진 기계들이 그의 몸을 짓누르고 있었다. 잔해 사이에서는 뜨거운 피가 바닥을 적시며 흘러나오고 있었다. 그것은 일어난 일이거나 일어날 일일 수 있다. 혹은 전혀 일어나지 않았고 앞으로도 일어나지 않을 일일 수도 있다. 하지만 황제가 지알데에게 어떤 기대를 품는 것을 관두는 것이 좋겠다고 판단하기엔 충분한 영상이었다. 황제는 환상벽에 비치는 모습을 바꿨다.

　환상벽 속에 두 번째로 나타난 것은 비스그라쥬 백 데라시의 모습이었다. 반쯤 엎드린 자세로 서 있는 데라시는 몹시나 당혹한 표정으로 벽난로를 바라보고 있었다. 벽난로 안쪽을 본 황제는 데라시의 당황을 이해할 수 있었다. 벽난로의 불이 꺼져 있었다. 굴뚝에서 떨어져 내린 무엇인가가 불을 꺼트린 듯했다. 아직까지는 방 안의 온기가 남아 있지만 머지않아 사라질 것이다.

　지알데와 데라시에게 닥친 위기를 차례로 본 치천제는 환상벽을 거두었다. 더 이상 볼 사람이 없었다. 하늘누리를 관장하기에 하늘누리 조작의 비밀을 알고 있는 천경유수가 죽었고 황제가 알려 주었기에 하늘누리 조작의 비밀을 알고 있는 데라시가 쓰러졌다. 또는 그와 유사한 상황에 처할 것이다. 따라서 아무도 아실을 막을 수 없었다.

　황제는 억지로 허리를 폈다. 발을 딛고 있는 환상 계단이 제멋대로 흔들렸지만 황제는 용케 똑바로 설 수 있었다. 그녀의 몸을 두르고 있던 검은 모피가 살아 있는 것인 양 우쭐거렸다. 치천제는 외쳤다.

"이 우스꽝스러운 짓을 그만둬! 아실!"

아실은 여전히 두 손으로 바닥을 짚은 채 고개를 홱 젖혀 황제를 올려다보았다.

"엎드리라고 했어!"

하늘치가 위아래로 진동했다. 황제는 춤추듯 휘청했다. 그러나 다음 순간 황제는 꼿꼿하게 서서 아실을 바라보았다. 아실의 등 뒤에서 구름이 다가오고 있었다. 산 주위에 엉겨 있다면 산안개라고 불렸을 낮은 고도의 구름이 하늘치를 덮쳐 오고 있었다.

하늘누리가 구름 속에 뛰어들었다.

용해시킨 진주의 흐름, 들고양이 뛰어든 닭장, 얼음이 벗어 놓은 허물, 굳힌 햇빛, 걷어챈 국화, 만년설을 태운 연기, 시든 번개, 번진 백작약, 구름이 날아왔다. 스며들고 흩어지고 엉겨 붙었다. 빠르게 날아온 구름 덩이들이 그들의 곁을 숨 가쁘게 스쳐 지나갔다. 구름이 떨친 소매가 태양을 뒤덮었다. 그러자 태양은 하얀 눈동자로 바뀌었다.

치천제는 숨을 죽였다. 비늘을 파고드는 바람이 매서웠다. 낮은 구름이었지만 그 속엔 비가 될 것인지 심사숙고하는 비의 씨앗들이 가득했다. 그것이 흑사자 모피를 젖어 들게 했다. 황제는 무거워지고 차가워지는 모피를 끌어올렸다. 바람이 그런 그녀의 노력을 비웃었다. 고함으로 속삭이는 바람 속에서 황제는 갑자기 자신이 엄청난 속도로 날고 있다는 것을 깨달았다. 꽤 여러 번의 속도 변화 때문에 알아차리지 못했지만 하늘누리는 이제 엄청난 속도로 날고 있었다.

황제는 고개를 숙여 아래를 바라보았다.

산맥이 흘렀다. 늪인지 숲인지 알 수 없는 푸른 멍자국 같은 것이 구름 사이로 언뜻 나타났다가 사라졌다. 잿빛 황야가 격류처럼 하늘누리 뒤편으로 흘렀다. 평야보다 더 작은 것은 알아보기 힘들 만큼 속도가 빨랐다. 치명적인 속도였다.

아실이 신음했다.

강력한 풍압 때문에 아실은 정신을 차릴 수 없었다. 바람은 망치처럼 그녀의 등을 쾅쾅 때렸다. 속도가 지나치게 높았다. 환상 계단에서 잠깐이라도 몸이 떨어지면 그대로 하늘 저편으로 날아가 버릴 것 같았다. 고통 속에서 아실은 이상하다는 듯 황제를 바라보았다. 황제는 조금도 비틀거리지 않는 모습으로 꼿꼿하게 서 있었다. 치천제의 모습을 살핀 아실은 조금 후 작게 욕설을 중얼거렸다. 그리고 치천제와 같은 행동을 했다.

아실은 천천히 일어서서 황제를 마주보았다. 그리고 환상 계단에 조작을 가했다. 그녀는 환상 계단이 자신의 몸을 둘러싸도록 했다. 황제가 쓰러지지 않는 것은 그녀 또한 그렇게 했기 때문이다. 아실의 몸이 환상 계단에 의해 고정되었다.

두 사람은 서로의 눈을 마주 보았다.


하늘누리 앞쪽에 있던 갑충사들은 아실을 공격해야 하는지 말아야 하는지 알 수 없었다. 그들은 아실과 하늘누리의 이상 움직임 사이의 연관성을 알지 못했고, 그들의 눈에 보이는 것은 아실과 황제가 마주 보고 있는 광경이었다. 만약 그들이 대화 중이라면 끼어드는 것은 황제에 대한 실례가 될 터였다. 그들은 하릴없이 그 주위를 빙글빙글 맴돌기만 했다.

그러나 뒤쪽에 있는 갑충사들은 뚜렷한 목적의식을 가지고 행동하고 있었다. 그들이 본 것은 어떤 인간 남자가 허공에 떠서 손을 흔드는 모습이었다. 남자에게 다가간 갑충사들은 그 남자가 율형부사 사라말 아이솔이라는 것을 알았다. 사라말은 가까이 다가온 갑충사들에게 아래를 가리켰다. 하늘누리 위에 앉으라는 뜻이 분명했다. 그리고 아래쪽에서는 레콘들이 기다리고 있었다.

딱정벌레들 중 몇 마리가 레콘들이 기다리는 곳으로 내려섰다. 갑충사들은 무슨 일이 벌어지는지 살폈다. 그리고 이해하기 어렵지 않은 광경이 보였다. 레콘들은 어디론가 달려가서 하늘누리의 시민들을 데리고 돌아왔다. 그리고 그 시민들을 갑충사 뒤에 태웠다. 딱정벌레는 시민을 태운 채 다시 날아올라 땅 쪽으로 내려갔다.

곧 더 많은 딱정벌레들이 하늘누리 위로 내려섰다. 레콘들은 거센 바람 속에서도 어렵지 않게 시민들을 운반했다. 더 많은 딱정벌레들이 시민들을 태운 채 땅으로 내려섰다. 그리고 땅에 시민을 내려놓은 딱정벌레는 다시 하늘로 날아올랐다. 하지만 갑충사를 제외하면 딱정벌레에는 한 사람 정도밖에 더 탈 수 없었으므로 그것은 시간이 많이 걸리는 대피 작업이었다.

실제로 대피 작업은 여섯 시간 동안 계속되었다.

갑충사들은 영웅적인 활약을 펼쳤다. 그들은 쉴 새 없이 하늘누리와 땅을 왕복하며 시민들을 대피시켰다. 그동안 하늘누리는 계속 움직였다. 그래서 첫 번째 대피자가 내려선 곳은 파리조 북부였지만 마지막 대피자가 내려선 곳은 라호친 남쪽이었다. 공기가 말할 수 없이 차가운 그 땅에서 누적된 피로에 지친 딱정벌레는 더 이상 날아오르지 못했다. 라호친의 싸늘한 눈밭에 쓰러져 죽은 딱정벌레들도 많았다. 하지만 하늘누리 위에는 아직도 오백여 명 남짓한 시민들과 레콘 여단병들이 남아 있었다. 레콘들은 갑충사와 함께 딱정벌레에 탈 수 없을 만큼 무겁기 때문이다.

하늘누리 위에 앉아 있던 사라말은 우울한 얼굴로 주위를 둘러보았다. 하늘누리의 미친 질주는 계속되고 있었고 더 이상 딱정벌레는 돌아오지 않았다. 주위에는 굳은 얼굴의 레콘들과 시민들이 서 있었다. 해가 질 무렵이었지만 라호친은 백야를 볼 수 있는 땅이었고, 그래서 아직 주위는 밝았다. 그리고 추웠다. 사라말은 선 채 얼어 죽을 것만 같았다. 레콘 여단병들이 바람 불어오는 쪽에 어깨를 붙인 채 서서 바람을 막아 주었지만 시민들은 견딜 수 없이 추웠다. 그들은 당장이라도 죽을 것처럼 보였고, 사라말은 고개를 떨어뜨리고 있는 사람들 중 어떤 이들은 이미 죽었을 거라고 생각했다.

하늘누리 앞쪽에서는 파라말이 추위에 고통스러워하고 있었다. 몇 시간 전 그를 발견한 부악타가 바닥에 앉아 그를 끌어안고 있었지만 하늘누리 앞쪽에는 바람을 막아 주는 것이 별로 없었다. 파라말은 미친 듯이 떨었고 자신이 더 떨 수도 있다는 사실을 믿지 못했다. 부악타의 뒤편에는 다른 금군들이 모여서 있었다. 지난 여섯 시간에 걸쳐 하나 둘 도착한 금군들은 바람에 밀리지 않기 위해 바닥에 앉아서 황제와 아실을 바라보았다.

그들이 황제를 구하려는 시도를 하지 않은 것은 아니다. 환상 계단을 만들 줄 아는 금군들이 몇 번이나 황제 곁으로 뻗어 가는 환상 계단을 만들었다. 그들은 정면으로 불어닥치는 바람에 맞서 황제에게 다가가려 했다. 하지만 그럴 때마다 하늘누리가 진동하여 그들을 쓰러뜨렸다. 우연으로 치부할 수 없는 정확한 방해가 계속되자 금군들은 더 이상 황제 구출을 시도할 수 없었다.

바람 소리가 짐승의 비명 같았다. 살을 찢어발기는 삭풍 사이로 하늘누리의 눈먼 질주는 계속되었다.

누구보다도 바람에 노출되어 있는 아실은 꼿꼿하게 선 채 꿈쩍도 하지 않았다. 그녀의 옷과 머리카락에는 얼음 조각들이 엉겨붙어 있었다. 하지만 그녀는 비틀거리지도 않았다. 부악타는 어떻게 인간이 여섯 시간 동안이나 그렇게 서 있을 수 있는지 알 수 없었다. 그 점에선 황제도 마찬가지였지만.

지평선을 따라 떠도는 유령 같은 백야의 태양. 햇빛이 그런 각도에서 비추니 그림자가 길게 늘어져야겠지만 백설로 뒤덮인 라호친의 땅에는 설광 때문에 그림자가 지지 않았다. 하늘도 희고 땅도 희다. 빛은 모든 곳에서 방향성 없이 부서졌고 바람은…….

"가라."

부악타는 움찔했다. 창칼 같은 바람 사이로 들려온 것은 황제의 목소리였다.

"가라. 가서 승강기를 이용해라. 그러면 빠져나갈 수 있을 거다."

"황제! 나는 너의 금군……."

"명령이다. 가라. 짐을 걱정하지 않아도 된다."

"황제?"

황제는 뒤돌아보지 않은 채 외쳤다.

"늦기 전에 어서 가라."

부악타는 파라말을 안은 채 서서히 일어섰다. 다른 금군들도 자리에서 일어섰다. 하지만 그들은 뒤돌아서지 못했다. 황제가 다시 말했다.

"나는 걱정할 필요 없다."

그 목소리에는 확신이 있었다. 금군들은 서로를 쳐다보다가 몸을 돌렸다. 인간 금군들은 레콘 금군들에게 부축을 받아야 했다.

몸을 돌린 그들은 하늘누리가 꽤 낮게 날고 있다는 것을 갑자기 깨달았다.

사라말은 거의 죽을 뻔했다. 갑자기 들려온 커다란 목소리는 그의 잠이 아니라 그의 죽음을 깨운 것 같았다. 사라말은 살아났다. 하지만 신통한 것이라곤 별로 없었다. 누군지 알 수 없는 존재가 무슨 말인지 알 수 없는 소리를 했다. 승강기가 어쩌느니 하는 시시한 소리였다. 살아날 이유치곤 한심했다.

누군지 알 수 없는 존재는 계속 승강기에 대해 이야기했다. 그걸 어찌해야 하느냐는 질문이었다. 사라말은 어찌한다는 말을 이해할 수 없었다. "덮고 자." 그렇게 대답한 것 같았다. 그러자 또다시 쓸데없는 말들이 그를 번잡스럽게 했다. 사라말은 그냥 죽기로 했다. 그런데 그 목소리가…….

"파라말이 어쨌다고?"

사라말은 눈을 떴다. 사실 조금 전부터 계속 뜨고 있었다.

사라말은 레콘에게 안겨 있는 파라말을 보았다. 그리고 초조한 표정으로 그를 바라보고 있는 금군 구레의 모습도 보았다. 사라말이 질문하려 할 때 구레가 외쳤다.

"승강기! 승강기를 이용하라고 하셨습니다. 어쩌라는 말씀이지요?"

"그렇게 낮게 날고 있소?"

구레는 깜짝 놀라서 고개를 끄덕였다. 사라말이 말했다.

"모두 승강기로 갑시다. 그리고 누가 나를 좀 움직여 줘야 할 것 같군."

레콘들은 분주히 움직였다. 그들은 사람들을 떠메거나 껴안은 채 아직까지 기능하고 있는 승강기로 이동했다. 사라말은 무성의한 어조로 승강기의 우리를 사슬에서 떼어 내라고 말했다. 레콘들이 달려들어 우리를 떼어 내자 사라말은 가까이 있던 레콘에게 몇 가지 지시를 내렸다.

그 지시에 따라 레콘은 사라말을 왼팔로 안고 오른손으로 승강기의 사슬을 움켜쥐었다. 그리고 레콘들이 서서히 승강기를 풀었다. 사슬이 풀림에 따라 사라말을 안은 레콘이 서서히 내려갔다.

조금 후 레콘의 발이 땅에 닿았다. 레콘은 미리 지시받은 대로 다리를 들어 올렸고 그러자 레콘은 사슬로 하늘누리에 연결된 채 눈밭에 등을 대고 세차게 미끄러졌다. 무슨 일을 해야 할지는 분명했다. 레콘은 사슬을 놓았다. 그는 눈밭 위를 미끄러지다가 서서히 멈췄다.

하늘누리에 남아 있던 레콘들은 환호했다. 그들은 같은 일을 반복했다.


아실을 바라보던 치천제는 갑자기 환상 계단을 없앴다.

그녀의 몸을 고정시키고 있던 환상 계단이 사라지자 황제는 바람에 떠밀려 휙 날아갔다. 황제는 하늘누리 위를 굴렀다. 아실은 그 모습을 보며 신음을 흘렸다. 어떻게 들으면 비명 같기도 한 소리였다.

황제는 똑바로 일어서서 아실을 무시한 채 달려갔다. 그녀는 황궁을 향해 똑바로 달려갔다.

얼마 후 황제는 두 번째 벽난로 방에 도달했다. 황제는 바닥을 바라보았다. 그곳에는 데라시가 꽁꽁 얼어붙어 쓰러져 있었다.

황제가 데라시를 향해 무릎을 꿇었다.

지상이 몹시 가까워졌다는 것을 깨달은 레콘들이 한꺼번에 뛰어내렸다.

사라말이 비틀거리며 일어났다.

아실이 노래 같은 비명을 질렀다.

계속 고도를 낮추던 하늘누리가 빙해에 충돌했다.

충격은 반경 수킬로미터 범위의 얼음을 전율시켰다. 빙해에 금이 가자마자 그것들은 아래에서 쳐올리는 압력을 느꼈다. 하늘누리의 거대한 몸이 밀어낸 물이 옆으로 밀려나며 얼음판을 아래에서부터 강타했기 때문이다. 직경이 수백 미터는 넘을 얼음판들이 한꺼번에 뒤집히며 치솟았다. 서로 맞물린 얼음판들이 까마득한 높이로 솟아오르며 순식간에 빙해 위에 산맥을 만들어 내었다. 그것은 아마도 화산이었던 모양이다. 극히 차가운 바닷물이 얼음 산맥의 능선을 따라 거세게 분출했다. 물과 함께 얼음덩이들이, 빙해 위를 뒤덮고 있던 눈이 치솟았다. 안개와 진눈깨비의 자식쯤 될 것 같은 것들이 새하얗게 울부짖으며 얼음 산맥의 옆구리를 휩쓸었다.

얼음 산맥은 잠시도 고정되지 않았다. 그것은 끊임없이 무너져 내리면서도 치솟아 올랐다. 경이적으로 가늘게 쪼개진 얼음판들이 하늘을 향해 내뻗은 수십 미터 길이의 얼음 송곳처럼 치솟다가 뒤로 넘어졌다. 굉음은 살인적이었다. 위로 비스듬히 솟아오르는 얼음판 위에서 수백 마리의 백마가 달리는 것 같은 얼음덩이들의 추락이 나타났다. 지독하게 하얀 하늘과 들끓는 얼음산 사이에서 춤추는 바닷물은 먹물처럼 검게 보였다.

사라말은 하늘누리를 멍하니 바라보았다. 지도에 그려도 될 것 같은 크기의 얼음산들이 계속 솟구치고 있었지만 그것들은 하늘누리의 모습을 감추지 못했다. 하늘누리는 스스로 모습을 감추었다. 하늘누리의 뒤편으로 떨어진 사라말은 하늘누리가 점점 멀어지는 것을 볼 수 있었다. 그리고 그것은 낮아졌다. 수십 킬로미터의 무시무시한 자취를 뒤로 남기며 하늘누리는 빙해 속으로 서서히 사라져 갔다.

사라말은 중얼거렸다.

"이건 곤란한데."

누군가가 그를 낚아챘다. 사라말은 레콘의 어깨 위에 자신이 올라타 있다는 것을 깨달았다. 그 레콘은 하늘치 반대 방향으로 맹렬히 달리고 있었다. 사라말은 레콘의 어깨에서 위아래로 출렁거리며 말했다.

"흐음. 이러고 있으니 돌아가신 외삼촌 생각이 나는군요."

"목말 많이 태워 주셨나 보지?"

"아니요. 머리 냄새가 심하셨습니다."

레콘은 웃느라 하마터면 넘어질 뻔했다. 등 뒤에서 빙해가 깨지고 있고, 굳이 물을 두려워하는 레콘이 아니라도 꽤 두려워함직한 상황이다. 그들은 얼음판 위에 있었다. 레콘은 바닥을 힘차게 걷어차며 도약했다.
 "농담 좀 하지 마! 제기랄. 죽느냐 사느냐 하는 판국이라고!"
 숨이 막혔던 사라말은 레콘이 다시 땅으로 떨어질 때야 겨우 입을 열어 말할 수 있었다.
 "죽느냐 사느냐? 글쎄. 폐하께선 돌아가신 것 같은데."
 사라말은 목에 무엇이 걸린 사람처럼 기침을 했다. 아무런 힘이 남아 있지 않아서 기침이라 할 수도 없는 그저 약간 거친 한숨 같은 것이었다. 하지만 사라말은 폐부가 찢어지는 것 같았다.
 "돌아가시면…… 안 되는데?"
 사라말은 비명을 질렀다.
 레콘은 얼굴 바로 옆에서 들려오는 처절한 비명에 깜짝 놀랐다. 그것은 어떻게 들으면 '으아아아!' 하는 소리 같았고 다르게 들으면 '폐하! 폐하!' 하는 소리 같았다. 레콘은 사라말을 달래려다가 그냥 도망치는 것이 낫겠다고 생각했다. 그는 율형부사가 비명을 지르도록 내버려둔 채 바람처럼 달렸다. 다행인지 불행인지 소음은 길지 않았다. 미친 듯이 울부짖던 율형부사는 혼절해 버렸다. 정신이 있는 자들은 모두 반대 방향으로 도망치고 있었고, 하늘누리의 마지막 모습은 아무도 목격하지 못했다.


 제국군은 그룸 성을 등지고 체구 좋은 기수를 태운 말 한 마리가 달려오는 것을 보았다.
 좋은 말이고 좋은 기수다. 그리고 서로 신뢰하는 듯하다. 바로 곁에서 레콘들이 난폭한 기세로 뛰어다니고 있는데도 말은 가진 재주를 다해 그들을 피하고 바위를 피하며 속도를 유지했다. 기수 또한 노련하게 몸을 움직여 말의 체중 이동을 돕고 있으니 말을 몬다기보다 힘을 합쳐 함께 달리는 것 같았다. 제국군의 병사들 중 말 좀 탄다는 이들은 모두 부지불식간에 그 모습에 감탄했다.

기수는 거대한 양손검을 든 사라티본 부대의 우두머리에게 빠르게 다가갔다. 그 위명을 제국군에 떨치고 있는 레콘 힌치오는 꽤나 성의 있는 태도로 기수를 대하는 것 같았다. 기수와의 짧은 이야기를 끝낸 힌치오는 양손검을 머리 높이 들어 올렸다.

"뒤로 물러나라—!"

소화차를 향해 맹렬하게 돌을 던지던 레콘들은 당황하여 뒤를 돌아보았다. 그중 자신의 행동을 미처 통제하지 못한 레콘 한 명이 바위를 던졌다. 그러자 힌치오는 격노하여 말했다.

"그 자식 뒤통수를…… 좀 만져 줘라, 야키보로—!"

야키보로는 뚜벅뚜벅 걸어가 돌을 던진 레콘의 뒤통수를 쓰다듬었다. 돌을 던진 레콘은 어쩔 줄 몰라했고 다른 레콘들은 일단 멈추는 것이 좋겠다고 생각했다. 힌치오가 말했다.

"모두 바위 내려놓고 내 뒤까지 물러나—!"

레콘들은 그대로 했다. 그들은 바위를 팽개치고 재빨리 달려갔다. 소화차를 밀던 병사들은 뜻밖의 사태에 당황했다. 전력으로 도망치는 레콘들을 따라잡는 것은 불가능했다. 그때 힌치오가 그들의 결심을 도울 말을 외쳤다.

"제국군도 멈춰—! 할 말이 있다—!"

소화차를 밀던 병사들은 당황하여 본대 쪽을 바라보았다. 본대에서 조금 후 정지 명령이 내려졌다. 병사들은 소화차를 멈추고 그 뒤에 서서 레콘들을 응시했다. 그리고 헨로 중대 또한 아기살

쏘기를 중단했다. 그러자 힌치오와 이야기를 나누던 기수가 제국군 쪽을 향해 천천히 다가왔다. 소화차 뒤에 있던 병사들은 칼을 뽑아 들고 기수의 움직임을 세심하게 살폈다. 기수는 말을 천천히 걷게 하고는 빈손을 높이 들었다. 회담 요청이 분명했다. 소화차의 병사들은 본대 쪽을 바라보았다.

조금 후 본대에서 하장군 한 명이 말에 올라 달려 나왔다. 창을 거꾸로 쥐고 있는 테룸 나마스 하장군이었다. 나마스는 기수 못지않은 훌륭한 기마술을 선보이며 바람처럼 달려왔다. 소화차들의 열에 도달한 하장군은 소화차와 소화차 사이에 서서 다가오는 기수를 기다렸다.

다가오는 기수를 보던 나마스는 기수의 얼굴이 이상하다고 생각했다. 조금 후 그는 상대방이 가면을 쓰고 있음을 깨달았다. 표정을 살필 수 없다는 것을 알게 된 나마스는 자신 또한 표정을 보이지 않겠다고 생각하며 기수의 도착을 기다렸다.

기수는 상당히 가까운 거리까지 다가왔다. 그는 소화차 뒤편에 있는 제국병이 달려들면 위험해질 수도 있는 거리까지 다가와 나마스에게 말했다.

"나는 팔리탐 지소어입니다. 전권을 위임받고 왔습니다."

"하장군 테룸 나마스입니다. 미안합니다만 나는 이야기나 들으러 왔습니다. 용건을 알 수 없으니까요."

"그러면 가서 전하십시오."

"뭐라고 전하면 됩니까?"

"오늘부터 석 달 동안 휴전을 요청합니다. 조금 전 발케네 공락토 빌파께서 승하하셨습니다."

어떤 말에도 놀라지 않겠다고 다짐했지만 나마스는 그 이야기에 깜짝 놀라지 않을 수 없었다. 그런 거짓말로 얻을 수 있는 것이 무엇인지 궁리하며 나마스는 말했다.

"암살공…… 실례했습니다. 공작께서 왜 갑자기?"

"자결하셨습니다. 4층 노대에서 투신하셨지요. 우리는 공작의 장례식을 거행해야 하고 그 뒤처리를 해야 합니다. 그러니 석 달 동안 휴전을 요청하는 겁니다."

"그러면 어떤 분이 내방하는 겁니까? 그쪽에서 오실 분을 알아야 이쪽도…… 적절한 답방 사절을 준비할 수 있을 듯합니다."

"미안합니다만 보내 드릴 분이 없을 것 같습니다. 적합한 자격을 갖춘 분들은 대부분 이곳에서 공작님의 마지막 추억을 되새기는 자리에 참석하고자 하실 테니까요."

나마스는 팔리탐의 이야기를 이해했다. 발케네의 고위 인사들은 공작 계승 문제가 현안이 된 지금 제국군에 인질로 붙잡혀 있고 싶지 않을 것이다. 인질 교환 없는 휴전 협정에 무슨 강제력이 있겠냐고 반문하고 싶었지만 나마스는 자신이 결정권자가 아니라 전달자임을 떠올렸다. 나마스는 고개를 끄덕였다.

"그렇게 전하겠습니다. 다른 말씀은 없습니까?"

"없습니다. 사라티본 부대와 함께 기다릴 테니 정리가 되면 사람을 보내십시오."

팔리탐은 말을 돌려 떠나갔다. 나마스 역시 본대 쪽으로 말을 돌렸다.

본대 쪽을 향하던 나마스는 분위기가 좀 이상하다고 느꼈다. 병사들이 술렁거리고 있었다. 사령부 쪽으로 다가가던 나마스는 조금 더 놀랐다. 사령부의 장교들이 그를 쳐다보고 있지 않았다. 그들은 모두 엉뚱한 방향을 바라보며 이야기를 나누고 있었다.

나마스는 다른 사람의 시선 속에서 고양감을 느끼는 성격은 아니었지만 회담에 나갔던 장교가 아무런 관심도 받지 못한다는 것은 상식적으로 이해하기 어려웠다. 그러나 조금 후 나마스는 그들이 그러는 이유를 이해했다. 그 또한 자신이 가져온 소식을 잊어버릴 뻔했다.

뜨거운 시선을 보내는 병사들 사이로 대장군 엘시 에더리가 사령부 쪽으로 걸어오고 있었다.

병사들은 대장군이 다가옴에 따라 차례로 경례했다. 대장군은 약간 수척한 얼굴이었지만 걸음걸이는 분명했다. 그리고 그 뒤편으로 여덟 사람이 뒤따르고 있었다. 테룸 나마스는 이레 달비의 얼굴을 알아볼 수 있었다. 하지만 나머지 일곱 사람들은 알 수 없었다. 그중 둘은 인간 남녀였다. 부녀쯤으로 보이는 나이 차가 있었다. 나머지 다섯은 레콘이었다. 보기 드문 검은 레콘이 둘이나 섞여 있었다. 테룸 나마스가 확인한 것은 거기까지였다. 나마스는 대장군의 수행인들에겐 별 관심이 없었다.

테룸 나마스는 한 번의 동작으로 하마했다. 점잖지 못한 일이라서 참았지만 나마스는 눈을 비비고 엘시를 바라보고 싶을 지경이었다. 엘시는 갑주나 투구, 무장이 없는 평상복 차림이었고 두 발로 걷고 있었다. 하지만 나마스는 이제야 제국군이 제국군다워졌다고 느꼈다. 칼의 힘은 칼날의 힘일까, 칼자루의 힘일까? 최고의 칼날도 칼자루 없이는 쥘 수 없어서 무용지물이다. 그렇다고 해서 칼자루가 칼의 힘을 나타낸다고 하기는 어렵다. 엘시는 칼자루와 같았다. 그가 칼날인 제국군과 함께 있음으로써 제국군은 완벽한 한 자루의 검이 된다. 그리고 그 조합은 둘 중 누구의 힘이라고 구분 지어 말할 수 없는 힘을 발휘한다. 칼을 쥔 황제의 뜻에 따라…….

 황제에 대해 생각하던 나마스는 걱정스러운 표정으로 하늘을 보았다. 느닷없이 북쪽으로 날아간 하늘누리는 아직 돌아오지 않았다. 사령부의 누구도 그것을 입 밖에 내어 말하고 있지 않았지만 이제 그것을 공론화해야 할 때가 온 듯하다. 대장군의 첫 번째 질문이 바로 그것일 테니.

 나마스의 생각대로였다. 사령부에 도달한 엘시는 시허릭 마지오 상장군의 경례를 받고 곧장 질문했다.

 "하늘누리는 어디에 있지?"

 시허릭은 대답해야 하는 사람이 자신이 아니었으면 싶었다.

 "조금 전 엉겅퀴 여단과 고추냉이 여단, 왜솜다리 여단을 태운 채 북쪽으로 날아갔습니다. 원래 계획은 그룸 성 상공에서 3개 여단이 투석을 하는 것이었습니다만 어찌된 영문인지 그룸 성의 상공을 지나쳐 그냥 날아가 버렸습니다."

 엘시는 미간을 찌푸렸다.

 "뱀단지를 통한 연락도 없었나?"

 "예, 없습니다. 갑충사도 오지 않았습니다."

 "기이한 일이군. 전황은? 멀리서 볼 땐 전투 중으로 보였는데 도착해 보니 대치 중인 것처럼 보이는군."

 테룸 나마스 하장군이 나설 차례였다. 그는 팔리탐 지소어에게 들은 말을 그대로 전했다. 발케네 공이 자결했다는 소식에 제국군 장수들은 나마스가 그랬듯 놀라기보다 그것이 거짓말일 가능성에 대해 고민했다. 시허릭은 이점이 없다고 생각했다. 사라티본 부대는 용전분투하고 있고 하늘누리는 어디로 갔는지 모습이 보이지 않는다. 그런 상황에서 죽음을 위장하여 시간을 끄는 것보다는 하늘누리가 자리를 비운 틈을 타 본대를 공격하는 쪽이 훨씬 많은 것을 얻을 수 있을 것이다. 아무래도 발케네 공이 정말 죽은 것이라고 생각하며 시허릭은 엘시를 바라보았다. 엘시는 시허릭을 마주 보다가 나직하게 말했다.

"발케네 정벌군 사령관의 생각은?"

엘시의 지적을 받은 시허릭은 아차 하는 기분을 느꼈다. 이곳의 총책임자는 엘시가 아니라 시허릭 자신이었다. 자격을 따진다면 엘시는 방문자였다.

"일단은 받아들이는 것이 좋을 것 같습니다. 하늘누리가 돌아올 때까지 기다려야 할 테니까요."

엘시는 긍정도 부정도 하지 않았다. 참모들의 의견을 들을 차례라는 뜻인 듯했다. 그는 시허릭과 그의 참모들이 논의하는 동안 한마디도 하지 않았다. 마침내 제국군 사령부는 엘시가 방문자의 입장을 고수하리라는 것을 받아들이고 그를 배제한 채 휴전 제안을 받아들이기로 결정했다. 하지만 석 달의 기간은 너무 길다는 것이 중론이었다. 엘시가 입을 연 것은 휴전 기간을 두고 벌어진 격론이 타협점을 찾지 못하고 방황하는 시점이었다. 엘시는 인질 교환이 없는 휴전이니 한쪽의 선언으로 언제든 휴전을 끝낼 수 있으며, 따라서 석 달의 기간을 받아들인다 해도 상관이 없다고 말했다. 시허릭 마지오 상장군과 그의 참모들은 대장군의 지적을 받아들였다. 테룸 나마스 하장군이 휴전에 관한 전권을 위임받고 다시 떠났다.

엘시가 다가오는 것을 본 이레는 앉아 있던 자리에서 일어났다. 다른 레콘들도 엘시를 바라보았다. 엘시는 위츠와 세레지의 모습이 보이지 않는다는 것을 알았다. 엘시가 질문하기 전에 이레가 말했다.

"두 사람은 무슨 일이 일어났는지 병사들에게 물어보러 갔습니다."

엘시는 고개를 끄덕였다. 설명을 기다리던 레콘들의 눈을 차례로 돌아본 엘시는 마지막으로 지멘의 모습을 보았다.

지멘은 제국병들에게 신비감을 안겨 주고 있었다. 유명한 황제 사냥꾼의 이야기를 들어 본 적이 있는 사람들에게 지멘의 검은 깃털과 대호 모양의 망치는 신분 증명이나 다름없었다. 하지만 황제 사냥꾼임이 분명한 그 레콘은 또한 대장군과 일행인 것처럼 보였다. 가능한 설명은 두 가지뿐이다. 황제 사냥꾼이 개심했거나, 세상에 지멘과 대단히 흡사한 또 다른 레콘이 있거나. 병사들은 마음의 평화를 위해 후자를 선택했다. 그 편이 숙원을 포기하는 레콘보다는 훨씬 상식적으로 보였다. 서로 다른 두 사람이 그렇게 닮을 수 있다는 사실에 병사들은 흥미로워 했다. 병사들에게 더 큰 혼란을 주고 싶지 않았던 엘시는 지멘에게 가까이 다가가서 속삭였다.

지멘은 잠자코 엘시의 설명을 들었다. 하늘누리가 폭주했으며 공교롭게도 그때 아실이 하늘누리 근처에 있었던 것 같다는 엘시의 설명을 다 들은 지멘은 고개를 떨어뜨리고 생각에 잠겼다. 지멘은 고개를 숙인 채 말했다.

"뱀단지로 연락해 봤어?"
"연락이 없었습니다."
"어느 방향이지?"
"북쪽."

지멘은 일어섰다. 엘시가 말했다.

"추적할 겁니까?"

"그래."

지멘은 앞으로 성큼 걸었다. 엘시는 옆으로 비켜서야 했다. 하지만 지멘은 걸음을 멈췄다. 그의 앞에 준람이 서 있었다.

준람은 단창 두 개를 겹쳐 쥐어 어깨에 건 채 지멘을 지그시 바라보고 있었다. 지멘은 망치를 움켜쥐었다. 주테카와 론솔피, 쵸지는 제자리에서 움직이지 않았지만 그들의 모습을 유심히 바라보았다. 지멘이 말했다.

"준람."

"어느 쪽이야?"

한 호흡의 침묵.

"북쪽."

"알았어."

준람은 몸을 돌렸다. 그는 앞으로 걸어가며 비어 있는 손바닥을 옆으로 내밀었다. 주테카와 쵸지의 내민 손바닥이 차례로 그 손에 부딪혔다. 론솔피의 손바닥과 마주친 다음 준람은 뒤를 흘끔 돌아보았다.

"다음에 보자, 엘시."

엘시는 말없이 고개를 끄덕였다. 준람은 앞으로 걸어갔고, 지멘이 그 뒤를 따랐다.


몇 시간 뒤 제국군은 남쪽으로 이동하기 시작했다. 사라티본 부대가 당장이라도 달려올 수 있는 곳에 서 있는 것은 제국군에게 내키는 일이 아니었다. 소화차로 하여금 배후를 지키게 하며 질서정연하게 물러나는 제국군을 보며 암살성 내부의 사람들은 안도의 한숨을 내쉬었다.

팔리탐은 힌치오에게 암살성의 동서남북에 네 무리를 배치하게끔 부탁한 다음 성으로 돌아왔다. 성안의 분위기는 약간 들떠 있었다. 패퇴시켰다고 하기는 어렵지만 어쨌든 전쟁 발발 후 처음으로 물러나는 쪽이 제국군으로 바뀌어 있기 때문이다. 미래의 보장을 사소한 징조에서 찾고 싶어하는 이들은 그것을 좋은 징조로 해석했다. 팔리탐은 그런 그들에게 더 좋은 징조를 주는 대신 스카리 빌파를 찾았다. 그리고 스카리가 부냐 헨로의 방에 있다는 보고를 듣고는 마음의 고개를 가로저었다. 그는 부냐의 방으로 곧장 찾아갔다. 그리고 혹 부냐나 자신에게 닥칠지도 모르는 위험을 막기 위해 칼을 쥐고 결연하게 부냐의 방을 지키고 있는 스카리를 붙잡아 끌어냈다. 행동은 공손했지만 사실은 귀를 잡고 끌어내는 것이나 다름없었다. 방 바깥으로 나온 팔리탐은 아무도 없는 것을 확인하고 복도에 서서 속삭였다.

"정신이 있습니까? 당신은 상주입니다. 아버지의 시신 곁에 있어야 할 것 아닙니까."

"그리고 발케네의 새 주인이지. 젠장. 이 성안에는 발케네 곳곳에서 아버지가 소환한 야심가들이 그득해. 전부 부하들을 데리고 있고. 지금쯤은 아버지가 죽었다는 소식을 전부 알고 있겠지. 그러면 그중에선 나나 부냐를 제국군에 바치고 영달을 도모하려는 놈들도 나타날 거야. 나는 부냐를 지켜야 해."

팔리탐은 아버지를 죽인 개자식과 목숨을 걸고 연인을 지키는 청년은 서로 어울리지 않는다고 한마디 쏘아 주고 싶었다. 팔리탐의 표정을 볼 길 없는 스카리는 다급하게 말했다.

"팔리탐, 당신 힌치오의 상관이지? 사라티본 부대에서 병사들을 몇 명 데려와 나와 부냐를 지키게 해. 이놈들 빨리 쫓아내지 않고선 안심할 수가 없어. 그리고 황제에게 항복하자고."

팔리탐은 고개를 가로저었다.

"저는 힌치오의 상관이 아닙니다. 사라티본 부대는 힌치오의 것이고 힌치오는 타계하신 춘부장에게만 책임을 집니다. 그런 부탁을 하려면 힌치오에게 직접 하셔야 할 겁니다. 제가 그 부탁을 힌치오에게 전할 수는 있습니다만."

"그러면 그렇게 해. 어차피 똑같잖아. 나는 부냐 곁에 있을 테니 당신이 알아서……."

"아버지의 시신을 지키십시오!"

스카리는 이를 악물었다.

"꼭 그래야 해?"

"반드시 그래야 합니다. 다음에 또 할 수 있는 일도 아닙니다."

그리고 팔리탐은 목소리를 낮추어 말했다.

"아버지의 시신 대신 연인의 곁에 붙어 있음으로써 당신이 아버지를 죽였다는 사실을 홍보할 생각입니까? 지금은 경황 중이라 당신이 이 성에 있는 것을 이상하게 여기는 사람이 없지만 파르바리 계곡에서 있었던 일은 잘 알려져 있습니다. 당신은 추방당했습니다. 모르겠습니까?"

스카리는 침을 삼켰다. 팔리탐은 가면을 그의 얼굴에 바짝 가져갔다. 얼굴을 가까이하는 것보다 압박감이 훨씬 심했다.

"말을 맞춰야 합니다. 부친의 자결 때문에 제가 떠났던 당신을 다시 불러들인 겁니다. 그래서 당신은 이 성에 돌아왔고, 아버지의 시신 곁에서 슬퍼하는 겁니다. 알겠습니까?"

스카리는 고개를 끄덕였다.

"알았어…… 알았어. 고마워."

"부냐 헨로에게도 그렇게 전하십시오. 아니, 그냥 아무도 만나지 말라고 하는 편이 낫겠습니다."

"그러지."

스카리는 팔리탐 지소어의 지시를 완벽하게 이행했다. 그는 아버지의 시신 곁에서 꼬박 며칠을 보냈다. 그동안 팔리탐은 파리조군과 소환군, 사라티본 부대를 단속하며 제국군과의 휴전 협정서를 체결하는 일로 분주하게 보냈다.

하늘누리에서 대피한 시민이 암살성 근처에 나타난 것은 휴전 협정서가 교환된 직후의 일이었다. 그들은 파리조 북부에 떨어진 최초의 대피자 무리였다. 그 시민들은 주위를 순찰하던 사라티본 부대에게 붙잡혔다. 사실 붙잡혔다기보다는 구조되었다는 것에 가까웠다. 당장이라도 죽을 듯한 얼굴로 나타났으니까. 사라티본 부대에 의해 암살성으로 옮겨져 치료를 받은 그들은 하늘누리가 통제력을 상실한 모습으로 북극을 향해 폭주했으며 그 시민들은 모두 지상으로 대피했다는 것을 말했다. 비슷한 시각 제국군 측에서도 그 사실을 알게 되었다. 발케네군을 잘 피해 제국군 쪽으로 도망친 대피자도 있었다.

발케네군과 제국군은 모두 하늘누리에 뭔가 치명적인 사고가 생겼음을 짐작했다. 만약 하늘누리가 그대로 귀환하지 못한다면 제국군은 황제와 제국 수도, 제국 정부, 레콘 여단 3개를 송두리째 잃는 셈이다. 만약 그렇다면 아라짓 제국은 사라진 셈이다. 몸의 다른 곳이 모두 온전하다는 이유로 머리가 없어진 사람을 살아 있다고 말할 수는 없으니까. 그것은 도저히 받아들일 수 없는 끔찍한 상황이었다. 제국군 장병들은 하늘누리가 다시 통제력을 회복하여 되돌아올 거라고 다른 사람과 자기 자신에게 이야기했다. 하지만 그들의 낙관주의 실현에 장애가 되는 문제가 있었는데, 뱀단지의 침묵이 그것이었다.

그것은 하늘누리의 상황에 대한 불안한 전망을 야기하는 것임과 동시에 실제적인 어려움도 불러일으켰다. 하늘누리의 뱀단지가 작동하지 않는다면 제국 전체로부터 제국군으로 이어지는 섬세한 보급망 또한 작동하지 않는다. 제국군의 장교들 대다수는 군인이 된 이후 처음으로 군량 걱정을 하게 되었다. 결국 엘시 에더리가 시허릭 마지오에게 조언하는 형식으로 제국군은 어려운 결정을 내렸다.

"사라티본 부대로 일컬어지는 저 레콘 부대가 현존하는 이상 정복지 점령은 무의미하다. 발케네군은 언제든 휴전 협정을 파기하고 우리를 공격할 수 있다. 발케네에서 철군하기로 한다. 규리하로 돌아가 하늘누리가 돌아오기를 기다리는 편이 좋을 것 같다."

"규리하입니까? 우기츠나 러크, 나나본 같은 제국령도 있을 텐데요. 규리하는 아직 전후 복구도 끝나지 않은 점령지입니다."

"맞아. 하지만 거기엔 규리하 점령군이 남아 있고 즈믄누리의 무사장도 체류 중이다."

즈믄누리의 무사장을 거론한 엘시의 말에 시허릭은 가슴이 철렁하는 것을 느꼈다. 그 의미는 분명했다. 시허릭은 가까스로 입을 열어 말했다.

"알겠습니다."

아라짓력 31년 5월 30일, 발케네 점령군은 철군을 시작했다. 5개월 전 발케네로 진격했을 때에 비해 3분의 2 정도로 줄어든 병력이었다. 그리고 잃은 것은 어쩌면 아라짓 제국일지도 모른다.

암살성의 1층 대식당에서 벌어지는 주연의 소음은 3층까지 전해졌다. 헤어릿 에렉스는 4층에서는 제발 그 소음을 듣지 않기를 바랐다. 하지만 그녀가 4층에 도달했을 때도 웃음소리와 기괴한 노랫소리의 메아리는 계속되었다. 그녀는 귀를 틀어막고 싶었다.

제국군이 발케네를 빠져나가자 스카리 빌파는 성대한 주연을 개최했다. 마치 승전을 거둔 것 같은 분위기였지만, 사실 그 의미가 모호한 주연이었다. 하지만 소환군의 영주들은 기뻐하며 주연에 참석했다. 그리고 침략군이 물러갔으니 사실 승전이나 다름없는 것이긴 하다.

헤어릿은 텅 비어 있는 복도를 바라보았다. 4층은 락토의 층이다. 락토의 집무실이 있고 락토의 침실이 있고 락토의 서재와 그 외 그의 필요를 위한 다른 공간들이 있다. 하지만 지금 복도에는 오가는 사람 하나 없고 복도에 불빛조차 없었다. 성안의 모든 하인들이 주연에 동원되었기 때문이다. 의복이나 서적 담당자까지 부엌에 갔으니 4층에 불을 켤 하인이 없는 것은 당연하다. 헤어릿은 복도 벽에 등을 기대고 천장을 바라보았다.

눈물이 흘러내려 볼을 적셨다. 하지만 슬프지는 않았다. 헤어릿은 자신의 감정을 설명할 수 없었다. 하지만 한 가지 확실한 것은 있었다. 두근거림. 헤어릿은 눈물을 흘리면서 가슴이 두근거리는 것을 느꼈다.

헤어릿은 벽을 밀며 쓰러지듯 복도 가운데 섰다.

그녀는 한번도 멈추지 않고 곧장 걸어갔다. 불빛은 없었지만 곧 목적하던 방문 앞에 도달했다. 헤어릿은 그것을 살짝 밀어 보았다. 놀랍게도 잠겨 있지 않았다. 열쇠를 풀 만반의 준비를 하고 왔던 헤어릿은 당황하여 안으로 들어섰다.

방 안에는 달빛이 비쳐 들고 있었다. 헤어릿은 푸른 빛이 감도는 방 안을 살펴보다가 바닥에 얼굴을 가까이 가져갔다. 촛농이 떨어져 있었다. 헤어릿은 잠금 장치를 손으로 더듬어 보았다. 부서진 흔적은 없었다. 그리고 누군가가 몰래 침입했다면 다시 잠가 놓고 갔을 것이다. 헤어릿은 무슨 일이 일어났는지 대충 짐작했다.

촛농이 떨어진 것은 어젯밤이 아닐 것이다. 아마도 오늘 밤, 그것도 얼마 전에 이 방의 열쇠를 가지고 있던 누군가가 무엇인가를 가지러 왔던 것이다. 그것도 촛농을 지저분하게 떨어뜨릴 정도로 다급하게. 얼마나 다급했던지 그 사람은 문을 도로 잠그는 것도 잊었다. 헤어릿은 어떤 물건이 없어졌는지 알 수 없었다. 그녀는 이 방에 자주 찾아오지 않았다. 그녀에겐 아무 의미 없는 방이기 때문이다. 헤어릿은 자신이 찾는 물건이 있는지 살폈다.

다행히 그 물건은 잘 보이는 곳에 있었다. 헤어릿은 선반에 놓여 있는 그 물건을 꺼내려다가 잠시 멈췄다. 그녀는 다시 돌아가서 문을 잠갔다. 그 다음 선반에 놓여 있는 큼직한 원통을 꺼냈다.

그 원통은 위로 꽤 길었다. 하지만 헤어릿이 어렵지 않게 다룰 수 있을 만큼 가벼웠다. 그 안에 들어 있는 물건은 원래 무거울 수 없는 물건이다. 헤어릿은 달빛이 드는 창가로 원통을 가져가 창턱에 놓았다. 그리고 원통 아랫부분에 있는 걸쇠를 벗기고 원통을 들어 올렸다. 그러자 대족장의 상징인 뿔관이 나타났다.

헤어릿은 손에 원통을 든 채 그것을 가만히 바라보았다.

직접 본 것은 처음이었다. 하지만 헤어릿은 코네도 빌파의 초상화를 통해 그 모습을 알고 있었다. 코네도 빌파는 락토 빌파의 증조부이며 발케네의 족장들을 강권으로 때려눕혀 뿔관을 얻어낸 자다. 그가 발케네를 통일했다고 말하기는 어렵다. 하지만 뿔관의 권위를 이용하여 발케네 왕이 될 뻔한 자라고 말할 수는 있다. 만약 제2차 대확장 전쟁이 발발하지 않고 대호왕이 출현하지 않았다면 그는 발케네에 소왕국 하나쯤은 만들었을지도 모른다. 초상화 속의 코네도 빌파는 언제나 사슴뿔로 만들어진 대족장의 뿔관을 쓰고 있었다.

헤어릿은 원통을 바닥에 조심스럽게 내려놓았다. 그리고 다시 허리를 이리저리 기웃거리며 뿔관의 모습을 살폈다. 초상화 속의 뿔관이 더 근사했다는 것이 헤어릿의 솔직한 감상이었다. 초상화 속에서 코네도 빌파의 머리에 있는 뿔관은 무엇이든 들이받을 듯 용맹하게 보였다. 하지만 그녀가 보고 있는 것은 동물의 사체 일부를 붙여 놓은 모자일 뿐이었다. 어쩌면 달빛 때문에 그렇게 보이는 것인지도 모르지만 헤어릿은 뿔관의 모습에 별다른 인상을 받지 못했다.

헤어릿은 뿔관을 집어 들었다. 밑받침이 있을 뿐 그 아래에는 아무것도 없었다. 뿔관 안쪽을 들여다보았지만 빛이 부족하여 보이는 것이 없었다. 헤어릿은 조심스럽게 손을 집어넣어 안쪽 면을 더듬었다. 손가락 끝에 흥미로운 느낌이 포착되었다. 헤어릿은 뿔관을 바라보며 속삭였다.

"아라짓 제국 황제의 충성스러운 신하이며 발케네의 통치자, 자유무역당의 후원자, 용감한 도둑들의 친구, 그리고 뿔관의 주인."

앞의 네 가지는 발케네 공의 칭호다. 하지만 뿔관은 대족장의 상징이다. 황제로부터 나오는 공작위와 발케네 사람들이 선출한 대족장은 그 기원부터가 다르다.

"언제나 발케네 공. 죽을 때까지, 죽은 후에도."

발케네의 공작에게 대족장의 상징은 필요 없다. 헤어릿은 뿔관 안에 집어넣은 손을 꺼냈다.

그 손에는 도깨비감투가 들려 있었다.

헤어릿은 뿔관을 다시 받침 위에 올려놓았다. 원통을 씌워 걸쇠를 건 다음 그 원통을 원래 자리에 가져다 놓았다. 그리고 헤어릿은 감투를 두 손바닥 위에 놓은 채 창가로 돌아왔다.

"이게 대답인가요."

헤어릿은 알 수 있었다. 왈칵 울음이 터질 것만 같았다. 하지만 어쩐 일인지 이유도 없이 눈물을 흘렸던 조금 전과 달리 이번에는 눈물이 나오지 않았다. 헤어릿은 피로한 표정으로 감투를 내려다보았다.

락토는 헤어릿에게 감투를 가질 이유를 스스로 찾으라고 했다. 헤어릿은 이유가 하나쯤은 있을 것 같다고 생각했다. 다른 이유가 더 떠오를지도 모르지만 지금 당장 떠오르는 것은 하나뿐이었다. 그것은 락토의 유품이었다. 한편 가지지 말아야 할 이유는 하나도 떠오르지 않았다.

그래서 헤어릿은 감투를 가지기로 했다.

헤어릿은 감투를 머리에 쓰고 방을 나왔다. 2층에 도달했을 때 처음으로 다른 사람들과 마주쳤다. 하인 한 명과 하녀 한 명이 술에 진탕 취한 누군가를 부축하며 복도를 걸어오고 있었다. 두 사람은 그를 침실에 데려다 놓을 작정인 것 같았다. 헤어릿은 그 사람이 누군지 살폈다. 그리고 술에 취해 비틀거리는 것이 이이타 규리하라는 것을 깨달았다.

헤어릿은 그들이 자신을 잘 볼 수 있도록 복도 가운데서 그들을 막아섰다. 하지만 술에 취한 이이타는 물론이거니와 그를 부축하고 있는 하인들도 헤어릿을 알아본 척하지 않았다. 도깨비감투는 온전한 효과를 발휘하고 있었다. 다른 상황에서라면 재미를 느꼈을지도 모르지만 헤어릿은 그저 실험에 성공했다는 생각만 하며 옆으로 비켜섰다. 이이타와 하인들은 그녀를 지나쳐 걸어갔다.

헤어릿은 그들의 뒷모습을 물끄러미 바라보았다. 그녀가 몸을 돌리려 했을 때 갑자기 하녀의 목소리가 들려왔다.

"됐어요. 제가 안으로 모실게요. 바쁘실 텐데 돌아가세요."

"침대에 눕힐 수 있겠어?"

"예. 걱정 마세요."

헤어릿은 하녀의 목소리가 소리 로베자의 것임을 깨달았다. 하인은 이이타를 바닥에 앉혔다. 이이타는 복도 벽에 등을 기댄 채 고개를 떨어뜨리고 알 수 없는 소리를 웅얼거렸다. 그리고 소리는 그런 이이타의 곁에 무릎을 꿇고 두 손으로 그의 어깨를 붙잡아 앞으로 쓰러지지 않도록 눌렀다. 하인은 바빠서 어쩔 수 없다는 소리를 늘어놓다가 황급히 달려갔다. 헤어릿은 소리가 이이타를 일으켜 세울 수나 있을지 의심스러웠다.

하인의 발소리가 멀어지자 소리는 이이타의 얼굴로 자신의 얼굴을 가까이 가져갔다.

"됐어요. 갔어요, 공자님."

이이타가 고개를 들었다. 갑자기 그의 모습이 만취한 주정뱅이에서 평범한 소년의 것으로 바뀌었다. 헤어릿은 그 변화에 작은 호기심을 느꼈다. 그녀는 두 사람에게 다가갔다. 소리가 말했다.

"일어나세요, 공자님. 침실로 들어가셔야지요."

"글쎄. 앉으니 일어나기 싫은데? 조금만 앉아 있자. 어차피 모두 주연 때문에 정신이 없어서 아무도 안 올라올 테니까. 너도 벽에 기대고 앉아 봐."

소리는 아래로 내려가서 다른 하인들을 도와야 한다고 말했다. 하지만 이이타는 고집을 부려 소리를 앉혔다. 그녀는 어쩔 수 없다는 듯 바닥에 앉아 이이타처럼 다리를 길게 늘어뜨리고 벽에 등을 기댔다. 그리고 소리는 이이타가 왜 그런 자세를 고집하는지 알게 되었다. 복도 반대편의 창을 통해 별들이 무리 지어 반짝거리고 있었다. 이이타는 두 팔로 머리를 받친 채 중얼거렸다.

"그 꼬락서니하곤. 믿을 수 있겠어? 증조부의 초상화를 찢어 버리더군. 다른 놈들은 그것을 보며 웃고. 나는 그게 우스운지 모르겠어. 소리, 그게 발케네 식이야?"

"글쎄요. 어떻게 보면 우습잖아요? 뭐라고 하셨더라. 사랑해요, 증조할아버지! 이랬던가? 그리고……."

"으악. 죄송합니다, 증조할아버지. 증조할아버지를 찢고 말았어요. 이걸 어쩌나, 친구. 기껏 초상화를 가져와서 사슴뿔의 가지가 몇 개인지 확인할 수 있게 되었는데, 내가 그만 증조부를 찢고 말았어. 이 그림 너무 잘 그렸단 말이야."

헤어릿은 구역질이 날 것 같았다. 이이타가 흉내 내고 있는 것은 스카리였다. 헤어릿은 촛농을 떨어뜨렸던 하인이 가지고 간 것이 무엇인지 깨달았다. 헤어릿과 달리 소리는 이이타의 흉내를 보며 깔깔 웃었다. 하지만 이이타가 미소도 짓지 않아서 소리의 깔깔거림은 곧 사그라졌다. 소리는 멋쩍어하다가 말했다.

"기억력 대단하시네요, 공자님. 하나도 틀리지 않고 다 기억하시다니, 역시 술에 취하지 않으셨군요."

"조금도 안 취하더군."

"왜 그렇게 기분이 나쁘신 거죠? 공자님도 제국군을 싫어하시잖아요. 제국군이 저렇게 도망치는 것을 보면 기분 좋아하셔야 하는 거 아닌가요?"

이이타는 설명할 듯 입을 열었다. 하지만 다시 입을 닫고 머리를 받치고 있던 손 하나를 풀어 소리의 어깨에 둘렀다. 소리는 웃으며 이이타의 어깨에 머리를 기댔다. 이이타가 말했다.

"네 말이 맞아, 소리. 내가 중뿔나게 구는 꼬마고 심술꾸러기 남자 애라서 그런가 보지."

"공자님, 지금 저를 비웃고 계세요?"

"난 내 새끼손가락보다 더 긴 칼을 숨기고 있는 사람은 절대로 안 비웃어."

소리는 웃으며 비수를 꺼냈다. 칼날을 쥔 소리는 비수를 이이타에게 건넸다. 이이타는 의아한 표정으로 그것을 받아 들었다. 소리가 말했다.

"이제 비웃어 보세요."

"주먹으로 때리려고?"

"공자님, 저에게 털어놓고 말하기 싫으면 비웃기라도 하세요.

괜찮으니까. 전 공자님이 비웃는 것은 아무렇지도 않아요. 속상하신 일이 뭐죠? 전 머리가 나빠서 이해하지는 못하지만 귀는 잘 들려요. 들어 드릴 수 있어요."

이이타는 비수를 만지작거리며 한숨을 내쉬었다.

"소리, 아라짓 제국이 사라졌는지도 몰라."

소리는 눈을 동그랗게 떴다.

"제국이 사라져요? 땅이 어떻게…… 아, 아뇨. 말씀하세요. 들을게요."

"땅은 사라지지 않지. 하지만 아라짓 제국은 그 모든 것을 하늘누리에 집중시켜 놓았기 때문에 하늘누리가 없으면 제국도 없어. 북부는 순식간에 대호왕 이전으로 돌아갈지도 몰라. 사실 그보다 더 나쁠 수도 있어. 곳곳에 잘 훈련된 제국군이 있으니까. 주인을 잃은 군대들은 먼저 차지하는 쪽이 임자일 수도 있지. 가혹한 혼란이 찾아올 거야. 이 아래에서 퍼마시는 것들은 기회의 시대가 시작된 것으로 여기고 있는지도 모르지만, 나는 무서워."

"무섭다뇨. 무향 규리하의 당당한 공자님이."

"많은 소리 로베자들이 죽게 되는 것이 무서워."

소리는 입을 벌리고 멍한 표정을 지었다.

"소리 로베자는 하나인데요."

"안 취했다고 생각했는데, 조금 취하긴 했나 봐. 그러니까 너처럼 힘없는 처녀들이 많이 죽을 거라는 뜻이야."

"사람들이 많이 죽어요?"

"그러지 않기를 바라지만……."

이이타는 말끝을 흐리더니 침묵했다. 소리는 가슴을 눌렀다. 같은 동작을 하는 사람이 한 명 더 있었다. 헤어릿은 가슴을 누른 채 이이타를 바라보았다.

　잠시 후 헤어릿은 두 사람을 남겨 둔 채 조용히 그 자리를 떠났다.


　헤치카는 칼날의 연마를 끝낸 단검을 상자 속에 던져 넣었다. 상자 안에는 똑같은 단검들이 가득 들어 있었다. 조금 전 던져 넣은 것은 백 번째 단검이다. 그리고 그 상자는 그와 똑같은 상자 아홉 개의 뒤를 잇는 열 번째 상자다.
　헤치카는 상자의 뚜껑을 닫고 허리를 폈다. 마침내 천 자루의 단검을 완성한 것이다. 헤치카는 눈 주위를 문지르며 말했다.
　"돔, 곡차 좀 가져오너라."
　대답이나 발소리는 없었다. 헤치카는 눈을 떠서 주위를 둘러보았다. 작업장에 있는 사람은 그뿐이었다. 헤치카는 돔이 없다는 것을 깨달았다.
　헤치카가 살인 기사에게 주문받은 천 자루의 단검을 만드느라 판매용 단검을 더 만들지 않자 그의 판매 대리인인 돔은 할 일이 없어졌다. 돔은 처음에는 그것을 난생처음 맞이하는 휴식으로 생각하는 듯했다.
　돔도 휴식이 무엇인지 머리로는 알고 있었다. 간혹 백색의 땅까지 얼어붙지 않은 동정심을 가지고 찾아온 상인들이 난폭한 레콘에게 붙잡혀 가축처럼 혹사당하는 고아 소년에 대한 비분강개를 토로하곤 했기 때문이다. 돔은 그런 평가를 즐기는 편이었는데, 그것을 사실이라고 믿기 때문이 아니라 그런 상인들에게 물건을 싼값에 살 수 있기 때문이다. 대단한 물건을 산 적은 없다.

주로 헤치카와 돔이 일상 생활에 쓰는 물건들이었다. 하지만 가끔은 물건 값을 깎는 재미에 도취된 나머지 쓸모없는 물건을 구입하기도 한다. 그런 물건이 큰 상자로 가득이었지만 헤치카는 "어린애에겐 장난감이 필요한 법."이라는 한마디로 돔과 자신에게 모든 설명을 끝낸 다음 돔의 구매 활동에 대한 관심을 끊었다. 어쨌든 그런 상인들에게 주위들은 말로 돔은 노동과 휴식의 차이를 알게 되었고 후자가 오락이나 취미, 기타 흥미로운 일들을 위한 시간이라는 것도 알았다. 돔은 휴식 활동을 제법 진지하게 시작하려 했던 것 같다. 상자 속에서 잠자던 온갖 물건들이 밖으로 나왔다. 하지만 돔은 곧 자신이 가장 재미있어 하는 일이 흥정이고 고객으로부터 대금을 받는 시간이야말로 가장 짜릿한 시간이라는 것을 확인하게 되었다. 그것은 휴식에 대한 돔의 장밋빛 선입견과 배치되는 것이었고 돔은 혼란에 빠졌다. 돔은 책을 읽으려 했지만 그 속에 묘사된 이야기를 이해할 수 없었다. 악기를 연주해 보려고도 했지만 적절한 연주법을 알 수 없었다. 인형놀이를 해 보려고 하니 인형을 도대체 어떻게 대해야 하는지 알 수 없었다. 돔 자신이 들어갈 수 있을 정도로 큰 상자 속에 있는 물건들이 아무 쓸모도 없는 것이라는 판단을 내리는 데는 반나절로 충분했다.

그리고 돔은 그 물건들을 팔려고 시도했다. 단검을 파는 것은 아니니까 그것도 휴식 활동이라는 것이 돔의 결론이었다. 하지만 돔은 자신이 파는 물건이 무엇인지도 잘 몰랐다. 결과적으로 돔은 상인의 좌절을 배웠다. 그렇게 되자 돔은 휴식이고 뭐고 더 생각할 수 없게 되었다. 그는 장사꾼의 천품을 타고 태어났는지도 모른다. 아니면 그냥 지기 싫어하는 고집불통인지도 모르지만. 어쨌든 돔은 과감하게 개썰매를 구입했고 헤치카는 이번에도 아무 말 하지 않았다. 돔은 개썰매에 익숙해지자 그 물건들을 싣고 라호친으로 갔다. 최후의 대장간에는 대장장이와 무기 구입자, 그리고 그들을 상대로 한 장사꾼밖에 없으니 제대로 된 고객을 만나려면 라호친으로 가야 한다는 것이 돔의 판단이었다. 돔은 기필코 이문을 남기고 말겠다는 결연한 각오로 라호친으로 달려갔다. 그러고는 약이 올라서 어쩔 줄 몰라하는 모습으로 돌아왔다. 헤치카는 돔이 개썰매 조작법을 익히게 될 테니 반대할 이유는 없다고 생각했다. 헤치카의 생각대로 돔은 훌륭한 개썰매꾼이 되었다. 돔 자신은 그것을 알지도 못하는 것 같았지만.

그래서 돔은 지금 이곳에 없었다. 헤치카는 일어서서 손수 술병을 찾았다. 그는 돔과 달리 휴식을 즐기는 방법에 대해서 자신의 철학과 규칙을 가지고 있었다. 헤치카는 술동이 하나를 천천히 비웠다.

헤치카가 뒷정리까지 끝내고 잘까 말까 고민하고 있을 때 돔이 돌아왔다. 돔이 방한복의 두건을 젖혔을 때 헤치카는 고개를 갸웃했다. 돔의 얼굴엔 지금까지 익숙하게 보아 왔던 약 오른 표정 대신 좀 다른 표정이 묻어 있었다. 헤치카는 물었다.

"뭐라도 팔았냐?"

"아뇨. 하지만 오늘 길에서 뭐 하나 주웠어요."

"뭔데?"

돔은 개 먹이로 준비해 두었던 생선을 꺼내 토막 치며 말했다.

"같이 가요. 제가 여기까지 들고 올 수가 없어요."

헤치카는 일어섰다. 최후의 대장간은 고요했다. 해가 지지 않는 시점이라 알기 어려웠지만 밤으로 취급할 수 있는 시간이었다. 사람들은 잠들어 있었다. 약간의 취기가 있던 헤치카는 뒷짐을 진 채 느긋하게 걸으려 했지만 돔이 그를 재촉했다. 뭔가 대단한 것을 주워 왔나 보다 생각하며 그는 걸음을 약간 빨리했다.

개썰매 옆에는 지친 개들이 쓰러져 있었다. 돔이 바구니에 담아 온 생선 토막을 던져 주었는데도 개들은 느리게 움직였다. 헤치카는 돔이 서둘러 돌아왔다는 것을 알 수 있었다. 도대체 무엇을 주워 왔나 기대하며 바라보던 헤치카는 돔이 썰매 위의 덮개를 벗기자 벼슬을 꿈틀했다.

"음. 못 먹는 것이군."

"아직 살아 있어요."

"그러니 주워 왔겠지. 어디 보자."

헤치카는 허리를 굽혀 썰매 위에 누워 있는 소녀를 집어 들었다. 아무래도 시체처럼 보였다. 헤치카는 일단 소녀를 안은 채 최후의 대장간 안으로 들어갔다. 돔이 먼저 달려 들어가 난로에 불을 지폈다. 헤치카는 난로 앞에 소녀를 내려놓았다.

돔은 방한복을 벗으며 말했다.

"며칠 전에 굉장한 소리 났죠? 여기서도 들렸을 것 같은데."

"그래. 들었다. 빙하가 심하게 부서진 것 같던데."

"그게 아니에요. 도로도 곶 북쪽인데, 아무래도 운석이 떨어진 것 같아요."

"운석?"

헤치카는 어이가 없었다. 정말 운석이 떨어졌다면 그가 느꼈던 소음과는 비교도 될 수 없는 소란이 일어났을 것이다. 헤치카는 돔이 과장하고 있다고 생각했다. 돔은 두 팔을 벌리며 말했다.

"정말이에요. 그때 저는 라호친에 있었거든요? 라호친 사람들

하고 같이 거기에 가 봤어요. 얼음 바다가 수평선까지 박살 나서 파도가 치고 있었어요."

"뭐? 파도가 칠 정도로 깨졌다고?"

"예. 우리는 사흘쯤 후에 도달했는데 그때까지도 바다는 얼어붙지 않았어요. 그리고 도로도 곶 주위에는 넘친 바닷물이 얼어붙어서 말도 못할 지경이 되어 있었어요. 틀림없이 운석이에요. 라호친 사람들은 겁을 집어먹고 그대로 도시로 돌아갔고 저는 여기로 오려고 했어요. 그런데 도로도 곶 동쪽으로 도는 곳에 누가 쓰러져 있는 거 아니겠어요?"

"거기에 아실이 쓰러져 있었다고?"

돔은 자신의 이마를 찰싹 때렸다.

"맞다, 아실! 지금까지 생각이 안 났어요. 이 여자 이름이 아실이었죠? 애꾸눈만 기억나고 이름은 생각이 안 나더라고요."

헤치카는 기묘하다고 생각하며 아실을 내려다보았다. 아실은 그가 내려놓은 대로 쓰러져 있었다. 의식이 전혀 없는 상태였고 숨쉬는 시체에 가까웠다. 아실이 정말 숨을 쉬고 있는지 의심스러웠던 헤치카는 그녀의 얼굴 가까이 허리를 숙였다. 아실의 호흡은 미약했지만 분명히 존재했다. 헤치카는 허리를 펴고 돔을 돌아보았다.

"주변에 지멘이 없었냐?"

"그 검은 레콘 말이죠? 저도 그 생각을 했어요. 하지만 고함을 질러 봐도 아무 대답이 없던데요. 더 지체하면 죽을 것 같아서 일단 여기로 데려왔어요."

"이 애 옷은 어디 있냐."

"옷이라뇨? 입고 있잖아요."

헤치카는 어리둥절하여 아실을 내려다보았다. 아실은 기후가 덜 추운 곳에 어울리는 옷차림을 하고 있었다.

"이 애 방한복이 젖어서 얼어붙을까 봐 네가 벗긴 거 아냐?"

"아니요. 원래부터 그 모양이었어요."

"이런 꼴로 이 추위에 쓰러져 있었다고?"

"예."

"그런데 살아 있다고? 원. 참. 별일 다 보겠군. 그러면 이 애가 도대체 며칠 동안 이런 상태였던 거야?"

"제가 발견한 건 사흘 전이었어요. 뭘 먹여야겠다 싶어서 여기로 오면서 하루에 한 번 죽을 묽게 끓여 입에 부어넣어 줬어요."

"이 녀석, 이 애 잡을 뻔했군. 밥통이 아니라 허파로 들어갔으면 어쩌려고?"

"그런 바보짓은 안 하죠. 봐요. 살아 있잖아요."

돔의 말대로 아실은 살아 있었다. 헤치카는 조금 고민하다가 말했다.

"흐음. 습득물은 주인이 올 때까지 보관하면 되겠지."

"지멘이오?"

"물론 이 애 정신이다, 이 녀석아."

어리둥절해하던 돔은 조금 늦게 헤치카의 말을 이해했다.

# 제 17 장

"사람은 눈으로 세상을 보는 것이 아니다. 바둑의 문외한들은 몇 년 전에 둔 바둑도 복기해 내는 기객의 재주에 감탄하곤 한다. 하지만 바둑을 전혀 둘 줄 모르는 사람이 흑돌과 백돌을 번갈아 바둑판 아무 곳에나 내려놓은 다음 돌을 놓은 순서를 재현할 것을 요청하면 국수급의 기사라 하더라도 재현하지 못한다. 기사는 돌이 놓인 반면의 좌표를 기억하는 것이 아니라 돌들의 관계를 기억하기 때문이다. 그리고 이것은 사람의 시각 전부에 해당하는 특징이다. 사람은 눈을 통해 들어온 빛이나 열을 보는 것이 아니다. 사람은 자신이 해석한 세상을 본다. 같은 수준의 화가 두 명이 같은 풍경을 그려도 같은 풍경화가 나오지 않는 것은 그 때문이다. 그리고 남성 여러분의 환상과 달리 한 남자를 세상의 모든 여자가 사랑하지는 않는 것도 그 때문이다."

— 제이어 솔한

## 불씨의 군무

노레조 서쪽으로 백 킬로미터쯤, 지러쿼터 산맥의 활엽수와 침엽수가 자리바꿈하는 장소에 요새가 하나 있다. 상주 인원은 명확히 알려져 있지 않지만 같은 규모의 다른 요새보다는 적은 편이다.

사람들이 사는 땅 어디에도 전설 한 토막이 없을까마는 이 요새에는 전설은커녕 야사 같은 것도 없다. 일부러 그런 장소를 택해 건설된 요새이기 때문이다. 굳이 세상의 끝까지 가지 않아도, 오히려 사람들이 많이 거주하는 땅 근처에서도 끄트머리의 분위기를 가지는 장소가 있을 때가 있다. 눈 밝은 사람은 도시 내부에서도 그런 장소를 발견하곤 한다. 그곳에 도달할 수는 있다. 하지만 지나칠 수는 없고 항상 되돌아와야 한다.

요새가 위치한 장소 또한 그러했다. 북쪽과 서쪽, 남서쪽은 지러쿼터 산맥으로 막혀 있고 동쪽 방면으로만 제국에 열려 있다. 북쪽이나 서쪽으로 지러쿼터 산맥을 넘으면 규리하 땅으로 갈 수 있지만 극기 정신을 함양하고 싶은 것이 아니라면 그래야 할 이유가 별로 없다. 요새에서 가장 가까운 도시인 노레조 사람들은 동쪽의 하글센이나 남쪽의 밀, 또는 더 남쪽의 나발칸 지역에 많은 관심을 가지고 있고 자신들의 서쪽에는 아무것도 없다는 태도를 취한다. 표독한 짐승들이 출몰하는 거친 산과 질 나쁜 흙, 익숙해지기 전에는 속을 뒤집어 놓는 물 등 사람에게 불쾌한 것이 잔뜩 있다고 말하는 것보다는 아무것도 없다고 말하는 것이 간편하다. 사람에게 흥미를 불러일으킬 수 없는 땅에는 전설도 부여되지 않는 법이다.

조금 더 생각해 보면 그런 땅에는 요새가 필요 없다는 것도 깨달을 수 있지만, 그곳에는 전설을 만드는 것에 무관심한 사람들이 조용히 살고 있는 요새가 있었다. 요새 사람들은 노레조 사람들의 태도가 모든 사람들의 태도가 되길 바란다. 어쩌면 노레조 사람들의 무관심은 그 기원이 요새에 있는지도 모른다. 대부분의 땅에서 가을걷이가 끝난 7월의 어느 오후, 요새 사람들이 뜻밖의 관심에 흥분하기보다는 짜증을 느끼고 있는 것이 그 때문이다. 그들은 세상의 아무런 관심도 원하지 않았다. 하지만 세상은 그들에게 관심이 많았다.

관심은 요새 성벽 앞쪽에 나타난 사람들의 옷차림을 통해 충분히 나타나고 있었다. 요새 앞쪽의 협곡에서는 수십 마리의 말과 그 위에 올라앉은 수십 명의 사람들이 근심과 분노를 애써 억누르고 있었다. 주막은 고사하고 괜찮은 샘터 하나 없는 백 킬로미터의 길을 걸어온 사람들치곤 꽤 옷차림이 근사하다. 옷차림이 착용자의 인격을 담보하긴 어렵다. 하지만 착용자가 어떤 대접을 원하는지 짐작할 만한 근거는 된다. 그 점에서 볼 때 요새의 대접은 매우 바람직하지 못했다. 양쪽 절벽에 이어져 협곡을 틀어막고 있는 거대한 성벽 위에는 단 한 사람, 오른팔과 오른쪽 다리가 이상하게 비틀어진 젊은 여자가 그들을 맞이하고 있었다.

일행의 대표자인 듯한 화려한 모자를 쓴 사내가 성벽 위를 향해 애처롭게 외쳤다. 문을 열고 일단 지친 사람들과 말들을 들여 보내 쉬게 해 주는 것이 더불어 사는 사람들의 인정이 아니겠냐는 내용으로 보건대 이미 많은 발언들이 실패한 후라는 것을 짐작할 수 있다. 여자는 마비된 얼굴에 뚱한 심기를 담은 채 아래를 바라보다가 무슨 말인가를 외쳤다. 어버버나 이비비, 아니면 가가가쯤 되는 말들이었다. 화려한 모자를 쓴 남자는 다른 일행들과 마찬가지로 지쳐 있었고, 이제는 자신들의 처지에 기막히는 심정밖에 느낄 수 없는 듯했다. 남자가 외쳤다.

"그래, 역시 곡차엔 도토리묵이 최고지!"

성벽 위의 여자는 가가대소했다. ㄲ이ㄲ이 하는 소리를 내며 얼굴을 찌푸렸다는 뜻이다. 아무래도 소아마비를 앓았던 것이 분명하다. 여자의 웃음을 본 남자는 덩달아 웃으며 이것을 계기로 분위기가 좀 바뀌길 기대해 보았다.

"이봐, 아가씨! 아가씨하고 이야기하는 것도 즐겁지만, 우리는 중요한 용무를 가지고 왔거든? 이야기가 좀 통하는 사람을 불러다 줘. 아가씨가 이 요새 최고의 달변가가 아니라면 말이야!"

여자는 흥분한 투로 재잘거렸다. 약간의 호의를 품은 것처럼 느껴지긴 하지만 여전히 내용을 알 수 없는 말들이었다. 화려한 모자를 쓴 남자는 지친 표정으로 모자를 벗고 머리를 쓸어 넘겼다. 가을이지만 풀 한 포기 볼 수 없는 협곡 밑바닥은 더웠다. 남자는 어떻게 구경꾼 하나 없나 하고 생각했다. 그들이 성벽 앞에 도착한 이후로 한 시간 동안 성벽 위에 나타난 것은 한 사람뿐이다. 그 외에는 어디를 둘러봐도 사람의 흔적을 찾을 수 없다. 이곳으로 출발할 때 자신의 모습을 떠올린 남자는 우울함을 느꼈다. 그를 이곳으로 보낸 사람들은 피를 말리는 협상과 정신력을 다투는 논쟁을 예상했고 그 때문에 선출된 사람이 바로 그였다. 자신을 선출한 사람들을 실망시키고 싶지는 않았지만 남자는 뾰족한 수를 떠올릴 수 없었다. 그를 보좌하거나 감시하기 위해 온 동행들은 이미 참을성을 잃은 후였다. 더위에 시들어 있지만 여건이 괜찮다면 꽤 멋있게 보일 법한 수염을 달고 있는 노인이 다가와서 말했다.

"이건 너무 무례하지 않습니까, 백작? 일방적인 대화 거부보다 더 고약합니다. 이자들은 너무도 외딴 곳에 고립되어 있다 보니 예의고 뭐고 다 잊어버린 모양입니다."

백작이라 불린 남자는 모자 아래에 다시 땀이 고이는 불쾌한 느낌에 미간을 찡그리며 말했다.

"다른 방법이 없잖아. 자네는 이 성벽을 부수기라도 하자는 건가?"

후줄근한 수염을 단 노인은 못마땅한 얼굴로 성벽을 바라보았다. 성벽의 넓이는 그다지 인상적이지 않지만 높이는 대단했다. 협곡의 가장 낮은 부분에서부터 성벽 위까지의 높이는 얼추 삼사십 미터는 될 듯하다. 성벽 바깥에서는 그 두께를 보기 어렵지만 그저 그 높이를 지탱하기 위해서라도 만만치 않은 두께일 것이다. 격분한 레콘 여단이나 무수히 많은 공성기의 공격이 있기 전에는 부서지지 않을 성벽이었고, 레콘들이나 공성기는 이곳으로 오기 어렵다. 협곡의 입구 바깥에는 협곡에서 흘러 내려오는 물이 고이는 호수가 있었다. 협곡의 요새에 접근하는 방법은 백작의 무리들도 그러했듯 호수를 가로지르는 거룻배에 타거나 딱정벌레를 타고 하늘로 접근하는 방법뿐이었다. 레콘 여단이나 무수한 공성기를 이동시키기엔 적합하지 않은 방법들이다. 그리고 어차피 그들에겐 그런 파괴력도 없었다. 후줄근한 수염의 노인이 말했다.

"그냥 돌아가지요. 우리를 만날 생각이 없는 것 같습니다."

"그건 안 될 말이지. 다른 사람의 손에 넘기지 않기 위해서라도 우리는 이 요새를 가져야 해."

"다른 사람에게 넘기지 않기 위해서는 아무도 이곳에 접근하지 못하게 하면 그만이잖습니까?"

"또 그 이야기인가?"

"예, 또 그 이야기입니다. 노레조 백을 회유해야 합니다. 백작의 영향력은 결코 좌시할 수준의 것이 아닙니다."

"원칙이라는 것이 있는 거야, 원칙. 그저 영향력이 있다는 이유로 문제가 있는 인사를 끌어들일 수는 없어. 온갖 어중이떠중이들이 다 들어오면 우리 모임의 순수성은……."

"누가 옵니다!"

누군가의 외침에 백작과 노인은 고개를 들었다. 과연 성벽 위에 새로운 인물이 나타났다.

백작은 처음에 난쟁이인가 생각했다. 새로 나타난 것은 머리통이 제법 큰 성인 남자였지만 그 남자의 머리는 여자의 허리쯤에 오는 높이였다. 머리 아래는 흉벽 때문에 가려서 잘 보이지 않았다. 머리만 보이는 남자는 그다지 빠르지 않은 속도로 여자에게 다가갔고 여자는 멀뚱히 남자를 바라보았다. 그때 백작은 남자의 머리가 일정한 높이로 움직이고 있다는 것을 깨달았다.

남자는 바퀴 의자에 앉아 있었다. 아무래도 다리가 불편한 듯했다. 바퀴 의자 사내는 지금껏 백작의 무리를 상대하던 여자에게 다가와 단도직입적으로 말했다.

"이번엔 뭐래?"

여자는 무슨 소리를 내었다. 성벽 아래에 있는 사람들이 듣기에 신음이나 비명의 범주에 들어가는 소리였다. 하지만 바퀴 의자 남자가 입을 열었을 때 성벽 아래 사람들은 깜짝 놀랐다.

"제국 재건 범신민 연대?"

그것은 바로 백작이 대표하고 있는 무리의 이름이었다. 여자에게 그렇게 소개하긴 했지만 백작은 남자가 어떻게 여자의 말을 알아들었는지 알 수 없었다. 바퀴 의자 남자가 투덜거렸다.

"또 재건이야? 중흥하고 재건은 지겹게 쓰이는군. 좀 참신한 이름 없나. 제국 발굴은 어때? 제국이 장사까지 치르고 땅에 묻힌 것처럼 생각하는 사람이 많은 것 같은데 말이야."

호의적으로 해석한다면 경의가 부족한 말투다. 그리고 바퀴 의자 남자의 말을 호의적으로 해석한 사람은 별로 없었다. 대부분의 사람들이, 특히 알아야 할 사람들은 그것이 비꼬는 말임을 이해했다. 하지만 백작은 분노와 별개로 이 요새의 사람들이 왜 이토록 무관심한지 알 것 같았다. 그들보다 먼저 이곳을 방문했던 무리들이 있는 것이다.

백작이 상념에 잠겨 있는 동안 성벽 위의 남자는 바퀴 의자를 흉벽 가까이 밀어붙이고 상체를 조금 내밀었다.

"나는 요새 사령관 리슬 캄프리입니다."

백작은 사령관이라는 말에 깜짝 놀라서 말을 약간 더듬었다.

"아, 나는……"

리슬 캄프리가 잽싸게 그의 말을 가로챘다.

"아직 당신을 소개하지 마시오. 이건 당신을 위해서 하는 말인데, 당신 이름을 알게 되면 나는 일지에다가 당신 이름을 적어야 한단 말입니다. 그런데 당신이 지고하신 황제 폐하, 삼고, 보류부사, 그리고 그들의 대리인 등 이곳에 출입할 수 있는 자격을 가진 사람들 중 하나에 해당하지 않는 경우 나는 당신 이름에다가 침입자라는 주석을 붙여야 하거든. 혹 내가 거론한 자격들 중 하나에 해당하십니까?"

"나는 제국 재건 범신민 연대의 사절 자격으로……."

"아니시군. 돌아가십시오."

수염 후줄근한 노인을 비롯하여 백작의 수행인들은 격분했다. 백작은 다른 자들이 분노를 드러내기 전에 황급히 말했다.

"인정을 좀 보이게, 캄프리 사령관! 말이라도 좀 들어 봐야 할 것 아닌가? 나는 자네를 만나러 그 먼 길을 찾아왔단 말이야."

"초대한 적이 없는데요."

"그래, 알아. 내가 말도 안 되는 소리를 한다는 것. 불청객에게 무슨 권한이 있을 리 없지. 하지만 거기 서서 이야기 좀 나눈다고 해서 자네에게 큰 해가 되는 것도 아니잖나? 자네에게 이 가을 오후를 보낼 더 유익하고 더 즐거운 방법이 있다면 물러가겠네. 하지만 그렇지 않다면 제발 시간 좀 나눠 주게!"

백작의 간곡한 태도에도 캄프리 사령관의 태도는 조금도 누그러지지 않았다.

"미안하지만 나는 그런 방법을 압니다만."

"그게 뭔가?"

"연초 한 대 피우며 마음의 양식이 될 책을 읽는 것. 사람들이 모두 시간을 보내기 위해 그런 방법을 애용하면 세계가 훨씬 평화로워질 텐데 말입니다."

그를 대표로 선출한 사람들이 기대한 것처럼 백작에겐 참을성의 여유가 조금 남아 있었다. 하지만 수염 후줄근한 노인은 그렇지 못했다. 노인은 시뻘게진 얼굴로 외쳤다.

"이 무례하기 짝이 없는 놈아! 이분이 누구신지 아느냐? 칸디드 백작님이시다! 이분의 부친은 제국 삼등공신이시며 본인 또한 그 드높은 학문으로 십병장의 지위를 받은 첫 번째 분이시다! 네가 감히 희롱할 수 있는 분이 아니란 말이다!"

칸디드 백작이 잠깐 동안 우쭐한 기분을 느꼈을지도 모른다. 하지만 리슬 캄프리는 전혀 감동한 표정이 아니었다. 캄프리는 딱하다는 표정으로 백작을 바라보았다. 그리고 어디서 꺼낸 것인지 알 수 없는 지휘봉으로 칸디드 백작을 겨냥했다.

"지금부터 코세 칸디드 백작 외 17명을 침입자로 규정한다. 수교위 리슬 캄프리가 지휘하는 9087 독립 중대는 황제 폐하의 영광 아래 침입자를 격퇴할 때까지 최후의 일인까지 싸운다."

칸디드 백작은 캄프리가 자신의 정체를 알고 있었음을 깨달았다. 그리고 그의 이름이 거론된 이상 캄프리는 더 이상 모르는 척하지 않을 작정이었다. 사태의 악화를 막기 위해 입을 열던 칸디드 백작은 협곡 좌우에서 들려온 심상찮은 소음에 말을 삼켰다. 백작은 사람들이 좌우를 가리키며 호들갑을 떠는 것을 발견했다. 그 또한 좌우를 돌아보았고, 충격적인 광경에 숨을 들이마셨다.

협곡 좌우의 벼랑 위에 일군의 제국병들이 나타났다. 얼추 이백 명쯤 되어 보이는 그들은 손에 든 활로 아래쪽을 겨냥하고 있었다. 칸디드 백작이 이끄는 제국 재건 범신민 연대의 무리들은 경악하여 성벽 위를 바라보았다. 리슬 캄프리가 말했다.

"저 사람들은 맹인입니다, 각하."

"뭐라고?"

"맹인 모르십니까? 우리의 부끄러움을 가장 큰 아량으로 눈감 아주는 벗들 말입니다, 각하."

맹인 궁수라니, 어처구니없는 말이다. 게다가 그런 자들이 절벽 위에 설 수 있을 리 없다. 코세 칸디드 백작은 그것을 지적하려 했다. 하지만 리슬 캄프리가 먼저 말했다.

"그래서 저 병사들은 아무렇게나 활을 쏘고 죄의식 같은 것은 별로 느끼지 않습니다, 각하. 눈에 뵈는 것이 없으니까요."

절벽 위에서 메마른 웃음이 들려왔다. 그리고 백작은 그들이 맹인이든 아니든 화살은 똑같이 치명적이라는 사실을 깨달았다. 칸디드 백작은 소름 끼친다는 표정으로 성벽 위를 바라보았다. 리슬 캄프리가 말했다.

"돌아가십시오, 각하. 원한다면 제국 제3 금고 요새엔 전부 귀머거리만 있어서 말이 통하지 않더라고 보고해도 좋습니다. 사람들은 믿어 줄 겁니다. 이 정도나마 배려하는 것도 제가 당신 책을 잘 읽었기 때문입니다."

백작은 더 이상 대화가 불가능하다는 것을 깨달았다. 리슬은 절대로 그를 요새 안으로 들이지 않을 것이며 그의 말에도 신경 쓰지 않을 것이다. 리슬의 말마따나 그가 호의를 베푸는 데 이 이상 그를 자극하는 것은 현명한 행동이 아닐 것이다. 일행에게 물러나자는 말을 하기에 앞서 백작은 허영심을 조금 충족시키기로 했다.

"그런데 어느 책인가?"

"『사유와 세계의 상호 귀속』."

"아아, 그거. 감상을 말해 주겠나?"

"솔직히 십병장 받을 정도는 아니었습니다, 각하."

칸디드 백작은 빙긋 웃었다.

"내 생각도 그래. 아버님 덕택에 받은 거지. 창피한 노릇이야. 하지만 동료들은 그것이 하나의 선례가 될 수 있으니 사양하지 말라고……."

"예. 더 좋은 글을 쓰실 수 있을 겁니다, 각하. 다음 책을 기대하겠습니다."

그것이 애독자의 말이라 생각하려던 칸디드 백작은 조금 후 다시 리슬 캄프리를 올려다보았다. 그리고 백작은 캄프리의 진의를 깨달았다. 쓸데없는 짓 그만두고 책이나 쓰시라는 요구에 어떻게 대답할까 고민하던 칸디드 백작은 그냥 침묵하기로 했다. 그는 물러나자고 말했고 수염 후줄근한 노인을 포함하여 절벽 위의 눈먼 활에 질려 있던 다른 사람들은 황급히 그 말을 따랐다.

제국 재건 범신민 연대의 대표단이 협곡 아래로 사라지는 것을 보던 캄프리 수교위는 절벽 양쪽을 향해 고함을 질렀다. 궁수들은 협곡 아래쪽에서는 보이지 않는 쇠막대기를 따라 걸어갔다. 쇠막대기는 땅과 수평으로 뻗어 있었고 궁수들의 허리에는 짧은 줄이 있었다. 그 줄의 끝에 있는 고리가 쇠막대기에 연결되어 있었다. 칸디드 백작은 그들이 맹인이 아닐지도 모른다고 의심했지만 그들은 정말 맹인이었다. 다만 견고한 안전 장치가 있기에 절벽 가장자리를 걸을 수 있을 뿐이다.

맹인 궁수들이 역시 아래에선 보이지 않는 계단을 따라 요새 안으로 내려가는 것을 보며 캄프리는 바퀴 의자를 돌렸다. 그는 성벽 왼쪽을 향해 바퀴를 굴렸다. 그러자 여자가 그의 뒤편으로 따라와 바퀴 의자를 밀었다. 그녀의 오른쪽 반신은 심하게 뒤틀려 있었기에 바퀴 의자를 미는 것은 그녀에게 큰 부담이었다. 하지만 캄프리는 그만두라고 말하진 않았다.

"고맙다, 주에나 수전사."

주에나 수전사라 불린 여자는 웅얼거리는 소리를 냈다. 캄프리는 그 말을 알아들었다.

"우리 금고에 있는 금? 그거 기밀인데. 액수로 따지면 감이 잘 안 오고 무게로 따지려면 잴 저울이 없기 때문에 용적으로 따지는 편이라고만 알려 주지."

주에나는 흥분하여 재잘거렸다. 새소리 비슷했지만 그 소리를 듣고 날아올 새는 없다. 캄프리가 말했다.

"그래. 그러니까 저번에 온 녀석이 그따위 소리를 했던 거지. 병신들에겐 그렇게 많은 금을 가지고 있을 권리가 없다고 했던가? 코세 칸디드 백작은 그래도 품위는 지키더군. 백작의 책을 좀 읽어 줘야겠어."

수전사 주에나는 어처구니없다는 투로 웅얼거렸다. 캄프리는 방어적으로 웃었다.

"아예 들여다보지도 않고 그런 감상을 말한 것은 아니다, 수전사. 내 방엔 정말 그의 책이 있어. 다만 초반 열 장을 넘기니까 그 책을 다 읽으면 수명이 십 년은 짧아질 거라는 생각이 덜컥 들더라고. 가이너 카쉬냅이나 라수 규리하 같은 이가 읽을 책인 것 같아. 도대체 무슨 소리를 하는지 모르겠어. 하지만 이번엔 정말 마음 단단히 잡고 읽어야지. 이해를 하든 못하든 말이야."

캄프리는 자신의 결심을 지키지 못했다. 그날 밤, 『사유와 세계의 상호 귀속』 스무 쪽을 읽은 캄프리는 그 책의 주제가 예의를 지키는 것보다는 오래 사는 게 더 중요하다는 것이라고 판단했다. 그는 책을 덮고 곧장 잠들었다. 죄책감이 그의 안면을 방해하지는 않았다.

　제국 제3 금고 요새의 일상이 계속되었다. 누군가는 게으름을 부리고, 다른 누군가는 그런 자들에게 고함을 질렀다. 누군가는 귀가 들리지 않는다는 시늉을 했고, 그러면 다른 누군가는 그런 자들의 엉덩이를 걷어찼다. 발이 없을 경우엔 좀 저렴한 물건을 던지기도 했다. 그리고 모든 사람들이 다른 사람의 허위를 눈치채는 순간이 다가왔다. 쾅이 아니라 스르르로. 9087 독립 중대원들은 모두 일상이 계속되는 척하고 있었다. 하지만 그런 환상은 그들의 노력만으로 유지 가능한 것이 아니었다. 안타깝게도 요새를 찾아오는 자들은 언제나 중흥이나 재건, 부활, 수호 따위의 단어가 들어가는 단체에 소속된 자들이었고 요새병들에게 익숙한 제국 관리는 찾아오지 않았다. 그들 바깥의 세계에 심각한 문제가 생겼다는 것은 분명했다. 정말 제국이 사라졌는지도 모른다. 하지만 누군가가 바깥에 나가 상황을 알아보기 위해선 제비뽑기가 필요할 것이다. 그들은 요새 바깥을 싫어했다. 요새병들은 억울하다고 생각했다. 그들의 일상은 그들 스스로 잘 꾸려 가고 있다. 왜 바깥 세상은 제멋대로 문제를 일으키는 것일까? 도대체 누가 제국을 잃어버린 거지? 잃어버리기도 쉽지 않을 만큼 큰 물건이잖아.

　요새 사령관 리슬 캄프리가 성벽으로 나와 방문자를 맞이하는 횟수도 점점 줄어들었다. 대부분의 경우 수전사 주에나가 방문자들을 맞이했다. 하지만 그마저도 곧 그만두게 되었다. 성질 고약한 방문자 한 명이 수전사를 향해 활을 쏜 것이다. 주에나는 아무런 해도 입지 않았지만 캄프리는 접객 원칙을 바꿨다. 그 다음 방문자들은 텅 빈 성벽을 향해 고함을 지르다가 물러나야 했다.

어쩌면 사라졌을지도 모르는 제국의 금을 맡아 지키고 있는 병사들은 더 이상 일상성을 유지하기 어려웠다. 제국의 금은 거북한 위탁물이었다. 그들이 야심가였다면 용적으로 따져야 할 막대한 금은 강력한 힘이 될 테지만 9087 독립 중대원들은 금보다는 요새를 더 사랑했다. 금고 요새 밖으로 나가는 순간 그들은 장님이거나 귀머거리, 앉은뱅이, 정신지체인이 된다. 하지만 요새 안에 있을 때 그들은 제국군이었다. 요새는 그들에게 하늘누리와도 바꿀 수 없는 보물이었다.

그리고 깨달음의 순간이 다가왔다.

요새병들은 침울한 서로의 얼굴에서 분명한 미래를 읽었다. 적당한 야심가에게 제국의 금을 내주고 일신의 안녕을 제공받는 것은 그들의 미래가 될 수 없다. 제국에 대한 배신이라는 도덕적 거부감을 제외하더라도 더 본질적인 문제가 남아 있다. 금이 없는 금고 요새는 쓸모가 없다. 금을 내주면 그들은 아무것도 아닌 존재가 된다. 따라서 금은 내줄 수 없다.

조금씩 금을 내주며 긴 시간을 버틸 수는 있을 것이다. 금의 양이 워낙 막대하니 그들 모두가 늙어 죽을 때까지 버티는 것도 가능할 것이다. 그리고 그것은 생존 외엔 아무것도 아닌 삶이 될 것이다. 더 이상의 신병도 없을 것이고, 장애인은 도저히 벌 수 없는 전역금을 받아 전역하는 것도 불가능하다. 그들의 요새는 그들의 무덤이 될 것이다. 요새병들은 굳건한 성벽을 보며 늘 느끼던 믿음직한 느낌 대신 숨이 턱턱 막히는 느낌을 받았다. 하지만 다른 방도가 없다. 좌절감 속에서 그들은 문을 열어 줘야 할 상대가 야심가들이 아니라 식료품을 팔러 온 상인임을 인정했다.

그들의 예상은 빗나갔다.

7월도 다 지나간 시점, 딱정벌레를 타고 온 손님은 아무리 봐도 상인처럼 보이지는 않았다. 그는 아무런 동행인도 없이 혼자 왔고 딱정벌레를 타고 있는데도 요새 내부가 아닌 성벽 앞에 착륙했다. 요새 사령관 캄프리 수교위가 그 등장에 깊은 인상을 받은 것이 분명했다. 관례를 깨고 그는 직접 성벽 위에 나타났다. 건장한 체구와 딱정벌레 때문에 얼핏 도깨비라고 착각할 법도 하지만 성벽 앞에 서 있는 것은 인간 남자였다. 그는 짤막하게 자신을 소개했다. 그리고 리슬 캄프리 사령관의 얼굴에는 오랫동안 서서히 쌓였기에 다른 요새병들이 거기에 있다는 것도 알아채지 못한 수심이 싹 걷혔다. 사령관은 성문 개방 명령을 내렸다. 요새병들이 황급히 성문을 여는 것을 보며 캄프리 수교위는 안도의 한숨을 내쉬었다. 곁에 있던 주에나 수전사가 사령관의 중얼거림을 들었다.

"이제야 말 좀 나눌 상대가 왔군."


정우 규리하는 뒷짐을 쥔 채 걸으며 속삭였다.

"찾아간 사람을 전부 문전박대했다고 하던데, 대장군님은 왜 이레는 만나 줄 거라고 생각하시는 거죠?"

틸러는 그녀의 곁을 따라 걸으며 턱을 살짝 어루만졌다.

"글쎄요. 이레도 만나 주지 않을지 모릅니다. 하지만 요새 사령관 리슬 캄프리 수교위가 누군가를 기다리고 있다는 것은 확실한 것 같습니다."

"어째서죠?"

"문전박대가 바로 만날 의향이 있다는 의사 표시이기 때문이죠."

 정우는 환하게 웃었다.

 "틸러, 설마 좋아하는 여자 애에게 심술 부리는 남자 애 괴벽이라고 설명하려는 건 아니죠?"

 "감사하게도 아닙니다. 이걸 생각해 보세요, 규리하 공 아가씨. 금고 요새 사령관이 누군가와 만났다는 소문은 널리 퍼지지 않습니다. 신기할 것이 없는 이야기니까요. 하지만 아무도 만나지 않는다는 이야기는 다릅니다. 금고 요새 안에 있는 막대한 금과 결합되면 상당히 흥미로운 이야깃거리가 됩니다. 고립된 처지에서 캄프리 수교위가 널리 소문을 퍼뜨리기 위해선 그보다 나은 방법이 없습니다."

 정우는 고개를 끄덕이며 갑자기 고개를 홱 돌렸다. 틸러는 정우가 왜 그러는지 알고 있었고 소득이 있는지 확인해 보았다. 하지만 별 소득은 없었다. 사람들은 묵묵히 시지(試紙)만 들여다보고 있었다. 정우는 아무런 소득이 없다는 사실을 확인한 다음 다시 걸음을 뗐다.

 "하지만 캄프리 수교위가 정말 제국 금고를 지키고 싶어서 그런 것일 수도 있잖아요."

 "그렇다면 공격했을 겁니다."

 "공격?"

 "예. 정말 금고를 지킬 생각이었다면 공격했을 겁니다. 예비 약탈자 무리에 대한 경고로 말입니다. 하지만 수교위는 아무도 공격하지 않았습니다. 주인 잃은 막대한 금이 있는데 약탈자 무리가 생기는 것은 당연하지 않겠습니까? 그리고 비록 굳건한 요새라곤 해도 거길 지키는 병사들은 대부분 몸이 성치 않은 사람인걸요. 그보다 더 유혹적인 보물도 없습니다."

"그래서 경고가 필요하다는 건가요?"

"예. 하지만 수교위는 그러지 않았습니다. 이상한 일이지요. 하지만 누군가를 만나겠다는 의사 표시로 받아들인다면 이상할 것이 없습니다. 공격하지 않을 테니 정말 쓸 만한 작자가 오라는 뜻입니다. 수교위는 몸이 성치 않은 자기 자신과 부하들을 확실히 도와줄 사람이 필요한 겁니다. 당장 금을 빼 갈 필요가 없이 단지 보유만 해도 되는 유력자 말입니다."

"그런가요."

다시 고개가 홱! 이번엔 동작이 좀 급격했고 정우는 옆으로 나동그라질 뻔했다. 틸러는 "실례하겠습니다." 말하고 정우의 어깨를 붙잡아 똑바로 세워 주었다. 똑바로 선 정우가 상기된 볼을 감싸 쥔 채 호흡을 고르는 것을 보던 틸러가 속삭였다.

"저, 너무 열성을 보일 필요는 없습니다. 쉬엄쉬엄하시지요."

"하지만 감독하겠다고 했는걸요. 열심히 해야죠."

틸러는 감독관이 정우에게 감독을 보도록 허락해 준 것은 무경(武經) 시험이 별로 중요하지 않기 때문이라는 사실을 말해야 하나 말아야 하나 고민했다. 틸러는 과장을 둘러보았다.

규리하에서 과거는 일 년에 두 차례 시행되며 춘계 과거는 문과, 추계 과거는 무과 시험이다. 책 읽기 좋은 겨울 동안 지식을 쌓아 봄에 문과를 보고 활동하기 좋은 여름에 체력을 길러 가을에 무과를 보는 셈이다. 따라서 가을에 치러지는 이번 과거는 무과 시험이고 그중 지금 시행되는 무경 시험에는 큰 의미가 없다. 다른 지방이라면 모르되 무향 규리하에서 각종 병서들은 청소년 애독서다. 아무래도 무과 시험의 진짜 볼거리는 무경 시험 합격자들을 대상으로 실시될 무술 시험이고 틸러가 기대하는 것도 그것이다. 틸러는 제국군 부위가 응시해도 입격을 장담하기 어렵다는 무시무시한 시험이 어느 정도인지 궁금했다.

그러나 틸러의 호기심이나 정우의 열성과 별개로 이번 과거의 의미는 각별하다. 규리하 공이 주관하는 과거가 제대로 치러진다는 것은 규리하의 정세가 안정되었음을 대외적으로 선언하는 의미가 있다. 또한 이번 과거에 입격한 이들은 규리하 공 아이저 규리하의 세력에 맞서는 규리하 공 비셀스 규리하의 지지 세력이 될 터이다. 호사스러운 말을 남용한다면 이것은 '정우의 아이들'을 선출하는 일이다. 감독을 보겠다는 정우의 말에 틸러가 보안상의 위험에도 불구하고 찬성한 것은 그 때문이다. 이번 과거에 응시한 자들에게 정우가 직접 과거를 감독하는 모습을 보여 주는 것에는 남다른 의미가 있을 것이다. 틸러는 그 지점에서 문제의 해법을 찾기로 했다.

"성실히 하시는 것은 좋습니다만 이 사람들은 세심한 감독관보다는 존경할 만한 주군을 원할 겁니다. 규리하 공 아가씨. 이런 덜 중요한 시험에서는 의연한 모습을 보이시는 것이 좋겠습니다. 진짜 시험은 무술 시험입니다."

"저는 그거 볼 자신이 없어요, 틸러. 평이 무서워요. 그거 안 보려고 여기서 열심히 감독하는 거예요."

"직접 나와 계시는 것으로 충분합니다."

"그럴까요?"

"예. 그리고 저 사람들도 창피해서라도 부정 행위 같은 건 안 할 겁니다. 자장가로 포위 섬멸전에 대한 이야기를 들으며 자란 자들이니까요."

틸러는 정우가 재미있어 할 거라고 생각했다. 하지만 정우는 덤덤한 반응을 보였다.

"저는 그런 자장가 못 들었어요, 틸러."

틸러는 정우가 들었을 자장가는 전부 도깨비의 것이라는 사실을 떠올렸다. 정우가 말했다.

"어쨌든, 그래서 귀족원 회의가 개최되기 전에 규리하가 그 금고 요새를 수중에 넣어야 한다는 거죠?"

"이왕이면 귀족원 회의도 규리하에서 개최하면 더 좋겠습니다만 그것은 좀 어렵습니다. 규리하는 제국 서쪽에 너무 치우쳐 있으니까요. 그러니 하인샤 대사원이어야 합니다. 그곳은 확실한 중립 지역이니까요."

"그 말 들었어요. 하지만 대사원에서 귀족원 회의가 열린 적은 한번도 없다는 말도 들었는데요."

"그렇긴 합니다. 하지만 그 정도의 반대는 일축할 수 있는 명분이 있습니다. 대호왕께서 북부 사람들 앞에 처음으로 모습을 나타내신 곳이 하인샤 대사원이었으니까요. 역사를 거슬러 올라가면 제국이 잉태된 장소는 하인샤 대사원이라고 할 수도 있습니다."

정우는 발걸음을 돌렸다. 응시자들의 오른쪽을 따라 걸어간 두 사람은 이제 사람들의 뒤편을 따라 걸었다. 정우가 말했다.

"대장군님은 왜 규리하에게 제국의 기사회생을 맡기려 하시는 거죠?"

"두려우신가요?"

"글쎄요. 흐으음. 이건 객관적인 시각이라고 해도 될 거예요. 저는 즈믄누리를 고향으로 여기고 아직도 꿈속에선 도깨비처럼 행동할 때가 많은 킴이니까. 그런 제가 보기에 이 모든 것이 참 기묘하다는 생각이 들어요. 규리하는 왕이 사라진 뒤에도 수백 년 동안 왕의 것을 지켰지요. 그리고 돌아온 왕에게 규리하의 가장 귀한 보물 둘을 바쳤지요."

틸러는 속으로 중얼거렸다. 괄하이드 규리하와 라수 규리하. 정우가 말했다.

"그리고 왕국은 제국이 되었고 제국은 규리하를 파괴했어요. 그런데 규리하는 이제 빈사 상태에 빠진, 어쩌면 죽었을지도 모르는 제국을 위해 다시 일어서야 하는군요. 규리하가 버렸던 사람을 그들의 주인으로 내세워서."

정우의 표현처럼 그녀는 객관적이었다. 정우의 말투에는 규리하의 운명을 자신의 운명과 동일시하는 기색이 없었다. 그녀는 관찰자의 표정으로 말했다. 그래서 틸러도 곁에 있는 여인이 규리하의 주인이 아니라 함께 규리하를 관찰하는 국외자인 것처럼 말할 수 있었다.

"어떤 사람들은 후사린 규리하의 여한 때문이라고 하더군요. 후사린 규리하가 여기에 남아 있었다면 왕의 변경백령은 지킬 수 있었을 겁니다. 더 일찍 떠났다면 왕국은 구할 수 있었을지도 모르지요. 하지만 후사린 규리하는 너무 늦게 결정을 내렸고, 그래서 둘 다 지키지 못했지요."

"그래서 그 후손들은 모두 변경백령과 왕국을 양손에 들고 그 중 하나를 놓지 못해 쩔쩔매야 하는 저주를 받았다는 건가요?"

"그 저주를 풀 방법이 있긴 하지요."

"뭔가요?"

"규리하가 제국이 되면 됩니다."

틸러는 자신의 말에 대한 반응을 보기 위해 정우를 똑바로 바라보았다. 그러나 그의 시선은 정우의 어깨 너머 먼 곳의 응시자에게 향했다. 시지를 들여다보고 있는 응시자들 가운데 앉아 있던 그 남자는 붓을 두 손으로 움켜쥐고 있었다. 그 붓은 남자의 손에서 둘로 분해되었다.

순간적으로 틸러는 그가 문제의 난해함에 좌절하여 붓을 부러뜨린다고 생각하고 싶었다. 그 붓이 사실은 붓이 아니라 바람총이고 그가 응시자가 아니라 암살자라는 사실을 받아들이고 싶지 않았기 때문이다.

물론 더 받아들이기 어려운 가능성이 현실화되었다. 현실은 그런 법이다. 남자가 붓대를 입으로 가져갔을 때 틸러는 정우를 와락 끌어당겼다.


"아라짓 제국의 특징을 확인할 수 있군요. 예상하기 쉬운 것은 역시 수도나 계승권자를 두고 다투는 군웅들의 쟁탈전이지요. 하지만 아라짓 제국의 경우에는 확보함으로써 정통성까지 획득할 수 있는 특정 지역이나 특정 인사라는 것이 존재하지 않습니다."

"다행한 일이오. 제국 곳곳에서 군웅들이 병사를 이끌고 발호하는 꼴은 보지 않아도 되니."

"하, 그래. 모두 자기 세력권에 궁둥이를 단단히 붙이고 있지."

"예. '지시'도 그들의 엉덩이를 붙잡아 두는 데 큰 몫을 한 것 같습니다. 최소한 시구리아트 서쪽에서는."

"하지만 입은 바쁜 것 같습니다. 귀족들 사이에서 온갖 합종연

횡이 이루어지고 있습니다. 지금까지 산맥 서쪽에서만 대략 스무 개 남짓한 조직이 포착되었습니다. 동쪽의 사정도 다르지는 않겠지요. 폭발적으로 늘어나고 있을 겁니다. 하지만 곧 조정 국면으로 접어들 테고, 아마 병합이 이루어지겠지요. 귀족원 회의 개최 전까지는 숫자가 많이 줄어들 겁니다."

"자유무역당에 대한 접촉 시도는?"

"상당합니다."

"당연히 그럴 거요. 지테를 시야니 당주의 영향력을 제외한 향후 예상은 그것이 무엇이든 무의미하니까 말이오."

"하지만 지테를 당주와 손을 잡으면 게라임 당주와의 관계가 악화될 수 있습니다."

세퀴라도의 자유무역당사 회의장이다. 그리고 대화를 나누는 것은 자유무역당의 고위 당원들이다. 그들은 자신들의 대화 방식에서 별다른 위화감을 느끼지 못하고 있었다. 자기 자신이나 눈 앞에 있는 사람을 3인칭으로 말하는 것은 보통 사람들에게는 무례나 심지어 모욕으로 받아들여질 수 있지만 자유무역당에서는 '값싼 대화'라고 불리는 보편적인 대화다. 자유무역당원들의 관점에서 볼 때 예의나 사회적 관습, 대화 참가자의 특수한 관계 때문에 돌려 말하는 것은 같은 정보를 전달하기 위해 불필요한 비용을 들이는 행위이므로 효율적이지 못하다. 하지만 이들을 산문적이고 직설적인 사람들로 생각하는 외부인들의 견해는 오해다. 문필가들에게 잘 알려져 있듯 좋은 은유는 수많은 의미를 한꺼번에 전달할 수 있다. 자유무역당원들은 적은 비용으로 많은 정보를 전달할 수 있는 은유를 즐긴다. 다만 문필가가 아닌 그들은 참신한 은유를 개발할 필요성은 느끼지 못한다.

어쨌든 그들은 희극적 분위기를 느끼기 위해 자신들의 이름을 부르는 것도 아니고, 상석에 앉아 있는 지테를 시야니 당주를 당혹시키기 위해 그를 제3자처럼 말하는 것도 아니다. 그리고 지테를 시야니 당주 또한 그런 화법이 전혀 낯설지 않았다. 낯설어하지 않는 정도가 아니라 지테를 당주는 적극적으로 대명사를 배제했다.

"지테를 시야니 당주와 게라임 지울비 당주 사이에서 저울질을 해야 한다고 생각하는 귀족은 의외로 많지 않을 거다. 지테를과 게라임에겐 상대방보다 더 중요한 것이 있다. 이문과 도로지."

회의장의 장식은 검박하다 못해 초라할 지경이다. 지테를 시야니가 앉아 있는 의자도 위치상 상석일 뿐 다른 의자와 똑같이 등받이 없는 의자였다. 대패질로 모든 마무리를 끝낸 것인가 싶은 탁자는 낡았다는 점에서 호평받는다. 표면이 닳고 닳아 거스러미가 옷을 찢거나 팔뚝을 찌를 일이 없기 때문이다. 지테를은 그 반들반들한 표면에 팔을 괴며 말을 이었다.

"다른 사람들의 생각에 제한을 두지는 말도록 하자. 그 제한은 우리에게도 작용할지 모르니까."

"유료도로당과의 협력을 생각하고 계십니까?"

"가능성은 열어 둔다는 거지."

놀라는 사람은 없었다. 그들은 유료도로당과의 전략적 제휴가 가능한지부터 고민해 보았다. 모든 사람이 거의 동시에 고개를 가로젓고 싶은 기분을 느꼈다. 유료도로당의 수입 중 상당액이 자유무역당이 낸 도로 사용료라는 것은 분명하지만 자유무역당이 유료도로당에 의지하는 바는 그보다 더 크다. 도로가 없이는 무역이 불가능하니까. 한쪽이 다른 쪽에 일방적으로 의존한다면 대등한 거래가 이루어지기 어렵다. 결국 화제가 바뀌었다.

"제국군의 동향은?"

"물론 지금까지 들어온 소식은 모두 시구리아트 서쪽의 이야기라는 것을 전제해 두겠습니다. '지시'는 아직 동쪽까지 전달되지는 않았을 테니까요. 서쪽의 상황은 몇 가지로 나눠 볼 수 있습니다. 우선 발케네 공작에게 하늘누리 실종의 책임을 묻고 싶어 하는 자들이 있는데, 인기가 별로 없습니다. 하늘누리의 실종에 발케네 공이 관련되었을 거라고 보기 어렵거니와 만약 그랬다면 공작이 자결했을 리가 없습니다. 하늘누리의 실종은 역시 하늘누리 자체에서 발생한 어떤 문제 때문에 일어난 사건으로 봐야 할 것입니다. 따라서 모든 제국군은 궐기하여 발케네로 진군해야 한다는 그들의 주장은 별다른 호응을 얻지 못하고 있습니다."

"주전론이 영향력을 발휘하는 대상은 언제나 스스로 싸울 필요가 없는 사람들이오. 군대를 대상으로 한 주전론은 인기가 없소. 더군다나 저기엔 수천 명의 레콘이 있으니. 두 번째는?"

"당장 새 황제를 찾아 옹립해야 한다는 것들이야. 이 부류에는 아무래도 서약 지지파의 입김이 있는 듯해. 빨리 새로운 황제를 찾아 그 사람에게 '충성을 맹세해야' 한다는 이야기가 솔솔 흘러나와."

"새 황제를 선출하는 권리를 귀족원에 양보하고 싶지 않은 마음도 조금 섞여 있을 테고요."

"목숨을 걸고 제국을 지키는 자들에게 제국의 최고 지배자를 선출할 권한이 있다는 논리도 조금 엿보입니다. 반응은 좋지도 나쁘지도 않습니다. 황제가 돌아올 경우를 차치하더라도 귀족원과의 대립은 필연적일 테니까요. 더군다나 '지시'가 있습니다."

"그래. 그 지시. 따라서?"

"따라서 대부분의 제국군은 일단 사태를 관망하는 쪽으로 결정한 것 같습니다. 지시가 산맥을 넘으면 아마 동쪽에서도 비슷한 분위기가 포착될 것 같습니다."

당원은 제국군의 동향에 대해 더 할 말이 있는 듯했다. 하지만 다른 사람들은 지시에 대한 호기심을 보였다.

"그건 지시에 대한 긍정적 평가인 거요?"

"아…… 예. 겉으로 보면 싱겁기 짝이 없는 지시입니다만 씹을수록 짭짤한 맛이 있습니다."

"어이, 이봐들. 난 그 지시 우습다고 생각해. 누가 좀 설명해 줘. 그거 비품 관리 잘하라는 뜻 아니야?"

자유무역당원들의 화제가 되고 있는 지시는 대장군 엘시 에더리가 모든 제국군에 보낸 '긴급 지시'를 말하는 것이다. 지시 내용은 조금 당황스러운 것이었는데 대장군 엘시 에더리는 부대가 보유한 어떤 솥도 병영 밖으로 나가지 않도록 하라는 지시를 내렸다. 보기에 따라서는 비품 관리의 중요성을 역설하는 듯한, 전혀 시국과 맞지 않는 지시처럼 보이기도 했다.

"겉으로 보기엔 그렇지요. 하지만 그것은 영토 확장을 꿈꿨던 귀족들에게 보내는 경고입니다."

"뭐? 어째서 그렇다는 거지?"

"아, 그건 이런 말이야. 제국 정부가 사라진 이상 힘이 모든 것을 결정하는 시대가 왔다고 생각할 자들이 분명히 있을걸. 하지만 그런 자들도 다른 귀족들의 영토를 건드릴 수는 없지. 어떤 관계 설정이 이루어지고 있는지도 불확실한 상황에서 섣불리 다른 귀족을 건드렸다간 무수한 귀족들을 적으로 돌리게 될지도 모르잖아? 따라서 봉토는 건드릴 수 없지. 하지만 황제의 행정관이 지배하는 제국령은 다르지."

"흐음. 그래서?"

"그렇다면 인접한 제국령을 자신의 영토에 병합시켜 그것을 기정사실화한 다음에 귀족원 회의에 출석하고 싶은 유혹을 느끼는 귀족들이 분명히 있을 거라는 말이야. 이해했어?"

"했다고 생각해."

"그런데 남의 땅을 먹으려면 힘이 필요하지. 어디서 힘을 끌어올까? 보유하고 있는 사병은 자기 땅 지키는 데 써야 해. 따라서 제국군에 대해 침을 흘릴 수 있단 말이야. 하지만 대장군은 모든 제국군에게 병영 내에서 꼼짝하지 말라는 내용의 지시를 보냈지. 솥을 안 들고 나가면 식사를 못하잖아."

"그게 그런 뜻이야?"

"한 가지 더 있지. 그들은 도시락 들고 이동할 수 있는 범위 내에서는 작전을 펼칠 수 있어."

"점점…… 그건 무슨 뜻이지?"

"만약 어떤 정신 나간 귀족이 제국령을 치면 제국군은 도시락 지참하고 뛰어와서 그 귀족을 쫓아낸 다음 다시 병영으로 돌아갈 수 있단 말이야. 솥이 병영 밖으로 나가지 않는다는 것은 원정 활동은 불허하고 치안 활동은 허락한다는 뜻이야."

"헤! 그래서 지시가 귀족들의 엉덩이를 붙잡아 뒀다는 것이군."

지테를은 고개를 끄덕였다.

"귀족원 회의가 개최되기 전까지 모든 상황을 고정시켜 두겠다는 거지. 상황에 변화가 일어나면 통제 불가능한 지경으로 폭주할 가능성이 높으니까 바람직한 태도이긴 해. 그리고 그가 무대의 중앙에 있는 것 같군. 그렇다면 자유무역당의 배역은 어떤 것이 되어야 하지? 선택할 수 있는 길은 세 가지라고 보는데. 대장군을 적극적으로 지지해서 그의 현상 유지 정책에 힘을 실어 주는 것, 침묵한 채 상황을 주시하는 것, 이도 저도 아니면 다른 길을 걷는 것. 어느 쪽의 이문이 클까?"

"대장군을 지지하는 방법에는 어떤 것이 있지?"

"자유무역당은 대장군의 정책에 반감을 보이는 귀족들로 하여금 곤혹스러운 경제적 피로감을 경험하게 할 수 있소."

"상당한 투자가 필요하겠군."

"사업 환경 유지 비용으로 생각하면 되겠지. 전쟁은 어떻게 봐도 좋은 사업 환경이라 할 수 없으니까."

"다른 길에는 뭐가 있지?"

"비셀스 규리하의 황위 등극, 새 황제와 협조 하에 유료도로당을 해체, 모든 도로를 국가 재산으로 귀속, 혹은 자유무역당이 위탁 관리, 영구적인 사업으로 확보."

자유무역당원들은 돌려 말하지 않는다. 그리고 지테를 시야니 당주의 표정에 유의하지도 않았다.

"그렇다면 대장군 대신 비셀스 규리하를 지지해야 하는 건가? 둘이 함께 무대 중앙에 있으니 자유무역당이 보내는 박수의 방향을 불분명하게 하는 건 간단하겠군."

"저, 여러분."

조금 전 제국군의 동태에 대해 말하고 싶어하던 당원이었다. 사람들은 그를 쳐다보았다.

"지금까지 논의된 이야기는 전부 시구리아트 산맥 서쪽의 상황에 국한된 것입니다. 저는 동쪽의 반응도 서쪽과 비슷할 거라고 말씀드렸습니다. 하지만 남쪽의 반응은 다를지도 모릅니다."

"남쪽?"

"예. 제국군의 가장 강력한 군단들은 대부분 제국 남부에 주둔하고 있습니다. 잘들 아시겠지만 그들은 제국을 지키는 것은 자신들이라고 믿고 있고 따라서 자존심이 대단합니다. 대장군의 지시가 시구리아트를 넘는 것만큼이나 한계선을 넘는 것에도 시간이 걸릴 테고, 산맥 동쪽이 서쪽과 비슷한 반응을 보인다 해도 남쪽 또한 그러리라는 보장은 없습니다. 더군다나 발케네 공과 시모그라쥬 공 사이에서 뭔가 밀약이 있었던 듯한 증거도 포착되었습니다. 대장군이 제때 발케네에 도달하지 못한 상황에는 시모그라쥬 공의 손길이 있었던 듯합니다."

"시모그라쥬 공이 대장군을 억류했다는 건가? 하지만 그렇다면 왜 놓아줬지? 발케네 공을 배신한 건가?"

"탈출했을 수도 있소."

"그렇군. 그렇다면?"

지테를이 미간을 찌푸렸다. 당원은 말했다.

"엘시 에더리와 비셀스 규리하가 무대 중앙에 있다는 것에는 동의합니다. 하지만 무대 뒤편엔 다음 막의 주인공이 기다리고 있을지도 모르겠습니다. 그리고 그의 손에 들린 대본에는 전막의 주연을 해치운다는 흥미로운 전개가 씌어 있을 수도 있습니다."


정우를 끌어안고 빙글 돈 순간, 틸러는 귀 옆을 스쳐 지나가는 예리한 바람 소리를 들었다.

독침은 건너편의 벽에 맞고 틱 하며 떨어졌다. 정우는 틸러의 하얗게 변한 얼굴을 보곤 숨을 멈췄다. 틸러는 억누른 목소리로 말했다.

"제 등 뒤에 붙으세요."

그리고 틸러는 정우를 놓은 채 다시 암살자를 향해 돌아섰다. 정우를 끌어안고 그대로 도망치는 것이 상식적인 반응이겠지만 틸러는 눈길을 끄는 모습을 보았다. 다시 몸을 돌려 확인하고서 자신이 제대로 보았음을 알았다.

암살자는 쓰러져 있었다. 그 곁에는 손에 벼루를 든 응시자 한 명이 서 있었다. 꽤 묵직한 벼루다. 바람총을 쏘려는 사람의 볼을 후려칠 경우 어금니를 부술 수 있을 만큼. 암살자는 거기에 더하여 기절까지 한 모양이다. 벼루를 들고 있던 응시자는 그것을 내팽개치고 틸러 쪽을 향해 달려왔다.

"규리하 공은 괜찮으십니까!"

틸러의 등 뒤에 붙어 있던 정우는 그 소리에 고개를 내밀었다. 바닥에 쓰러져 입에서 피를 흘리고 있는 암살자를 본 정우는 기절할 것 같았다. '감사 인사는 해야 해.' 정우는 다가오는 구원자에게 손을 들어 보이려 했다. 그때 틸러가 정우를 낚아챘다. 정우는 비틀거리며 뒤로 물러났다. 정우를 팽개친 틸러는 시위를 벗어난 화살처럼 앞으로 튕겨 나갔다.

바람처럼 달려간 틸러는 다가오는 구원자의 허벅지를 찔렀다.

구원자는 비명을 지르며 나동그라졌다. 틸러는 구원자의 턱을 호되게 걷어찼다. 넋 나간 얼굴로 그 모든 광경을 바라보던 정우가 말했다.

"그건 감사 표시는 아닌 것 같군요."

틸러는 정우의 의문을 풀어 줄 여유가 없었다. 그는 칼끝으로 구원자의 품속을 헤치며 고함을 질렀다.

"저놈 붙잡아! 그 쓰러진 놈! 규리하 공 아가씨, 피하십시오! 이봐, 경비! 경비병!"

응시자들은 당황하여 틸러의 말을 따랐다. 벼루에 맞아 쓰러진 암살자의 주위에 있던 건장한 응시자들이 그의 사지를 움켜쥐었다. 그리고 저편에서는 경비병이 달려왔다. 하지만 정우는 틸러의 말을 따르지 않았다. 그녀는 멍한 얼굴로 틸러의 행동을 바라보았다.

쓰러진 사람의 품속을 헤치던 틸러의 칼끝에 곧 예리한 비수 하나가 끌려 나왔다. 틸러는 손으로 그것을 집어 올리는 대신 칼끝으로 툭 쳐냈다. 발로 비수를 밟은 틸러는 정우가 아직 제자리에 서 있는 것을 보고 한숨을 내쉬었다.

"같은 패거리입니다. 바람총이 실패할 경우 이런 식으로 접근해서 비수로 찌르지요. 이 칼에는 맹독이 묻어 있을 겁니다."

정우는 고개를 꾸벅했다. 친절한 설명에 감사한다는 뜻이었고, 완전히 무의식적인 동작이었다. 그녀는 상황을 제대로 이해하지 못하는 것처럼 보였다. 틸러는 이를 악문 채 응시자들을 바라보았다.

바람총을 쏜 암살자를 붙잡고 있는 자들도, 그리고 다른 응시자들도 충격으로 굳은 얼굴을 한 채 조각처럼 꼼짝도 하지 않았다. 그들의 딱딱한 얼굴을 둘러본 틸러는 만사가 글렀다고 생각했다. 다행히 암살은 실패했지만 규리하의 안정을 과시하기 위해 개최한 과거에서 암살자가 난동을 부렸으니 오히려 규리하의 불안정함을 과시한 셈이다. 과장에 암살자가 들어온다는 것은 말도 안 되는 일이다. 신원 확인이 제대로 되지 않았거나 초시 단계, 또는 추천 단계에서부터 거대한 음모가 있었다는 결론뿐이다. 틸러는 이를 갈면서 바닥에 쓰러져 있는 암살자를 내려다보았다. 그때 정우의 목소리가 들려왔다.

"놓아줘요."

틸러는 뒤를 돌아보았다. 정우가 경비병들의 손을 뿌리치며 그를 향해 걸어오고 있었다. 틸러는 기겁하여 외쳤다.

"규리하 공 아가씨! 뭣들 하는 거야, 빨리 아가씨를 안전한 곳으로……."

"놓아주세요!"

정우는 단호하게 외치며 경비병들 사이를 빠져나왔다. 틸러는 엉겁결에 그녀를 밀어내는 듯한 동작을 취했지만 정우는 그의 팔 아래로 스르르 미끄러져 들어왔다. 그리고 쓰러진 암살자를 내려다보았다. 틸러는 황급히 칼끝을 암살자의 목에 가져갔다.

정우의 얼굴을 가까이서 보게 된 틸러는 그녀의 입술에 핏기가 하나도 없다는 것을 깨달았다. 정우는 당장이라도 쓰러질 것같이 창백한 얼굴을 하고 있었다. 틸러가 다시 떠날 것을 종용해 볼까 생각했을 때 정우가 말했다.

"저, 많이 아프시죠?"

암살자는 허벅지를 움켜쥔 채 정우를 올려다보았다. 극심한 고통 속에서도 암살자는 의아한 표정을 지었다. 틸러는 그 표정이 혀 아래에 넣어 둔 독주머니를 활성화시키는 것이 아니기만을 바랐다. 정우가 말했다.

"치료해 드릴게요. 그런데 당신을 놓아준다면 아버님께 제 말을 전해 주실 건가요?"

틸러는 쾅 하는 소리를 들은 것 같았다. 조금 전과 격이 다른 침묵이 과장을 뒤덮었다. 응시자들은 물론이거니와 당장 정우를 끌고 가야 할 경비병들조차 숨을 죽인 채 정우를 바라보았다. 충격 속에서 틸러는 정우가 상황을 이해하지 못한 것이 아님을 깨달았다. 정우는 상황을 잘 이해하고 있었다. 틸러는 더듬거리며 말했다.

"규, 규리하 공 아가씨, 소용없습니다. 이런 암살자들에게는 붙잡힐 경우를 대비하여 아무 정보도 알려 주지 않습니다. 아버……." 틸러는 황급히 말을 바꿨다. "배후 주모자를 찾아갈 방법은 이자들도 모를 겁니다."

정우는 틸러를 한 번 돌아보고 나서 과장을 죽 둘러보았다. 그녀의 오른손이 가슴으로 올라왔다. 정우는 호흡이 힘든 사람처럼 앞섶을 움켜쥐었다. 틸러는 그녀가 오랫동안 지연된 기절에 드디어 돌입할지도 모르겠다고 생각했다. 하지만 정우는 기절하는 대신 목소리를 높여 말했다.

"그래도 제 말은 전해지겠지요, 아버님."

보통보다 조금 큰 목소리일 뿐 고성이라 할 수는 없었다. 하지만 고요한 과장에서 정우의 목소리는 우레처럼 울렸다. 틸러는 목구멍이 홧홧 뜨거워지는 느낌 속에 정우를 바라보았다. 그녀의 말대로다. 이 암살 기도 사건이 규리하 전체에 퍼져 나가는 속도와 비례하여 정우의 말 또한 퍼져 나갈 것이다. 그리고 그 말은 아이저 규리하에게도 전해질 것이다. 틸러는 자신을 죽이려 하는 아버지에게 보내는 딸의 통보를 듣고 싶지 않았다.

정우는 쉽게 말을 꺼내지 못했다. 그녀는 아버지에게 자신의 말을 전할 기회를 느닷없이 얻었다. 아무런 마음의 대비 없이.

틸러는 폭포처럼 쏟아져 나올 원망의 말들이 응시자들에게 끼칠 영향을 생각하자 앞이 아득했다. 그는 다른 사람들처럼 정우에게 집중하고 있는 경비병 쪽을 돌아보았다. 강제로라도 규리하 공을 끌어내라는 틸러의 명령이 떨어지기 직전, 정우가 드디어 입을 열었다.

"아빠! 힘내요!"

누군가가 작은 비명을 질렀다. 혀를 깨문 모양이다. 틸러는 다 이해할 수 있다고 생각했다. 그도 칼을 놓칠 뻔했기 때문이다. 틸러는 황급히 칼자루를 두 손으로 쥔 후에야 정우를 돌아볼 수 있었다. 하지만 그가 본 것은 정우의 옆모습뿐이었다. 정우는 몸을 돌려 총총 걸어갔다. 경비병들은 황급히 그녀를 둘러쌌다. 틸러는 경비병들에게 호위를 받으며 멀어져 가는 정우의 뒷모습을 보며 자신의 당황을 다룰 수 있을지 고민해 보았다.

"이봐요. 머리 좋은 부위님."

틸러는 아래를 내려다보았다. 피로 물든 허벅지를 움켜쥔 암살자가 그를 부르고 있었다. 통증으로 땀을 뻘뻘 흘리고 있는 암살자는 어려 보였다. 암살자가 어쩐지 매제를 닮았다는 불쾌한 생각을 떠올린 틸러는 눈앞으로 늘어지는 앞머리를 쓸어 넘겼다.

"한 번 더 말해 봐."

암살자는 콧방귀를 뀌었다.

"싫어요. 그런데 저 여자 원래 저렇게 대담합니까?"

"규리하 공이시다. 그런데 대담하냐고?"

"우, 쌍. 빌어먹게 아프네. 하긴 성을 파묻었다고 들었어요. 도깨비들 사이에서 자랐어도 대호 새끼는 역시 대호군. '아빠, 힘내요.' 라고? 부위님은 저럴 수 있소?"

틸러는 그러기 어렵다고 생각했다. 문득 어떤 생각을 떠올린 틸러는 시험 감독관을 바라보았다. 감독관은 벌게진 얼굴로 무경 시험을 내일 또는 모레, 어쨌든 미래의 어느 시간으로 연기한다는 내용을 떠들고 있었다. 당연히 거센 항의가 일어나야겠지만 응시자들은 감독관의 이야기에 아무 관심도 보내지 않았다. 그들은 모두 탄복한 얼굴로 정우의 뒷모습을 좇고 있었다.

엘시 에더리는 몸서리치며 상체를 일으켰다.

규리하의 가을은 싸늘했지만 엘시의 목덜미는 축축했다. 엘시는 팔뚝에 소름이 돋는 것을 느꼈다. 그는 팔뚝을 쓸어내리다가 갑자기 팔을 뻗어 탁자 저편에 놓아두었던 칼을 집어 들었다.

엘시는 돌의자에서 일어나 주위를 둘러보았다. 낙엽이 수북이 떨어진 규리하 성 후원은 고요했다. 나무들 사이의 그림자를 세심히 바라보던 엘시는 고개를 가로젓고 칼을 조금 뽑았다. 그리고 칼날이 약간 드러나게 한 채 칼을 다시 돌탁자 위에 얹어 놓았다.

엘시는 돌의자에 걸터앉았다.

5분 정도 잤는지 두어 시간 정도 잤는지 알 수 없었다. 하지만 오랫동안 잠들었다는 느낌은 들지 않았다. 엘시는 자신이 잠깐 졸았다고 생각했다. 당연한 일이다. 며칠 동안 제대로 자지 못했으니까. 엘시는 탁자 위에 흩어져 있는 서류들을 돌아보았다. 글을 읽으려 시도했지만 한 줄도 제대로 읽기 어려웠다. 차라리 두어 시간 낮잠이라도 잔 후에 다시 일을 하는 것이 좋을 것이다. 하지만 엘시는 잠들 수 없었다.

엘시는 머리를 감싸 쥔 채 눈앞의 그림을 바라보았다. 자신이 그린 그림이다.

얼핏 보면 복잡한 사고를 당한 새처럼 보인다. 왼쪽 날개가 기이하게 크고 뭉툭하며 반면 오른쪽 날개는 가늘고 길다. 그리고 꼬리가 공작을 연상시키리만큼 크다. 새의 머리는 오른쪽으로 홱 꺾여 있다. 대장군의 조악한 그림 실력 때문에 그런 이상한 새가 그려진 것은 아니다. 약간의 지리학적 상식이 있는 사람이라면 그것이 세계의 모습을 그린 것, 즉 지도라는 것을 알아볼 수 있을 것이다.

대륙의 등뼈로 불리는 시구리아트 산맥은 지도 속의 새에서도 등뼈에 해당하는 위치에 있다. 같은 비유를 적용한다면 지러쿼터 산맥은 왼쪽 날개뼈에 해당한다. 엘시는 왼쪽 날개뼈의 왼쪽, 즉 지러쿼터 산맥 서쪽의 규리하에 잠시 시선을 두었다. 그 시선을 오른쪽으로 옮겨 지러쿼터 산맥을 넘으면 잔하일이 보인다. 잔하일 남쪽으로 세퀴라도, 사빈, 하글센, 노레조, 투마 등이 보인다. 거기서 더 남쪽으로 내려가면 나발칸 지역으로 불리는 나포츠, 칸라크, 발란카 등이 나타난다. 남쪽으로 더 내려가는 대신 동쪽으로 방향을 바꾸면 카시다를 만날 수 있다. 그리고 지러쿼터 산맥과 시구리아트 산맥에서 발원한 많은 강들이 합류하는 모습들을 볼 수 있다. 강물을 따라 남하하면 뤼도파, 마토라, 쥐딤, 칼리도 등 쟁룡해에 면한 지역들이 나타난다. 이로써 규리하에서 칼리도까지 사천 킬로미터가량의 여정이 끝나지만, 이것은 제국 전체의 일부에 해당하는 지역일 뿐이다.

규리하에서 칼리도까지 가는 길을 더듬어 보았던 엘시는 한숨을 내쉬었다. 제국은 광대하다. 엘시는 그 사실을 알고 있었지만 뱀단지를 사용할 수 없게 된 지금 그 광대함은 치명적으로 느껴졌다. 칼리도까지 가는 것만으로도 직선 거리로 사천 킬로미터고, 엘시는 그곳까지 자신의 지시가 전해졌을지 확신할 수 없었다. 제국의 동쪽 끝 자이아치나 남쪽 끝 하텐그라쥬까지 지시가 전해지려면 몇 달이 걸릴지 알 수 없었다.

그 광대한 제국 곳곳에 200만의 제국군이 흩어져 있었다. 좋은 무기를 지니고 훌륭한 살인술을 익혔으며, 굶주리게 될지도 모르는 200만 명의 사람. 엘시는 머리가 지끈거리는 것을 느꼈다.

굶은 군대는 포악해진다. 도덕은 어머니의 뱃속에서부터 가지고 나오는 것이 아니다. 그것은 후천적인 습득물일 뿐이고 위장의 공격에 취약하다. 소화시켜야 할 다른 음식이 없으면 위장은 서슴없이 도덕을 소화시킨다. 물론 군인의 위장이라고 해서 특별히 다를 것은 없다. 어떻게든 제국군에 식량은 제대로 공급되어야 한다.

드물지만 전용 농토를 가지고 있는 부대들의 경우엔 몇 년 동안이라도 보급에 문제없이 제자리를 지킬 수 있을 것이다. 엘시는 그런 부대들에 대해서는 고민하지 않았다. 하지만 모든 부대가 농토를 가지고 있는 것은 아니다. 모든 전략상 요충지가 비옥한 곡창 지대일 수는 없으니까. 그런 부대들에게 제국 곳곳에서 사들인 식량 및 필요한 물자를 분배하는 것은 태위청의 일이다. 하지만 태위청은 하늘누리와 함께 사라졌고, 엘시는 혼자서 태위청의 일을 대신해 보려고 애쓰고 있었다. 물론 무리한 시도다. 관련 자료가 태위청과 함께 모두 사라졌기 때문에 엘시는 제국군 전체의 배치 현황조차 알 수 없었다. 중요 부대들의 위치는 대략 기억하고 있었지만 200만이나 되는 제국군 전부의 위치를 알 수는 없었다. 긴 시간 동안 제국군의 배치 현황을 파악 또는 추론하여 지도 위에 그렸지만 엘시는 그 지도를 믿기 어려웠다.

피로감 속에서 엘시는 자신이 괜한 고생을 하고 있는 것이 아닐까 하는 생각을 했다. 제국군 장교들 중엔 멍청이가 없다. 보급이 중단된다 하더라도 각자의 상황에 맞춰 임기응변의 재주를 발휘할 수 있을지도 모른다. 그리고 그런 임기응변은 그들의 처지에 대해 잘 알지 못하는 대장군이 어림짐작한 보급 계획보다 훨씬 효율적일 수도 있다.

엘시는 주먹으로 이마를 눌렀다.

당연히 그러하다. 지금쯤 제국군의 지휘관들은 엘시와 마찬가지로 보급이 불분명해진 상황에서 휘하의 장병들을 어떻게 먹여 살릴지 고민하고 있을 테고 그 고민의 결과물은 엘시의 그것보다는 훨씬 현지 상황에 적합한 것일 가능성이 높다. 엘시는 자신이 하고 있는 일에 어떤 가치가 있는지 의심스러웠다.

'있지. 내가 미치지 않는다는 것.'

엘시는 상체를 숙여 돌탁자에 이마를 대고 눌렀다. 서늘한 느낌에 다시 머리가 지끈거렸지만 그는 머리를 떼지 않았다.

엘시는 겨우 인정했다. 무슨 일이든 하지 않으면 미칠지도 모른다. 그는 시허릭 마지오 상장군을 보조하며 발케네 정벌군을 모두 규리하로 이동시켰고 칼리도 백작의 자격으로 귀족원 회의를 요청했고 대장군의 자격으로 모든 제국군에게 경거망동을 삼가는 명령을 내렸다. 인생에 두 번 다시 찾아오는 것을 허락할 수 없는 끔찍한 여름이었다. 그리고 규리하에는 이미 쌀쌀한 가을이 찾아왔다. 하지만 아직도 할 일이 필요했다. 어떤 사실을 잊기 위해.

'하늘누리가 없다.'

엘시는 질식할 것 같은 기분을 느꼈다.

하늘누리가 사라졌다. 황제가 없어졌다. 제국이 죽었다.

세상에 제국이라는 정체가 도입된 것은 31년 전이다. 31년. 보통 인간의 평생 중 반에 미칠까 말까 하는 짧은 기간이며, 따라서 지금의 사오십 대 이상의 사람들에겐 제국이 없었던 시절의 기억이 선명할 것이다. 그리고 어느 시대건 사회를 실제로 이끄는 것은 사오십 대의 사람들이다. 제국 어느 곳엘 가든 그곳의 지배자들은 제국이 없었던 시절을 기억할 것이다. 그리고 그들에게 제국이 없어졌다는 사실은 감당하기 힘들 만큼의 충격은 아닐지도 모른다. 엘시는 최소한 칼리도를 다스리고 있는 그의 어머니는 당황하지 않을 거라고 확신했다.

하지만 열아홉 살의 변경백이 지배하는 땅 규리하에서 서른한 살의 대장군은 제국이 없어졌다는 사실을 쉽게 인정할 수 없었다.

"저, 대장군님?"

엘시는 머리를 들었다. 정우가 놀란 눈으로 그를 보고 있었다.

"괜찮으세요?"

"나는 괜찮습니다."

"그렇지 않은 것처럼 보이던데요."

"내가 어떻게 보였습니까?"

정우는 엘시가 앉아 있던 돌의자에 앉았다. 그녀는 상체를 숙여 탁자에 쿵 찧듯 이마를 갖다 대고는 머리를 좌우로 흔들었다. 그리고 입으로는 짓눌린 신음을 흘렸다. "으흥, 으흐흥!" 조금 후 정우는 상체를 들고 엘시를 돌아보았다.

"이렇게요."

"그랬군요. 확실히 알려 줘서 고맙습니다."

"왜 그러시는지 알겠어요. 자당을 걱정하시는 거죠?"

엘시는 고개를 가로저으려 했다. 세상의 모든 사람을 걱정할지언정 어머니를 걱정하지는 않을 것이다. 어쨌든 시련이 다시 신의 힘을 훔쳐 한계선을 넘어왔다는 이야기나 레콘 해군이 칼리도의 앞바다에 나타났다는 이야기가 들리기 전까지는 칼리도를 염려하지 않을 생각이었다. 하지만 엘시가 말하기 전에 정우가 먼저 말했다.

"저도 아버님이 걱정돼요."

"아버님이오?"

정우는 옷자락을 만지작거렸다.

"그 사람들 눈이 싫었어요."

"눈이오? 그 사람들이오?"

"응시자들 말이에요. 그 사람들도 그럴 테고, 그 사람들의 이야기를 전해 들은 다른 사람들도 그러겠지요."

엘시는 정우가 무슨 이야기를 하는지 알 수 없었다.

"사람들이 뭘 한다는 말씀입니까?"

"제 아버지를 욕하겠지요. 필요하면 딸도 죽이는 인면수심의 남자라고."

엘시는 깜짝 놀라서 주위를 둘러보았다. 그리고 다시 정우의 모습을 뚫어져라 관찰했다. 하지만 어디에서도 암살의 흔적을 발견할 수 없었다. 고함이나 비명이 들려오지도 않았다. 그의 곁에 앉아 있는 정우의 옷차림은 완벽했다. 어깨 뒤로 늘어져 땅까지 미치는 긴 머리 어디에도 핏자국이나 흐트러진 모습은······.

엘시는 눈살을 찌푸렸다.

정우의 머리카락은 길었다. 그리고 엘시는 그녀의 긴 머리를 고정하던 비녀가 어디로 갔을까 생각했다. 정우가 말했다.

"제 아버지는 정말 불쌍한 분이세요."

"불쌍한 분이라고요?"

"평생 동안 딸에게 사랑한다는 말 한마디를 못하는 아버지는 드물 거예요. 딸을 위해 좋은 신랑감 대신 좋은 암살자를 찾아야 하는 아버지도 드물 테지요. 그런데 이제 사람들에게 욕을 듣게 되었어요. 동정을 받아야 할 분인데. 음. 그래서. 잘 모르겠어요. 아버지에게 찬성하진 않지만 그냥 힘내라고 말씀드리고 싶었어요."

"정우."

"그래서 아빠라고 불러 봤어요. 한번도 그렇게 부른 적이 없어서, 음. 제 말이 아버지에게 전해질 기회라고 생각하니 그렇게 부르고 싶었어요. 열아홉 살이나 먹어서, 처음이에요. 그리고 앞으로 다시는 기회가 없겠지요."

엘시는 정우의 말을 전혀 이해할 수 없었다. 하지만 정우가 거론한 암살자라는 말은 그를 긴장시켰다.

"정우, 무슨 일이 있었습니까?"

"과장에서 누가 저를 죽이려고 했어요."

엘시는 잠깐 동안 침묵하다가 말했다.

"붙잡혔습니까?"

"예. 틸러가 붙잡았어요. 그리고 과거 보러 와 주신 분들도 도와줬고요."

"날씨가 이젠 제법 싸늘하군요. 감기 드실지도 모르니 외출을 삼가셔야겠습니다."

정우는 빙긋 웃었다.

"애먼 칼 맞을지 모르니 몸조심하라는 말보다는 듣기 좋네요."

엘시는 고개를 돌렸다. 그는 돌탁자 위에 흩어져 있는 서류와 문방구를 물끄러미 바라보았다. 정우 또한 아무 말 하지 않았다. 나란히 앉은 두 사람이 침묵하는 동안 가을의 햇살은 연한 구름 사이에서 흩어지고 희미한 바람이 흔들어 놓은 낙엽들이 바스락거렸다.

정우가 말했다.

"대장군님?"

"예."

"어려운 부탁이 하나 있어요."

"말씀하십시오."

"결혼해 달라고 해 주세요."

엘시는 뜨악한 눈으로 정우를 바라보았다. 정우는 손사래를 치고 말했다.

"아뇨, 아뇨. 진짜로 하는 것이 아니라 그냥 말로만. 말만 그렇게 해 달라는 거예요. 다른 뜻은 없어요."

엘시는 정우를 바라보다가 조용히 말했다.

"나와 결혼해 주십시오, 정우."

"싫어요!"

정우는 의자에서 일어났다. 의자 옆으로 빠져나가던 정우는 돌탁자에 다리를 세게 부딪혔다. 꽤 아플 것 같았지만 그녀는 잠깐 멈추지도 않고 뛰어갔다. 긴 머리채가 춤추듯 흔들렸다. 도망치듯 달려가는 정우를 보던 엘시가 의자에서 일어나 칼을 집어 들었다. 그때 정우가 뒤로 돌아섰다. 빙글 돈 머리카락이 정우의 등 뒤에서 너울처럼 흩날렸다. 정우는 엘시에게 고개를 꾸벅 했다.

"어려운 부탁 들어주셔서 고마워요, 대장군님!"

엘시가 그녀를 제지하듯 손을 내밀었다.

"기다리십시오. 방까지 모셔다 드리겠습니다."

정우는 놀란 눈으로 대장군을 바라보았다.

"예? 어, 아뇨. 그게 더 안전하긴 하겠지만 지금 상황에선 어울리지 않아요. 대장군님과 함께 방까지 걸어갈 것을 생각하면 벌써부터 어색함 때문에 얼굴이 익을 것 같아요. 그냥 계세요. 안전할 테니까 걱정 마시고요. 아시잖아요? 저는 언제든 라수의 방으로 도망칠 수 있어요. 그럼 갈게요!"

정우는 엘시가 정말 따라오는 것이 두렵다는 듯 빠르게 도망쳤다. 엘시는 정우의 말처럼 꽤 어색할 거라고 생각했다. 그는 도로 자리에 앉았다. 정우는 한 번 더 뒤를 돌아보았다. 엘시가 도로 앉은 것을 본 그녀는 어깨를 으쓱였다. 그리고 조금 더 안전한 속도로 걸어갔다. 이내 후원의 나무들이 정우의 모습을 감추었다.


시모그라쥬 공 팔디곤 토프탈의 손자인 아쉬존 토프탈은 손수건으로 이마를 닦았다. 하지만 상쾌한 느낌 대신 축축한 불쾌감만 느껴졌다. 손수건이 이미 젖어 있다는 것을 깨달은 아쉬존은 그것을 신경질적으로 뭉쳐서 소매 속에 밀어 넣었다. 아쉬존은 주위를 둘러보았다.

그가 있는 곳은 벼랑 위쪽이었다. 주위는 탁 트여 있고 조금 떨어진 곳에는 수십 미터는 됨 직한 깎아지른 절벽이 있었다. 그 너머로는 초록의 밀림과 푸른 하늘이 넓이를 어림할 수 없을 만큼 가득히 펼쳐져 있었다. 벼랑 위에 나무라곤 찾아볼 수 없었고 따라서 직사광선에 그대로 노출된 자리였다. 하지만 다행스럽게도 그의 머리 위에는 넓은 차양이 펼쳐져 있었다. 병사들이 바위를 쪼아 구멍을 내고 기둥을 세워 펼쳐 놓은 차양이었다.

바람이 잘 부는 높은 지대고 머리 위에는 차양이 햇빛을 막아주고 있었다. 북부에서 태어난 할아버지와 달리 어머니의 뱃속에서부터 열대 출신인 아쉬존이 더위를 느낄 이유는 별로 없다. 따라서 그가 땀을 뻘뻘 흘리고 있는 것은 더위 때문이 아니다. 아쉬존은 극심한 긴장감을 느꼈다. 그리고 베로시 토프탈은 종조카가 그런 긴장감을 내색하도록 내버려두지 않았다.

아쉬존과 함께 돗자리에 앉아 있던 베로시는 종조카에게 손수건을 건넸다. 손수건을 받아 든 아쉬존은 그제야 베로시가 땀 한 방울 흘리지 않은 채 태연히 앉아 있다는 것을 깨달았다. 베로시가 말했다.

"아쉬존, 네가 견딜 수 없다면 병사들과 함께 있어도 좋아."

"괜찮습니다, 종고모님."

"다행이군. 나는 네가 있어 줬으면 하니까."

"바라신다고요?"

베로시는 잠깐 생각한 끝에 그 이유를 설명해 주기로 결정했다.

"나는 또 이런 회담에 참석할 수 없어. 가문의 다른 사람들도 마찬가지야. 앞으로 우리는 꽤 바쁜 시간들을 보내야 할 테니까. 따라서 다음 회담에는 네가 가문을 대표해서 나와야 해."

아쉬존은 움찔했다. 베로시는 그의 얼굴에 기대감이나 의욕,

야심의 빛이 떠오르는지 세심하게 살폈지만 아쉬존의 얼굴에 나타나는 것은 당혹감과 희미한 거부감뿐이었다. 베로시는 말을 꺼내길 잘했다고 생각했다. 아쉬존이 아무 준비도 되어 있지 않다는 것을 알았으니까. 아직 회담 상대가 나타날 조짐은 보이지 않았으므로 베로시는 아쉬존을 준비시키는 데 남아 있는 시간을 할애하기로 했다.

"너를 여기에 데리고 온 것도 그 때문이야. 회담이 어떻게 진행되는지 대충 감이라도 잡으라고 데리고 왔어. 하지만 미리 걱정할 것은 없어. 네가 가문을 대표하여 회담 자리에 나온다 해도 네가 할 일은 그것으로 끝일 테니까. 가문을 대표하는 것 말이야. 그 밖에는 할 일이 없을 거야. 너는 그냥 자리에 앉아 있으면 돼. 우리는 네가 무엇인가를 결정하게 놔두지는 않을 거야. 어차피 중요한 결정을 내려야 하는 자리엔 너를 내보내지도 않을 테지만."

"종고모님, 저는 싸우고 싶어요."

베로시는 피식 웃었다.

"그럴 기회가 있을지도 모르지. 네가 정말 회담에 소질이 없다는 것이 밝혀진다면 너를 전장으로 불러낼 수도 있겠지. 하지만 네 할아버지는 그것을 원하지 않을 거야."

그때 벼랑으로 올라오는 길에 약간의 소음이 들렸다. 베로시는 그쪽을 쳐다보았고 길을 지키던 병사들이 눈짓을 보내는 것을 보았다. 기다리던 상대가 마침내 도착하여 벼랑 위로 올라오고 있는 것이다. 베로시는 천천히 일어났다. 그리고 아쉬존 또한 종고모를 따라 일어섰다.

벼랑 위로 올라온 사람은 화려한 의복을 걸친 나가 여자였다.

아쉬존은 약간 놀란 표정으로 나가를 바라보았다. 한계선 이남 출신인 아쉬존은 나가의 모습에 익숙했지만 벼랑 위에 나타난 나가가 입고 있는 것 같은 복장은 한번도 본 적이 없었다. 아쉬존은 그 옷을 어떻게 입고 벗는지조차 짐작할 수 없었다.

나가 여자는 벼랑을 가로질러 차양 쪽으로 다가왔다. 돗자리 위에 올라선 나가는 베로시에게 살짝 목례했다.

"많이 기다리셨습니까?"

베로시가 말했다.

"아니요. 조금 전에 왔습니다."

"이 소년은?"

"제 종조카 아쉬존 토프탈입니다. 아쉬존, 이분이 미라그라쥬에서 오신 매너링 이젤사이시다."

아쉬존은 매너링 이젤사에게 정중하게 목례했다. 하지만 매너링은 그에게 별 반응을 보이지 않은 채 베로시에게 말했다.

"앉으시지요."

베로시는 매너링의 말을 따르지 않았다.

"매너링, 제 종조카의 인사를 받아 주셨으면 합니다만."

아쉬존은 자신이 레콘이 된 것 같다고 생각하며 가슴을 불쑥 내밀었다. 그리고 약간 불쾌한 듯한 얼굴로 베로시를 보던 매너링이 그에게 목례했을 때 아쉬존은 자신이 하늘치가 된 것 같았다. 하지만 베로시의 기분은 그다지 유쾌하지 못했다. 긴장하고 있는 아쉬존의 기를 살려 주기 위해서였지만 그 때문에 베로시는 회담이 시작되기도 전에 매너링에게 빚을 지게 되었다. 매너링은 도시 연합에서 온 나가였고, 도시 연합의 나가들은 나가의 전통을 상당 부분 보존하고 있다. 그들에게 호위자 없는 미성년 남자는 죽여도 상관없는 존재인 것이다. 베로시는 어쩔 수 없는 일이었다고 생각하며 자신을 위로했다.

세 사람이 작은 소탁을 가운데 둔 채 돗자리에 앉았다. 매너링은 그들의 머리 위를 덮고 있는 차양을 잠시 바라보다가 말했다.

"좋은 햇빛을 왜 가리는지 알 수 없군요. 당신들은 어떤 상태에서도 체온을 한결같이 유지할 수 있잖습니까?"

"예. 하지만 공짜로 그럴 수 있는 것은 아닙니다. 많은 노력이 필요하지요, 매너링. 너무 더울 땐 땀을 흘려 몸을 식히고 추울 땐 몸을 떨어서 체온을 높이지요. 그런 식으로 우리는 똑같은 체온을 유지하는 겁니다. 하지만 때론 그런 일이 피곤하기도 하고, 그래서 이런 도구를 사용하여 노력을 절감합니다."

"그렇군요. 친절한 설명 고맙습니다."

"별말씀을요. 대수호자께서는 평안하시겠지요?"

베로시와 매너링은 잡담을 계속 나눴다. 아쉬존은 그 대화에 어떤 중요한 의미라도 있지 않을까 의심하며 주의 깊게 들었지만 두 여자가 나누고 있는 것은 완벽한 잡담이라는 평가밖에 내릴 수 없었다. 아쉬존은 주의력이 흩어지는 것을 느꼈다. 그는 어느새 매너링의 옷을 다시 바라보았다. 어떤 방식으로 입고 벗는지 알기 어려운 그 옷에는 조금 특이한 수가 놓여 있었다. 인상적인 문양을 수놓는 데 사용된 것은 아무래도 금속인 것 같았다. '구리일까?' 아쉬존은 열을 보는 나가들이 쉬 뜨거워지는 구리를 장식물로 사용했다는 이야기를 들었지만 실제로 본 것은 처음이었다. 제국의 나가들은 그런 옷을 더 이상 입지 않았다. 한계선 북부의 복식을 많이 수용했기 때문이다. 아쉬존은 그것이 옳은 선택이라고 생각했다. 열을 보는 나가들에겐 어떻게 보일지 알 수 없었지만 그의 눈에 구리 장식은 마치 옷에 철사를 꿰어 놓은 것처럼 이상하게 보였고 서로 부딪칠 때마다 소음을 일으켰다. 나가들에겐 소음이 별 문제가 되지 않겠지만 인간인 아쉬존에겐 신경을 거슬리게 하는……

아쉬존은 어리둥절한 기분을 느꼈다. 대화 분위기가 조금 바뀌어 있었다. 두 여자는 침묵한 채 서로 상대방의 눈을 피하고 있었다. 아쉬존은 긴장을 끌어모으며 탁자를 바라보았다.

침묵 끝에 먼저 입을 연 것은 매너링이었다.

"우리는 원시제를 높이 평가합니다."

베로시는 물끄러미 매너링을 바라보았다. 매너링은 두 손을 모아 무릎 위에 얹고 말했다.

"뱀단지는 나가의 발명품입니다. 원시제는 우리들의 발명품인 뱀단지를 이용하여 우리들이 상상할 수도 없었던 거대한 체계를 만들어 내었습니다. 그 넓은 땅에 있는 많은 사람들이 한 사람의 뜻을 따른다는 것은 정말 놀라운 일입니다."

"확실히 그렇습니다."

"우리들 중 어떤 이들은 원시제가 나가이기에 그런 일이 가능했다고도 니릅니다. 못말리는 종족 차별이지요. 교양인이라면 모두 그런 주장에 신경 쓰지 않습니다. 그리고 정면으로 반박하지도 않습니다. 그런 자들은 원시제의 작품인 아라짓 제국에 호의를 보입니다. 도시 연합과 아라짓 제국의 건설적인 동반 관계에 도움이 되는 성향이지요."

"저도 두 체제가 항상 서로에게 이득이 되는 관계를 견지하기를 바랍니다."

매너링은 만족한 듯 고개를 끄덕였다. 그리고 지나가는 말처럼 말했다.

"하늘누리는 어떻게 된 것입니까?"

베로시는 조금의 감정적 동요도 보이지 않았다. 그녀는 차분하게 사실을 말했다.

"우리는 아직 신뢰할 수 있는 정보를 전해 받지 못했습니다. 우리가 입수할 수 있었던 것은 뜬소문뿐입니다. 그 소문에 의하면 하늘누리는 실종된 것 같습니다. 어쨌든 하늘누리는 우리가 데리고 있는 뱀부리미들의 접촉 시도에 응하지 않고 있습니다."

"언제부터지요?"

"두 달 전부터입니다."

"뱀들은 어떻습니까?"

"예?"

"하늘누리에 연결된 뱀단지의 뱀들 말입니다."

"아, 예. 우리가 가지고 있는 뱀단지의 뱀들은 아무 이상이 없습니다. 하늘누리 쪽에서 문제가 생긴 것 같습니다."

아쉬존은 문득 베로시가 대답을 잘못했다는 느낌을 받았다. 왜 그런 느낌을 받았는지 설명할 수 없지만 아쉬존은 매너링의 얼굴에 희미한 망설임과 자신감 같은 것이 뒤섞여 나타나는 것을 보았다. 매너링이 말했다.

"도시가 실종되었다니 기묘한 느낌이 드는군요. 하긴 움직일 수 있는 도시이니 잃어버릴 수도 있겠지요. 많이 불안하시겠습니다."

"그렇습니다. 팔디곤 토프탈 각하께서는 크게 염려하고 계십니다. 모든 도시가 시모그라쥬처럼 완벽한 법치로 다스려지는 것은 아니니까요."

아쉬존은 하마터면 웃음을 터뜨릴 뻔했다. 시모그라쥬와 법치라니 이토록 어울리지 않는 말도 없을 것이다. 하지만 매너링은 담담하게 고개를 끄덕였다. 베로시가 계속 말했다.

"말씀하신 것처럼 우리는 도시 하나를 통채로 잃는 당혹스러운 경험을 했습니다. 그런데 그 도시는 제국 수도입니다. 따라서 우리들에게 현 상황은 명백한 국가 비상 상황입니다. 정부로부터의 지시가 없으면 아무것도 못하는 무능한 행정관이나 제국의 부재를 곧 자신의 검은 야욕을 실현할 기회로 여길 귀족들에게 제국 신민들을 맡겨 둘 수는 없습니다. 무법자들에게서 제국 신민을 지키는 것은 정통성 있고 합당한 제국 정부를 새로 수립하는 일만큼이나 중요합니다. 정부가 수립되어도 신민이 없다면 아무 소용이 없을 테니까요."

"지당한 말씀입니다."

"그렇기에 시모그라쥬 공께서는 행패를 일삼는 무뢰배들을 잠시 억류하시기로 결정하셨습니다. 그들을 처벌하는 것은 새로운 정부에 맡겨 두더라도 그들이 신민들에게 피해를 입히는 것은 저지해야 하니까요. 그런 일을 원활하게 수행하기 위해서는 국경 지역에 배치되어 있는 제국군의 북진이 필수적입니다. 하지만 지금 국경 지역에 배치되어 있는 제국군에게는 중대한 의무가 있지요."

"그 의무에 대해서는 약간 의문이 있습니다. 도시 연합은 침략 전쟁을 거부합니다."

아쉬존은 매너링이 낯뜨겁지 않을까 생각했다. 불과 오십여 년 전 남부의 나가들은 신의 힘을 훔쳐 북부를 침공했다. 물론 그때는 제국도 없었고 도시 연합도 없었지만 지금의 제국은 오십여 년 전 침공당한 자들의 후예이며 도시 연합은 침공한 자들의 후예다. 그런 처지에서 침략 전쟁을 거부한다는 말을 어떻게 태연하게 할 수 있는지 아쉬존은 궁금했다. 아쉬존은 베로시가 그것을 지적하지 않을까 생각했다. 하지만 베로시는 그러지 않았다.

"물론 잘 알고 있습니다. 하지만 세상에는 양피지 위에 쓰여 있는 글 외에는 아무것도 믿지 못하는 가련한 자들이 있습니다. 그리고 그런 자들 또한 우리가 보듬어 안아야 할 이웃이지요."

아쉬존은 베로시가 무슨 말을 하는지 알 것 같았다. 베로시는 불가침 서약을 원하고 있었다. 남부의 제국군을 움직이기 전 시련의 나가들이 제국을 치지 않겠다는 약속을 받고 싶은 것이다. 또한 그런 서약서는 시모그라쥬 공의 영향력 밖에 있는 제국군을 규합시키는 강력한 힘으로 작용할 것이다. 제국 정부가 실종된 상황에서 시련으로부터 불가침 서약을 받아 낸 시모그라쥬 공은 제국의 영웅이 될 테니까. 물론 아쉬존이 그 모든 사실을 스스로 생각해 낸 것은 아니다. 베로시는 종조카가 알아야 할 것을 말해 주는 데에 열심이었다.

매너링은 진지한 표정으로 베로시를 바라보았다.

"굳이 그런 자들을 안심시키기 위해서가 아니라도, 양자 모두가 지켜지길 바라는 고귀하고 중요한 약속이라면 담보를 아낄 필요는 없겠지요."

베로시 토프탈은 마주 웃었다. 그리고 속으로는 매너링의 요구 조건이 무엇일지 생각했다. 이 회담에 임하면서 그녀가 가장 고민했던 부분이 바로 그것이다. 시련이 요구할 요구 조건을 짐작하기 어려웠다.

1년 전만 하더라도 요구 조건 같은 것은 있지도 않았을 것이다. 불가침 서약은 시련이 제국에 대해 가장 바라는 것이었을 테니까. 하지만 지금은 상황이 다르다. 황제와 제국 정부, 제국 수도가 실종된 상황에서 시련이 아라짓 제국의 침략을 겁낼 이유는 없다. 또한 시모그라쥬 공의 불가침 조약은 도시 연합에 별 의미가 없다. 시모그라쥬 공이 아라짓 제국을 대표하는 것은 아니니까. 그렇다면 도시 연합의 불가침 조약의 대가로 팔디곤이 줄 수 있는 것은 무엇일까?

매너링 이젤사는 빙긋 웃었다.


틸러 달비는 허리를 숙였다. 다시 일어난 그의 손에는 비녀가 들려 있었다. 틸러는 문득 자신의 행동을 본 사람이 없나 궁금하다는 듯이 주위를 둘러보았다.

과장은 텅 비어 있었다. 시험 감독관과 경비들은 재빨리 응시자들을 과장 밖으로 쫓아내었다. 그중엔 혹 세 번째나 네 번째의 암살자가 있을지도 모르는 일이지만 그들 모두를 붙잡아 조사하는 것은 불가능한 일이다. 빨리 밖으로 쫓아내는 것이 사실상 가능한 유일한 해법이라는 점에는 모두가 동의했고, 물론 응시자들도 동의했다. 그들은 별다른 저항 없이 신속하게 자신들의 처소로 돌아갔다. 과장에 남아 있는 것은 파지 몇 조각과 수많은 발자국, 그리고 약간의 핏자국뿐이었다.

틸러는 비녀를 물끄러미 들여다보면서 생각했다. 이 사건을 책임지고 조사할 사람이 누구일까? 상식적으로 생각하면 역시 규리하 공 자신일 것이다. 하지만 틸러는 제국군이고 이곳에 대장군이 있다는 사실을 간과할 수 없었다. 그런 조사라면 군에서 맡는 것이 더 나을지도 모른다. 그런데 군이 이 일에 개입할 권한이 있을까?

틸러는 자신의 직속 상관이 누군지 알기 어렵다는 사실에 난감했다. 평상시라면 고민은 없었을 것이다. 그는 쟈마 데시마스 수교위에게 상황을 보고한 다음 수교위가 별다른 명령을 내리지 않는다면 뭔가 재미있어 보이는 일, 그리고 다른 사람에겐 불행으로 받아들여질 일을 찾아갔을 것이다. 하지만 지금 제국은 사라졌고, 따라서 제국군은 정통성을 잃은 무장 집단일 뿐이다. 제국이 없다면 제국군도 산적 무리와 다를 것이 하나도 없는 셈이다.

틸러는 대장군이 느끼고 있을 심적 부담을 이해할 수 있을 것 같았다. 그리고 왜 엘시가 규리하를 필요로 하는지도. 정우가 지적한 것처럼 규리하에는 장구한 역사에서 비롯된 엄청난 권위가 있고, 그 권위는 제국의 유무에 큰 영향을 받지 않는다. 제국 내 최강의 무장 집단인 제국군조차 그 역사는 31년에 불과하다. 하지만 규리하의 역사는 천 년을 훌쩍 넘으며, 과텔과 케나린 이전 시대와 이후 시대의 연속성을 부정한다 해도 수백 년이다. 귀족원 회의가 개최되어 제국을 부활시키기 전까지 현 정국을 주도할 자는 당연히 제국군보다는 규리하가 되어야 하며, 제국군은 규리하를 지원해야 한다……. 틸러는 엘시의 생각이 그 정도일 거라고 생각했다. 그 다음부터는 틸러의 생각이다. '그리고 부활한 제국의 황위에는 이 비녀의 주인이 앉을지도 모른다.'

정우는 그런 제안에 대답하지 않았다. 암살자의 공격 때문에 대답을 듣지 못했지만 틸러는 그것이 차라리 다행이라고 생각했다. 정우의 대답을 감당할 자신이 없었다. 틸러는 자신에 대해 황당함을 느꼈다. 정우. 이상한 사람이다. 도깨비들 사이에서 자랐고 성채를 파묻었고 빨간 우산 하나를 든 채 비 오는 하늘을 산책했고 인간이 견딜 수 없는 시간을 견뎌 냈다. 그리고 조금 전에는 자신을 죽이려는 아버지에게 응원을 보냈다. 틸러가 죽을 때까지 비슷한 사람을 볼 수 없을 독특한 사람이라는 점은 분명하다. 하지만 그중 무엇이 탁월한 정치력의 증거일까?

아니, 상관없다. 만약 제국군 전체가 엘시의 지휘하에 적극적으로 규리하를 지원하고 모든 도깨비가 즈믄누리의 의사를 따라 정우를 지지한다면 정우의 주도 하에 이루어질 새로운 질서를 거부할 사람은 거의 없을 것이다. 완력이나 주력, 지력과 달리 어떤 사람의 정치력은 그를 따르는 자의 능력으로도 계산할 수 있고 그렇다면 정우의 정치력은 나쁘지 않다. 아니, 비교할 자를 찾기 어려울 정도다. 그런데 그것이 정우에게 공정한 일일까? 아버지 때문에 즈믄누리에서 끌려 나와 억지로 규리하 공이 되었던 그녀가 이제 제국의 문제 때문에 황제가 되어야 하나?

틸러는 뒤통수를 긁적였다.

"젠장. 틸러 달비 가라사대, 일개 부위한테 이따위 밥 안 생기는 고민이나 시키는 시대는 잘못된 것이다. 증명은 별지에 첨부함."

"뭐휘휘! 깜찍한 청년이군!"

틸러는 황급히 몸을 돌리며 허리에 손을 가져갔다. 사람들의 주의가 산만해질 시점을 기다려 돌아온 세 번째 암살자를 겨냥한 틸러의 눈길은, 약간의 당혹감으로 얼룩졌다.

'여자 오니다! 아니, 여자 이레인가?'

잠깐 동안 틸러는 그런 생각을 했다. 그를 내려다보고 있는 사람은 아무리 적게 잡아도 195센티미터는 넘을 인간 여자였다. 여자가 그렇게 클 경우 보통 깡마른 인상을 주게 마련이지만 틸러를 내려다보고 있는 여자는 깡마름과는 하텐그라쥬와 라호친 사이의 거리만큼이나 거리를 두고 있었다. 우람한 가슴은 무기고를 휴대하고 다니는 것이 아닌가 싶고 몸통은 옷 아래에 갑옷을 받쳐 입은 것이 아닌가 싶게 튼실하다. 통 넓은 치마에 가린 다리는 볼 수 없었지만 그 치마라는 것이 범선에 동력을 부여할 수 있을 듯한 크기였다. 인간의 외형에 그런 형용사를 쓰는 것이 어울리는지 알 수 없었지만 틸러는 그 여자를 장엄하다고 표현하고 싶었다. 틸러는 결론을 내렸다. '알았다. 인간과 레콘의 혼혈이다.'

틸러에 의해 생물학적 언어도단의 판정을 받은 여자는 수행인들로 보이는 사람들 사이에서 두드러지는 높이로 서 있었다. 그녀가 암살자일 가능성은 적다고 틸러가 생각했을 때 그녀가 호기심 가득한 얼굴로 걸어왔다. 성채가 다가오는 것 같았다. 틸러는 침을 삼키고 싶은 것을 억누르며 여자의 얼굴을 바라보았다. 타조 눈과 사자 코와 딱정벌레 턱이 그를 마주 보았다. 틸러는 경례했다.

"틸러 달비 부위입니다. 혹 굴도하 남작 부인이십니까?"

남작 부인은 호탕하게 웃었다.

"뭐훠훠! 각하! 내 말이 맞았지요? 이 청년이 달비 부위일 거라고 했잖아요!"

'각하?'

틸러는 수행인으로 보이던 사람들을 둘러보았다. 그의 눈길이 곧 땅딸막하게 생긴 남자 한 명에 멈추었다. 남작 부인의 장대한 풍모 때문에 미처 깨닫지 못했지만 도저히 수행인이라 할 수 없는 복장의 남자가 있었다. 틸러의 눈길을 받은 남자는 웃으며 앞으로 걸어 나와 남작 부인 곁에 섰다.

　그리하여 틸러 달비는 희대의 양주를 보게 되었다.

　많은 이들이 자신의 모습에 불만을 가지고 있으니 발리츠 굴도하 남작의 불만은 특별히 남다른 것도 아니었다. 그를 난쟁이라고 부를 수는 없다. 그러나 아담하다 대신 적당하다는 표현을 쓰기도 어렵다. 물론 조랑말을 타고 다닌다는 이야기는 악의에 찬 헛소문이지만, 발리츠가 자신의 애마에 오를 때 애를 먹는 것은 분명한 사실이다. 하지만 남작이 안장 위에 자리를 잡을 경우 도전자는 재고해야 한다. 발리츠 굴도하 남작이 대단한 완력으로 휘두르는 장창은 누군가에게 존경심을 가르쳐 주기에 부족함이 없다. 따라서 판사이의 지배자이며 능숙한 전사인 그는 자신의 단구에 큰 불만을 품지 않을 요소들을 충분히 갖추고 있다 할 것이다.

　하지만 굴도하 남작은 불만을 느꼈다. 자신을 닮은 자녀가 태어날 것이 싫었기 때문이다. 남작은 큰 자녀를 원했고 따라서 그가 규리하의 도깨비 처녀에 관한 이야기를 자신의 천생연분에 대한 이야기로 받아들인 것은 놀랄 일이 아니다.

　일이 순조로웠던 것은 아니다. 남자는 큰 여자에 지대한 관심이 있었지만 여자는 작은 남자에 별 관심이 없었다. 그녀에게 남자란 모두 자신보다 작았으니 아이넬 규리하는 남자의 키에 별다른 관심이 없었다. 규리하 가문 사람들의 일반적인 경향처럼 규리하에 대한 자긍심이 남달랐던 아이넬이 원한 것은 규리하에게 도움이 될 수 있는 남편감이었다. 그런 그녀에게 판사이의 지배자가 눈에 찰 까닭이 없었다.

제2차 대확장 전쟁 당시 나가들의 수공에 의해 판사이 계곡이 판사이 호수로 바뀐 것은 판사이에게 씻을 수 없는 타격이었다. 거기에 상고토의 맹주로서 판사이를 다스리던 베미온 굴도하 마립간은 전쟁의 충격 때문에 정신 이상을 일으켰다. 판사이의 세력은 쇠약해졌고 상고토의 맹약은 깨졌다. 육형제탑의 여섯 열쇠를 가지고 있던 여섯 명의 지배자들은 서로 적대하게 되었다. 발리츠 굴도하는 바로 그런 상태에서 판사이를 유지하고 있는 인물이었다. 그가 자신의 단구에 가혹한 부담을 주면서 높은 수준의 무예를 획득한 것도 그 때문이다. 발판을 이용하든 시종의 도움을 받든 일단 발리츠 굴도하가 애마 위에 오르고 그의 손에 한 자루 장창이 쥐어지면 상고토 사람들은 그를 시체 양산가로 대접했다. 발리츠가 닦은 절륜한 무예는 무향의 아이넬에게도 깊은 인상을 주었다.

하지만 그가 다스리고 있는 땅은 결코 강대하다고 할 수 없었다. 상고토의 다섯 귀족들은 판사이의 세력이 다시 번성하는 것을 원하지 않았다. 또한 일정 지역에 필요 이상의 많은 귀족들이 할거하는 것은 당연히 부작용이 더 많으므로 제국 정부는 상고토 전체를 여섯 남작이 다스리는 상황을 내켜하지 않았다. 따라서 제국 정부는 상고토 전체를 묶어 한 사람에게 넘기려 애써 왔고 그 후보자들 중 첫 번째는 당연히 굴도하 남작이었다. 판사이의 세력이 조금만 더 강해지면 발리츠 굴도하가 백작이나 후작이 되어 상고토 전체를 다스릴 수 있게 된다는 것을 잘 알고 있는 상고토의 다섯 남작들은 굴도하 남작에게 끊임없이 양보와 절충을 필요로 하는 각종 조약을 강요했다. 그 결과 판사이는, 약간 과장하여 말한다면 병사 하나를 뽑으려 해도 다른 다섯 남작의 승인을 받아야 하는 처지가 되었다. 그런 땅의 지배자가 규리하에게 도움이 될 리는 없다. 결국 아이넬은 훌륭한 무사에게 어울리는 정중한 거절을 하기로 결심했다. 하지만 그즈음 이미 아이넬의 큰 체구뿐만 아니라 그 몸에 들어 있는 정신까지 사랑하게 된 발리츠는 도박 같은 제안을 꺼냈다.

"당신이 익은 과일이 떨어지길 바라는 게으름뱅이로 인생을 낭비할 생각이 없다면, 와서 친정에 도움이 될 힘을 직접 기르십시오. 내가 돕겠습니다."

그 제안은 아이넬의 마음에 들었다. 판사이의 주민들은 결혼식장에서 신랑 신부의 신장 차이를 보며 곤혹스러웠지만 두 사람은 행복했다. 그리고 상고토의 다른 다섯 남작들은 아찔했다. 굴도하 남작 부인의 엄청난 체구 때문이 아니라 판사이가 무향과 결합했다는 사실 때문이다. 굴도하 남작 부인은 때론 어르고 때론 달랬지만, 주로 으르렁거리며 불평등한 조약들을 깨부쉈다. 그리고 굴도하 남작 부인의 배후에 있는 무향의 이름에 겁을 먹은 다섯 지배자들은 남작 부인의 제안을 받아들일 수밖에 없었다. 그녀의 활약상을 잘 나타내는 것으로 상고토의 맹약이 부활할 지경이라는 농담이 있다. 판사이의 안주인에게 완전히 질린 다섯 남작들이 조만간 대(對)남작 부인 동맹을 맺을 거라는 뜻이다.

남작 부부가 나란히 서는 짧은 시간 동안 틸러의 머릿속엔 그런 정보들이 휙 스쳐 지나갔다. 틸러는 두 사람 중 한 사람이 판사이에 남아 있지 않고 모두 왔다는 사실에 놀라움을 느꼈다. 남작이 차분한 목소리로 말했다.

"나는 판사이 남작 발리츠 굴도하다. 틸러 달비 부위 맞나?"
"맞습니다, 각하."

"우리는 규리하 공 비셀스 규리하를 배알하러 왔네. 정문에서 알려 주길, 그러려면 자네의 허락을 받아야 한다고 하더군. 그래서 찾아온 거야. 안사람이 이곳의 지리를 잘 알기에 안내는 필요하지 않았네."

"그러신가요. 미리 예고를 하고 오셨으면 적절히 준비할 수 있었을 텐데요."

"사과도 자네에게 해야 하나? 나는 규리하 공께 사과할 생각이었는데."

작지만 고명한 무예가로 통하는 남편과 주먹으로 그를 때려눕히는 것이 가능할지도 모르는 아내를 앞에 두고 틸러는 상당한 용기를 끌어모아야 했다.

"제게 사과하시면 규리하 공께 가장 잘 전달될 겁니다."

남작은 씩 웃었다. 틸러의 배짱이 마음에 든 모양이다. 남작 부인은 손뼉을 딱 쳤다.

"아유, 요거 귀엽네. 하긴 제국군 부위니 오죽할까. 제국군 계급에 공짜는 없다는 거지?"

틸러는 남작 부인이 손을 뻗어 자신의 머리를 헤집지나 않을까 걱정했다. 다행히 남작 부인은 그러지 않았다. 대신 잘 울리는 목소리로 말했다.

"그래서 우리가 규리하 공을 만나는 것을 방해해 보겠다는 거야?"

남작 부인은 혼자 말해도 합창단의 도움을 받는 것 같았다. 틸러는 조심스럽게 말했다.

"무례를 범하고 싶지는 않습니다, 남작 부인. 하지만 저는 규리하 공을 보호해야 합니다. 조금 전 이곳에서 규리하 공을 겨냥한 암살 기도가 있었습니다."

굴도하 남작의 눈이 날카로워졌다.

"규리하 공께서는 무사하신가?"

"무사하십니다."

남작 부인은 남편에게 몸을 크게 숙이며 말했다.

"이런, 고약한! 각하, 어쩐지 뒤숭숭한 것 같다고 제가 말했지요?"

"예, 부인의 추측이 맞았군요."

남편의 호응을 받은 남작 부인은 이번에 틸러 쪽으로 상체를 숙였다.

"이봐, 달비 부위. 그런 일이 있었다면 귀여운 부위는 나를 막아선 안 돼. 나는 조카님이 무사하신지 무지무지하게 궁금하고, 그걸 확인하지 못하면 화를 낼 거야. 나는 정말 화내고 싶지 않아. 알았어? 당장 규리하 공께 우리를 안내해."

'티나한이 돌아왔나?' 갈수록 틸러의 생각이 기묘해졌다. 압박감 때문일 것이다. 다행히 굴도하 남작이 그를 구해 주었다. 남작은 이곳에서 기다릴 테니 규리하 공에게 방문을 알리고 허락을 받아 오라고 말했다. 틸러는 대남작 부인 동맹에 가입하고 싶다는 생각을 하며 그들을 떠났다.


비나간의 7월 말은 단풍을 구경할 수 있는 시기가 아니다. 하지만 가을은 자신을 표현할 많은 수단을 가지고 있다. 홀빈 퍼스 노후작은 그런 수단들 중 하나를 바라보았다.

아라짓력 31년의 대표 농부로 선출된 것은 팔지 남작이었다.

팔지 남작은 농사라곤 구경도 못해 본 사람이다. 그의 주된 수입원은 광산이다. 그는 커다란 암염 광산을 가지고 있고 거기서 나오는 소금은, 질이 좀 나쁘기는 해도 비나간 사람 대부분을 염분 결핍에서 해방시켜 줄 만큼 양이 많았다. 그렇다고 해서 팔지 남작이 광업 전문가인 것도 아니다. 어쨌거나 누군가는 그해의 햇곡식들을 소담스럽게 담은 광주리를 들고 퍼스 후작을 향해 걸어가야 했고 올해 팔지 남작에게 그 순번이 돌아온 것이다. 그래서 팔지 남작은 희화화한 것이 아닌가 싶을 만큼 화려한 작업복을 입고 무거운 바구니에 힘겨워 하며 퍼스 후작을 향해 걸어오고 있었다.

후작이 앉아 있는 옥좌 앞에 도달한 팔지 남작은 손에 든 광주리를 옥좌 앞에 내려놓고 한쪽 무릎을 꿇었다.

"맛보십시오. 비나간의 대추장이여. 당신의 은혜로 거둔 올해의 신선한 작물입니다."

퍼스 후작은 고개를 끄덕일 뿐 요리하지도 않은 작물을 으적으적 씹어먹거나 하지는 않았다. 대신 후작은 손짓을 보냈고 그러자 대기하고 있던 시종장이 다가왔다. 시종장은 후작에게 돈주머니가 얹혀 있는 쟁반을 내밀었다.

예전에는 위대한 추장이 때려잡은 멧돼지나 사슴 등을 몇 마리씩 내줬다고 한다. 추장의 용맹을 자랑하고 또 추장이 농부가 아니라 사냥꾼임을 강조하기 위한 의례였다. 비나간의 추장은 그가 설령 대농장의 주인이라도 사냥꾼으로 간주되었다. 비나간 사람들은 자신들이 키탈저 사냥꾼들로부터 갈려져 나온 분파라고 믿기 때문이다.

양심적인 학자들은 그것을 일종의 신화나 전설로 여길 뿐 고고학적으로 고찰할 필요가 있는 주장으로 생각하지 않는다. 키탈저 사냥꾼들은 폐쇄적인 사람들이었고 비나간의 문화 어디에서도 키탈저 사냥꾼들의 흔적은 찾아볼 수 없다. 하지만 비나간 사람들은 그렇게 생각하길 좋아한다. 그 때문에 과거 비나간의 대추장들은 익숙하지도 않은 사냥 때문에 가끔 목숨을 잃기도 했다. 다행히도 그런 귀찮은 의례를 위해 목숨을 거는 일은 오래전에 사라졌고 지금은 돈을 내준다. 과거의 의례에 담긴 의미를 소급 적용한다면 비나간의 후작은 상인이 된 셈이다.

퍼스 후작은 돈주머니를 들어 올렸다.

용돈 정도의 금액이 들어 있는 돈주머니는 그리 무겁지 않았다. 후작은 팔지 남작에게 그것을 건넸다. 팔지 남작은 주머니의 가벼움에 크게 실망하지 않았다. 원래부터 기대하지 않았기 때문이다. 팔지 남작은 봉헌식 후의 축제를 자신의 돈으로 주최해야 할 것이다.

멧돼지나 사슴이 선물이었던 시절이라면 이런 속임수는 불가능했을 것이다. 고기를 통째로 구워 즐겁게 먹고 마시면 그만이니까. 그리고 호방한 대추장이 있었던 시절엔 적잖은 돈을 내주었기에 역시 성대한 축제가 가능했다. 하지만 퍼스 후작은 잔돈만 내주었고 그것을 받은 대표 농부는 어쩔 수 없이 축제 비용으로 자신의 돈을 사용해야 했다. 다른 사람들도 그것을 잘 알고 있었고, 그래서 팔지 남작은 상당한 지출을 각오했다. 사람들은 축제가 간소하면 별 기대도 갖지 않았던 후작을 욕하는 대신 팔지 남작을 욕할 것이다.

팔지 남작이 뒤로 물러나는 것을 보던 홀빈 퍼스 후작은 간단하게 내일부터 축제를 시작한다고 선언했다. 대전에 서 있던 사람들은 의례적으로 만세를 외쳤고 후작이 일어서는 모습을 무관심하게 바라보았다. 후작이 대전을 떠나자 비로소 사람들은 조금 더 생기 있는 모습을 띠었다. 대전 밖으로 걸어 나가며 어떤 이들은 팔지 남작에게 다가가 주머니 속의 금액을 물어보고는 남작을 위로하기도 했고 어떤 이들은 축제 계획에 대해 이야기를 나누기도 했다.

퍼스 후작의 손자 레데른 퍼스도 그들 중에 섞여 있었다. 그리고 사람들은 비나간 후의 호칭을 쓸 수 있는 또 다른 사람 앞에서 퍼스 후작의 쩨쩨함을 말하는 것을 삼가지 않았다. 퍼스 후작이 쩨쩨하다면 그 손자 레데른 퍼스는 지나친 호인이었다. 그는 누군가의 미움을 사는 것을 병적으로 싫어했고 사람들의 비위를 맞추는 것에 열심이었다. 그리고 레데른은 그런 행동이 지지자를 얻어 두는 일이라고 생각했다. 레데른은 자신의 아버지 마진이 할아버지에게 당한 이유가 사람들의 호의를 얻는 데 게을렀기 때문이라고 생각하고 있었다. 하지만 사람들의 생각은 달랐다. 레데른의 아버지 마진 퍼스가 홀빈 퍼스 후작에게 처형당한 이유는 유능하기 때문이다.

비꼬길 좋아하는 인사들이 퍼스 가문에 그런 인재가 나왔다는 것이 놀랍다고 말하는 마진은 지나치게 유능했다. 홀빈은 아들의 재능을 시기했고 아들의 나이에 겁을 먹었다. 홀빈 퍼스가 여든다섯 살이 되었을 때 마진 퍼스는 예순두 살이 되었고, 상황이 그러하니 누구나 마진이 아버지의 죽음을 간절히 바랄 거라고 짐작했다. 홀빈도 그러했다. 예순둘이나 된 아들이 더 참을 수 없어서 자신을 제거할 거라 확신한 홀빈은 당하기 전에 먼저 친다는 단순한 논리에 따라 아들을 독살했다. 어떤 증거도 없지만 모든 비나간 사람들은 그 사실을 알고 있다. 그리고 사람들은 레데른이 살아 있는 이유는 그가 많은 지지자를 데리고 있기 때문이 아니라 퍼스 가문 사람답게 멍청하기 때문이라고 믿고 있다. 사람들의 그런 생각을 우정으로 레데른에게 말해 준 친구는 없다. 그들은 공모자의 기분으로 레데른의 멍청함을 즐겼다.

사람들이 그나마 좀 진지한 시선을 보내는 사람은 레데른 퍼스의 딸 지키멜 퍼스였다. 사람들과 함께 대전 밖으로 걸어 나오는 지키멜의 모습은 겸손해 보였지만 그녀 주위에는 노후작의 쩨쩨함과 그 손자의 대책 없는 호인스러움에 질린 젊은이들이 잔뜩 모여 있었다. 그녀는 아버지나 증조부 대신 할아버지인 마진 퍼스를 닮았다. 어쩌면 퍼스 가문에는 격세유전하는 재능이 있는지도 모른다.

"지키멜, 발케네 공의 이야기를 들으셨습니까?"

원칙대로 따진다면 레데른의 장녀인 지키멜은 비나간 후로 불릴 수 있다. 하지만 그 경우엔 살아 있는 비나간 후만 세 명이 되기 때문에 좀 혼란스러웠다. 만약 마진이 살아 있었다면 살아 있는 네 번째의 비나간 후가 되었을 지키멜은 혼란을 피하기 위해 이름으로 부를 것을 요구했고 그런 태도는 비나간의 젊은이들에게 호평받는 요소 중 하나였다. 지키멜이 대답했다.

"팩스벗, 그 서두는 여름 내내 들었던 거야. 내게 말을 건 사람들은 모두 발케네 공 이야기를 들었냐고 묻더군. 그대가 새로운 이야기를 더할 수 있을 것 같지는 않은데. 나를 놀라게 해 주겠어?"

팩스벗은 싱긋 웃었다.

"그럴 수 있을 것 같습니다. 발케네 공 락토 빌파가 수천 명의 레콘을 거느릴 수 있었던 이유가 뭘까요? 가능한 설명은 하나밖에 없습니다. 그는 용인임이 분명합니다."

지키멜 주변에 있던 자들은 일단 반응을 유보한 채 지키멜의 반응을 기다렸다. 지키멜의 태도에 따라 숙고나 조소 중 하나를 선택하려는 속셈이다. 지키멜이 말했다.

"재미있군. 그렇다면 락토 빌파가 어디서 용근을 구한 거지?"

"물론 역사에 기록된 마지막 용 아스화리탈이지요."

"내가 알고 있는 상식과 좀 배치되는 가설이군. 아스화리탈이 뿌린 포자 중에 용화가 된 것은 하나밖에 없고 그것은 뇌룡공 류페이가 먹었다고 알고 있는데."

"하지만 당시 북부군에는 락토의 아버지인 그룸과 삼촌인 토카리, 조부인 코네도가 있었습니다. 발케네 공작가의 보물인 도깨비감투도 원래 그들 세 명의 것이었지요. 그리고 그들 세 사람은 속이고 훔치고 빼앗는 진짜 발케네 인들이었습니다. 그들은 틀림없이 아스화리탈의 포자들을 빼돌렸을 겁니다. 그리고 그 포자들 중 하나가 파리조에서 발아한 거지요."

"그리고 그것을 락토 빌파가 먹었다는 건가?"

"그렇습니다. 그래서 락토는 용인이 된 겁니다. 그는 그 능력으로 최후의 대장간으로 오는 레콘들을 유혹했을 겁니다."

"팩스벗. 그게 그대의 상상력이라면 감탄을 금할 수 없지만 동시에 애석함을 느끼게 되는군."

사람들은 재빨리 조소할 준비를 했다. 팩스벗은 의아하다는 얼굴로 지키멜을 바라보았다. 지키멜이 말했다.

"용인은 사람을 마음대로 다룰 수 있는 존재가 아니야. 놀라운 예민함으로 다른 사람의 마음을 읽을 수 있을 뿐이지. 그대가 말하는 것은 용인이 아니라 정신 억압자의 이야기 같군."

"다른 사람의 마음을 읽을 수 있다면 약간의 재주를 이용하여 다른 사람을 통제하는 것도 가능합니다, 지키멜."

"좋은 지적이군. 하지만 발케네 공에게 그런 능력이 있었다면 왜 레콘들을 모으지? 그냥 황제의 마음을 읽어서 자신을 황위 계승자로 지명하게 유도하는 것이 더 간편하지 않을까? 내 생각에는 그것이 합리적일 것 같은데."

사람들은 충분히 준비했던 폭소를 터뜨렸다. 팩스벗은 뒤통수를 긁적였다.

"듣고 보니 그렇군요. 아, 저, 그건 제 생각이 아닙니다. 누가 제게 그런 이야기를 들려주더군요. 저도 그 이야기를 들을 때 뭔가 이상하다고 생각했습니다. 정확하게 정리할 수는 없었지요. 그래서 각하에게 조언을 얻으려고 말씀드린 겁니다."

"그랬군. 내가 도움이 되었다니 기쁘군, 팩스벗."

사람들은 웃으며 대전을 나왔다. 팩스벗이 침묵하자 사람들의 화제가 바뀌었고 축제에 대한 이야기가 두서없이 흘러나왔다. 그들이 걷고 있는 대전 앞마당은 넓었고 가을 햇살은 풍요롭게 떨어지고 있었다. 여행 이야기가 나왔을 때 누군가가 말했다.

"가을은 여행하기 좋은 계절이지요. 판사이의 저 유명한 부부도 여행을 떠났다고 하더군요."

눈썰미가 좋은 사람은 지키멜의 표정이 약간 변한 것을 깨달았다. 지키멜은 상당한 관심으로 발언자를 바라보았고 사람들은 지키멜의 관심을 받는 발언자를 부러움으로 또는 시기심으로 노려보았다. 여행에 관한 잡담을 꺼낸 사람은 젊은 남자였고 그곳에 있는 대부분의 사람들과 좀 다른 옷차림을 하고 있었다. 강도 높은 야외 활동에 어울리는 복장이었다. 그 옷차림에 걸맞게 남자의 피부는 거칠었고 머리카락은 햇빛에 변색되어 있었다. 야외에서 보낸 시간이 많은 듯한 남자는 부드러운 표정으로 지키멜을 바라보았다. 하지만 지키멜은 선뜻 입을 열지 않았다. 그래서 팩스벗이 먼저 말했다.

"시오크, 자네가 여기 있는 줄 몰랐군. 여기엔 어쩐 일인가?"

"물론 내가 비나간의 추수 축제를 좋아하기 때문이지."

"작년 축제 때 자네의 모습을 못 본 것 같은데?"

시오크는 빙긋 웃었다.

"축제가 벌어지는 곳은 많고 나는 제국 곳곳에서 벌어지는 여러 축제를 좋아해, 팩스벗. 작년 이맘때라면 나는 아마 뤼도파에 있었을 거야. 어쩌면 사펜이었을지도 모르지만. 올해는 비나간의 축제에 참석하기로 했네."

팩스벗은 그런가 하는 표정으로 고개를 끄덕였다. 그때 지키멜이 멈춰 섰다.

"그러면 여러분, 잘 살펴 가길. 나는 좀 바쁜 일이 있어서 이만 가 봐야겠어. 서고에서 찾아볼 책이 좀 있거든."

그대로 지키멜의 응접실까지 따라가서 잡담을 나눌 생각이었던 젊은이들은 약간 당혹했다. 팩스벗은 혹 먼저 응접실에 가 있으면 천천히 나타나겠다는 말이 나오지 않을까 하는 얼굴로 지키멜을 바라보았지만 지키멜은 그런 가능성을 일축했다.

"내일 축제에서 보도록 하지."

가 보라는 뜻이었다. 젊은이들은 아쉬움을 억누르며 지키멜에게 인사했다. 지키멜은 몸을 돌려 서고 쪽을 향해 걸어갔고 젊은이들은 잡담을 나누며 후작의 궁궐을 빠져나왔다. 그들은 뿔뿔이 흩어지거나 대전을 나오는 다른 무리들과 합류하면서 걸었기 때문에 아무도 시오크가 사라졌다는 사실을 깨닫지 못했다.

시오크는 누구의 주의도 끌지 않고 궁궐의 정원에 몸을 숨겼다. 그리고 커다란 나무들 사이를 걸어가 조금 후 상당히 거대한 느티나무 옆에 멈춰 섰다. 주변을 잠시 둘러본 후에 그는 나무 아래쪽에 아무렇게나 주저앉았다. 다리를 쭉 펼친 시오크는 두 손으로 머리를 받친 채 나무에 기대었다. 약간의 졸음을 느꼈고 한숨 자는 것도 괜찮을 것 같았다.

하지만 그가 눈을 감자마자 어디선가 발소리가 들려왔다. 시오크는 눈을 뜨지 않은 채 그 발소리에 집중했다. 발소리는 그를 향해 똑바로 다가왔다. 조금 후 묵직한 것이 시오크의 다리를 눌렀다. 그는 신음을 흘리며 눈을 떴고 자신의 다리 위에 앉아 있는 지키멜을 발견했다.

"다리는 내 중요한 재산이야, 지키멜. 그렇게 학대하지 말라고."

"아예 부러뜨리고 싶은데. 여기서 떠나지 못하도록."

"다리 부러진 유료도로당원을 어디에 쓰려고?"

지키멜은 씩 웃으며 시오크에게 몸을 기울였다. 시오크의 몸에 상체를 기댄 채 그녀는 그의 귀에 입을 가져가 한참 동안 속삭였다. 시오크의 표정이 복잡하게 변했다. 조금 후 지키멜은 시오크의 어깨를 밀며 똑바로 앉았다. 지키멜은 약간 흐릿해진 눈빛으로 시오크를 바라보았다.

"그런 일에 쓰지."

시오크는 과장되게 한숨을 내쉬었다.

"나에 대해 심각한 환상을 품고 있는 것 같군. 너를 만족시킬 수 있을지 모르겠어."

"괜찮아. 난 아량이 넓으니까."

시오크는 웃으며 머리를 떠받치고 있던 손을 뺐다. 그는 지키멜의 볼을 만지려 했지만 그녀는 그 손을 밀어내고 시오크의 얼굴을 붙잡았다. 그리고 그의 입술에 입을 맞췄다.

조금 후 지키멜은 눈을 찌푸리며 입을 뗐다.

"왜 그래?"

"아아, 미안해."

"혹시 다른 여자 생각하고 있었던 거야?"

"응."

지키멜의 눈이 날카로워졌다.

"어떤 여자야?"

"등자를 밟지 않고도 말에 탈 수 있는 여자."

지키멜은 피식 웃으며 손가락을 구부렸다. 그녀는 시오크의 턱을 가볍게 튕겼고 그는 아프다는 표정을 지었다. 지키멜이 말했다.

"굴도하 남작 부인? 그래. 아까도 그 이야기를 했지. 정말 두 사람 모두 규리하로 떠난 거야?"

"맞아."

지키멜은 시오크의 다리에서 내려왔다. 그녀는 시오크의 곁에 앉아 그의 어깨에 머리를 기대었다.

"상당히 위험한 시도인데. 이런 시기에 자기 영토를 비우는 것은 바보짓이지. 게다가 상고토에서는 자살 행위에 가까워. 두 사람도 그것을 잘 알 텐데 왜 그런 모험을 하지?"

시오크는 생각에 잠긴 표정으로 위쪽을 바라보았다. 느티나무의 무성한 잎이 하늘을 가득 뒤덮었고 거칠게 구부러진 검은 가지들은 거리감을 왜곡시켰다.

"지키멜, 굴도하 남작 부인이 아이저 규리하를 돕지 않은 이유가 뭘까?"

"비스그라쥬 백의 공작이겠지."

"내 생각도 그래. 데라시는 틀림없이 남작 부인에게 전쟁 불참을 대가로 상당한 보상을 제시했을 거야. 하지만 그 보상이 미처 주어지기도 전에 우리가 다 아는 놀랄 만한 사건이 일어난 것 같아."

"하늘누리가 사라졌지."

"맞아. 남작 부인에게는 당황스러운 일이지. 제국과 오라버니 사이에서 어려운 결정을 내렸는데 소득이 하나도 없게 되었으니까."

지키멜은 시오크의 손을 끌어당겨 자신의 손바닥 위에 얹었다. 그리고 다른 손의 집게손가락으로 그의 손등을 살살 문질렀다.

"그래서 지금이라도 조카의 마음을 얻기 위해 부랴부랴 남편까지 대동하고 규리하로 갔다는 거야?"

"규리하에는 대장군도 있어."

"비셀스 규리하가 아니라 엘시 에더리가 목표라는 거야?"

"그 둘을 굳이 나눌 필요가 없을지도 모르지."

지키멜은 움찔했다. 그녀는 시오크의 손등을 간질이던 손을 들어 그의 턱을 붙잡았다. 그리고 시오크가 자신을 바라보게 했다. 시오크는 그녀가 이끄는 대로 고개를 돌렸다.

"무슨 말을 하는 거지, 시오크 지울비?"

"이 이야기는 규리하 전쟁 직후부터 나왔던 걸로 알고 있는데?

엘시 에더리와 비셀스 규리하의 결혼 말이야."

"그 이야기는 끝장난 것으로 알고 있었는데."

"그랬지. 바보 같은 대장군은 부냐 헨로를 위해 황제 사냥꾼을 잡으러 떠났지. 그런데 부냐 헨로가 지금 어디에 있지?"

"흐음. 계속해."

"비셀스 규리하를 시집 보낼 만한 집안의 어른은 아이넬 굴도하뿐이지."

"재미있군. 그렇다면 남편은 무엇 때문에 필요하지?"

"아이저 규리하를 제거하기 위해서는 좋은 무사가 필요하겠지. 사람들은 발리츠 굴도하가 말 위에서만 강한 줄로 알고 있지만 그는 말 아래에서도 대단한 수준의 무사야."

"아이저 규리하가 규리하에 잠입했을까?"

"네가 그라면 지금 어디에 있겠어?"

"말은 되는군. 하지만 아이넬 굴도하가 자기 조카와 대장군을 결혼시켜서 얻는 것이 뭐지?"

시오크는 대단한 말을 한다는 기색도 없이 말했다.

"새 황제의 사돈이 될 수 있지. 또는 새 황제의 고모일 수도 있고."

지키멜은 움찔했다.

"가능할까?"

"그보다 더 황위에 가까이 있는 사람은 현재로선 두 명뿐이야."

"두 명? 어떻게 두 명이지?"

"한 명은 스카리 빌파야."

"아아, 그렇군. 스카리가 있어서 두 명이군."

시오크는 깊은 생각에 빠진 눈으로 지키멜을 바라보았다. 그 눈을 마주 보던 지키멜은 조금 후 험악한 표정을 지었다.

"나머지 하나는 퍼스가 아니라는 거야?"

"미안해. 지키멜. 내 생각에 퍼스는 아니야."

"그러면 누구지?"

시오크는 대답하지 않았다. 그는 지키멜을 외면하며 다시 위쪽을 바라보았다. 지키멜은 자리에서 일어나 시오크의 배 위에 앉았다. 그리고 시오크의 얼굴 위로 자신의 얼굴을 가져갔다.

"누구지?"

시오크는 못 이기는 척 대답했다.

"시모그라쥬 공 팔디곤 토프탈."

"망고 군단 하나밖에 없어! 두억시니 장군은 공작을 돕겠지만 그 밖에 뭐가 있지?"

"지키멜. 너는 한계선 이북 사람처럼 생각하고 있어."

"그러면 어떤 식으로 생각해야 하지?"

"한계선 이남에서 군단 하나를 완전히 가진다는 것은 몇 개나 되는 군단이 뒤따르게 할 수 있다는 뜻이야. 남쪽의 제국군은 그곳에서만 순회하니까."

지키멜은 허를 찔렸다는 표정을 지었다. 그녀는 생각에 잠겼다. 그리고 조금 후 고개를 가로저었다.

"시모그라쥬 공은 시모그라쥬 인들을 지배하지 않아. 그는 시민들의 첫 번째 벗이니까. 공작은 자기 백성들에게 전사가 되라고 요구하기 어려울걸."

"지금은 가능해."

"지금? 무슨 뜻이지?"

"시모그라쥬 공이 제국을 상대로 하는 전쟁에 영민들을 끌어내기는 어렵겠지. 하지만 지금 제국은 사라졌어. 너도 알고 있겠지만 지금 제국 중흥을 이야기하는 사람들은 꽤 많아. 공작이 그 자들 흉내를 못 낼 까닭이 어디 있지? 더군다나 시련에는 제2차 대확장 전쟁 당시 칸비야 고소리 의장의 중립 선언을 잊지 못하는 나가들이 많이 있겠지. 제국이 없어지면 시모그라쥬 인들은 상당히 불안하지 않겠어?"

지키멜은 깊은 생각에 빠졌다. 이번의 침묵은 훨씬 길었다.

배 위에 생각에 잠긴 여자가 앉아 있으니 시오크는 꼼짝할 수 없었다. 물론 움직이고 싶은 생각도 없었다. 시오크는 지키멜의 날렵한 턱과 목덜미, 멋진 어깨 등을 바라보았다. 특히 마지막이 그의 시선을 오랫동안 붙잡아 두었다. 어깨가 넓은 여자에게 꼼짝 못하는 시오크는 지키멜에게 시원한 어깨를 준 그 부모에게 감사했다.

사라말 아이솔의 칼에 목이 떨어지기 전까지 파델 미호린은 유료도로 위에서만 생활했다고 한다. 시오크 지울비의 생활은 파델 미호린의 생활과 비슷하다. 그는 유료도로를 이용하여 이동하고 주로 당의 숙박 시설을 통해 숙식을 해결한다. 하지만 그가 범죄자이거나 막대한 재력가는 아니다. 그는 유료도로당 감찰관이다. 도로의 정비 상태를 감시하기 위해서는 유료도로 위를 직접 걸어야 하니 그의 떠돌이 생활은 정당한 직업 활동인 셈이다. 방랑벽이 있는 사람에게 이보다 나은 직업도 드물 것이다. 그리고 방랑벽이 방랑증이라면 시오크 지울비는 중증 환자였다.

철이 든 이래 시오크는 유료도로당의 도로와 시설을 무료로 이용하며 제국 곳곳을 돌아다녔다. 그의 교육 대부분은 도로 위에서 이루어졌고 그가 기억하는 추억 또한 대부분 도로 위에서 일어난 일들이다. 지키멜 퍼스를 만난 것 또한 도로 위의 일이었다. 하이스 대학에 다니다가 할아버지의 부음을 듣고 비나간으로 돌아오던 지키멜은 살본 징수소에서 통행료가 없어 곤란해하고 있었다. 유료도로당은 신용 거래 같은 것은 취급하지 않으며 설령 제국의 황제라 하더라도 외상은 없다. 그러니 비나간 후의 칭호를 쓸 수 있는 사람이라 해서 예외는 될 수 없었다. 시오크는 우연히 그 모습을 보게 되었고, 할아버지의 장례식에 참석하지 못할 처지에 빠진 처녀를 동정했다. 그는 지키멜에게 몰래 돈주머니를 건넸다. 그 또한 당원이기 때문에 통행료를 대납해 주는 것은 좀 곤란했기 때문이다.

그 다음 날, 살본 징수소에 머물고 있는 시오크에게 쪽지가 왔다. 쪽지에 적힌 장소를 찾아간 시오크는 살본 시내의 모처에서 거창한 술자리를 주관하고 있는 지키멜을 보게 되었다. 당신의 돈으로 벌인 술자리니 당신도 참석해야 할 것 같아서 불렀다고 말하는 지키멜은 이미 꽤 취해 있었다.

취기 속에서 지키멜은 솔직한 태도로 할아버지의 죽음에 아무런 애석함도 느끼지 않는다고 말했다. 할아버지의 장례식에 참석할 생각도 없으며, 그 때문에 여비를 일부러 흥청망청 써 버렸기 때문에 통행료가 없었다는 것도 고백했다.

"할아버지든 증조할아버지든 둘 중 하나는 곧 죽을 거라고 예상하고 있었어. 그리고 누가 먼저 공격할지도 대충 짐작하고 있었지. 증조할아버지가 조금 더 엉큼하지. 나는 할아버지가 반격에 성공할지도 모른다고 생각했지만, 그러지는 못하셨군."

시오크는 자신이 가문 내부의 비정한 암투에 비통해하는 귀족

처녀를 만났다고 생각했다. 어느 정도는 맞고 어느 정도는 틀린 추측이었다. 그리고 지키멜도 시오크의 추측이 맞는지 틀린지 말해 줄 수 없었다. 그녀는 시오크의 추측에 맞춰 행동했다. 그녀는 권력욕의 불길로 피도 눈물도 태워 버린 집안의 어른들 때문에 무섭고 슬프다고 말했다. 시오크는 그것이 지키멜의 진심인지 술 때문에 왜곡되고 창작된 감정인지 알 수 없었다. 그리고 술자리 다음에 이어진 잠자리 또한……

"그때 왜 나를 유혹했지, 지키멜?"

"뭐라고 했어?"

"그때, 살본에서 우리가 처음 만났을 때 말이야. 나는 네가 비정한 가족들 사이에서 외로워하는 처녀라고 생각했어."

지키멜은 묘한 표정을 지은 채 시오크를 바라보았다.

"나는 네가 유료도로당주의 인심 좋고 착한 아들이라고 생각했는데. 마음대로 이용해 먹을 수 있는 철부지 말이야."

시오크는 너털웃음을 터뜨렸다. 잠시 후 지키멜 또한 웃었다. 시오크가 말했다.

"그러니까 우리 둘 다 자기가 갖지 못한 순수함을 다른 사람에게서 찾고 있었다는 것이군."

"둘 다 어렸으니까. 자기는 내키는 대로 살아도 세상은 공정하고 정당해야 한다는 떼쟁이 심리였지."

"그랬지. 하지만 참 좋은 시절이었어. 우리 같은 불한당들에게도."

"무릎 좀 세워 봐, 시오크."

시오크는 그대로 했다. 그의 배 위에 앉아 있던 지키멜은 시오크의 다리를 등받이 삼아 몸을 기댔다. 그리고 그의 얼굴을 똑바로 바라보며 말했다.

"시오크 지울비."

"왜?"

"네 아버지는 너에게 당주 자리를 주지 않을 거야."

시오크는 고개를 살짝 끄덕였다. 그리고 조금 늦게 말을 덧붙였다.

"알고 있어."

"너 아버지 때문에 당내에서 지지 기반을 얻을 수 없어서 퍼스 후작의 증손녀랑 사귄 거잖아."

"응. 그랬지."

"그랬다고? 그럼 이젠 아냐?"

"넌 어때? 유료도로당주의 아들은 쓸모가 있을 것 같아?"

"그 아들이 옛날의 그 생각을 아직도 품고 있다면. 어때? 유료도로당은 바뀌어야 해?"

"잔인하다, 지키멜."

"처음 안 사실도 아니잖아. 자, 옛날의 그 청년이 남아 있다면 빨리 보여 줘."

시오크는 한숨을 내쉬었다.

"지키멜, 너는 무려 천오백 년 가까이 하나의 가치관만 고집하는 체제를 상상하기 어려울 거야. 유료도로당은 무덤 속의 시체들이 다스리고 있는 거나 마찬가지야. 오십여 년 전 바뀔 기회가 있었어. 하지만 끝내 그런 일은 벌어지지 않았지. 우리는 길을 준비한다. 나는 구역질이 나."

"그 좌우명의 어떤 점이 너를 그렇게 거칠게 만들지?"

"길이 뭐지? 그건 사람들을 잇는다는 거야. 제멋대로 사람들을 이어 놓고는 아무런 상관도 하지 않겠다고? 그건 지독한 위선이야. 파델 미호린 사건을 봐. 당이 처한 고민을 보라고. 통행료를 받았으니 그 개자식을 보호해야 했지. 결국 도로를 팔았다가 다시 되사는 촌극을 벌여야 했어."

"기지 넘치는 해법이라고 생각하는 자들도 많아."

"나는 당의 지도부를 점령하고 있는 노인들에게 물어봤어. 왜 그 개자식을 보호해야 하냐고. 지겹게 들어서 귀에 딱지가 앉은 말을 대답이랍시고 해 주더군. 우리는 자신의 의지로 길을 걷는 자들을 위해 길을 준비하며, 그 의지를 평가하지는 않는다. 이보다 더 우스운 말을 나는 들어 본 적이 없어. 그것이 다른 사람의 의지에 대한 존중처럼 보이지? 하지만 그렇지 않아. 그것은 무관심이고 저평가보다 더 무례한 짓이야. 그런 논리 앞에서는 어떤 고귀한 의지도 제대로 평가받을 수 없지."

지키멜은 부드러운 미소를 머금은 채 시오크를 바라보았다. 목소리를 높일 수도 있는 대목이었지만 그는 한결같이 조용한 어투로 말했다.

"옛날엔 그런 논리가 쓸모 있었을 수도 있겠지. 세상이 지금보다 훨씬 넓었던 시절엔 낯선 지방에서 온 이방인에 대해 오해를 하느니 아예 평가하지 않는 것이 안전할 수도 있었을 거야. 하지만 지금 세상은 좁아졌어. 유료도로는 제국 곳곳에 혈관처럼 뻗어 있고. 유료도로당은 자신의 기준을 세워 적극적으로 세상을 평가해야 해. 아무것도 평가하지 않겠다면 사람들 사이에 길을 만들어서도 안 돼. 이왕 길을 만들었다면 평가를 해야 해. 그래야 범죄자의 도피로를 제공하는 일을 그만둘 수 있어."

지키멜은 웃으며 시오크의 허벅지를 두드렸다.

"그 청년 그대로구나."

"쓸모가 있을 것 같아?"

"응. 네가 유료도로당주가 되도록 도와주겠어. 그 대신 너는 내가 왕이 되도록 해 줘."

"왕?"

"그래, 왕."

"왜? 황제가 되지그래?"

"제국이 있다면 황제가 될 수도 있겠지. 하지만 지금 제국은 없어졌어. 이런 상태에서 황제가 되려면 제국도 만들어야 해. 귀찮은 일이야. 하지만 왕이 되려면 그런 고생은 필요 없겠지. 주갈과 카시다, 그리고 파름 산에서 키탈저 사이의 땅이면 왕국으로 충분해. 나머지는 관심없어. 다른 녀석들이 찢어 가지라지. 나 참 소박하지?"

시오크는 손을 뻗어 지키멜의 신발을 벗겼다.

"왕이 되어서 뭐 하려고?"

"재미있을 것 같잖아?"

"그거야 확실히 그렇겠지만."

"글쎄. 우선 내 치유할 수 없는 권력욕을 만족시킬 수 있겠지. 으리으리한 옷을 입고 사치품으로 몸을 감싼 채 돌아다녀서 사람들이 개탄하게 할 수도 있을 테고. 아, 반역자들에게 목표가 되어 줄 수도 있을 거야."

"듣기만 해도 가슴 벅차군."

"그리고 어쩌면 미몽에 빠졌던 사람들 몇 명 정도는 도울 수 있을지도 모르지."

시오크는 지키멜의 발을 어루만지며 생각에 잠겼다. 지키멜은 간지러움에 조금 낄낄거리다가 말했다.

"펜조일은 뻔뻔하게도 하늘치는 하늘치라고 말했지. 차라리 아무 말도 하지 않는 것이 더 나았어. 그래. 우리는 하늘치가 뭔지 몰라. 뱀단지는 나가들의 기술이고 나가 정신 억압자만이 다룰 수 있지. 그리고 원래 나가들은 한계선을 넘을 수 없어. 원시제의 기막힌 머리는 자신의 것이고 후계자에게 물려줄 수 있는 것이 아니야. 그리고 아라짓 제국은 바로 그런 것들에 의해 탄생되고 유지되어 왔지. 알지도 못하는 것, 자기 것이 아닌 것, 후대에 전할 수 없는 것. 제국이 망하는 것은 당연해. 아라짓 제국이 다스렸던 짧은 시기는, 그래, 네 말처럼 좋은 시기였어. 우리 세대는 행운아들이지. 우리 후대는 그렇지 않을 거야."

"흐음."

"언젠가는 잘 아는 것, 자기 것, 후대에 전할 수 있는 것들로 좀 더 나은 제국을 만들 수 있을지도 모르지. 아주 먼 미래에는 말이야. 하지만 당장은 꽤 험악한 시대가 펼쳐질 거야. 다가올 험악한 시대에 튼튼한 왕국 하나쯤 있는 것도 나쁘진 않잖아. 안 그래?"

"엘시가 제안한 귀족원 회의엔 별 기대가 없는 모양이군."

"조금은 있었지만 네 말 듣고 없어졌어."

"조금 있었던 것은 뭐지?"

"그 귀족원 회의에서 퍼스가 새 황제로 선출될 가능성이 있다고 생각했지."

"너는 알지 못하는 것, 자기 것이 아닌 것, 물려줄 수 없는 것으로 이루어진 제국은 망할 수밖에 없다고 했잖아."

"맞아. 그 귀족원 회의에서 누가 새 황제로 선출되든 제국은 곧 다시 무너질 거야."

"그런데 기대했다고?"

"퍼스가 새 황제가 된다면 새 황제의 첫 번째 사업은 제국을 축소하는, 그러니까 뱀단지나 하늘누리 없이도 다룰 수 있는 크기로 줄이는 일이 되었을 거야."

"아하."

"그런데 네가 알려 줬지. 제국 북부와 남부엔 굉장한 작자들이 있다고. 그런 자들이 있다면 퍼스에겐 기회가 없겠지. 그자들이 황제가 된 다음 제국을 왕국으로 바꿀지도 모르지만, 발케네든 시모그라쥬든 비나간에서는 너무 멀어. 우리는 발케네 왕국이나 시모그라쥬 왕국 밖에 위치하게 될 거야. 차라리 지금부터 독자적으로 왕국을 준비하는 것이 낫겠어. 누가 새 황제가 되든 신경쓰지 않기로 하고 말이야."

"으흠. 이해했어."

"재미있을 것 같으면 너도 끼라고."

시오크는 생각에 잠긴 표정으로 바지 주머니에 손을 집어넣었다. 조금 후 그의 손에 동편 하나가 끌려 나왔다. 지키멜은 낄낄 웃었다.

"동편 던지기?"

"앞면이면 계약 성립이야. 뒷면이면 관두고."

"좋아, 던져 봐."

시오크는 동편을 위로 튕겨 올렸다. 동편이 떨어질 때 지키멜이 손을 뻗어 낚아챘다. 지키멜은 자신의 얼굴 앞에 손을 가져가 손바닥 안의 동편을 살피는 시늉을 했다. 그리고 그것을 시오크의 바지 주머니 안에 집어넣으며 말했다.

"앞면이었어."

시오크는 빙긋 웃었다.

"그럴 것 같더라."



정우는 주위를 잠깐 둘러보았다. 방 안에 있는 사람들의 구성은 그녀를 꽤 재미있게 했다. 방 안의 가구 대부분은 표준 크기의 인간에게 맞춰진 것이었다. 하지만 굴도하 남작 부인과 탈해 머리돌은 너무 컸고 정우와 굴도하 남작은 너무 작았다. 결과적으로 방 안에 어울리는 사람이 하나도 없었다.

"저, 그러니까 고모……."

남작 부인이 타조 눈을 더욱 크게 떠서 부라렸다. 정우는 말투를 바꿨다.

"남작 부인. 대장군님은 몹시 분주하니 참석하지 못하는 것을 양해하는 것이 좋다고 생각해."

정우의 말투는 어색하기 짝이 없었다. 남작 부인의 잡아먹을 듯한 태도 때문에 규리하 공 정우는 남작 부인에게 하대를 해야 했다. 그녀의 당황하는 모습을 보며 탈해는 싱긋 웃었고 굴도하 남작도 재미있어 했다. 하지만 남작 부인은 만족했다.

"아쉽군요. 유일무이한 제국 만병장이신 백작님을 뵐 수 있기를 손꼽아 기대했는데. 제 사소한 소망 때문에 바쁘신 분을 오라 가라 하는 결례를 범할 수는 없겠지만, 저는 그분이 제안한 귀족원 회의에 큰 감명을 받았습니다."

"예? 어, 아니, 응? 감명을 받았다고?"

"그렇습니다. 지금 자신의 기회주의를 감출 정도의 재능도 없는 많은 이들이 제국을 구하기 위한 방책이라며 시시껄렁한 소리들을 하고 있습니다. 듣고 있는 것만으로 귀가 더러워지는 기분이 드는 헛소리들이지요! 반면 책임감을 발휘해야 할 귀족들은 더러운 야욕을 공유할 수 있는 상대를 찾아다니며 암중모색하고 있습니다. 폐하께 받은 작위를 반환하고 자결해야 할 괘씸한 것들입니다. 그때 칼리도 백께서는 이 비상시국에 대처하기 위한 귀족원 회의 개최를 당당히 요구하셨습니다. 그것은 귀족의 책무를 잊고 있던 많은 함량 미달의 귀족들에게 그들의 책무를 일깨워 주는 정의의 외침이었습니다."

"아, 저, 그랬나?"

"그렇습니다! 귀족의 책임이 무엇입니까? 우리들에게 더 큰 권한이 주어진 까닭은 무엇이겠습니까? 이런 어려운 시기에 사람들의 짐을 대신 지고 앞장서서 사람들에게 길을 제시하는 것이 우리의 책임입니다. 그렇지 않다면 귀족 따위는 필요 없습니다! 평민들이 주는 밥을 받아먹는 돼지일 뿐이지요!"

정우는 감동했다. 남작 부인의 말은 언젠가 정우가 골케 남작에게 했던 말과 비슷하다.

"고모님의 말씀이, 아니, 저, 미안. 남작 부인의 말이 맞아. 나도 그렇게 생각해. 더 많은 것을 받은 자는 필요할 때 더 많은 것을 내줄 수 있지 않겠어?"

"그렇습니다! 규리하 공께서도 그러실 생각이셨군요."

정우는 약간 움찔하며 고모를 바라보았다. 남작 부인은 상체를 앞으로 조금 내밀었다.

"뭐가 잘못되었습니까?"

정우는 어려워하는 얼굴로 탈해를 돌아보았다. 탈해는 어깨를 으쓱였다. 정우는 약간 주눅 든 태도로 말했다.

"아니…… 저, 내가 뭔가를 받았다면 그것을 준 사람들이 필요로 할 때 돌려줄 거야. 하지만 내가 뭘 받았지?"

"각하께서는 규리하 공이십니다."

"글쎄. 여기 있는 탈해 머리돌 무사장이 잘 알겠지만, 열여덟 살이 될 때까지 나는 정우 규리하였지 규리하 공이었던 적이 없어."

탈해는 마치 질문을 받았다는 듯이 고개를 깊이 끄덕였다. 남작 부인은 조금 생각하고 나서 곧 명쾌하게 말했다.

"하지만 앞으로는 계속 규리하 공이실 테지요. 순서가 좀 바뀌긴 했지만 먼저 베푸시고 나중에 받으시면 됩니다."

정우는 작은 한숨을 내쉬었다.

"응. 한동안은 그래야겠지."

"한동안? 무슨 뜻입니까?"

"대장군님은 규리하를 제국 재건의 기틀로 삼으려는 것 같아. 귀족원 회의가 개최될 때까지 이곳에 계시면서 제국의 안정을 유지하실 거예요. 그래서 요즘 그렇게 바쁘세요. 그분은 정말 제국으로부터 많은 것을 받았지요. 하지만 그 이상으로 돌려줄 생각이신 것 같아요. 그래서 저는 그분께 신랑감 찾아 달라는 말도 못하고…… 어머, 저, 미안. 혼잣말이었어."

남작 부인은 커다란 얼굴을 잔뜩 일그러뜨렸다. 얼핏 보면 불만스러워 하는 것처럼 보이지만 그저 생각에 잠긴 표정일 뿐이다. 하지만 고모를 처음 보는 정우는 그 표정에 겁을 집어먹었다. 다행히 남작이 상황을 짐작하고 말을 꺼냈다.

"졸처의 표정에 너무 놀라지 마시길 바랍니다. 각하. 지금 이 사람은 그저 생각에 잠겨 있는 겁니다. 물론 누군가를 때려죽이겠다는 생각 같은 것은 아니니 안심하셔도 됩니다."

남작의 말을 들은 남작 부인은 황급히 정우에게 사과했다. 정우는 고개를 끄덕일 수밖에 없었다. 한번 입을 열자 남작은 계속 말을 꺼냈다.

"그런데 각하, 신랑감을 찾아 달라는 말은 무슨 뜻인지요?"

"예? 아, 그거. 그건 대장군님과 나의 약속이야."

"무슨 약속이죠?"

"응. 원래 나는 결혼해서 남편에게 규리하를 넘기기로 되어 있었어. 그리고 대장군님이 내 신랑감을 찾아 주기로 하셨지. 하지만 그분이 계속 바쁘다 보니 약속이 아직 못 지켜지고 있어. 그리고 난 조르지도 못하겠어. 요즘 그분 정말 죽을 것 같은 얼굴을 하고 계시거든."

정우의 태연한 발언에 남작과 남작 부인은 경악했다. 남작은 그것을 억눌렀지만 남작 부인은 그러지 않았다. 그녀는 벌떡 일어나며 외쳤다.

"대장군이 어떻게!"

정우는 허옇게 질렸다. 도깨비들 사이에서 자란 그녀가 상대방의 크기에 놀랄 일은 없지만 남작 부인이 뿜어내는 박력은 도깨비들이 흉내도 내기 어려운 것이었다. 정우의 상태를 본 남작이 황급히 남작 부인의 팔을 건드리자 굴도하 남작 부인도 당황하여 고개를 꾸벅했다.

"죄송합니다, 각하. 결례였습니다. 하지만 말도 안 되는 일입니다. 칼리도 백은 규리하 가문과 아무 관계도 없습니다! 각하의 결혼 문제라면 당연히 규리하 가문 사람이 담당해야 합니다!"

정우가 다시 말을 하기까지는 시간이 조금 걸렸다.

"하지만 아무도 없었는데."

"예?"

"규리하 가문 사람 말이야. 여기에 있는 규리하 가문 사람은 나를 빼면 시카트뿐이야. 내년이나 되어야 성인이 될 시카트가 내 결혼을 맡을 수는 없잖아. 그러니까 아무도 없었다는 거야."

"이제는 있습니다! 제가 왔으니까요! 비록 이젠 굴도하의 성을 씁니다만 저는 각하의 고모입니다."

정우는 굴도하 남작 부인을 물끄러미 바라보다가 갑자기 말했다.

"나, 대장군님께 청혼받았어."

충격을 받은 탈해는 무의식중에 도깨비불을 만들어 냈다. 허공에 깜짝 놀란 도깨비의 얼굴이 거대하게 떠올랐다. 정우의 말에 놀란 남작과 남작 부인은 탈해가 만든 도깨비불에 또다시 놀랐다. 그들의 경악에 찬 얼굴을 본 탈해는 사과하며 황급히 도깨비불을 지웠다. 정우가 웃으며 말했다.

"아니아니, 미안. 진짜 청혼은 아니야. 내가 해 달라고 부탁했어. 청혼의 말을 해 달라고. 그래서 대장군님이 부탁을 들어주신 거야."

세 사람은 그 말을 제대로 이해할 수 없었다. 굴도하 남작이 먼저 당황을 수습하고 말했다.

"뭐라고 대답하셨습니까?"

"싫다고 했어."

굴도하 남작 부인은 다시 벌떡 일어나고 싶은 것처럼 보였다. 남작이 그런 그녀에게 잠시 눈짓을 보내고 정우에게 말했다.

"각하, 왜 그런 부탁을 하고 그런 대답을 하셨지요?"

"응. 내가 결혼을 간절하게 원하는 게 아니라는 것을 알려 드리고 싶어서. 그렇지 않아도 그분은 지금 제국 걱정 때문에 머리가 터질 것 같을 텐데 내 남편감 고민까지 하게 할 수가 없었어."

굴도하 남작은 웃고 싶었다. 결혼이 다급하지 않다는 것을 알리기 위한 방법으로는 기묘하게 느껴졌다. 남작은 그것이 혹 도깨비 식인가 생각했지만 탈해의 놀란 얼굴을 보고는 그런 의심을 거뒀다. 남작은 턱을 조금 만지작거리다가 말했다.

"그러면 직접 찾으시지요?"

"응?"

"부군 말입니다. 대장군께 부담을 주고 싶지 않으신 거라면 각하께서 직접 부군될 분을 찾아보면 되잖습니까."

정우는 당황한 것처럼 보였다.

"약속했는걸. 대장군님께 내 결혼 문제를 맡기겠다고. 킴 남자와 결혼해야 할 텐데 나는 도깨비들 사이에서 자라서 킴을 잘 모르고…… 또……."

정우를 제외한 세 사람은 놀라운 집중력으로 그녀를 바라보았다. 그녀는 그 시선에 약간 질려서 황급하게 말했다.

"남작 부인, 호의는 고맙지만 사양하겠어. 나는 대장군님이 찾아 준 사람과 결혼하고 싶어."


엘시 에더리는 결국 제국군 전체의 보급망을 구상하는 일을 포기하기로 했다. 고민은 깊었지만 결단은 빨랐고, 오래간만에 약간의 개운함도 느꼈다. 하지만 엘시는 그 느낌을 즐기는 대신 다른 할 일이 무엇인지 생각해 보았다.

가장 먼저 떠오른 것은 굴도하 남작 부부의 초청을 거부한 일이었다. 엘시는 보급망 수립 계획 때문에 시간을 낼 수 없었고, 또한 남작 부부가 한꺼번에 규리하 성에 나타났다는 사실을 어떻게 해석해야 할지 알 수 없었다. 그래서 그는 초청을 거부하기로 했다. 엘시는 두 사람이 한꺼번에 나타난 이유에 대해 고민해 봐야겠다고 결정했다. 그는 책상에서 일어나 창가로 다가갔다.

창밖에는 7월의 맑은 하늘이 펼쳐져 있었다. 엘시는 제국군이 주둔하고 있는 방향을 흘깃 바라보았지만 눈에 들어오는 것은 없었다. 그가 발케네에서 인솔하여 데려온 제국군의 숫자는 적지 않았고 그 병력 모두를 규리하 성 내부에 두기는 어려웠다. 그래서 제국군은 규리하 성에서 좀 떨어진 위치에 임시 요새를 건설하여 주둔하고 있었다.

그 방향을 바라보던 엘시는 니어엘 헨로를 떠올렸다. 하늘누리가 실종됨으로써 가족의 생사를 모르게 된 제국병은 니어엘 헨로 외에도 많았지만 엘시는 니어엘이 걱정스러웠다. 부냐 헨로의 존재 때문이다. 발케네 전쟁은 명목상 부냐 헨로 때문에 일어난 것이고 따라서 하늘누리가 실종된 것도 부냐 헨로 때문이라는 소급 적용을 하고 싶은 사람들 또한 있을지 모른다. 엘시는 그런 사람들이 니어엘을 괴롭히지 않을까 걱정했다. 사실 그것은 괜한 걱정이었다. 니어엘 헨로는 제국군의 영웅이었으니까. 하지만 뒤늦게 전쟁터에 나타난 엘시는 미처 그 이야기를 전해 듣지 못했다. 엘시는 니어엘과 그녀의 독립 중대에게 규리하 성의 경비를 맡기면 어떨까 생각해 보았다. 암살 시도가 있었던 만큼 경비 강화는 필요할 테고 그렇다면 틸러 달비의 소대보다는 니어엘 헨로의 중대가 경비를 맡는 것이 나을 것이다. 또 정우와 니어엘은 같은 여자이니 더 편할지도 모른다. 엘시는 그 정도까지 생각해 둔 다음 그 생각을 머리 한곳에 치워 두었다. 정우와 니어엘, 틸러의 의견을 들은 다음 결정할 문제였으므로. 그래서 엘시는 다시 남작 부부에 대한 생각으로 돌아왔다.

사실 숙고할 필요는 없는 문제였다. 엘시는 남작 부부의 동반 출현이 무슨 의미인지 간단히 짐작할 수 있었다. 황제 실종이라는 전대미문의 사건이 벌어진 상황에서 차기 황제의 자리를 노리는 자들이나 무리는 많을 것이다. 하지만 굴도하 남작이나 남작 부인이 그들 자신의 힘으로 신황제가 된다는 것은 어불성설이다. 그들이 영민하게 굴고 싶다면 가능성 높은 황제 후보자를 찾아 동맹을 맺으려 할 것이다. 그런데 남작 부인에겐 규리하 공이라는 강력한 친척이 있다. 남작 부부는 아마도 정우를 신황제로 추대하기 위해 황급히 달려왔을 것이다. 엘시는 갑자기 비애를 느꼈다.

'폐하, 아무도 폐하의 실종을 슬퍼하지 않는군요.'

엘시 자신이 추측한 것처럼 지금 제국의 지배자들 중 상당수는 제국이 없어도 당황하지 않을 연배인 것이다. 그리고 무릇 훌륭한 지배자들은 비상 상황에서 행동이 빠른 법이다. 엘시는 이해할 수 있었다. 하지만 한 명이라도 자신과 함께 황제 실종에 대해 걱정하고 슬퍼할 사람이 있으면 좋겠다고 생각했다.

'아냐.' 엘시는 고개를 가로저었다. '아냐, 그런 사람이 있다 해도 함께 슬퍼하며 시간을 낭비할 수는 없다. 그것은 바르지 못하다.'

엘시는 지금이라도 치천제와 하늘누리가 돌아오기를 바랐다. 하지만 그것은 그의 노력과 상관없는 일이었으므로 엘시는 자신의 노력으로 할 수 있는 일을 할 작정이었다. 황제가 끝내 돌아오지 않는 경우를 상정한 다음 최선을 다해 새 황제가 등극할 때까지 제국을 지킬 것. 발케네를 징벌하거나 시모그라쥬 공을 처벌하는 것은 모두 그 다음의 일이다. 지금은 오로지 제국을 변함없는 상태로 유지하는 것만이 중요하다.

문 두드리는 소리가 들리고 당번병이 들어왔다. 병사는 굴도하 남작이 찾아왔다고 알렸다. 엘시는 기묘한 기분을 느끼며 안으로 모시라고 말했다. 조금 후 굴도하 남작이 방 안으로 들어왔다.

"칼리도 백 엘시 에더리 각하, 저는 판사이의 발리츠 굴도하 남작입니다."

엘시는 굴도하 남작과 초대면이었다. 듣던 대로 상당한 단신이었다. 엘시는 빨리 앉히는 것이 그를 편하게 하는 일이라 생각했다.

"앉게, 남작."

굴도하 남작은 고개를 꾸벅하고 의자에 앉았다. 엘시는 탁자를 사이에 두고 맞은편에 앉았다.

"규리하 공은 뵈었는가?"

"예, 각하. 제게는 처질이 되는 분이신데 진작 찾아뵙지 못해 매우 송구스러웠습니다. 하지만 고맙게도 크게 허물치 않으셨습니다."

"비스그라쥬 백의 약속이 지켜지지 못한 것에 대해서는 나도 안타깝게 생각해."

굴도하 남작은 당황하지 않았다. 엘시 에더리는 규리하 전쟁을 지휘한 사람이니 굴도하 남작 부인이 규리하를 지지하지 않은 이유를 알고 있다 해서 이상할 것은 없다.

"비스그라쥬 백의 약속은 중요하지 않습니다. 지금 중요한 것은 비스그라쥬 백의 생사이지요. 백작께서 무탈하다면 황제 폐하께서도 옥체 보존하고 계시겠지요."

엘시는 가슴에 무엇인가가 무겁게 내려앉는 것 같은 기분을 느꼈다. 그는 가까스로 말했다.

"충격적인 사건이었지."

"그렇습니다, 백작님."

"그래, 무슨 일로 나를 찾아왔나?"

"백작님, 제 몸종을 안으로 불러들여도 될까요? 밖에 있습니다만."

엘시는 고개를 갸웃하고는 당번병을 불러 남작의 몸종을 들어오게 하라고 했다. 남작의 몸종은 손에 묵직한 바둑판과 돌통을 들고 들어섰다. 그는 들고 온 물건을 탁자 위에 내려놓고 다시 밖으로 나갔다. 엘시는 당혹하여 바둑판을 바라보았다. 발리츠 굴도하가 말했다.

"무례를 탓하지 마시길 바랍니다. 심히 바쁘신 줄은 압니다만 당대 최고의 기사를 도저히 지나칠 수 없었습니다."

엘시가 전혀 예상하지 못한 말이었다. '설마 지금 바둑을 두자는 말인가? 이런 상황에서?' 엘시는 고개를 갸웃하며 남작을 바라보았다.

"미안하군. 나는 남작이 고명한 무인이라는 말은 들어 알지만 혁기에도 재능이 있다는 말은 듣지 못했어."

"스승으로부터 간신히 싸울 줄은 안다는 평을 받았습니다."

기품이 투력, 즉 3단에 해당한다는 말이다. 굴도하 남작은 치수까지 연이어 말했다.

"백작님과 어울리려면 제가 여섯 점을 깔아야겠군요."

"남작, 미안하지만 내가 지금 여유롭지 못해서……."

"백작님, 우리의 좋은 결정들은 대개 정신적 풍요에서 나오지요."

엘시는 입을 다물었다. 평범한 말이지만 얼마 전까지 불가능한 계획에 매달렸던 그에겐 각별했다. 남작은 웃으며 말했다.

"분주하시다는 것은 잘 알고 있습니다. 하지만 백작님께서는 작년의 규리하 전쟁 때부터, 아니, 타이모 사건 때부터 끊임없이 분주하셨습니다. 제 단견으로는 잠시라도 쉬시며 심로를 푸셔야 한다고 생각합니다. 제 작은 재주가 그런 휴식에 도움이 된다면 더할 나위 없는 영광일 듯합니다. 그리고 저는 이왕이면 백작님께서 즐기시는 것을 나누며 이야기를 하고 싶군요. 그러면 제 미욱한 말재주도 좀 감춰질 듯하니까요."

엘시는 더 거부하기 어렵겠다고 생각했다. 엘시가 허락하자 발리츠는 손수 돌통을 나누고 흑돌을 앞으로 가져왔다. 굴도하 남작의 치석(置石)이 놓이자 엘시가 백돌을 집어 들었다.

바둑은 일방적이었다.

엘시 에더리는 별다른 고민도 없이 돌을 척척 내려놓았다. 발리츠 굴도하는 바둑을 두는 것인지 춤을 추는 것인지 모르겠다고 생각했다. 엘시는 그에게 어울리려 하고 있었고 거스르거나 반발하려 하지 않았다. 우형을 짓지는 않았지만 묘수도 없었다. 비록 기품의 차이가 크다 해도 맞바둑을 두고 있는 것이 아닌가 싶은 그런 바둑으로는 여섯 점 접바둑을 뒤집는 것이 불가능하다.

결국 중반이 끝났을 때도 굴도하 남작이 가진 여섯 점의 이득은 그대로 살아남았다. 큰 싸움이 없었으니 돌을 던질 기회가 별로 없었고 그래서 엘시는 계속 바둑을 두었다. 하지만 그대로 계가까지 간다 해도 승패의 변화가 일어날 일은 없을 것 같았다. 엘시의 패배가 분명하다.

굴도하 남작은 어디 가서도 이것을 자랑거리로 삼을 수는 없겠다고 생각했다. 그렇게 생각하자 남작의 머리에 바둑을 청한 진짜 이유가 떠올랐다. 제국 최강 기사와 겨룬다는 긴장감 때문에 잠시 잊고 있었던 일이다. 굴도하 남작은 장고가 필요 없는 곳을 물끄러미 바라보다가 말했다.

"이런 생각 해 보셨습니까, 백작님? 세 사람이 바둑을 두면 어떨까요?"

엘시는 고개를 들었다.

"다면기를 말하는 건가?"

"아니요. 바둑판 하나를 두고 세 사람이 싸우는 겁니다."

"색깔이 다른 세 종류의 돌을 사용한다는 말인가? 그렇게 해서는 바둑을 둘 수 없어. 일호도 만들 수 없을 테니까."

굴도하 남작은 빙그레 웃었다.

"그렇겠지요. 그래서 세 번째 사람에겐 흑돌과 백돌이 모두 담겨 있는 돌통을 주는 겁니다. 그리고 내키는 대로 흑돌이나 백돌을 사용할 수 있게 하는 거죠. 세 번째 사람이 이기거나 지는 것은 불가능합니다. 하지만 아주 재미있는 장면을 만들어 낼 수 있을 것 같지 않습니까?"

엘시는 고개를 갸웃했다.

"내 생각엔 전혀 재미없을 것 같군. 공정하지가 않아. 세 번째 사람이 누구의 승리를 바라는지만 확인할 수 있을 뿐이야. 그가 한 종류의 돌만 계속 쓴다면 그 돌이 이기지 않겠나."

"만약 세 번째 사람이 두 사람 모두에게 공정한 기회를 주기 위해 애쓴다면? 한쪽의 실착을 만회하거나 반면으로 지고 있는 사람의 회복을 돕기 위해서만 돌을 쓴다면 어떻겠습니까?"

"여전히 불공평해. 실착을 만회한다는 것은 무의미한데, 세 번째 사람 또한 실착을 할 수 있기 때문이야. 그리고 곤경에 처한 대국자를 돕는다는 것은 바꿔 말하면 그를 곤경에 몰아넣는 데 성공한 상대편 대국자를 방해하는 일이지. 그렇다면 모든 지혜를 다해 그런 성취를 이룬 상대방에게 불공평한 일이지. 게다가 그런 상태라면 다른 두 대국자는 아무런 전략도 쓸 수 없어. 거기엔 기리도 없고 승부도 없어."

"역시 그렇겠지요."

"왜 그런 이야기를 하는가?"

굴도하 남작은 한참 동안 바라보던 곳에 돌을 내려놓으며 말했다.

"백작님께서 세 번째 기사 역할을 하시려는 것 같아서입니다."

지금껏 남작이 착수할 때마다 곧바로 돌을 집어 들던 엘시가 처음으로 손을 멈추었다.

엘시는 돌통에 손을 넣은 채 침묵했다. 그의 시선은 반상을 향하고 있었지만 그가 보고 있는 것은 바둑이 아닌 듯했다. 엘시가 자신의 말을 이해했음을 안 굴도하 남작은 천천히 입을 열었다.

"백작님은 공정한 선출을 통해 새 황제가 등극하실 때까지 최선을 다해 제국을 현상 유지하는 것이 백작님의 사명이라고 믿는 것 같습니다. 그리고 그것이 바른 일이라고 생각하시는 모양입니다. 하지만 백작님이 하려는 일은 세 번째 바둑 기사나 다름없습니다. 그것은 겉으론 공정해 보여도 사실은 모든 사람에게 불공평한 일입니다. 두 개의 돌을 자유롭게 쓸 막강한 힘을 가진 자가 부리는 횡포입니다."

"횡포라."

"백작님은 제국군에게 금족령을 내렸습니다. 누군가가 그 힘을 쓰지 못하도록 하려고. 백작님은 금고 요새 사령관을 포섭하려 하십니다. 누군가가 그 금을 쓰지 못하도록 하려고. 백작님에겐 그럴 힘이 있습니다. 두 개의 돌을 쓰는 것과 같은 힘이지요. 그런데 그것이 공정한 일일까요? 모든 사람들에게 좋은 황제를 찾아낼 기회를 균등하게 주는 것일까요? 그렇게 믿고 계신 것 같습니다만, 그건 잘못된 일입니다. 다른 사람들처럼 싸움에 뛰어들어야 합니다. 황제가 되려고 하십시오. 그렇지 않으면 당신이 원하는 황제라도 찾아내시든가요. 그것이 정말 모든 사람에게 공평한 일입니다."

딱.

조용한 소리와 함께 엘시가 바둑돌을 내려놓았다. 효과적으로 말문을 막는 방법이었다. 굴도하 남작은 지금까지와 똑같은 엘시의 착점을 물끄러미 보다가 흑돌을 집어 들었다. 빨리 바둑을 끝내고 본격적으로 이야기하는 편이 나을 것 같았다.

남작의 다음 착점이 끝나자마자 엘시 또한 백돌을 내려놓았다. 산들바람에 뭉게구름 떠가는 듯한 행마다. 평온하고 고요한…….

착수하려던 남작은 움찔하며 돌을 끌어당겼다. 하마터면 반면에 내려놓을 뻔한 돌을 아예 두 손으로 감싸 쥔 채 남작은 바둑판을 살폈다. 잠시 후 그는 고개를 들어 엘시를 보았다. 엘시는 팔짱을 낀 채 묵묵히 바둑판만 바라보고 있었다. 남작은 다시 고개를 떨어뜨렸다. 지금까지와 다를 것이 하나도 없다. 저항하지 않고 거스르지 않는 수다. 남작의 다음 착점은 절대수라고 할 수 있다.

그리고 그 외에는 놓을 곳이 없었다.

굴도하 남작은 갑자기 호흡이 거칠어지는 것을 느꼈다. 절대의 수를 놓고 고민하는 것도 예의가 아니라는 생각은 조금 늦게 떠올랐다. 남작은 자신없는 태도로 착수했다. 팔짱을 끼고 있던 엘시의 오른손이 홀로 살아 있는 것처럼 움직여 백돌을 내려놓았다. 물 흐르는 듯한 동작이고 착수는 여전히 평온하다.

너무 평온하다.

또다시 절대수다. 남작이 내려놓을 수 있는 곳은 가로 십구로, 세로 십구로의 바둑판 위에 오직 한 군데뿐이었다. 패착은커녕 완착도 아니다. 분명히 이길 수 있는 외길수순이었다. 하지만 남작은 그 절대성이 못마땅했다. 조금 전부터 호흡이 불안해지는 것 또한 거슬렸다. 예의를 더 돌볼 수 없었던 남작은 다음 착수를 하기에 앞서 장고했다. 엘시는 다그치지 않았다. 그리고 남작이 도저히 다른 길을 찾아내지 못하고 착수하자 조용히 백돌을 들어 바둑판 위에 놓았다.

굴도하 남작의 이마에 진땀이 배어 나왔다.

남작의 시야가 좁아졌다. 그는 바로 앞에 있는 엘시도 볼 수 없었다. 굴도하 남작의 시야는 바둑판 하나로 집약되었다. 가로 열아홉 줄, 세로 열아홉 줄의 세계 속에서 남작은 스산함을 느꼈다. 그대로 바둑판 속으로 굴러 떨어질 것 같은 아찔함에 남작은 놀랐다. 그는 자신의 손도 제대로 볼 수 없어 더듬더듬 돌을 집어 바둑판 위에 내려놓았다. 마치 떨어지고 싶지 않아서 바둑판을 밀어내는 것 같은 동작이었다. 겨우 한숨을 돌리려 할 때 바둑판 위에 새로운 백돌이 나타났다. 남작은 눈을 부릅뜬 채 그 돌을 바라보았다.

그 돌이 두 개, 네 개, 여덟 개로 늘어났다.

수십 년 같은 시간이 지난 후 어디선가 목소리가 들려왔다.

"더 놓을 곳이 없군."

굴도하 남작은 고개를 들었다. 낮잠이라도 한숨 잔 것 같았다. 몸 곳곳이 묘하게 뜨겁고 일어나자마자 몸을 부르르 떨고 싶어지는 낮잠이었다. 굴도하 남작은 눈을 비비고 엘시를 응시했다. 조금 후 남작은 고개를 끄덕였다.

두 사람은 묵묵히 바둑돌을 옮겼다. 굴도하 남작은 계가가 끝난 바둑판을 믿을 수 없는 심정으로 바라보았다.

백이 열아홉 집 앞서 있다.

굴도하 남작은 마지막으로 그런 대패를 한 것이 언제인지 기억도 나지 않았다. 아마도 환격 배우던 시절이 아니었나 싶다. 도대체 어디서 어떻게 졌는지도 알 수 없었다. 엘시의 바둑은 평온했다. 무겁지도, 가볍지도, 빠르지도, 느리지도 않았다. 그리고 남작의 바둑에도 실착은 없었다. 같은 상황에 또 처하게 된다면 남작은 자신이 똑같은 바둑을 두리라는 것을 확신할 수 있었다. 그렇게 둘 수밖에 없다. 그런데 그는 졌다. '여섯 점 접바둑으로 열아홉 집을 졌다고?' 수졸과 입신의 대결에서도 나오기 힘든 결과다.

엘시가 말했다.

"미안하지만 내 사정이 여의치 않아 복기는 어렵겠군. 양해해 주게."

　굴도하 남작은 살의를 느꼈다. 그리고 그런 자신이 황당했다. 겨우 복기를 생략하겠다는 말에 살의라니, 어처구니가 없다. 하지만 발리츠 굴도하는 그것이 진솔한 반응임을 부정할 수 없었다. 엘시의 멱살을 붙잡고서라도 자신이 어떻게 졌는지 알아내고 싶었다.

　복기는 혼자서도 할 수 있는 일이다. 발리츠는 가까스로 자신을 진정시키고 고개를 들어 엘시를 바라보았다.

　"괜찮습니다. 귀한 시간 내주셔서 감사합니다. 한 수 잘 배웠습니다."

　엘시는 옅은 미소로 화답하고 잠자코 돌을 쓸어 통에 담았다. 굴도하 남작은 누구에게 끌어올려지는 것처럼 자리에서 일어났다. 그는 몸종을 불렀다. 안으로 들어온 몸종은 남작의 얼굴을 보고 깜짝 놀랐다. 남작은 왜 그러냐고 묻고 싶었지만 몸종은 황급히 돌통과 바둑판을 챙겨 들었다. 대장군에게 인사를 하고 밖으로 나온 굴도하 남작은 몸종에게 왜 그러냐고 묻고 싶었지만 몸종은 그와 얼굴을 마주치는 것도 두렵다는 듯 멀찌감치 떨어져서 다가왔다. 남작은 자신이 도대체 어떤 얼굴을 하고 있는 것인지 궁금했다.

　그의 의문은 얼마 있지 않아 풀렸다. 남작 부인은 남작을 보자마자 기겁하여 말했다.

　"각하? 무슨 일이죠?"

　"왜 그러십니까, 부인?"

　"각하의 얼굴이 꼭 레누카 만난 수수께비 같은데요?"

　굴도하 남작은 자신에게 감탄했다. 어떻게 이렇게 훌륭한 부인을 얻었을까. 굴도하 남작의 심정을 이보다 더 정확하게 표현할 수 있는 말도 없을 것 같았다. 남작은 이마를 손으로 짚으며 말했다.

"부인 말이 맞습니다. 나는 조금 전에 귀신을 보았습니다."

"각하, 규리하 성이 오래되긴 했지만 여기에 귀신 같은 것은 없어요. 후사린 규리하의 망령이 떠돈다는 이야기는 일고의 가치도……."

"아니, 아닙니다. 규리하도 아니고 죽지도 않았습니다. 하지만 귀신입니다."

"허! 그 귀신 이름은 있나요?"

"예. 엘시 에더리입니다."

남작은 부인에게 조금 전 있었던 일을 설명했다. 바둑을 익힌 적은 없지만 남편의 취미 때문에 바둑에 대해 대강 알고 있는 남작 부인은 남작이 받았을 충격을 짐작할 수 있었다.

"중반까지는 분명히 이기고 있었습니다. 초반부터 괴수가 등장해서 곤마가 즐비하게 나타나는 바둑이 아니었지요. 그리고 중반 이후에도 그런 일은 없었습니다. 그냥 순리대로 둔 바둑입니다. 그런데 열아홉 집입니다. 이거 원, 즈믄누리에서 숨바꼭질하고 온 기분입니다."

남작 부인은 허 하고 웃고는 말했다.

"이거 참 곤란하군요, 각하. 신부는 어린애고 신랑은 귀신이라니."

"어린애? 글쎄요. 좀 다르다고 표현하고 싶군요."

"그런 표현은 온당하긴 하겠지만 도움은 안 돼요. 어린애라고 부르겠어요."

"그러시지요, 부인. 부인 말대로 참 당혹스러운 짝이로군요."

"어쨌든 두 사람을 결혼시켜야 해요, 각하. 스카리 빌파에겐 레콘 부대가 있고 시모그라쥬 공에겐 남부군이 있어요. 그렇다면 비셸스에게도 대장군이 있어야 하지요."

"쉽지 않을 것 같군요."

아이넬 굴도하는 자신 있게 말했다.

"제게 맡겨 두세요."


이레 달비는 특정한 종류의 질투심에 익숙했다. 어떤 사람들은 이레 달비의 몸을 부러워했고, 이레 달비도 자신의 몸이 부러움의 대상이 되는 것을 이해할 수는 있었다. 조금 작은 도깨비라고 해도 통할 만한 그의 거대한 몸은 비각술로 다져져 놀랍도록 유연하다. 하지만 이레가 그런 사실에 자부심을 느꼈냐 하면, 그렇지는 않다. 제아무리 강력한 몸이라 해도 한 방울의 독이나 어둠 속에서 다가오는 짧은 비수를 이길 수는 없다는 것이 시모그라쥬에서 보낸 유년기를 통해 이레가 얻은 교훈이다. 레콘들이 말하듯 마지막까지 잃지 않는 무기이기 때문에 몸을 단련하기는 하지만 이레는 그것을 자랑거리로 여기지 않았다. 하지만 리슬 캄프리 수교위의 생각은 달랐다.

"자랑스러워해도 돼. 자네의 몸으로 하루만 살 수 있다면 난 무슨 짓이든 할걸."

이레는 그것을 질투라고 생각하지 않고 위로라고 생각했다. 위로받을 만한 상황이었으니까. 그는 한 번 더 졸라 보기로 했다.

"수교위님, 다시 생각해 보시지 않겠습니까?"

"자네가 그걸 원한다면 몇 번이라도 다시 생각할 수 있지만 대답이 바뀌진 않을 거야."

이레는 더 이상 조를 수 없었다. 그는 딱정벌레에 올라탔다.

"혹여라도 생각이 바뀌신다면 연락 주십시오, 수교위님."

"그러겠네. 잠깐, 물러나야겠어."

리슬 캄프리 수교위는 딱정벌레의 날개 바람에 휩쓸리지 않기 위해 바퀴 의자를 뒤로 굴러가게 했다. 근처에 있던 주에나 수전사가 바퀴 의자를 잡아 끌어당겼기 때문에 수교위는 재빨리 물러날 수 있었다. 주에나는 그러고도 안심이 되지 않는 듯 바퀴 의자를 단단히 붙잡았다. 이레는 그에게 목례를 보내고는 딱정벌레를 날아오르게 했다. 리슬과 주에나는 흙먼지를 피해 고개를 돌렸다.

그들이 다시 고개를 앞으로 돌렸을 때 딱정벌레는 높이 솟아 있었다. 금고 요새 상공에서 가볍게 선회한 딱정벌레는 곧 북쪽 방향으로 날아갔다. 주에나는 딱정벌레가 날아가는 모습에 감명을 받은 듯 신음 같은 소리를 냈다. 리슬 캄프리 또한 두 손을 무릎에 얹은 채 딱정벌레가 완전히 사라질 때까지 바라보았다.

검은 점이 되었던 딱정벌레가 이윽고 사라졌다. 리슬은 주에나에게 안으로 들어가자는 몸짓을 해 보였다. 주에나 수전사는 바퀴 의자를 밀면서 웅얼거렸다. 그 웅얼거림을 주의 깊게 듣고 있던 리슬이 말했다.

"왜 거절했느냐? 참 어려운 질문이군."

주에나가 다시 웅얼거렸다. 리슬이 말했다.

"대장군이 황제가 되기 위해 필요하다고 말했다면 나는 금고를 열어 줬을 거야. 하지만 대장군은 다른 사람에게 그것을 내주지 않는 것에 더 신경을 쓰는 것 같더군."

우이이 히이아 아우노이.

"맞아. 야심 없는 인격자라고 할 수도 있겠지. 하지만 야심 없는 사람은 다른 사람에게 도움이 안 돼. 차라리 야심가가 나아."

이에지에?

"잘못 말한 것이 아냐. 야심가가 더 나아. 우리가 기다려야 할 사람도 그런 사람이고."

리슬은 옷깃을 여몄다. 계곡의 바람이 차가웠다. 그는 짧게 쿨럭거리고 말했다.

"이왕이면 겨울이 오기 전에 그런 사람이 나타났으면 좋겠군. 제대로 불꽃을 튕겨 줄 사람이."

# 제 18 장

생의 심오한 의문을 풀고 싶어하는 자들이 많다. 그 희망은, 당연하기에 특별히 언급되지 않는 전제를 가지고 있는데, 그것은 생에는 의문이 존재한다는 것이다. 자, 어떤 지혜로운 자가 그 의문을 풀었다고 가정해 보자. 그렇다면 그자는 그때부터 의문 없는 생을 살아야 할 것이다. 그런데 그것은 우리의 전제와 정면으로 대치되는 생이다. 의문 없는 생이 생일까? 우리는 여기서 두 가지 설명 중 하나를 택해야 한다. 우리의 전제가 잘못되었다는 것 또는 그 지혜로운 자가 사기꾼이라는 것.

우리의 현명함을 포기할 수 없기에 전자를 선택할 수도 없고 우리의 멍청함을 강조할 수 없기에 후자를 선택할 수도 없다면, 어쩔 수 없이 둘 모두를 끌어안을 수도 있다. 우리의 전제는 정확하며, 사기꾼은 사기꾼이 아니다. 그렇다면 이 경우 도출할 수 있는 결론은……. — 가이너 카쉬넙의 「생각하는 동물들」 서문

## 돌 속의 바람

허리에 찌르는 듯한 통증을 느낀 파라말 아이솔은 무의식중에 허리를 매만졌다. 하지만 두툼한 방한복의 감각만 느껴질 뿐 신통한 느낌은 없었다. 파라말은 긍정적으로 생각하기로 했다. 그를 둘러싸고 있는 살인적인 추위 아래에서는 쑤시는 허리를 주무를 수 없다고 의기소침해하는 것보다 방한복을 완전히 갖춰 입고 있다는 사실에 기뻐하는 것이 나으리라. 파라말은 그렇게 생각하려 애썼고, 몇 분 후에는 추위와 허리와 방한복 모두를 저주하게 되었다. 파라말은 쉰 목소리로 속삭였다.

"형님, 불이 꺼진 것 같은데요."

사라말은 고개를 돌려 동생을 물끄러미 바라보다가 말했다.

"그래, 꺼졌다."

"뭐가 잘못되었습니까?"

사라말은 동생이 몇 분 전에도 같은 질문을 했고 그때도 같은 대답을 해 주었다는 사실을 알려 주지 않았다.

"아냐. 잘못된 것은 없다."

"그런데 왜 불을 피우지 않습니까?"

"장작이 부족하다."

"그렇군요."

파라말은 눈을 감았다. 동생의 새하얀 얼굴을 보던 사라말은 굼뜬 동작으로 몸을 일으켰다. 문을 꼭 붙잡고 사라말은 바깥의 바람을 가늠해 보았다. 이전에 문을 열 때 세찬 바람이 몰아쳐 오두막 안쪽을 뒤엎어 놓은 경험을 했기 때문이다. 다행히 바람의 압력은 별로 느껴지지 않았다. 사라말은 문을 조금만 열고 재빨리 밖으로 빠져나왔다. 그리 대단한 동작이라고 할 수 없지만 밖으로 나와 문을 닫은 직후 사라말은 머리가 어지러워지는 것을 느꼈다.

사라말은 오두막 벽에 등을 기댄 채 잠시 호흡을 골랐다.

그들이 있는 오두막은 순록을 방목하는 이들이나 연어 낚시꾼 또는 사냥꾼을 위해 만들어진 오두막인 듯하다. 그리고 순록은 이 주위의 풀을 다 뜯어먹었고 연어는 회귀성을 잃어버리고 사냥꾼은 대자연에게 사냥당한 듯하다. 황폐한 풍경이라고까지 말하기는 어렵겠지만 사라말은 주변의 풍경에서 어떤 생산성도 느낄 수 없었다. 오두막 주위엔 얼어붙은 바위들이 비죽비죽 솟아 있는 구릉이 시야를 답답하게 하고 과거 십 년 동안은 꽃이나 잎을 피웠을 것 같지 않은 나무들이 반쯤 석화되어 풍경 이곳저곳에 매달려 있다. 거센 바람에 뿌리째 쓰러진 나무들의 모습은 사토 속에 드러난 동물의 유골처럼 보인다. 그 모든 것 위로 유령 같은 낮이 펼쳐져 있다. 낮은 궤도에서 전전반측하는 짙은 구름은 햇빛을 옹골차게 막아 내며 사라말이 선 땅 위에 밤과 낮의 근친교배로 태어난 듯한 박명을 뿌리고 있다. 먼 곳에서 들려오는 폭풍 소리...... 아니면 과거에서 들려오는 듯한.

사라말은 비틀거리며 썰매 쪽으로 걸어갔다.

연료가 필요했다. 사라말은 냉정하게 생각했다. 썰매를 태우는 것은 허기를 달래기 위해 다리를 잘라먹는 정도의 일밖에 되지 않을 것이다. 썰매가 없다면 이 황량한 땅에 묶이고 말 테니까.
'즉 사람의 품격에 어울리는 세련된 자살법이지.'
썰매 앞에 도달한 사라말은 그것을 물끄러미 바라보았다. 가만히 서 있는 것은 고문이었다. 공기는 악의에 차 있었고 몸속의 모든 피가 발 쪽으로 가라앉아 얼어붙는 것 같았다. 썰매를 부술 수는 없었다. 아트밀이 돌아온다 하더라도 썰매 없이는 두 사람을 이동시킬 수 없다. 하지만 이곳에서 썰매는 사라말이 활용할 수 있는 유일한 연료였다. 가까이 있는 죽은 나무들은 아트밀이 모두 부러뜨렸고 사라말은 그것 모두를 재로 바꿔 놓았다. 눈에 들어오는 나무들 중 가장 가까이 있는 것도 사라말이 목숨을 걸지 않고서는 다가갈 수 없는 위치에 있었으며, 설령 사라말이 그곳에 도달할 수 있다 한들 벌목을 위한 최소한의 장비도 없었다.
살기 위해선 연료가 필요하다. 연료를 얻으려면 썰매를 부숴야 한다. 썰매를 부수면 이곳에서 떠날 수 없다. 이곳에서 떠날 수 없으면 죽는다. 사라말은 자신이 아주 단순한 결론도 내리지 못하는 상태임을 깨달았다. 몸의 고통은 영의 활동을 제약한다. 영은 육이 제대로 기능할 수 있을 때만 기능할 수 있다. 도깨비들의 어르신은 살아 있는 도깨비가 근처에 있을 때만 존재할 수 있다. 군령자는 그가 수백 년 전에 죽은 사람이라 한들 현재에 존재하려면 현재에 살아 있는 사람의 몸을 필요로 한다.
'그렇다면 죽은 사람이 도깨비도 군령자도 아닌 경우에는 어떻게 됩니까?'
'신께 가는 거지. 신께서 육의 역할을 대신하신다. 그래서 우리의 죽은 영은 도깨비들의 어르신처럼 신의 곁에 머물게 되지.'
대여섯 살 때의 기억이 떠올랐다. 질문을 한 것은 그였지만 대답을 해 준 것이 누군지는 떠올릴 수 없었다. 아마도 양친 중 한 명인 듯하지만 사라말은 기억할 수 없었다. 그 대답이 너무도 충격적이었기 때문이다. 일반적인 경우라면 그런 대답에서 신의 곁에 갈 때를 대비하여 도와 덕을 닦아야 한다는 교훈을 유도할 수 있겠지만 사라말이 유도한 것은 좀 특이한 결론이었다.

'그렇다면 신이 죽은 다음엔 누구에게 가야 하지?'

사라말은 그런 질문을 했던 기억이 없었다. 하지만 아무에게도 하지 말아야겠다고 각오한 것은 느껴졌다. 누군가에게 질문하고는 심한 창피를 당하거나 꾸중을 들었는지도 모른다. 하지만 이 순간 사라말은 미심쩍은 눈으로 하늘을 볼 수밖에 없었다. 그가 말했다.

"이봐요. 지금 내가 올라가면, 언제까지 담보해 줄 수 있지요?"

"무슨 소리를 중얼거리는 거냐?"

"임대 계약 목적물의 사용 연한에 대해 논의 중입니다."

"그건 좋아. 그런데 왜 썰매 난간을 손날로 문지르고 있지?"

사라말은 아래를 내려다보았다. 자신의 오른손이 썰매 난간 위에서 톱질하듯 움직이고 있는 것을 보고는 빙긋 웃었다. 그는 고개를 돌려 아트밀의 장중한 체구를 보았다.

아트밀은 왼손에 전나무쯤으로 보이는 물체를 움켜쥔 채 서 있었다. 마치 큰 빗자루를 등 뒤로 끌고 오는 것 같았다. 빗자루의 아랫부분, 그러니까 전나무의 수관 부분 위에는 해체되어 무슨 동물인지 알기 어려운 동물의 사체가 얹혀 있었다. 피 냄새는 별로 나지 않았다. 사라말은 고개를 끄덕였다.

"이것은 세계 평화를 가져온다고 알려진 우리 가문의 비전입니다."

"그래? 그럼 너희 가문 사람들이 좀 게을렀나 봐."

"그런 듯합니다."

사라말은 아트밀에게 쓰러졌다.

아트밀은 재빨리 허리를 낮춰 사라말의 상체를 붙잡았다. 아트밀은 사라말을 똑바로 세워주려 했지만 사라말은 이미 혼절한 후였다. 아트밀은 부리를 탁 부딪치고는 그를 집어 어깨에 멨다.

오두막 앞에 돌아온 아트밀은 다른 손에 쥐고 있던 전나무를 내려놓고 문을 열었다. 사라말을 파라말 곁에 뉘어 놓은 다음 다시 밖으로 나왔다. 그는 전나무를 잠시 내려다보다가 그 위에 손날을 가져가서 톱질하는 시늉을 했다. 정중하기 짝이 없는 얼굴로. 만족할 만큼 손을 움직인 아트밀은 수염볏을 한번 쓰다듬고 다시 부리를 부딪쳤다.

한 시간쯤 지났을 때 사라말 아이솔은 눈을 떴다.

오두막 안의 공기는 훈훈했다. 벽난로에서는 불이 피어오르고 어디선가 고소한 냄새가 풍겨 왔다. 그래서 사라말은 순간적으로 갈등을 느꼈다. 벽난로와 고소한 냄새의 방향이 서로 반대였다. 벽난로에서 몸을 녹인 후 고소한 냄새 쪽으로 가는 것이 낫다는 상식적인 생각을 떠올렸을 때 그는 인생의 모든 문제를 해결한 것 같은 만족감을 느꼈다. 그가 간신히 벽난로 쪽으로 굴러갔을 때 아트밀이 문을 열고 들어섰다. 그는 잘 구워졌다기보다 시커멓게 탄 고기가 얹혀 있는 돌을 들고 있었다. 고소한 냄새가 폭풍처럼 사라말에게 몰아쳤다. 아트밀이 말했다.

"일어났어? 젠장. 도구 하나도 없이 요리하기 힘드네. 보기 안 좋지? 하지만 못 먹을 정도는 아니야."

아트밀은 성큼성큼 걸어와 사라말 앞에 돌을 내려놓았다. 사라말은 고깃덩이를 황급히 집어 들었다. 어떤 동물의 뒷다리쯤으로 생각되는 고기를 뜯어먹으려던 사라말은 당혹감을 느꼈다. 턱에 힘이 하나도 들어가지 않았다. 그는 어쩔 수 없이 손가락과 손톱으로 고기를 뜯었다. 탄 고기는 찢어진다기보다 부서졌지만 사라말은 용케 자갈 같은 고기 조각 하나를 입에 넣을 수 있었다. 다른 상황이었다면 곧장 뱉어 냈을 고기를 질겅거리며 사라말은 행복을 느꼈다. 사라말의 고군분투를 본 아트밀은 돌 위의 고기를 잘게 찢기 시작했다. 사라말은 감사의 의미로 고개를 끄덕이고 나서 말했다.

"아트밀, 내가 먹어 본 최고의…… 이거 무슨 고기입니까?"

"늑대."

"내가 먹어 본 최고의 늑대 고기군요. 빈말은 아닙니다. 이번이 처음이니까."

아트밀은 껄껄 웃었다. 사라말이 말했다.

"당신은 안 먹습니까?"

"밖에서 구우면서 좀 집어먹었어."

사라말은 더 묻지 않고 뱃속에 늑대 고기를 채워 넣었다. 아트밀은 재와 기름이 묻은 손가락을 깃털에 대충 닦고는 사라말이 식사를 끝낼 때까지 기다렸다. 잠시 후 파라말도 눈을 떴다. 사라말은 동생을 부축하여 앉혔고 형제는 늑대 고기의 마지막 한 조각까지 입 안에 집어넣었다. 마침내 형제가 시체로 오인되지는 않을 정도의 몰골이 되자 아트밀이 말했다.

"락토 빌파가 죽었어."

파라말은 움찔했고 사라말은 미간을 찡그렸다.

"어째서?"

"그날, 하늘누리가 폭주하기 직전에 투신했어. 절망감 때문이었나 봐. 조금만 더 버텼으면 그 친구 승리자가 되는 건데, 좀 조급했지. 그래서 지금 발케네를 통치하고 있는 것은 스카리 빌파야."

파라말이 질문했다.

"스카리 빌파가 발케네 공작이 되었다고요?"

"아니. 아직은 아냐. 하지만 실질적으로는 발케네를 통치하고 있어. 탈출한 하늘누리 시민들을 닥치는 대로 잡아들이고 있는 것도 그 친구의 생각 같아."

"이유는? 역시 전쟁 포로입니까?"

지난 몇 달 동안 남하하면서 그들은 발케네의 병사들이나 밀고자들의 눈을 피해야 했다. 발케네 병사들은 하늘누리에서 탈출한 시민들을 닥치는 대로 잡아들였다. 처음에 꽤 큰 무리였던 탈출자 무리가 지금 세 명으로 줄어든 것도 그 때문이다. 고추냉이 여단병인 아트밀 교위는 아이솔 형제를 이곳까지 남하시키느라 상당한 고생을 했지만 그 사실에 별 불만은 없었다. 그리고 아트밀이 그들의 보호자라는 사실은 형제에게 상당한 행운이었다. 그는 좋은 눈썰미를 가지고 있는 사람이었다.

"그게 일단 표면상의 이유 같은데, 난 별로 믿고 싶지 않아. 전쟁 포로가 목적이라면 지금쯤 수색이 시들해질 때도 되었잖아? 그런데 안 그렇거든. 오히려 더 심해진 것 같아. 이상하잖아?"

"우리를 찾고 있군."

사라말이 말했다. 파라말과 아트밀은 율형부사를 돌아보았다.

"탈출은 오랜 시간 동안, 긴 거리를 통해 이루어졌습니다. 우리는 제일 마지막에 가장 북쪽에서 탈출했지요. 그리고 지금 이 곳까지 남하했고. 스카리 빌파는 하늘누리에서 제일 마지막에 탈출한 자를 잡으려는 겁니다. 어쩌면 황제 폐하를 찾고 있는지도 모르고."

"그래. 여기까지 오면서 생각해 봤는데 그럴 것 같아. 스카리 빌파가 지금 제일 알고 싶은 것은 하늘누리가 어떻게 됐는가 하는 것이겠지. 그리고 하늘누리 시민들이라면 제국에서 제일 똑똑한 인재들이잖아?"

파라말은 피식 웃었다.

"설마. 똑똑한 사람들은 정치 안 합니다. 하지만 당신이 말하려는 것이 제국 전체에 미치는 영향력의 수준이라면 그 말에 찬성입니다."

"그래. 잘난 사람들이잖아. 그 사람들을 붙잡아 두면 뭔가 근사한 일에 써먹을 수 있을 거야."

사라말이 질문했다.

"규리하로 물러난 대장군과 제국군은 어떻게 됐습니까?"

"계속 거기에 있어. 아, 대장군은 임시 귀족원 회의를 소집했어."

"귀족원 회의?"

"응. 아마 황제 실종 상황에 대처하기 위한 귀족원 회의인 듯하지만 차기 황제를 선출하는 일이 될 가능성이 높은 것 같아. 내가 만난 발케네 사람들은 모두 스카리가 새해에 열리는 귀족원 회의를 통해 황제로 선출될 거라고 말하던데."

파라말은 신경질적인 웃음을 터뜨렸다. 사라말과 아트밀이 그를 바라보았지만 파라말은 자신의 웃음을 제대로 설명할 수 없었다. 일단 갑작스러운 웃음 때문에 허리가 아팠고, 4년 동안 스카리에게 바둑을 가르친 그는 스카리를 잘 모르는 사람들에게 설명하기 힘든 묘한 감정을 가지고 있었다. 파라말이 꺼낼 수 있는 최선의 설명은 이러했다.

"황제의 재목이 어떤 건지는 저도 잘 모르지만 젊은 발케네 공은 절대로 아닙니다."

아트밀은 어깨를 으쓱였다.

"어쨌든 내가 알아온 건 대충 이 정도야. 혹시 까먹은 것이 있을지도 모르지만 생각 안 나는 걸로 봐서 중요하지 않은가 보지. 어떻게 하면 좋겠어?"

지난 몇 달 동안 그래 온 것처럼 아트밀과 파라말은 사라말을 돌아보았다. 사라말이 말했다.

"어렵군. 규리하로 가야 하는데."

"규리하로?"

아트밀이 반문했다.

"제가 폐하의 진의를 제대로 읽었다고 자신할 수는 없지만, 어쨌든 폐하의 흉중에 있었던 후계자는 대장군이었을 가능성이 높습니다."

"대장군이 후계자라고?"

"예. 그렇다면 대장군을 찾아가 도탄에 빠진 백성들을 구할 길을 함께 모색하는 것이 아라짓 제국의 신료가 취해야 할 온당한 행동일 텐데…… 이런 흰소리는 집어치우고, 일단 대장군은 현재 제국 내 가장 강력한 무력 집단을 보유하고 있습니다. 이백만 제국군이지요."

"하지만 그건 너무 흩어져 있습니다, 형님. 뱀단지가 있어야 그 모두를 통제할 수 있는데, 세 번째 벽난로 방이 사라진 지금은 대장군도 이백만 제국군을 통제할 수 없습니다. 최악의 경우 이백만 제국군은 현재 공중분해 되어 군벌이 되거나 다른 귀족의 수하로 들어가고 있는 중일지도 모릅니다."

"무서운 전망이군."

"게다가 대장군의 근거지는 칼리도인데 규리하와 칼리도는 너무 멉니다. 현실적으로 그의 병력은 규리하로 데려간 발케네 정벌군이 전부라고 봐야 할 겁니다. 그는 가장 강력한 무력 집단의 소유자는 아닙니다."

"그런데 말이야, 대장군은 규리하로 갔어."

"그런데요?"

"규리하에는 자유무역당주의 외손녀와 즈믄누리의 무사장이 있거든."

파라말은 흠칫했다.

"자유무역당과 즈믄누리가 뱀단지를 대신할 수 있을까요?"

"뱀단지를 제외하면 가장 빠른 통신 수단이지. 내가 걱정하는 것은 오히려 대장군이 그걸 결행하느냐 하는 거야."

아트밀이 재미있다는 표정으로 말했다.

"결행하느냐? 뭘?"

"자유무역당주의 외손녀와 결혼하고 자신의 친구인 즈믄누리의 무사장을 통해 즈믄누리를 움직이는 것 말입니다. 그리하여 제국군 전체에 대한 통솔력을 회복한 다음 귀족원 회의에 출석하면, 그는 황제 납시었다는 이야기를 들으며 회의장에 들어가게 될 겁니다. 다른 사람이라면 당장 그렇게 하겠지만 저는 엘시 에더리에 대해서는 자신할 수 없군요. 황제 폐하께서 엘시 에더리가 후계자라는 말씀 한마디만 남겨 주셨다면 좋았을 텐데."

사라말은 그 말을 끝으로 고개를 떨어뜨렸다. 파라말은 덩달아 고민스러운 표정을 지었다. 그러나 조금 후 그는 화들짝 놀란 표정으로 사라말을 돌아보았다. 그리고 못 믿겠다는 표정으로 사라말의 정수리를 보다가 말했다.

"형님!"

사라말은 고개를 들었다. 그 얼굴엔 희미한 미소가 떠올라 있었다. 파라말이 약 오른 표정으로 말했다.

"형님! 이 순간에도 그렇게 돌려 말하십니까?"

아트밀은 어리둥절한 표정으로 아이솔 형제를 돌아보았다. 형의 어깨를 붙잡아 흔들던 파라말은 아트밀에게 말했다.

"아트밀! 우리는 규리하로 가야 합니다."

"왜지?"

"우리는 황제 폐하의 유언을 대장군에게 전달해야 하니까요."

"유언? 무슨 유언? 그런 거 없었잖아."

대답하던 아트밀은 갑자기 파라말이 깨달은 사실을 깨달았다.

"아차, 그렇지! 우리가 마지막에 하늘누리를 탈출했지?"

"그렇죠. 우리가 폐하의 유언을 들었다고 말하면 누가 부정하겠습니까? 우리는 대장군에게 가서 그 유언을 전달해야 합니다. '엘시 에더리가 내 후계자다.'라는 말씀을요."

아트밀은 연방 고개를 끄덕였다. 그러다가 조금 후 아트밀은 모호한 표정으로 형제를 바라보았다. 파라말이 말했다.

"거짓말을 할 자신이 없는 거라면 걱정 마십시오, 아트밀. 사람들은 율형부사나 유수부차사의 말에 더 신경을 쓸 겁니다. 당신에게 뭔가를 따지지는······."

"응? 아냐. 그런 문제가 아냐. 내가 역시 뭔가를 잊어먹었어."
"뭘 잊어버리셨는데요?"
"응. 아이톤 남쪽으로 강력한 경계망이 펼쳐져 있어."
아이솔 형제가 동시에 반문했다.
"경계망?"
"그래. 아까 하늘누리 시민들에 대한 수색이 더 심해졌다고 했지? 간단히 말해서 아이톤 남쪽으로는 쥐새끼 한 마리 빠져나갈 수 없는 것 같아. 나 혼자라면 최후의 대장간에서 무기 받아 온 척하면서 어떻게 통과할 수 있겠지만 너희들을 데리고 빠져나가긴 어려울 거야. 그런데 나 혼자 규리하에 가서 황제의 유언을 들었다고 말하면 아무도 안 믿어 줄 텐데."

사라말 아이솔과 파라말 아이솔은 동시에 아트밀의 모습을 위아래로 훑어보았다. 믿음직스럽게 보이는 외모였고 실제로 그들을 이곳까지 무사히 데려온 훌륭한 수완가였다. 게다가 제국군의 자랑스러운 교위이기도 하다. 하지만 그 사실이 황제의 유언에 신빙성을 더하는 것은 아니다. 형제는 거의 동시에 아트밀이 황제의 유언을 전달하긴 어렵겠다고 판단했다.


부냐 헨로는 냉동실에서 눈을 떴다. 익숙한 냉기.
부냐는 위를 바라보았다. 그곳엔 밤하늘이 있었다. 깨진 접시 같은 휴월이 밤하늘의 어둠에 질려 무뚝뚝하게 반짝였고 별은 하나도 보이지 않았다. 냉동실에서 밤하늘을 보고 있다는 사실이 부냐를 당혹시키지는 않았다. 그녀를 놀라게 한 것은 별이 보이지 않는다는 사실이었다.

부냐는 걱정했다. 별이 없다면 방향을 잡을 수 없는데.

부냐는 티나한 로 서쪽에 있는 집을 말하던 쿠스와 같은 오류를 범하고 있다는 것을 깨닫지 못했다. 하늘누리는 넓다. 냉동실도 넓다. 그런 것이 움직인다고 생각하기는 어렵다. 쿠스의 오류는 그렇게 비난받을 만한 것은 아니다.

하지만 하늘누리는 북쪽으로 날아갔는데. 그럼 여기는 어딜까?

부냐는 고개를 가로젓고 주위를 둘러보았다. 냉동실이었다. 길을 잃을 정도로 넓은 공간을 점령하고 있는 것은 얼음과 서리와 사체들. 그리고 희부연 안개. 안개는 출렁거리며 선반과 골목과 모퉁이를 배회했다. 손을 넣어 휘저으면 손가락에 감길 것 같은 안개다. 만약 얼굴에 닿으면 입과 콧구멍 속으로 뭉클거리며 쏟아져 들어올 것 같다. 부냐는 황급히 입과 코를 틀어막았다. 지독하게 진한 안개다. 냉동실에 이토록 짙은 안개가 꿈틀거릴 까닭이 없다. 이곳에는 물기가 부족하다. 게다가 얼마 되지도 않는 물기는 오래전에 얼어붙어 안개가 될 수 없다.

그 순간 안개가 몸을 돌렸다.

악의에 찬 생물처럼 그녀를 향해 손을 뻗는 안개를 본 부냐는 뒤로 주춤 물러났다. 그러자 그녀의 등이 선반에 부딪혔다. 깜짝 놀랄 만한 소음이 들려왔다. 폭발음에 가까운 소리에 부냐는 비명을 내질렀다. 그녀가 관을 떨어뜨린 것이다. 관 속에서 얼어붙은 시체가 데굴데굴 굴러 나와 이곳저곳에 부딪히고 있을 것이다. 얼어붙은 신체가 깨져 몸 조각들이 흩어지고 있는지도 모른다. 그 생각을 한 순간 부냐는 미칠 듯한 구토감을 느꼈다. 부냐는 안개 반대쪽을 향해 뛰었다.

그러나 채 몇 걸음도 가지 않아 부냐는 안개의 벽을 맞닥뜨렸다. 부냐는 안개가 그녀를 알아채지 못하기를 기원했다. 하지만 안개는 부냐를 향해 서서히 치맛자락을 움직였다. 안개가 그녀를 보고 있었다. 부냐는 겁에 질려 물러났다.

숨을 곳이 없다. 안개는 넓디넓은 냉동실을 점령하고 있었고 뚜렷한 의지로 이질적인 존재를 추적하고 있었다. 부냐는 이질적이었다. 이곳엔 시체밖에 없으니까. 그녀는 살아 있는 단 한 사람이었다. 그 상황을 타개할 방도를 궁리하던 부냐는 관 속에 숨어야겠다고 생각했다. 관 속에 누워 있으면 안개가 그녀를 찾지 못할 것이다. 부냐는 뒤로 물러나다가 관을 보았다. 그곳에는 무수히 많은 관이 있지만 부냐는 바로 그 관임을 알 수 있었다. 그녀가 조금 전에 부딪혔던 관이다. 부냐는 바닥에 떨어져 있는 관 뚜껑을 보았다. 그녀가 부딪히는 바람에 뚜껑이 떨어진 모양이다. 부냐는 비틀거리며 관으로 다가갔다. 뚜껑이 열려 있어서 안쪽의 시체를 볼 수 있었다.

부냐는 냉동실을 점령한 안개가 어디서 왔는지 알게 되었다.

시체의 코와 입을 통해 입김이 흘러나오고 있었다. 그것은 차가운 냉동실의 공기를 만나자마자 하얗게 변했고, 보통 입김처럼 금세 사라지지도 않았다. 부냐는 주위를 둘러보았다. 그리고 관의 틈에서 흘러나오는 하얀 기체를 보았다. 안개는 시체들이 내뿜는 입김이었다. 하지만 시체는 숨을 쉬지 않는다. 부냐는 공포에 질려 뚜껑이 열린 관을 다시 돌아보았다. 시체가 입김을 내뿜고 있다는 것은…….

시체가 눈을 떴다.

"아아악!"

부냐는 비명을 질렀다. 누군가가 그녀의 손을 붙잡았다. 부냐는 드러누워서 두 팔과 두 다리를 사방으로 내저었다. 그 다리에 무엇인가가 맞았다. 시체를 걷어찼다는 생각에 부냐는 기절할 뻔했다. 하지만 그녀의 어머니는 진짜로 기절했다. 헨로 자작 부인 모디사는 악몽을 꾼 딸을 진정시킬 때는 딸의 다리를 조심해야 한다는 교훈을 얻었다. 자칫하면 얼굴을 정통으로 걷어차이고 졸도할지도 모르니까.

반 시간 후 그 소식은 스카리 빌파의 귀에도 들어갔다. 스카리는 약간의 즐거움을 느꼈다. 비교적 이른 시간에 수색대에 발견되어 파리조로 오게 된 헨로 자작 부부는 도착한 순간부터 스카리의 고민거리였다. 정확하게 말하면 모디사 헨로가 그의 고민거리였다. 모디사는 부냐와 스카리의 결혼을 기정사실로 여기고 있었다. 거기에 대해서는 스카리도 불만이 없었다. 하지만 모디사는 락토 빌파가 사망한 이상 스카리의 장모인 자신이 파리조 그리고 발케네에서 가장 서열이 높은 사람이라고 생각했다. 스카리는 어이가 없었다. 어떤 여인을 사랑하는 철없는 청년이 어느 날 갑자기 깨닫게 되는 것, 즉 그녀에게도 부모가 있고 친지가 있고 또한 역사가 있다는 지극히 당연한 사실을 갑자기 깨닫는 사건이 스카리에게는 좀 극적인 방법으로 일어난 셈이다.

팔리탐 지소어가 논평했다.

"그래서 남자들은 철이 좀 늦게 든다는 겁니다. 모든 남자들은 연인에게도 가족이 있다는 사실을 자신이 안다고 믿습니다. 하지만 그건 머리로만 아는 겁니다. 남자들이 진짜 그 사실을 실감하게 되는 것은 대개 결혼 후 친정 쪽의 일로 아내와 싸우고 나서입니다. 젊은 남자들은 대개 눈앞에 보이고 만질 수 있는 한 여자만 사랑하지 그녀의 역사 전부를 사랑할 줄 모르지요."

"젠장. 정말 맞는 말이야."

"가 보시겠습니까? 가서 두 사람을 위문하시겠다면 여기서 잠시 접도록 하지요."

"팔리탐, 나는 부냐를 보고 싶지만 그 어머니는 싫어. 그런데 지금 가면 두 여자가 함께 있겠지. 아주 싫어."

"좋습니다. 각하와 저는 도저히 중단할 수 없는 중요한 회의를 하고 있었던 겁니다."

"고마워, 팔리탐."

"그럼 계속하도록 하겠습니다. 힌치오는 새로운 계약을 원합니다."

"새로운 계약? 무슨 말이야?"

"각하, 힌치오와 사라티본 부대는 선친과 계약한 겁니다. 그들은 발케네 인도 아니고 빌파 가문에 종속된 사람들도 아닙니다. 각하께선 선친의 다른 것들처럼 사라티본 부대도 승계할 수 있지는 않습니다. 각하께서 승계하신 것은 선친의 채무뿐입니다. 선친께서는 사라티본 부대에 돈을 지불하기로 하셨습니다. 올해 말이면 계약 기간이 끝나고, 그때 각하께선 선친이 약속하신 금액을 그들에게 지불해야 합니다. 그러면 그들은 뿔뿔이 흩어져 떠나겠지요."

스카리는 당신의 고환을 자르겠다는 선고를 들은 것 같은 표정을 지었다.

"사라티본 부대가 없어진다고!"

"힌치오는 그것을 원하지 않습니다."

"뭐? 무슨 말이야?"

팔리탐은 가면의 방향을 주군의 얼굴에서 탁자로 돌리며 말했다.

"말씀드렸잖습니까? 힌치오는 새로운 계약을 원합니다. 선친과 했던 계약과 같은 방식으로 각하와 계약하길 원하는 거죠. 돈을 받고 각하를 위해 싸우겠다는 겁니다."

"해! 좋아. 당연히 계약해야지."

팔리탐은 탁자를 뚫어지게 바라보았다. 표정 없는 그의 가면에서 스카리는 그의 속마음을 조금도 읽을 수 없었다. 그리고 어떤 면에서 스카리는 솔직한 사람이었다.

"좋아, 팔리탐. 내가 뭘 실언했지? 말해 주면 고치겠어."

팔리탐은 천천히 고개를 들었다. 가면을 다시 주군에게 향하고 천천히 말했다.

"각하, 힌치오가 왜 계약을 원하는지 궁금하지 않으십니까?"

"더 많은 돈을 벌기 위해서가 아닌가?"

"그런 뜻도 있을 겁니다. 하지만 사라티본 부대가 해체되면 힌치오는 더 이상 누군가를 지휘할 수 없습니다."

"지휘?"

"헨로 자작 부인의 어떤 점이 각하를 언짢게 합니까?"

스카리는 조금 생각했다.

"힌치오가 지배욕을 느끼고 있다는 건가?"

"우리가 쓰는 지배욕이라는 말에는 좀 부정적인 의미가 섞여 있지요. 힌치오가 사라티본 부대를 마음대로 통제하고 싶어하는 것은 아닙니다. 그가 느끼는 것은 흥미와 책임감에 더 가깝습니다. 사라티본 부대를 움직여서 어떤 일을 성취할 때 느끼는 재미와 그들에 대한 책임감입니다."

"지배욕이군."

"그렇게 이해하고 싶으시다면 그러셔도 좋습니다. 어쨌든 이제 질문하겠습니다. 왜 사라티본 부대를 붙잡아 두려 하셨습니까?"

스카리의 눈이 번득였다. 그는 목소리를 조금 낮춰 말했다.

"일국의 지배자가 강력한 병력을 포기할 이유가 없잖아?"

"고래로 강력한 병력을 가졌던 지배자가 항상 걱정한 것은 지휘관의 반란입니다."

스카리는 입을 쩍 벌렸다.

"무슨 그런 끔찍한 이야기를 하나? 사라티본 부대가 왜 반란을 일으킨다는 건가?"

"그거야 모릅니다."

"도대체 무슨……."

팔리탐은 단호하게 말했다.

"모든 반란자는 각자의 이유를 가지고 있고 어떤 상황에선 반드시 반란이 일어난다는 법칙 같은 것도 없습니다. 사라티본 부대가 무슨 이유로 반란을 일으킬지는 모릅니다. 하지만 그들이 존재하는 이상 그들이 반란을 일으킬 가능성 또한 존재한다는 것은 명백한 사실입니다. 하지만 사라티본 부대가 해체된다면 반란은 어떤 이유에서도 일어나지 않습니다. 반란을 일으킬 자들이 존재하지 않으니까요. 한편, 그들을 데리고 있을 경우의 이득이 충분하다면 반란의 위험을 무릅쓰고서라도 그들을 보유할 이유가 될 겁니다. 하지만 무슨 이득이 있습니까? 발케네를 통치하고 지키는 데에는 지금의 병력으로도 충분합니다. 선친께서는 황제와 싸우기 위해 사라티본 부대를 필요로 하셨지만 지금 싸울 황제가 있는 것도 아니잖습니까? 그런 상황에서 사라티본 부대를 보유해야 할 까닭은 없습니다."

스카리는 답답하다는 듯 상체를 뒤로 젖혔다. 그리고 어깨를 가만히 주무르다가 꼼짝도 않는 팔리탐에게 말했다.

"팔리탐, 조금 전에 싸울 황제가 없다고 했지. 맞는 말이야. 그러면 누가 치천제를 물리쳤나?"

"하늘누리의 폭주입니다."

"그건 중요하지 않아. 치천제는 발케네와 싸우다가 그렇게 되었어. 승자는 패자의 것을 가지는 법이야. 그렇다면 내가 치천제의 것을 가지는 것도 당연하지."

"황제가 되시겠다는 겁니까?"

"팔리탐, 나를 제왕병자쯤으로 판정하고 싶은 것 같은 말투군. 하지만 사실을 따져 보자고. 귀족원 회의에서 그들이 새 황제로 추대할 수 있는 사람이 누가 있지? 한계선 남부로 내려가서 또 나가 여자 한 명을 데려올 건가? 이젠 그 짓도 더 할 수 없어. 흑사자 모피가 없어졌으니까. 그리고 셋이면 충분하지. 이젠 북부에서 황제가 나올 때가 되었어."

팔리탐은 조용히 스카리를 바라보았다. 스카리는 그것이 흥미로워 하는 태도라고 생각하며 계속 설명했다.

"그렇다면 북부의 누가? 설마 즈믄누리의 바우 성주라고 말하지는 않겠지. 퍼스 후작 같은 얼간이를 거론하지도 않을 테고. 허영심 따위 없이 질문하겠는데, 나 외에 누가 있지? 내가 사라티본 부대를 보유한다면 사람들은 그 사실을 더 확실하게 깨달을 거야."

팔리탐은 손끝으로 탁자를 두어 번 두드렸다. 그리고 지나가는 말처럼 말했다.

"시모그라쥬 공 팔디곤 토프탈은 선친과 모종의 계약을 맺었습니다."

"뭐?"

"선친께서 황제와 싸우는 동안 시모그라쥬 공이 대장군을 억류하기로 되어 있었습니다. 그 대가로 선친이 시모그라쥬 공에게 무엇을 약속하셨는지는 저도 모릅니다. 하지만 여차하면 제국군의 남부 주둔군 상당수를 동원할 수 있는 강자가 시시한 것에 만족할 것 같지는 않습니다. 뭔가 대단히 큰 것을 약속받았겠지요."

"제기랄, 영감이 시모그라쥬 공에게 속았군."

"속았다고 하셨습니까?"

스카리는 흥분하여 탁자를 꽝 내리쳤다.

"팔디곤 토프탈이 원했던 거야 간단하지! 제국군과 우리가 싸우다가 둘 다 무너지기를 원했을 거야. 그리고 둘 다 만신창이가 되면 슬슬 남쪽에서 거병할 생각이었겠지. 그렇다면 나는 더더욱 사라티본 부대를 보유해야 해! 그 엉큼한 공작이 원하는 것을 내줄 생각은 없어!"

팔리탐은 스카리의 분석력에 감탄하는 시늉을 해야 할까 고민했다. 결국 그러지 않기로 했다. 도저히 감탄할 수준이 아니었다.

"각하, 각하께서 짐작할 수 있는 일이라면 선친께서도 당연히 짐작할 수 있으셨을 겁니다."

스카리는 험악한 표정으로 팔리탐을 노려보았다. 어떻게 감히 자기 앞에서 락토 빌파를 칭찬할 수 있느냐는 눈길이었다. 하지만 팔리탐은 가면을 움직이지 않은 채 차분하게 말했다.

"선친께서는 시모그라쥬 공을 통제할 어떤 안전 장치를 가지고 계셨을지도 모릅니다. 그것이 사라티본 부대였을지도 모르지요.

아니면 시모그라쥬 공이 원하는 것은 각하의 분석과 다른 것일지도 모르고요. 각하께서 하셔야 할 일은 선친께서도 하실 수 있었던 분석을 하는 대신 시모그라쥬 공과 선친의 계약이 정확히 어떤 것인지 알아내는 일입니다."

스카리는 뭔가 그럴듯한 욕설을 퍼부을 생각에 빠져 있었다. 팔리탐은 그의 기를 약간 살려 주기로 했다.

"각하의 말씀대로 각하는 현재 제국에 몇 안 되는 강자들 중 하나입니다. 힌치오와 사라티본 부대가 없다 하더라도 무력에서 각하와 맞설 수 있는 사람은 적을 겁니다."

"적은 것이 아니라 아예 없는 것 아냐?"

스카리는 엘시 에더리의 이름이 나오길 기대하며 질문했다. 그 이름이 나오면 엘시를 심하게 모욕하기 위해서였다. 스카리에겐 뱀단지가 없는 상황에서 엘시가 제국군을 다루지 못한다는 근거도 있었다. 하지만 팔리탐은 제국군의 대장군인 엘시를 거론하지 않았다.

"각하, 즈믄누리에는 단 한 명의 병력이 있지만 그 병력은 제국 최강입니다."

스카리는 신음을 흘렸다.

"즈믄누리의 무사장. 그래, 맞군. 하지만 무사장이 정말 싸움에 나선 것은 단 한 번뿐이야."

"그렇지요. 그래서 그 이후로 즈믄누리는 무사장이 개입한다는 소문만으로도 많은 상황을 조종할 수 있었습니다."

스카리는 할 말이 없었다. 페시론 섬의 사건을 기억하는 사람들은 실제로 즈믄누리의 무사장이 나설 거라는 풍문만으로도 사태를 정리해 버리곤 했다. 팔리탐은 스카리가 고개를 떨어뜨리는 것을 본 이후에 천천히 덧붙였다.

"그리고 현재의 무사장 탈해 머리돌은 엘시 에더리의 친우입니다."

스카리는 움찔하며 팔리탐을 바라보았다. 팔리탐은 그가 유도한 것처럼 엘시의 이름을 꺼내 놓았지만 스카리의 생각과 조금 다른 방법으로 거론했다. 스카리는 팔리탐이 자기 머릿속을 훤히 들여다보는 것 같았다. 팔리탐은 담담하게 말을 이어 나갔다.

"또한 규리하에는 비셀스 규리하가 있습니다. 그녀의 외조부는 자유무역당의 지테를 시야니 당주입니다. 자유무역당은 빠른 연락망을 가지고 있습니다. 뱀단지보다야 당연히 느리지만, 자유무역당주가 대장군을 돕기로 한다면 대장군은 훨씬 쉽게 제국군을 통제할 수 있을 겁니다."

스카리는 분노 서린 말투로 말했다.

"자유무역당주가 왜 엘시를 돕는다는 건가?"

"각하께서 비셀스 규리하 대신 부냐 헨로를 데려왔기 때문이지요."

와라락 하는 소리와 함께 스카리는 일어섰다. 스카리는 쳐 죽일 듯한 태도로 팔리탐을 바라보았다. 하지만 팔리탐 지소어는 미동도 하지 않았다. 폭언을 퍼부으려던 스카리는 팔리탐의 가면 앞에서 혀가 굳는 것을 느꼈다. 팔리탐은 말했다.

"각하께서 비셀스 규리하를 포기하셨습니다. 그래서 비셀스 규리하에겐 다른 남편감을 찾을 자유가 주어졌지요. 각하께선 부냐 헨로를 데려오셨습니다. 그래서 엘시 에더리에겐 다른 아냇감을 찾을 자유가 주어졌습니다. 그리고 그들은 지금 규리하에 함께 있습니다. 매파의 역사 같은 것이 있는지는 모르겠습니다만, 그런 것이 있다면 각하는 그 역사에서 한 장을 차지할 수 있을 겁니다. 아주 멋지게 두 남녀를 연결해 주었으니까요."

팔리탐 지소어가 몇 가지 시시한 이야기를 더하고 떠난 후, 자신의 방에 홀로 남은 스카리 빌파는 두 손으로 이마를 짚은 채 탁자를 바라보았다.

팔리탐은 직접적인 제안을 한마디도 꺼내지 않았지만 스카리도 하나 더하기 하나 정도는 어렵잖게 할 수 있는 사람이다. 팔리탐이 나열한 상황 설명을 통해 도출할 수 있는 노선은 명백하다.

사라티본군을 해체할 것.

그리고 엘시 에더리의 황위 등극을 적극적으로 지원할 것.

'내가 엘시 에더리와 손을 잡는다?'

그 의외성이 스카리의 마음에 들었다. 엘시 에더리가 어떻게 평가하건 스카리 빌파가 보기에 그 계획은 언어도단에 가까웠다. 엘시와 스카리를 아는 모든 사람에겐 경악스러운 사건으로 받아들여질 것이다. 그리고 특히 시모그라쥬 공에게 그러할 것이다. 한계선 남쪽의 시모그라쥬 공이 어떤 계획을 가지고 있든 제국군 대장군과 발케네의 공작 연합을 깨트릴 수는 없다. 시모그라쥬 공에게 멋지게 한 방 먹이는 일이고, 그것은 속이고 훔치고 빼앗는 발케네 인 스카리에게 매력적으로 느껴졌다.

팔리탐이 암시한 제안은 대담하면서도 현명한 것이다. 사라티본군을 해체함으로써 얻을 수 있는 효과는 실로 적지 않다. 다루는 것이 힘들 정도로 강력한 힘을 보유하는 것에서 오는 부담감, 그 강력한 병력이 불러일으킬 다른 이들의 강력한 견제, 황제와 직접 싸웠던 아버지로부터 승계한 정치적 부채, 그 모든 것을 한꺼번에 청산할 수 있다. 거기에 사라티본군의 유지 비용을 절감할 수 있다는 장점까지 포함하면 단점을 생각해 보는 것이 무의미할 지경이다.

스카리는 책상 위에 두 발을 얹었다. 더 높은 곳에서 더 넓게 보아야 한다. 엘시의 황위 등극에 협조하면서 최대한의 것을 얻을 수 있다. 또한 신황제 엘시가 자신을 억류했던 시모그라쥬 공과 싸우는 동안 다시 많은 것을 얻을 수 있다. 둘이 공멸한다면? 그건 최상이다. 엘시와의 전략적 제휴는 모든 면에서 매력적이다.

그런데도 스카리는 한 가지 떨치기 어려운 사실에 이를 갈았다. 마치 손이 묶인 상태에서 관자놀이에 커다란 모기가 붙은 것 같다.

그는 엘시 에더리를 폐하라고 부르고 싶지 않았다.

스카리는 뜻 모를 욕설을 중얼거리며 의자에서 일어났다. 그대로 밖으로 나가려다가 문득 품속을 뒤졌다. 조금 후 도깨비감투가 그의 손에 들려 나왔다. 스카리는 그것을 물끄러미 바라보았다.

'너는 너무 자주 쓴다.'

스카리는 볼에 깊은 우물이 팰 정도로 어금니를 깨물었다.

'고작 잘 때만 이걸 써? 멍청한 늙은이. 잘 보라고. 이걸 가끔 이용하면 나는 존재하지만 존재하지 않는 사람이 돼. 어디서 스쳐 지나간 기억은 있지만 만나려면 어디로 가야 할지 알 수 없는 사람이 되지. 그리고 전혀 대비하지 않은 순간에 등 뒤에서 갑자기 나타나는 사람이 되지.'

모디사 헨로는 공포에 질려 심신이 쇠약해진 딸을 내버려두고 쓸데없는 짓을 하고 다니는 사위를 꾸짖으려 했다. 윗사람의 위엄을 가득 담아서. 하지만 그녀는 그러지 못했다. 그녀는 스카리를 찾을 수 없었다. 아무도 스카리가 어디에 있는지 몰랐다.

그것은 모디사만의 경험이 아니었다. 그 특이한 경험을 일상에 수용해야 했던 사람은 그룹 성 내의 모든 사람들이었다.

스카리를 만날 거라 생각하지도 못한 사람들의 등 뒤에서 스카리는 갑자기 나타났다. 스쳐 지나가며 스카리에게 인사를 한 사람은 많았지만 그를 만나려면 어디로 가야 한다고 말해 줄 수 있는 사람은 아무도 없었다. 스카리는 존재하지만 존재하지 않는 사람이 되었다. 그것은 또한 모든 곳에 존재한다는 의미이기도 하다. 실제로 사람들은 스카리가 암살성의 모든 곳에 있다는 느낌을 받게 되었다. 갑자기 나타난 스카리가 들었을 리 없는 사안에 대해 이야기하는 것을 듣는 경험은 소름 끼쳤다. 스카리는 멍청하게 직접 거론하지는 않았다. 마치 '당신이라면 누군가와 이러저러한 이야기를 나누었을 것 같다고 짐작된다는 전제 하에 말하겠는데' 라는 투였다. 하지만 그 때문에 스카리의 말을 듣는 것은 실로 오금 저리는 경험이 되었다.

이이타 규리하는 그런 상황이 자신에게 끼치는 영향에 대해 곰곰이 생각했다.

규리하 가문의 가신들은 정보망이 완전히 상실되었다고 투덜거렸다. 그들은 암살성의 손님들이었고 일종의 망명자인 그들의 궁금증을 달랠 수 있는 것은 암살성의 사용인들이 선의로 또는 소박한 계약에 의해 전해 주는 정보들이 전부였다. 하지만 암살성의 사용인들은 스카리가 모든 곳에 존재한다는 느낌을 받고 나서부터는 지나칠 정도로 과묵하게 행동했다. 직접적으로 표현한 사람은 없었지만 규리하 가문의 가신들이 느끼는 기분이 무엇일지 이이타는 정확히 읽을 수 있었다. '우리는 유령이 지배하는 성에 갇혀 있다.'

"변경백 각하께 갑시다, 공자님. 답답해서 견딜 수 없습니다."

이이타는 짜증이 물씬 묻어나는 어투로 말한 두르사 돌 하장군을 물끄러미 바라보았다.

하장군은 어디서 목검이라도 한참 휘두르다가 갑자기 달려온 듯했다. 어깨엔 목검이 얹혀 있었고 몸에선 땀내가 물씬 풍겨 나왔다. 이이타는 그 냄새에 별로 개의치 않았다. 그에게선 염소똥 냄새가 잔뜩 날 테니 향기 대결에서 밀릴 것은 없는 셈이다. 이이타는 짜고 있던 염소젖 쪽으로 다시 시선을 돌려 염소유가 작은 그릇에 들어가도록 애쓰며 말했다.

"혹시 나 몰래 아버님과 서신이라도 주고받고 있나, 두르사 돌 하장군?"

"아니요."

"그런데 어떻게 아버님을 찾아가자는 거지?"

"규리하로 가면 무슨 수가 생길 겁니다. 그런데 도대체 지금 뭘 하시는 겁니까?"

"일찍도 물어보는군. 염소유를 짜고 있어."

"왜죠?"

"물론 마시기 위해서지. 설마 이 암염소가 젖몸살을 하고 있어서 도와주려고 이러겠어?"

"공자님, 그런 일을 왜 직접 하시냐는 겁니다."

이이타는 염소젖을 주물러 주고는 그릇을 꺼내 들었다. 거품이 보글거리는 그릇 안쪽을 만족스럽게 바라보던 이이타는 옆에 두었던 뚜껑을 들어 그릇에 덮었다. 그리고 그것을 두르사에게 내밀었다. 두르사는 목검을 허리에 꽂고 그릇을 받아 들었다. 이이타는 나무에 묶여 있던 염소를 풀어 쫓아내었다. 염소가 풀밭을 따라 달려가는 모습을 보던 이이타는 두르사 돌 하장군에게 턱짓으로 따라오라는 시늉을 했다.

두르사는 미간을 찌푸린 채 이이타를 따라 걸어갔다. 이이타는 방목장 한쪽으로 걸어가며 말했다.

"이 바위투성이 땅에 이런 목초지가 있다는 것은 참 신기하지 않나?"

"예. 신기하군요."

두르사는 주위를 둘러보았다. 말과 소, 염소 따위가 가득했다. 락토 빌파의 전쟁을 지원하기 위해 봉신들이 보낸 군마와 가축들이다. 발케네 측에서 전쟁을 도맡아 한 것은 주로 사라티본 부대였기에 군마의 피해는 적었다. 원래는 소도 꽤 많았지만 그것들은 전쟁 기간과 그 이후의 축제 때 꽤 많이 도살되어 이젠 숫자가 현격히 줄어 있었다. 만약 그 소들이 다 남아 있었다면 이 목초지는 심하게 훼손되었을 것이다. 이이타가 말했다.

"이 땅이 누구 땅인지 아나?"

"예? 당연히 발케네 공의 땅이겠지요."

"그렇지 않아. 이 땅은 저 오두막에 살고 있는 사람 것이지. 그 주인은 발케네 공과 계약에 의해 군마와 가축들을 여기서 기르도록 하는 거야."

두르사는 이이타가 가리키는 오두막을 바라보았다. 목초지를 가로지르는 냇물의 수원인 듯한 작은 샘터 근처에 오두막 하나가 울타리를 두른 채 서 있었다. 오두막이라기보다는 목조 저택이라고 부르는 것이 적합할 듯한 커다란 규모였다. 전체적인 구조는 일반적인 농가와 비슷했다. 생활이 이루어지는 본채, 그리고 각종 도구들이 들어 있을 커다란 헛간과 창고, 각종 작업장으로 쓰일 듯한 넓은 마당. 샘터 바로 곁에 오두막이 있기에 오두막의 거주자는 가축의 분변이 섞여 들어간 냇물을 마실 필요는 없을 것 같았다. 위치상으로도 구조적으로도 잘 지은 오두막이었다. 늘그막에 소일하면서 살고 싶은 이들의 꿈이라고 할 만한 오두막이었기에 마당 한쪽에서 젊은 여자가 걸어오는 것을 보고 두르사는 조금 놀랐다. 여자는 이이타와 두르사를 보지 못했다. 치마폭에 담아 운반 중인 물체를 내려다보고 있었기 때문이다. 이이타가 말했다.

"소리! 뭐하지?"

소리 로베자가 고개를 들었다. 이이타를 보고 반가운 표정을 짓던 소리는 그 뒤에서 따라오는 두르사 돌 하장군을 보고 조금 놀랐다. 소리는 자신의 치마폭을 내려다보며 말했다.

"저, 달걀을 찾아왔습니다, 공자님."

"아, 그래. 조심해."

멈칫거리던 소리는 그 말이 떠나도 좋다는 의미일 거라 생각한 것처럼 재빨리 오두막의 본채 안으로 들어갔다. 빙그레 웃으며 오두막 마당 쪽으로 걸어가려던 이이타는 두르사 돌 하장군을 돌아보고 걸음을 멈췄다.

"뭔가, 하장군?"

"멋지군요, 공자님. 젊은 연인들이 만나서 오붓한 시간을 보내기엔 좋은 장소입니다. 하지만 어떻게 이런 장소를 빌리셨습니까? 공자님껜 돈도 별로 없을 텐데."

"나는 빌리지 않았는데."

"설마 저 어린 하녀에게 이런 멋진 오두막이 있을 리는 없을 텐데요. 이 땅의 주인에게 밀회 장소로 쓰기 위해 빌린 것 아닙니까?"

"앞뒤 생각 좀 하고 말해, 하장군. 밀회 장소에 깐깐한 부모 노릇을 할 노인을 끌어들이는 멍청한 청년이 세상에 어디 있나?"

두르사는 이이타의 말이 맞다고 생각했다. '노인' 부분에서는 찬성하기 어려웠지만. 이이타가 설명했다.

"소리와 나는 저 오두막의 주인의 초대를 받아 온 거야. 그리고 주인의 접대를 돕기 위해 나는 염소젖을 짜러 갔던 것이고 소리는 달걀을 찾아온 거지."

"그럼 저 오두막의 주인은 누굽니까?"

이이타가 대답할 필요는 없었다. 그때 오두막의 주인이 밖으로 나왔기 때문이다. 작업복 차림의 주인은 허리에 손을 얹은 채 약간 곤란하다는 듯한 미소로 이이타를 바라보았다. 이이타가 말했다.

"다녀왔어, 헤어릿."

"오셨군요, 공자님. 그리고 두르사 돌 하장군."

헤어릿 에렉스는 두르사 돌 하장군의 이름을 명확하게 부른 것 이외에는 그의 방문에 대해 아무 의견도 내놓지 않았다. 헤어릿은 마치 기다리고 있었다는 듯 두 남자를 오두막 안쪽으로 들였고 두르사에게 염소젖이 든 그릇을 받아 들 때도 아무 말 하지 않았다. 헤어릿은 소리가 있는 듯한 부엌으로 들어섰고 조금 후 이이타가 "뭐 도울 거 없나?" 하면서 부엌으로 들어갔다. 모시고 있던 공자를 따라 두르사 돌 하장군 또한 부엌으로 들어가니 좁은 부엌에 네 사람이 북적거리게 되었다. 헤어릿이 정리했다.
"두 남자는 식당으로 가세요. 요리에 재능이 있어 뵈는 분은 없으니까."
 이이타는 웃으며 밖으로 나갔고 두르사 또한 그 뒤를 따라 나왔다. 두르사는 이 모임의 성격을 이이타에게 질문하고 싶었지만 그는 질문할 틈을 주지 않았다. 이이타는 부엌에 있는 소리에게 큰 소리로 이야기를 걸었고 그러자 소리가 띄엄띄엄 대답했다. 두르사 돌 하장군을 의식한 듯 소리의 대답은 주저하는 기색이 분명했지만 이이타는 아랑곳하지 않았다. 쓸데없는 잡담이 계속 오가는 것을 보며 두르사는 어떻게 된 영문인지 반드시 알아내겠다고 생각했다.
 헤어릿과 소리는 빠르게 음식 준비를 마쳤다. 간단한 음식이었기에 준비하는 시간도 별로 걸리지 않았다. 그야말로 농가에서 먹을 듯한 음식 종류에, 그 양은 농가 음식의 3분의 1 정도였다. 어쩐지 농가 음식을 귀족풍으로 차려 놓은 것 같았다. 목검을 휘둘러서 배가 고팠던 두르사 돌 하장군은 음식의 양이 부족하다고 생각했다.
 두르사 돌 하장군의 생각처럼 식사는 귀족풍으로 진행되었다. 헤어릿이 안주인 역할을 하는 듯했고 이이타는 안주인의 대접을 칭찬하는 손님다운 말을 재치 있게 건넸다. 그래서 두르사 또한 이이타를 거들어야 했다. 헤어릿의 응대도 정확했다. 두르사 돌 하장군은 락토의 사생아인 그녀가 말과 가축 다루는 기술 외에 어딘가에서 전문적인 귀족 교육을 받았을 거라고 판단했다. 덕분에 소리 로베자가 약간 위축된 듯했지만 이이타는 그녀 또한 대화에 끌어들이려고 애썼다. 두르사는 조금 고민하다가 주군의 아들을 수행하는 무사 대신 고생하는 젊은 연인을 돕는 어른으로 행동하기로 했다. 그는 소리가 자신 있게 말할 수 있는 소재들을 몇 가지 대화에 끌어들였다. 이이타는 두르사에게 고맙다는 눈빛을 보냈다. 그럭저럭 대화 분위기가 무르익고 식사도 대충 끝났을 무렵, 헤어릿이 지나가는 말처럼 말했다.

"칼리도 백작님이 귀족원 회의를 요구했다고 하더군요."

소리 로베자와 너구리 기름의 사용법에 관한 진지한 대화를 나누고 있던 두르사 돌 하장군은 약간 긴장했다. 지난 한 시간 동안 약간이나마 정치적인 대화가 나온 것은 처음이었다. 그리고 헤어릿의 말은 대상이 명확치 않았다. 자신이 소리와 대화 중이었다는 것을 떠올린 두르사 돌은 일단 예의를 갖춘 반응만 보이고 대화 자체는 이이타에게 양보하기로 했다. 이이타가 말했다.

"그런 이야기를 들었지."

"아마도 지금의 사태를 의논하기 위한 회의겠지요."

"그럴 거야. 만약 귀족원 회의가 개최될 때까지 황제 폐하께서 돌아오지 않는다면 새 황제 선출에 대한 이야기도 오가겠지."

"흥미진진한 이야기군요. 누가 새 황제가 될까요?"

"그거야 알 수 없지. 원론적으로 따진다면 제국의 모든 사람들에게 신망이 두터운 분이 선출되겠지. 즈믄누리의 바우 성주 같은 이면 좋겠지만 바우 성주는 즈믄누리를 떠날 리가 없고 게다가 어르신이니 어렵겠지."

두르사 돌은 헤어릿의 얼굴에 비치는 것이 실망감이라고 생각했다. 헤어릿이 말했다.

"황제는 혼자 사라진 것이 아니라 제국을 다스리는 데 필요한 모든 도구들과 함께 사라졌지요. 공자님. 하늘누리, 뱀단지, 제국 정부."

"맞아. 그랬지. 그래서 헤어릿, 덕망이 중요한 것이 아니라 제국을 다스리는 데 필요한 다른 도구들을 갖춘 사람이 좋을 거라고 말하고 싶은 거야? 하지만 폐하와 함께 사라진 것들을 대신할 수 있는 것이 무엇이지?"

헤어릿은 이이타에 대한 평가를 약간 상향 조종하겠다는 듯한 표정을 지었다. 이이타는 당신이 떠올릴 만한 것은 나도 떠올릴 수 있으니 떠보는 짓은 관두라고 말한 셈이다. 헤어릿이 말했다.

"일단은 군사력이겠지요. 다른 이들을 제압할 수 있는."

"혹은 군사력이 있는 자들의 지원을 받을 수 있는 능력?"

"어쨌든 참가하고 싶으시죠? 귀족원 회의요."

"무슨 말이지?"

"제 이야기는 이런 의미예요. 공자님과 하장군님은 규리하의 지배자가 아이저 규리하 변경백이라고 믿으시겠지만, 그건 눈에 잘 드러나는 사실이 아니지요. 사람들은 규리하 변경백의 자격으로 귀족원 회의에 참석할 수 있는 사람은 공자님의 누님이라고 말할 테죠. 그리고 그들을 설득시키긴 매우 어려울 테지요."

두르사 돌 하장군은 불편한 소리를 냈다. 하지만 이이타는 정직하게 고개를 끄덕였다.

"틀림없는 지적이야."

"여러분의 비원은 물론 아이저 규리하 변경백께서 규리하의 지배자로 복귀하는 것이겠지요. 보통 수복을 노리는 도망자는 초조해하지 않는 법부터 익혀야겠지만 이 경우에는 조금 다르죠. 여러분은 초조해하는 편이 좋을 것 같아요. 황제 후보자에게 협력해서 규리하를 되찾는 방법이 있을지도 모르니까요. 어떻게 생각하세요?"

"재미있는 말이군. 하지만 우리는 황제 후보자에게 내놓을 것이 없는데."

"정통성."

"정통성은 아버님만큼 누님도 가지고 계시지. 누님의 정통성엔 의혹의 여지가 없어. 정통 규리하 공의 지원을 받고 싶은 황제 후보라면 두 명의 규리하 공 중에서 지금 규리하 성의 보좌를 차지하고 있는 규리하 공을 찾아갈 거야."

"서약 지지파."

"아버님은 서약 지지파를 결집시켜 그 지도자가 되기엔 심각한 문제가 있지. 지금 규리하를 지배하고 있지 못하시거든. 그러고 보니 그건 키탈저 사냥꾼의 저주가 되겠군. 규리하를 되찾으려면 황제 후보자에게 서약 지지파의 지지를 이끌어 주고 대신 규리하를 받으면 된다. 하지만 서약 지지파의 지지를 이끌어 내려면 규리하의 지배자여야 한다."

"꼭 규리하의 지배자여야 할까요?"

"아니라면 어렵지. 서약 지지파는 이왕이면 강력한 대표자를 원할 테니까."

"하지만 변경백에겐 황제와 싸웠다는 상징성이 있잖아요."

"그 정도는 지금 암살성을 지배하고 있는 발케네 공에게도 있지. 오히려 발케네 공의 상징성이 더 높아. 황제에게 패하여 도망친 것이 아니라 침략해 온 황제를 실종 처리했으니까. 내가 서약 지지파라면 발케네 공에게 대표자 자리를 맡을 생각이 없냐고 물어볼 것 같은데."

헤어릿은 고개를 약간 기울였다.

"그 말씀도 맞군요, 공자님."

"그래서?"

"예?"

이이타는 두 손을 식탁 위에 얹어 깍지를 꼈다.

"이야기가 이어져야 하잖아. 거기까지는 당신도 다 생각해 두었을 테고 나에게 주의를 환기시키는 일도 끝났으니, 이젠 제안이 나와야 할 것 같군. 제안이 뭐지?"

헤어릿은 빙그레 웃었다. 이이타는 웃음 없이 차분히 그녀의 말을 기다렸다. 헤어릿은 식탁을 이루고 있는 나무판의 옹이를 만지작거리다가 말했다.

"당신들이 규리하로 갈 수 있도록 해 드리겠어요."

"가는 건 우리끼리도 할 수 있어. 지금 당장 출발해도 지러쿼터 산맥까진 아무 제지도 받지 않을 거라고 자신해. 하지만 산맥을 넘으면 지나치게 많은 제국병이 우리를 기다리고 있을 텐데."

헤어릿은 이이타의 말을 못 들은 척하면서 말했다.

"그리고 규리하를 되찾을 수 있도록 해 드리겠어요. 그렇다면 아이저 규리하 변경백은 서약 지지파를 집결시킬 수 있겠지요."

두르사 돌 하장군은 더 이상 소리에게 신경 쓸 수 없었다. 소리도 오래전에 두르사에게 흥미를 잃은 채 놀란 눈으로 헤어릿을 바라보고 있었다. 두르사는 헤어릿의 입에서 어떤 미친 소리가 더 나올지 궁금하다는 표정으로 노려보았다. 이이타가 말했다.

"규리하를 되찾는다 해도…… 여전히 발케네 공의 상징성엔 변화가 없을 듯하군."

"그건 제가 해결할 수 있을 것 같군요."

"어떻게?"

"락토 빌파를 죽인 것은 스카리 빌파예요."


소리 로베자는 초원 저편으로 걸어가는 두 남자를 바라보았다. 정확하게 말하자면 소리가 보고 있는 것은 둘 중 이이타 규리하였다. 그녀는 간절히 기원해 보았다. '뒤를 돌아봐요, 공자님.'

그 기원이 니름이 되어 전해진 것 같았다. 이이타는 뒤를 돌아보았다. 그는 오두막 앞에 서 있는 소리를 향해 손을 가볍게 흔들었다. 소리는 저도 모르게 두 팔을 들어 맹렬하게 흔들었다. 그녀가 그 동작을 멈춘 것은 "그러다 팔 빠지겠구나."라는 헤어릿의 핀잔 때문이 아니라 이이타의 모습이 더 이상 보이지 않게 되었기 때문이다.

소리는 빨갛게 변한 볼을 만지작거리며 뒤로 돌았다. 헤어릿 에렉스는 정문 옆의 긴 의자에 앉아 두 다리를 길게 뻗고 있었다. 헤어릿은 자신의 옆자리를 살짝 두드렸다. 소리는 그쪽으로 걸어가 앉았다.

"이이타 공자는 참 점잖지?"

이이타에 대한 화제는 소리를 행복하게 했다. 소리는 평소 공작의 사생아를 조금 어려워하던 것도 잊고 재잘거렸다.

"예, 그래요. 공자님하고 함께 있으면 제가 한 살 더 많다는 것을 굉장히 자주 까먹게 돼요. 제가 동생 같다니까요! 아마 높은 귀족이라서 그런가 봐요. 고향에서 쫓겨났으니 막 술 마시고 막 화를 낼 것 같은데 전혀 그러지 않으세요. 꼭 언니하고 함께 있는 것 같아요."

헤어릿은 고개를 돌려 소리의 반대편을 바라보았다. 마치 그곳에서 뭔가를 본 것 같다는 몸짓으로. 조금 후 헤어릿은 여전히 소리를 외면한 채 농담하듯 말했다.

"그런 말 남자가 들으면 굉장히 상심할 텐데."

"예? 아, 언니와 함께 있는 것 같다는 말요? 아니에요. 공자님은 제게 남자로 보여요. 아주 멋진 남자지요. 제가 말하고 싶었던 것은, 그러니까 저는 언니를 존경해요. 이이타 공자님하고 있으면 언니하고 있을 때처럼 어리광 부리고 싶어진다는 거예요."

언니에 대한 화제는 소리를 약간 우울하게 했다. 소리는 자신의 발을 내려다보며 말했다.

"언니는 스카리 요새에 복무하고 있어요. 그때, 그러니까 제국군이 성 앞까지 왔을 때 말이에요. 다른 사람들처럼 저도 겁먹었지만, 언니가 구해 주러 올 거라고 생각했어요. 상황이 위급하니까 비밀 요새에 근무하는 사람들도 오게 될지 모르잖아요? 하지만 언니는 끝내 오지 않았어요. 그리고 갑자기 전쟁이 끝났고요. 그건 정말 좋은 일이지요. 하지만 저는 언니가 오지 않고 전쟁이 끝나서 속상했어요. 게다가 공작님이……."

소리는 갑자기 입을 다물었다. 그녀의 곁에 앉아 있는 미인은 공작의 딸이다. 하지만 또한 공작의 딸이 아니기도 하다. 소리는 어떻게 말해야 할지 알 수 없었다. 더군다나 그녀는 충격적인 이야기를 들었다. 헤어릿은 락토 빌파가 죽은 것이 스카리 때문이라고 했다. 그 이야기는 소리를 다시 전율시켰다.

"저, 헤어릿 에렉스."

"헤어릿이라고 불러."

"예, 헤어릿. 그게 정말인가요? 스카리 공자님이……."

"정말이야."

"어떻게 그럴 수 있지요?"

"글쎄. 나는 조금 이해가 되는데. 나도 락토 빌파를 죽이고 싶었으니까."

소리는 입을 딱 벌린 채 헤어릿의 옆얼굴을 바라보았다. 헤어릿은 여전히 그녀의 눈을 피하고 있었기에 소리가 볼 수 있는 것은 헤어릿의 귀와 볼 약간이었다. 소리는 애써 생각해 보았다.

"저, 그러니까…… 헤어릿. 당신은……."

"사생아지. 맞아. 그런 이야기야."

"하지만 스카리 공자님은 아니잖아요."

"사생아가 아니지. 그래서 락토가 죽으면 락토의 것을 물려받을 수 있지."

"끔찍해요."

"맞아. 끔찍한 이야기야. 그런데 무슨 이야기를 하려고 했지?"

"예?"

헤어릿은 그제야 천천히 소리에게 얼굴을 돌렸다.

"락토가 너에게 약속했지? 이이타를 유혹하면 언니를 좋은 곳으로 보내겠다고."

소리는 뒤로 물러나다가 하마터면 의자 아래로 떨어질 뻔했다.

"어떻게 아셨어요?"

"짐작이야."

"짐작? 정말이에요? 공작님이 말씀하신 것 아니에요?"

"락토 빌파가 나에게 뭐 하러 그런 이야기를 하겠어? 내가 짐작한 거야."

소리 로베자는 그 이야기를 믿으려 하지 않았다. 헤어릿은 한참 설득했고, 겨우 소리는 반신반의하는 얼굴로 고개를 끄덕였다. 하지만 그때 소리는 다른 걱정을 느끼고 있었다. 헤어릿은 조금 의아해하다가 겨우 소리의 걱정을 이해했다. 소리는 자신이 명령 때문에 이이타와 가까이 지내는 것은 아니라고 주장하고 싶어했다. 헤어릿은 입가에 미소가 떠오르는 것을 느꼈다. 즉 소리는 자신의 사랑이 진짜라고 말하고 싶은 것이다. 그리고 그런 감정에 놀란 것은 헤어릿이 아니라 소리 자신이었다. 소리는 멍한 표정으로 말했다.

"맞아요. 저는 그분을 사랑하는 거예요. 그랬던 거예요."

"소리."

"저는…… 안 되는 일인데…… 그러면 안 되는데…… 신분의 차이가……."

헤어릿은 목소리를 조금 높였다.

"소리!"

"예! 예?"

소리는 화들짝 놀라 헤어릿을 바라보았다. 헤어릿이 말했다.

"소리, 내 말 잘 들어. 그래서 너에게 남으라고 말한 거야."

"뭐죠?"

"뭐냐고 묻고 있지만 넌 지금 들을 준비가 안 되어 있어. 자, 정신 똑바로 차리고 들어."

소리는 억울하다는 표정으로 헤어릿을 보다가 자신의 두 뺨을 찰싹찰싹 때렸다. 그리고 턱을 약간 내민 자세로 헤어릿을 바라보았다. 헤어릿이 말했다.

"아까 내가 내건 조건 기억나지? 저 사람들을 규리하로 데려다 주는 대신 나와 네가 함께 가야 한다는 조건."

"예, 기억나요. 왜 그런 조건을 말씀하신 거죠?"

"그건 다음에 말할게. 어쩌면 영원히 말하지 않을지도 몰라. 지금 내가 묻는 질문에 대답해. 너는 이이타 규리하를 따라가고 싶은 거니, 아니면 나를 따라가고 싶은 거니?"

"무슨 질문이 그래요? 전부 한꺼번에 간다면서요?"

"맞아. 하지만 규리하에 도달한 이후 내가 규리하를 떠날 수도 있잖아. 그럴 때 너는 어떻게 하고 싶지? 이이타 곁에 남고 싶니, 아니면 나와 함께 떠나고 싶니? 눈치 볼 것 없이 그냥 솔직하게 말해."

소리는 영문을 모르겠다는 얼굴로 헤어릿을 바라보다가 고개를 가로저었다.

"저, 그러잖아도 말씀드리려고 했는데…… 저는 이곳을 떠날 수 없어요. 언니가 이곳에 있으니까요. 물론 공자님을 따라가고 싶지만, 음, 공자님과 저는 신분의 차이가……."

헤어릿은 아랫입술을 깨물었다.

"소리."

대답하려던 소리는 이상한 기분을 느끼고 헤어릿을 바라보았다. 문득 소리는 헤어릿의 입을 막고 싶다는 기분을 느꼈다. 하지만 그래야 할 이유를 찾을 수 없었다. 그래서 소리는 그냥 헤어릿을 바라볼 수밖에 없었다. 헤어릿이 말했다.

"네 언니는 죽었어."

소리는 호흡을 멈췄다.

그녀는 얼어붙은 모습으로 헤어릿을 바라보았다. 헤어릿은 외면하고 싶었다. 소리의 얼굴에서 핏기가 빠져나가며 창백하게 변하는 모습을 보고 싶지 않았다. 그녀가 사실을 깨닫는 것을 보고 싶지 않았다. 헤어릿은 고개를 돌리려 했다. 그러나 그 대신 소

돌 속의 바람 249

리를 끌어안았다. 소리의 몸은 뻣뻣하게 굳어 바위를 끌어안는 것 같았다. 그녀는 소리의 어깨 너머를 향해 말했다.

"수핀 로베자. 네 언니야. 맞지? 그녀는 오래전에 죽었어."

헤어릿은 발케네를 떠날 생각이었다. 그것은 발케네 공 락토 빌파가 죽기 전에 이미 내린 결정이었고, 락토의 죽음은 그 결심을 더욱 굳어지게 했다. 헤어릿은 아무것도 남겨 두지 않는 완벽한 이별을 원했다. 하지만 이곳에 수핀 로베자의 동생이 있고 그 동생이 공작의 명령에 의해 이이타와 사귀고 있다는 것을 알았을 때 헤어릿은 그녀를 남겨 두고 갈 수 없다고 느꼈다. 이유를 명확하게 설명할 수는 없었다. 스카리 요새에서 수핀 로베자의 죽음을 막지 못했다는 부담감 때문일 수도 있고, 락토가 망가뜨린 자매들 중 한 명이라도 자신이 책임지고 싶다는 생각 때문일지도 모른다. 아니면 언니가 죽고 이이타마저 떠나면 천애고아 신세가 될 소리 로베자를 동정했는지도 모른다. 이도 저도 아니라면 그저 또 다른 셀소 에렉스가 생기는 것을 보고 싶지 않았던 것인지도 모른다. 결혼할 수 없는 남자와 사랑에 빠진 여자를 또 보고 싶지 않았던 것인지도. 어쨌든 헤어릿은 소리를 데리고 가야 했다. 헤어릿의 생각은 확고했다. 하지만 발케네를 떠난 이후에 대해서 그녀는 모호한 계획밖에 없었기에 소리를 어디까지 책임질지 확실히 해 두고 싶었다. 이이타를 따라갈 거니, 나를 따라올 거니?

하지만 소리는 둘 중 하나를 선택한다는 생각도 발케네를 떠난다는 생각도 받아들이지 못했다. 그러기 위해서는 언니의 죽음부터 받아들여야 했는데, 소리는 그것을 받아들일 수 없었다.

헤어릿의 품속에서 처절한 비명이 터져 나왔다.

아트밀은 뒤를 흘깃 한 번 돌아보았다.

그의 허리와 어깨에는 밧줄이 묶여 있었고 그 밧줄은 뒤로 썰매까지 이어져 있었다. 썰매 안에 있는 형제는 조용했다. 엄밀하게 말한다면 조용하다고 하기는 어렵다. 하늘누리에서 떨어지면서 허리를 다친 파라말은 썰매가 흔들릴 때마다 꾹 참는 신음을 흘렸고 파라말의 상체와 머리를 자신의 무릎 위에 얹어 놓은 사라말은 파라말이 괴로워할 때마다 낮은 목소리로 그를 위로했다. 하지만 그런 소리들은 지난 며칠 동안 계속된 것이라 이제는 어떤 이성적, 감성적 자극도 느낄 수 없었다. 무엇보다도 아트밀은 그들이 자신에게 한마디 해 주길 바랐다. 하지만 아파하는 파라말은 물론이거니와 이 여행을 지시한 사라말도 아트밀에겐 아무 말도 하지 않았다. 걱정하지 말라거나 다 잘될 거라는 판에 박힌 말이라도 괜찮을 텐데.

아트밀은 부리를 딱 부딪치고 앞을 돌아보았다. 어쩌면 사라말은 아트밀을 존중해 주고 있는 것인지도 모른다. 레콘이 인간에게 위로를 받는다는 것은 자존심 상하는 일일 수도 있다. 또는 사라말은 아트밀이 스스로 상황을 받아들이길 끈질기게 기다리고 있는지도 모른다. 하지만 아트밀은 상황이라는 것에 대해 아무 생각도 하고 싶지 않았다. 그는 철극으로 다시 땅을 짚으며 썰매를 힘껏 끌어당겼다.

설원은 넓고 평탄했다. 두 사람이 탄 썰매를 끄는 것은 아트밀에게 조금도 고되지 않았다. 그러나 그는 넓고 평탄하다는 것 자체가 별로 마음에 들지 않았다. 산이나 언덕을 보기 어렵고 눈은 푸지게 쏟아져 있었다. 근처에 바다가 있는 것이다. 아트밀을 괴롭히는 것은 그 사실이다.

아이톤은 항구 도시가 아니다. 아이톤에 배가 들어오거나 나가는 일은 없다. 아이톤 서쪽이 바다인데도 언제나 얼어붙어 있는 탓에 어떤 배도 드나들 수 없기 때문이다. 배가 다닐 수 없으니 그 바다는 답사된 적이 없다. 하지만 규리하령의 북쪽이자 발케네령의 서쪽(대륙의 형태를 새처럼 그린 엘시 에더리 대장군이라면 왼쪽 날개와 머리 사이의 공간이라고 표현할 수도 있을 것이다.)에 해당하는 이 바다를 통해 규리하령과 발케네령 사이를 오갈 수 있다는 이야기는 오래전부터 전해 온다. 규리하령의 최북단에 해당하는 스지우나 데린보트 등에서는 북쪽으로 광막하게 펼쳐진 얼음 바다를 볼 수 있다. 그리고 아이톤 서쪽에는 역시 얼음 바다가 펼쳐져 있다. 따라서 두 얼음 바다가 사실은 하나로 이어져 있다고 가정하는 것이 당연하다.

하지만 그것을 자신의 두 발로 확인한 사람은 없다. 아니, 확인하려 시도한 사람은 있다. '못 가는 곳이 없는' 인간들 중 정신이 좀 이상하거나 호기심이 과다 발달한 자들이 그런 시도를 했다. 얼음 바다를 통해 발케네와 규리하를 왕복할 수 있다는 것을 증명하는 것이 도대체 뭐가 중요한지 아트밀은 알 수 없었지만 어쨌든 그런 인간들이 있었다. 하지만 여숙도, 보급지도 당연히 없는 천 킬로미터의 얼음 바다에 도전한 자들은 아무도 돌아오지 않았다. 그리고 좀 더 상식적인 사람들은 규리하에서 발케네로 가기 위해서는 지러쿼터 산맥을 넘는 방법을 선택했다. 그들의 선택은 옳았다. 지러쿼터 산맥도 고래로 여행객들에게 만만찮은 피해를 입혀 왔지만 그것은 상식적인 수준이었다.

인간 외에는 아무도 그 얼음 바다에 도전하지 않았다. 나가는 올 수도 없는 땅이다. 딱정벌레를 타고 다니는 도깨비들은 새로운 길을 답사할 이유가 없다. 레콘은?

발 딛고 있는 얼음 아래가 바다라면 레콘이 거길 건널 수 있을까? 아트밀은 그 질문에 대한 답을 자신이 제공하고 싶은 생각은 없었다. 하지만 그런 이야기를 전해 듣기는 했다. 최후의 대장간이 있는 곳이 바로 얼음 바다 중간의 섬인 것이다. 거기로 가기 위해서는 얼음 위를 걸어야 한다. 고대의 극연왕이 육지와 최후의 대장간 사이에 길을 놓아주기 전까지 레콘들은 실제로 얼음 바다 위를 걸었다고 한다. 그것은 전설이 아닌 명백한 사실이다. 물론 반쯤 미치광이가 되어 건넜다는 단서가 붙긴 하지만.

그러나 고대의 레콘들이 걸어야 했던 거리는 이백 미터에 불과하다. 천 킬로미터도 넘는 빙해 위가 아니다.

그런데 사라말은 규리하로 가자고 했다. 그리고 아이톤 남쪽의 길이 막혔다는 이야기를 들었는데도 아이톤으로 가자고 말했다. 또한 아이톤으로 가야 하는 이유는 설명하지 않았다. 항구 도시가 아닌 해안 도시 아이톤으로 향하는 평탄한 길을 걸으며 아트밀은 걷잡을 수 없는 불안감을 느꼈다.

'썰매를 멈추고 왜 아이톤으로 가야 하는지 물어볼까? 좋아. 저 언덕만 넘은 다음에 물어보자. 거기라면 바람도 별로 없을 것 같으니까.'

아트밀의 예상은 틀렸다. 언덕을 넘자 거센 바람이 불어왔다. 또한 아트밀의 결심은 뒤늦은 것이었다. 언덕 너머에는 아이톤이 있었다. 아트밀은 웃는 것이 좋은 해결책인지 고민하며 아이톤을 바라보았다. 언덕을 때리고 있는 거센 바람은 아이톤의 서쪽에 펼쳐진 넓은 빙원에서 불어오고 있었다. 지금까지 걸어온 길과 별로 다르지도 않은 하얀 평야였지만 아트밀은 그것이 빙해라는 것을 알 수 있었다. 설원은 아무리 평탄하다 하더라도 약간의 요철이 있는 법이다. 하지만 아이톤 서쪽의 빙원은 놀랍도록 평평했다. 그 위로는 개썰매로 보이는 것들이 두어 개 움직이고 있었다. 그것이 얼어붙은 바다라는 결론을 내린 아트밀은 그곳을 더 이상 보지 않기로 했다. 그는 아이톤 자체를 바라보았다.

아이톤은 땅에 납작 붙어 있는 도시였다. 이층 이상의 건물은 손에 꼽을 정도였고 대부분의 건물들이 반지하에 가까운 구조인 듯했다. 도시를 둘러싼 성벽은 없었다. 이런 곳에 성을 세우는 일은 도시민을 다 죽이는 일이 될 것이다. 도시가 개방되어 있다는 점은 아트밀의 마음에 들었다. 발케네의 병사들이 겁나는 것은 아니지만 그에겐 여차하면 인질이 될 수 있는 인물이 두 명이나 있었다.

문득 아트밀은 차가운 바람이 쌩쌩 부는 언덕에 형제를 방치하고 있다는 것을 깨달았다. 아트밀은 황급히 썰매를 끌어당기며 언덕을 내려갔다. 언덕 아래로 내려와 도시가 가까워졌을 때 아트밀은 아이톤 시민들에게 땔감을 보급하는 듯한 숲을 발견하고 그 속으로 들어갔다.

숲 속에서 썰매를 멈춘 아트밀은 허리의 줄을 풀고 형제들에게 다가갔다. 사라말은 동생의 몸 위에 엎드리다시피 한 채 파라말을 감싸고 있었다. 아트밀은 혹 잠이라도 들었다면 큰일이라고 생각하며 사라말의 등을 살짝 두드렸다. 조금 후 사라말이 몸을 일으켰다.

"어딥니까?"

"아이톤이야. 그러니까 아이톤 외곽의 숲이지."

"도착했군요."

사라말은 썰매에서 빠져나오려 했다. 아트밀이 부축해 준 후에야 겨우 사라말은 그렇게 할 수 있었다. 썰매 밖에 서자 사라말은 파라말을 잠시 살폈다. 파라말은 잠들어 있었지만 사라말과 달리 온몸을 감싸고 있어서 얼어죽을 염려는 없었다. 파라말의 숨소리가 고른 것을 확인한 사라말은 동생의 머리 주위를 잘 감싸 주고 허리를 폈다.

몸을 이리저리 움직이며 사라말은 온기를 끌어내려 했다. 잠시 후 사라말은 자신이 몇 백 미터의 산책 정도는 할 수 있겠다고 생각했다. 그런 결과가 만족스럽진 않았지만 사라말은 고개를 돌려 아트밀을 바라보았다.

아트밀은 심장이 철렁 내려앉는 기분을 느꼈다. 사라말의 지친 얼굴 속엔 도저히 꺼낼 수 없는 말을 꺼내야겠다는 결의가 엿보였다. 아트밀은 주먹을 꼭 움켜쥐었다. 사라말이 말했다.

"아트밀."

"싫어!"

"예?"

"싫어! 말할 필요 없어. 나는 싫어!"

"아트밀, 저……."

"말할 필요 없다니까! 듣지도 않을 거야. 젠장. 다시 썰매 속으로 들어가! 설마 했는데 그 소리 하려고 여기까지 온 거야? 옛날 레콘들이 어쨌던 나는 옛날 레콘이 아냐! 그리고 옛날 레콘들도 그 짓은 하지 않았어!"

"그 짓이라니, 무슨 말입니까?"

"그…… 그…… 젠장. 얼음 위를 걷는 것 말이야!"

사라말은 한쪽 눈초리만 올린 채 아트밀을 바라보다가 말했다.

"빙상 활동을 개척하겠다는 숙원을 가지고 있습니까?"
"뭐?"
"그렇지 않으면 왜 얼음 위를 걷겠다는 거지요?"
아트밀은 어리둥절한 표정으로 사라말을 바라보았다. 사라말은 고개를 갸웃한 채 잠시 생각에 잠겼다가 말했다.
"당신이 착각했군요. 내가 하려던 말은 여기서 헤어지자는 겁니다."
"헤어져? 여기서?"
"예. 나는 아이톤에서 썰매개를 구한 다음 얼음 바다 위를 통해 규리하로 갈 겁니다. 우리가 없으면 당신은 아이톤 남쪽의 경계망을 통과하기 쉬울 겁니다. 당신은 지러쿼터 산맥을 통해 규리하로 가십시오. 그리고 규리하에서 만나도록 합시다."
헤어졌다가 오후에 만나서 차나 한잔하자는 투였다. 아트밀은 그러면 있다가 보자고 대답할 뻔했다. 하지만 아트밀은 곧 사라말이 무슨 말을 한 것인지 깨달았다.
"너, 방금 역사상 아무도 횡단하지 못한 길을 횡단하겠다고 말한 거야?"
"예."
"너 미쳤냐?"
"미치면 얼음 바다를 횡단하기 쉽습니까?"
"잘 모르겠는데……. 잠깐. 그런 질문이 아니잖아!"
사라말은 허리를 조금씩 돌리면서 말했다.
"아트밀, 이건 성공 확률을 최고로 높이는 일입니다. 물론 나나 내 동생이 규리하에 도착하는 것이 가장 좋습니다. 하지만 그럴 수 없다면 당신이라도 도착해야 합니다. 어쨌든 셋 중 하나는 규리하에 도착해서 황제 폐하의 유언을 전달해야 합니다. 여기까지 동의합니까?"

"젠장. 그렇다 치고. 그래서?"

"셋 중 하나가 도착하는 것이 성공이라면, 셋이 한꺼번에 움직일 필요는 없습니다. 그럴 경우 사고가 일어나면 셋 모두에게 일어날 테니까요. 게다가 우리가 없으면 당신이 규리하에 도달할 확률은 굉장히 높아집니다."

"그래서?"

"셋 모두가 지러쿼터 산맥으로 가느냐, 셋 모두가 얼음 바다를 건널 거냐, 아니면 둘로 나뉘느냐. 뭐 이런 선택지가 있는데 조금 전 말했듯이 셋이 한꺼번에 움직일 필요는 없습니다. 게다가 우리 셋이 한꺼번에 지러쿼터 산맥을 넘기는 어렵습니다. 얼음 바다에서 사고를 만나면 역시 셋 모두 죽겠지요. 하지만 둘로 나눈다면? 내가 얼음 바다를 건널 확률은 여전히 별 볼일 없겠지만, 당신 혼자서 지러쿼터 산맥을 넘는 것은 어렵지 않을 겁니다. 그것이 성공 확률을 높이는 일입니다. 반론 있습니까?"

아트밀은 벼슬을 부풀린 채 외쳤다.

"있어! 맞아. 나 혼자 가는 것이 가장 확실해. 그러면 너희들은 여기 어디에 숨어 있으라고. 그래. 아이톤에 숨어 있으면 되겠군. 야외도 아닌 도시니까 숨어 지내는 것이 어렵지는 않을 것 아냐. 그러면 그만이잖아?"

"아트밀, 이미 말했듯 나나 동생이 규리하에 도착하는 것이 당신 혼자 가는 것보다 훨씬 낫습니다. 나와 파라말이 여기에 숨어 있다면 결국 우리 두 사람이 규리하에 도착할 확률은 없어집니다. 하지만 얼음 바다를 건너면 약간의 확률이 있을 겁니다. 최소한 확률이 영은 아니겠지요. 당연히 건너야 합니다."

아트밀은 어처구니가 없었다. 그 약간의 확률에 거는 것은 사라말과 파라말의 목숨이다. 아트밀은 절대로 안 된다고 말했다. 필요하다면 백번이라도 말할 생각이었다. 하지만 사라말은 아트밀의 주장을 백번 부정할 생각이 없었다. 사라말은 할 말을 다했고, 동어반복함으로써 자신의 진정성을 강조하는 어법엔 관심이 없었다.

"아트밀, 낭비할 시간이 없습니다."

고함을 지르려던 아트밀은 부리를 닫고 사라말이 꿈지럭거리는 것을 보았다. 그리고 사라말이 꺼낸 수통을 보고 온몸을 부풀렸다. 앞으로 달려 나가 사라말의 손에서 수통을 쳐내려 했지만 아트밀의 발은 그를 반대 방향으로 이끌었다. 사라말이 수통 뚜껑을 힘겹게 열었을 때 아트밀은 이미 물을 뿌려선 닿지도 않을 거리로 물러나 있었다. 그래서 사라말은 수통을 가볍게 들어 보였다.

"떠나십시오. 그러지 않으면 뿌리겠습니다."

아트밀은 온몸을 부풀린 채 사라말을 쏘아보았다. 사라말은 꼼짝도 하지 않았다. 그리고 그의 손에 있는 수통도 움직이지 않았다. 대치가 더 길어졌다간 사라말이 쓰러졌을지도 모르는 시간이 되었을 때 아트밀이 움직였다.

아트밀은 손을 들었다. 그는 사라말을 외면한 채 말했다.

"규리하에서 보자."

"규리하에서 봅시다."

아트밀은 몸을 돌렸다. 그리고 한번도 뒤돌아보지 않고 걸어갔다. 하지만 사라말은 아트밀이 갑자기 되돌아오더라도 수통을 제

때 들어 올릴 수 있는 거리가 될 때까지 기다렸다. 레콘이 마음껏 내는 속도는 굉장한 것이기에 그 거리는 길었다. 마침내 아트밀이 나무들에 가려 더 이상 보이지 않게 되었을 때 사라말은 수통을 내렸다.

팔의 감각이 무뎠다. 사라말은 팔을 주무르며 썰매 곁으로 돌아왔다. 그때 썰매 속에서 목소리가 들려왔다.

"다 들었습니다, 형님."

"그랬냐."

파라말은 한숨을 내쉬었다.

"재미있는 경험을 하게 되겠군요. 아무도 못 건넌 길을 건너다니."

"이건 전염병이로군."

"예?"

"아트밀에 이어 너도 착각하는 걸 보니 그런 생각이 든다."

"무슨 말씀이십니까?"

"그 재미있는 경험, 너는 못한다."

파라말은 가득 쌓여 있는 담요와 모피 사이에서 힘겹게 몸을 움직였다. 가까스로 사라말의 얼굴을 보게 된 파라말은 의심 가득한 눈으로 형을 쏘아보다가 말했다.

"전 안 남을 겁니다."

"뿌릴래? 수통 줄까?"

"전 안 남을 겁니다! 같이 갈 겁니다."

사라말은 아트밀이 벗어 놓은 줄을 대충 주워 모아 자신의 허리에 묶었다. 그리고 아트밀이 아이톤에 충분히 가까운 곳에 썰매를 세워 놓았기를 기원하며 말했다.

"아니. 너는 아이톤에 남아 허리 치료를 하는 거다. 요양하기 좋은 곳이라는 이야기는 듣지 못했지만 네 적응력을 발휘해 봐."

"같이 가야 합니다…… 형님 혼자 보낼 순 없어요!"

사라말은 그 말을 듣지 않았다. 들을 생각도 없었고, 썰매를 끄느라 들을 여유도 없었다. 동생의 숨 막히는 고함을 무시하며 사라말은 아이톤으로 향했다.

나흘 뒤 정오. 사라말 아이솔은 아이톤의 현지민들이 그럴듯한 이름 하나쯤은 붙여 놓았을 것 같은 바위 앞에 서 있었다.

그는 잘 정비된 개썰매에 타고 있었다. 썰매에는 보급품이 잔뜩 실려 있었고 썰매 앞쪽엔 기운찬 라호친가히들이 매여 있었다. 보급품은 대부분 건조 식량이었지만 그 밖에도 얼음집을 짓는 데 필요한 도끼와 삽, 큰 칼과 더불어 얼음 뚫는 송곳과 낚시, 작살, 노궁도 있었다. 사라말이 계획하고 있는 모험을 성공시킬 수 있는 준비가 어떤 것인지는 아무도 모르지만 사라말이 준비를 대충했다고는 말하기는 어려울 것이다. 그리고 사라말은 자신이 그 모든 장비들을 다루는 데 필요한 최소한의 기술도 가지고 있지 않다는 점에 대해서는 크게 고민하지 않기로 했다. 고민한다고 해서 해결될 문제도 아니니까.

아이톤에도 자유무역당의 사무소는 있었고 사라말 아이솔은 특정한 구좌를 활성화시켜 자유무역당이 그에게 필요한 돈을 지급하게 하는 수단을 알고 있었다. 하지만 자유무역당의 정산 담당자는 약간 곤혹스러움을 느낄 것이다. 그의 원활한 정산을 비밀리에 도와줄 정부 모처가 북국의 빙해 속에 빠져 버렸기 때문이다. 비록 사라말이 자유무역당에 입힌 피해가 자유무역당의 전체 규모에 비하면 여드름을 짜내는 정도의 피해밖에 되지 않을 테지만 사라말은 마음속으로 진지하게 자유무역당에게 사과했다. 어쨌든 그 여드름은 파라말의 1년 하숙비와 사라말의 여행 준비금을 충분히 부담했다.

하숙집에서 파라말은 악화된 허리를 의자에 의지한 채 형을 쏘아보았다. 그는 누구에게 화를 내야 할지 몰랐다. 공포로 가득 찬 야외 생활에서 갑자기 편안한 하숙집 안으로 들어서자 파라말은 긴장을 풀었고 그 때문에 허리가 악화되었다. 파라말은 채 몇 걸음도 제대로 움직이기 어려워졌다. 자신의 나약함에 파라말은 분노했고, 비록 형을 따라가겠다고 말하고 있지만 스스로도 그 말을 믿을 수 없게 되었다. 사라말이 말했다.

"이게 가능성을 가장 높이는 일이다. 환자가 없으면 횡단 가능성이 더 높아지지. 또한 횡단에 실패할 경우에도 형제 중 한 사람은 살아남는 것이기도 하고."

"둘 모두 사는 방법도 있습니다."

"아트밀 교위에게 다 맡겨 둘 순 없다. 귀족원 회의의 장소와 일시, 참가자의 면면이 뚜렷해지기 전에 폐하의 유지는 엘시에더리 대장군에게 확실히 전달되어야 한다. 귀족들이 누구를 새 황제로 추대해야 하는지 알고서 회의에 참가해야 하니까."

"아트밀 교위가 엉성하게 전달해도 대장군은 정리할 수 있을 겁니다. 왜 형님까지 가셔야 합니까?"

"돈 받았으니까."

"예? 돈이오?"

"응. 필요할 때 이런 짓 하기로 하고 봉급 받았다."

파라말 아이솔은 제국의 율과 형을 총괄하는 대가로 봉급을 받은 것 아니냐고 되묻지는 않았다. 그런 의미가 아니기 때문이다. 사라말이 보낸 인사는 손을 한 번 흔드는 것뿐이었고 파라말은 아무 대답도 하지 못했다. 그리고 사라말은 준비된 개썰매에 올라 아이톤을 떠났다.

그리고 현지민들이 그럴듯한 이름 하나는 붙여 놓았을 것 같은 바위 앞에서 사라말은 기진맥진했다.

그것은 의견 대립의 문제가 아니라 의사소통의 문제였다. 자유무역당에서 탈취한 돈을 마구 써서 친화력이 좋은 개들을 골랐기 때문에 썰매개들은 분명 낯선 주인에게 협조할 의사가 있었다. 그리고 사라말 또한 썰매개들의 잠재력을 끌어낼 의도가 충분했다. 하지만 사라말에겐 개와 의사소통을 할 수단이 결핍되어 있었다. 턱까지 차오른 숨을 가까스로 끌어내리고 뒤를 돌아본 사라말 아이솔은 아직까지도 아이톤의 모습을 볼 수 있다는 사실을 확인했다. 사라말은 고개를 끄덕였다.

"고무적인 소식이 있습니다, 썰매개 여러분. 아이톤은 우리 뒤에 있습니다. 우리가 전진하고 있다는 명백한 증거입니다."

말이나 소에겐 정지 명령이라는 것이 있지만 썰매개에게는 정지 명령이 없다. 출발하면 달리고 지치면 멈춘다는 단순명쾌한 운송 수단이 개썰매다. 부득이하게 멈춰야 한다면 배의 닻처럼 작동하는 제동 장치를 사용해야 한다. 하지만 현지인들이 그럴듯한 이름을 붙였을 것 같은 바위 앞에서 멈췄을 때 사라말은 제동 장치를 사용하지 않았다. 개들이 통제력을 잃고 사방팔방으로 달리는 바람에 어쩔 수 없이 멈춘 것이다.

썰매에서 빠져나온 사라말이 우두머리 개에게 다가갔을 때 우두머리 개는 이 사태는 자신과 상관없다는 표정으로 사라말을 물끄러미 바라보았다. 사라말은 우두머리 개의 머리를 쓰다듬어 주고 말했다.

"우리, 대승적 차원에서 불필요한 책임 소재 논란은 그만둡시다, 대장."

우두머리 개는 점잖게 킹킹거렸다. 사라말은 두 손을 살짝 들어 보였다.

"좋습니다. 내 책임입니다. 인정합니다."

우두머리 개는 고개를 갸웃했다. 사라말은 책임을 다하기 위해 썰매개들을 다시 정렬시키고 썰매로 돌아왔다. 썰매 뒤에 선 사라말은 현지인들이 그럴듯한 이름을 붙였을 것 같은 바위를 돌아보았다.

현지인들은 그 바위에 아무런 이름도 붙이지 않았다. 그곳까지 나오지 않기 때문이다. 그리하여 그 바위는 사라말 아이솔에게 처음으로 이름을 얻게 되었다.

"사라말이 책임을 인정한 바위다."

자신의 책임 이행 불성실을 자연물에 위탁하여 후대에 전하게 하는 아름다운 모습을 보여 주고서 사라말은 개썰매를 출발시켰다.

사라진 제국의 율형부사는 '사라말이 백곰을 본 만', '사라말이 졸다가 빠질 뻔한 균열', '사라말이 노궁을 잘못 맞은 바다표범에게 쫓겨 다닌 빙원', '사라말이 잃어버린 썰매를 되찾은 유빙', '사라말이 헛것을 본 얼음산', '사라말이 극광을 보며 맛있어 보인다고 생각한 난빙대', '사라말이 유목을 주운 수맥' 등을 지났다. 사라말이 횡단하는 바다에는 다행히 군데군데 섬으로 짐작되는 용기가 있었다. 하지만 위험천만한 균열이나 유빙 또한 존재했다. 유빙이 부딪치며 형성된 난빙대는 개썰매의 진로를 만취한 사람의 행보처럼 바꿔 놓았다.

직선 거리로 따졌을 때 아이톤에서 사라말이 목표하고 있는 데린보트까지는 1,500킬로미터쯤 되며, 아이톤의 개썰매꾼들에게 그 거리는 좋은 썰매개들과 능숙한 썰매꾼이 보름 정도면 충분히 완주할 수 있는 거리로 알려져 있다. 물론 썰매가 지나가는 곳이 땅일 경우에 그렇다는 의미다. 바다는 완전히 다르다. 평평하고 단단하다 해도 얼어붙은 바다는 땅이 될 수 없다. 그리고 썰매개들의 기량은 훌륭했지만 사라말은 능숙한 썰매꾼이라 하기 어려웠다. 그래서 사라말은 한 달을 예상하고 식량을 준비했다. 하지만 잔여 식량이 반으로 줄었을 때 사라말은 자신이 통과한 거리를 도저히 절반이라고 말할 수 없게 되었다. 다행히 사라말이 준비해 온 사냥 도구들이 쓸모 있었다. 사람을 본 적 없는 동물들은 사라말 같은 초보 사냥꾼에게도 쉽게 붙잡혔다. 그것들은 주로 썰매개들의 배를 채우는 데 사용되었다.

개들과 사라말의 관계는 점차 호전되었다. 어쩌면 사라진 제국의 율형부사는 사라말류 의사소통법이라 할 수 있는 것을 터득했는지도 모른다. 사라말은 개에 대해 신경 쓰지 않았다. 무관심했다는 뜻은 아니다. 사라말은 사람을 대하듯 개를 대했다. 사라말은 썰매를 끄는 라호친가히들을 잡아먹히지 않으려면 계속 통제해야 하는 야수로 생각하지도 않았고 인간의 이기적인 목적을 위해 각고의 희생을 치러야 하는 불쌍한 짐승으로 여기지도 않았다. 사라말은 라호친가히들을 계약 당사자로 생각했다. 썰매를 끄는 것이 개의 일이다. 그리고 개의 식량을 제공하고 백곰의 습격으로부터 지키는 것은 사라말의 일이다. 둘은 서로의 책임만 다하면 된다. 그리고 각자 자신의 사색과 자신의 즐거움을 추구하면 그만이다. 라호친가히들은 사라말의 태도를 쉽게 깨달았다. 사라말이 개를 대하는 태도를 간략히 요약한다면 '존중하기 때문에 간섭하지 않는다.'에 가까웠다. 그래서 개들도 사라말을 그렇게 대했다.

망망한 빙원 가운데를 달리며 사라말이 신에게 말을 걸 때도 개들은 간섭하지 않았다.

"그러니까 다시 묻겠는데, 언제까지 보장할 수 있습니까?"

보름달이 뜬 밤이었고 밤하늘 아래 주위는 새하얗다. 난빙대나 수맥은 전혀 나타나지 않는 깨끗한 빙원이었고 돌풍도 없었다. 그들은 쾌활하게 달리고 있었고 정지라는 것이 무엇인지 모르는 생물처럼 행동했다. 바닥조차 중요하지 않은 것 같았다. 어쩌면 그들은 바닥이 없어도 달렸을지 모른다.

"이건 중요한 문제란 말입니다. 난 태어났습니다. 그래서 살았습니다. 산다는 것이 뭔지는 압니다. 계통학적으로 볼 때 나는 음식의 하위에 있고 분변의 상위에 있습니다. 입이 위에 있고 항문이 아래에 있는 건 우연이 아니지요. 음식과 분변 사이에 있는 나는 끊임없이 음식을 모아 나를 만들고, 나를 다시 분변으로 바꿉니다. 올라가도 안 되고 내려가도 안 되지요. 필사적으로 그 중간의 위치를 지켜야 합니다. 땔감과 재 사이에 있는 불과 마찬가지입니다. 그것이 사는 것입니다. 이 정도면 잘 알고 있지 않습니까?"

새카만 밤하늘에서 드문드문 흩어지는 하얀 구름은 달의 발자취처럼 보인다. 정순한 공기 속에는 달빛을 머금어 반짝이는 먼지 같은 것이 없다. 지극히 투명한 물속을 달리는 것 같다.

개썰매는 빙해에 어울리는 물건이 아니다. 그것은 개들의 부담을 줄이기 위해 가볍게 만들어져 있긴 하지만 마찰력을 줄이기 위해 지면과 닿는 부분이 날부분으로 제한되어 있어 아래쪽의 얼음에 상당한 압력을 가하게 된다. 날에서 나는 쉭쉭거리는 소리는 얼음을 베어 내는 듯하다. 때론 달리는 도중에 얼음 갈라지는 소리가 들리기도 했다.

밤이 낮에 그을리고, 낮이 밤에 얼어붙었다.

장중하게 다가온 폭풍우가 불꽃마저 얼려 버릴 것 같은 추위로 사라말과 개들을 난타했다. 운이 나빴다. 사방이 탁 트여 있어 먼 곳에서부터 폭풍을 볼 수 있었지만 주위에 대피할 지형이 없었다. 어쩔 수 없이 선택한 것이 폭풍의 정면에 있는 난빙대 뒤편이었다. 난빙대가 바람을 막아 주긴 했다. 하지만 그것은 우산으로 홍수를 막으려는 시도와 비슷했다. 북국의 폭풍은 눈폭풍이라기보다는 모래폭풍에 가까웠다. 폭풍을 포화 상태로 만들고 있는 것은 얼음 조각이었고 그것들은 날고 부딪치며 굉음과 섬광을 가득 뿌렸다.

난빙대에 몸을 반쯤 파묻은 채 사라말은 개들과 함께 한나절을 버텼다. 가까스로 폭풍이 멎었을 때는 밤이었다. 사라말은 살아 있다는 사실을 신비로 간주했다. 품속에서 얼어붙은 손을 꺼내는 데 반 시간이 걸렸고 그 손으로 다시 썰매 속의 식량을 꺼내는 데 반 시간이 걸렸다. 사라말은 말없이 개들과 식량을 나눠 먹었다.

밤이 낮에 그을리고, 낮이 밤에 얼어붙었다.

'사라말이 여섯 번째의 얼음집을 지은 섬'에서 사라말은 육포를 질겅거렸다. 연료가 없어서 조리는커녕 난방도 할 수 없었다. 육지에서 충분히 멀리 떨어진 것이 분명하다. 유목 같은 것은 보이지 않았다. 그리고 얼음도 조금씩 얇아지고 있었다. 사라말의 여행은 지리학적으로 말한다면 항해에 더 가까운 것이 되어 있었다. 사라말은 육포를 씹으며 신에게 말했다.

"그런데 음식을 분변으로 바꾸는 과정에서 몇 가지 부산물들이 발생합니다. 사실 꽤 많은 부산물들이지요. 미학, 나, 이득, 구분, 호기심, 친구 찾기, 존엄성, 소득재분배, 너, 우리, 윤리, 단추 꿰는 법, 평등, 질투, 투쟁, 미래 예측, 범주화, 농담, 금기, 동정심, 사랑. 음. 이거 밤새겠군요. 어쨌든 저는 제 육체를 음식과 분변 사이에 위치시키는 노동을 통해 상당한 가외 소득을 얻을 수 있습니다. 그리고 그것이 제 영의 음식임을 알 수 있었습니다."

사라말은 마지막 육포 조각을 입 안에 털어 넣고 잠을 청했다.

사람들이 가을이라고 말할 겨울에, 사람들이 바다라고 말할 얼음 위를 달리며 사라말은 꿈의 창문을 통해 현실을 바라보았다. 개들은 조금도 불안해하지 않았다. 사라말이 불안해하지 않기 때문이다. 그러나 사라말의 전망이 찬란한 것은 아니다. 사라말은 이 여행이 무수한 선구자들의 행적을 답습하는 형태로 끝날 것임을 확신하고 있었다. 난빙대가 비틀어 놓은 진로는 다시 유빙에 의해 왜곡되었다. 익숙한 지형이라고 할 만한 것은 없었지만 사라말은 자신이 빙글빙글 돌고 있음을 알았다. 가을이 더 깊어지고 바다가 꽝꽝 얼어붙으면 유빙의 장난은 피할 수 있을 테지만, 그때가 되면 사람을 선 채로 얼어붙게 하고도 남을 폭풍이 다가올 것이다. 게다가 식량이 줄어들고 있었다. 북국의 동물들은 얼어붙은 빙원을 떠나 얼지 않은 바다로 떠났고 사라말이 목격할 수 있는 동물의 숫자는 갈수록 줄어들었다. 하지만 사라말은 불안해하지 않았다. 애초에 그럴 확률이 더 높다는 것을 인정하고 있었기 때문이다. 그리고 사라말은 내가 나이기 때문에 가장 적은 확률의 성공을 보장받는다는 기만은 가지고 있지 않았다. 그렇다면 불안해하는 것보다는 입속으로 노래를 흥얼거리거나 재미있는 생각에 빠지는 편이 낫다.

아이톤을 떠난 지 19일째 되는 날, 사라말은 자신이 유빙에 갇혔음을 알았다.

유빙의 모습은 장지름이 800미터쯤 되는 타원형이었다. 그리고 바닷물이 유빙 주위를 둘러싸고 있었다. 바닷물이 가장 좁아지는 구간은 그가 지나온 후 갈라진 부분으로 폭이 20미터쯤 되었다. 어떤 방법으로도 넘을 수 없는 거리였다. 사라말은 유빙을 한 바퀴 돌아보고 나서 썰매로 돌아왔다. 썰매개들은 바닥에 엎드린 채 거친 숨을 고르고 있었다. 사라말은 썰매에 걸터앉았다.

폭풍을 기다릴 수밖에 없었다. 한 차례 강력한 바람이 찾아오면 틈은 얼어붙을 것이다. 하지만 완전히 노출된 유빙 위에서 폭풍을 맞이할 경우 살아남기 어렵다. 사라말은 얼음집 만드는 도구를 물끄러미 바라보다가 그것을 집어 들었다.

얼음집은 정확하게 말하면 눈집이다. 다루기 쉬운 눈을 입방체로 만들어 집을 만든 후 얼리는 것이 얼음집이다. 하지만 사라말이 유빙 위에서 긁어모은 눈은 별로 많지 않았다. 유빙 위를 모조리 긁어내다시피 한 후에야 조그마한 얼음집 하나를 만들 수 있었다. 완성된 얼음집 옆에서 사라말이 금방 멈출 듯한 호흡을 달랠 때 짧은 낮이 저물었다.

사라말은 묵묵히 썰매 속에 담아 두었던 바다표범의 사체를 개들에게 던져 주었다. 그리고 사라말은 다음 날 개에게 줄 것이 없다는 것을 깨달았다. 사라말은 낚시를 꺼낸 다음 유빙의 가장자리로 조심스럽게 걸어갔다. 주위는 빠르게 어두워졌다. 가장자리가 잘 보이지 않았다. 한 발 앞쪽이 얼음장 같은 바다일지도 모르는 상황에서 걷는 것은 고문이었다. 사라말은 소리에 귀를 기울였다. 유빙 가장자리에 바닷물의 물결 소리가 들릴지도 모른다. 하지만 들려오는 것은 먼 곳을 쓰다듬는 바람 소리와 썰매개들이 바다표범을 뜯어 먹는 소리뿐이었다.

사라말은 걸음을 멈추었다. 더 걸을 수가 없었다. 아무래도 등불을 가져와야겠다는 생각에 그는 몸을 돌렸다. 하지만 그가 만들어 놓은 얼음집과 썰매의 모습이 보이지 않았다. 사라말이 걷는 짧은 시간 동안 북국의 밤은 이미 주위를 새카맣게 덧칠해 놓았다. 묽은 별빛조차 없는 어둠이었다.

얼음집과 썰매를 찾기 위해 여기저기 돌아보고서 사라말은 자신이 어느 방향을 향하고 있는 것인지 알 수 없었다. 어쩌면 얼음이 갈라진 틈을 향하고 있는지도 모른다. 사라말은 다시 개들이 내는 소리에 집중했다. 하지만 머리를 둘러싸고 있는 털모자 때문에 소리가 기묘하게 들렸다. 사라말은 털모자를 잠시 벗어도 괜찮을지 생각해 보았다. 노출된 바닷물이 얼지 않았으니 기온은 빙점 근처일 것이다. 잠깐 동안은 견딜 수 있을 것이다. 사라말은 털모자를 벗었다.

그러나 더 큰 곤란이 찾아왔다. 얼어붙은 그의 옷이 내는 버석거리는 소리 때문에 개들의 소리를 찾기 어려웠다. 언제 거칠어졌는지 알 수 없는 자신의 호흡 소리 또한 사라말의 청각을 혼란시켰다. 사라말은 필사적으로 개들이 내는 소리를 찾았다. 하지만 그 소리는 묘하게 이곳저곳에서 분산되어 들려왔다.

사라말은 잠시 후 자신없이 한쪽 방향을 선택하고는 황급히 모자를 도로 썼다. 그러나 이번엔 모자가 옷에 달라붙어 애를 먹였다. 사라말은 악전고투 끝에 모자를 도로 쓸 수 있었다. 차가워진 모자를 쓰자 머리가 깨질 것처럼 아팠다. 사라말은 허리를 굽히고 숨을 몰아쉬었다. 가슴이 답답했다. 공기가 극히 차가운데도 목구멍은 불타는 것 같았다. 감은 눈 속에서 명멸하는 반딧불이들을 보다가 사라말은 몸을 똑바로 세웠다. 그리고 자신이 선택한 방향으로 조심스럽게 걸어갔다.

아무것도 보이지 않았다. 사람들이 사는 땅에 찾아드는 밤과 전혀 다르다. 그리고 산야에서 맞이할 수 있는 밤과도 다르다. 사라말을 둘러싼 밤에서는 생명의 물결 소리가 나지 않았다. 우지지는 밤새도, 정체를 알 수 없는 야행성 생물의 발소리도, 바람에 흩날리는 나뭇잎과 풀잎의 소리도 없다. 들리는 것은 자신의 고통스러운 발소리와 썰매개들이 내고 있는 방향마저 혼란스러운 소음, 먼 곳에서 들려오는 희미한 바람 소리뿐이다. 그 바람 소리마저 이질적이다. 바람은 얼음과 눈에 부딪히자마자 얼어붙어 살점이 떨어진 후에야 해방되는 듯하다. 찢어지는 바람의 비명.

사라말은 멈춰 섰다. 개들이 더 이상 소리를 내지 않았다. 아니면 그가 개들의 소리에서 멀어지는 방향으로 걷고 있는지도 모른다. 자신의 주위 800미터 이내에 얼음집과 각종 장비가 있는 썰매가 있을 테지만 사라말은 그 위치를 알 수 없었다. 그를 둘러싼 어둠 속에서 800미터는 800킬로미터와 마찬가지다. 사라말은 얼어붙은 입술을 모아 억지로 휘파람을 불었다. 흐느낌 같은 소리에 사라말은 질겁했다. 유빙 위를 가득 메우고 있는 얼어붙은 침묵 속에서 그 소리는 오싹하리만큼 위협적이었다. 하지만 개들은 사라말의 의도를 이해했다. 컹!

사라말은 반대 방향으로 도망치고 싶은 것을 간신히 억눌렀다. 바닷물에 뛰어들지도 모른다. 사라말은 그 소리가 들려온 방향을 가늠하여 조심스럽게 발을 움직였다. 얼어서 고체가 된 것 같은 어둠. 혹은 수억 마리의 검은 뱀 사이에 떨어진 것 같은 어둠. 미끈거리고 차갑고 꿈틀거리는 어둠. 아니, 그것은 방한복 아래로 흐르는 그의 땀이다. 땀 냄새도 소화 과정에서 발생하는 부산물 중에 하나다.

사라말은 중얼거렸다.

"고백하십시오."

입 밖으로 나온 순간 사라말의 말은 얼어붙어 떨어졌다. 사라말은 자신의 얼어붙은 말을 밟으며 걸었다.

"당신도 죽을 수 있습니다. 불사는 그 개념도 모르는 자들의 허무맹랑한 소리입니다. 불사는 불생입니다. 당신이 존재한다면, 당신은 죽을 수 있습니다. 도대체 언제까지 저를 보장할 수 있습니까?"

사라말은 발을 멈췄다.

더 걸을 수 없게 되었다. 어둠 속에서 시간 감각은 제멋대로 왜곡되었지만 처음으로 움직인 이후 최소한 반 시간은 흐른 듯했다. 그리고 아직도 썰매나 얼음집은 보이지 않았다. 어쩌면 지척에 있는지도 모른다. 겨우 두어 걸음 저편에 몸을 피할 수 있는 얼음집이 있을지도 모른다. 하지만 어쩌면 수백 미터 저편에 있을지도 모른다. 구역질과 한기가 동시에 찾아들었다. 사라말은 허리를 굽히려다가 그만 중심을 잃었다. 다리를 제대로 움직일 수 없기 때문이었다.

빙판에 부딪히는 느낌은 놀랄 만큼 아팠다. 몸이 다 얼어붙어 아무 감각을 느낄 수 없을 거라 생각했던 사라말은 뜻밖의 고통에 괴로워하다가 똑바로 누웠다. 바닥의 냉기는 슬그머니가 아니라 쏟아지듯 사라말의 몸을 파고들었다. 사라말은 자신이 다시 일어설 수 없을 것임을 확신했다. 사라말은 빙그레 웃었다. 적어도 그의 의도는 그러했다. 하지만 자신이 어떤 표정을 지었는지 알 수 없었다.

똑바로 누워서 다행이라고 생각하며 사라말은 빙해의 밤하늘을 향해 말했다.

"음. 직접 물어볼 수 있겠군요."

사라말은 눈을 감았다. 별로 더 어두워지지도 않았다.


시카트는 눈을 떴다. 규리하의 밤은 시카트 규리하를 불타오르게 했다.

시카트는 눈에 힘을 주면 나가들처럼 어둠 속의 열이라도 볼 수 있을 것 같다고 느꼈다. 손에 힘을 주면 도깨비들처럼 불을 만들어 낼 수 있을 것 같다. 과감하게 뛰어오르면 레콘처럼 날아오를 수 있을 것 같았다. 시카트는 환호하고 싶었다. 규리하의 밤은 미치도록 사랑스럽다.

시카트는 잠자리에서 빠져나왔다. 정우는 오래전에 동생을 감옥에서 그의 방으로 옮겨 주었다. 그리고 문 앞에 경비병을 세웠다. 수감에서 연금으로 격상된 셈이다. 그런데 입장의 변화를 느낀 것은 시카트뿐만이 아니었다.

시카트는 문으로 다가가 그것을 열었다. 바깥에는 두 명의 경비병이 있었지만 시카트는 거리낌 없이 밖으로 나왔다. 그리고 바닥에 주저앉아 있는 경비병들은 꿈쩍도 하지 않았다. 그들이 눈을 뜨는 것은 아마도 내일 정오쯤일 것이다. 그들이 먹은 저녁 식사에는 음식에 잘 사용되지 않는 특별한 첨가물이 들어갔다. 첨가물을 음식에 넣은 것은 어떤 하녀였고, 그 하녀의 외삼촌은 모 인사에게 상당한 채무를 지고 있었다. 그리고 채권자인 모 인사는 규리하 공과 동문 수학한 것을 자랑거리로 삼는 사람이었다. 경비병에서 숨쉬는 시체로 입장 변화를 경험하고 있는 남자들의 곁에서 등롱을 주워 시카트는 소리 없이 복도를 걸어갔다.

조금 후 시카트는 의상실에 도달했다. 아이저 규리하의 의복이 보관된 곳이었고 그 때문에 지금은 사용되는 일이 거의 없었다. 그는 문을 닫고 품속에서 편지를 꺼내었다. 그의 방을 청소하던 하녀가 수줍은 표정으로 건넨 편지였다. 수신인은 시카트였지만 발신인은 하녀가 아니었다.

등롱의 빛으로 편지를 다시 읽어 본 다음에 시카트는 의상실의 한쪽 벽으로 다가갔다. 벽을 더듬던 그의 손이 묘하게 움직인 순간 벽이 옆으로 움직였다. 그리고 그 너머에 나선계단이 펼쳐졌다. 시카트는 등롱으로 발아래를 비추며 나선계단을 따라 내려갔다.

시카트는 비밀 통로에 도착했다. 흥분과 성취감으로 그의 심장은 심하게 요동쳤다. 그리고 조금 후 시카트의 심장은 더 세게 고동쳤다. 고된 노동 때문이었다.

쓸고 닦는 손길 같은 것을 기대도 할 수 없는 비밀 통로는 거미줄과 먼지투성이였다. 시카트는 거칠게 팔을 휘저어 낡은 거미줄을 떼내느라 자주 멈춰 서야 했다. 곳곳에 균열이 일어나 바닥은 낙석으로 장애물투성이였다. 규리하 전쟁 당시 오뢰사수가 퍼부었던 철시 공격은 지상의 성뿐만 아니라 지하의 비밀 통로에도 상당한 충격을 주었다. 조금이라도 방심하면 돌을 걷어차거나 균열에 발이 빠질 지경이었다. 가을이라 곤충이나 뱀 같은 것은 없었지만 규리하 가문의 비밀 통로를 무상으로 이용하는 것들 중엔 더운 피를 가진 동물들도 있었다. 곳곳에서 쥐들이 움직이는 소리를 들을 수 있었다. 그리고 박쥐들도 있었다. 원래는 박쥐가 들어올 수 없는 공간이지만 비밀 통로에 생긴 균열 때문에 박쥐가 들어올 틈이 생긴 모양이다. 박쥐들은 등롱의 빛을 보자 혼비백산하여 날아올랐고 그때마다 시카트는 목을 움츠려야 했다. 하지만 비명을 지르거나 경거망동으로 소음을 내지는 않았다.

비밀 통로의 끝이 다가왔다. 통로의 균열을 경험했던 시카트는 약간의 우려를 느꼈다. 비밀 통로의 문을 여닫는 장치가 고장 났을지도 모른다. 다시 편지를 꺼내어 필요한 대목을 확인한 다음 편지를 갈무리하고 조심스럽게 문 옆을 더듬었다. 조금 후 두드러진 돌 하나가 만져졌다. 시카트는 그 돌을 밀었다.

낮지만 육중한 소리가 들렸다. 시카트는 간이 오그라드는 것을 느꼈다. 심호흡을 하며 시카트는 문을 살폈다. 문은 손 하나가 들락날락할 정도로 벌어져 있었다. 잠금 장치가 열린 것이다. 그리고 시카트가 바라보는 가운데 문틈 사이로 몇 개의 손이 들어왔다. 손들은 문을 붙잡아 옆으로 밀었다.

곧 문이 열렸다. 시카트는 바깥의 어둠을 향해 등롱을 움직였다. 불빛 속에서 여러 사람의 모습이 보였다. 하지만 시카트는 그들 중 목표했던 사람을 찾을 수 없었다. 그때 사람들 사이에서 등골을 싸늘하게 만드는 목소리가 들려왔다.

"시카트."

시카트는 반가움으로 소름이 돋은 팔을 앞으로 내밀었다. 조금 후 시카트 규리하는 아이저 규리하의 품에 안겼다.

시카트는 터지려는 울음을 간신히 참았다. 아이저는 아들의 등을 힘있게 두드려 주고는 다시 그를 밀어냈다.

"나누고 싶은 이야기는 한이 없지만 서둘러야겠다. 조금 참아 줄 수 있지, 시키?"

별로 좋아하지 않는 애칭을 들은 시카트는 성난 표정을 지었다. 그리고 아이저 또한 자신의 표현이 잘못되었다고 느꼈다.

'맙소사. 몇 달이나 지났다고?'

시카트는 아이저가 마지막으로 보았던 소년이 아니었다. 아이저는 온갖 각오를 하고 규리하에 왔지만 어느새 청년의 냄새를 풍기는 막내아들에 대해서는 아무런 대비도 하지 않았다.

'그래. 벌써 열여섯이지. 몇 달 후면 열일곱이 될 테고. 나이도 나이지만 마음고생이 많았겠지.'

아이저는 막내아들이 어른이 되어 가는 모습을 보지 못했다는 사실에 상실감을 느꼈다. 복잡한 심회에 잠시 머뭇거리던 아이저에게 누군가가 말을 걸었다.

"변경백 각하."

아이저는 퍼뜩 정신을 차렸다. 그는 시카트에게 고개를 끄덕여 주고 나서 이끌고 있던 무리에게 지시를 내렸다. 사람들은 일사불란하게 비밀 통로 안으로 들어갔다. 하지만 시카트는 그 지시 내용 중 두 사람이 남아서 시카트를 지키라는 내용이 있다는 사실에 놀랐다.

"아버님, 저도 들어가겠습니다."

"아냐. 너는 여기 남아 있어라."

그것이 원래 계획이었지만 청년의 모습이 된 아들을 본 아이저는 약간 자신 없는 태도로 말했다. 그리고 시카트는 당당하게 주장했다.

"한 사람이라도 많으면 더 좋지 않습니까?"

"아냐. 네가 쓸데없이 위험을 무릅쓸 필요는 없다. 이 길을 열어 준 것으로 오늘 밤 네 몫은 충분히 했다. 여기 있는 누구보다도 큰 일을 해낸 거지. 이제는 아버지의 퇴로를 지키고 있어라. 만약 일이 잘못될 경우를 대비해서 퇴로가 확보되어야 하니까."

시카트는 뭐라 말하려 했지만 아이저는 미리 준비해 온 칼을 꺼내어 시카트에게 내밀었다. 시카트는 아버지를 바라보다가 체념하는 표정으로 칼을 받아 들었다.

"좋습니다. 비밀 통로엔 들어가지 않겠습니다. 대신 정문으로 들어가겠습니다."

아이저는 막내의 머리를 쓰다듬고 싶은 충동을 느꼈다. 그러나 그러는 대신 그는 고개를 끄덕였다.

"열어 주마."

시카트는 뒤로 한 걸음 물러나 그를 지키기로 한 사람들과 나란히 섰다. 아이저는 그대로 몸을 돌려 안으로 들어섰다.

비밀 통로의 상태는 엉망진창이었지만 아이저는 놀라지 않았다. 작년의 낙성 당시 아이저가 성을 탈출할 때 사용했던 통로가 바로 그곳이었고, 그때 이미 비밀 통로는 심하게 훼손되어 있었다. 아이저의 부하들 또한 통로의 상황에 대해 전해 들었기 때문에 지체 없이 달려가고 없었다. 아이저는 빠르게 달렸지만 비밀 통로의 끝 부분에서야 겨우 앞사람을 따라잡았다. 조금 후 그와 부하들은 의상실 안에 들어섰다.

부하들 중 한 명이 문을 열고 밖을 살폈다. 복도에 아무도 없다는 것을 확인한 아이저의 무리들은 재빨리 밖으로 빠져나왔다. 목표 인물은 정우 규리하였다. 정우를 인질로 확보한 후에야 성을 장악하는 다음 단계로 넘어갈 수 있었다. 그들은 빠른 속력으로 정우의 방으로 향했다. 계획에 따르면 정우의 방을 지키는 경비병들도 시카트의 방을 지키던 경비병들과 같은 감미료를 먹게 되어 있었다. 정우의 방 앞에 도달한 그들은 계획대로 경비병들이 쓰러져 있는 것을 목격했다.

그런데 그곳에는 계획에 없는 인물이 있었다.

쓰러진 경비병들 사이에 조그마한 남자가 서 있었다. 남자는 그 체격에 부담스럽지나 않을까 싶은 긴 창을 들고 있었다. 마치 철창을 든 티나한을 축소해 놓은 것 같았다. 남자의 모습을 확인한 순간 습격자들의 선두에 있던 이가 재빨리 비수를 던졌다. 목격자를 소리 없이 빠르게 해치워야 하기 때문에 선두에 선 남자였고, 비수 던지는 솜씨는 일품이었다. 비수는 정확히 남자의 목으로 날아들었다. 하지만 남자는 창대로 비수를 튕겨 냈다. 습격자들은 당황했지만 재빨리 칼을 앞으로 내밀었다. 그때 일행의 뒤편에 서 있던 아이저 규리하가 장창을 든 남자를 보았다. 아이저는 입술을 깨물었다. 그리고 그때 남자도 아이저를 보았다.

"오래간만입니다, 각하."

아이저에게 인사하면서 남자는 창을 기습적으로 내뻗었다. 유리한 위치를 잡기 위해 움직이던 습격자 한 명이 갑자기 다리를 붙잡고 나뒹굴었다. 용케 비명은 억눌렀지만 그의 얼굴은 격심한 통증으로 일그러졌다. 허벅지에 큼직한 구멍이 난 것이다. 찔린 자도, 그리고 다른 자들도 도대체 언제 창이 뻗어 왔는지 보지 못했다.

아이저가 말했다.

"매제님인가."

아이저는 재빨리 노궁을 꺼내어 들었다. 그러나 노궁을 겨냥한 곳에는 아무도 없었다. 그의 매제이자 판사이의 남작 발리츠 굴도하는 바람처럼 움직였다. 그리고 그의 창은 발리츠와 상관없는 물체인 양 엉뚱한 방향으로 움직였다. 발리츠가 세 걸음을 걷자 두 남자가 다리를 부여잡은 채 쓰러졌다. 그리고 네 번째 걸음을 걸었을 때 발리츠는 아이저에게로 방향을 돌렸다. 발리츠는 아이저의 눈을 똑바로 들여다보며 빙긋 웃었다.

"습격이다!"

발리츠의 고함이 쩌렁쩌렁하게 울렸다. 습격자들은 기겁했다. 그리고 그들 중엔 왜 이제야 고함을 지르는지 의아해하는 사람도 있었다. 그러나 아이저는 바닥에 쓰러져 있는 세 사람을 보고는 발리츠의 속마음을 이해했다.

그래서 아이저는 쓰러져 있는 사람 중 한 명에게 노궁을 겨냥했다.

"너는 진정한 규리하의 아들이다."

노궁 화살이 날아가 남자의 목에 박혔다. 남자는 부르르 떨다가 숨을 거뒀다. 습격자들은 놀라서 아이저를 돌아보았고 발리츠는 눈살을 찌푸렸다. 아이저가 냉정하게 말했다.

"규리하의 아들들에게 포로가 되는 굴욕을 줄 수는 없다."

쓰러진 자들은 아이저의 말을 이해했다. 처음부터 습격자 모두를 상대하는 묘기를 부릴 생각이 없었던 발리츠는 몇 명의 포로만 확보할 작정이었다. 상황을 깨달은 그들은 동료의 손을 번거롭게 하지 않았다. 쓰러진 자들은 단검을 꺼내었다. 한 명은 손목을 그었고 다른 한 명은 대담하게도 목을 찔렀다. 팍 튀는 피를 보며 발리츠는 입술을 깨물었다. 발리츠가 다시 고개를 들었을 때 아이저와 습격자들은 달려왔던 방향으로 도망치고 있었다.

성안 곳곳에서 소음이 들려왔다. 자신의 고함에 반응하는 소리를 들으며 발리츠는 손목을 벤 남자에게 다가갔다. 남자는 전에 자살 기도 같은 것은 해 본 적이 없었던 듯 손목을 가로로 베었다. 널리 알려져 있는 것과 달리 손목을 가로로 벨 때는 충분히 강하게 베지 않으면 실패할 가능성이 높다. 힘줄의 방해를 피하려면 세로로 긋는 것이 낫다. 발리츠는 쓰러져 신음하는 남자의 가슴을 밟고 손목을 재빨리 지혈하려 했다. 하지만 발리츠의 의도를 짐작한 남자는 무섭게 반항했다. 발리츠는 자신이 작은 만큼 몸무게도 작다는 사실을 확인받았다. 남자는 발리츠를 거의 날려 보낼 뻔했다. 가까스로 자세를 회복했을 때 발리츠는 남자가 똑바로 서서 칼을 부여잡고 있는 것을 보았다. 발리츠는 남자의 허벅지와 손목 양쪽에서 흘러나오는 피를 보고 사태가 급하다고 생각했다.

"포기해, 멍청아!"

"난 규리하 사람이다! 규리하 사람은 변경백을 위해 죽는다!"

"다음에 죽어! 네 어머니에게 말이나 하고 말이야!"

손목과 다리에서 피를 흘리는 남자는 발리츠의 말에 콧방귀를

꿨다.

"졸렬한 수법이군. 그런데 어쩌나? 내 어머니는 돌아가셨는데."

발리츠는 혀를 차고 남자의 어깨 너머를 향해 말했다.

"젠장. 할 수 없군. 어이, 거기! 그놈 붙잡아!"

남자는 뒤를 돌아보는 대신 어이없다는 표정으로 말했다.

"또 졸렬한 수법이야?"

"그게 아니거든…… 음? 아냐! 돌아가! 오지 마!"

곧 죽을 처지였지만 남자는 보다보다 이런 해괴한 장난은 처음 보겠다고 생각했다. 하지만 그는 발리츠의 표정이 예사롭지 않다는 것을 깨달았다. 일군의 습격자와 자신을 겨냥한 노궁 앞에서도 대담하게 행동하던 발리츠 굴도하 남작이 공포에 질려 있었다. 말 그대로 새파랗게 질려 있는 남작을 보던 남자는 복도 벽을 향해 움직이며 뒤를 돌아보았다.

발리츠는 거짓말을 한 것이 아니었다. 남자의 뒤쪽에는 누군가가 서 있었다. 남자는 그 사람의 엄청난 체구에 놀랐다. '굴도하 남작 부인인가? 남편을 도우러…….' 아니었다. 그것은 여자도 아니었고 인간도 아니었다. 어둠 속에서 드러난 사람은 도깨비였다. 도깨비의 어진 성품을 떠올린 남자는 안도하려 했다. 그러나 곧 자신이 흘리고 있는 피와 바닥을 적시고 있는 피 웅덩이를 보았다. 남자의 얼굴에 핏기가 싹 사라졌다. 꼭 실혈 때문은 아니었다.

발리츠 굴도하 남작이 찢어지는 목소리로 외쳤다.

"무사장! 탈해! 눈을 감으시오! 뒤로 물러나시오!"

즈믄누리의 무사장 탈해 머리돌은 발리츠의 말을 듣지 못했다.

습격자라는 말에 놀라 정우의 방으로 무작정 달려온 무사장은 부들부들 떨면서 바닥을 적시고 있는 피를 내려다보고 있었다. 그 커다란 몸이 마구 떨리는 모습은 어떻게 보면 우스꽝스러웠다. 하지만 웃을 수 있는 사람은 아무도 없었다. 발리츠는 이미 탈해가 이성을 잃었다고 판단했다. 아킨스로우 협곡. 십만 명 몰살 사건. 이성을 잃은 도깨비 한 명이 저지른 영원히 잊히지 않을 사건을 떠올린 발리츠는 이를 악물었다. 탈해를 죽여야 한다. 그나마 어르신이 될 테니 다행이군. 무사장도 이해하겠지. 발리츠는 창을 움켜쥐었다. 그러나 그 순간 탈해의 손에서 불꽃이 불쑥 일어났다. 발리츠는 땅을 박찼지만 그때 피를 흘리던 남자가 신음을 흘리며 기절했다. 남자가 쓰러진 곳은 발리츠의 창 위였다. 남자는 창과 함께 바닥에 쓰러졌고 창을 놓친 발리츠는 충혈된 눈으로 탈해를 바라보았다.

탈해의 손에서 일렁이던 불꽃이 크게 부풀어 올랐다.


헤어릿 에렉스는 발케네의 밤을 조용히 바라보았다.

곁에서 말들이 툴툴거리는 소리가 작게 들려왔다. 하지만 발굽 소리는 없었다. 말들의 수가 상당한데도 소음이 나지 않는 것은 헤어릿이 정성스럽게 말들의 발을 싸맸기 때문이다. 언덕을 치달리는 바람은 쌀쌀했고 헤어릿은 모닥불이 간절했다. 하지만 불을 피울 수는 없었다. 그녀는 어깨를 감싸 쥔 채 이리저리 왔다 갔다 하는 것을 선택했다.

헤어릿이 왔다 갔다 하는 것에도 질려 멈춰 섰을 때 뒤편 숲속에서 조그마한 목소리가 들려왔다. 헤어릿은 그 소리를 못 들은 척했다. 목소리의 주인을 정확히 알아들을 수 없었기 때문이다. 잠시 후 좀 더 분명한 목소리가 들려왔다.

"헤어릿 에렉스?"

헤어릿은 누구의 목소리인지 알았다.

"공자님?"

어둠 속에서 사람의 모습이 나타났다. 그것은 이이타 규리하였다. 그리고 그의 뒤편으로 파리조에 남아 있는 규리하 가문의 가신들이 하나 둘 모습을 드러냈다. 숫자는 그리 많지 않았다. 규리하 성 낙성 당시 아이저를 따라온 숫자가 많지 않았고, 또 그들 중 상당수를 아이저 규리하가 데리고 떠났기 때문이다. 이이타는 말들을 보며 말했다.

"우리 숫자보다 말이 많은 것 같군."

"갈아 타며 달릴 겁니다."

"그렇군. 우리가 떠난 것을 알면 추적하겠지."

몰래 떠나야 했다. 제국이 사라지고 귀족들의 암중모색이 심화되고 있는 지금 수중에 있는 예비 인질을 놓아줄 사람은 아무도 없을 것이다. 이이타 규리하의 경우, 아이저 규리하가 규리하 수복에 성공할 경우 스카리 빌파는 아이저에 대항하기 위한 인질로 그를 활용할 수 있다. 따라서 정신없이 도망쳐야 했다. 이이타는 헤어릿의 말이 그런 뜻이라고 생각했다.

"멈추지 말고 도망쳐야겠군."

하지만 헤어릿은 고개를 가로저었다.

"글쎄요. 그런 의미도 있지만, 말들이 피곤해하는 것이 싫기 때문입니다. 그래서 저는 먼 길을 나설 땐 꼭 여러 마리의 말을 데리고 다닙니다."

이이타는 고개를 끄덕였다.

"나는 우리 관점에서 본 것이고 헤어릿은 말들의 관점에서 본 것이겠지. 관점은 달라도 겉모습은 같겠지. 그렇잖아?"

"예, 공자님."

"그래. 어느 말이 제일 순하지?"

헤어릿은 말 한 마리를 가리키며 질문했다.

"규리하 가문의 공자님께서 설마 승마에 자신이 없진 않을 텐데요."

"내가 아니고 소리."

이이타는 고개를 돌렸다. 그곳에 소리 로베자가 서 있었다. 어울리지 않는 일이지만 헤어릿은 하마터면 웃음을 터뜨릴 뻔했다.

소리는 바지도 아닌 치마를 입고 가슴엔 보따리를 안고 있었다. 옛이야기에나 나올 법한, 지나치게 전형적이어서 오히려 낯설게 보이는 '도망치는 처녀'의 모습이었다. 헤어릿은 손끝으로 미간을 찔렀다. 혹시 이이타 공자님의 앞쪽에 옆안장으로 타겠다고 나서지는 않을까?

소리는 그렇게 행동했다.

헤어릿은 한숨을 내쉬고 이이타에게 다가갔다. 이이타는 말 위에 올라타 소리를 끌어올리려 하고 있었다. 헤어릿은 이이타의 손을 살짝 밀어냈다. 그리고 어리둥절해하는 소리를 끌어당겼다.

"그 보따리 안에 바지 있어?"

"예? 어, 없는데요."

헤어릿은 자신의 말에 맨 짐을 끌어내렸다. 그 속에서 바지 한 벌을 찾아내어 소리에게 내밀었다.

"숲 속에서 갈아입어. 그리고 나와 함께 타고 가는 거야."

"예?"

"정숙하게 행동하라느니 하는 취지는 아니고, 나는 말 고생시키고 싶지 않아. 공자님보다야 내가 가볍겠지."

이이타는 손가락으로 볼을 긁적였다. 소리는 어쩔 줄 몰라하다가 숲 속으로 들어갔다. 조금 후 그녀는 바지로 갈아입은 모습으로 나타났다. 헤어릿은 말을 끌고 직접 소리에게 다가갔다. 그리고 소리를 자신의 등 뒤로 끌어올렸다. 소리는 하마터면 반대편으로 떨어질 뻔했다. 말을 몰아 재빨리 다가온 이이타가 소리를 부축했다. 헤어릿은 소리에게 자신의 허리를 붙잡으라고 말하고는 이이타에게 말했다.

"모두 다른 말들을 데리고 달릴 수 있죠?"

"나는 한 마리 정도라면 어떻게 할 수 있을 거야. 다른 사람들은……."

"됐어요. 모두 한 마리씩만 맡아요."

일행들이 자신이 탄 말 외에 한 마리씩 붙잡자 다섯 마리가 남았다. 헤어릿은 말에서 내리지도 않은 채 그 다섯 마리를 자신의 주위에 정렬시켰다. 탁월한 솜씨에 낮은 감탄사들이 터져 나왔다. 헤어릿은 그들에게 따라오라고 말하고는 앞장서서 다섯 마리의 말을 끌고 움직였다. 달리지는 않았다. 아무리 발굽을 싸맸다 하더라도 달리는 소리까지 감추기는 어렵다.

헤어릿을 선두로 일행은 조용히 밤길을 걸었다. 달도 없는 밤이었고 아무도 불을 밝히지 않았다. 묽은 별빛뿐이었지만 길을 잘 아는 헤어릿은 거침없이 일행을 인도했다. 헤어릿이 걱정하는 것은 소리였다. 소리가 그녀의 허리를 꽉 붙잡은 채 자꾸만 좌우로 휘청거리는 바람에 헤어릿의 자세가 자꾸 불안해졌다. 헤어릿이 말했다.

"소리, 몸에서 힘을 빼. 날 도와주려고 애쓰지 마. 그게 더 위험해."

"예, 예."

"아니, 몸에서 힘을 빼라고. 매달리라는 것이 아냐. 가볍게."

"우리 언니 정말 죽은 거죠?"

헤어릿은 입을 다물었다. 잠시 후 소리가 말했다.

"확실하군요."

"그래."

"당신이 죽였어요?"

헤어릿은 심장이 덜컹하는 것을 느꼈다.

"왜 그렇게 생각하지?"

"당신이 저를 책임지려는 것처럼 보여서요."

북쪽의 땅 발케네의 가을밤은 차갑다. 이곳과 저곳의 산들이 웅웅거리는 바람으로 격론을 벌이고 나무들이 비명을 지른다. 이리저리 날아다니는 낙엽들이 가끔 팔다리를 스쳤다. 폭풍 속을 걷는 정도는 아니었지만 조용한 야행도 아니었다.

"네 언니를 죽였기 때문에 죄책감으로 너에게 잘해 준다는 거니?"

"아니에요?"

"하지만 내가 네 언니를 죽일 이유가 없잖아."

소리는 침묵했다.

"언니가 첩자니까."

"뭐?"

"우리 언니, 어쩌면 누군가의 첩자일지도 모른다고 생각했어요. 몇 가지 이상한 점이 있었어요. 이상한 사람과 만나기도 하고 누군지도 모를 사람에게 보내는 편지를 썼던 적도 있어요. 그 때문에 죽인 것 아니에요?"

헤어릿은 팔리탐 지소어가 해 주었던 설명을 떠올렸다. 락토 빌파는 세 사람 중에 데라시의 첩자가 있을지도 모르기 때문에 그들 모두를 죽였다. 헤어릿은 소리의 언니 수펀 로베자가 데라시의 첩자였던 거라고 생각하며 말했다.

"아냐. 나는 네 언니를 죽이지 않았어. 하지만 네 언니가 죽는 것을 막지도 못했어."

"예?"

"그때…… 있었어. 그걸 보았어. 막을 수 있었지만 그러질 못했어."

소리는 다시 침묵했다. 헤어릿은 지금이 낮이었으면, 그리고 소리의 얼굴을 정면으로 볼 수 있으면 좋겠다고 생각했다. 그러나 또한 그러지 않아서 다행이라고도 생각했다. 그때 소리가 날 선 목소리로 말했다.

"누구죠? 누가 우리 언니를?"

헤어릿은 그런 질문을 예상했다. 당연한 질문이니까.

"락토 빌파. 네 말대로 언니가 첩자여서 그랬나 봐."

소리가 다시 침묵했다. 조금 후 소리가 말했다.

"그렇군요."

헤어릿은 고개를 살짝 끄덕였다. 그러다가 기묘한 느낌을 받았다. 소리의 '그렇군요.'에는 많은 의미가 함축되어 있었다. 헤어릿은 소리가 엉뚱한 생각을 하고 있는 것이 아닌가 생각했다. 헤어릿은 뒤로 돌아서 묻고 싶었다. '아버지의 죄를 딸이 대속하는 것이라고 생각하는 거야?' 헤어릿은 그것이 터무니없다고 생각했다. 헤어릿은 락토의 죄를 대속할 생각이 없었다. 그러나 헤어릿은 그 질문을 어떻게 해야 하는지 알 수 없었다.

그리고 질문할 시간도 없었다.

그녀의 앞쪽에 갑자기 불빛이 나타났다. 누군가가 가리개로 감추고 있던 등롱을 들어 올린 것 같았다. 헤어릿은 긴장하며 불빛을 바라보았다. 길 옆에서 나타난 불빛이 길 가운데로 걸어왔다. 조금 후 가리개가 벗겨졌을 때 헤어릿은 비명을 지를 뻔했다. 불빛 속에 나타난 얼굴은 얼굴이 아니었다. 그러나 헤어릿은 조금 후 그것이 익숙한 가면임을 깨달았다.

"팔리탐?"

등롱을 높이 들어 기수를 확인하려던 팔리탐 지소어는 헤어릿의 목소리를 듣고는 다시 등롱을 내렸다. 그는 비어 있는 손을 허리에 얹은 채 말 위의 헤어릿을 올려다보았다.

"그래, 헤어릿."

"여기서 뭐 하시는 거죠?"

"어디로 가는 거지?"

뒤쪽에서 약간 급한 발굽 소리들이 들려왔다. 따라오던 이이타 규리하의 일행이 이상한 낌새를 느끼고 앞으로 뛰쳐나왔다. 그들은 곧 헤어릿을 중심으로 펼쳐져 반원형으로 팔리탐을 감쌌다. 팔리탐은 주위를 슬쩍 훑어보고 나서 다시 헤어릿을 바라보았다.

"규리하로 가는군."

"그래요."

"그럴 수가 없겠는데."

규리하의 가신들이 칼을 뽑아 들었다. 쇠 부딪치는 소리가 요란했지만 팔리탐은 움찔하지도 않았다. 그는 차분하게 고개를 끄덕였다.

"대신 신호해 줘서 고맙군."

이이타는 신호라는 말에 당황했다. 그때 이이타의 등 뒤에서 더 큰 소리들, 하지만 같은 종류에 속하는 소리가 울려 퍼졌다. 병장기 부딪치는 소리였다. 그리고 그런 소음을 낼 수 있는 병장기는 레콘의 것뿐이다. 이이타와 그의 일행은 질겁하며 뒤를 돌아보았다.

어둠 속에서 레콘들이 나타났다. 사라티본 부대의 레콘들이 병풍처럼 그들을 둘러싸고 있었다. 말 위에 앉아 있는데도 그들은 대부분 레콘들을 올려다보아야 했다. 그런 명령은 없었지만 모두 꼼짝하지 않았다. 거리가 가까웠다. 서툰짓을 하는 순간 레콘들의 공격이 날아올 것이다.

그때 이이타는 좀 기묘한 것을 느꼈다. 그는 레콘들이 비슷비슷해 보인다고 생각했다. 이이타는 자신이 왜 그런 느낌을 받았는지 궁금해하며 그들을 관찰했다. 그리고 그 원인을 알았다. 레콘들은 비슷한 무장을 하고 있었다. 무기는 달랐지만 모두 똑같은 단검을 허리에 차고 똑같은 흉갑을 입고 똑같은 방패를 들고 있었다. 그것을 확인한 순간 이이타는 숨이 넘어갈 듯한 충격을 받았다. 그들은 군대였다. 그것도 제국군의 레콘 여단과 같은 군대가 아니었다. 레콘 여단들은 최후의 대장간에서 받은 제각기 다른 무기들을 소지하며 방어구 같은 것은 사용하지도 않는다. 그들이 가지고 다니는 것들 중 규격화된 소지품이 있다면 배낭이나 식기 같은 것이다. 하지만 이이타 규리하의 주위를 둘러싸고 있는 사라티본 부대원들은 일반 제국군처럼 완전히 규격화된 무장을 하고 있었다. 이이타는 믿을 수 없다는 표정으로 레콘들이 들고 있는 흉갑과 방패를 바라보았다.

'레콘이 방어구를 하고 있다고? 규격화된? 누가 그걸 만들었지?'

고민할 필요도 없는 문제다. 이이타는 그 이야기를 이미 들었다. 살인 기사 제이어 솔한과 아실이 나눈 이야기였다. 설명을 한 것은 아실이었다.

'그 일만 명의 레콘을 무장시키기 위해 당신이 마지막 대장간에 간 거죠. 그곳에 레콘들의 무장을 주문하려고. 맞지요?'

'그래. 맞아.'

그게 이런 것이었나? 이이타는 메마른 입술을 적셨다. 그것은 상상하기 어려운 광경이었고 무시무시한 압박감을 주는 모습이었다. 이이타가 잘 알고 있는 압박감이었다. 통일된 복장을 한 열 사람은 각기 다른 복장을 한 열 사람보다 훨씬 압박감을 준다. 그리고 그저 서 있기만 해도 무시무시한 레콘들이 통일된 방어구를 착용한 채 서 있는 모습은 신경을 짓누를 것 같았다. 이이타는 모든 것이 틀렸다고 생각하며 소리를 보았다. 소리 또한 정신을 잃을 것 같은 얼굴을 하고 있었다. 그런데…….

'왜 소리가 보이는 거지?'

소리의 앞쪽에 있어야 할 헤어릿이 보이지 않았다. 이이타는 어리둥절한 얼굴로 주위를 둘러보았다. 헤어릿을 찾기 위해 고개를 돌리던 이이타가 팔리탐을 보았을 때였다.

갑자기 팔리탐이 무릎을 꿇었다.

사라진 제국의 율형부사 사라말 아이솔은 바다에 누워 있었다.

얼어붙은 바다가 아니었다. 쾌청한 날 쟁룡열도에서 볼 법한 바다다. 수평선에서 뭉게뭉게 솟아오르는 구름은 눈이 멀 정도로 희고 하늘도 탈색된 것처럼 하얗다. 하늘이 백열하고 있기에 태양을 찾기 어렵다. 바다는 평온했다. 곳곳에 물마루가 넘실댔지만 그것이 수면을 주름진 노인의 얼굴처럼 만들지는 않았다. 오히려 건강하게 꿈틀대는 젊은이의 살갗처럼 매끄러워 보인다.

사라말은 부표처럼 수면 위에 둥둥 떠 있었다.

가벼운 부침은 있었지만 몸 전체가 가라앉는 일은 없다. 지친 날개를 쉬기 위해 나뭇가지 대신 수면을 이용할 수 있는 새들처럼 사라말은 물 위에서 절대적인 부력으로 떠 있었다. 그물 침대에 누워 있는 듯하다. 얼음과 어둠과 추위는 어디로 갔을까? 얼굴을 간질이는 산들바람 속에서 사라말은 피식 웃었다. 엄격한 그의 정신은 환상을 배격한다. 이것은 죽음 후의 세계이거나 육체의 소멸 위기 상황에서 그의 정신이 창조해 낸 세계일 터였다.

'이제 어디선가 가벼운 물소리가 들리고 그쪽을 향해 고개를 돌리면 거울 같은 수면 위를 미끄러지듯 걸어오는, 음, 바다의 지혜를 담고 있는 듯한 얼굴의 수염 허연 노인? 취향에 안 맞아. 나신의 여인으로 하겠어. 보석 가루를 뿌린 것 같은 몸, 수치와 갈급함을 모르는 고요한 눈, 그리고 이마에서 자라나는 것은 머리카락이 아니지. 그 머리에서 부드럽게 흘러내리는 것은 푸른 물결. 매끄러운 어깨와 등을 감싸고 쏟아지는 물결은 그대로 하얀 물거품을 일으키며 바다에 뒤섞인다.'

사라말이 정리를 끝냈을 때 가벼운 물소리가 들렸다. 사라말은 고개를 돌렸다.

'이런. 되는 것이 없군. 나신은 분명 나신인데…….'
레콘이다.
 수치와 갈급함을 모르는 그윽한 눈으로 그를 바라보고 있는 것은 레콘이었다. 사라말은 고개를 돌렸다가 다시 바라보면 어떨까 하는 안이한 생각을 해 보았다. 하지만 그때 레콘이 말을 걸었기에 사라말은 고개를 돌릴 기회를 잃었다.
 "정신 차렸어?"
 "전에는 미쳤냐고 물었지요."
 "그랬지."
 아트밀은 히죽 웃으면서 하얀 하늘과 구름을 얼음집 천장으로, 넘실거리는 바다를 담요로 바꿔 놓았다. 사라말은 미간을 찡그렸다가 다시 잠들었다. 어쩌면 나신의 여인을 만나러 간 것인지도 모른다…….
 다시 눈을 떴을 때 사라말은 묵직한 몸을 느꼈다. 그것은 자신의 몸이었다. 먼젓번에는 깨닫지 못한 것이었고, 거북한 느낌이지만 동시에 살아 있다는 느낌이었다. 그대로 누운 채 담요의 느낌을 즐기고 싶었지만 사라말은 잠자코 그것을 밀어냈다. 그는 똑바로 앉아 주위를 둘러보았다.
 얼음집 안에는 아무도 없었다. 꿈을 꾼 것인가 하는 판단을 내리려다가 얼음집 안의 공기가 따스하다는 것을 깨달았다. 누군가가 잊지 않고 물을 뿌린 것이다. 하지만 정신을 잃은 자신이 그랬을 리는 없고 설령 아트밀이 이곳에 온 것이 사실이라 하더라도 물을 뿌리지는 않았을 것이다. 사라말은 의아해하며 몸을 일으켰다. 그는 옷을 완전히 차려입고 장갑도 끼고 있었다. 자신의 옷차림을 내려다보던 사라말은 가벼운 소음을 들었다. 소음의 위치는 바깥이었지만 얼음집의 입구를 막고 있는 털가죽 때문에 소음의 정체는 알기 어려웠다. 사라말은 일어서서 털가죽을 밀치고 밖으로 기어나갔다. 밖으로 나와 똑바로 일어섰다.

희부연 낮이었다. 얼음집이 있는 유빙 위는 고요하고 개들이 까불거리는 소리가 들려왔다. 약간의 현기증 때문에 사라말은 얼음집을 짚었다. 그때 저편에서 목소리가 들려왔다.

"아, 사라말!"

사라말은 고개를 돌렸다. 상당히 험악한 광경이 펼쳐져 있었다. 덩치 좋은 레콘이 백곰인 듯한 동물의 사체를 토막 내고 있었다. 말끔하게 벗겨진 모피가 옆에 뭉쳐져 있고 그 위에서 활달한 썰매개 두어 마리가 데굴데굴 구르고 있었다. 그리고 다른 썰매개들은 해체되는 고기를 보며 낑낑거렸다. 사라말은 눈을 비볐다가, 다시 레콘을 보았다.

"아트밀?"

아트밀은 웃으며 손을 조금 들어 보였다. 조금 기다리라는 손짓이었다. 사라말은 휘청거리며 가까이 있던 썰매로 다가가 그 위에 걸터앉았다. 아트밀은 사라말의 큰 칼을 단도처럼 이용하여 고기를 베어 내서 꽁꽁 얼어붙은 고깃덩이를 썰매개들에게 던져주었다. 이곳에선 김이 무럭무럭 나는 고기 같은 것은 죽은 직후가 아니면 보기 어렵다. 그 모습을 물끄러미 바라보던 사라말은 저편에서 누군가가 걸어오는 것을 보았다. 사라말과 비슷한 옷차림을 하고 있는 그 사람은 손에 양동이를 들고 있었다. 사라말은 이 사태를 어떻게 평가해야 할지 고민하며 말했다.

"파라말."

발밑을 살피며 걷던 파라말이 고개를 들었다. 사라말을 본 파라말은 반가운 표정을 지으며 물동이를 바닥에 내려놓으러 했다. 사라말이 고개를 가로저었다.

"얼어붙어서 못 떼는 수가 있다."

파라말은 '허!' 하는 소리를 내는 표정을 짓고는 양동이를 들고 걸어왔다. 양동이를 썰매 위에 얹어 놓은 파라말은 형 앞에 서서 두 팔을 벌렸다.

"침착한 소리는 그만두시고 한번 안아 봅시다! 형님!"

사라말이 뭐라 말하기도 전에 파라말은 형을 덥석 끌어안았다. 그러나 파라말은 곧 '윽!' 하는 소리를 내며 자신의 허리를 황급히 붙잡았다. 사라말은 논평했다.

"급조한 티가 나지만 훌륭한 위문 공연이다. 웃겼다."

허리를 붙잡고 낑낑거리던 파라말은 사라말의 말에 대답하지 못했다. 사라말은 일어서서 동생을 부축하여 옆의 썰매에 앉혔다. 그런 후에야 사라말은 썰매가 두 대라는 것을 깨달았다. 사라말은 개들의 숫자를 살폈다. 하지만 썰매개는 그가 데리고 있던 놈들뿐이었다. 사라말은 아트밀을 바라보고 고개를 끄덕였다.

"누가 설명할 겁니까?"

파라말은 여전히 오른손으로 허리를 짚은 채 왼손만 들어 아트밀을 가리켰다. 썰매개들에게 고기를 분배한 아트밀은 남은 고깃덩이들을 챙겨 들고 가까이 다가왔다. 그러나 썰매 위에 놓여 있는 양동이를 보고는 멈칫했다. 사라말이 양동이를 얼음집 안으로 옮겨 놓은 다음에야 겨우 설명이 시작되었다.

"지러쿼터 산맥을 향해 내려가던 중이었어. 아마 우기츠쯤에 이르렀을지도 모르지. 그런데 그때 갑자기 성공 확률을 가장 높일 방법이 떠올랐어."

돌 속의 바람 293

"뭡니까?"

"생각해 봐. 네가 말했던 계획을. 일어날 수 있는 가능성은 나 혼자 규리하에 도착하는 것, 너와 파라말이 도착하는 것, 우리 셋 모두가 도착하는 것과 셋 모두 도착하지 못하는 것, 이렇게 네 가지 경우가 있지. 그중에서 제일 좋은 것은 셋 모두 도착하는 것. 그 다음으로는 너와 파라말이 도착하는 것, 그리고 내가 도착하는 것이 세 번째고, 아무도 못 가는 것이 가장 나쁘지. 맞지?"

"맞습니다. 그래서?"

"즉 내가 아무리 열심히 규리하로 가 봐야 세 번째로 좋은 결과밖에 얻지 못한다는 거야. 그렇다면 세 번째로 좋은 결과를 얻기 위한 노력을 차라리 첫 번째나 두 번째 목표에 쓰는 것이 낫다 이거야. 너와 파라말이 규리하에 도달할 수 있도록 돕는 것. 어때? 그 생각 떠올리고 정말 내 머리에 감탄했어. 너도 그 생각은 못했지?"

아트밀은 자기 머리를 두드렸다. 자신의 영리함을 칭찬하는 행동인 것 같았고, 사라말은 박수를 치는 대신 한숨을 내쉬었다. 아트밀은 약간 의아해하며 계속 설명했다.

"그래서 난 재빨리 아이톤으로 돌아갔지. 그런데 거기에서 파라말이 썰매를 사서 형을 뒤쫓겠다고 하고 있잖아? 그래서 너 혼자 간 걸 알고는 내가 개 대신 썰매를 끌면서 따라왔지. 자취고 뭐고 아무것도 없었는데, 야, 정말 찾기 어렵더라. 그런데 겨우 얼음집을 발견했지. 네가 만든 것일 수밖에 없잖아. 거기서 계속 서쪽으로 오다가 개 짖는 소리를 들었지. 그래서 너를 찾은 거라고. 도착해 보니 개들이 네 주위에서 컹컹거리고 있더라? 라호친가히들은 주인도 뜯어먹는다고 들었는데 사이가 꽤 좋았나 보지. 그런데 얼음이 갈라져 있더라고. 젠장."

파라말이 거들었다.

"어떻게 건넜을 것 같습니까? 저쪽에서 눈을 모아 얼음집 만들 때처럼 다리를 만들었습니다."

그리고 파라말은 한 지점을 가리켰다. 바닷물이 넘실대는 틈 위로 얼음다리가 얹혀 있었다. 커다랗고 긴 얼음덩이를 만든 다음 그냥 밀어 놓은 것 같다. 레콘의 힘이 있었기에 가능한 일이었을 것이다.

"제가 썰매를 끌고 저 위로 건넜고 아트밀은 뛰어서 건넜죠."

두 사람의 설명을 경청한 사라말은 고개를 끄덕이고 담담하게 말했다.

"아트밀."

"왜?"

"수학 못하죠?"

아트밀은 긴장하여 벼슬을 빳빳이 세운 채 사라말을 바라보았다. 사라말은 방한복에 붙은 얼음을 장갑 낀 손으로 문질러 떼며 말했다.

"이런 확률 계산은 탁상공론이지만 한번 해 봅시다. 우리 셋이 한꺼번에 움직이면 모두 도착하거나 모두 도착하지 않거나 둘 중 하나입니다. 성공 확률은 2분의 1. 당신이 거론했던 네 가지 경우 중 세 가지 경우에는 황제 폐하의 유언이 대장군에게 전달됩니다. 성공 확률은 4분의 3."

아트밀은 부리를 쩍 벌렸다. 사라말이 선고했다.

"계산 착오입니다."

순간 아트밀이 두 주먹을 꽉 움켜쥐었다.
"그래, 나 수학 못해—!"

사라말과 파라말은 썰매 안으로 나동그라졌고 썰매개들은 펄쩍 뛰어올랐다. 황급히 일어난 파라말은 유빙이 갈라지지 않았나 살폈다. 다행히 그런 기색은 없었다. 한편 아트밀은 하늘을 향해 주먹을 휘두르며 고함을 지르고 있었다.

"젠장! 종군 10년! 10년 근속! 그거면 됐지 군사 수학이라니 무슨 빌어먹을 소리야? 엉? 싸우는 데 구구단이 무슨 소용이냐고. 철극 휘두를 때 계산해서 휘두르냐! 구구단 못하면 똥구멍에서 깃털이 자라냐! 구구단 못해도 싸움 잘하고 구구단 못해도 잘 걸어다녀! 군인이 걸을 줄 알고 싸울 줄 알면 끝이지. 구구단이 무슨 소용이냐!"

사라말이 천천히 일어나 앉아 상황을 정리했다.
"수교위 진급 시험에 떨어졌군요."
"네 번이다! 크하하!"

멍청한 얼굴로 아트밀을 바라보던 파라말은 '크하하'가 왜 따라붙는가 진지하게 고민했다. 그러나 그의 형은 전혀 다른 의문을 품었다.

"몇 단이 문제입니까?"
"7단 만든 놈 만나면 죽여 버릴 거야!"
"나도 가끔 그런 생각을 하죠."

순간 아트밀의 얼굴에서 긴장감이 떠올랐다. 아트밀은 믿을 수 없다는 얼굴로 사라말을 노려보다가 율형부사를 향해 성큼 걸어왔다. 허리를 굽힌 아트밀은 율형부사의 얼굴에 자신의 부리를 가까이 가져가 말했다.

"다른 건 양보해도 그놈은 안 돼. 그놈은 내 것이다. 사라말 아이솔!"

아트밀은 이글거리는 눈으로 사라말을 바라보았고 사라말은 태연히 아트밀의 두 눈을 마주 보았다. 그리고 두 사람 모두 곁에서 호흡 곤란으로 죽을 것 같은 얼굴을 하고 있는 사라진 제국의 유수부차사에 대해서는 별로 신경 쓰지 않았다.

조금 후 웃음이 폭발했다. 그것은 아트밀의 부리에서 나왔다. 아트밀은 바닥에 주저앉아 미친 듯이 낄낄거렸고 파라말 또한 뒤늦게 웃음을 터뜨렸다. 사라말은 팔짱을 낀 채 빙그레 웃었다. 한참 후에야 겨우 웃음을 멈춘 아트밀은 크게 심호흡을 하고 사라말에게 한쪽 눈을 찡긋했다.

"쳇. 좀 같이 가자. 응? 신경 쓰여서 놔두고 못 가겠더라."

사라말은 고개를 끄덕였다.

"여기까지 왔으니 할 수 없군요. 2분의 1 확률에 도전해 봅시다. 셋이 하나를 상대한다는 말도 있으니까."

"좋아! 바로 그거야. 셋이 하나를 상대하는 거지. 어디 보자. 그래, 개썰매에 너와 동생이 타라. 저 썰매에 장비를 옮겨 싣고 내가 끌지. 그러면 되겠지?"

사라말은 고개를 끄덕였다. 그리고 체구가 큰 아트밀을 대신해서 얼음집 안의 물건들을 꺼내오려고 일어섰다. 얼음집 안으로 기어 들어간 사라말은 양동이의 물을 사방에 뿌리고 바닥의 모포를 주워 모았다. 그것을 가지고 밖으로 나가려다가 그는 문득 멈춰 섰다. 사라말은 벽에서 얼어붙는 바닷물을 바라보았다.

어떻게 아트밀은 얼어붙은 '바다' 위를 건너왔을까? 평평하고 단단하다 해도 얼어붙은 바다는 땅이 될 수 없다. 사라말은 고개를 들었다. 그리고 얼음집 천장을 향해 속삭였다.
"이전의 질문은 다음으로 유보하겠습니다. 다른 질문이 있습니다. 모든 이보다 낮은 여신께 제 질문 좀 전해 주십시오. 조금 깁니다."

사라말은 헛기침을 했다.

"저는 사람들이 레콘을 집단화하면 집단화한 레콘은 다시 사람을 죽일 거라고 판단했습니다. 레콘이 더 이상 레콘이 아니게 되니까요. 그런데 저 밖에 이상한 레콘이 있습니다. 물 위를 달려온 레콘입니다. 뭔가 이상한 느낌이 듭니다."

사라말은 입구 쪽을 보았다. 바깥에선 장비 옮겨 싣는 소리가 들렸다. 사라말은 다시 얼음집의 천장을 바라보았다.

"레콘은 도대체 무엇이 되고 있는 겁니까? 그것은 저를 살렸습니다. 다른 사람도 살릴까요?"


탈해 머리돌이 두 손을 높이 들어 올린 순간 그 손에서 부풀어 오르던 불길이 폭발했다.

발리츠 굴도하 남작은 몸을 던지거나 눈을 감아야 한다는 생각을 떠올리지 못했다. 그럴 수 없는 광경이었다. 탈해는 두 눈을 감은 채 두 손을 높이 들고 있었고 그 손에서는 용출하는 간헐천처럼 불길이 쏟아져 나왔다. 탈해의 손에서 두 개의 불회오리가 솟아나는 듯했다. 그것은 복도의 천장에 부딪혀 삽시간에 사방으로 퍼져 나갔다. 기다란 복도의 천장은 불의 강으로 변했고 갑자기 높아진 밝기에 발리츠는 눈을 찌르는 아픔을 느꼈다. 천장에서 물결치듯 일렁이는 불의 강, 두 개의 불회오리, 그것은 탈해의 손으로 수렴되는 두 개의 뒤집힌 용오름이었다.

 탈해의 허리가 뒤로 기울었다. 두 팔은 한껏 뒤로 젖혀졌고 그 급격한 동작에 따라 두 줄기의 불회오리는 수미터쯤 뒤로 출렁였다. 그리고 탈해는 허리와 함께 두 팔을 앞으로 집어던졌다. 두 개의 불회오리는 이제 불의 채찍이 되어 복도 바닥을 난타했다.

 발리츠는 그 무서운 공격을 피해 옆으로 몸을 던졌다. 복도의 벽에 몸이 부딪히면서 숨이 끊어질 듯한 충격을 받았다. 탈해는 두 팔을 마구 휘둘렀고 그 격렬한 팔의 움직임에 따라 두 줄기의 불회오리가 복도의 사방을 두드렸다. 하지만 탈해가 주로 원하는 것은 바닥을 때리는 일인 것처럼 보였다. 눈을 감은 채 휘두르는 것이어서 방향이 일정하지는 않았지만 불줄기가 주로 날아드는 곳은 바닥에 낭자한 피였다. 발리츠는 머리를 감싼 채 벽과 바닥 사이로 몸을 쑤셔 넣었다. 이젠 늦었다. 파멸이다. 규리하 성은 물론이거니와 주위의 모든 땅에서 바위가 녹아내리고 흙이 엉겨 붙을 것이다. 발리츠는 눈앞으로 스쳐 지나갈 인생의 모든 순간을 기다렸다.

 그런데 저 맨발은 뭘까?
 머리를 감싸 쥔 두 팔 사이로 발리츠는 두 개의 맨발을 보았다. 작은 발이다. 그 위로 보이는 것은 풍성한 아랫도리와 넉넉한 윗도리. 발리츠는 눈을 들었다. 잠옷인가? 도깨비 식? 그리고 이 불로 가득 찬 세상에서 빗줄기처럼 시원해 보이는 기다란 검은 머리카락이 아래로 흐르고 있다. 도깨비의 옷을 입고 있는 그 사람은 너무도 조그맣다.

 발리츠 굴도하 남작의 앞에 서 있는 사람은 방에서 나온 정우 규리하였다.

"각하!"

남작이 고함을 지른 순간 정우는 앞으로 달려 나갔다.

탈해는 여전히 두 팔을 맹렬하게 휘둘렀고 불줄기는 터무니없이 긴 한삼 자락처럼 모든 것을 스쳤다. 그리고 정우가 있는 곳은 탈해의 정면, 바로 그 불 회오리가 가장 격렬하게 움직이는 곳이었다. 곧 불길이 그녀의 몸을 둘러쌌다. 발리츠는 입을 딱 벌렸다.

'도깨비와 함께 자랐어도 각하는 인간입니다! 불에 탄다고요!'

불길은 정우의 몸 이곳저곳을 거침없이 둘러쌌다. 남작은 사람이 산 채로 불타오르는 것을 처음 보았다. 더군다나 그 사람이 처조카라는 것은 상상도 못할 일이다. 발리츠는 정우의 옷이 삽시간에 불타는 것을, 그 기다란 머릿결에 불이 옮겨 붙는 것을, 그리고 검은 잿더미가 되어 고통스럽게 뒹구는 정우의 모습을 도저히 볼 수 없었다.

확실히, 발리츠는 볼 수 없었다.

그런 모습이 나타나지 않았기 때문이다.

충격 때문에 정신이 멍해졌지만 발리츠의 눈은 다행히도 주인에게 충실히 세계의 모습을 전달했다. 정우는 숨쉴 새 없이 내려쳐지는 불길 속을 태연히 뛰어갔고 그녀의 몸 어느 부분도 타오르지 않았다. 인간이 어릴 때부터 도깨비와 함께 자라면 도깨비와 같은 피화(避火)의 능력을 얻게 되나? 선천적인 능력과 후천적인 습득 능력의 경계를 허무는 해괴한 가설을 떠올리던 남작은 갑자기 정신을 차려 주위를 둘러보았다.

지금쯤 복도는 불길에 휩싸여 무너지고 있어야 한다. 최소한 바닥에 쓰러진 사체들은 익은 고깃덩이로 변하고 피 웅덩이는 지글지글 끓고 있어야 한다. 하지만 발리츠는 그런 모습을 볼 수 없었다. 발리츠는 온도를 느끼려는 시도를 해 보았다. 뜨거움은 커녕 더위도 느낄 수 없었다. 복도는 북방의 규리하에 어울리는 싸늘함으로 가득했다. 뜨거운 것이라곤 자신의 몸뿐인 상황에서 남작은 갑작스럽게 상황을 이해했다.

'열이 없다. 빛뿐이다!'

발리츠는 자신과 정우, 규리하 성과 그 주변 모든 사람들이 맞이한 행운에 놀랐다. 도깨비들은 불을 자유롭게 다룬다. 그리고 불에 대한 그들의 통제력은 불의 크기나 형태뿐만 아니라 온도에도 적용된다. 낭자한 피에 이성을 반쯤 잃어버린 즈믄누리의 무사장은 무시무시한 불을 만들어 내었지만, 바로 그 분노 때문에 불의 형태에만 집중했고 열에 대해서는 아무런 생각도 못한 것이다. 한마디로 그 불은 조금도 뜨겁지 않았다. 발리츠는 직접 목격하지는 못했지만 여러 번 전해 들었던 유명한 이야기를 떠올렸다. 즈믄누리의 무사장 탈해 머리돌이 얼음 위에 불길을 피워 마치 얼음을 태우는 듯한 모습을 연출했다는 이야기였다. 그리고 이제 발리츠는 그것이 어떤 식으로 이루어졌는지 알게 되었다.

그 사이, 정우는 탈해의 가슴 앞쪽에 도달했다. 참으로 작은 소녀다. 그녀의 정수리는 탈해의 명치에 이를까 말까 하다. 정우는 고개를 한껏 젖혔고 그러자 검은 머릿결이 크게 출렁였다. 탈해가 눈을 감고 있다는 것을 깨달은 정우는 꼭 쥔 주먹을 들어 올려 탈해의 가슴을 두드렸다.

"탈해, 탈해!"

탈해는 아무런 반응도 보이지 않았다. 그는 여전히 두 눈을 꼭 감은 채 손을 휘두를 뿐이었다. 정우는 까치발을 하고 손을 쭉 뻗어 올렸다. 그녀의 손이 가까스로 탈해의 입과 코 언저리를 만질 수 있었다. 정우는 탈해의 턱을 긁다가 그 입술을 붙잡아 비틀고 꼬집었다.

"탈해!"

탈해 머리돌이 눈을 떴다.

즈믄누리의 무사장이 본 것은 쓰러진 사내들과 낭자한 피였다. 먼 곳이었지만 발리츠는 탈해의 눈이 서서히 뒤집히는 것을 보았다. 발리츠는 숨을 쉬지 못했다. 만약 탈해가 도깨비불의 열을 끌어올린다면 조금 유예되었던 파국이 결국 찾아들 것이다. 그러나 정우는 아랑곳하지 않고 계속 탈해의 턱을 쓰다듬고 그 입술을 두드렸다. 그녀는 소곤거리듯 말했다.

"탈해. 제발. 아래를 봐. 나야. 탈해. 나 여기 있어."

탈해의 몸이 부르르 떨렸다. 탈해는 두 눈을 똑바로 뜬 채 자신의 가슴 쪽을 바라보았다. 그는 고개를 갸웃했다. 뭐가 뭔지 모르겠다는 얼굴로 정우를 보던 탈해가 갑자기 말했다.

"정우?"

"응. 탈해. 나야. 나 여기 있어. 괜찮아. 다 괜찮아."

탈해의 손에서 뿜어져 나오던 불길이 사라졌다.

발리츠는 복도를 재빨리 살폈다. 불탄 곳은 어디에도 없었다. 불의 강이 펼쳐졌던 복도의 천장에도 그을음 하나 찾아볼 수 없었다. 어떤 열도 없었던 것이다.

탈해는 혼란스럽다는 듯 고개를 가로젓다가 다시 복도 저편을 바라보려 했다. 그의 가슴에도 닿지 않는 정우의 머리 너머를 보는 것은 간단한 일이었다. 탈해가 다시 유혈이 흐르는 곳을 보려 하는 것을 깨달은 정우는 힘껏 탈해의 어깨를 붙잡았다. 끌어내리려는 것처럼 보였지만 손을 가까스로 얹을 수 있는 신장 차이와 두 사람의 체중 차이에서 그것은 불가능한 시도였다.

하지만 갑자기 탈해가 무릎을 구부렸다. 서 있을 힘도 없는 사람이 조그마한 충격에 쓰러지는 것 같았다. 탈해는 바닥에 무릎을 꿇었다. 그러자 그의 시야에 정우의 얼굴이 가득 찼다. 탈해의 얼굴에 약간씩 표정이 돌아왔다. 탈해는 당혹감과 수치심, 안도감과 공포를 동시에 표현하며 정우를 바라보았다. 정우는 웃으며 탈해의 이마와 뺨을 쓰다듬었다.

"응. 다 괜찮아, 탈해. 나쁜 것은 없어. 여긴 다 좋아."

탈해는 가만히 손을 들어 올려 정우의 두 손을 붙잡았다. 그의 두 손 안에 정우의 조그마한 손은 완전히 가려졌다.

"정우, 내가 뭘……."

"아무것도 아냐."

"나, 정우, 나는……."

"쉿."

정우는 탈해의 큼직한 손에서 자신의 두 손을 억지로 빼냈다. 탈해가 다시 그녀의 손을 잡으려고 허둥거렸지만 정우는 탈해의 손을 재빨리 피한 다음 갑자기 그의 얼굴 쪽으로 자신의 손을 가져갔다. 탈해의 얼굴은 커다랗고 그녀의 두 손은 작다. 그래서 정우는 두 손으로 탈해의 두 눈을 덮었다. 탈해는 다가오는 손을 보았다. 그리고 모든 것이 어두워졌다.

정우는 탈해의 두 눈을 덮은 채 그 귓가로 입을 가져갔다. 정우가 속삭였다.

"잊어."

조금 후 정우는 탈해의 눈에서 손을 뗐다. 탈해는 눈을 크게 뜬 채 정우의 얼굴을 바라보았다. 정우는 부드럽게 웃으며 탈해의 머리 양쪽에 손을 가져갔다. 그리고 탈해의 머리를 가슴으로 끌어안았다. 정우는 탈해의 이마에 뺨을 누른 채 다정하게 속삭였다.

"괜찮아. 잊어."

발리츠는 몸을 일으켰다. 사람들이 뒤늦게 달려오는 소리가 들렸다. 하지만 정우는 탈해의 머리를 끌어안은 채 꼼짝도 하지 않았다.



팔리탐 지소어는 말고삐를 짧게 잡으며 손목에 감았다. 그 순간 목을 누르는 섬뜩한 느낌이 다가왔다.

"하지 마세요. 몸 상해요."

"하지 말라고?"

"미안하지만 그 연세에 마상재는 어울리지 않아요. 저를 말 아래로 떨어뜨리는 대신 당신 팔다리를 부러뜨리게 될 거예요."

속마음을 들킨 팔리탐은 가면 아래에서 한숨을 내쉬고는 불평했다.

"다리라면 이미 부러진 것 같은데. 네가 걸어찼을 때 말이야."

"미안해요. 하지만 부러졌다는 건 과장이군요."

확실히 과장이다. 몇 시간 전 헤어릿이 그에게 가한 폭행은 그의 뒤편으로 다가와 오금을 강하게 걸어찬 것뿐이다. 무릎을 꿇은 팔리탐은 목을 누르는 칼날의 감각을 느꼈다. 적이 등 바로 뒤까지 다가왔는데 도대체 사라티본 부대의 레콘들은 뭐 하고 있었냐고 불평하려 했을 때 팔리탐은 갑자기 모든 것을 알았다. 그래서 헤어릿이 명령하기도 전에 레콘들에게 움직이지 말라고 외쳤다. 아무것도 볼 수 없는 레콘들이 섣불리 움직일지도 모르기 때문이다.

사람들은 꽤 해괴하게 어떻게 보면 우습기까지 한 모습을 보게 되었다. 팔리탐은 머리를 뒤로 젖힌 채 비틀거리며 헤어릿이 끌고 있던 말들 중 한 마리를 향해 걸어갔다. 절름발이나 실에 문제가 생긴 꼭두각시가 움직이는 것 같은 모습으로 말에 다가간 팔리탐은 여전히 괴상한 모습으로 말에 올랐다. 움직이지 말라는 명령을 받기도 했지만, 사라티본 부대의 레콘들은 그 어처구니없는 모습을 보느라 움직일 생각도 하지 못했다. 그때 이이타가 놀라서 '도깨비감투!' 하고 외친 것이다.

"원래부터 세 번째 감투를 네가 가지고 있었니?"

팔리탐은 고삐에서 손목을 풀며 질문했다. 그의 등 뒤에 앉아 있는 보이지 않는 여인이 대답했다.

"아니요. 공작님이 돌아가시기 전에 제게 가지라고 하셨지요."

"돌아가시기 전에?"

헤어릿은 건조한 어투로 피습당한 락토의 모습을 목격한 것부터 락토가 투신할 때까지의 모습을 설명했다. 팔리탐은 가면 아래에서 입술을 지그시 깨물었다.

"그래서, 네가 찾아냈다고?"

"예."

"그 힘으로 저 규리하 사람들을 규리하로 데려다 주려는 거야? 왜지?"

"전 여길 떠나고 싶으니까요."

하늘이 푸르게 변하고 있었다. 심야의 완전한 칠흑보다 새벽녘의 검푸른 하늘에서 더 맑게 빛나는 별들이 그들의 머리 위에서 반짝였다. 산야의 윤곽이 밤 속에서 성큼 걸어 나오고 야행성 동물들이 일과를 정리하는 소리가 들려온다.

"너 혼자 떠날 수도 있었을 텐데."

"동행이 있으면 좋잖아요."

설명하고 싶지 않다는 태도였다. 팔리탐은 다시 한숨을 내쉬고는 진지하게 말했다.

"헤어릿, 규리하를 혼란스럽게 해선 안 돼."

헤어릿은 침묵으로 팔리탐의 설명을 재촉했다. 팔리탐은 잠깐 뒤를 돌아보고 싶었지만 보이지 않는 칼날이 목을 누르고 있었기에 포기했다. 뒤편의 광경을 봐야 사기가 고무되진 않을 것이다. 사라티본 부대가 분노를 억누르며 따라오고 있을 것이다. 팔리탐은 이이타 규리하와 소리 로베자, 규리하의 가신들이 걷고 있는 앞쪽을 바라보며 말했다.

"산모를 괴롭히는 일이 될지도 모른다, 헤어릿. 지금 이 시각, 규리하는 새로운 제국을 잉태하고 있을 확률이 높아. 새로운 제국이 원만하게 태어난다면 사라진 제국의 뒤를 이을 수 있겠지."

헤어릿의 숨소리가 약간 높아졌다.

"규리하에서 사라진 제국을 대신할 새로운 제국이 태어난다고요? 발케네가 아니고?"

"왜 발케네라고 생각하지?"

"우리 뒤를 따라오고 있는 레콘들. 저렇게 중무장한 레콘들을 어디에 쓸 작정이지요?"

"저 무장들은 락토 공작님이 오래전에 최후의 대장간에 주문한 것이야. 하지만 저것들이 도착하기도 전에 전쟁이 벌어졌고, 또

끝났지. 레콘들 외엔 쓸모가 없는 것이라서 그냥 준 거야."

헤어릿은 뭔가 엉성한 설명이라고 생각했다. 팔리탐이 계속 말했다.

"저 중무장한 레콘 부대를 데리고 제국 점령에 나설 거라고 생각하는 거야? 그렇지 않아. 나는 스카리에게 사라티본 부대를 해체하라고 권했다."

"예? 왜죠?"

"사라티본 부대는 치천제에게 대항한 빌파 가문의 역심을 나타내는 상징이 되었다. 그런 유산은 스카리에게 부담이 되지. 스카리는 자신이 락토 공작님과 다르다는 것을 보여야 해. 그리고 규리하가 새로운 제국을 출산할 수 있도록 도와야 하지. 그것이 내 생각이다. 그러기 위해선 사라티본 부대는 필요 없어."

"저렇게 잘 무장시켜 놓고 포기한다고요? 그럴 사람이 있을까요?"

"저것이 화근 덩어리라는 것을 스카리가 깨달으면 포기할 거야, 헤어릿. 규리하에 분란 거리를 가져가지 마라."

"묘하군요. 당신은 빌파 가문의 사람인데, 왜 빌파 가문이 황가가 될 수도 있는 일을 반대하죠?"

"내가 빌파 가문에게 받은 은혜를 갚기 위해서다. 빌파 가문이 망하는 것을 볼 수 없어."

"스카리 요새에서 당신은 그렇게 말하지 않았어요."

가면을 쓴 남자는 입을 다물었다. 헤어릿은 남자의 등을 향해 말했다.

"당신의 태도를 종잡을 수 없군요. 왜 스카리를 막으려 하는 거죠? 락토를 막지 그랬어요? 락토에게 북부의 지배자 자리는 북부인에게 돌아와야 한다는 생각 같은 것 집어치우고 발케네나 잘 보전하라고 권하는 것이 나았을 거예요. 당신이 락토를 설득했다면 락토는 죽지 않았을 테고 당신이 보호하고 싶어하는 빌파 가문은 지금도 발케네를 다스리며 잘 살고 있었을 테지요. 왜 그러지 않았죠?"

"제 아비를 죽인 패륜아에게 제국을 줄 수는 없다."

헤어릿은 입을 다물었다. 팔리탐은 약간 노여워하는 투로 말했다.

"공작님은 빌파 가문이 북부를 다스려야 한다고 말씀하지 않으셨다. 북부인이 북부를 다스려야 한다고 말씀하셨지. 그리고 규리하에서 태어나는 새 제국을 지배하는 것은 북부의 사람일 거다. 그것은 암살의 주인이 품었던 여망이 이루어지는 일이다. 그 성취를 위해서 나는 스카리를 막는 거다."

"그래서……."

"만약 공작님이 너를 인지했다면 나는 스카리를 죽였을 거다."

헤어릿 에렉스는 무엇인가가 쾅 하고 머리를 치는 것 같은 충격을 받았다. 팔리탐은 고개를 떨어뜨린 채 말했다.

"스카리가 공작님을 죽였다는 것은 알고 있었다. 바닥에 떨어진 공작님의 곁에 스카리가 나타났을 때 이미 알아차렸다. 공작님께서 투신한 게 아니라는 것을. 그 순간 스카리를 죽여야겠다고 결심했다. 하지만, 하지만 그러면 빌파 가문은 끝장나는 거지. 만약 네가 헤어릿 에렉스가 아니라 헤어릿 빌파였다면 나는 아무런 부담을 느끼지 않고 스카리를 공작님 곁으로 보냈을 거다. 하지만 공작님은 너를 인지하지 않으셨고, 나는 감히 내 손으로 빌파 가문을 멸망시킬 수 없었다. 내겐 스카리밖에 없다."

팔리탐은 허허한 몸짓으로 하늘을 바라보았다.

"나는 스카리도 보호해야 하고 암살의 주인이 품었던 소망도 이루어야 한다. 내가 할 수 있는 일이 무엇이겠느냐?"

긴 침묵 후에 헤어릿이 말했다.

"스카리를 도와 빌파 가문을 지키면서 동시에 북부인이 지배하는 제국도 만들겠다는 건가요?"

"할 수 있을지는 모르겠지만."

동녘에서 태양의 통고가 번져 나갔다. 땅을 뒤덮은 낙엽 무더기 속에서 서리가 반짝였다. 파리조를 벗어난 것이다. 돌투성이 땅 바깥에서 가을의 아침이 시작되고 있었다.

"제가 몇 살인지 아세요?"

"스물일곱 아니니?"

"아실이 알려 줬어요. 락토 빌파는 제가 성인이 되고도 10년이 지날 때까지 팔지 않았다고. 저를 거둬들이고, 원추리문에서 좋은 교육을 받게 하고, 팔아치울 모든 준비를 끝낸 후에도 10년 동안 미적거렸다는 거지요. 저는 락토에게 물었어요. 왜 그랬냐고. 그 질문에 대한 대답이 감투를 찾으라는 거였어요."

팔리탐은 말갈기 속에서 드러나는 그림자들을 바라보았다. 헤어릿을 볼 수는 없었지만 그녀가 미세하게 떠는 것을 느낄 수는 있었다.

"감투는 뿔관 속에 있었어요. 뿔관은 대족장의 상징이죠. 발케네 공의 상징이 아니에요. 하지만 락토는 죽을 때까지, 죽은 후에도 발케네 공이지요. 발케네 공에게 뿔관은 필요 없어요. 하지만 락토는 자신이 뿔관의 주인이라고 말했지요."

헤어릿이 크게 숨을 내쉬었다.

돌 속의 바람 309

"그에게 또 다른 자식은 필요 없었어요. 당신이 내비친 것처럼 또 다른 자식은 스카리의 경쟁자가 될지도 모르니까. 결과적으로 옳았죠. 그의 그런 태도 덕분에 스카리가 당신의 칼 앞에서 살아 났으니까. 하지만 그는 또 다른 자식을 놓아주지도 못했죠. 그래서 10년이나 붙잡고 있었어요."

"헤어릿."

"그게 사랑이에요? 자기 자신을 조금도 포기하지 못하면서 딸을 놓아주지도 못해 붙잡고 있는 것이?"

팔리탐은 앞쪽을 바라보았다. 밝고 맑은 아침 대기 속에서 말들이 내뿜는 하얀 콧김이 뭉게뭉게 퍼져 나갔다. 문득 그들 중 이이타가 고개를 돌렸다. 팔리탐과 헤어릿이 잘 따라오는지 궁금하다는 듯한 얼굴로 뒤를 보았다가 잠시 후 다시 앞쪽을 돌아보았다. 그리고 가슴 앞에 태우고 있는 소리에게 귓속말을 속삭였다. 두 사람이 잘 따라오고 있다고 말하는 것 같았다. 팔리탐이 이이타를 보고 있는 것을 눈치 챈 헤어릿이 말했다.

"감투를 찾은 직후에, 저는 저 앞에서 걸어가는 이이타의 말을 엿들었어요. 취한 채 중얼거렸으니 아마 기억하지 못할 테지만. 이이타는 그러더군요. 무수한 소리 로베자가 죽게 되는 것이 싫다고. 마음에 들었어요. 저 애를…… 아니, 저 남자라고 해야겠군요. 저 남자를 규리하에 데려다 줄 거예요. 취한 김에 그랬는지 모르겠지만 저 남자는 제국을 걱정하는 대신 무수한 소리 로베자를 걱정했으니까요. 그리고 락토에게 언니를 잃은 소녀도 데려다 주겠어요. 새 제국의 잉태? 저는 그런 것 모르겠어요. 그리고 락토의 여망에는 관심이 없어요."

헤어릿이 갑자기 칼을 쥐지 않은 손을 뻗어 고삐를 붙잡았다.

두 사람을 태우고 있던 말이 멈춰 섰다. 헤어릿이 말했다.

"내리세요, 천천히."

칼날이 여전히 목을 누르고 있는 상태에서 팔리탐은 천천히 말에서 내렸다. 뒤쪽에서 따라오던 사라티본 부대가 웅성거렸지만 목을 누르는 칼날을 느낀 팔리탐은 손을 들어 그들을 제지했다. 말안장 위에는 아무것도 보이지 않았다. 그 허공에서 헤어릿이 말했다.

"이 앞쪽에 개울 있는 거 아시죠?"

"알아. 일부러 이 길로 왔군."

기대하지 않았던 순간, 갑자기 헤어릿이 나타났다. 그녀는 안장에 앉아 허리를 옆으로 기울인 채 팔리탐의 목에 단검을 겨누고 있었다. 그리고 다른 손에는 감투를 들고 있었다. 단검이 보이는 이상 팔리탐은 그것을 피할 수도 있었다. 그냥 뒤로 물러나면 말 옆으로 몸을 늘어뜨리고 있는 헤어릿은 그를 찌를 수 없을 것이다. 하지만 팔리탐은 그러지 않았다. 정중한 작별을 위해 모습을 드러낸 헤어릿을 존중하기 위해서, 팔리탐은 헤어릿이 단검을 당길 때까지 기다렸다. 헤어릿은 안장 위에 똑바로 앉아 단검과 감투를 갈무리했다.

"바람이 모든 나그네의 등을 밀어 주고 별이 모든 나그네의 길을 인도해 주는 것은 아니죠. 하지만 나그네는 자신이 갈 길을 알아요."

"헤어릿, 너는 네 길을 알고 있니?"

팔리탐은 단검에 약간 쓸린 목을 어루만지며 말했다. 헤어릿은 감투를 집어넣은 품속을 살짝 내려다보고 말했다.

"제 길은 사람들에게 보이지 않을 거예요."

갑작스럽게, 헤어릿은 말을 출발시켰다. 그녀는 순식간에 앞쪽에 있는 사람들을 따라잡았다. 그리고 규리하의 가신들이 끌고 가던 말들을 인수했다. 팔리탐은 길가에 서서 그들의 뒷모습을 물끄러미 바라보았다. 태양이 떠오르고 있었다.

팔리탐이 암살성으로 돌아왔을 때 태양은 그다지 높지도 않은 남중점을 지나 하강하고 있었다. 밤이 길어지는 계절이 오고 있었다. 헤어릿 에렉스와 규리하 사람들이 사라졌다는 소식은 이미 암살성 내에 파다하게 퍼져 있었다. 그러나 소리 로베자라는 하녀도 한 명 사라졌다는 이야기는 들리지 않았다. 아무도 하녀 한 명에게는 관심이 없었던 모양이다. 사람들은 모든 곳에 출현하는 스카리 빌파 때문에 함부로 이야기를 나누지 못했지만 불안해하고 걱정하는 기색은 분명히 확인할 수 있었다.

스카리에게 상황을 보고해야 하지만, 팔리탐은 숨바꼭질로 시간을 낭비할 생각이 없었다. 팔리탐은 스카리를 찾아가 보고하는 대신 데리고 갔던 레콘 병사들을 이끌고 사라티본 부대의 진지 쪽으로 향했다. 보고를 듣고 싶으면 스카리가 직접 찾아올 테지. 어디에 있는지 모르니 보고할 수 없다는 변명이 가능하다. 팔리탐은 노쇠한 태양이 여름의 추억을 반추하며 둥둥 떠가는 모습을 보며 진지로 들어섰다.

그런데 스카리는 진지 안에 있었다.

회의실로 쓰이는 커다란 목조 건물로 향하던 팔리탐은 힌치오가 거기서 걸어 나오는 것을 보았다. 그런데 문가에서 스카리가 서서 힌치오를 배웅하고 있었다. 팔리탐을 본 스카리는 그에게 오라고 손짓했다. 팔리탐은 힌치오에게 가볍게 인사하고 스카리에게 다가갔다. 스카리는 건물 안으로 들어섰다.

레콘들의 진지이다 보니 내부 공간은 물론이거니와 가구들도 큼직큼직했다. 스카리는 높은 의자에 앉아도 가슴 높이까지 올라오는 탁자를 사용하지는 않았다. 그는 창가로 다가가 그 곁에 섰다. 팔리탐이 그의 맞은편에 서자 스카리가 말했다.

"못 잡아왔군. 왜지?"

"헤어릿이 도깨비감투를 가지고 있었습니다."

스카리는 깜짝 놀랐다.

"헤어릿이?"

팔리탐은 헤어릿에게 들었던 이야기를 정리하여 스카리에게 들려주었다. 헤어릿이 세 번째 감투를 가지고 있다는 사실은 스카리를 꽤 동요시켰다. 하지만 스카리는 규리하 인들이 도망친 것에 대해서는 상대적으로 무관심했다. 팔리탐은 곧 스카리가 무엇을 걱정하는지 알게 되었다. 스카리는 도깨비감투가 규리하로 가고 있다는 사실에 신경을 쓰고 있었다.

스카리가 지나가는 말처럼 말했다.

"오늘 아침, 부냐가 또 악몽을 꾸었어."

팔리탐은 왈칵 짜증이 치미는 것을 느꼈다. 부냐 헨로라니, 그 여자가 작금의 상황에서 무슨 가치가 있다는 것인가? 팔리탐은 퉁명스럽게 반응하지 않으려 애쓰며 말했다.

"또 냉동실에서 길을 잃는 꿈입니까? 몇 달이나 지났는데 아직 그런다니 유감이군요."

"평생 그럴지도 몰라. 엄청난 충격이었을 테니까."

팔리탐은 백화각에서 노역했던 죄수는 부냐 외에도 많았고 그들 중 평생 남을 정신적 고통을 호소했던 사람은 아무도 없다고 말하고 싶었다. 시체를 처리하는 일일 뿐이다. 어디에서나 사람은 죽고 따라서 그것은 제국 전역에서 이루어지는 일이다. 하지만 스카리가 이해할 것 같지 않았기에 팔리탐은 그저 가면으로 그를 응시했다. 스카리가 이를 갈았다.

"시모그라쥬 공은 에더리를 죽였어야 했어. 황제도 죽고 제국도 사라졌는데. 그놈은 아직도 규리하에서 살아 있어. 황제의 대장군이라면 깨끗하게 자결해야 하는 거 아냐?"

친족 살해자의 입에서 그런 말이 나온다는 사실에 대한 경멸감에 앞서 팔리탐은 약간 긴장했다. 그는 스카리가 무슨 말을 하고 싶은 건지 궁금했다. 스카리는 창밖을 바라보며 말했다.

"그놈이 부냐를 그곳에 가둬 두었어. 평생 남을 고통을 줬지."

"각하."

태양의 궤도가 낮았다. 사물의 그림자가 길게 늘어졌고 창문을 통해 들어오는 빛살 또한 비스듬했다. 창문 양쪽에 선 스카리와 팔리탐 사이로 그 빛살이 완만하게 미끄러졌다. 빛줄기 사이를 떠다니는 먼지가 스카리의 모습을 흐리게 만들었다. 팔리탐이 다급하게 말했다.

"각하, 빨리 규리하에 이이타 규리하의 탈출 사실을 통고해야 합니다. 그렇지 않으면 우리 측에서 고의로 이이타 규리하에게 감투를 가진 조력자를 붙여서 규리하에 잠입시켰다고 생각할 겁니다. 그런 오해를 받지 않으려면……."

"통고? 내가? 에더리에게?"

"비셀스 규리하에게 통고하시면 됩니다. 규리하의 현재 지배자니까요."

"에더리의 아내에게? 네가 그랬잖아. 내가 둘을 짝 지었다고."

팔리탐은 입을 다물었다. 파리조를 둘러싼 돌들에서 그림자가 길게 흘러내렸다. 돌이 흘리는 검은 눈물처럼 보인다.

길지도 짧지도 않은 시간이 지났다.

"규리하를 친다."

팔리탐은 움찔했다. 스카리는 어느새 그를 노려보고 있었다. 그가 다시 말했다.

"규리하를 친다."

"각하……."

"지적해 줘서 고마워. 그래. 에더리가 자유무역당과 결합하기 전에 쳐야 해. 그러면 자유무역당은 나를 지지하겠지. 지테를 시야니는 사위의 곤경도 돕지 않았어. 한번 보지도 못한 외손녀 때문에 판단을 그르치지는 않을 거야. 그의 판단을 도와야겠지. 누가 이 사태를 정리할 힘을 가지고 있는지 알려 줘야지. 저기엔 잘 무장한 레콘 병사들이 있고, 내겐 발케네가 있으며, 제국의 주인은 없어졌어. 이것은 다시 오지 않을 기회야. 이 기회를 놓친 다음 평생 후회하는 일 따위는 하지 않겠어."

팔리탐은 목이 메어 말을 할 수 없었다. 스카리는 씩 웃었다. 투명한 미소였다.

"나는 제국을 가지겠어. 사나이가 일생을 던질 만한 일 아닌가?"

파리조의 돌 사이에서 세찬 바람이 일어나고 있었다.

# 제 19 장

아라짓 제국은 두억시니다.
— 원시제가 말했다고 알려졌지만, 아무도 그 출처를 믿지 않는 말

## 언약을 이행하는 태도

겨울비가 쏴아아아 내린다.
하늘이 투명하고 일방적인 손길로 땅을 촉진한다. 땅의 모든 비밀을 낱낱이 캐낼 듯 세찬 손길이지만 땅은 허연 물안개로 자신을 감추고 하늘을 묵묵히 마주 본다. 땅은 가면과 육체와 굴곡의 영역. 하늘에 굴곡이 있으면 어떨까. 매일 태양의 움직임에 따라 하늘에 거대한 그림자가 나타나 춤추다가 사라진다면 사람들은 좀 더 고상한 존재가 되었을까, 비루한 존재가 되었을까. 알 수 없다.
떨어진 빗물이 이랑치는 지금의 땅 위로 말에 탄 채 걷고 있는 어떤 사내가 있다. 목깃을 파고드는 빗물은 얼음장 같고 드러난 손은 장갑에 둘러싸여 있어도 시리다. 남자에게 이 시간은 일종의 갈림길이며, 같은 환경이 열 시간 이상 지속된다면 남자는 틀림없이 비루해질 것이다. 추위와 허기는 비루함으로 가는 좋은 안내자 겸 동반자다. 그러나 남자의 걸음은 그쪽을 향하고 있지 않다. 남자는 타인의 재산을 불태우고 타인의 비명을 먹는 길로 접어들었다. 그 길의 끝, 추위와 허기가 사라진 지점에서 남자는 어쩌면 고상함을 맛볼 수 있을지도 모른다.
뚜걱뚜걱 걸어가는 그 사람은 스카리 빌파다.
스카리가 걸어감에 따라 병사들이 고개를 들었다. 조금 전까지 그들은 호연지기 따위는 상상하기 어려운 겨울비 아래에서 회의와 의심에 빠져 있었다. 하지만 지금, 스카리 빌파의 걸음이 그들의 시선을 끌어당겨 턱을 들게 만들고 있었다. 평소 어디에 있는지도 잘 알려져 있지 않은 그들의 주군이 갑자기 그들 사이에 나타나 걷고 있는 모습은 호기심을 끌어내기에 충분했다. 그들 중 어떤 이들은 일어섰고 어떤 이들은 행동을 유보한 채 스카리를 관찰했다. 어쨌든 그들 대부분은 스카리를 바라보았다. 하지만 스카리는 아무도 돌아보지 않았다. 흠뻑 젖은 군대를 가로지르는 스카리는 고독한 도깨비불이다.

방패를 세워 든 채 가장 앞쪽에 도열해 있는 병사들보다 스무 걸음 이상 걸어 나온 스카리는 빗물 속에서 말을 멈춰 세웠다.

"나는 스카리 빌파다."

스카리 빌파는 투구를 벗어 말 옆으로 떨어뜨렸다. 물웅덩이에 떨어진 투구가 철퍼덕 물보라를 일으켰다. 습기 찬 공기 속에서 그 소리가 여러 번 메아리쳤다. 스카리는 가볍게 투레질하는 말을 달래고 나서 칼자루를 쥐었다.

"초라한 인연을 구걸하기도 싫고 지조 없는 운명에 휘둘리기도 싫다."

스카리는 검을 뽑아 들었다. 앉아 있던 병사들이 하나 둘 일어섰다. 그들의 몸에서 물방울이 후드득 떨어졌다. 빗줄기 사이로 하얀 입김들이 뭉게뭉게 피어올랐다. 뒤쪽에서 들려오는 소음에도 불구하고 스카리는 몸을 돌리지 않았다. 그는 병사들에게 등을 보인 채 칼을 높이 들어 올렸다. 완만하고 정확한 동작으로 스카리는 빗줄기 사이에 때이른 무지개를 만들어 보였다.

"발케네 인들아!"

뜻밖의 호출에 일어서던 병사들은 주춤했다. 스카리는 계속 외쳤다.

"더러운 것들아, 사나운 것들아, 지독한 것들아!"

병사들은 얼굴을 일그러뜨리며 난폭한 함성을 내질렀다. 스카리는 그제야 천천히 말을 돌렸다.

십만 대군이 지평선의 이쪽에서 저쪽까지 줄을 지어 서 있다. 비 때문에 깃발은 거둬들였지만 그 많은 사람들이 뿜어내는 하얀 입김이 수만의 깃발처럼 일렁거렸다. 같은 이름의 소지자가 몇 무리씩 나타날 그 대군은 차가운 겨울비 속에서 두 눈을 불태우며 스카리를 바라보았다.

스카리는 말고삐를 잡아당겼다. 그는 병사들 앞을 천천히 걸으며 외쳤다.

"그래. 발케네 인은 더럽고 사납고 지독한 것들이다. 저들은 우리를 손가락질한다. 우리를 비웃는다. 우리를 증오한다. 저것들은 우리를 두억시니 보듯 피한다. 왜 그런지 아느냐? 저것들은 우리를 두려워하기 때문이다! 발케네 인을 두려워한다!"

발케네 병사들이 거친 고함을 내뿜었다. 불길 같은 함성은 회색의 대지를 불사를 듯 퍼져 나갔다.

"저것들이 황제의 법에 기대어 자신이 지킬 수도 없는 것들을 주위에 쌓아 놓은 채 흥청망청하는 동안 우리는 싸우고 싸우고 싸웠다! 허무맹랑한 아라짓 전사나 밀렵꾼이나 다름없는 키탈저 사냥꾼들 따위는 노랫말이나 채우는 헛소리일 뿐이다! 진짜 전사를 보고 싶다면, 진짜 싸움꾼을 보고 싶다면 너희들의 옆을 봐라! 너희 자신을 봐라! 누가 우리처럼 싸우고 누가 우리처럼 사는가! 저들은 누가 진짜인지 안다. 그래서 저 간악한 것들은 우리가 서로 싸우게 만들었다. 더럽고 사납고 지독한 발케네 인들이 서로 싸우다 멸망하길 바란 것이다. 그러나 우리는 멸망하지 않았다!"

스카리는 가슴을 꽥 젖히고 홍소를 터뜨렸다.

"우리는 살아서 여기 있다. 빙토에서도 얼어붙지 않는 발케네 인의 끓는 피! 저들이 진짜 두려워하는 우리의 피! 그 피를 나에게 다오. 너희들에게 제국을 주겠다! 우리의 자녀들은, 발케네의 자녀들은 제국을 발아래 두고 웃으리라!"

스카리는 말고삐를 세차게 잡아당겼다. 말이 크게 발길질을 하는 순간 스카리는 검을 하늘로 뿌렸다.

"발케네! 발케네!"

병사들이 함성으로 스카리의 말을 따라했다.

"발케네! 발케네!"

병사들의 붉게 변한 얼굴을 보던 스카리가 말을 돌렸다. 병사들은 그가 달려갈 거라 생각하며 창검을 움켜쥐었다. 굽힌 무릎이 긴장으로 떨렸다. 감춰진 살육의 본능을 해방시키는 질주의 춤이 시작될 순간이 다가왔다.

하지만 스카리는 달리지 않았다. 그는 칼을 옆으로 뻗은 채 씩씩하게 걸어갔다. 그의 손길에 따라 병사들도 한 걸음씩 발을 뗐다. 흥분을 이기지 못한 몇몇 병사들이 앞으로 뛰어나오려 했지만 스카리는 엄하게 칼을 좌우로 휘둘러 그들을 제지시켰다. 병사들은 안달했다. 격노했다. 그리고 웃었다. 걸었다. 착, 착, 착. 바닥에 고인 물을 날려 보내는 일사불란한 발소리. 쾅쾅 내려딛는 발이 땅을 진감시켰다. 병사들은 그 소리에 매혹되었다. 착, 착, 착. 왼발, 오른발, 왼발, 오른발. 병사들이 스스로 줄을 맞추었다. 동물들은 아무리 많은 숫자가 모인다 한들 흉내 낼 수 없는 동작이다. 착, 착, 착. 갑자기 스카리가 쩌렁쩌렁 울리는 고함을 질렀다.

"내놔라!"

착, 착, 착. 병사들은 목이 간지러워지는 것을 느꼈다. 쏟아지는 비는 더 이상 군대를 비참하게 만들고 병사를 우수에 젖게 만드는 방해물이 아니었다. 오히려 비가 왔기에 군대는 더욱 사납게 끓어올랐다. 담금질을 당하는 생철처럼 군대는 물보라를 일으키고 입김을 무럭무럭 토해 냈다. 스카리가 다시 앞쪽을 향해 위풍당당하게 외쳤다.

"내놔라!"

병사들이 상체를 앞으로 내밀었다. 십만의 병사들이 스카리의 말을 복창했다.

"내놔라! 내놔라! 내놔라!"

"내놔라! 내놔라! 내놔라!"

돌격도 아니고 행군도 아니다. 발케네 병사들은 시뻘겋게 변한 얼굴로 두서없이 외쳤다. 착, 착, 착. 그들은 창검을 쥔 팔을 위로 내둘렀다. 착, 착, 착. 화살이 날아와 박힌들, 창과 돌이 하늘을 뒤덮은들 신경 쓰지 않는다는 태도다. 병사들은 방패도 들어올리지 않았다. 그들은 가슴을 불쑥 내밀었다. 침을 튀기며, 머리를 좌우로 흔들며, 심장을 쾅쾅 울리며, 쏟아지는 비에 턱을 내밀며 그들은 걸었다. 착, 착, 착.

투구를 벗은 스카리의 머리카락은 빠르게 젖어 들었다. 스카리는 머리를 뒤로 휘둘러 젖은 머리카락을 뿌려 넘겼다. 우레처럼 들려오는 "내놔라! 내놔라!" 하는 함성이 그를 밀어내는 듯하다.

등이 가렵고 팔다리가 가렵고 목과 볼이 가렵다. 스카리는 젖은 짐승이고 미친 짐승이었다. 그리고 짐승들의 우두머리였다. 스카리는 불길 같은 눈으로 앞을 바라보았다.

앞에는 성벽이 있었다. 스카리는 집어삼킬 것 같은 눈으로 성벽을 바라보았다. 참모들은 투석기를 제작해야 한다고, 사다리와 충차와 공성탑을 만들어야 한다고 말했다. 그렇지 않으면 비가 그칠 때까지 기다리라고 했다. 하지만 스카리는 아무것도 만들지 않았고 기다리지도 않았다. 그는 성벽을 향해 걸어갔다. 아무 준비도 하지 않은 채 발악하듯 고함을 지르며 걷는 병사들의 앞쪽에 서서.

"내놔라! 내놔라! 내놔라······."

성벽 위로 무엇인가가 올라왔다.

스카리가 말을 멈춰 세웠다. 그에 따라 십만 명의 물결이 서서히 멈춰 섰다. 스카리는 얼굴 근육을 경련시켰다. 가슴속에서 끓어오르는 것을 참을 수 없다는 듯, 스카리는 비 내리는 하늘을 향해 고개를 젖혔다. 그는 칼과 방패를 하늘로 뻗어 올려 서로를 거세게 부딪치고는 두 팔을 아래로 던졌다. 그의 입에서 짐승 같은 외침이 터져 나왔다.

"에야하아아!"

성벽 위로 올라온 것은 항기였다. 나나본 태수 무스키 드레는 스카리가 이끄는 발케네군에게 항복하고 발케네의 지배를 받겠다고 선언했다. 퍼붓는 비 속에서 젖은 항기는 초라하고 을씨년스러웠다. 그 무너지는 듯한 깃발을 보며 스카리는 희열에 찬 비명을 질렀다. 그리고 그 함성은 두 개, 네 개, 백 개, 십만 개가 되었다.

아라짓력 31년 9월 말. 눈이 내려야 할 시기에 엉뚱하게 내린 겨울비는 발케네가 자랑하는 레콘 부대를 봉인했다. 나나본 태수 무스키 드레는 그 비가 협상의 주연은 되지 못한다 하더라도 협상의 보조자 정도는 될 거라고 예견했다. 하지만 발케네군을 이끄는 스카리 빌파는 아무도 움직일 수 없을 거라 생각하는 시점에 아무도 다가오지 않을 거라 생각하는 장소로 군대를 이동시킴으로써 무스키 드레에게 선택을 강요했다. 그것은 돌격도 아니고 공성도 아닌 확실한 '이동'이었지만 무스키 드레가 결정을 내릴 요건은 되었다. 무스키 드레는 이기지 못할 전쟁에서 희생될 나나본 사람들뿐만 아니라 승리를 가져가기 위해 희생될 발케네 병사들의 목숨까지 고려한 다음 주저 없이 성벽 위에 항기를 게양했다. 발케네군은 사라티본 부대의 힘 없이 나나본을 무혈 점령했다.

그리고 나나본은 스카리 빌파의 지배, 발케네군에 대한 군량 지급, 군사 징발까지 약속했다. 드레 태수가 가공할 정치력을 발휘하여 가까스로 덧붙인 단서 조항은 '제국이 다시 황제를 가질 때까지'였다. 그것은 행방불명된 치천제의 귀환을 의미할 수도 있고 스카리 빌파가 아닌 다른 인물의 등극을 의미할 수도 있지만 스카리 빌파는 그 조건을 응낙했다.

"발케네 공 자신이 황제가 된다면 그 조건은 무의미한 것이니까."

바질튼 남작 친 피타오는 스스로에게 말하며 고개를 끄덕였다. 그가 자신에게 말하고 싶었던 것은 아니다. 하지만 팔리탐 지소어는 피타오 남작의 말을 들은 척도 하지 않았다. 피타오 남작은 약간 머쓱해하며 다시 말했다.

"발케네 공이 첫 번째 시험을 무사히 넘긴 것 같지 않은가? 모든 사람들이 공의 힘은 사라티본 부대뿐이라고, 물론 뿐이라는 말을 쓴다는 것이 우습지만, 어쨌든 그것뿐이라고 생각할 때 공은 발케네 병사들을 나나본 성 앞으로 움직였지. 그리고 승리했고, 병사들을 자신의 부하로 만드는 것에 성공했고, 자신이 레콘 부대의 주인이 아니라 발케네의 유일무이한 지배자임을 확인시켰어. 자네 생각은 어떤가?"

피타오 남작의 말은 명백한 질문이었지만 팔리탐은 다시 그 말을 무시했다. 그는 탁자 위에 펼쳐 놓은 지도를 물끄러미 바라볼 뿐 고개도 들지 않았다. 남작은 화를 내야 한다고 생각했지만 팔리탐 지소어의 가면을 향해 분노한다는 것은 거북한 일이었다. 남작의 곤경을 알아차린 레드마 브릭 자작이 중재에 나섰다.

"남작, 그에게 과도한 요구를 하지 말게. 그가 자신의 주군을 평가할 수는 없잖은가."

피타오 남작은 자작의 중재에 시름을 덜었다. "아, 이런. 그렇군요. 제 생각이 짧았습니다, 자작." 운운하며 남작은 대화의 방향을 자작에게로 옮겼다.

자신과 대화하려는 헛된 시도를 하던 마지막 사람이 끝내 그 시도를 포기하는 것을 보며 팔리탐은 약간의 해방감을 느꼈다. 하지만 그 느낌은 그의 속에서 불타오르는 심화를 꺼트리기엔 너무도 미약했다. 지도를 들여다보며 팔리탐은 이를 바득바득 갈았다. 가면을 쓴 자는 도깨비감투를 쓴 자처럼 누구의 눈 아래에서도 자유롭게 표정을 지을 수 있다.

발케네군의 나나본 무혈 점령 소식은 지금쯤 우기즈와 잔하일에 전달되었을 것이다. 그리고 머지않아 그 소식은 사빈과 세퀴라도까지 전파될 것이다. 고아라짓 왕국 시대는 물론이거니와 과텔과 케나린의 시대에도, 그리고 지러쿼터 산맥 동쪽의 인구가 급증한 그 이후 시대에도 지러쿼터 산맥 동쪽은 단일 세력에게 지배당한 적이 없다. 다른 것들을 합병할 만큼 강력한 세력이 존재했던 적도 없고 합병될 만큼 약한 세력이 존재했던 적도 없다. 규리하의 방패인 지러쿼터 산맥 동편에는 언제나 분리된 적들이 존재했다. 하지만 산맥 동편이 단일 세력으로 통합되었을 때 규리하는 자신의 무적을 자랑할 수 없다. 지러쿼터 산맥은 지나치게 광활하고 규리하가 산맥의 모든 지역을 방어할 수는 없다. 따라서 산맥 동쪽이 단일 세력에게 지배될 경우 험준한 지러쿼터 산맥은 오히려 적의 내습을 은폐하는 수단으로 바뀐다. 지러쿼터 산맥은 규리하의 방패가 될 수 없는 것이다.

그리고 그것은 아직 역사가 되지는 못한 사건에 의해 증명된 사실이다. 지러쿼터 산맥 동쪽을 포함하여 제국의 모든 땅을 지배했던 치천제의 휘하에서 대장군 엘시 에더리는 무향을 격파했다.

스카리의 전략적 판단은 정확했다. 그는 단숨에 지러쿼터 산맥을 넘어 규리하로 진공하는 대신 산맥 동쪽의 땅들을 정복하기로 결정했다. 스카리가 노레조까지, 아니, 사빈까지만 정복한다면 규리하는 지러쿼터 산맥을 기반으로 한 방어 전략을 포기해야 할 것이다. 게다가 그들의 방어력은 이미 엘시 에더리 자신에 의해 많이 축소되어 있다…….

스카리 빌파가 회의장에 나타났다.

아무도 그가 회의장에 들어서는 모습을 보지 못했다. 누군가가 고개를 돌렸을 때 스카리는 그곳에 서 있었고 그가 인사를 한 덕분에 다른 사람들도 스카리의 존재를 깨달았다. 당황 속에서도 그들은 스카리가 문을 통해 들어오는 모습을 보았다는 듯이 행동했다. 스카리가 지금껏 감투를 쓴 채 회의장 한쪽에 서서 그들의 말을 엿들었다고 생각하면 소름 끼쳤다. 그들에겐 다행스럽게도 스카리 또한 자신이 지금 회의장에 들어섰다는 듯이 행동했다.

그들의 회의장은 나나본의 시청 회의실이었다. 스카리는 탁자의 상석으로 가서 막료들에게 앉으라는 손짓을 했다. 막료들이 모두 자리에 앉자 스카리는 자신만만하게 말했다.

"좋아. 우리는 한 방울의 피도 한 조각의 깃털도 떨어뜨리지 않고 나나본을 점령했다."

막료들은 가벼운 웃음으로 스카리를 마주했다. 미소를 짓지 않는 것은 팔리탐뿐이었다. 그 가면으로는 어떤 표정도 만들 수 없으니까. 팔리탐은 묵묵히 가면으로 스카리를 겨눈 채 꼼짝도 하지 않았다. 몇 마디 농담을 더 꺼낸 스카리가 본론을 꺼내었다.

대단한 내용은 없었다. 스카리는 영광과 승리를 말했고 발케네가 그것을 가져야 하는 당위성에 대해 말했다. 가면 속에서 팔리탐은 친 피타오 남작의 말이 맞다고 생각했다. 스카리는 자신이 가져야 하는 영광과 승리가 아닌 발케네의 영광과 승리를 말하고 있었고 그것은 대전쟁을 치르려는 자에겐 당연하다 할 만큼 필요한 태도였다. 스카리가 사라티본 부대 하나에 모든 것을 건 도박꾼은 아니라는 것이 분명했다. 스카리 자신도 그것을 강조했다. 팔리탐은 그 강조가 아버지와의 차이점을 말하려는 것임을 깨달았다. 황제의 습격에 대응하면서 락토는 파리조군이나 소환군에 대단한 임무를 맡긴 적이 없었다. 락토의 전쟁은 모두 사라티본 부대에 의해 수행되었다고 할 수 있고, 또한 그것은 황제와 락토의 전쟁이라고 할 수 있다. 하지만 스카리는 발케네의 전쟁을 역설했다. 문득 팔리탐은 불쾌한 느낌을 받았다.

'제국을 상대로 싸움을 건 것은 발케네지 스카리 빌파가 아니라는 식이라면…… 발케네만 남고 스카리 빌파는 사라지는군. 도깨비감투를 쓴 것처럼.'


사라말 아이솔은 썰매 옆에 서서 미심쩍은 눈으로 앞의 얼음을 바라보았다.

수평선. 아니 지평선. 아니 빙평선? 어쨌든 저 먼 곳 밤하늘의 뿌리 부분에 명멸하는 불빛의 도시가 있었다. 사라말은 그것이 스지우나 데린보트이길 바랐고, 그 희망이 크게 배신당할 것 같지는 않다. 그것이 데린보트나 스지우가 아니라면 진젤일 수밖에 없는데, 그러려면 사라말과 파라말, 아트밀이 일만 킬로미터 이상 헤맸어야 한다. 진젤은 제국 남쪽에 있으니까. 사라말은 자신이 일만 킬로미터쯤 방황할 정도로 멍청해질 수 있다는 사실을 부정하지 않았지만 그나 그의 동행들에겐 그런 방황을 감당할 능력이 없다. 그것은 분명히 데린보트나 스지우일 것이다. 따라서 사라말이 의심에 빠진 것은 눈앞에 보이는 도시의 정체가 궁금해서는 아니다.

사라말은 앞쪽의 얼음이 자신과 개썰매, 아트밀을 감당할 수 있는지 궁금했다. 스지우나 데린보트도 아이톤 못지않게 북쪽에 있는 도시였고 계절은 바다가 얼어붙는 시기였다. 하지만 요 며칠 동안 사라말은 구름 낀 하늘만 보았다. 두꺼운 구름은 고공의 무서운 추위가 지상을 덮치는 것을 막아 주는 이불 역할을 한다.

만약 구름 아래에 상대적으로 따스한 공기가 갇혀 있었다면 빙해는 약화되어 있을지도 모른다.

바닥에 닿는 압력을 줄이려면 썰매에서 내려 직접 걸어가는 것도 가능할 것이다. 하지만 아트밀은 그런 재주를 부릴 수 없다. 사라말은 아트밀을 돌아보았다. 구름 때문에 달빛은커녕 별빛도 없었다. 얼어붙은 바다 위에서 아트밀을 찾는 것은 쉽지 않았다. 사라말이 이리저리 둘러볼 때 밤눈이 좋은 편인 아트밀이 먼저 말을 걸었다.

"뭐 하냐?"

사라말은 그 목소리로 아트밀의 방향을 가늠했다. 그쪽을 바라보았지만 사라말은 여전히 아트밀을 볼 수 없었다. 사라말은 어둠을 향해 말했다.

"거기 있군요. 발아래에 닿는 바다의 느낌이 어떻습니까?"

"글쎄. 단단한데?"

"얼마나?"

사라말은 질문을 후회했다. 아트밀이 썰매와 연결된 줄들을 풀고 훌쩍 뛰어오른 것이다.

보이지는 않았지만 커다란 것이 갑자기 움직이면서 일어난 바람은 느낄 수 있었다. 그것은 사라말이 원했던 가볍게 발을 굴러보는 수준이 아니라 레콘의 도약에 가까웠다. 짧지 않은 시간이 흐른 후에야 쿵 하는 소리가 났다.

사라말의 옆쪽에서 쿨럭거리는 소리가 들려왔다. 썰매 안에 앉아 있던 파라말이 충격 때문에 불유쾌한 생체 반응을 경험하고 있는 것 같았다. 사라말은 허리에 손을 얹은 채 아트밀이 있을 것으로 짐작되는 어둠을 바라보았다. 아트밀이 말했다.

"상당히 단단해."

사라말은 그 실험이 실패해서 얼음이 깨졌으면 어쩔 작정이었냐고 묻지 않았다. 사후 약방문이고 말하고 싶지도 않은 내용이었다. 사라말은 고개를 주억거리고 몸을 돌렸다. 가물거리는 불빛이 방향을 가르쳐 주었다. 심사숙고 끝에 사라말은 걸어가기로 결정했다. 그는 파라말이 썰매 밖으로 나오도록 한 다음 썰매 뒤편에서 손잡이를 붙잡은 채 걸었다. 아트밀은 목적지에 거의 도착한 지금 왜 썰매 밖으로 나오는지 궁금하다는 듯 부리를 부딪쳤지만 질문하지는 않았다.

불빛은 쉬 가까워지지 않았다. 장애물이 없는 바다 위인지라 꽤 먼 곳의 불빛이 보인 듯했다. 사라말은 다급해하지 않기 위해 상념에 빠졌다. 그가 모험가였다면 흥분으로 통제력을 상실했을지도 모른다. 아무도 가로지르지 못한 빙해의 최초 정복자가 되기 일보 직전이니까. 하지만 사라말은 그 사실에 별다른 감회를 느끼지 않았다. 사라말에게 모험가 기질이 없다고는 말할 수 없지만 그가 생각하는 모험은 지리학적인 것이 아니었다. 그는 엘시 에더리를 황제로 만드는 모험에 대해 생각했다. 그 모험이라면 이제 첫걸음을 내디딘 정도다. 그리고 가야 할 길은 장구하다. 흥분할 상황이 아니다.

그러나 사라말은 엘시에게 집중할 수 없었다. 그는 뒤쪽에서 따라오는 발소리의 주인에 대해 생각했다.

아트밀은 레콘이다. 레콘은 물을 싫어하고 두려워한다. 그런데 아트밀은 얼어붙은 바다를 가로지르는 사라말의 여행에 적극적으로 참가했다. 아트밀이 그에게 커다란 빚을 진 것도 아니고, 사라말을 존경하여 어디라도 따르는 것이라고 생각할 수도 없었다.

아트밀은 복잡하지 않은 사람이었다. 그는 자신을 제국군 군인이라고 생각했고 그 때문에 제국을 수호해야 한다는 모호한 책임감을 느끼고 있었다. 하지만 그것은 멸사봉공의 투철한 사명 의식 같은 것이 아니라 그저 보편적인 직업인의 도의에 가까웠다. 새로운 제국과 새로운 황제를 만들겠다는 사라말의 행동을 돕는 것으로 보아 그가 사라진 제국과 황제에 커다란 애정을 품고 있다고 생각하기는 어려웠다. 어쩌면 아트밀은 사라말의 일을 돕다가 새 황제의 수교위로 진급할 수 있다면 큰 행운이라고 생각하는 것인지도 모른다. 어쨌든 아트밀은 투철한 동기 의식은 보여 주지 않았다. 그것은 없거나 숙원을 위해 어딘가에 비장해 두었을 것이다. 사라말은 그런 것을 보지 못했다.

바다 위를 가로지른 레콘에게 필사적인 동기가 없다면 그는 어떤 레콘일까? 사라말이 가장 먼저 떠올릴 수 있는 가설은 정신 질환이었다. 자신이 겪은 일이 다른 사람의 목격담이었다면 사라말은 틀림없이 그렇게 판정했을 것이다. 하지만 그는 아트밀을 보았고 그에게서 바다 위를 걸었다는 것 외에 정신병의 징후를 찾지 못했다. 사라말은 떠올렸던 것만큼이나 빠르게 정신 질환 가설을 포기했다.

그가 진지하게 고려하는 것은 두 번째 가설이었다. 레콘에게 무엇인가가 일어나고 있다. 오랫동안 관찰한 끝에 사라말은 레콘들이 집단화하고 있다는 징후를 발견했다. 그런데 집단은 가끔 특이한 개체를 출현시킨다. 가족이라는 기본적인 집단의 개념조차 취약한 레콘들이 갑자기 거대 집단화한다면 기묘한 일이 일어날 수도 있을 것이다. 어쩌면 물에 대한 비이성적인 공포를 극복하는 레콘은 레콘 집단이 만들어 낸 결과물일지도 모른다.

사라말은 사라티본 전투를 떠올렸다. '그 레콘의 이름이 뭐더라? 아, 힌치오.' 사라티본 부대의 힌치오는 물벼락을 맞은 레콘들을 통솔하여 도주했다. 사라말은 그것이 힌치오의 능력인지 사라티본 부대라는 집단이 와해되지 않기 위해 발휘한 능력인지 생각해 보았다.

'사람은 음식과 분변 사이에 위치하려고 애쓴다. 집단도?'

불빛이 가까워졌다.

사라말은 문득 정신을 차리고 발아래를 잠시 내려다보았다. 눈으로 확인할 수 있는 것은 별로 없었다. 사라말은 발의 느낌과 썰매의 움직임, 소리에 귀를 기울였다. 발아래는 단단했고 얼음이 갈라지는 소리는 들리지 않았다. 바다는 잘 얼어 있는 듯하다. 사라말은 다시 불빛을 바라보았다. 구름처럼 엉겨 있던 불빛이 구분 가능한 것으로 바뀌었다. 몇 킬로미터…… 몇 백 미터? 썰매개들은 흥분하여 달려가려 했다. 도시가 가까웠다. 그것이 데린보트이든 스지우이든, 이제 빙해를 건너는 역사적인 모험은 성공을 눈앞에 두고 있다. 어쩌면 그들은 이미 바다를 벗어난 것인지도 모른다. 저기에 도시가…….

사라말은 얼어붙었다.

도시가 있는 만큼 그 주변에는 강이 있을 확률이 높다. 그런데 강 하구의 얼음은 위험하다. 상류에서 흘러 내려온 물이 계속 유입되기 때문에 살얼음으로 덮여 있을 가능성이 높다. 사라말은 지금이 가장 위험한 순간임을 깨달았다. 주위는 캄캄하고 어디가 바다인지, 어디가 육지인지 알 수 없다. 만약 강 하구 근처로 접어들면 아트밀뿐만 아니라 그와 파라말도 위험했다. 강을 피해야 한다. 하지만 어느 방향으로 가야 할지 알 수 없었다. 강을 피하려는 행동이 오히려 강을 찾아드는 일이 될지도 모른다. 사라말은 황급히 개썰매를 멈춰 세웠다. 그리고 어둠 속에서 다가오는 아트밀이 자신들에게 부딪힐 것을 대비하여 고함을 질렀다.

"아트밀, 멈춰요!"

그 순간 소름 끼치는 소리가 들렸다. 얼음이 갈라지는 소리였다.

제이어 솔한은 언덕 꼭대기에 서서 어깨를 털었다. 하지만 얼어붙은 눈은 잘 떨어지지 않았다. 그는 한숨을 내쉬듯 어깨를 늘어뜨리고 앞쪽의 빙원을 바라보았다.

하늘은 맑았고 그래서 몸서리쳐지도록 추웠다. 하지만 최후의 대장간 앞쪽의 계단에 걸터앉아 있는 젊은 레콘들은 기온에 대해서는 별 불만이 없는 듯했다. 불기운이라고는 하나도 없었지만 그들의 앉음새는 대학교 교정에 앉아 담론하는 젊은 대학생들만큼이나 편안해 보였다. 만약 제이어가 같은 일을 시도한다면 평생 동안 온갖 한랭 증후군에 시달릴 것이다. 제이어는 고개를 가로젓고 개썰매로 다가갔다. 제이어가 썰매에 올라타자 썰매 뒤쪽에 있던 개썰매꾼은 언덕 아래로 개썰매를 몰았다. 언덕 아래로 내려가며 제이어는 왜 레콘들이 밖에 나와 있는지 생각했다.

계단에 앉아 있던 레콘들은 다가오는 제이어를 물끄러미 바라보았다. 가까이 다가간 제이어는 그 숫자가 꽤 많다는 것을 깨달았다. 그들은 통행로를 위해 가운데 약간의 틈만 남겨 둔 채 계단을 점령하고 있었다. 썰매가 멈췄다. 제이어는 썰매 밖으로 나왔고 이곳까지 그를 태워 준 개썰매꾼은 썰매와 개들을 보관할 수 있는 부속 건물 쪽으로 사라졌다. 홀로 남은 제이어는 레콘들 사이의 틈을 물끄러미 바라보았다. 마치 다가올 누군가를 환영하기 위해 나와 앉아 있는 듯한 모습이었지만 그들이 누군가를 기다리는 것처럼 보이지는 않았다. 제이어는 레콘들 사이의 틈을 걸어가는 대신 가까이 있는 레콘에게 다가갔다.

"실례합니다."

레콘은 수염볏을 만지작거리며 제이어를 바라보았다. 제이어는 손을 가볍게 움직여 계단에 앉아 있는 레콘들에게 가리키는 시늉을 하곤 말했다.

"단체로 누구를 기다리시는 겁니까?"

"아냐."

"그러면 여러분은 왜 이렇게 밖에 나와 있는 거죠?"

레콘은 불만스럽게 부리를 딱 부딪쳤다.

"안쪽이 복잡해서. 하지만 이곳도 마찬가지군."

"복잡하다고요? 왜지요?"

여기저기서 경쟁적으로 대답이 터져 나왔다. 그리고 그것은 대답이 되지 못했다. 말이 뒤섞여서 알아들을 수 없었기 때문이다. 하지만 제이어는 그들이 불만에 차 있다는 것은 느낄 수 있었다. 한참을 귀 기울여 들으니 그들의 불만이 무엇인지 알 수 있었다.

그들은 무기를 가지러 온 레콘들이었다. 하지만 대장장이들이 발케네로 보낼 무기를 만드느라 바빠서 그들에게 팔 무기를 만들지 못했다. 그래서 최후의 대장간에는 지금 무기가 품귀 현상을 보이고 있었다. 최후의 대장간에 무기가 없다니, 레콘이 아닌 제이어에게도 우스꽝스럽게 들리는 말이었다.

대장장이들은 열심히 무기를 만들고 있지만 그동안 도착한 젊은 레콘들은 고스란히 적체되어 있다. 지금 최후의 대장간 안쪽엔 레콘만큼 뼈대가 단단하지 못한 사람은 그냥 걸어다니는 것도 조심해야 할 만큼 젊은 레콘들이 득시글거리고 있다는 이야기에 제이어는 혀를 찼다. 계단에 앉아 있는 레콘들은 답답한 안쪽이 싫어서 그곳에 앉아 있는 것이었다. 하지만 그들의 앉음새 자체가 이미 꽤 답답해 보였다. 제이어는 한숨을 내쉬고 질문했다.

"혹시 여기 계시면서 검은 레콘이 지나가는 것 보지 못하셨습니까? 커다란 망치를 들고 있는데."

레콘은 고개를 갸웃했다.

"황제 사냥꾼 말하는 거야?"

"왔습니까?"

"응. 안에 있어."

제이어는 고개를 끄덕였다. 지멘이 이곳에 있다는 확신을 가지고 온 것은 아니지만 그가 북쪽으로 달려갔다는 이야기를 여러 곳에서 전해 들었다. 제이어는 라호친에서도 그런 이야기를 들었고, 라호친 북쪽에서 사람이 거주할 수 있는 곳은 최후의 대장간뿐이다. 제이어는 어느 곳으로 가면 지멘을 만날 수 있는지 물어보려 했다. 그런데 제이어의 질문에 대답하던 젊은 레콘이 먼저 말했다.

"그 애꾸눈 꼬마하고 같이 있지."

제이어는 충격을 받았다.

"애꾸눈 꼬마? 아실 말입니까?"

"아실? 아, 그래. 아실. 이름이 그랬지."

제이어가 본 아실의 마지막 모습은 횃불을 들고 하늘누리를 향해 날아오르는 모습이었다. 그 이후로 하늘누리와 아실은 함께 사라졌다. 그런데 아실이 살아 있다면, 어쩌면 그녀는 하늘누리의 행방에 대해 뭔가 알고 있는지도 모른다. 제이어는 다급하게 그들이 어디에 있냐고 질문했다. 그리고 데격데격 대답해 주던 젊은 레콘은 지멘과 아실이 헤치카의 작업실에 있다는 이야기로 시종일관한 모습을 보였다. 제이어는 최후의 대장간 안쪽으로 들어섰다.

계단에 앉아 있던 젊은 레콘은 과장이나 농담을 한 것이 아니었다. 안쪽으로 들어서자마자 제이어는 목숨을 조심해야겠다는 느낌을 받았다.

대장간 안쪽에는 레콘들이 가득했다. 그들은 꽤 불편해 보였다. 다른 사람의 어깨에 부딪히지 않고서는 십 미터도 걷기 어려울 만큼 많은 레콘들이 여기저기 제멋대로 움직이고 있었으니까. 물론 걷다가 어깨를 부딪치는 것은 그들에게 작은 귀찮음일 뿐이다. 하지만 레콘들의 어깨 사이에 끼인 인간은 단순히 귀찮다는 느낌을 받는 것에서 끝나지 않을 것이다.

제이어는 벽에 몸을 바짝 붙였다. 시야는 나빴다. 제이어가 볼 수 있는 것은 무섭게 움직이는 레콘들의 주먹과 부딪쳤다간 어딘가 부러질 것 같은 레콘들의 허리뿐이었다. 제이어는 벽에 등을 붙인 채 옆으로 움직였다. 하지만 채 몇 걸음도 옮기기 전에 제이어는 난관에 부딪혔다. 벽에 의지한 노점상과 판매대들이 진로를 가로막았다. 이전에 들렀을 때보다 그 숫자는 적었다. 무기가 품귀 현상을 일으킨다는 말을 방증이라도 하듯 어디에서도 무기를 파는 상인의 모습은 보이지 않았다. 하지만 그 외의 다른 물건을 파는 상인들은 무수한 레콘들 사이에서 호황을 누리고 있는 것 같았다. 누군가가 다른 사람의 발에 걸려 넘어지기라도 한다면 가게와 목숨을 한꺼번에 잃을지도 모르는 위험한 상황은 그들의 판매열에 아무런 영향도 끼치지 못하는 것 같았다. 레콘들의 발소리에 파묻히지 않기 위해 상인들은 목이 터져라 호객성을 외쳤고 제이어를 위해 잠시 길을 터줄 사람은 보이지 않았다. 제이어는 간신히 차지한 벽 일부에 몸을 기댄 채 난감한 표정으로 주위를 살폈다.

그때 제이어는 꽤 인상적인 모습을 보았다.

인간 소년이 레콘들 사이에서 걷고 있었다. 두꺼운 방한복을 입고 있지만 소년의 모습에서는 숲 사이의 지름길을 걷는 목동 같은 편안함이 엿보였다. 긴 시간 동안 수도 없이 오간 길을 걷는 것처럼 방심한 모습이었다. 하지만 그 소년의 길이 익숙한 것일 리는 없다. 계속 움직이는 무수한 레콘들 사이로 난 길이니까. 소년의 걸음새도 엄밀하게 말해서 안정적이지는 않았다. 소년은 계속 고개를 까딱거렸고 허리를 비틀었으며 걸음의 폭과 속도를 바꿨다. 그리고 그때마다 소년의 주위로 레콘의 커다란 주먹이나 힘이 담긴 발이 스쳐 지나갔다. 하지만 소년의 몸에 닿는 것은 없었다. 제이어는 감탄을 금할 수 없었다. 소년은 둘러보지도 않았고 세심하게 가늠하지도 않았다. 내키는 대로 춤추듯 걷고 있었다. 하지만 소년은 어떤 방해에도 부딪히지 않은 채 자신의 길을 걸었다.

소년이 그런 묘기를 부리는 것은 당연하다. 그는 돔이고 이곳에서 태어나 레콘들을 상대하며 자랐으니까. 태평한 표정으로 몸을 홱 돌려 레콘의 다리 하나가 스쳐 지나가게 한 돔은 다시 방향을 바꾸려 하다가 제이어와 눈을 마주쳤다.

돔은 잠깐 동안 제이어를 보다가 휘적휘적 그를 향해 걸어왔다. 제이어는 턱을 쓸어 만지며 돔의 묘기를 감상했다. 돔은 많은 레콘들의 진로와 부딪치는 방향으로 걸어왔지만 어떤 레콘과도 부딪치지 않았다. 종잡을 수 없는 걸음걸이였기에 제이어는 그가 언제쯤 도달할지 알 수 없었다. 돔은 늦지 않게 도착했다.

"그 하얀 옷 기억나는데. 살인 기사죠?"

"제이어 솔한이야. 너는 헤치카가 데리고 있던 아이구나."

"맞아요. 당신이 헤치카에게 단검을 주문했지요. 뭐 더 주문하러 왔어요? 하지만 주문을 받기는 어렵겠는데. 보면 아시겠지만 무기 받으러 온 레콘들이 엄청나게 많이 밀려서."

"나는 주문하러 온 것이 아니다. 지멘과 아실이 헤치카와 함께 있다던데. 맞나?"

돔은 이상하다는 표정으로 제이어를 보다가 고개를 끄덕였다. 제이어는 살인적인 레콘의 인파를 보며 말했다.

"나를 두 사람에게 무사히 데려다 주면 은편 한 닢 주마. 어때?"

돔은 피식 웃었다.

"좋아요. 은편 준비해 둬요."

돔은 제이어의 손목을 덥석 붙잡았다. 그리고 잘 살피는 기색도 없이 레콘의 인파 속으로 뛰어들었다. 제이어는 돔이 자신을 죽게 내버려둔 다음 은편 한 닢 대신 지갑 전부를 가져갈 작정을 한 것이 아닌가 의심했다. 하지만 돔은 계약에 충실했다. 그는 걷다가 멈췄다가 달리다가 다시 몸을 비틀었다. 그 걸음걸이를 따라가는 것은 쉬운 일이 아니었다. 하지만 돔이 멈춰 섰을 때 제이어는 숨만 좀 가쁠 뿐 얼굴에 타박상을 입거나 레콘의 발에 짓밟혀 발가락이 부러지거나 하지는 않았다는 것을 알았다. 제이어는 기쁜 마음으로 은편을 지불했다. 그리고 자신이 어디에 서 있는지 살폈다.

그는 헤치카의 거처 앞에 서 있었다. 돔은 문을 열더니 안쪽으로 들어갔다. 그리고 어디론가 외쳤다.

"지멘, 누가 당신 찾아왔어요!"

제이어도 안으로 들어섰다. 문 안쪽의 넓은 공간은 헤치카의 작업실이었고 거기서 헤치카는 단검을 만드느라 메질을 하고 있었다. 헤치카는 제이어를 보고 고개를 갸웃했다.

"제이어 솔한? 여기는 웬일인가?"

"조금 전 저 소년이 외친 것처럼······."

돔을 가리키려던 제이어는 어디를 가리켜야 하는지 알 수 없게 되었다. 돔은 어디론가 사라졌다. 다만 작업실 옆에 딸려 있는 복도 쪽에서 여러 가지 소음들이 들려왔다. 제이어는 손을 내리고 말했다.

"그 소년이 외친 것처럼 지멘을 만나러 왔습니다."

"그래? 참. 단검은 쓸 만하던가?"

제이어는 헤치카가 만든 단검이 사라티본 부대에서 어떤 평가를 받는지 알지 못했다. 제이어는 호평으로 들릴 수 있는 말을 적당히 들려주었다. 그때 다른 레콘이 복도 쪽에서 쓱 나타났다.

나타난 것은 지멘이 아니었다. 완고해 보이는 얼굴을 한 레콘이 제이어를 위아래로 훑어보았다. 제이어는 이곳까지 오면서 들었던 황제 사냥꾼의 목격담에서 지멘이 쌍창을 든 다른 레콘과 동행하고 있다는 이야기를 떠올렸다. 그의 앞에 나타난 레콘이 바로 지멘과 동행 중이라는 레콘인 듯했다.

"제이어 솔한입니다."

"나는 준람이다. 지멘을 만나러 왔다고?"

"그렇습니다."

"무슨 용건인지 말해 봐."

"왜 당신에게?"

"상황이 좀 그래."

"무슨 말씀인지 모르겠군요. 그가 어디 아프기라도 하다는 겁니까?"

"아냐. 아니. 그래. 아파."

제이어는 아랫입술을 조금 내밀었다. 준람은 벼슬을 긁적거리다가 제이어에게 손짓했다.

"따라와."

제이어는 그 뒤를 따라갔다. 조금 후 준람은 어두운 방 안으로 그를 안내했다.

그 방은 추위를 막기 좋은 깊숙한 곳에 위치했기 때문에 빛이 잘 들지 못했다. 몇 개의 초가 방 안을 밝히고 있었지만 하얀 세상에서 이곳으로 들어온 제이어는 사물을 제대로 식별하지 못했다. 주위를 두리번거리다가 그는 이상한 그림자를 발견했고 조금 후 그것이 웅크리고 있는 지멘임을 깨달았다.

지멘은 벽 쪽을 향해 앉아 있었다. 마치 서탁을 놓고 책이라도 읽는 모습 같았다. 그는 머리를 아래로 향한 채 무엇인가 살피고 있었다. 그때 준람이 손가락으로 지멘의 옆으로 돌아가 보라는 손짓을 해 보였다. 제이어는 조심스럽게 지멘의 옆으로 돌아갔다. 그리고 지멘의 앞쪽에 있는 것을 보았다.

그곳에 아실이 누워 있었다.

한눈에 제이어는 아실이 정상이 아니라는 것을 깨달았다. 아실의 작은 몸 대부분은 두꺼운 모피로 감춰져 있었지만 드러난 얼굴은 놀랍도록 창백했고 눈 주위는 거무죽죽했다. 제이어는 그녀가 눈을 감고 있을 거라 생각했지만 그렇지는 않았다. 아실의 왼쪽 눈은 언제나처럼 안대에 덮여 있었지만 오른쪽 눈은 천장 쪽을 향해 열려 있었다. 하지만 그녀가 무엇인가를 보는 것 같지는 않았다. 그것은 눈을 뜬 것이 아니라 눈꺼풀이 벌어져 있는 것이었다. 아실의 눈빛에는 아무런 생기가 없었다.

제이어는 지멘을 보았다. 앉아 있는 지멘이 오히려 눈을 감고 있었다. 촛불 빛에 익숙해진 제이어는 좀 더 자세히 지멘을 살폈고 그가 졸고 있음을 깨달았다. 지멘은 앉은 채 잠들어 있었다. 제이어는 당혹하여 준람을 바라보았다.

준람은 속삭였다.

"며칠 동안 그러고 있다가 겨우 잠든 거니 내버려두고 나와. 나와 이야기하자."

제이어는 움직이지 않았다. 그는 뒷짐을 진 채 아실을 내려다보았다.

"아실은 어떻게 된 겁니까?"

준람은 제이어가 움직이지 않는다는 사실에 약간 초조함을 느끼며 말했다.

"넋이 나간 상태지."

"넋이 나갔다고요?"

"그래. 그게 전문 용어인지는 모르겠지만."

"그러면 아실과 이야기를 할 수 없습니까?"

"그럴 수 없어. 자, 지멘이 깨기 전에 나와."

준람은 제이어를 인도하듯 밖으로 움직였다. 하지만 제이어는 여전히 움직이지 않았다. 그는 한쪽 손으로 턱을 매만지며 눈 뜬 아실과 눈 감은 지멘을 번갈아 바라보았다. 다시 방 안으로 들어선 준람은 그 모습을 보다가 짜증스러운 걸음으로 제이어에게 다가왔다. 그는 억누른 목소리로 말했다.

"제이어!"

제이어는 준람을 돌아보고 빙긋 웃었다. 그러나 살인 기사는 준람을 향해 걷지 않았다. 대신 턱을 매만지던 손을 품속에 집어넣으며 말했다.

"지멘을 찾아 여기까지 왔습니다만, 이곳에 아실이 있다는 이야기를 듣고 제 용건이 쓸모없어졌다고 생각했습니다. 그런데 그렇지가 않군요. 아실이 이런 상태라면 역시 오길 잘한 것 같습니다."

"무슨 이야기를 하는 거야?"

준람의 질문에 제이어는 서신 한 통을 꺼내 들었다. 그는 그것을 가볍게 흔들다가 그 손등으로 지멘의 팔뚝을 툭 쳤다. 지멘이 피로한 표정으로 눈꺼풀을 꿈틀거릴 때 제이어가 말했다.

"지멘, 아실이 보낸 편지입니다."

지멘의 눈보다 벼슬이 먼저 깨어났다. 지멘은 벼슬을 빳빳하게 세웠다. 그리고 눈을 떴다.


눈을 떴지만, 잠깐 동안 지멘은 현재가 아니라 현재에 이어져 있는 과거의 물길을 살펴보았다. 그것은 때늦은 상황 파악이기도 하다. 지멘은 지난 몇 달 동안 겪은 일을 정리하지 못했다. 남아 있는 여러 기억들을 시간 순서와 인과 관계에 맞춰 정리하면서 지멘은 지난 몇 달을 다시 경험했다.

파리조의 성벽 앞에서 엘시와 헤어진 후 지멘과 준람은 거침없이 북상했다. 하늘누리의 자취를 쫓는 것은 어렵지 않았다. 곳곳에 뚜렷한 흔적들이 남아 있었다. 그리고 그 흔적들은 엄격한 나발칸 레콘 준람으로 하여금 분노에 가까운 당혹을 느끼게 했다.

등에 도시를 진 채 하늘을 나는 생물이 폭주한다면 무슨 일이 일어날까? 하늘치는 광활한 빙토에 제국의 수도를 흩뿌려 놓았다. 그와 같은 참극은 존재했던 적도 없기에 이름을 붙이거나 비유를 찾기도 어렵다. 도시의 파편들을 수십 킬로미터까지 퍼뜨려 놓는 대홍수도 하늘누리에 일어난 일에는 비교될 수 없다. 대홍수에서 가장 멀리 떠내려가는 것은 가장 가벼운 것들이다. 하지만 하늘누리에서는 가장 무거운 물건들이 마지막에 떨어졌다. 그 범위는 거의 1,700킬로미터에 달했다.

준람은 인구 밀도가 낮은 발케네 북부여서 다행이라고 생각했다. 사람들이 많이 거주하는 곳에서 그런 일이 일어났다면 페시론 섬이나 아킨스로우 협곡의 사건에 버금가는 비극이 벌어졌을지도 모른다. 하지만 어떤 잔해들은 마을이나 도시 가까운 곳에 떨어졌고, 그들은 굉장한 이야기들을 만들어 내고 있었다. 구름 속에서 떨어진 집이나 기둥, 포석은 신들의 저택에 일어난 불화에 대한 장대무비한 이야기의 소재가 되기에 충분하다. 그리고 하늘에서 떨어진 부엌칼을 주운 자는 영웅왕의 성검을 하사받은 용사로 둔갑했다. 식품을 구하기 위해 사람들의 거주지로 찾아들 때마다 지멘과 준람은 듣기 싫어도 천상의 재난에 대한 이야기들을 들을 수 있었고 보기 싫어도 선택받은 용자들을 만날 수 있었다. 지멘은 거기에 대해 아무런 논평도 하지 않았고 준람은 딱 한 번 논평했다. 두 사람이 카날티 북쪽의 어딘가에서 어두운 밤길을 질주할 때 준람은 혼잣말처럼 말했다.

"하늘누리가 없다면 황제는 황제가 아니지. 그렇다면 황제는 살아도 죽은 셈인가."

지멘은 대답하지 않았다. 살갗을 벗겨 내는 대패 같은 겨울 바람이 지배하는 낙막한 땅에서 두 레콘은 줄기차게 달렸다.

간혹 멈출 때도 있었다. 폭주하는 하늘누리에서 도망친 사람들을 만날 때가 그러했다. 지멘은 그들에게 황제와 아실의 안위에 대해 질문했다. 대답은 시원찮았다. 좀 더 나은 대답을 끌어내려고 애쓰는 지멘의 곁에서 준람은 자신이 죽여야 하는 두 여인의 생사 여부를 묻는 그를 조용히 바라보았다. 그것은 레콘의 침묵이었고 지멘은 준람의 시선에 신경 쓰지 않았다. 그리고 준람은 지멘의 침묵에 신경 쓰지 않았다. 지멘은 자신을 죽이기 위해 함께 움직이고 있는 동행에 대해 침묵했다.

빙토가 설원이 되고, 빙해로 바뀌었다.

라호친에서 지멘은 두 가지 소식을 듣게 되었다. 하늘누리에서 마지막으로 탈출한 사람들은 주로 레콘이며 그들은 오래전에 남쪽으로 떠났다는 이야기였다. 그리고 라호친 사람들은 도로도 곶 바깥의 빙해에 생긴 거대한 구멍에 대해 말했다. 가장 먼저 떠올릴 수 있는 가설은 하늘누리가 빙해에 빠졌다는 것이지만 그것을 입증해 줄 사람은 없었다. 지멘과 준람은 라호친 사람들이 가르쳐 준 빙해로 향했지만 가혹한 추위와 폭설은 사건의 흔적을 깨끗이 지워 놓았다. 두 사람은 그곳에서 아무것도 찾을 수 없었다.

혹 하늘누리에서 탈출한 레콘들 중 일부가 최후의 대장간으로 대피했을지도 모른다는 가설을 내놓은 것은 준람이었다. 지멘은 지친 표정으로 준람의 말을 따랐다. 그리고 그곳에서 그들은 헤치카와 돔의 간호를 받고 있는 아실을 발견했다.

그러나 지멘은 아실을 만날 수 없었다. 그곳에 있는 것은 아실의 껍데기뿐이었다.

아실은 음식을 먹이면 받아 먹고 눕혀 놓으면 잠들었다. 하지만 그녀는 옷을 입은 채 배변했고 아무 말도 하지 않았으며 사람들의 말을 알아듣지 못했다. 아실은 울음으로 자신의 감정을 표현하는 아기만큼도 감정을 보이지 않았다. 생각 없는 동물이라도 고함을 지르면 무서워하지만 그녀는 바로 곁에서 들리는 계명성에도 놀라지 않았다. 그녀가 감정을 드러내는 경우는 한 가지뿐이었다. 아무도 그녀의 안대를 건드릴 수 없었다. 지멘과 준람이 도착하기 전 아실을 씻겨야겠다고 생각한 돔은 그녀의 안대를 벗기려 했다. 하지만 아실은 끔찍한 비명을 지르며 돔을 할퀴고 물어뜯었다. 돔은 홧김에 아실을 병원에 내버리자고 외쳤지만 결국 그녀의 안대를 놓아둔 채 씻긴다는 타협안을 받아들였다. 아실도 그 타협안에는 순응했다.

헤치카는 그 사실에서 몇 가지 가설을 떠올릴 수 있었다. 아실은 외부 세계를 인식하지 못하는 것이 아니다. 안대를 건드릴 경우 아실은 분명히 그 사실을 알아차렸다. 따라서 아실이 외부의 자극에 반응하지 않는 것은 자극을 느끼지 못하기 때문이 아니다. 그것에 신경을 쓰지 않는 것이다. 헤치카는 지멘에게 자신의 가설을 들려주었다. 그리고 그것은 위로가 되는 말은 아니었다.

대화가 양쪽으로 단절되었다.

지멘은 아실에게 말할 수 없지만 그녀의 말을 들을 수는 있었다. 하지만 아실은 이제 말하지 않는다. 양쪽의 벽이 모두 막혔다. 지멘은 그것을 어떻게 해야 할지 알 수 없었다. 그가 할 수 있는 일은 아실의 곁에서 그녀가 정신을 차리기를 기다리는 일뿐이었다. 인정하기 힘들었지만 지멘은 머뭇거리지 않았다. 그리고 자신이 할 수 있는 유일한 일을 시도했다.

준람은 불평하지 않았다. 지멘이 가끔 고개를 돌렸을 때, 마주치는 준람의 눈빛에는 아무런 짜증도 안달도 담겨 있지 않았다. 준람은 알 수 없는 눈빛으로 지멘을 물끄러미 볼 뿐이었다. 그 눈에서 아무런 요구도 읽지 않은 지멘은 준람을 잊었다. 그는 시간이 풍화되도록 내버려두었다.

그런데 그녀가 편지를 보냈다.

지멘은 고개를 돌렸다. 제이어는 빙긋 웃으며 서신을 내밀었다.

"제이어 솔한."

"그렇습니다. 아실의 편지를 가지고 왔습니다."

"아실의 편지를?"

"예. 저 애가 그룸 성에 남겨 놓은 것입니다. 수신인이 지멘인데, 당신 외에 다른 지멘일 것 같지는 않군요. 받겠습니까?"

지멘은 선뜻 손을 내밀지 못했다. 그는 몸을 움직이는 법을 잊어버린 것 같았다. 지멘은 꺼림칙하다는 듯한 눈으로 제이어의 손에 있는 서신을 바라보았다. 제이어는 차분하게 기다렸다.

마침내 지멘의 손이 움직였다. 지멘은 그것을 받아 들었다. 주위를 둘러본 제이어는 양초가 담긴 상자를 발견하고 초 몇 개에 불을 더 붙여 세웠다. 방 안이 밝아졌다. 지멘은 떨리는 손으로 편지를 꺼냈다.

지멘.

당신이 이 편지를 읽을 때 내가 무엇이 되어 있을지는 알 수 없네요. 최악의 상황을 가정해서 말하고 싶지만, 나는 지금 그 최악이 어떤 것일지조차 짐작할 수 없어요. 편지를 쓰고 있는 지금의 상황을 말한다면, 나는 당신의 숙원을 훔칠 생각이에요.

예, 나는 치천제를 죽일 거예요.

그래야 해요.

지멘. 우리가 라세에 대해 무엇을 알고 있지요? 그녀의 약점을 알아내기 위해서 나는 라세에 대해 아주 조그마한 것이라도 알려고 애썼어요. 하지만 다른 모든 사람과 마찬가지로 우리가 라세에 대해 알고 있는 것은 원시제 그리미 마케로우가 그녀를 계승자로 지명했다는 사실뿐이지요. 황위에 등극하기 전의 그녀에 대해서는 알려진 것이 거의 없어요.

그런데 나는 거꾸로 생각해 봐야 한다고 느꼈어요. 그녀가 계승자로 지명되었다는 사실이 그녀의 모든 것을 설명하는 것이나 다름없어요. 원시제는 왜 그토록 무명인 사람을 지명했을까요? 그녀가 사람들을 다스릴 수 있기 때문이지요.

예, 그녀는 사람을 지배할 수 있어요. 누구나 그 말에 찬성하겠지요. 하지만 내가 느끼는 것처럼 찬성하는 것은 아닐 거예요. 나는 그녀가 말 그대로 사람을 지배할 수 있을지도 모른다고 생각해요.

라세는, 아라짓 제국의 황제는 정신 억압자일 거예요. 아마도 역사상 최고의.

그녀는 사람을 정신 억압할 수 있을 거예요.

믿기 어렵겠지요. 나도 믿기 어려워요. 그것이 사실이라면 모든 것이 불확실해지고 또 어떤 것이든 상상할 수 있게 되죠. 그녀가 원시제를 정신 억압해서 자신을 후계자로 지명하게 만들었을까요? 옛날 우리가 쥐덤에서 겪은 일은 무장 투쟁에 대해 아무 계획도 없던 타이모가 아니라 레콘과 제국에게 경고하고 싶었던 라세가 일으킨 일일까요? 스카리 빌파는 자신의 사랑 때문이 아니라 엘시 에더리를 자유롭게 하면서 동시에 발케네 공략의 명분을 만들고 싶어하는 라세에 의해 부냐의 탈주를 도운 걸까요? 코네도에서 벌어진 살육극은 지켜 줄 성벽과 군인을 잃은 사람들의 좌절과 제국군의 복수심 때문에 일어난 일이 아니라 발케네를 초토화하려는 그녀의 의도에 부합하는 살육 도구를 얻기 위해 라세가 일으킨 일일까요? 구름이 생기고 바람이 불고 해와 별이 움직이는 것이 그녀의 뜻일까요?

당신과 나는 라세에게 조종당해서 7년 동안 방황한 걸까요?

지멘은 질식할 것 같은 느낌에 황급히 숨을 들이쉬었다. 그는 숨쉬는 것을 잊고 있었다. 다급하게 호흡을 하던 지멘은 하텐그라쥬의 기억을 떠올렸다. 지멘은 사모의 눈빛을 어제 본 것처럼 떠올릴 수 있었다. 사모는 말했다.

'황제를 죽이려는 숙원을 가진 레콘을 준비해 두는 것은 황제의 죽음도 달성하면서 동시에 후계자의 손에는 피를 묻히지 않는 괜찮은 방법이지.'

지멘은 머리를 쓸어 만졌다. 딱딱하게 일어선 벼슬이 손길에 걸렸다. 그는 벼슬을 쓸어 넘기려다가 포기했다. 갑자기 불안감 속에 주위를 둘러보았다. 제이어는 어느새 의자 하나를 찾아 그 위에 걸터앉아 있었고 준람은 보이지 않았다. 지멘은 누워 있는 아실을 보았다. 아실은 눈 하나로 세상을 마주한 채 가만히 누워 있었다. 지멘은 다시 편지를 읽었다.

그런 생각까지 떠올리면 자신에 대해 아무것도 확신할 수 없게 되어요. 어쩌면 이 편지를 쓰고 있는 것 자체가 나로서는 짐작할 수도 없는 황제의 의도 때문인지도…… 제기랄. 그만두겠어요.

이 편지를 다 쓴 다음 나는 라세를 죽이러 갈 거예요. 성공할지 실패할지 모르겠어요. 만약 내가 성공하고 살아남는다면 이 편지는 쓸모없겠지요. 하지만 내가 실패해서 죽는다면 내가 왜 그랬는지 이 편지가 당신에게 알려 줄 수 있겠지요.

라세가 정신 억압자라는 내 가설이 잘못된 것일 경우, 우리는 우리의 복수심에 의해 그녀의 목숨을 원하는 것이에요. 라세가 정신 억압자라서 우리가 조종당한 것이라면, 나는 그녀가 그 능력으로 저지른 일들을 용서할 수 없어요. 따라서 황제를 죽일 거예요. 나에겐 그녀가 정신 억압자이거나 아니거나 상관없어요. 하지만 당신에겐 상관이 있어요. 당신은 자신의 숙원을 추구해야 해요. 괴물 같은 정신 억압자의 손에 놀아나선 안 돼요.

그녀가 정신 억압자라면 당신은 그녀를 공격해선 안 돼요.

어떻게 그걸 알아낼 수 있는지는 발케네 공이 가르쳐 줄 거예요. 아니, 가르쳐 줄지도 모른다고 해야겠군요. 그가 선택할 일이니까. 나는 그에게 보내는 편지를 썼어요. 그가 내 부탁을 받아들인다면 당신에게 어떻게 해야 할지 알려 줄 거예요. 하지만 그가 아무 말도 하지 않는다면, 부탁이에요. 당신의 숙원을 포기하는 것을 검토해 봐요. 그 숙원은 가짜일 가능성이 높아요.

빌어먹을. 끝낼 때가 되었군요. 더 쓰고 싶은데.

지멘. 나는

편지는 끝났다.

지멘은 분노에 빠져 편지의 마지막을 바라보았다. 애달픔을 느끼며 편지의 마지막을 바라보았다. 어떤 글도 나타나지 않았다. 레콘의 모든 힘을 끌어내어도 씌어지지 않은 글자를 종이 아래에서 끌어낼 수 없을 것이다.

그것은 아실이 쓴 편지였다. 글씨로 알아차린 것이 아니다. 지멘은 그 내용으로 알아차렸다. 편지는 설명만 하고 있었다. 설명 외에 다른 것은 말할 필요가 없다는 식이었다. 그들은 자신의 감정을 상대방의 품에 안겨 줄 필요가 없으니까. 그러지 않으니까. 아실이 쓸 수 있는 말은 그것뿐이었을 것이다. '지멘. 나는.'

지멘은 하늘을 향해 계명성을 내뿜었다.


사라말 아이솔이 처음 느낀 재난은 익사가 아니라 지진이었다.

땅이, 아니, 바닥의 얼음이 흔들렸다. 그것은 명백하게 한쪽으로 기울고 있었다. 그들이 딛고 있는 얼음이 깨진 채 기우는 것이다. 사라말은 깨진 얼음 사이에서 물이 분출하는 소리를 들었다. 그것은 그들 앞쪽에서 들려왔다.

썰매가 앞쪽으로 스르르 미끄러졌다. 사라말과 파라말은 썰매를 놓치고 주저앉았다. 앞으로 구르지 않으려고 본능적으로 취한 동작이지만 미래 지향적인 동작이라고 하긴 어렵다. 앉은 사람은 움직이기 어렵다. 사라말과 파라말이 할 수 있는 동작이라고는 주저앉은 채 황급히 물러나는 것뿐이었다. 하지만 얼음의 경사는 점점 급해졌고 두꺼운 방한복도 그들을 괴롭혔다. 뒤로 물러나기 어려웠다. 끼기기긱 하는 괴이한 소리가 들려왔다. 깨진 얼음들이 비벼지며 나는 소리인 듯했다. 아이솔 형제는 땅을 짚고 있던 손을 들어 귀를 틀어막고 싶은 충동을 느꼈다. 그 마찰음에 썰매 개들의 비통한 비명이 보태졌다. 얼음이 깨지는 소리와 물이 분출하는 소리, 그리고 분출한 물이 어딘가에 얼어붙는 소리가 찢어지듯 들려왔다. 사라말은 자꾸 앞으로 미끄러지려는 몸을 뒤로 눕히며 말했다.

"시끄러워서 유언도 못하겠군."

파라말이 알아듣기 어려운 소리를 내질렀다. 사라말은 그것이 '어차피 유언 들어 줄 사람도 없지 않느냐, 우리 다 죽었다, 형을 사랑한다, 봉급 안 나눠 준 거 미안하게 생각한다.'에 해당하는 말이라고 생각하기로 했다. 억울하다면 꽤 억울한 상황이다. 위험하기 짝이 없는 바다 위의 여정을 무사히 마치고 육지를 코앞에 둔 상황에서 목숨을 잃게 되었으니. 하지만 사라말은 웃긴다고 생각했다. 어떻게 생각하면 퍽 재미있는 일이라고 생각할 수도……

무엇인가가 그의 허리를 꽉 잡아당겼다.

"몸에 힘 빼—!"

"아트밀!"

파라말이 겨우 말이 되는 소리를 내질렀다. 사라말은 자신의 몸이 무엇인가에 붙잡혀 붕 날아오른다고 느꼈다. 그리고 그 느낌은 어쩐지 낯익었다. 추억을 더듬어 보니 언젠가 금군 부악타에게 비슷한 일을 당했던 것이 떠올랐다.

그와 파라말은 아트밀의 양쪽 겨드랑이에 끼여 있었다. 그리고 사라진 제국의 대신들을 붙잡은 아트밀은 갈라지는 빙판 위를 치달리고 있었다. 몸이 깃털에 파묻혀 있었지만 안온한 느낌은 전혀 없었다. 아트밀의 깃털은 얼어붙은 것처럼 차가웠고 세찬 바람이 얼굴에 닿는 느낌은 망치로 내려치는 것 같았다. 사라말은 그런 사실들을 불평해선 안 된다고 생각했다. 그가 정말 불평하고 싶은 것은 아트밀이 앞으로 달린다는 사실이었다. 빙판은 앞으로 기울고 있었고 그곳에는 틈이 있을 것이다. 사라말은 아트밀에게 수영을 할 작정이냐고 묻고 싶었다. 그때 갑자기 아트밀이 그를 내려놓았다. 떨어뜨리는 것에 가까웠다. 사라말은 바닥에 내동댕이쳐졌고 불길하게 미끄러졌다. 사라말은 수영이라는 생각을 한 것만으로 이런 보복을 당하는 것은 너무하다고 생각했다.

'수영이라는 말을 입 밖에 낸 것도 아닌데. 당신, 용인이었습니까?'

사라말이 말도 안 되는 의심에 사로잡혀 있을 때 어디선가 섬뜩한 충격음이 들렸다. 아무래도 철극을 휘두르는 소리 같았고 무엇인가가 투두둑 끊어지는 소리도 뒤이어 들려왔다. 사라말은 아트밀이 개들의 줄을 끊은 것이라고 짐작했다. 그러나 그 생각을 좀 더 심화 발전시킬 겨를은 없었다. 사라말은 다시 들어 올려져 조금 전의 자리로 복귀했다.

"고향 같은 곳은 없다니까."

사라말이 상황 개선에 별 도움이 안 되는 소리를 중얼거릴 수 있었던 것은 아트밀이 움직이지 않았기 때문이다. 아트밀은 주위를 살피듯 제자리에서 잠시 머뭇거리다가 곧 방향을 정했다. 그는 훌쩍 뛰어올랐다.

굉장히 불쾌한 느낌이었다. 사라말은 어떤 실수로 심장탑에 끌려가 적출을 당하게 된 인간이 된 것 같았다. 속이 뒤집히고 목구멍에서 신물이 치솟았다. 도약의 정점에서 도약력과 중력이 평형을 이루는 순간은 끔찍했다. 사라말은 자신이 잠깐 사라지는 것만 같았다. 그러나 얼굴을 할퀴는 바람은 '그런 착각 집어치우세요.'라고 친절하게 권했다.

그것은 한 번으로 끝나지 않았다.

아트밀은 바닥에 떨어지자마자 몇 걸음 달리다가 다시 뛰어올랐다. 그때마다 빙판이 깨지는 소리가 섬뜩하게 울렸다. 달리는 시간은 점점 줄어들었고 어떤 경우 아트밀은 착지하자마자 재도약했다. 쿵, 쾅, 쿠쾅! 아트밀은 갈라지는 바다 위를 뛰어다니고 있었다. 사라말은 아무것도 볼 수 없는 암흑을 저주했다. 물론 눈으로 볼 수 있다면 굉장한 광경이었을 것이다. 하지만 사라말은 몸의 통증을 잊기 위해 무엇인가 집중하여 볼 것이 필요했다. 몸이 위아래로 흔들릴 때마다 사라말은 내장을 토해 놓을 것 같은 구토감을 느꼈다. 벼룩이여. 너희들은 위대하다. 내 진작 너희들의 경이로움을 알아야 하거늘…….

도약이 멈췄다.

사라말은 아트밀의 겨드랑이에서 풀려났다. 아트밀은 그를 내동댕이치지 않았지만 추위와 통증으로 얼어붙은 사라말의 몸은 땅에 닿자마자 그 주인을 혼수 상태로 밀어붙였다. 엎드린 채로 사라말은 눈앞이 부옇게 변하는 것을 느꼈다.

조금 후 사라말은 진짜 눈앞의 사물을 볼 수 있다는 것을 깨달았다. 그는 어떤 돌을 보고 있었다. 가무잡잡한 땅 위에 하얀 돌이 놓여 있었다. 사라말은 꿈틀거리며 몸을 돌렸다. 검푸른 하늘이 보였다. 새벽녘이었다. 그는 땅에 누워 있었다. 사라말은 하늘을 보며 말했다.

"파라말?"

"이어아."

"넌 누구냐?"

"아이이익……! 여기 있……!"

"음. 파라말, 거기 있었구나. 조금 전에 네 목소리와 비슷한 소리를 내던 괴생물체가 있었는데. 너도 들었냐?"

파라말은 비명인지 신음인지 구분할 수 없는 소리를 흘렸다. 사라말은 히죽 웃고는 기운차게 허리를 들어 올렸다.

그리고 사라말은 무릎에 얼굴을 묻은 채 맹렬하게 토했다.

평생 먹은 것을 다 토해 놓는 듯한 구역질이 느껴졌지만 입 밖으로 나오는 것은 별로 없었다. 사라말이 흘린 것은 약간의 침과 위액이 전부였다. 마지막 식사를 한 지 오래되었으니 위장 안에는 내용물이 거의 없었을 것이다. 사라말은 차라리 뭔가가 좀 나오면 좋겠다 싶었다. 아무것도 나오지 않는 구역질은 더 괴로웠고 쉽게 멈춰지지도 않았다.

한참 후에야 사라말은 목이 타는 것을 느끼며 겨우 고개를 들었다. 주위는 조금 전보다 훨씬 밝았다. 아니, 그의 눈앞에 불빛이 명멸하는 것이었다. 사라말은 눈을 질끈 감았다가 다시 떴다. 그런 동작을 몇 번 반복한 후 그는 주위를 둘러볼 정도의 시야를 회복했다.

사라말이 제일 먼저 본 것은 바다였다.

바다가 부글부글 끓고 있었다. 깨진 얼음들이 서로 부딪치며 물보라와 거품을 잔뜩 튕겨 올렸다. 사라말은 하늘누리의 추락을 떠올리고는 섬뜩한 느낌을 받았다. 그의 앞에 펼쳐진 광경은 그때보다 훨씬 소규모였다. 하지만 그때보다 훨씬 넓은 곳까지 볼 수 있었다. 그때보다 더 높은 곳에서 내려다보고 있기 때문이다.

사라말은 자신이 해안가의 언덕에 앉아 있다는 것을 알았다. 모진 바닷바람이 쉼 없이 불어닥치는 언덕이었고 나무나 풀은 없었다. 비탈을 뒤덮고 있는 것은 온갖 무채색의 자갈과 흙이었다. 다른 때라면 을씨년스럽다고 표현할 모습이었지만 사라말은 그 땅에 입이라도 맞추고 싶었다. 사라말은 고개를 돌려 파라말과 아트밀을 찾았다.

파라말은 그에게서 약간 떨어진 땅에 엎드려 있었다. 그를 부르려던 사라말은 파라말이 잠인지 기절인지 구분할 수 없는 상태에 빠져 있다는 것을 깨달았다. 만약 잠든다면 얼어죽을지도 모른다. 걱정스러운 눈으로 파라말을 보던 사라말은 아트밀이 어디에 있는지 살펴보았다.

조금 후 사라말은 낮은 위치에서 아트밀을 찾았다. 아트밀은 걱정스러운 표정으로 바다 한쪽을 바라보고 있었다. 아트밀의 시선을 따라간 사라말은 헤엄을 치고 있는 썰매개들을 발견했다.

그것들은 풍덩거리며 해안을 향해 헤엄치고 있었다. 사라말은 자신도 모르게 그 숫자를 세려 했다. 하지만 눈이 가물거렸고 아직 충분히 밝지 않아서 숫자를 세는 것은 힘들었다. 사라말은 아트밀을 부르기로 했다. 개들이 모두 빠져나온다 해도 불을 피우지 않으면 모두 죽을 것이다. 북극에서도 야외에서 잠잘 수 있는 썰매개라 해도 몸이 푹 젖은 상태에선 버틸 수 없으니까. 그러니 아트밀이 해야 할 일은 개들이 잘 빠져나오는지 보는 것이 아니라 불을 피우는 일이었다. 사라말은 대충 그런 취지의 말을 하려 했다. 하지만 목소리가 잘 나오지 않았다. 사라말은 자신이 혼절하기 직전의 상황이라는 것을 뒤늦게 깨달았다. 그리고 의식과 무의식 사이에서 그에겐 선택의 기회가 없었다. 사라말은 급속히 무의식 속으로 빠져들었다.

 의식을 완전히 잃기 전, 사라말은 무엇인가를 떠올렸다. 사라말은 그 생각을 매만지기 위해 손을 뻗었다. 하지만 아무것도 붙잡히지 않았다. 사라말은 씁쓸한 기분으로 졸도했다.


 엘시는 말에 탄 채 제국군 병사들을 물끄러미 바라보았다.
 병사들은 불만에 차 있었다. 전부가 그런 것은 아니지만 상당수의 병사들은 규리하 전쟁부터 계속 전투에 참가했던 병사들이었다. 그들은 지쳐 있었다. 발케네로 진공하여 파리조 성 앞까지 도달하는 동안에는 이길 때도 있고 질 때도 있었지만 어쨌든 전쟁을 수행 중이었다. 그들은 황제를 위해 싸운다는 긍지를 가질 수 있었다. 하지만 규리하로 물러나 아무 일도 하지 않은 채 그저 주둔하는 것은 사기를 유지하는 데 좋은 환경이 아니었다. 무엇보다도 그들은 제국이 사라졌을지도 모른다는 불안감을 느끼고 있었다. 제국 없는 제국군이라는 것은 어불성설이다. 기율이 흐트러지고 여기저기서 말썽이 일어났다. 만약 폭동이라도 일어난다면 제국군은 순식간에 와해될 것이다.
 그들에게 음식을 제대로 공급하고 제때 급료를 지불할 수 있다면 그럭저럭 그들을 유지할 수 있을 것이다. 하지만 제국 정부가 사라진 지금 그들에게 군자금을 보낼 사람은 없었다. 발케네 진공을 위해 조성된 막대한 군자금을 소모하며 지금까지 버티고 있었지만 그것도 곧 바닥이 날 것이다. 엘시는 자유무역당에게 돈이라도 빌려야 하나 하는 우울한 생각을 했다. 물론 그의 얼굴에는 우울한 심사가 떠오르지 않았다. 병사들은 대장군이 그들 곁

에 있다는 것을 큰 위안으로 삼고 있었다. 대장군이 사라졌을지
도 모르는 제국을 대신하고 있는 것이다. 엘시는 자신감 있는 얼
굴을 하려 애쓰며 천천히 말을 몰았다.
 "이들을 규리하군으로 만들어야 한다."
 곁에서 말을 몰고 있던 시허릭 마지오 상장군은 즐거운 농담이
라도 들은 듯한 얼굴로 대답했다. 하지만 그 목소리는 전혀 즐겁
지 않았다.
 "그리고 대장군님과 저는 규리하의 장교가 되어야 합니까?"
 "도리가 없지. 군대는 근거지를 가지고 있어야 한다. 그렇지
않으면 산적이나 다름없어. 게다가 제국을 재건하려면 규리하의
힘을 빌려야 해."
 "칼리도의 군사가 되면 안 됩니까?"
 "너무 멀다."
 시허릭은 말안장을 내려다보았다.
 "대장군님은 참 대단하십니다. 대장군님께서 규리하를 무너뜨
린 것은 오래된 일도 아닙니다. 자신이 패배시킨 적의 부하가 되
겠다는 것은 아무나 할 수 있는 말이 아니지요. 존경합니다만,
더 쉬운 방법도 있습니다. 규리하를 가지시면 어떻겠습니까?"
 "산적질을 하자는 건가?"
 "그럴 필요 없습니다. 비셀스 규리하와 결혼하십시오. 사태를
가장 깔끔하게 처리하는 방법입니다. 규리하를 가지신 다음 그
힘을 배경으로 제국 재건에 나서십시오."
 엘시는 입매를 약간 꿈틀했다.
 "그녀가 싫다더군."
 "예?"

"아냐. 신경 쓰지 마라. 굴도하 남작 부인과 만났나?"

시허릭은 부정하지 않았다.

"그녀가 알려 주긴 했습니다만 저도 그 의견에 공감하게 되었습니다. 비셀스 규리하는 유서 깊은 가문을 가지고 있고 대장군님은 주인 잃은 군사들을 가지고 있습니다. 양자를 위해 결합해야 합니다. 빠르면 빠를수록 좋습니다. 지러쿼터 산맥 동쪽에서는 스카리 빌파가 올가미를 만들고 있습니다. 정복당하지 않더라도 자칫하면 귀족원 회의에 출석도 못하게 될 겁니다."

한 호흡 쉰 다음, 시허릭은 간곡하게 말했다.

"그녀의 마루나래가 되십시오."

시허릭은 자신에게 문장가의 재능이 있다고 믿지는 않았다. 하지만 자신의 표현이 그토록 잘못된 것이라고 생각하지도 않았다. 어쨌든 시허릭은 엘시 에더리가 그 말을 듣자마자 비수에 찔린 듯한 표정으로 자신을 노려보는 이유를 짐작할 수 없었다.

시허릭을 뚫어져라 바라보던 엘시는 자제력을 발휘하여 간신히 고개를 돌렸다. 그는 말갈기를 필사적으로 바라보며 가슴을 진정시킨 후에 말했다.

"그녀에게 나를 섭정으로 받아들여 달라고 제안하겠다."

"섭정이오?"

"그래. 한시적으로 그녀의 섭정이 되겠다. 귀족원 회의가 개최될 때까지."

시허릭 마지오는 그 제안을 생각해 보았다. 결혼과 같은 영속적 결합이 아니므로 굴도하 남작 부인은 만족하기 어렵겠지만 엘시의 제안은 타당한 해결책이었다. 시허릭은 고개를 끄덕였다.

"좋은 방법이군요. 알겠습니다. 그녀도 받아들일 겁니다. 언제 제안하시겠습니까?"

"지금 곧."

엘시 에더리는 시허릭과 헤어져 진지를 빠져나왔다. 수행인이나 호위 무사는 없었으므로 엘시는 홀로 규리하 성으로 돌아가는 길로 접어들었다. 그는 혼자서 생각에 잠길 시간이 필요했다. 엘시는 천천히 말을 몰았다.

겨울이 내려앉은 들판을 가로지르며 엘시는 자신의 발언을 생각했다. 그것은 숙고 끝에 나온 결론이 아니라 순간적으로 떠올린 생각이었고, 정우와의 결혼을 거부하려고 짜낸 생각이었다. 엘시는 자신이 왜 그토록 정우와 결혼하는 것을 거부하는지 생각해 보았다. 부냐 헨로 이외에 다른 여자를 사랑하면 안 된다는 책임감일까? 엘시와 부냐 헨로는 공식적인 선언만 없을 뿐 파혼 상태나 다름없었다. 스카리 빌파와 부냐 헨로가 공식적인 혼례만 없을 뿐 부부인 것처럼. 엘시는 스카리가 왜 혼례를 올리지 않는지 궁금했다. 어쩌면 전쟁을 끝내고 결혼할 생각인지도 모른다. 어쨌든 부냐 헨로와 한 약혼 때문에 다른 여자를 사랑할 수 없다는 것은 말이 안 된다.

엘시는 갑자기 자신의 사고에 충격을 받았다.

그는 부냐를 사랑하지 않았다. 그에게 남아 있는 것은 약혼의 책임감뿐이다. 엘시는 갑자기 자신이 한번이라도 부냐를 사랑한 적이 있는지 의심스러워졌다. 그 의심을 버리고 싶었지만 마음의 창문은 자유로이 여닫을 수 없다. 의심은 마음속에서 맴돌았다. 부냐 헨로를 사랑했던 기억을 필사적으로 더듬던 엘시는 더 당혹스러운 기억을 떠올렸다.

'부냐 헨로를 사랑하지 않으십니까?'

탈해 머리돌의 질문이었다. 엘시는 뭐라고 대답했는지 떠올리고 싶지 않았다.

'그랬다면 이토록 괴롭진 않겠지.'

사랑한다고 말하지 않았다. 엘시는 자신이 부냐를 사랑한다고 말하지 않았다는 사실을 믿기 어려웠다. 탈해가 뭐라고 했더라?

'죄송합니다, 각하.'

'아니, 탈해. 자네 사과는 받지 않겠어. 그 사과는 내 제국이 부냐를 사랑하게 되었을 때 듣도록 하지.'

왜 제국의 보증이 필요한가? 그는 황제의 대장군이기 때문이다. 하지만 지금 제국은 없다. 그가 기어이 부냐를 사랑하게 만들고 싶었던 제국은 사라졌다.

엘시는 오한을 느꼈다.

제국이 사라졌다는 것 때문이 아니다. 그의 기억이 탈해가 아닌 다른 사람의 말을 떠올렸다.

'대장군님도 제국인데요.'

정우의 말이었다. 소복이 쌓이듯 내리는 비 속에서 빨간 우산을 쓴 채 허공을 걷던 그녀는 의아하다는 얼굴로 엘시를 보며 말했다. 엘시는 그 일이 몇 십 년 전의 일 같았다. 하지만 정우의 표정은, 그리고 그 목소리는 조금 전의 일인 양 생생하다. 엘시는 정우를 직접 보는 것 같았다.

내 제국이 부냐를 사랑하게 만들어야 한다.

나는 제국이다.

나는 내가 부냐를 사랑하게 만들어야 한다.

사랑하게 만들어야 한다면 사랑하지 않는다는 뜻이다. 단순하다. 엘시는 눈에 보이는 듯한 정우의 얼굴을 향해 말했다.

'나는 부냐를 사랑하지 않았군요.'
그러자 정우가 말했다.
"미안해요, 대장군님!"
엘시는 눈을 껌뻑였다. 정우는 그의 앞쪽에서 겁먹은 얼굴로 서 있었다. 기억이 아닌 현실이었다. 엘시는 당황하여 주위를 둘러보았다. 미처 자각하지도 못한 채 규리하 성에 돌아온 것인지 확인하기 위해서였다. 하지만 그가 있는 곳은 여전히 바깥이었다. 엘시는 다시 정우를 보았다. 그리고 그제야 정우의 뒤편에 있는 탈해를 보았다. 다시 정우를 본 엘시는 약간 어처구니없는 느낌을 받았다.
정우는 길 한가운데서 두 팔을 벌린 채 탈해를 감추려 애쓰고 있었다. 도저히 성공할 수 없는 시도이고 정우도 자신의 의사를 전달하는 것에 만족하려는 것 같았다. 엘시는 말에서 내렸다. 탈해는 그의 눈을 피했다. 엘시는 정우를 바라보았다.
"정우?"
"그러니까요. 성안에 있어야 하지만, 그렇지만 사람들이 탈해를 이상한 눈으로 봐요. 겁먹은 눈으로 봐요. 절대로 탈해가 그럴 리 없는데. 그걸 몰라요. 탈해가 힘들어해요. 너무해요. 탈해는 아무 해도 입히지 않았잖아요?"
정우는 밖으로 나온 것에 대해 변명하려는 듯했다. 그녀의 말을 조금 더 생각해 본 엘시는 자신의 인상이 맞았다고 생각했다.
"사람들이 탈해를 두려워한다는 말입니까?"
정우는 열심히 고개를 끄덕였다. 그러다가 엘시를 빤히 바라보았다.
"대장군님하고 다르게."

"예?"

"대장군님은 안 무서워하시는군요? 말에서 내리셨어요."

"말에서 내린 것이 왜…… 아, 도망치는 것 말입니까?"

정우는 다시 고개를 끄덕였다. 그녀는 환한 표정으로 엘시를 보다가 두 손을 가슴 앞에 모아 깍지를 꼈다.

"일부러 그러시는 것 아니군요."

엘시는 뭐라고 말해야 할지 알 수 없었다. 그는 탈해에게 시선을 옮겼다. 그의 시선을 느낀 탈해는 약간 우울한 표정으로 엘시를 돌아보았다.

"탈해, 미처 신경 쓰지 못했군. 사람들이 자네를 경원시하나?"

"당연하다고 생각합니다, 각하."

탈해는 체념이 아닌 이상한 표정으로 말했다. 그의 말 속에는 하나도 당연하지 않다는 어감이 약간 섞여 있었다. 엘시는 탈해가 일으킬 뻔한 재난에 대해 생각했다.

그것은 기막힌 행운이라고 해야 할 것이다. 탈해는 도깨비불을 아끼기보다는 즐겨 사용하는 도깨비다. 하지만 그가 평소에 만들어 내곤 하는 불은 열이 없는 불이었다. 엘시는 바우 성주의 모습을 재현하던 탈해의 재주를 떠올렸다. 그리고 그 외에 탈해가 즐겨 보여 주는 도깨비불에 대해서도 생각했다. 즈믄누리 바깥에 나와 있는 도깨비답게 탈해는 열이 있는 불은 사용하지 않았다. 주위에 화상을 입을 수 있는 사람들이 잔뜩 있으니까. 다행히도 발화 장치가 부착된 뼈끔이를 쓰기에 탈해는 연초를 피울 때도 불을 쓸 필요가 없다. 탈해가 유혈극 속에서 열 없는 불을 폭발시킨 것은 그런 평소의 버릇 때문이었을 것이다. 하지만 사람들은 그런 행운이 계속될 거라고 믿기 어려울 것이다. 그들의 곁에 있는 도깨비는 페시론 섬의 재난을 일으킨 도깨비와 같은 무사장이며, 게다가 아이저 규리하의 존재가 확인된 지금 규리하 성에는 언제 또 다른 유혈이 흐를지 모르는 상태다.

"왜 안 무서워하세요?"

엘시는 고개를 돌렸다. 정우는 집게손가락으로 입술 아래쪽을 누른 채 그를 바라보고 있었다. 엘시가 말했다.

"당신은 왜 안 무서워합니까?"

"예? 저요? 어…… 저는……."

정우는 당혹하여 탈해와 엘시의 얼굴을 번갈아 보았다. 엘시는 그녀를 도와주기로 했다.

"탈해는 내 친구입니다."

엘시는 그녀가 그 대답에 만족할 거라고 생각했다. 그렇지 않았다. 정우는 놀란 표정과 미안한 표정, 기뻐하는 표정을 뒤섞어서 표현해 보였고 그것은 만족감처럼 보이지 않았다. 엘시는 고개를 약간 갸웃하고는 탈해에게 말했다.

"그들은 생각을 잘못하고 있어. 자네는 아이저 규리하가 감히 허튼짓을 할 수 없도록 보장해 주고 있어. 이제 아이저는 규리하 성을 상대로 싸움을 걸기 전에 다시 생각하겠지."

탈해는 머쓱하게 웃었다.

"그렇게 됩니까?"

"그래. 산책 중이었나?"

탈해 대신 정우가 빠르게 대답했다.

"돌아가는 길이었어요."

정우는 성밖으로 나온 것에 대해 미안해하고 있는 듯했다. 엘시가 말했다.

"그렇다면 함께 돌아가도록 하지. 할 말도 조금 있고. 정우, 말에 타겠습니까?"

"아뇨. 걸으면 좋겠는데."

"그렇게 하지요."

엘시는 고삐를 길게 쥐었다. 정우는 환한 얼굴로 엘시를 바라보고는 탈해의 팔을 잡아당겼다. 탈해는 그녀에게 끌리듯 몸을 돌려 규리하 성을 향했다. 엘시는 정우를 가운데 두고 탈해의 맞은편에 서서 걸었다. 정우는 히죽히죽 웃으며 양쪽을 돌아보았다. 엘시는 섭정 건에 대해 이야기하고 싶었다. 하지만 정우가 먼저 말했다.

"팔짱 껴도 돼요?"

엘시는 어리둥절한 표정으로 정우를 바라보았다. 정우는 그 표정이 승낙이라고 생각하는 듯 양쪽으로 손을 뻗었다. 엘시는 정우가 원하는 것이 탈해와 자신에게 팔짱을 끼는 것임을 깨닫고 약간 우려를 느꼈다. 엘시의 신장도 작지 않지만 탈해는 도깨비의 신장을 가지고 있다. 하지만 엘시가 머뭇거리는 사이에 탈해는 허리를 약간 낮춰서 정우를 도와주었다. 그러자 정우는 탈해와 엘시에게 팔짱을 끼게 되었다.

거의 매달린 것에 가까웠다. 정우는 까르르 웃고 두 발을 허공에 띄웠다. 엘시는 황급히 허리에 힘을 주었고 탈해는 싱긋 웃었다. 정우는 그네를 타듯 발을 구르고 허공을 찼다. 엘시가 보기에 그것은 규리하 섭정에 관한 이야기를 하기에 어울리는 상황이라고 할 수 없었다. 그래서 엘시는 규리하 성에 도착한 후에 이야기를 하기로 했다. 그는 탈해에게 맞춰 보폭을 넓혔고 탈해는 그를 위해 보폭을 좁혔다. 두 사람은 정우를 가운데 매단 채 규리하 성을 향해 걸어갔다.

틸러 달비가 부드러운 음성으로 말했다.
"사랑하는 종제여, 무슨 향기 같은 것이 나는 듯한데."
"사랑하지 마."
이레 달비는 으르렁거리며 대답했다. 그의 종형 틸러 달비에 대해 사람들은 호평을 내리는 듯했고, 이레가 보기에 그 대부분은 이레 자신에 대한 것처럼 실제와 거리가 먼 것들이었다. 이레는 틸러가 도무지 상황 파악을 못하는 바보라고 생각했다. 조금 전의 발언 같은 경우가 그러했다. 이레는 사랑이 아름다운 말이라는 것에 찬성했다. 그것은 지고의 가치다. 하지만 그토록 아름다운 말도 삼가야 할 경우가 있는데, 예를 들어 두 남자가 누워 있고 한 사람이 다른 사람의 몸 위에 올라가 있는 상태라면 그것은 몹시나 듣기 부담스러운 말이 된다.
하지만 이레는 그 상황을 어찌할 수 없었다. 그건은 이레나 틸러의 잘못이 아니라 짐마차의 구조적인 문제였다.
마차가 다시 덜커덩거렸다. 그것은 건초나 낟가리, 채소, 땔감 등을 나르기 위해 농가에서 사용함 직한 보통의 짐마차였다. 어쨌든 틸러는 그 마차에서 아무런 이상한 점을 발견하지 못했다. 하지만 이레는 과거 시모그라쥬에서 그와 비슷한 마차를 사용한 적이 있었다. 이레는 어렵잖게 이중 바닥을 찾아내었고 그로써 그들은 운송 정보를 캐낸 파림 부녀에게 낯을 들 수 있게 되었다. 이중 바닥에서 발견한 금붙이의 양은 상당했다. 그것들은 원래 아이저 규리하에게 가기로 되어 있었다. 이레는 그것이 임무의 끝이라고 생각했다. 하지만 틸러는 흥미로운 발상을 떠올림으로써 그것을 임무의 시작으로 바꿔 놓았다. 그는 종제에게 금붙이가 되자고 제안했다. 이레는 그것이 미친 짓이라고 생각했다.

"아이저의 소굴에 몇 명이나 기다리고 있을지 어떻게 알아서?"

공교롭게도 이레에게 찬성하는 사람은 아무도 없었다. 다른 사람들은 모두 그것이 멋지고 흥미로운 발상이라고 생각하는 것 같았다. 그들은 전문가가 아니다. 이레는 납치 및 구출 전문가인 자신의 견해에서 볼 때 그런 몽상적인 침입 계획은 이야기 장식용으로는 어울리겠지만 말도 안 되며 도무지 현실적이지 못하다고 역설했다. 하지만 아무도 그 말에 귀를 기울이지 않았다. 아이저 규리하의 지난번 침입에서 규리하 성은 완전 파괴의 위험을 아슬아슬하게 비켜갔다. 그런 일이 또 벌어지는 것을 막기 위해서는 하루라도 빨리 아이저 규리하의 일당을 체포하거나 최소한 규리하 밖으로 쫓아내야 한다는 것이 사람들의 생각이었다. 이레는 바로 그렇기 때문에 아이저가 또다시 공격할 가능성은 적다고 말했지만 그 주장은 묵살당했다. 이레는 다수결에 승복해야 했고, 이중 바닥에 틸러와 함께 숨는 것에도 동의해야 했다.

이레는 양심상 도저히 틸러에게 아래에 깔리라고 요구할 수는 없었다. 양자의 체격 차를 볼 때 그것은 폭행에 가깝다. 이레는 투덜거리며 아래에 누웠고 틸러가 그 위에 드러누웠다. 마부 곁에 앉기로 한 사람은 세레지 파림이었다. 세레지는 겉으로 보기에 위험해 보이지 않았고 그녀라면 귀머거리라도 설득시킬 수 있을 거라는 점을 이레는 인정할 수밖에 없었다.

하지만 짐마차의 이중 바닥에서 틸러를 가슴 위에 눕힌 채 사랑한다느니 하는 말이나 들어야 하는 처지에 빠져서, 이레는 자신이 왜 좀 더 강하게 반대하지 않았나 후회했다. 다행히도 틸러가 강조하고 싶었던 것은 향기 쪽이었던 듯하다.

"아무것도 안 보이니 냄새라도 맡아야 하잖아. 무슨 냄새 안 나? 나는 과일향 같은 것을 맡았어. 혹시 과수원 같은 곳을 지나고 있는 것 아닐까?"

이레는 틸러의 발랄한 추리욕을 냉정하게 꺾었다.

"틸러, 여기가 설령 진짜 과수원이라도 이 계절에 무슨 과일향이 나겠어? 이 마차가 여름철에 과일을 많이 날랐나 보지."

틸러는 그 의견에 다시 반론을 제시하려 했다. 그때 이중 바닥과 그 위에 쌓인 건초 때문에 희미하게 들리는 세레지의 외침이 들려왔다.

"이놈의 말들이 발정이 났나, 왜 이렇게 숨소리가 시끄러워? 조용히해!"

무슨 뜻인지 알아듣기 어려운 말은 아니었다. 이레와 틸러는 동시에 숨소리를 낮추었다.

짐칸에서 들려온 소음을 차단한 세레지는 옆을 돌아보았다. 그녀의 곁에는 불운한 마부가 진땀을 뻘뻘 흘리며 말을 몰고 있었다. 겨울철에 그토록 땀을 흘리고 있는 것은 누가 보기에도 이상해 보였다. 세레지는 즉각 진화에 들어갔다. 그녀는 짜랑짜랑하게 말했다.

"당신들이에요?"

마차 앞에 나타난 두 남자는 얼떨떨한 표정으로 세레지와 마부를 바라보았다. 세레지는 그들의 대답을 들었다는 듯이 말했다.

"당신들이 몸살 걸려서 쉬어야 할 사람에게 여기까지 짐마차를 몰고 오라고 말한 몰인정한 사람들이에요? 삼촌, 도대체 얼마나 받기로 한 거예요?"

 놀란 마부는 머뭇거렸고 세레지는 그 머뭇거림도 대답으로 만들었다.

 "말 못하는 거 보니 또 공짜로 해 주기로 한 것이군요! 도대체 뭐 하는 짓이에요? 사람이 좋은 것도 한도가 있는 법이지, 삼촌은 친구 부탁이라면 자기가 죽어 나가도 모를 지경이잖아요. 이건 안 돼요. 약값이라도 받아야 해요! 세상에, 이 땀 좀 봐. 이봐요, 당신들도 눈이 있으면 좀 보라고요! 이 사람이 이 엄동설한에 마차를 몰 수 있을 것처럼 보여요?"

 극도로 당황한 마부는 당장이라도 거품을 물고 졸도할 것 같은 표정을 지었다. 그러자 그 얼굴은 정말 병자의 표정처럼 보이게 되었다. 다행히도 비밀스러운 화물이 실린 마차를 누가 몰고 오는지 알지 못했던 남자들은 이것이 좋은 성격 때문에 뒤가 구린 일에도 쉽게 이용당하곤 하는 삼촌과 극성스러운 조카 사이에 오가는 대화라고 판단했다. 나무랄 데 없는 판단이었다.

 그들이 있는 곳은 커다란 농장의 입구였다. 농장은 산 몇 개로 둘러싸인 분지에 있었고 들어가는 입구는 그들이 서 있는 산 사이의 소로였다. 소로는 분지에 고이는 물이 빠져나가는 배수로 역할도 했다. 마차가 서 있는 길 바로 옆에 좁지만 세차게 흐르는 개울이 있었다. 외풍을 많이 타지 않는 분지 저편의 산뿌리 부근에 조성된 거주지는 많은 가옥들이 모여 있어 마을에 가까워 보였다. 세레지는 농장의 사용인들이 적어도 백 명은 될 거라고 추측했고, 그래서 그것을 농장이 아닌 장원이라고 불러야 하는 것 아닌가 생각했다. 하지만 장원이라기엔 규모가 좀 작고 수비에 이용될 성채나 성벽이 보이지 않으니 역시 농장이 맞을 것이다. 세레지는 이런 곳에 규리하의 전 지배자가 숨어 있다면 참 놀랄 일이라고 생각했다. 그 위치는 규리하 성에서 인간의 발로 걸어서 한나절도 걸리지 않는 곳이었다.

겨울철이라 곳곳의 밭은 텅 비어 있었고 사람들도 보이지 않았다. 관찰을 끝낸 세레지는 무슨 말을 하려는 남자들에게 매서운 눈길을 보냈다.

"뭐 해요? 이 추위에 아픈 사람 세워 둘 거예요? 어서 문 열어요! 빌어먹을 건초 부리고 빨리 몸이라도 좀 녹여야겠어요."

두 남자는 머뭇거리다가 소란을 일으키지 말자고 결심한 듯했다. 그들은 가축이나 짐승의 출입을 통제하기 위해 만든 문을 열었다. 세레지는 마부를 빤히 바라보았고 마부는 경기를 일으키듯 짐마차를 출발시켰다.

입구에 서 있던 두 남자 중 한 사람이 마차를 따라 걸어왔다. 세레지는 그 남자와 마부가 직접 이야기하는 것을 막기 위해 남자에게 온갖 이야기를 꺼냈고 마침내 짐마차가 창고쯤으로 보이는 건물 앞에 도달했을 때 남자는 사람이 사람에게 첫눈에 반한다는 이야기가 사실이며, 그런 일이 세레지에게 일어났다고 믿게 되었다. 세레지는 그의 착각을 더욱 부추겼다. 낮고 끈적이는 목소리를 내며 어깨를 기묘하게 늘어뜨리고 걷기 시작한 남자를 보며 마부는 자신이 그와 같은 남자라는 사실에 비애를 느꼈다.

창고 안쪽은 어두컴컴했다. 안쪽에는 세 명의 남자가 더 기다리고 있었다. 아이저 규리하의 얼굴을 아는 것은 아니지만 세레지는 그중에 아이저가 없다고 생각했다. 그들은 노련해 보였지만 누군가를 지휘하는 일에 노련하다기보다는 받은 명령을 정확히 수행하는 것에 노련해 보였다. 그들은 근엄하고 사무적인 표정을 짓고 있었다. 낮고 끈적한 목소리를 내며 어깨를 기묘하게 늘어뜨리고 걷던 남자도 세 남자와 마주하자 갑자기 그런 태도를 잃고 그들과 비슷한 태도를 취했다. 세레지는 흥미롭게 그 변화를 바라보았다. 남자가 세레지에게 말했다.

"마차에서 내려요."

세레지는 내리려는 마부를 붙잡으며 말했다.

"아저씨들 농부처럼 안 보이는데? 농부 맞아요?"

네 남자는 당혹하여 세레지를 바라보았다. 그들은 모두 모범적이라 할 만큼 완벽한 작업복을 입고 있었고 손에는 건초를 내리기 위해 쇠스랑까지 들고 있었다. 턱이 꽤 장대한 남자가 말했다.

"그게 무슨 말이야, 아가씨?"

"겨울에 땀수건 차고 다니는 농부는 없다, 이 말이지요. 좀 심하게 변장하셨어."

턱이 장대한 남자가 당황하여 말했다.

"내가 땀이 좀 많아."

턱이 장대한 남자가 체질에 관한 설명으로 난국을 타개하려 할 때 마부가 마차 옆으로 굴러 떨어졌다. 네 남자는 놀란 표정으로 마부를 바라보았다. 마부는 두 발에 두 손까지 사용하여 바닥을 기며 외쳤다.

"도망가! 저 여자는……."

세레지가 마부석에서 훌쩍 날아올랐다.

잠깐 동안 세레지는 두 다리를 앞뒤로 크게 벌린 채 허공에 거꾸로 떠 있었다. 공중에서 빙글 돈 세레지는 위를 쳐다보는 남자의 장대한 턱을 짓밟았다. 남자는 기괴한 소리를 내며 쓰러졌고 남자의 턱 위에서 재도약한 세레지는 땅바닥에 사뿐 내려앉아서 빙긋 웃었다. 그 순간 마부의 고발이 좀 늦게 완료되었다.

"괴물이라고."

턱이 안 깨진 남자들은 당황하여 쇠스랑을 앞으로 내밀었다.

"넌 누구냐!"

세레지는 두 눈을 확 불태우며 말했다.

"나쁜 녀석들! 벌써 잊었구나. 4년 전의 그 일을! 나는 절대로 잊을 수 없어. 그날, 너희들 때문에 내 인생이 망가진 날을!"

남자들은 동시에 4년 전에 자신이 무슨 일을 했나 생각에 빠졌다. 하지만 아무것도 떠오르지 않았다. 남자들의 당황이 해소된 것은 세레지가 원수를 갚기 위해 비각술의 고수를 찾아 나무하기 3년, 물긷기 3년, 불때기 3년을 하고 고수의 아들 일곱을 낳아 준 후에야 마침내 비각술의 진수를 익혀 원한을 갚으러 왔다는, 산술적으로 말이 안 되는 부연을 덧붙인 후였다.

"잠깐. 4년 전이라고 했는데……?"

놀림감이 되고 있다는 것을 알아차린 남자들이 격분했다. 하지만 그들이 지체한 시간은 세레지가 짐마차 옆으로 가서 마차벽을 탕탕 두드리기에 충분했다. 이레가 생각하기에 그 부분은 틸러의 멍청하고 허황되고 비현실적인 침입 계획에서 유일하게 합리적인 부분이었다.

이레가 틸러와 겹쳐져 있어야 했던 것은 이중 바닥의 나머지 공간에 레콘 한 명이 들어가야 했기 때문이다. 레콘은 마차에서 일어나는 것이 아니라 거의 마차를 부수면서 뛰쳐나갔다. 놀란 세 남자들 앞에 선 레콘은 호탕하게 외쳤다.

"너희들의 행운을 축하한다! 정의가 실현되는 광경을 보는 것은 언제나 큰 기쁨이지!"

주테카와 그의 철저가 빠져나가서 숨쉬기 좀 편해진 공간에 누워 이레는 후회했다. 왜 자신이 좀 더 강하게 반대하지 않았던 것일까.

주테카는 철저를 휘두를 필요도 없었다. 세 남자와 마부는 쇠스랑을 떨어뜨리고 턱이 깨진 남자 옆에 무릎을 꿇었다. 현명한 판단이었다. 한편 주위를 둘러본 주테카는 의아해하며 세레지에게 말했다.

"적이 어디 있어?"

"저기 다 앉아 있잖아요."

"이게 다야? 그런데 왜 불러낸 거야?"

"당신이 나와야 아무도 안 다치고 끝나잖아요."

땅에 앉아 있던 남자들은 누군가의 턱을 쪼개 놓은 여자가 꺼내 놓는 평화주의적인 발언에 상당한 위화감을 느꼈다. 하지만 주테카는 대단히 정의로운 발언이라고 평가했다.

"훌륭한 태도야. 그런데 누가 아이저 규리하야?"

남자들은 대답하지 않았다. 마차에서 빠져나와서 이레가 나오도록 도와주던 틸러 달비는 남자들을 둘러보고 말했다.

"여긴 없습니다. 하긴 그럴 거라 생각했지요."

마차 곁에 똑바로 서려던 이레는 틸러의 말에 휘청할 뻔했다.

"없을 줄 알았다고? 아이저 규리하를 잡으러 온 것 아니었어?"

"변경백이 운송 계획이 탄로날 정도로 허술한 곳에 숨어 있을 리는 없지. 여긴 그냥 물건 건네받는 중간 연락점일 거야. 마차 건네주면 저 친구들이 아이저 규리하의 소굴로 마차를 끌고 갈 생각이었겠지."

세레지는 빙그레 웃었다.

"그러면 저 아저씨들이 알고 있겠군? 고문?"

평화주의는 순식간에 사라졌다. 남자들은 입을 쩍 벌렸고 주테카도 좀 당혹스럽다는 표정으로 세레지를 바라보았다. 틸러는 손사래를 쳤다.

"그럴 필요 없어."

"아, 농장 주인을 족쳐야 해?"

"아무도 족치지 않아, 세레지. 난 이 친구들에게 전할 말이 있거든. 이레, 가서 문밖을 살펴봐."

이레는 창고의 문 쪽으로 달려가 바깥을 살펴보았다. 바람이 횡횡 부는 겨울의 텅 빈 농장 풍경만 보일 뿐 수상한 낌새는 없었다. 이곳저곳 세심하게 살핀 다음 이레는 문을 닫고 걸쇠를 걸었다. 틸러는 땅에 무릎을 꿇고 있는 남자들 곁에 다가가 섰다.

"나는 가시나무 군단 312소대장 틸러 달비 부위다. 그쪽의 이름은 말할 필요 없으니 그냥 들어라. 너희들에게 올 예정이던 금편 상자는 우리 손에 들어왔다. 그리고 금편을 보낸 도인사의 집에는 지금쯤 레콘 두 명과 내 소대원들이 방문하고 있을 거야."

남자들은 분노를 드러냈지만 주테카 때문에 크게 드러내지도 못했다.

"그 인사와 가권들은 체포되겠지만 너희들은 체포하지 않아. 놓아줄 테니 변경백에게 가서 내 말을 전해라."

남자들은 깜짝 놀랐다. 세레지는 일이 재미있어진다는 표정을 지었고 이레는 눈살을 찌푸렸다. 아이저 규리하에게 말을 전하고 싶었다면 빼낸 상자 대신 서신이나 한 통 담아서 보내면 그만이다. 이것은 틸러의 화려 취미일 뿐이다. 물론 언제든지 체포할 수 있다는 식의 엄포를 전달하는 효과는 더 크겠지만.

틸러가 말했다.

"아이저 규리하, 투항하십시오. 지금 제국의 정부는 실종되었고 만방에서 군웅들이 미묘한 움직임을 보이고 있으니, 폭풍이 다가온 밤길에서 길을 잃고 등불까지 꺼트린 위급한 상황이나 진배없습니다. 이러한 위기에서 규리하의 가련한 민초들이 의지할 수 있는 것은 규리하의 굳건한 지배자입니다. 그런데 한때 규리하의 지배자였던 당신이 규리하의 지배 구조에 분란을 일으켜 백성들을 불안하게 만드는 것은 도리에 맞지 않습니다. 투항하여 따님을 도와 규리하를 안정시키고 불안한 외세로부터 규리하를 지키십시오. 당신의 결단은 규리하 백성들의 홍복이 될 것입니다. 제국을 위해 변경백의 보좌를 초개처럼 버리고 남쪽으로 떠났던 후사린 규리하를 떠올리십시오. 그렇지 않다면, 고통에 시달리는 어린 딸에 대한 아비의 측은지심을 떠올리십시오. 아버지는 그 딸의 방패가 되고 성채가 되어야 합니다. 딸은 자신의 심장을 겨누는 아버지를 원하지 않을 겁니다. 부디 훌륭한 결단으로 깨끗한 이름을 후대에 전하십시오. 당신의 딸이 아버지를 기다리고 있습니다. 제국군 부위 틸러 달비."

틸러 달비에 대한 이레의 평가에는 별다른 변화가 일어나지 않았지만 세레지와 주테카의 경우에는 상당한 변화가 있었다. 세레지는 감탄한 표정으로 틸러를 바라보았고 주테카는 연신 고개를 끄덕이다가 마침내 으흐흑 하는 기묘한 소리를 내며 바닥을 바라보았다. 이레는 참담한 심정으로 팔에 돋은 소름을 쓸어 만졌다.

틸러는 부드러운 표정으로 남자들을 바라보았다.

"알겠어?"

남자들은 대답하지 않았다. 다만 엉뚱한 곳에서 대답이 들려왔다.

"적어 주는 편이 좋겠군. 너무 길어."

틸러는 목소리가 들려온 쪽을 돌아보았다. 문도 창문도 없는 벽에 한 남자가 기대어 서 있었다. 세레지는 재빨리 문을 바라보았지만 그곳에는 이레가 걸어 둔 그대로 걸쇠가 걸려 있었다. 하지만 남자가 처음부터 창고에 있었다면 보였어야 했다. 틸러가 말했다.

"이중 속임수였군요. 지하입니까?"

남자는 대답하지 않았다. 그때 문 앞에 있던 이레가 훌쩍 달려와 사촌 형 곁에 섰다. 그는 사촌 형에게 속삭였다.

"결국 여기 있었어."

"내 생각이 짧았어. 이곳 지하에 숨어 있었군. 그렇다면 저 마차는 이곳에서 금편을 내려놓고 어디론가 떠날 작정이었겠지. 우리를 속이려고."

사촌형제의 대화를 듣던 주테카는 깃털을 조금 세웠다. 이레는 종형에게 고개를 끄덕이고 남자를 돌아보았다.

"반갑습니다, 아이저 규리하 변경백."


아이저 규리하는 틸러와 이레, 세레지, 주테카를 죽 둘러보고는 다시 틸러에게 고개를 돌렸다.

"대담하군, 네 명이서."

틸러는 솔직하게 고백했다.

"각하께서 여기 안 계실 거라 생각했습니다. 계신 줄 알았다면 더 데려왔을 겁니다."

"뭘 더 데려와? 잡아가면 되지."

주테카가 앞으로 훌쩍 걸어 나왔다. 그러자 이레와 틸러가 동시에 손을 올려 주테카의 앞쪽을 가렸다. 어리둥절해하던 주테카는 아이저의 발 근처에 물통이 놓여 있는 것을 발견했다. 주테카는 흠칫하며 뒤로 물러났다. 아이저는 고개를 끄덕였다.

"그래, 그 말을 전하려고 여기에 온 것이군?"

"그렇습니다."

"나도 자네를 그냥 보내 주겠어. 내 대답을 전해야 하니까."

세레지는 주위를 둘러보았다. 하지만 이곳에서 아이저의 전력이라고 볼 수 있는 것은 주테카의 감시 아래 놓여 있는 다섯 사람뿐. 다른 사람이 숨어 있을 장소는 보이지 않았다. 하지만 어디선가 홀연히 나타난 아이저의 경우를 놓고 볼 때 발견하지 못한 비밀문이 어딘가에 있을 것이다. 그리고 아이저가 아무런 대비도 없이 혼자 나타났을 것 같지도 않았다. 틸러와 이레도 그렇게 생각하고는 제자리를 지키며 아이저를 바라보았다.

"대답은 뭡니까?"

"비셀스에게 전해라. 위기에 빠진 규리하의 백성들을 정말 돕고 싶다면 변경백위에는 그 자리에 정말 어울리는 사람이 있어야 한다. 그런데 즈믄누리에서 자란 그 애가 통치에 대해 무엇을 알겠느냐? 아버지에게 투항해라. 그러면 즈믄누리로 돌아가도록 보살펴 주겠다."

틸러는 웃으며 고개를 가로저었다.

"각하는 반란자입니다."

"반란자? 무엇의? 나를 반란자로 지목한 황제는 사라졌다."

"폐하는 사라졌어도 저는 이곳에 있습니다."

틸러는 자신의 가슴을 가리켰다가 어딘가의 모호한 방향으로 손을 뻗으며 말했다.

"그리고 저와 같은 제국군들이 있습니다. 그들은 비셸스 규리하에게 충성할 수 있습니다. 하지만 각하의 병사가 되기는 어렵습니다. 저와 그들에게 지나친 요구입니다."

아이저는 침묵하며 틸러를 바라보았다. 틸러가 말했다.

"각하도 아시겠지만 3개 군단을 편성할 수 있는 잘 훈련된 제국군이 규리하 성 근처에 주둔하고 있습니다. 그리고 이 시대 최고의 무장이 그들을 지휘하고 있습니다. 각하께서 지금 규리하를 차지하신다 하더라도 언제 그만 한 군대를 가질 수 있으시겠습니까? 스카리 빌파는 이미 움직였습니다. 속셈이 뻔히 드러나는 움직임입니다. 가질 수 있는 만큼의 힘을 확보한 다음 자의대로 귀족원 회의를 개최하고 귀족들의 추대를 강요하여 황위에 등극하겠지요. 하지만 그것은 가능하지 않은 일입니다."

"왜지?"

"이레."

틸러는 이레를 돌아보았다. 이레는 딱딱한 표정으로 말했다.

"시모그라쥬가 반대할 겁니다. 팔디곤 토프탈 공작은······."

"대장군을 억류했었지."

이레는 눈을 꿈틀했다. 아이저가 말했다.

"나는 발케네에 있었다. 락토 빌파의 계획을 대강 알고 있다."

"그것이 뭡니까?"

"아마도 공작이 제국을 원했다는 식으로 착각할 사람들이 많겠지만, 그렇지 않다. 그는 제국을 훔치길 원한 적이 없다. 그가 원했던 것은 엄밀하게 말하면 제국을 쪼개는 것이었다. 그가 그런 속내를 말한 적은 없지만, 시모그라쥬 공과 위험한 연합을 선택한 것을 보면 짐작할 수 있는 일이다. 공작은 자신이 제국의 주인을 암살한 후에 제국의 남부는 시모그라쥬가 가져도 좋다고 생각했겠지."

틸러는 그 말에 대해 생각해 보았다. 아이저가 말을 맺었다.

"락토 빌파의 갑작스러운 사망 때문에 발케네와 시모그라쥬의 연합에 어떤 변화가 일어났을지도 모르지. 하지만 그 변화는 재조정될 수도 있어. 스카리는 팔디곤 토프탈 공작과 잘 지낼 수도 있겠지."

"각하."

틸러가 진지한 표정으로 아이저를 바라보았다.

"각하, 갈가리 찢어진 제국을 원하십니까? 기회만 오면 서로를 침략하려고 벼르는 자들이 할거하는 세상을 원하십니까? 좀 더 아름다운 것을 만들어 낼 수도 있는 사람들의 귀한 힘이 경쟁과 분쟁으로 낭비되는 세상을 원하십니까?"

아이저는 속마음을 알기 어려운 표정을 돌려줄 뿐이었다. 틸러는 지긋지긋하다는 얼굴로 말했다.

"저는 그런 세상을 원하지 않습니다. 제국을 잃은 대장군과 언제나 북부의 방패였던 규리하는 서로 손을 잡고 귀족원 회의를 주도해야 합니다. 그리고 제국의 새 주인을 선출해야 합니다."

"발케네와 시모그라쥬, 둘과 싸우면서? 발케네에는 무적의 레콘 부대가 있다. 시모그라쥬에는 불사의 나가 군대가 있고. 이 시대 최강의 무장이라는 그 남자는 그들 모두를 잠재우고 공평한 귀족원 회의를 열 수 있다는 건가? 그리고 그 귀족원 회의가 그 남자 아닌 다른 사람을 황제로 선출하면 새 황제의 대장군이 되기라도 할 거라는 건가?"

틸러는 두 손을 살짝 들어 보였다.

"그분이 그러실 수 있는지는 저도 모릅니다. 어쩌면 그분도 모르실 겁니다. 하지만 그분은 그렇게 하려 합니다. 그런데……."

틸러는 앞으로 한 걸음 불쑥 걸어갔다.

"각하의 생각은 무엇입니까?"

아이저는 입을 다물었다. 대답하고 싶지 않아서가 아니다. 대답을 떠올리기 위해서였다.

아이저 규리하는 자신이 진실로 원하는 것이 무엇인지 생각해 보았다.

그가 원하는 것은 복수였다. 충성 서약을 지지한다는 이유로 그를 무참히 짓밟았던 치천제에 대한 복수. 치천제에게 복수하고 규리하를 되찾는 것이 그의 복수심을 잠재울 수 있는 유일한 수단이었다. 하지만 치천제는 홀연히 사라졌다. 복수의 대상이 사라진 것이다. 만약 황제에게 후손이 있었다면 그자를 복수의 대상으로 삼았겠지만 치천제에게는 후손도 없다.

복수심은 남아 있지만 그 대상은 없다. 복수심을 전이시킬 대상도 없다. 황제는 제국 정부와 함께 사라졌고 남아 있는 것은 정부 잃은 제국의 사람들이다. 황제의 백성이었다고 해서 그들에게 복수한다는 것은 말도 안 되는 일이다. 아이저는 자신이 할 수 있는 일이 무엇인지 생각했다.

'규리하를 되찾아 내 후손에게 그것을 물려주는 것.'

'정우를 나의 후손으로 인정할 수 있는가?'

아이저는 그것이 문제의 관건임을 알았다. 정우를 규리하로 인정할 수 있는가. 그러기 어려웠다. 정우는 즈믄누리의 도깨비에 가깝다. 정우에게 규리하를 넘기는 것은 타인에게 넘기는 것이나 마찬가지다. 하지만 그녀는 그의 딸이기도 하다.

갑자기 아이저는 결단을 내렸다.

"회담을 요청하겠다."

"예?"

"가서 비셸스 규리하에게 전해라. 비무장 회담을 요청하겠다. 그 애의 아버지이긴 하지만, 사실상 나는 그 애에 대해 모른다. 아마 나보다 자네가 그 애에 대해 더 잘 알 것이다. 나는 일단 그 애를 알아야겠다. 지금은 아무것도 결정할 수 없다. 닷새 후 시간과 장소를 알릴 사람이 규리하 성 정문에 나타날 것이다."

틸러는 고개를 끄덕였다.

"그렇게 전하겠습니다."

"그럼 물러가라. 그 마차를 가지고 떠나는 것이 좋겠군. 되돌아오지는 마라. 우리는 이곳을 떠날 테니까."

틸러는 뒤로 물러났다. 세레지는 마부석에 앉았고 틸러는 천연덕스럽게도 그 옆에 올라앉았다. 이레는 고개를 가로젓고 짐칸에 몸을 얹었다. 혹 추적이 있을 경우 마차 밖에 있는 편이 싸우기 좋다고 생각한 주테카는 마차에 오르지 않았다.

바닥에 무릎을 꿇고 있던 남자들이 일어나 창고의 문을 열었다. 세레지는 마차를 출발시켰고 주테카는 그 뒤를 엄호하듯 하며 뒤따랐다. 그들이 떠나는 모습을 물끄러미 바라보던 아이저는 고개를 돌려 바닥을 바라보았다.

다른 바닥과 큰 차이를 느낄 수 없는 바닥의 일부가 갑자기 아래로 꺼졌다. 그곳에는 계단이 이어져 있었고 그 계단을 통해 몇 명의 사람들이 올라왔다. 가장 앞쪽에 서 있는 것은 시카트 규리하였다. 비밀문 아래에서 오가는 이야기를 엿들었던 시카트는 곧 혹스럽다는 얼굴로 아버지를 바라보았다.

"아버님, 왜 회담을 요청하셨습니까?"

"네가 들은 대로다. 나는 네 누나를 알아야겠다."

"누나에 대해 안 다음 어찌하실 생각이십니까? 누나는 황제의 개입니다!"

아이저는 입술을 꽉 다물었다. 시카트는 분노하여 말했다.

"황제는 아버님에게서 규리하를 뺏어 누나에게 넘겨주었습니다. 누나가 규리하의 정신을 조금이라도 가지고 있다면 그것을 거부하고 자결했어야 합니다. 하지만 누나는 뻔뻔하게 황제가 주는 먹이를 받아먹었습니다! 그럴 자격이라고는 조금도 없으면서!"

아이저는 시카트와 재회하면서 느꼈던 낯섦을 다시 느꼈다. 그곳에는 아이저가 알던 막내아들 대신 낯선 청년이 있었다. 그리고 아이저는 그 낯선 청년을 어떻게 대해야 할지 알 수 없었다. 모르는 사람이기 때문이다.

아버지의 침묵을 바라보던 시카트는 단호하게 선언했다.

"누나는 사라진 황제의 곁으로 가야 합니다."


파라말 아이솔은 아스캄이 목가적인 도시라는 말을 어디선가 들었다. 아마도 성채 매장자의 전설에 대한 이야기를 들으면서 전해 들은 듯했다. 그리고 그가 직접 목격한 아스캄은 들었던 이야기에 정확하게 일치하는 곳이었다. 그러니까 굉장히 심심한 땅이었다.

아스캄의 주력 산업은 농업이었고 겨울은 농한기다. 가을에 거둔 곡식은 아직 창고에 푸지게 쌓여 있고 사람들은 여유로웠다. 그리고 할 일이 없어서 지루해 죽을 지경이었다. 골케 남작의 파묻힌 성 앞에 서 있는 사라말과 파라말, 아트밀 주위에 당장 소대 편성을 해도 무방할 정도의 인파가 몰려 있는 것은 당연했다.

하지만 아스캄 사람들이 단지 구경을 위해 그들 주위에 몰려든 것은 아니다. 그들은 사라말과 파라말에게 용건이 있었고 그 용건은 패기 넘쳐 보이는 청년의 입을 통해 나왔다. 청년은 얼굴을 붉힌 채 파라말에게 말했다.

"이젠 정말 우리가 쪽팔려서…… 아, 이런. 죄송합니다! 그러니까 제 말은……."

"민망하다."

"예. 민망합니다. 거지 남작이 다스리고 있다고 다른 지방 것들이 깔봅니다. 확 때려 주고 싶을 때가 한두 번이 아닙니다. 남작님은 아스캄을 잘 다스리고 있거든요? 이젠 성을 파내 주셔도 될 것 같습니다. 우리 모두 그렇게 생각합니다. 어때요!"

인파는 동의의 함성을 내질렀다. 청년은 그 응원의 함성에 자신이 레콘이라도 된 듯한 용기를 얻었다.

"그리고, 헤헤, 저 뭐랄까. 남작님께 식사 대접하고 잠자리 돌봐 드리는 것은 전혀 어렵지 않습니다. 어려울 것 전혀 없지요. 하지만 남작님이 집에 계시면 서로가 불편하거든요. 남작님도 불편해하시는 것 같고요. 저희 집에도 몇 번 머무셨는데, 와, 저는 남작님이 그렇게 일을 많이 하시는지 몰랐습니다. 그 전까지는 남작님은 놀고 먹는다고…… 아, 이런. 그러니까 제 말은……."

"한가하다."

"예. 굉장히 한가하신 줄 알았습니다. 그런데 그게 아니더군요. 소송 하나 된통 걸리면 판결 내릴 때까지 며칠씩 잠도 제대로 못 주무시더군요. 그것 말고도 무슨 골치 아픈 일이 그렇게 많은지, 어이구. 선친이 물려주신 밭뙈기 갈아 먹고 사는 것이 백번 편하지 귀족은 되지 말아야겠다고 생각했습니다. 어쨌거나 저쨌거나, 그런 일들을 저희들 집 안에서 하시면 남작님도 저희들도 좀 불편하거든요?"

사람들은 덩달아 자신의 집에 골케 남작이 머무를 때 일어났던 불편한 일들에 대해 이야기했다. 가족들이 제멋대로 뒹굴던 자신의 집이 법정이나 회담장, 심의처, 심지어 수사 전담반으로 사용되는 것은 그들에게 꽤 당혹스러운 경험이었던 듯하다. 파라말은 그들의 주장을 대충 정리했고 그것이 '골케 남작 일 잘하니 성 쥐서 쫓아내자!' 임을 확인했다.

"여러분의 뜻은 잘 알았지만 그건 규리하 공께서 정할 일이군요."

청년은 고개를 꾸벅였다.

"예. 물론입니다. 그렇지 않아도 나라님께 말씀드리려 누구를 보낼 생각이었거든요. 그런데 모두 먹고 살기 바쁜지라······."

파라말은 그들이 지루해 죽을 지경 아니었나 생각했지만 그것을 입 밖으로 내지는 않았다. 아마 수줍음과 두려움이 더 정확한 이유일 것이다.

"나라님에게 갈 사람이 없었습니다. 하지만 이렇듯······."

청년은 조금 전 들었던 파라말의 직함을 떠올리려는 듯 잠시 고통스러운 표정을 짓다가 포기했다.

"귀한 분들이 오셨으니 말입니다. 사실 저희 같은 무지렁이들이 나라님 앞에서 무슨 말이나 제대로 하겠습니까? 귀한 분들이 직접 살피시고 골케 남작님의 성을 파내 주십사 탄원하면 나라님께서도 진지하게 생각해 주시지 않겠습니까? 아, 저기 남작님이 오시는군요!"

파라말 아이솔은 청년이 가리키는 곳을 보았다. 누가 남작인지는 알기 어려웠지만 몇 명의 사람들이 이쪽을 향해 빠르게 걸어오고 있었다. 파라말은 잠시 곤혹스러운 기분을 느끼며 형을 바라보았다. 이제껏 자신이 사람들을 상대했으니 좀 교대하는 것이 어떨까 하는 심정에서 그런 것이지만, 파라말은 곧 관두기로 했다. 교대를 하면 지금 사라말이 하고 있는 일, 즉 아트밀을 상대하는 일을 해야 한다. 그리고 파라말은 그것이 정말 난감하다고 생각했다. 차라리 골케 남작을 상대하는 것이 훨씬 쉬울 것이다.

인파로부터 좀 떨어진 곳에 서 있던 사라말은 파라말이 자신을 흘끔 쳐다본 것을 느꼈다. 사라말은 모든 것이 엉망이며 우리는 대파국을 목전에 두고 있다에 해당하는 눈짓을 보내 주려 했지만 파라말이 먼저 고개를 돌렸기에 그 시도는 시도되지도 못했다. 사라말은 뚱한 표정으로 최근 아이솔 형제의 고민거리로 급부상하고 있는 존재를 바라보았다.

"사막은 아름다울 거야. 사라말······."

아트밀은 우수에 잠긴 목소리로 말했다. 사라말은 살을 지지는 열기, 죽음 같은 목마름, 살인적인 모래폭풍, 얼어죽을 것 같은 밤의 추위 등에 대해 말하지 않았다. 이미 몇 번이나 말했기 때문이다. 그래서 사라말은 이 현상이 도대체 어떻게 시작되었는지 생각했다.

빙해를 가로지르는 위대한 업적의 종착점은 데린보트였다. 비록 썰매는 물에 빠졌지만 썰매개들은 모두 안전하게 상륙했고 아트밀은 그것들과 혼수상태에 빠진 아이솔 형제를 데린보트 시내에 무사히 데려다 놓았다.

며칠 동안 요양한 후 사라말은 아이톤에서 썼던 것과 비슷한 수법으로 자유무역당 사무소를 노략질하려 했다. 하지만 데린보트에는 자유무역당 사무소가 없었다. 난처한 처지에 빠질 뻔한 일행을 구한 것은 바다에서 무사히 빠져나온 썰매개들이었다. 모든 사람이 빙해를 가로질러 왔다는 그들의 설명을 믿은 것은 아니지만 어떤 이들은 믿었고, 그 사람들 중에는 그런 위대한 일을 성공시킨 개들에게 관심 있는 사람도 있었다. 사라말은 썰매개들의 역량보다는 아트밀의 역량이 더 컸다고 생각했지만 그 개들의 품종이 좋은 것도 사실이었기에 양심의 부담 없는 가격으로 개들을 팔았다. 그리고 그들에게 같은 일을 시도하려면 바다 위를 건널 수 있는 레콘을 찾아보라는 주의도 남겨 주었다.

개들을 팔아 벌어들인 돈으로 그들은 숙박비를 제공하고 말 두 마리도 구입할 수 있었다. 사라말과 파라말은 말에 올랐고 아트밀은 그 곁을 달렸다. 그때까지도 규리하까지 남은 여정은 탄탄대로인 듯했다. 하지만 데린보트를 떠나고 나서 얼마 후 아트밀이 기묘한 언행을 시작했다. 그는 규리하가 아닌 다른 곳으로 가길 원했다. 그리고 아트밀이 원하는 목적지는 사막이었다.

어떤 사막이냐고 묻는 형제들의 질문에 아트밀은 대답하지 못했다. 그는 그저 사막으로 가고 싶다고 말했다.

"가자, 사막으로. 고혹적인 아지랑이가 황금빛 모래 위에서 춤추는 곳."

대략 이런 식이었다. 도무지 이해할 수 없는 언행의 기저에 있는 것을 사라말이 조금이나마 끌어낸 것은 바로 어제의 일이었다. 아트밀은 물이 없는 곳으로 가고 싶어하는 것이었다. 빙해 위에서 드러나지 않았던 물에 대한 공포증이 한꺼번에 터져 나온 것이다.

사라말은 잘됐다고 생각해야 할지 잘못됐다고 생각해야 할지 알 수 없었다. 아트밀이 그 공포를 빙해 위에서 드러내지 않은 것은 행운이었다. 사라말이 이미 인정하고 있듯이 그 여행은 얼어붙은 바다 위를 건널 수 있는 레콘이 존재했기에 성공할 수 있는 모험이었다. 하지만 뒤늦게 한꺼번에 쏟아져 나온 공포는 사라말과 파라말을 꽤 곤혹스럽게 만들었다.

"생각해 봐, 사라말. 사막의 투명한 햇빛 아래 드러누워 티 없이 맑은 하늘을 바라보면……."

화상을 입고 데굴데굴 구르게 되지. 실명은 부록으로 따라올 테고. 사라말은 머리를 내젓고 싶었다.

"아트밀, 사막으로 갑시다. 그럽시다. 하지만 우선 규리하에 들른 다음에 갑시다."

"지금 당장 가자."

"우리는 황제의 유지를 대장군에게 전달해야 합니다."

아트밀은 다 안다는 듯한 천진한 얼굴로 사라말을 보며 말했다.

"그거 거짓말이잖아."

사라말은 비명을 지르고 싶었다. 하지만 그의 목소리는 무뚝뚝했다.

"아트밀, 그러면 혼자 가면 되잖습니까. 우리는 규리하에 있을 테니 아무 사막에나 가서 실컷 투명한 햇빛 즐기고 돌아오세요."
 아트밀은 부리를 꽉 다물었다. 이것은 처음 나온 말이 아니다. 파라말이 이전에 몇 번이나 그렇게 사막에 가고 싶다면 혼자 가면 되지 않냐고 말했지만 아트밀은 그것을 거부했다. 혼자 가는 것은 싫다는 것이었다.
 다행스럽게도 아트밀은 규리하에 간 다음 사막으로 가자는 사라말의 설득에 수긍했다는 듯이 고개를 끄덕였다. 그것은 지금까지 아트밀이 사막행을 주장할 때마다 반복되는 일이었다. 아트밀은 사막으로 가자고 주장하다가도 파라말과 사라말의 반대에 부딪히면 자신의 주장을 보류했다. 하지만 점점 아트밀의 주장을 보류시키는 데 쓰이는 단어들이 많아지고 있었다.
 한숨을 돌린 사라말은 동생과 아스캄 사람들의 대화가 어떻게 진행되는지 알아보기 위해 고개를 돌렸다. 그리고 아트밀이 다음에 사막행을 주장하면 그걸 보류시키기 위해 한나절은 소모해야 할지도 모르겠다고 생각했다.


 정우는 눈을 깜빡깜빡하며 엘시를 바라보았다. 엘시는 그것이 무슨 표정인지 모르겠다고 생각했다.
 "제 말씀을 이해하지 못하셨습니까?"
 질문하면서도 엘시는 그렇지는 않을 거라 생각했다. 만약 이해하지 못했다면 웃었을 가능성이 더 높으니까. 역시 정우는 고개를 가로저었다.
 "아뇨. 섭정이 뭔지는 알아요. 대신 통치하는 거죠."
 대답한 정우는 자리에서 천천히 일어났다. 정우는 창가 가까운 곳에 놓여 있는 새장을 향해 사뿐사뿐 걸어갔다. 그 모습을 보던 엘시는 문득 고개를 돌렸고 그의 눈에 저편에 앉아 있던 탈해가 고개를 홱 돌리는 모습이 들어왔다. 엘시는 의아해하는 표정으로 탈해의 뒤통수를 보다가 정우를 쳐다보았다. 정우는 허리를 굽혀 새장 속의 인조새를 바라보았다.

"제가 칼리도 백 엘시 에데리를 섭정으로 삼아야 할까요?"

"방귀 냄새만으로 대장 질환의 종류를 판별하긴 어렵다."

"고맙습니다."

엘시는 얼굴에 벌집이 생긴 것 같았다. 그는 탈해 쪽으로 느리게 고개를 돌렸고 그제야 탈해가 어깨를 떨고 있는 것을 보았다. 탈해는 소리 죽여 웃고 있었다. 정우가 말했다.

"항상 많은 도움을 주시는 분이에요."

"그렇습니까."

"대장군님은 시시하지 않은 분이세요."

"무슨 말씀인지 모르겠군요."

"시시한 분이라면 황제 폐하께서 실종되었다는 것을 안 즉시 칼리도로 돌아가 자기 땅을 지키면서 누구를 차기 황제로 지지해야 가장 많은 것을 얻을 수 있을지 계산하겠지요."

"그건 바르지 않습니다. 나는 황제의 대장군입니다."

"그것이 바른지 바르지 않은지는 잘 모르겠어요. 저는 시시하다고 생각해요. 그리고 대장군님은 시시하지 않아요."

엘시는 현상을 보는 두 사람의 시각차를 느꼈다. 그것은 둘 이상의 사람이 한곳에 있을 경우 언제나 느낄 수 있는 것이지만 정우와 엘시의 시각차는 특이했다. 엘시는 그것에 대해 조금 더 말하고 싶었다. 하지만 정우가 먼저 말했다.

"대장군님, 섭정은 들이지 않겠어요."

엘시는 반사적으로 고개를 끄덕였다. 그것은 정우의 권한이니 존중하는 것이 바르다는 의사를 그대로 읽을 수 있는 몸짓이었다. 하지만 정우는 자신의 대답을 설명할 필요를 느꼈다.

"양쪽에 모두 공정한 일이 아닌 것 같아요. 군정 자문 위원회는 해체되었고 그 소속 위원이셨던 분들은 지금 규리하 정부를 잘 이끌고 계세요. 그분들에게 특별히 섭정이 필요하다고 생각하진 않아요. 그리고 칼리도의 주인이신 대장군님이 다른 땅의 대리 통치자가 된다는 것도 어울리는 일은 아니겠지요. 게다가 그것이 대장군님의 고민을 해결할 방법 같지도 않고요. 조금 전 새님도 현상이 원인을 설명하지는 않는다고 말씀해 주셨잖아요?"

엘시는 그게 그런 뜻이었나 생각했다. 그러고 보니 그런 뜻인 듯도 했다.

"제국군을 규리하군으로 만드는 것은 그들의 질환을 해결하는 방법이 아닐 거예요. 왜냐하면 대장군님이 원하시는 것은 그 군사로 규리하를 돕는 것이 아니니까요. 대장군님은 제국을 원하시죠?"

"그렇습니다."

"왜지요?"

"나는 황제의 대장군입니다."

단호한 대답에 정우는 입을 다물었다. 그녀는 한 손으로 뺨을 받친 채 대장군을 가만히 쳐다보았다. 그 입술은 무슨 말을 할 듯 움찔거렸지만, 정우는 말하지 않았다. 혹 나올지도 모를 말을 기다리며 그 입술을 바라보던 엘시는 갑자기 몸 어딘가가 묵직하게 내려앉는 것 같은 느낌을 받았다.

그는 또다시 사랑한다고 말하지 않았다. 제국을 사랑하기 때문이라고.

엘시는 고개를 떨어뜨렸다. 그는 정우의 다리 쪽을 보다가 서서히 시선을 낮춰 바닥을 내려다보았다. 그러다가 자신의 무릎을 바라보았다.

오래된 회칠이 벗겨지듯 현실의 일부가 아래로 떨어졌다. 엘시는 그 틈 속을 들여다보았다. 그곳에 어떤 남자가 있다. 지저분한 머리카락을 갈기처럼 흩뜨려 놓은 채 꿈틀거리고 있는 남자가 있었다. 사람이라기보다는 동물에 가깝다. 추잡한 동물이다. 그 동물은 좁고 어두운 곳에 갇혀 있었다. 몸 하나 눕히기도 힘든 좁고 냄새 나는 공간에서 동물은 앞발을 꿈틀거리고 있었다.

앞발이 움직일 때마다 주위에 사람이 나타났다.

동물은 사람을 그렸다. 작은 사람, 큰 사람, 옆을 보인 사람, 웃는 사람, 고함지르는 사람. 동물은 사람을 볼 수 없었다. 그곳은 자기 콧등도 보기 어려울 만큼 어두웠다. 하지만 동물은 자기 몸에서 나온 침과 피와 분변과 때를 뭉개서 사람을 그렸다. 가끔은 눈물이 섞일 때도 있었다.

엘시는 그 남자가 되었다.

엘시는 아무것도 볼 수 없었다. 자신이 그린 사람들을, 엘시는 볼 수 없었다. 그토록 많은 사람을 그렸는데 한 사람도 볼 수 없었다. 엘시는 덜 그렸기 때문이라고 생각했다. 어둠은 본질적인 장애물이 될 수 없다. 그림을 덜 그렸기 때문이다. 더 많은 사람을 그려야 한다. 그러면 그중 한 사람은 보일 것이다. 엘시는 계속 사람을 그렸다. 주위에 그토록 많은 사람을 그렸는데 한 사람도 볼 수 없다는 것은 말도 안 되는 일이다. 엘시는 자거나 숨쉬는 것도 잊은 채 사람을 그리는 것에 몰두했다.

그림 속의 누군가가 그의 손을 붙잡았다.

엘시는 추락감에 가까운 만족감을 느꼈다. 마침내 사람이 나타났다. 어둠을 가로지르고 그의 손을 잡은 사람을 엘시는 조용히 바라보았다. 당신이 거기에 있을 줄 알았습니다. 그런데 당신은 누구입니까?

"대장군님?"

정우가 수심 가득한 얼굴로 바라보고 있었다. 엘시는 자신의 손을 내려다보았다. 무거운 그의 손을 떠받치고 있는 것은 정우의 두 손이었다. 엘시는 다시 정우를 보았다.

"대장군님은 쉬셔야 해요."

"괜찮습니다."

"괜찮지가 않아요, 대장군님."

정우가 탈해처럼 보였다. 엘시는 놀랐다. 눈을 몇 번 깜빡인 엘시는 탈해가 정우 뒤편에 서서 걱정스러운 표정으로 자신을 내려다보고 있음을 알았다. 엘시는 자신이 도대체 어떻게 되었던 것인지 궁금해했다. 어쨌든 정우와 탈해 모두가 걱정할 만한 짓을 한 것은 분명했다.

"왜 내가 괜찮지 않다는 겁니까?"

"대장군님. 대장군님은 고개를 떨어뜨린 채 신음하셨어요. 편찮으신 것이 분명해요."

"나는…….."

"자기가 어떤지도 잘 모르시잖아요."

엘시는 할 말이 없었다. 정우가 그의 손등을 두드리며 말했다.

"시모그라쥬에서 고초를 겪으셨잖아요. 그리고 정신없이 제국을 종단하셨고 발케네에서 제국군을 거두어 이곳으로 오셨어요."

엘시는 정우의 말을 듣지 않았다. 그녀가 처음 꺼내 놓은 지명이 엘시의 머리를 온통 헤집어 놓았다.

"시모그라쥬."

"예?"

"시모그라쥬는 거병할 수 있습니다. 시련의 아르키스 대수호자는 이성적인 사람이고 제국에 새로운 주인이 나타나길 기다려 줄 겁니다. 한계선을 넘을 수 없는 것이 나가의 운명인 바에야 그들은 혼란스러운 제국보다는 질서 있는 제국을 상대하고 싶을 테니까요. 물론 그 과정에서 시련의 이득을 챙기긴 하겠지만 원칙적으로 아르키스 대수호자는 제국의 내전에 간섭하지 않을 겁니다. 시모그라쥬 공은 시련에 구애되지 않고 거병할 수 있을 겁니다."

"예…… 예. 대장군님."

내가 열병에 걸린 환자처럼 떠들고 있나? 왜 이 이야기에 놀라는 대신 저렇게 동정심 어린 표정으로 바라보고 있는 거지? 정말 놀랄 만한 이야기인데.

"아르키스 대수호자에게 부탁해야 합니다. 시모그라쥬를 붙잡아 놓고 있어 달라고."

"뱀단지가 없어요, 대장군님."

"그렇다면 튈해, 자네가 좀 가 주면 안 될까? 자네의 번뜩이는 한 달이면 미라그라쥬까지 날아갈 수 있을 거야. 미라그라쥬로 가서 시모그라쥬 공의 거병을 막아 달라고……."

"대장군님!"

정우가 그의 손을 놓고 어깨를 붙잡았다. 그녀는 코가 부딪칠 정도로 얼굴을 들이밀었다. 부딪칠지도 모르겠다고 생각한 엘시가 퍼뜩 그녀에게 주의를 돌렸다. 정우는 엘시의 두 눈을 들여다보았다.

"먼 곳으로 가지 마세요."

엘시는 정우의 속눈썹을 셀 수 있을 것 같았다. 뒤로 물러나고 싶었지만 엘시는 의자에 앉아 있었다. 그때 정우가 엘시의 속마음을 알아차린 것처럼 뒤로 조금 물러났다. 하지만 어깨를 짚고 있는 그녀의 손은 움직이지 않았다.

"시모그라쥬까지 가세요? 굉장히 멀군요. 그냥 여기 계세요."

"나는 여기 있습니다."

정우는 힐난하는 듯한 눈으로 엘시를 보다가 그의 어깨를 놓고 똑바로 섰다. 그녀는 문득 생각났다는 듯 탈해를 돌아보고 다시 대장군을 쳐다보았다.

"탈해를 미라그라쥬로 보낸다 한들 아르키스 대수호자께서 대장군님의 요구를 들어주실 것 같지는 않군요. 아르키스 대수호자는 대장군님이 반드시 귀족원 회의를 개최할 수 있을 거라 자신할 수 없을 테니까요."

엘시는 신음을 흘릴 뻔했다. 당연한 지적이다. 아르키스 대수호자는 제국이 어떻게 안정되어야 하는지에 대해서는 관심이 없을 것이다. 그가 관심을 두는 것은 제국이 빠르게 안정되는 것일 테고, 그렇다면 귀족원 회의를 통한 신황제의 선출이라는 엘시의 방식이 시모그라쥬의 힘에 의한 제압보다 더 효과적이라는 것을 증명하지 않는 이상 아르키스 대수호자는 엘시의 요청에 신경 쓰지 않을 것이다. 그는 이성적인 사람이니까. 정우가 말했다.

"발케네도 막지 못한 상태에서 시모그라쥬까지 신경 쓰시려면 너무 힘들지 않아요?"

"예, 발케네의 거병도 막아야 합니다. 아무도 싸움을 일으키지 말고 아무도 다치지 않는 상태에서 귀족원 회의를…… 평화적으로 새 제국을……."

정우는 고개를 끄덕였다.

"맞아요. 가서 막으세요. 하지만 일단 쉬시고요."

"예?"

"푹 쉬신 다음에 군대를 데리고 규리하를 떠나세요. 그리고 싸움질하는 사람들 말리고 그래서는 안 된다고 가르쳐 주세요. 그리고 앞으로 안 그러겠다는 약속을 받으세요."

만약 틸러 달비가 이 이야기를 들었다면 그는 눈빛을 빛냈을 것이다. 하지만 엘시는 틸러가 아니었고, 그래서 가슴이 철렁 내려앉는 것을 느꼈다. 엘시는 그것이 축객령이라고 생각했다. 규리하의 통치자인 그녀에겐 제국군에게 봉지 밖으로 나가라고 말할 권한이 있다. 그리고 엘시는 그 권리를 무시할 수 없다. 그의 성격이다. 하지만 규리하 밖으로 나가면 그 순간 제국군은 와해될 것이다. 그들을 먹이고 입힐 방법이 없으므로. 정우는 열을 올리며 말했다.

"그리고 제국군을 규합하세요."

"제국군을 규합하라고요?"

"예. 말씀하신 것처럼 시련이 제국의 빠른 안정을 원한다면 제3차 대확장 전쟁을 벌이지는 않겠지요. 제국 곳곳을 돌며 빠른 시일 내에 200만 제국군을 모으세요. 이곳에서 솔이 병영 밖으로 나가지 못하게 하라고 명령하시는 것도 좋지만 직접 그들을 통솔하는 것이 더 좋지 않을까요?"

엘시는 정우를 물끄러미 바라보았다.

"그럴 수 없습니다."

"규리하를 걱정하시는 거죠? 괜찮아요. 제가 제국의 주인이 되고 싶은 사람이라면 규리하를 공격하는 것보다는 대장군이 제국군을 규합하지 못하도록 쫓아다닐 것 같아요. 대장군님이 이곳을 떠나면 규리하는 오히려 안전해질 거예요."

"그렇군요. 하지만 그러기가 어렵습니다."

"왜죠?"

"사람은 밥을 먹어야 합니다. 간단히 말해, 저는 200만 명을 먹일 방법이 없습니다."

정우는 멍한 표정으로 엘시를 바라보다가 조금 후 몸을 휙 돌렸다. 그녀를 바라보던 엘시는 정우가 인조새에게 다가가는 것을 보고 그만 고개를 떨어뜨리고 말았다. 정우는 정성껏 질문했다.

"저, 새님. 대장군님이 제국군을 유지할 방법이 없을까요?"

"염소의 뿔은 비어 있다."

"그렇구나!"

엘시는 당황하여 탈해를 바라보았다. 하지만 탈해도 엘시와 똑같은 행동을 했다. 정우는 새장을 향해 고개를 꾸벅하고 다시 엘시를 돌아보았다.

"알았어요. 그게 답이에요."

엘시는 반쯤 포기하는 기분으로 말했다.

"다행히 양쪽 귀 모두 바쁘지 않습니다."

"음. 예, 제 종증조부님은 많은 일을 하셨지요."

엘시는 왜 라수 규리하 이야기가 나오는지 짐작도 할 수 없었다. 다행히 정우는 계속 말했다.

"하늘누리에는 밭이나 목장 같은 것이 없었어요. 하지만 하늘누리 시민들이 아사의 위험에 빠져 있다는 이야기는 듣지 못했어요. 그것도 종증조부님 덕분이겠지요."

엘시는 고개를 갸웃했다. 정우의 말처럼 하늘누리에 식량 공급원이라고는 없지만 그것은 문제가 되지 않는다. 식수는 빗물로 해결하고 음식은 땅에서…… 그 순간 엘시는 벌떡 일어났다.

"라수 규리하가 만든 비밀 보급소?"

제국 전역에는 하늘누리를 위한 보급소들이 있다. 하늘누리의 보급은 지상의 도시들을 통해 이루어지기도 하지만 주로 그 보급소를 통해 이루어진다. 정우가 고개를 끄덕였다.

"예. 그걸 이용하시면 될 거예요. 제국 곳곳에 퍼져 있다고 들었어요. 저는 어디에 있는지 모르지만 대장군님은 아시겠지요?"

엘시는 알고 있었다. 제국군이나 태위청이 아닌 유수부의 관할 구역이지만 그 소재는 군사적으로도 대단히 중요하기 때문이다.

"하지만 그곳은 유수부의 관할지인데……."

정우는 난처한 듯이 웃었다.

"유수부도 실종되었잖아요."

엘시는 무의식중에 고개를 끄덕였다. 정우의 말처럼 유수부도 사라졌다. 엘시는 그 보급소에 보관되어 있는 비축 물량을 가늠해 보았다. 정확한 수량은 유수부의 기록을 통해서만 알 수 있겠지만 엘시는 귀족원 회의를 개최할 때까지 필요한 병력을 유지할 정도는 될 거라고 확신했다.

"가서 제국군을 모으세요, 대장군님. 근거지가 없다는 것은 문제가 안 될 거예요. 대장군님의 근거지는 제국 전역이 될 수 있을 테니까. 그리고 사람들에게 귀족원 회의를 열자고 주장하세요. 아마 잘 받아들여질 거라고 생각해요."

"장교들과 의논해 봐야겠습니다. 하지만 말씀하신 것은 상당히 타당합니다. 그런데 우리가 규리하를 떠나도 정말 괜찮겠습니까?"

"괜찮을 거예요."

"그럼, 예, 가서 의논해 보겠습니다."

엘시는 목례하고는 몸을 돌렸다. 각지의 비밀 보급소를 이용하며 제국 전역에서 제국군을 모으라는 정우의 조언은 대담했다. 엘시는 그 합리성보다 대담성에 매료되는 것을 느꼈다. 이것이 성채 매장자의 배포인가 하는 생각을 하던 엘시는 문득 걸음을 멈췄다.

그는 정우의 방에서 꽤 먼 곳까지 떠나와 있었다. 지금 정우에게 돌아와 염소의 뿔이 비어 있다는 사실과 라수의 비밀 보급소가 무슨 관계인지 묻는 것이 어울리는 일인지 알 수 없었다.

잔하일의 자유무역당 사무소에서 스카리 빌파는 눈썹을 꿈틀거렸다. 그는 앞에 있는 자유무역당원들이 하는 말을 이해하고 싶지 않았다.

사무소는 소박했다. 초라할 지경이었다. 탁자 위에 놓여 있는 찻잔에는 스카리가 마시지도 않고 내버려둔 찻물이 싸늘하게 식고 있었고 커다란 창문에서는 싸늘한 바람이 쉴 새 없이 들이닥쳤다. 이들은 조명 기구를 아끼기 위해 창문을 크게 만든 듯했다. 여름에는 시원하겠지만 겨울인 지금 그 창문들은 실내 공기를 급랭시키고 있었다. 스카리는 당원들의 입과 코에서 허연 김이 흘러나오는 것을 볼 수 있었다. 그렇지 않아도 옹색한 차림새와 빈상 때문에 초라해 보이는 당원들이 입김을 내뿜자 더욱 빈한해 보였다. 하지만 그들의 두 눈은 두려움 없이 맑았다. 스카리는 팔짱을 끼며 말했다.

"좀 더 알아듣기 쉬운 말로 말해 봐."

자신을 사이케라 호미스라고 말한 자유무역당원은 담담하게 말했다.

"세퀴라도의 평화를 사겠다는 겁니다."

"내가 더 간단히 정리하는 것을 용서했으면 좋겠군. 돈을 낼 테니 세퀴라도를 치지 말라는 건가?"

"예."

스카리는 피식 웃었다.

"얼마에?"

자유무역당원은 돌려 말하거나 종이에 쓰는 따위의 짓은 하지 않았다. 사이케라는 분명한 목소리로 금액을 말했다. 하지만 스카리는 자신이 잘못 들었다고 생각했다.

"잘못 말한 거 아냐?"

사이케라는 똑같은 목소리로 한 번 더 금액을 말했다. 스카리는 신음을 흘렸다.

"역시 자유무역당이군. 그걸 모두……."

"현금 박치기입니다."

스카리는 사이케라가 말한 액수를 실감할 수 없었다. 엄청난 금액이기 때문이다. 스카리는 미간을 문지르다가 사나운 목소리로 말했다.

"내가 세퀴라도의 너희 당사를 점령하면 더 많은 금을 얻을 수도 있을 텐데, 왜 너희의 구매에 응해야 하지?"

"잘못된 전망입니다. 자유무역당사를 점거해도 그 돈을 얻을 수는 없습니다. 그리고 만약 그런 시도를 하신다면 저희는 그 돈으로 사라티본 부대를 사겠습니다."

스카리는 흠칫했다. 그리고 조금 후 스카리는 격분했다.

"뭐라고 했나?"

"사라티본 부대를 사겠다고 했습니다. 그리고 십만 발케네군을 모두 사겠습니다."

"감히……."

"만약 필요하다고 판단되면 발케네를 살 수도 있습니다."

스카리는 입을 다물었다. 사이케라가 그를 협박하는 즐거움을 느끼려 시도하는 것이 아님을 느꼈기 때문이다. 사이케라는 1 더하기 1은 2가 된다는 식으로 담담하게 말하고 있었다. 거기엔 협박도 과장도 은유도 없었다. 원래 22상단장이지만 자유무역당사로부터 급한 지령을 받고 전권 대리인의 자격으로 이 자리에 나온 사이케라는 합리적인 판매 행위에 대해 한 수 가르쳐 준다는 식으로 담담하게 말했다.

"저희 구매 조건을 받아들이는 것이 좋은 선택일 겁니다."

당연히 좋은 선택이다. 그들의 조건을 바꿔 말한다면 아무 일도 하지 않고 돈을 받는 셈이니까. 하지만 세퀴라도를 정복하지 않으면 지러쿼터 산맥 동쪽에 대 포위진을 만든다는 스카리의 계획에 차질이 생긴다. 스카리가 말했다.

"나나본을 지나 우기츠, 그리고 이곳 잔하일까지 오면서 나는 한 방울의 피도 흘리지 않았다. 그곳의 너희 사무소로부터 연락을 받았다면 너희들도 알 것이다. 세퀴라도 또한 같은 방식으로 내 지배를 받아들이게 될 것이며, 그러면 너희들에겐 아무런 피해도 가지 않는다. 그런데 왜 세쿼라도를 지키겠다는 건가?"

스카리는 이 질문에도 사이케라가 직설적으로 대답할지 궁금했다. 사이케라는 과연 그러했다.

"그야 세쿼라도가 우리 것이기 때문입니다."

스카리는 혀를 찼다. 세쿼라도가 자유무역당의 소유라는 것은 명문화된 사실은 아니다. 하지만 세쿼라도의 태수관은 그 분원부터 태수까지 모두 자유무역당의 비밀 당원으로 구성되어 있다. 설령 비당원이 어렵게 세쿼라도의 행정 조직에 들어간다 해도 그는 1년 내에 자의로 입당하게 된다. 지테를 시야니 당주가 영주들처럼 '세쿼라도의 지테를'이라고 불리는 것은 그 때문이다.

비밀 당원이라고 하지만 그것은 잘 알려진 비밀에 속하는 것이고 황제는 그 사실에 특별히 화를 내거나 하지는 않았다. 그들은 황제를 위해서도 완벽하게 봉사했다. 그리고 세쿼라도의 어린이들 대부분이 자유무역당에 입당하는 것을 일종의 성인식쯤으로 여기고 있는 상황에서 당원이 아닌 자가 세쿼라도를 다스린다는 것도 좀 우스꽝스럽고 비효율적인 일이다. 스카리는 자신 또한 직설적으로 말하기로 했다.

"세쿼라도가 너희 것이라고 해도 너희는 황제의 지배를 받았잖느냐."

"각하는 황제가 아닙니다."

스카리는 턱을 긴장시켰다. 그때 사이케라가 지나가는 말처럼 덧붙였다.

"아직은."

스카리는 사이케라를 뚫어지게 바라보았다.

"이곳은 지나치게 불편하군."

스카리는 자리에서 일어났다. 당원들이 따라 일어나려 했지만 스카리의 호위병들이 엄한 눈길을 보내어 그들을 다시 앉혔다. 스카리는 사이케라에게 말했다.

"너희 요구를 생각해 보고 대답할 사람을 보내겠다."

그리고 스카리는 인사도 없이 회담장을 빠져나갔다. 스카리의 호위병들이 떠나고 나서 사이케라는 긴 한숨을 내쉬었다. 그의 곁에 있던 당원이 말했다.

"상단장, 그가 우리 요구를 받아들일까?"

"알 수 없는 일이지."

다른 당원이 낮은 목소리로 속삭였다.

"우리 거짓말을 눈치 챈다면 어쩌지요?"

"그럴 리 없지. 그건 거짓말이 아니니까."

질문한 당원은 한숨을 내쉬었다. 사이케라의 말대로 그가 스카리에게 한 말은 거짓말이 아니다. 자유무역당은 스카리의 군사 모두를 매수할 수 있고, 심지어 발케네를 사 버릴 수도 있다. 하지만 그 후에 자유무역당은 소멸할 것이다. 그들의 압도적인 재원의 상당수는 현재 상단의 보호 활동에 많이 소모되고 있기 때문이다.

자유무역당이 제국 어느 곳에서도 통과세를 내지 않는 것은 제국이 그것을 보장해 주었기 때문이다. 하지만 제국이 사라진 지금 각지의 영주들은 그들에게 통과세를 거두거나 심지어 상단을 약탈하려는 움직임을 보이고 있었다. 자유무역당은 자구책을 동원해야 했다. 당장은 그들의 막대한 현금 살포 능력으로 상단을 보호할 수 있지만 그런 비용이 계속 소모된다면 그들이 취급하는 상품의 최종가가 올라가는 것은 피할 수 없는 일이고 그렇다면 통과세를 내지 않기 때문에 유지될 수 있는 자유무역당의 저가 정책은 수정되어야 할 것이다. 그것은 자유무역당이 반드시 피하고 싶은 일이었다.

사이케라는 차라리 스카리에게 전폭적으로 협조해서 그를 빨리 새 황제로 만드는 것이 낫지 않나 하는 생각을 해 보았다. 하지만 당에서는 아직 관망할 때라고 결정한 듯했다. 당의 고위층에는 사이케라가 알지 못하는 다른 정보들이 있을 테고 관망한다는 결정은 그런 정보들을 검토한 끝에 나온 것일 터이다. 사이케라는 그들의 판단을 믿기로 했다.

피곤한 몸을 일으키던 사이케라는 문득 용재 숙박소의 숙박소장 리존 보를 떠올렸다. 그리고 새로운 의문을 느꼈다. 유료도로당의 향후 대책은 무엇일까? 대답이 곧바로 나왔다. 유료도로당은 황제의 시절에도, 왕의 시절에도, 그리고 북부를 침략한 나가들에게도 똑같이 대응했다.

'돈 내면 통과시켜 주겠지. 돈 안 내면 통과 안 시키고.'

사이케라는 피식 웃으며 휴식을 취하러 회담장을 떠났다.


사이케라 호미스의 예측은 틀리지 않았다. 시구리아트 유료도로에 있는 유료도로당사의 대회의실을 주도하고 있는 분위기는 그러했다. 유료도로당은 어떤 입장 변화도 검토할 필요가 없다는 것. 통행료를 내는 자에겐 통행을 허락하고 그러지 않는 자에겐 무기를 준비한다.

시오크 지울비는 그들의 교조적 사고에 두통을 느낄 것 같았다. 시오크가 즐기는 회의는 자신이 관찰자로 있을 수 있는 회의였다. 하지만 이것은 그의 요구로 이루어진 회의이기 때문에 시오크는 관찰자로 있을 수 없었다. 시오크는 못마땅한 눈으로 자신을 바라보는 고위 당원들의 눈길을 무시하며 말했다.

"여러분. 현재 제국의 정세는 혼란스럽고 그 혼란을 반길 수 있는 것은 모험주의에 경도된 인물밖에 없을 겁니다. 그런데 당은 제국 곳곳에 거미줄처럼 깔린 도로를 가지고 있습니다. 그리고 도로를 이용하지 않는다면 그 무엇도 오갈 수 없습니다. 우리는 흐름을 통제할 수 있습니다."

회의장 곳곳에서 불만에 찬 소음들이 터져 나왔다. 흐름을 통제한다는 말만으로도 그들은 극도의 불쾌감을 느끼는 듯했다. 시오크는 목소리를 드높였다.

"여러분! 우리의 철학 아래에서 어떤 일이 벌어질지는 뻔하잖습니까? 사악하지만 부유한 자들은 도로를 이용할 수 있습니다. 그리고 그 도로를 침략로로 이용할 수 있을 겁니다! 우리는 그들이 정의롭지만 가난한 자들에게 쳐들어가는 것을 돕게 될 겁니다! 우리는 배금주의와 금권주의가 세상을 점령하는 것을 돕게 될 겁니다. 가진 자들의 횡포를 무비판적으로 수용한 대가로 그들에게 떡고물을 받아먹게 될 거란 말입니다!"

"닥쳐라!", "이 자유무역당원!" 같은 욕설들이 터져 나왔다. 거센 반응 때문에 시오크가 말을 할 수 없을 지경이 되었다. 시오크는 입을 다물고 회의장 상석에 앉아 있는 당주를 바라보았다.

게라임 지울비 당주는 아들의 눈을 물끄러미 마주 보다가 손을 들었다.

"감찰관의 이야기를 듣도록 하십시오."

게라임의 목소리는 낮았지만 제압력을 가지고 있었다. 불가능하다고 생각되었던 그리미 유료 수도 공사를 성공시키면서 당을 부흥시켜 마침내 당의 도로를 제국의 혈관으로 만든 자 앞에서 고위 당원들은 침묵할 수밖에 없었다. 게라임은 계속 말하라는 듯 시오크에게 턱짓을 보냈다. 시오크는 고개를 끄덕였다.

"감사합니다, 당주님. 그러면 계속 말하겠습니다. 우리는 도로를 준비합니다. 그것은 도로 위를 걸을 사람들이 있기 때문입니다. 도로를 걸을 사람이 없다면 도로도 필요 없습니다. 결국 우리는 사람들에게 봉사하는 겁니다. 우리는 시구리아트 산맥에도 굴을 뚫었고 키보렌의 밀림에도 도로를 냈습니다. 우리가 제국의 미래로 향하는 도로를 만들지 못할 까닭이 어디에 있습니까?"

어디선가 "허!" 하는 기막혀 하는 소리가 들려왔다. 시오크는 그 소리를 무시하며 계속 말했다.

"그 도로를 만드는 방법은 간단합니다. 삽을 들거나 곡괭이를 휘두를 필요도 없습니다. 제국의 미래에 방해되는 자들에게 길을 닫고 그렇지 않은 자들에게 길을 열어 주면 됩니다."

게라임이 손을 다시 들었다.

"질문이 있는데, 감찰관."

"말씀하십시오."

"우리가 누구에게 길을 열어 주고 누구에게 길을 닫을지 어떻게 알 수 있단 말인가?"

"간단합니다. 당주님께서도 아시겠지만 엘시 에더리 대장군은 귀족원 회의를 제안했습니다. 그것을 따르면 됩니다. 다른 땅을 공격하러 가는 자들은 전부 막습니다. 그리고 귀족원 회의에 참석하려는 자들에게만 길을 열어 주면 됩니다. 그분들이 현명한 결정으로 좋은 황제를 뽑겠지요."

"그들이 좋은 황제를 뽑지 못한다면?"

"예? 그것은 그분들의 책임입니다."

게라임은 무뚝뚝하게 말했다.

"그렇다면 자네 말은 우리가 책임지기 싫으니 그들에게 책임을 떠넘기자는 말일 뿐이군."

시오크의 얼굴이 굳었다. 게라임은 날카로운 눈으로 아들을 바라보았다.

"자네 화법은 기묘하군. 자네는 우리가 사람들에게 봉사한다고 말했지. 그 때문에 우리가 비인간적인 배금주의에 협조해서는 안 된다는 식으로 말했어. 그건 우리가 사람을 책임져야 한다는 의미로 받아들여지는군. 그런데 자네는 기껏 사람들에 대한 우리의 책임을 강조해 놓고 그 책임 자체는 귀족들에게 전가시키는군."

게라임은 한숨을 내쉬었다. 도무지 편해 보이지 않는 의식적인 한숨이었다.

"물론 세상의 부조리를 소리 높여 고발한 다음 개선할 방법론이나 책임은 연장자에게 떠넘기는 것이 젊은이의 특징이긴 하지만, 감찰관, 그런 태도는 이런 진지한 자리에선 어울리지 않는 듯하군."

회의장에 있던 당원들은 실소했다. 그들은 비웃는 표정으로 시오크를 바라보았다. 시오크는 얼굴이 붉어지려는 것을 느끼며 애써 호흡을 가다듬었다.

"책임을 떠넘기는 것이 아닙니다. 우리가 취할 수 있는 가장 좋은 방법론을 제시한 것입니다. 그보다 나은 방법이 있다면 말씀해 주십시오, 당주님."

"가르쳐 주지. 당의 원칙을 지키면 돼."

"그것은……."

"금권주의에 고개를 숙이는 짓이며 가진 자들의 횡포에 침묵으로 동의하는 짓이라는 거지. 자네는 사악한 자만이 돈을 벌 수 있다는 선입관에 빠져 있군. 그것도 젊은이의 특징이지. 돈은 돈이고 품성은 품성이야. 그 사이에 다른 것보다 유별나게 밀접한 관계 같은 것은 없어. 자네는 사악하지만 부유한 자들이 정의롭지만 가난한 자들에게 쳐들어가는 것을 돕게 될 거라 말했지. 어처구니없는 단정이군. 우리가 정의롭고 부유한 이들이 사악하지만 가난한 자들에게 쳐들어가는 것을 돕게 될 경우는 생각하지 않나?"

"정의로운 자들이 왜 남을 공격하겠습니까?"

"사악을 멸절하기 위해 그러는지도 모르지."

"그것은 궤변입니다."

"맞아. 자네 말처럼 궤변이지."

시오크는 입을 다물었다. 게라임은 자리에서 일어났다.

"귀한 분들을 모신 자리에 생각조차 제대로 정리하지 못하고 나온 청년을 위해 회의를 계속해야 할 필요를 느끼지 못하겠군. 여러분, 회의를 마치겠습니다."

시오크는 더 말하려는 듯 입을 열었지만 유료도로당원들은 자리에서 벌떡 일어났다. 그들은 게라임 지울비 당주가 회의장을 나가는 것을 전송하고 시오크를 돌아보았다. 딱하다는 표정, 비웃는 표정, 성난 표정 등이 있었고 긍정적인 표정은 없었다. 시오크에겐 다행히도 그들 중 아버지에게 호된 비난을 들은 아들에게 비난을 추가하는 악취미를 가진 자들은 없었다. 그들은 표정으로만 시오크를 꾸짖은 다음 아무 말 없이 회의장을 빠져나갔다.

마지막 사람이 회의장을 빠져나가고 나자 시오크는 혼자 남았다. 시오크는 자리에 도로 앉았다.

화는 별로 나지 않았다. 거의 예상했던 결말이기 때문이다. 시오크는 텅 빈 회의장을 둘러보다가 게라임 당주가 앉아 있던 자리를 쳐다보았다.

무심한 눈으로 그 자리를 바라보던 시오크가 일어났다. 그는 탁자 옆을 돌아가서 게라임 당주의 자리에 도달했다. 그리고 아래를 내려다보다가 그 자리에 털썩 앉았다. 그는 두 다리를 탁자 위에 올린 다음 손으로 머리를 받쳤다.

그리고 눈을 감았다. 그의 입에서 낮은 휘파람이 흘러나왔다.

시오크는 즐거웠다. 게라임이 그를 기다릴 것을 알기 때문이다. 시오크는 그가 한참 기다리게 할 작정이었다.



개썰매꾼을 도와 물건을 나르던 제이어는 준람의 모습을 보았다.

준람은 쌍창을 양손에 나눠 진 채 서서 그를 물끄러미 바라보고 있었다. 제이어는 고개를 갸웃하고 손에 든 물건을 썰매 안에 실었다. 그리고 썰매꾼에게 양해를 구하고 나서 준람을 향해 걸어갔다. 조금 전 그친 눈이 아직 얼지 않아 뽀드득뽀드득 소리가 났다.

준람에게 다가가 보니 그는 배낭을 메고 있었다. 준람은 떠나려는 행색이었다. 제이어는 그것을 확인했다.

"당신도 떠날 생각입니까?"

"눈도 그쳤으니."

"여기엔 무슨 일로 오셨던 겁니까?"

"지멘을 죽이러."

제이어는 눈을 끔뻑거리다가 최후의 대장간 쪽을 쳐다보았다. 그곳에는 이곳에 도착했을 때처럼 젊은 레콘들이 앉아 있었고 특별한 움직임은 보이지 않았다. 제이어는 다시 준람을 쳐다보았다. 준람이 말했다.

"안 죽였다."

"그렇군요. 왜 그를 죽일 생각입니까?"

준람은 걷기 시작했다. 제이어는 어쩔 수 없이 그를 따라 걸어야 했다.

준람은 최후의 대장간을 등지고 느린 걸음으로 걸었다. 앞쪽에는 빙해 위로 나 있는 길을 나타내는 두 기둥이 눈 속에 솟아 있었고 눈을 잔뜩 뿌린 구름은 서서히 걷히고 있었다. 제이어가 너무 멀리 걷지 않았으면 좋겠다고 생각했을 때 준람이 말했다.

"지멘은 내 둘째 부인을 빼앗아 간 다음에 버렸다. 그래서 그녀는 내게 돌아와야 했지. 나는 그것을 용납할 수 없었어. 하지만 내겐 다섯 명의 부인이 있다. 내가 책임져야 할 그들이 있었기에 나는 지멘에게 복수를 함부로 시도할 수 없었지. 하지만 내가 존경하는 첫째 부인은 가서 복수하라고 나를 쫓아냈어. 그녀도 그것이 위험하다는 것을 알아. 훌륭한 첫째 부인이라면 가족이 깨질지도 모르는 위험을 피하지. 하지만 그녀는 그렇게 했어. 왜 그랬는지 생각했어. 그리고 복수가 끝난 지금 겨우 알게 되었어."

"복수가 끝났다고요? 안 죽였다고 했잖습니까?"

"다른 방식으로 복수가 이루어졌다."

"어떤 방식?"

"내가 직접 한 것은 아니지만 지멘도 둘째 부인을 잃었다."

"둘째 부인?"

제이어는 어리둥절한 표정으로 준람을 보다가 화들짝 놀라 최후의 대장간을 돌아보았다. 살인 기사는 다시 준람을 보았고 준람은 고개를 끄덕였다.

"쟁룡해에 빠진 것은 그가 존경하는 첫째 부인이지. 그리고 저기 망각의 바다에 빠져 있는 것은 그가 사랑하는 둘째 부인이고."

제이어는 황당하다는 표정으로 준람을 바라보았다. 이것이 나발칸의 레콘에게서 나온 말이라는 것을 제이어가 알았다면 더욱 놀랐겠지만 어차피 충격은 충분했다. 준람은 제이어에게 말한다기보다 스스로에게 말하듯 부리를 움직였다.

"고라이, 내 둘째 부인은 가족으로 돌아왔지만, 사실 아직 돌아오지 못했어. 내가 그녀를 받아들이지 못했거든. 고라이는 내 나약함을 상징하기 때문에. 하지만 이제 나는 뭐가 더 중요한지 알아. 나는 이제야 잃었던 둘째 부인을 되찾을 수 있게 되었어. 나는 내가 죽거나 지멘이 죽는 것밖에 방법이 없을 거라 생각했지만, 내 첫째 부인은 역시 현명했다. 나는 살아서 내 둘째 부인을 맞으러 갈 것이다. 그리고 나는 지멘도 잃어버린 둘째 부인을 되찾길 바라."

제이어는 입을 열어 봐야 한숨밖에 나올 것이 없을 것 같았다. 준람은 말을 맺었다.

"내 첫째 부인 란쉐는 복수를 끝내고 돌아와 웃으며 살자고 했지. 설마 이런 식으로 이행할 수 있을 거라고는 믿지 않았지만,

나는 그 약속을 지킬 수 있게 되었어. 이제 내 가족에게 돌아가겠다."

제이어는 겨우 말했다.

"예, 귀향길이 편안하시길 바랍니다."

"너는 어디로 갈 작정인가?"

그것은 조금 의외였다. 제이어는 준람이 왜 자신의 목적지를 묻는지 궁금해하며 말했다.

"아, 저는 옛 연적의 아들을 찾아갈 겁니다."

제이어는 내 이야기도 당신 것만큼 황당하지 않느냐는 투로 웃으며 말했다. 준람은 별로 놀라지 않은 채 말했다.

"왜?"

"옛 연적에게 아들을 지키겠다고 약속했거든요. 최근에 관심 두던 일도 이젠 흥미가 없어졌고요."

"나는 네가 최근에 관심 두던 일이 무엇인지 안다."

제이어는 고개를 갸웃했다. 준람은 깊고 어두운 눈으로 그를 노려보았다.

"너는 암살공과 손잡고 황제 사냥에 매달리고 있었다. 너는 지멘을 남부로 보내어 대장군을 유인했지. 그리고 대장군과 황제가 갈라진 틈을 타 암살공은 황제와 전쟁을 벌였다."

"그리고 실패했지요."

제이어는 빙긋 웃었다. 준람은 몸을 조금 부풀린 채 결백처럼 하얀 옷을 입은 인간을 내려다보았다.

"암살공은 황제를 잡지 못했습니다. 황제를 잡아 버린 것은 저기 누워 있는 넋 나간 꼬마죠. 하지만 어쨌든 황제는 사라졌습니다. 제가 한 일은 아니지만 아이저 규리하의 복수는 완료되었고,

그러니 저는 약속이나 지키러 갈까 합니다."

준람은 제이어를 물끄러미 바라보다가 말했다.

"너는 괴상하군."

그리고 갑자기 두 팔을 조금 벌렸다. 그의 손에 있는 쌍창이 약간의 바람을 일으켰다.

"너를 제거하는 것이 좋을지도 모르겠다는 생각이 들었다. 하지만 그래야 할 이유를 정확하게 모르겠다."

제이어는 시원한 웃음으로 레콘을 마주했다. 준람은 정말 모르겠다고 생각하며 그 얼굴을 바라보았다. 전쟁을 일으켜 많은 사람을 다치게 한 죄를 물을 수도 있겠지만 제이어는 그 자신이 말하듯 실패자였다. 전쟁을 일으킨 것은 치천제였고 그것을 받아준 이는 락토 공작이었으며 그것을 끝낸 사람은 아실이다. 제이어가 한 일은 없다고 할 수 있다. 준람은 혼란 속에서 말했다.

"그런데 너를 살려 둘 이유는 하나 있군. 너는 지멘에게 아실의 편지를 전달했다. 그것이 너를 살렸다."

제이어는 반갑다는 표정을 과장되게 지어 보였다. 준람은 자신의 설명을 도무지 납득할 수 없었다. 준람은 부리를 살짝 부딪치고 말했다.

"너를 다시 만나고 싶지 않다."

준람은 제이어를 물끄러미 내려다보았다. 그러다가 갑자기 몸을 홱 돌렸다. 그는 작별 인사 없이 훌쩍훌쩍 뛰어갔고 조금 후 준람의 모습은 언덕 너머로 사라졌다. 그 모습을 바라보던 제이어는 손을 비비며 몸을 돌렸다. 그는 개썰매를 향해 걸었다.

# 제 20 장

목마름을 잊기 위해 덴데로는 자신이 대호 별비에게 희생당한 몇 번째 키탈저 사냥꾼인지 생각해 보았다. 그러나 집중력이 떨어진 상태에서 죽은 자들의 숫자를 세는 것은 어려웠다. 먼 곳에서 윙윙거리는 소리 같은 것이 들려왔다. 덴데로는 찢어진 복부에 벌써 파리들이 모여드는 것인지도 모르겠다고 생각했다.

누군가가 그에게 말을 걸었다.

"자네를 살리긴 어렵겠군."

덴데로는 가물거리는 눈으로 목소리가 들려온 곳을 보았다. 낯선 인물이라는 희미한 인식만 있을 뿐 그 사람을 제대로 볼 수 없었다.

"괜찮아. 나도 그렇게 생각해."

"이 근방에서 키탈저 사냥꾼들이 별비를 쫓고 있다고 들었는데, 자네는 그중 한 명인가?"

덴데로는 그렇다고 대답했다. 상대방은 덴데로의 죽음을 지켜 줄 작정인 듯 그의 곁에 머문 채 계속 말을 걸었다. 그래서 덴데로는 별비에게 희생당한 동료들을 말했고 어떻게 별비를 추적했는지 말했고 어떤 기막힌 방법으로 별비를 궁지로 몰아넣었는지도 말했다. 그러면서 덴데로는 조금씩 집중력이 되살아나는 것을 느꼈다. 죽기 직전 잠깐 머리가 맑아지는 것인지도 모른다. 덴데로는 자신의 대화 상대를 알아볼 수 있었다. 그리고 조금 의아했다. 떠돌이처럼 보이는 그 사람은 아무리 많이 봐줘도 이십 대 초반을 넘기지 않았을 것 같은 인간 여자였다. 그런데 그 말투는 노숙한 남자의 것이었다. 덴데로는 그것에 대해 질문했다.
"나는 군령자야."
"그렇군. 남자의 영인가."
덴데로의 곁을 지키고 있는 방랑자는 하나의 육신에 많은 영을 담고 있는 군령자였다. 자신의 정체를 고백한 군령자가 말했다.
"복수를 하고 싶다면 자네 영을 받아 줄 수도 있어."
"복수를?"
"자네는 키탈저 사냥꾼이지. 별비에게 복수하고 싶을 거라 생각하는데."
덴데로는 그 말에 대해 가만히 생각했다. 그는 그 제안을 거절했다. 그리고 그 이유를 설명했다…….
― 펜조일의 「별비와 키탈저 사냥꾼」

## 바른 것과 부른 것

하늘치 한 마리가 하늘을 날고 있었다.
온갖 하늘치 가운데서 그 하늘치를 찾아낼 수 있는 특징 같은 것은 없다. 저공 비행을 하면 지상의 사람들에게 폐소공포증을 선사할 수 있는 거대한 몸, 무엇을 보기 위해 그렇게 많이 있는지 알 수 없는 수천 개의 눈, 터무니없이 거대한 지느러미들. 하늘치를 이루고 있는 모든 부분은 다른 모든 하늘치와 마찬가지였고, 다만 크기가 다른 것들보다 좀 작았다. 하늘치에 대해 주의 깊게 연구한 자들은 크기가 작을수록 낮게 나는 편이라고 주장한다. 그 하늘치가 그 주장을 들었는지는 알 수 없지만 낮게 날고 있었다. 물론 '작다'거나 '낮다'는 것은 다른 하늘치와 비교에서 그렇다는 것이다.
저층운들이 하늘치의 몸을 휘감아 돌았고 새들의 무리가 하늘치의 가슴지느러미 주위를 맴돌았다. 태양은 겨울의 낮은 궤도에서 우울증에 빠져 있고 땅은 얼어붙어 있다. 그리고 하늘치는 그것이 한다고 알려져 있는 유일한 일, 즉 하늘을 나는 것에만 집중하고 있었다. 하늘치는 그런 일을 수행하기에 충분히 둔감했다. 장님 새의 공격이나 낙뢰의 직격, 또는 철없는 돌풍이 하늘치를 번거롭게 하는 일은 없다.
따라서 하늘치의 등 위에 드러누워 있는 레콘 한 명 같은 것은 하늘치에게 존재하지 않는 것이나 다름없다.

네 선민 종족 중 가장 거대한 레콘의 몸도 하늘치의 광활한 등 위에서는 들판에 엎드린 개미나 다름없다. 하지만 레콘은 자신의 그런 미소한 모습에 괘념치 않는 듯했다. 레콘은 장쾌한 자세로 누워 있다. 두 팔과 두 다리를 제멋대로 던진 채 하늘을 보며 참으로 활발하게 자고 있었다.

레콘의 곁에는 커다란 배낭과 함께 특이한 물건이 하나 놓여 있다. 아주 긴 철봉이었는데, 승천한 티나한의 전설에 매료된 관찰자라면 그로 인해 누워 있는 레콘을 주저 없이 티나한이라고 판단했을 것 같다. 하지만 좀 더 주의 깊은 관찰자는 그 철봉이 철창이라기엔 가늘고 지나치게 길다는 것을 깨달을 것이다. 충분히 단단해 보였고 무기로 쓴다면 누군가에게 해를 끼치는 것에도 무리가 없어 보였지만, 그 철봉은 사용하는 자에게도 부담스러울 만큼 긴 길이였다. 게다가 그 철봉에는 기묘한 부속품이 달려 있었다. 철봉의 한쪽 끝에 쇠사슬이 부착되어 있었는데 그것은 철봉의 주위에 치렁치렁 감겨 있었다.

그때 레콘이 부스스 일어났다.

레콘은 하늘치의 등에 앉은 채 멍하니 자신의 발을 바라보았다. 레콘은 자신의 발을 까딱거리며 흥미롭다는 듯이 바라보았다. 잠시 후 똑바로 일어서서 두 팔을 뒤로 힘껏 잡아당겼다. 거대한 기지개를 켠 레콘은 허리를 굽혀 배낭과 철봉을 집어 들었다. 레콘은 배낭을 멘 다음 철봉을 어깨에 걸쳤고, 그러자 이제 어떤 관찰자라도 그 철봉의 정체를 짐작할 수 있게 되었다. 그런 모습은 강변이나 호숫가에서 얼마든지 볼 수 있는 것이었다.

최후의 대장간에 있는 대장장이들은 세계에서 찾아온 온갖 레콘들의 온갖 무기들을 만들었지만 그들도 이런 물건은 한 번밖에 만들지 못했다. 그 철봉은 레콘용 낚싯대였다.

조간을 어깨에 멘 레콘 조사 야리키는 졸린 눈으로 주위를 둘러보았다.

야리키가 알고 싶었던 것은 어느 쪽이 가까운 가슴지느러미인가 하는 것이었다. 하지만 굴곡진 하늘치의 등 위에서 야리키는 가슴 지느러미를 찾기는커녕 어느 쪽이 머리고 어느 쪽이 꼬리인지도 알기 어려웠다. 야리키는 고개를 갸웃하고 훌쩍 뛰어올랐다.

까마득한 높이로 솟아올라 야리키는 주위를 대강 둘러보았다. 시야에 가슴지느러미로 추정되는 것이 목격되었다. 야리키는 하늘치의 등 위에 쿵 떨어졌다. 상당한 충격이 있었겠지만 하늘치는 아랑곳하지 않았다. 그리고 야리키도 자신의 행동이 하늘치에게 자극을 줄 거라고는 생각하지 않았다. 이전에 많이 해 본 일이기 때문이다. 똑바로 서자 야리키는 생각났다는 듯 허리로 손을 뻗었다. 그의 허리띠에는 큼직한 주머니들이 몇 개나 붙어 있었다. 그 주머니들에서 두툼한 육포 하나를 꺼내어 부리로 찢어 삼켰다.

야리키는 육포를 베어 먹으며 터덜터덜 걸어갔다.

하늘누리의 환상 계단이 사람들에게 알려진 이후 사람들은 다른 하늘치에도 그것을 시험해 보았다. 그리고 모든 하늘치를 대상으로 환상 계단을 만들 수 있다는 것이 밝혀졌다. 그 사실이 처음 알려진 이후 하늘치들은 꽤 번거로운 나날을 보내게 되었다. 하지만 초기의 열기는 빨리 식었다. 그것이 표류선에 몸을 던지는 것이나 마찬가지라는 것을 사람들이 알았기 때문이다.

환상 계단을 잘 만들면 하늘치에 오를 수 있다. 그리고 물론 땅에 내릴 수도 있다. 하지만 그것뿐이다. 하늘치는 제멋대로 움직인다. 자신이 통제할 수 없는 것에 몸을 싣는 것은 대부분의 경우 무의미하다. 어떤 사람들이 바라는 것처럼(아마 자유무역당원이었을 것이다.) 하늘치를 초대형 공중 수송선으로 이용하는 것은 불가능했다. 물론 이동 수단으로 쓰는 것도 불가능하다. 어디로 갈지 알 수 없으니까.

점차 하늘치에 오르는 것은 일종의 괴벽으로 인식되기 시작했다. 환상 계단을 다루는 것에 능숙하면서 탁월한 전망을 원하거나 남달리 고독을 사랑한다면 하늘치에 올라 몇 시간 정도 보낼 수도 있을 것이다. 하지만 그런 사람은 드물었다. 하늘누리를 제외한 모든 하늘치는 제멋대로 움직이며 그렇게 움직이는 상태에서 환상 계단을 자유로이 만들어 내는 사람은 많지 않았다. 그리고 그 많지 않은 사람들은 대부분 하늘누리에서 제국을 위해 일했다. 하늘치들은 다시 과거의 고독으로 돌아갔다.

하지만 야리키는 특정한 목적지가 없을 때가 더 많은 방랑자였고 환상 계단을 다루는 것에 능숙했다. 그래서 그는 승천한 티나한이 그랬듯이 즐겨 하늘치에 올랐다. 그 행동의 이면에는 좀 남다른 의미도 담겨 있었다.

야리키는 낚시꾼이다. 그런데 하늘치는 아무리 봐도 물고기처럼 생겼다. 만약 하늘치를 물고기에 포함시킨다면 그것은 이견이 있을 리 없는 대물이다. 조사 야리키는 대물의 등에 타는 것이 좋았다.

야리키는 가슴지느러미에 도달했다.

그는 수염볏을 만지작거리며 가슴지느러미 끝에서 아래를 내려다보았다. 산, 산, 산. 전 세계에서 고봉들이 잠시 자리를 비우고 세상 돌아가는 일을 이야기하기 위해 회합을 가진 듯한 광경이 넓게 펼쳐져 있었다. 야리키는 아래쪽의 광활한 산맥이 무엇인지 알 수 없었다. 그가 하늘치에 오른 것은 카시다 근방이었고 하늘치의 이동 방향에는 관심없었다. 아마도 지러퀴터 산맥과 시구리아트 산맥 중 하나일 것이다.

야리키는 호수나 큰 강 같은 것이 있는지 찾아보았다. 그런 것이 있다면 그는 하늘치에서 내릴 작정이었다. 하지만 레콘의 밝은 눈으로 둘러본 결과 조행을 결심할 만한 물은 보이지 않았다. 산의 소맷자락에 숨어 있는 작은 호수 같은 것이 있을지도 모르지만 야리키는 내려가서 확인해야 한다고 생각하지는 않았다. 그리고 왜 확인할 필요가 없는지에 대해서는 깊이 생각하지 않았다. 좋은 낚시터가 나타날 때까지 다시 표류를 재개하기로 한 야리키는 하늘치의 등 쪽으로 움직였다.

몇 걸음 걸었을 때 야리키는 걸음을 멈췄다.

그는 몸을 돌려 세계를 바라보았다.

지평선에서는 하늘과 땅의 패권 다툼이 일어나고 있었다. 하늘은 땅을 물들이고 땅은 하늘을 물들인다. 그리하여 남는 것은 아무것도 없다. 소실점들이 모여 나타난 소실선이 세계를 둥글게 둘러싸고 있다. 세계는 텅 빈 공허 속에 떠 있는 원판이다. 야리키는 주저앉았다. 어깨에 멘 낚싯대를 두 손으로 쥐어 높이 세워 들었다. 야리키는 하늘을 찌르는 낚싯대 끝을 보다가 다시 세상을 내려다보았다.

과연 그 기분이 어떠할까.

하늘치의 나라미에 걸터앉아 세상을 낚는다면.

첫새벽이 동쪽에서 부풀었다. 스카리는 무거운 망토를 어깨 너머로 쓸어 넘기고 가슴을 폈다.

동식물의 기지개 때문에 산중의 새벽은 고요하기 어렵지만 지금은 아예 소란스럽다. 곳곳에서 달려오는 레콘들이 그 거창한 발소리로 절벽과 산릉을 꽝꽝 때리고 있기 때문이다.

두두두두두.

지난밤의 작전을 완료한 사라티본 부대가 귀대하고 있었다. 아마도 피로할 테지만 레콘들은 일찌감치 진지에 도착해 아침을 먹기 위함인지 속도를 늦추지 않았다. 진지에서 피어오르는 가느다란 연기들은 그들의 귀환을 더욱 재촉했다. 절벽 위에서 스카리는 사방에서 달려오는 레콘들을 볼 수 있었다. 그들의 질주는 일반적으로 길이라 생각하기 어려운 지형에서도 이루어지고 있었다. 사라티본 부대원들은 숲을 부수고 언덕을 뛰어넘고 수직에 가까운 절벽을 평지처럼 달렸다.

작전의 내용은 산중의 곳곳에 흩어져 있는 부락민들을 소개시키는 것이었다. 스카리는 지러쿼터 산중에 산막보다 더 큰 규모의 거주 지역은 남겨 두지 않기로 결정했다. 배후에 규리하군이 유격전을 펼칠 근거지를 남겨 두지 않기 위함이었다. 팔리탐 지소어는 그 작전에 격렬하게 반대했다.

"여름이라면 모를까 이런 계절이라면 그런 산중 부락들은 위험하지 않습니다. 유격전의 근거지 역할을 하기는커녕 자기들 살아남는 일도 벅찰 지경입니다. 게다가 곧 매서운 추위가 다가올 텐데 이런 시점에 그들의 근거지를 파괴하면 사망자가 엄청나게 발생할 겁니다."

"그러니까 더욱 서둘러야지. 그들이 과텔이나 규리하, 케나린으로 피난 갈 여유를 줘야 하니까."

 이 계절에 근거지를 잃으면 겨울을 넘길 수 없는 산사람들은 평지로 내려갈 수밖에 없다. 스카리는 배후의 위험 요소를 일소함과 동시에 남부여대한 피난민들의 행렬을 대량으로 발생시켜 규리하에 선사할 작정이었다. 스카리의 속셈을 이해한 팔리탐은 스카리의 권위가 손상을 입지 않을 정도까지 반대한 다음 입을 다물었다. 스카리는 그가 다음 번에도 입을 다물지에 대해 생각해 보았다.

 입을 다물 것이다.

 스카리는 팔리탐이 자신을 포기할 수 없다는 것을 알고 있었다. 팔리탐 지소어는 빌파 가문이 망하도록 내버려둘 수 없다. 주군의 사체에서 부러진 단검을 뽑아 내어 소맷자락에 숨겼을 때 팔리탐은 스카리가 아닌 빌파를 보호한 것이다.

 하지만 스카리는 빌파에 아무런 관심이 없었고, 자신이 얻거나 얻게 될 것의 일부도 빌파 가문에 돌릴 생각이 없었다.

 힘겹게 산릉을 기어오른 햇빛이 하늘에 번져 나갔다. 지러쿼터 산맥, 이 땅의 주인은 산이고, 하루를 인식하지 않는 산에게 태양 따위는 자발없이 깜빡거리는 불빛이다. 산의 무겁고 거대한 안개를 뚫는다는 것이 언감생심임을 아는 태양은 산의 그림자와 산의 어둠, 산의 비밀을 외면한 채 하늘로 흘러갔다. 깨진 사기 조각 같은 날카로운 산봉우리들 사이에서 스카리는 숨을 깊이 들이쉬었다.

 "무얼 하고 계십니까?"

 스카리는 어깨 너머를 돌아보았다. 가면을 쓴 남자가 허리에 손을 얹은 채 그를 바라보고 있었다. 스카리는 다시 앞을 돌아보앉다.

"산을 보고 있었다."

팔리탐이 그의 등 뒤에서 말했다.

"등을 보이지 마십시오, 각하."

"나를 밀 건가?"

"항상 조심하시라는 의미로 드린 말입니다."

"내가 여기 있다는 것은 어떻게 알았나?"

"몰랐습니다. 사라티본 부대가 돌아오는 모습을 보러 올라왔습니다."

"그럼 와서 봐."

팔리탐은 스카리의 곁으로 다가와 섰다. 그는 가면 뒤의 눈으로 산을 뛰어 넘어오는 사라티본 부대를 바라보았다.

기운 없는 태양을 대신하여 레콘들이 아침을 가져오는 것 같았다. 달리고 뛰고 떨어지며 레콘들은 지러쿼터 산맥을 종횡무진으로 누볐다. 사라티본 부대를 직접 키워 내다시피 한 팔리탐은 그 모습에서 감동을 느낄 수도 있을 것이다. 하지만 그는 근심만 느꼈다. 팔리탐은 그런 폭력이 규리하로 들어가고 있다는 것이 마음에 들지 않았다.

"각하, 꼭 규리하로 들어가셔야겠습니까?"

"규리하를 내버려둔 채로는 제국 어디로도 갈 수 없다. 설명해줘야만 알 수 있는 사실은 아닐 텐데."

물론 지도를 들여다보지 않아도 알 수 있는 사실이다.

"하지만 규리하를 공격하기 위해 꼭 대군을 몰고 갈 필요는 없습니다, 각하. 지금 규리하에는 아이저 규리하와 그의 두 아들이 있을 겁니다. 그들을 지원해서 규리하에 내전을 일으키거나 아이저 규리하가 복권하게끔 한다면 규리하는 발케네의 위협이 되지 않을 겁니다."

"그럴 수는 없어."

"왜 그렇습니까?"

"규리하는 자네 것이야. 그러니 아이저에게 줄 수 없지."

팔리탐의 어깨가 움찔했다. 그는 스카리를 똑바로 바라보았다. 스카리는 가면 뒤에 어떤 표정이 있을지 궁금해하며 말했다.

"놀랐나 보군. 하지만 내가 자네 외에 누구에게 규리하를 맡길 수 있겠어?"

팔리탐은 건조한 목소리로 말했다.

"뜻밖의 말씀이군요, 각하."

"자네가 내게 해 준 일에 비하면 보잘것없는 보답일 뿐이야."

팔리탐은 친부 살해를 눈감아준 일에 대해 스카리가 말하는 거라고 생각했다. 그리고 그런 보답이라면 받고 싶지도 않았다. 하지만 스카리는 팔리탐이 짐작하는 뜻으로 말한 것이 아니었다. 스카리는 진지로 들어서는 사라티본 부대의 레콘들을 내려다보며 말했다.

"누가 내게 저런 것을 줄 수 있겠어? 오직 자네뿐이지."

팔리탐은 가면 뒤에서 기막히다는 표정을 지었다. 사라티본 부대는 락토가 만들었고 팔리탐은 락토를 위해 사라티본 부대를 훈련시켰다. 그런데 스카리는 몇 마디 말로 그 모든 역사를 뒤죽박죽으로 만들어 놓았다. 게다가 그 말투는 농담을 하는 것이 아니었다.

"규리하 변경백령은 왕국의 방패였지. 자네도 나의 방패가 되어 주게. 규리하를 가져, 팔리탐. 내가 줄 테니까."

팔리탐은 조금 침묵했다가 말했다.

"엘시 에더리 대장군과 탈해 머리돌 무사장이 허락할지 모르겠군요."

스카리의 어깨가 꿈틀거렸다. 그는 팔리탐을 돌아볼 것처럼 보였다. 하지만 그는 고개를 돌리지 않았다.

"무사장은 아무나 태워 죽여도 되는 도깨비가 아니라 도깨비들이 누군가를 태우기로 결정했을 때 그 일을 담당하는 도깨비야. 즈믄누리가 그렇게 결정하지 않는 이상 탈해 머리돌이 단독으로 우리를 공격할 리 없어. 그리고 즈믄누리는 그런 결정을 내리지 않아. 페시론 섬의 이야기는 필요 없어. 단 하나의 예는 아무것도 설명하지 않아. 게다가 그 반대 사례가 있을 때는 더더욱 무의미해. 자네가 만약 페시론 섬의 이야기를 하겠다면 그 전에 좀 더 최근의 사례부터 생각해 보는 것이 좋을 거야. 북부의 멸망이 목전까지 다가왔던 제2차 대확장 전쟁 당시에도 즈믄누리의 무사장은 움직이지 않았어."

팔리탐은 탈해에 대한 스카리의 설명에 반박하기 어려웠다. 북부의 위기에서도 움직이지 않았던 무사장이 고작 규리하를 위해 움직인다는 것은 과대망상일지도 모른다. 하지만 스카리의 대답에는 엘시의 이름이 빠져 있었다. 스카리가 거의 고의적으로 그랬다는 것을 짐작했지만 팔리탐은 엘시에 대해 다시 강조해 보려고 마음먹었다.

그러나 팔리탐은 스카리에게 말을 걸지 못했다. 스카리가 없어졌기 때문이다.

조금 전까지 바로 곁에 있던 스카리가 더 이상 보이지 않았다. 팔리탐은 주위를 두리번거리려다가 그 행동을 멈췄다. 그는 스카리를 볼 수 없지만 스카리는 그를 볼 수 있다. 팔리탐은 그에게 두리번거리는 모습을 보여 주고 싶지 않았다.
그래서 팔리탐은 스카리가 없어졌다는 사실에 아무런 구애됨이 없다는 태도로 사라티본 부대의 귀환을 바라보았다.


팩스벗 졸다비는 계단참에 걸터앉아 비나간을 물끄러미 바라보았다.
비나간은 열린 대도시다. 예전에는 도시를 둘러싼 성벽이 있었지만 제2차 대확장 전쟁에서 입은 피해와 도시 자체의 발전에 의해 사라졌다. 하지만 고고학자가 아니라도 옛 성벽이 있던 자리를 찾아내는 것은 어렵지 않다. 비나간의 중심에 있는 후작궁에서 어느 방향으로든 육칠백 미터쯤 걸어가면 계단이나 경사로 또는 축담을 만날 수 있다. 그 계단과 경사로와 축담들을 이어 보면 하나의 폐곡선을 형성하게 되며 이로써 원래 비나간의 성벽이 있던 위치를 짐작할 수 있게 된다.
물이 고이는 것을 방지하기 위해, 그리고 방어상의 편의를 위해 성 안쪽은 바깥쪽보다 조금 높게 만들어지는데 원래 성 안쪽이었던 중심부는 그 때문에 새로 건설된 외곽보다 1층 정도 지대가 높다. 팩스벗이 앉아 있는 계단은 중심부와 외곽을 잇는 무수한 계단들 중 하나였다.
하지만 이름 없는 다른 계단과 달리 그 계단은 마진 계단이라는 이름을 가지고 있었다. 물론 지키멜의 조부이자 홀빈 퍼스 후작의 아들인 그 마진이다.
사람들이 자신의 이름을 밟고 다니는 것에 대해 죽은 마진 퍼스가 어떻게 생각할지는 알 수 없지만 팩스벗은 그 계단을 좋아했다. 마진 계단은 넓었고 경사가 완만했다. 원활한 통행을 위해 계단 위에서 행상을 벌이는 것은 엄격하게 금지되지만 계단으로 이어지는 길의 노변에서 행상을 벌이는 것은 자유다. 고정적인 계단 이용객들이 있으니 마진 계단 주변에서는 항상 행상인들의 왁자지껄한 호객성과 흥정하는 소리를 들을 수 있었다. 팩스벗은 그 활기찬 소음들도 좋아했다.

하지만 지금 마진 계단 주변은 조용했다. 해가 뜰 때까지 바둑 한 판 두고도 남을 시간이 있으니 조용한 것이 당연하다.

밤의 비나간을 바라보는 팩스벗에게 어떤 발소리가 다가왔다.

팩스벗은 그 발소리가 기다리던 자의 것이라고 판단했다. 야경꾼이라면 발소리보다 고함이 먼저 들렸을 테니까. 팩스벗은 허리춤에 숨겨 둔 단검을 만지작거리며 발소리의 접근을 기다렸다. 폭력적인 사태가 일어날 이유는 없지만 팩스벗은 다가오는 자에 대한 상당한 악평을 들었고 자신이 그 악평 때문에 기가 죽는 것은 원하지 않았다.

거침없이 다가오던 발소리가 약간 완만해졌다. 계단이 가까워졌기 때문이다. 잠시 후 발소리가 계단을 올라왔다. 팩스벗은 어둠 속에서 불분명하게 보이는 그림자를 향해 하품을 해 보였다.

팩스벗은 그것이 참 영리한 암호라고 생각했다. 누구나 밤에 하품을 하는 것은 당연하다고 생각할 것이다. 하지만 그것은 생각만큼 당연한 일은 아니다. 인간은 어둠 속에서 알지 못하는 누군가가 다가올 때 하품을 하지 않는다.

그 암호를 기특하게 여기고 있었기 때문에 팩스벗은 상대방의 퉁명스러운 말에 당황했다.

"가짜로 하는 티가 너무 나잖소."

"어, 그렇습니까?"

악평을 가진 사내는 걸음을 멈추지도 않았다. 그는 팩스벗의 옆을 지나치며 말했다.

"숙녀께 전하시오. 다섯 명의 서명이 확보되었으니 계획을 진행하라고."

사내는 그대로 팩스벗을 지나 마진 계단을 올라갔다.

팩스벗은 발소리가 완전히 사라진 다음에 앉아 있던 자리에서 일어나 바지를 털었다. 차가운 계단에 앉아 있느라 식었던 피가 어느새 다시 뜨거워져 있었다. 팩스벗은 자신의 흥분을 가라앉히려 애썼다. 돌아가서는 아무것도 아니라는 투로 말하는 거야. 당연히 그렇게 될 줄 알았고 자신은 조금도 놀라지 않았다는 투로.

그리고 팩스벗은 자신을 비웃었다. 젠장, 성공할 리 없어. 나는 연기에 소질이 없다니까. 영리한 그녀는 내 흥분을 눈 깜짝할 사이에 알아차리겠지.

지키멜은 실로 영리하다. 팩스벗은 그녀가 어떻게 비나간 후의 스물여섯 봉신들 중 열한 명을 자신 쪽으로 끌어들였는지 짐작할 수 없었다. 하지만 그 일이 무슨 일을 일으켰는지는 잘 알고 있었다. 지키멜은 열한 명의 명단을 보냈고 그 명단은 사태를 관망하려는 태도를 명백히 보이던 자들 중 다섯 명이 지키멜 측으로 선회하도록 만들었다. 반(反) 지키멜이나 비(非) 지키멜로 분류할 수 있는 인사는 이로써 열 명으로 줄어들었다. 그리고 지키멜이 그 열 명의 포섭을 포기한 것은 아니다. 그들 중에는 굳이 포섭하지 않아도 바람 방향을 잘 탈 거라 짐작했기에 포섭하는 수고를 들이지 않은 인물도 상당수 포함되어 있었다.

팩스벗은 후작궁이 있는 방향으로 싸늘한 웃음을 보냈다. 지나치게 많은 나이 때문에 타성에서 헤어나지 못하는 것은 이해할 수 있지만, 그렇다면 노후작은 관찰력이라도 남달라야 할 것이다. 팩스벗은 비나간의 대로에 냉소를 잔뜩 뿌려 놓고는 어둠 속으로 걸어 들어갔다.

이틀 후 비나간 중앙 법정에 고발장 하나가 제출되었다.

고발인의 명단은 화려했다. 전부 쉰일곱 명이나 되는 공동 고발자들 중에는 비나간 후의 이십육 봉신들 중 열여섯 명이 포함되어 있었다. 하지만 고발장을 받은 서기를 진정으로 경악하게 한 것은 고발 내용이었다. 비나간의 앞날을 염려하는 쉰일곱 명의 인사들이 제출한 고발장은 비나간 후 홀빈 퍼스를 살인 교사범으로 지목하고 있었다. 마진 퍼스 살해를 사주했다는 것이다.

서기는 비꼬는 투로 이것이 사실이냐고 묻고 싶은 것을 억누르며 고발장을 지그시 바라보았다. 그것이 그녀의 일이고 아무도 그녀에게 책임을 요구하지 않을 것이 분명한데도 서기는 그 고발장을 받을까 말까 고민했다. 그녀가 뇌룡공 류 페이가 아니기 때문에 가져야 했던 고민이었다. 어쨌든 그녀는 고발장이 제출되던 시각 후작궁에 정체 모를 인물들이 난입하여 홀빈 퍼스를 체포하고 있었다는 것을 알 방도가 없었다.

납치자들은 홀빈 퍼스가 체포 도중에 죽지나 않을까 걱정했다. 아흔 살이나 먹은 노인은 작은 충격에도 죽을 수 있다. 하지만 홀빈은 격렬한 저항으로 납치자들을 허탈하게 만들었다. 충격으로 죽을지도 모른다는 것이 쓸데없는 걱정이었기에 허탈했고, 그 저항이 역시 아흔 살 노인의 것이라 허탈했다. 납치자들은 간단히 홀빈 퍼스를 억류했다.

노후작은 자신의 침실에 억류되었다. 납치자들은 문을 닫아 건 채 그를 홀로 내버려두었다. 홀빈 퍼스는 거칠어진 숨을 고르고 머리를 진정시키기 위해 애썼다. 납치자들은 아무 정보도 주지 않았지만 홀빈 퍼스는 자신이 상황을 이해하고 있다고 믿었다. 레데른 퍼스가 반역을 일으킨 것이라는 판단 하에 홀빈 퍼스는 손자의 등장을 기다렸다.

하지만 홀빈 퍼스가 초조감을 느낄 무렵 문을 열고 들어선 사람은 레데른 퍼스가 아니었다. 그 사람은 비나간 수비 대장 슈매치 사이지였다. 얼떨떨해하던 홀빈 퍼스는 자신이 구출되었다고 생각했다. 슈매치 사이지의 아버지도 비나간의 수비대장이었으므로 슈매치 사이지는 2대째 노후작에게 봉사하고 있는 홀빈 퍼스의 총신이었다. 퍼스 노후작이 안도한 것은 당연하다. 하지만 슈매치 사이지가 책을 읽는 듯한 어색한 어조로 살해 교사 혐의를 설명하자 노후작의 안도감은 사라졌다. 그리고 노후작은 납치자들 앞에서도 느끼지 않았던 두려움을 느꼈다.

"비나간의 법정이 비나간 후를 재판한다는 거냐?"

"그렇습니다, 각하."

"누가 재판장이 된다는 거냐? 나 외에 누가?"

"잘 아시겠지만 비나간에는 세 분의 비나간 후가 있으며 모두 똑같은 권리를 가지고 있습니다, 각하."

"레데른이 재판장이라는 거냐?"

"아닙니다, 각하. 지키멜 퍼스 각하이십니다."

"지키멜?"

"그렇습니다, 각하. 레데른 퍼스 각하께서는 영애께서 하이스 대학에서 법학을 공부하신 것을 높이 사 그분께 재판장의 지위를 양보하신 것으로 알고 있습니다."

노후작은 신음했다.

"지키멜이었군."

슈매치는 노후작의 말을 듣지 못한 척했다. 홀빈 퍼스가 말했다.

"밖으로 나가 지키멜과 레데른을 체포한 다음 나를 이곳에서 꺼내라, 슈매치. 네가 원하는 모든 것을 주겠다."

슈매치는 자유를 잃은 주군을 가만히 바라보다가 말했다.

"지키멜 퍼스 각하께 전할 다른 말씀은 없습니까?"

홀빈은 이를 악물었다. 무뚝뚝한 표정으로 말한 것이지만 슈매치는 그를 놀리고 있었다. 홀빈은 그 사실에 충격을 받았다. 수비 대장은 냉정하게 말했다.

"그 침묵은 전할 말씀이 없으시다는 뜻으로 알겠습니다. 그러면 쉬십시오. 재판은 공정하게 진행될 것이며 소명 기회는 충분히 주어질 겁니다."

슈매치는 민첩하게 몸을 돌렸다. 홀빈 퍼스 후작은 그를 부르려 했지만 입이 잘 움직이지 않았다. 간신히 입을 열었을 때 후작은 이미 홀로 방 안에 남겨져 있었다.

그래서 후작은 욕설을 중얼거리는 것에 입을 사용했다.


시모그라쥬를 지배하지 않는 시모그라쥬 공 팔디곤 토프탈은 고개를 숙인 채 깊은 생각에 잠겼다.

공작은 대전에 면해 있는 자신의 집무실에 정좌하여 앉아 있었다. 열대의 도시인 시모그라쥬에서는 대부분의 건물이 개방되어 있고 그것은 공작의 집무실도 마찬가지였다. 바람과 햇빛뿐만 아니라 도시의 소음들도 그대로 집무실 안으로 밀려 들어왔다. 다행히 그 소음은 상념을 방해할 정도는 아니었다.

아쉬존이라는 장성한 손자까지 있는 공작이지만 노쇠한 모습은 아니다. 공작도, 그리고 공작의 아들도 일찍 결혼했기 때문이다. 퍼스 노후작 같은 이에 비하면 어린 귀족이라고 말해도 될 정도였다. 수염이나 머리카락 빛깔은 조금 바래어 있지만 토프탈 공작의 앉음새는 꼿꼿했고 거동은 단단했다.

그의 앞에는 다기가 차려진 자그마한 다탁이 놓여 있었다. 그리고 그 앞쪽에는 베로시 토프탈이 앉아 부채를 만지작거리고 있었다. 공작의 숙고가 끝나기를 기다리던 베로시는 약간의 초조감을 느꼈다. 공작의 생각은 길었다. 팔디곤 토프탈의 겉모습은 노인이라 할 수 없지만 사고 방식은 노인의 것이었다. 자식을 가진 자는 더 이상 소년일 수 없듯 손자를 가진 자는 싫어도 노인이 되는 듯하다. 조카의 초조함을 눈치 챈 시모그라쥬 공이 입을 열었을 때 그의 말은 손자를 끔찍하게 위하는 할아버지의 것이었다.

"그런데 아쉬존은 좀 어떤가?"

"아쉬존 말씀입니까? 전쟁에 따라 나가고 싶어 몸살이 날 지경인 것 같습니다."

팔디곤은 빙그레 웃으면서도 걱정스러워 하는 어조로 말했다.

"절대로 안 된다고 잘 타일렀겠지?"

"물론입니다, 각하."

팔디곤은 고개를 끄덕였다. 팔디곤을 안심시킨 베로시는 종조카를 조금 도와주기로 했다.

"하지만 그 애를 무조건 시모그라쥬에 붙잡아 두는 것이 좋은 일인지 모르겠습니다. 각하. 그 애에게 경험을 쌓게 해 주는 것도 좋을 텐데요."

"그 애는 아직 어려. 경험을 쌓을 기회는 전후에도 충분히 많을 거다."

"물론 전쟁터에서 칼 휘두르는 것은 겉보기만큼 알찬 경험이 아니지만 사람들은 화려한 것을 좋아합니다. 그들은 한 명의 승리한 전사 뒤에는 과로로 쓰러진 세 명의 행정관이 있다는 것을 모르지요. 그리고 그 행정관 중 한 명이었다는 것은 자랑거리가 아니라고 생각합니다. 전쟁에서 작은 공훈이라도 몇 개 세우게 한다면 아쉬존의 앞날에 큰 재산이 될 겁니다."

시모그라쥬 공은 못마땅한 표정을 지었다. 안고 어르던 손자를 며느리에게 뺏긴 할아버지 같은 얼굴이었다. 공작은 그 주제에 대해 더 말하기도 싫다는 듯 원래의 주제를 불쑥 꺼냈다.

"전쟁이 일어나려면 시련의 양해가 있어야 하지. 매너링의 요구에 대해 생각해 볼까."

베로시는 아쉬존이 자신을 원망할 거라 생각했다. 하지만 그를 더 편들지는 않았다.

"매너링의 요구는 어려운 것이 아니라고 생각합니다."

팔디곤 토프탈은 바로 대답하지 않았다. 시모그라쥬 시민의 첫 번째 벗은 조카의 말을 꼭꼭 씹듯이 한참 생각한 후에야 천천히 입을 열었다.

"쉽다거나 어렵다는 것은 문제의 핵심이 아니야. 중요한 것은 동기지. 그런데 그들의 동기를 알 수 없군."

베로시 또한 동기를 정확히 지적할 수 없었기에 대답하지 않았다. 팔디곤은 찻잔으로 손을 뻗으려다가 멈칫하곤 다시 손을 끌어당겼다.

"왜 갈로텍 대장군이지? 대호왕 사모 페이를 원한다면 이해할 수 있어. 대호왕은 그들의 원수니까. 하지만 그를 찾는 이유는 모르겠군. 나가들이 신들의 분노를 경험해야 했던 원인이 대호왕이 아닌 갈로텍에게 있다는 걸까?"

"그럴 수도 있겠군요, 각하."

베로시는 미지근한 반응을 보냈다. 공작은 자신의 생각에 잠겨서 말했다.

"갈로텍은 제2차 대확장 전쟁의 주역이었어. 제2차 대확장 전쟁은 사실상 그가 일으킨 전쟁이라고 해도 과언이 아니지. 아르키스 대수호자가 그런 사람을 찾길 원한단 말이지."

대답을 요구하는 말이 아니었기에 베로시는 대답하지 않았다. 시모그라쥬 공은 결론을 내렸다.

"그들의 조건을 받아들이도록 하지."

"갈로텍을 찾아서 그들에게 보냅니까?"

"아니."

베로시는 고개를 갸웃했다. 팔디곤이 말했다.

"그들은 우리로부터 군령자들을 받겠지만 그중에 갈로텍은 없을 거다."

"갈로텍이 아니라는 것을 확인한 군령자만 보냅니까?"

"그래. 갈로텍이 살아 있다는 그들의 주장 자체가 의심스럽긴 하지만, 만약 갈로텍이 진짜 살아 있다면 그들이 갈로텍을 원하는 이유를 알아내기 전에는 보내지 않는다. 만약 갈로텍을 발견한다면 꼭 붙잡아 두어라."

베로시가 예상했던 결론이다. 그녀는 내색하지 않은 채 말했다.

"알겠습니다. 그렇다면 매너링에겐 갈로텍 수색에 적극적으로 임하겠다고 대답하겠습니다."

"그래. 편성 작업은 어떻게 되고 있지?"

베로시는 그 질문도 예상했다. 그녀는 담담하게 대답했다.

"거의 끝났습니다."

"거의라는 것은 어느 정도지?"

"그것은 이런 뜻입니다. 앞으로 한 달 후면 시모그라쥬군은 북진을 시작할 수 있을 겁니다."

토프탈 공작은 긴 한숨을 내쉬었다.

"북진이라."

베로시는 다른 사람의 반응을 통해 자신이 한 말의 무게를 느꼈다. 북진. 팔뚝에 소름을 돋게 하는 종류의 말이다.

아라짓 제국의 역사는 짧다. 하지만 비록 나가에 의해 창건되었다 해도 아라짓 제국 또한 북부의 유구한 전통을 따르는 북부의 나라다. 그리고 북부의 적은 언제나 남쪽에 있다.

인간은 1년도 못 되어 만들어진다. 어떤 뜨거운 사랑도 3년 이상은 계속되지 않는다. 소년은 5년이면 청년이 된다. 그러나 북부는 무려 천오백여 년 동안 남부와 대치했다. 북부가 가진 적개심의 나침반은 언제나 남쪽을 가리켜 왔으며 그런 북부의 역사를 그 몸에 고스란히 담고 있는 아라짓 제국인에게 북진이라는 말은 도착적이기까지 하다. 팔디곤과 베로시는 거의 비슷한 느낌을 받았고, 서로가 어떤 기분일지 알 수 있었다. 팔디곤은 그 짜릿한 기분 속에 숨어 있는 위험을 느꼈다.

"그래, 북진이다. 하지만 그 말은 함부로 쓰지 마라."

"잘 알고 있습니다."

"대호왕의 자취를 추적하는 것은 어떻게 되었느냐? 뭔가가 좀 발견됐나?"

"하텐그라쥬를 샅샅이 뒤졌지만 찾지 못했습니다. 그 두억시니들도 보이지 않았고요."

팔디곤은 다시 자신의 생각에 잠겨서 말했다.

"대호왕에게 있는 것이 스물두 명의 두억시니밖에 없다 해도 그녀는 존재 자체로 최대의 위험이다. 또한 최대의 무기가 될 수도 있다."

베로시는 정말 말할 필요도 없는 말이라고 생각했다. 그녀에게 들려주기 위한 것이 아니기 때문에 팔디곤은 그런 당연한 말을 하는 것이다. 지금 제국의 정세를 분석하고 그런 분석을 통해 뭔가를 얻어내고자 하는 자들은 차기 황제 후보의 명단을 상당히 압축시켜 놓았을 것이다. 하지만 그중 누구의 명단에도 대호왕의 이름은 없을 것이다. 죽은 자를 그런 명단에 포함시킬 필요는 없으니까. 하지만 알려진 것과 달리 대호왕이 살아 있다면 그녀는 모든 명단에서 최고 순위에 놓일 것이다. 그녀가 시모그라쥬 공의 경쟁자가 된다면 그보다 더 두려운 경쟁자는 없을 것이다.

그런데 망고 군단에 나타난 대호왕의 두억시니들은 대호왕이 생존해 있을지도 모른다는 가능성과 함께 그녀의 지지가 엘시 에더리에게 향하고 있을지도 모른다는 가능성도 시사해 보였다. 만약 엘시 에더리가 대호왕의 지지를 획득한다면…… 그것은 북부의 구원자가 내리는 승인이다. 감당하기 쉽지 않다.

대호왕이 살아 있고 주인이 사라진 제국에 새 주인을 추천할 작정이라면 그 추천 대상은 시모그라쥬 공이어야 한다. 팔디곤이 말했다.

"편성 작업이 거의 완료되었다면 여유가 좀 있겠군. 네가 직접 하텐그라쥬에 가 보지 않겠느냐?"

"각하, 저는 믿을 만한 자들을 보냈습니다. 제가 간다고 해서 그들이 찾지 못한 사람을 찾아내기는 어려울 겁니다. 차라리 대호왕께서 직접 모습을 드러낼 때까지 기다리는 것이 어떻겠습니까? 그러면 수색에 드는 낭비도 필요 없을 테고요."

"기다린다고?"

"그렇습니다, 각하. 대호왕께서 살아 계신다 해도 그분은 한계선을 넘을 수 없습니다. 흑사자 모피를 북부에 남겨 두고 돌아오셨으니까요. 그분이 살아 있는 자신의 모습을 드러낸다면 그곳은 한계선 이남일 겁니다. 그렇다면 누구보다 빨리 우리가 그분에게 도달할 수 있을 겁니다."

"흑사자 모피가 없어도 도깨비가 있으면 나가는 한계선을 넘을 수 있다."

"즈믄누리는 침묵 중입니다."

팔디곤은 도깨비들이 황제 실종이라는 이 놀라운 상황에서도 아무런 정치적 요구나 제안을 내놓지 않았다는 베로시의 지적을 받아들였다. 공작은 조금 생각한 후에 말했다.

"좋아. 네가 직접 갈 필요는 없다. 하지만 그렇다고 해서 수색을 완전히 그만두는 것도 좋은 일은 아니다. 소수의 수색대는 계속 유지한다. 능력 있는 자들을 선출하여 대호왕의 자취를 추적하게끔 해라. 아, 그래. 아쉬존에게 그 일을 맡기는 것이 좋겠구나."

"알겠습니다, 각하."

베로시는 부채를 감아쥐고 일어났다.

세레지 파림은 분노에 찬 표정으로 이레 달비에게 외쳤다.

"네 사촌 형이 말해 주었어! 사랑하는 사람이 있다는 말 거짓말이었지? 그런 배려는 원하지 않아! 내가 원하는 것은 사실이야. 사실을 말해 줘. 정말, 정말 네 아버지가…… 우리 어머니를 돌아가시게 만든 거야? 그런 거야?"

숨 한 번 쉬지 않고 그 말을 토해 놓은 세레지는 급히 숨을 들이쉬고 짜내듯이 외쳤다.

"대답해 줘!"

이레를 둘러싸고 있던 남자들은 극진한 호기심을 드러내며 이레를 돌아보았다. 그들은 이레가 어떤 대답을 할 것인지 정말 궁금했다. 이레의 대답은 놀라웠다. 이레에게 가장 가까이 있던 남자의 얼굴에 말의 발길질이 부럽지 않은 파괴력의 째차기가 작렬했다.

남자들은 이레의 행동에 놀랐지만 멍청한 행동이라고 생각했다. 이레는 자신의 왼쪽을 향해 훌륭한 공격을 퍼부었지만 그의 오른쪽에도 두 명의 남자가 더 있었고, 따라서 이레는 두 개의 칼에 등을 노출시킨 셈이었다. 남자들은 그 생각 없는 행동을 응징하기로 했다. 그러나 조금 후 그들은 생각 없는 행동을 한 것은 이레가 아니라 바로 자신임을 알게 되었다. 그들은 세레지에 대해 아무 방비도 하지 않았고 그 때문에 후유증이 상당히 오래 갈 공격을 받았다.

순식간에 네 명의 남자들을 병아리만큼의 위험성도 발휘하기 어려운 상태로 만들어 놓은 이레와 세레지는 바지를 툭툭 털며 남자들의 무기를 주워 모았다. 남자들은 제발 말은 놔두고 가라고 속으로 빌었지만 두 남녀는 그들의 기원을 무참하게 짓밟았다. 네 필의 말을 모조리 끌고 사라지는 두 사람을 향해 남자들은 욕설을 내뱉었다. 하지만 그 욕설은 그다지 격렬하지 않았다. 남자들은 탁월한 솜씨로 자신들을 거꾸러뜨리고 말을 훔쳐 가는 두 남녀에게 매료되었기 때문이다. 그것은 용감한 도둑을 존중하는 발케네 인의 태도였다. 발케네 병사들이 발케네 인의 태도를 보이는 것은 당연하다.

뒤를 잠깐 돌아보고 발케네군의 척후병들이 충분히 멀리 떨어졌다는 것을 확인한 이레는 말의 속도를 조금 늦추었다. 세레지 또한 말의 속도를 늦추며 말했다.

"이레, 이 말들을 어떻게 할 거야? 우리 둘이 탈 것을 빼도 두 마리가 남잖아. 이 근처 아무 농장에 들러서 헐값에 팔아 버리자."

"안 돼."

"왜 안 돼?"

"이 말들은 군마야. 낙인을 봐도 마구를 봐도 발케네의 군마라는 것을 당장 알 수 있어. 이 앞쪽의 마을은 모두 발케네군의 예상 진격로에 위치해 있는데 그런 마을에서 발케네의 군마를 가지고 있으면 무슨 일을 당하겠어?"

"아, 이런. 그러면 이 말들 어떻게 하지?"

"너와 네 아버지가 가져."

"응? 나랑 아빠랑?"

"그래. 타고 시모그라쥬로 돌아가. 아니면 다른 곳이라도."

세레지는 진지한 표정으로 이레의 옆얼굴을 쳐다보았다. 이레는 눈살을 찌푸린 채 말했다.

"척후조가 여기까지 왔으니 발케네군은 이미 지러쿼터 산맥을 넘었을 거야. 그렇다면 앞으로 보름이면 규리하 성 앞까지 도달할 수 있을 거야. 저항할 세력이 별로 없으니까. 그 전에 여기를 떠나도록 해. 네 아버지와 너는 이 전쟁과 관련 없어."

세레지는 고개를 끄덕였다.

"하긴 우리는 규리하 사람도 아니고 발케네에 무슨 원한 가진 것도 없고. 네 말이 맞네? 떠나야겠어."

"무슨 대답이 그래?"

"왜? 성의가 없어서? 하지만 너도 성의가 없잖아."

"성의? 내가? 걱정해 주는 건 성의 있는 것 아냐?"

"그런 건 아무나 해요, 이레 어린이. 어른의 성의는 그런 것이 아니지."

"설명해 주세요, 아주머니."

"아빠와 내가 평화를 찾아 떠난다면 어디로 가지? 지금은 어디로 가든 평화로운 곳이란 없을 것 같은데."

이레는 겨울 들판을 가로지르는 강물을 바라보며 세레지의 말을 생각했다. 그녀의 말이 옳았다. 뱀단지가 없어서 알기 어렵지만 어쩌면 제국 전역에서 전쟁이 벌어지고 있을지도 모른다.

"그리고 아빠와 내가 가진 재주는 군사용이야. 우리 재주를 팔아먹고 다니려면 평화로운 곳보다는 전쟁터가 좋지. 규리하 공은 우리 부녀를 식객으로 대접해 주었지만, 이젠 본격적으로 관계 변화를 꾀할 때가 된 것 같아. 규리하 공을 모실까 봐. 백작의 부하에서 변경백의 부하가 된다면 그것도 신분 상승이다. 그렇지?"

위체 파림과 세레지 파림은 비스그라쥬 백 데라시의 정보원이었으니 백작의 부하라고 할 수 있을 것이다. 다만 데라시는 보통의 백작이 아니었으니 그런 비교는 무의미하다.

"제국군에 들어갈 생각은 없어?"

"글쎄……."

"아, 미안해. 내가 성의 없이 말했군."

세레지는 빙긋 웃었다. 제국이 없어진 상황에서 제국군에 들어가는 것은 합리적인 행동 양식이라고 하기 어렵다.

두어 시간 후 세레지와 이레는 론솔피와 조우했다. 그들은 집결 장소로 정해져 있던 빈 농가로 향했다. 그곳에서 테룸 나마스 하장군과 쵸지, 주테카가 기다리고 있었다. 테룸은 이레와 세레지가 끌고 오는 말들을 보고 무거운 어조로 말했다.

"발케네의 척후조를 만났군. 안 다쳤나?"

"괜찮습니다. 여기서 동쪽으로 두 시간 거리쯤 떨어진 곳에서 척후조를 만났습니다."

"두 사람 모두 대단하군. 론솔피?"

론솔피는 퉁명스럽게 말했다.

"내가 본 건 피난민뿐이었어. 꽤 이것저것 많이 물어봤는데, 척후조를 만났다면 쓸모가 없군."

그들은 피난민들에게 발케네군의 동향을 물어보기 위해 온 것이다. 하지만 발케네의 척후병과 직접 맞닥뜨린 이상 피난민들에게 물어볼 필요가 없다.

"쵸지도 척후조를 만났다고 하더군요. 여기까지 척후조가 왔다면 발케네군은 최대 이틀 거리 안에 있을 겁니다. 빨리 돌아가야겠습니다."

쵸지와 주테카가 일어났다. 이레와 테룸 나마스 하장군은 각각 두 사람에게 업혔고 속상한 표정으로 말들을 보던 세레지도 곧 아쉬움을 털어 버리고 론솔피에게 업혔다. 세 사람을 업은 세 레콘은 곧 질풍 같은 속도로 규리하 성을 향해 달렸다.

만 하루에서 몇 시간 모자라는 시간이 지났을 때 여섯 사람은 규리하 성에 도달했다. 세 레콘은 꽤 피곤해했고 자신의 발로 달린 것은 아니지만 세 인간도 기절할 정도로 힘들어 했다. 테룸나마스 하장군은 가까스로 엘시에게 보고를 마친 다음 그 자리에서 졸도하듯 잠들었다. 무의식적으로 이레에게 나마스 하장군을 옮기라고 명령하려던 엘시는 이레 또한 비정상이라는 것을 깨닫고 다른 병사들을 불러들여 하장군을 옮기게 했다. 그는 이레와 세레지에게도 가서 자라고 말한 다음 고통스러운 표정으로 규리하의 지도를 들여다보았다. 함께 보고를 들었던 시허릭 마지오 상장군이 말했다.

"싸우다 죽는 수밖에 없군요."

엘시는 고개를 들지 않았다. 시허릭은 쉰 목소리로 말했다.

"아니면 군대를 해체하는 방법도 있습니다."

다른 선택도 있다. 항복하는 것. 하지만 시허릭은 차마 항복이라는 말을 입에 담지 못했다. 군인의 자존심 문제도 있거니와 어차피 시허릭은 항복할 수 없다. 발케네 정벌군 사령관이었던 그가 발케네에 입힌 피해는 막심하다. 일급 전범인 셈이다.

엘시는 만사가 지독하게도 뒤틀려 가기만 한다고 생각했다.

그들은 원래 떠날 생각이었다. 제국 곳곳에서 제국군을 규합하기 위한 대장정이 준비되어 있었다. 그런데 자유무역당이 스카리빌파로부터 세퀴라도의 안전을 구입했고 그러자 스카리는 지러쿼터 산맥 바깥을 포위하는 것을 중단하고 곧장 지러쿼터 산맥을 넘어와 버렸다. 그리고 그들은 아직 떠나지 못했다.

엘시는 시허릭이 차마 꺼내지 못한 세 번째 가능성을 생각했다. 스카리 빌파에게 항복한다는 생각은 속이 뒤집히는 느낌을 불러일으켰지만 그는 고통을 참으며 병사들을 생각했다. 시허릭은 물론이거니와 대부분의 장교, 그리고 그 자신의 목숨은 보존하기 어렵겠지만 병사들의 목숨은 보존할 수 있을지도 모른다. 스카리가 바보가 아닌 이상 잘 훈련된 병사들을 학살하지는 않을 테니까.

'하지만 제국은? 제국은 누가 부활시키지? 스카리가?'

엘시는 엄청난 감정적 거부감 속에서 합리적으로 생각하려 애썼다. 만약 스카리 빌파가 제국을 부활시킨다면…… 그에겐 사라티본 부대가 있다. 스카리에겐 모든 불평분자를 쓸어 버리고 신황조를 세울 가능성이 있을지도 모른다. 만약 역사가 선택한 제국의 주인이 스카리라면 그에게 항복하고 병사를 건네주는 것은 병사들의 목숨을 보존함과 동시에 제국 부활에 일조하는 것이 될 것이다.

'그것이 의미가 있나? 회의를 통하지 않고 가장 강한 자가 모든 것을 가지는 것이?'

엘시는 자신이 그런 황당한 생각을 했다는 것에 놀랐다. 병사들의 안위에 대한 걱정, 제국을 잃은 제국 신민들에게 제국을 돌려줘야 한다는 대장군의 책임감, 그 밖에 여러 가지 필설로 형언할 수 없는 중압감 때문에 엘시는 그 무엇도 합리적으로 생각하기 어려웠다. 하지만 스카리의 신황조 개창을 돕는다는 것은 말도 안 되는 일이다.

'그것은 바르지 않다.'

그러나 엘시에겐 바른길을 추구할 힘이 없다.

엘시는 고개를 들었다. 시허릭이 지친 표정으로 그를 바라보고 있었다. 엘시는 이 철두철미한 부하 장수에게 줄 것이 아무것도 없다는 사실이 슬펐다. 그는 거의 무의식적으로 말했다.

"탈해 머리돌에게 부탁해 보겠다."

시허릭은 놀랐다. 그 표정은 기쁨이 아니었다. 시허릭은 대장군이 그런 황당한 발언을 한다는 것에 놀란 것이다.

"무사장이 우리를 위해 발케네군을 태워 줄 거란 말씀입니까?"

"아니. 하지만 기만은 할 수 있겠지."

시허릭은 엘시가 말하는 기만이라는 단어가 무슨 뜻인지 모르겠다는 표정을 지었다. 조금 후에야 그는 눈을 크게 뜨며 말했다.

"다가오면 태우겠다는?"

"탈해가 즈믄누리의 결정을 위조하는 것을 받아들일지 모르겠군. 하지만 당장은 다른 생각이 안 떠오르니 어쩔 수 없군. 규리하 성으로 가겠다."

엘시가 일어났다. 자리에서 일어나던 시허릭은 문득 비감을 느꼈다. 제국군의 대장군이며 무적의 무장이었던 자가 이제 도깨비에게 거짓말을 구걸하러 갈 생각을 하고 있었다. 시허릭은 그런 상황을 참기 어려웠다. 그래서 엘시를 전송하는 그의 말투는 퍽 기묘했다. 엘시가 떠나고 홀로 남자 시허릭은 의자에 주저앉았다. 그는 펑펑 울고 싶었다.

하지만 눈물이 나오지 않았다.

시허릭 마지오 상장군과 달리 진지를 떠나 규리하 성으로 향하던 엘시는 별다른 감정적 동요를 느끼지 않았다. 그런 동요를 느낄까 봐 미친 듯이 말을 달렸기 때문이다.

엘시는 맞바람에 질식할 것 같은 속도로 말을 달렸다. 말은 대장군의 질주에 당황했고 조금 후에는 달리기를 거부할 듯한 태도를 보였다. 하지만 엘시는 무자비하게 말을 재촉했다. 명령을 받아들이는 것이 천성이 될 정도로 훈련받은 군마는 저항을 포기하고 자신의 한계 속도로 달렸다. 그러나 엘시는 규리하 성까지의 길이 너무 멀다고 느꼈다. 그 길은 평생만큼이나 길었다.

규리하 성에 도착했을 때 말은 쓰러지기 직전의 모습으로 비틀거렸다. 말에서 내린 엘시는 그 모습에 갑자기 죄책감을 느꼈다. 자신이 끔찍하게 싫고 증오스러웠다. 엘시는 말의 목을 쓸어주고 나서 달려온 마구간지기에게 말을 세심하게 돌봐줄 것을 부탁했다.

떠나는 말의 뒷모습을 끝까지 바라본 후 대장군이 성의 정문 계단을 오를 때였다.

계단 위쪽에서 누군가가 다급하게 뛰어 내려왔다. 엘시는 고개를 들었고 자신을 향해 뛰어오는 것이 정우임을 알았다. 정우의 걸음은 꽤 급했다. 엘시는 자기도 모르게 두 팔을 조금 벌렸다. 그녀가 굴러 떨어지면 받기 위해서였다. 하지만 그 동작을 본 정우는 눈을 크게 뜨며 걸음을 늦추었다. 문득 엘시는 자신의 모습이 정우를 끌어안으려는 의도로 보이리라는 것을 깨달았다. 엘시는 당황하여 팔을 내렸다. 그때 정우가 엘시의 앞에 도달했다.

엘시는 정우에게 사과하고 자신의 행동을 설명하려 했다. 하지만 정우는 그럴 틈을 주지 않았다.

"가물치 좋아하세요?"

엘시는 누군가가 뒤통수를 후려갈기는 것 같았다. 그는 가까스로 입을 열었다.

"예?"

"가물치요! 가물치 좋아하세요?"

"아니…… 저…… 특별히 좋아하지는 않습니다."

"앞으론 좋아하실 거예요!"

"왜 그렇습니까?"

정우는 대답 대신 엘시의 손을 붙잡았다. 그리고 달려 내려왔던 계단을 반대로 뛰어올랐다. 엘시는 그녀에게 끌려가듯 뛰어야 했다. 정우가 그를 끌고 간 곳은 식당 방향이었다. 엘시는 자신이 곧 가물치 요리를 먹을 거라고 짐작했다.

아니었다. 정우는 식당을 지나쳐 주방으로 그를 안내했다. 그곳에는 목욕도 가능할 것 같은 커다란 통이 놓여 있었고 통 주위에는 몇 명의 병사들이 엄한 표정을 지은 채 서 있었다. 엘시는 당황하여 정우를 돌아보았다. 하지만 달리느라 숨이 가빠진 정우는 가슴을 누른 채 헐떡거릴 뿐 설명을 하지 못했다. 그리고 손으로 통을 가리켰다.

통 안을 보라는 뜻이라고 짐작한 엘시는 그렇게 했다. 통 안에는 절반쯤 물이 들어 있었다. 그리고 그 안에 꽤 커다란 가물치 한 마리가 지친 모습으로 꿈틀거리고 있었다. 엘시는 가물치의 모습에서 귀엽다거나 사랑스럽다는 감정을 불러일으킬 수 있는지 궁금했다. 다시 정우를 돌아보며 호흡이 좀 진정되었으면 설명을 해 달라고 부탁하려던 엘시는 갑자기 통 안으로 상체를 확 집어넣었다.

잠시 후 정우의 예언이 이루어졌다. 엘시는 가물치를 사랑하게 되었다. 그리고 도망친 태위의 무한한 능력에 불가사의한 기분을 느꼈다. 엘시는 태위 레이헬 라보가 도대체 어떻게 가물치의 옆구리에 글을 써서 보냈는지 짐작할 수 없었다.

해가 저물었다.

비나간의 하루를 뜨겁게 달구었던 이야기들은 저녁 식사 후의 시간을 기약하며 잠시 사그라졌다. 어쨌든 비나간 후작이 살인교사 혐의로 체포되었다는 것 때문에 자신의 저녁 식사가 희생되어야 한다고 생각하는 사람은 거의 없었다. 하지만 아주 없지는 않았다. 그 드문 사람들 중 한 명인 지키멜 퍼스는 자신의 응접실 창가에 서서 비나간의 곳곳에서 피어나는 불빛들을 바라보고 있었다.

지키멜은 대학생이었던 시절을 떠올렸다. 하이스 대학에서 그녀를 감동하게 한 것은 심화된 지식도 아니고 새로운 만남도 아니었다. 지키멜은 대학의 불빛에 감탄했다. 하이스 대학의 밤은 밝았다. 부족한 학업을 보충하고 새로 얻은 지식을 심화시키기 위한 불빛이었다면 기특한 일이겠지만 그렇지는 않았다. 가족의 질서와 익숙한 제약에서 벗어난 많은 젊은이들이 모여 있기에 피어난 불빛들이었다. 낮 동안 근면한 학생이었던 젊은이들은 해가 지면 도깨비들의 회합이 아닌가 싶을 만큼이나 불을 피워 놓은 채 밤에 할 수 있는 온갖 일들을 궁리했다. 그리고 학교 측은 그런 야간 활동에 비교적 관대했다. 학생들도 자신이 누리는 자유의 한계를 넘을 경우 어떤 일이 일어나는지 알고 있었기에 그 밤들은 탈선과 부조리의 시간이라기보다는 느슨하고 유쾌한 시간으로 유지되었다. 그리고 지키멜은 그런 밤들을 사랑했다. 그녀는 교수에게 충혈된 눈을 지적당하는 것조차 좋아했다.

창가에 서 있던 지키멜은 방 쪽으로 돌아섰다.

그녀와 마찬가지로 저녁 식사도 미룬 채 초조한 표정으로 앉아 있는 일군의 젊은이들이 있었다. 특별히 한자리에 모일 필요가 없어 보이는 무리였다. 도서관에 찾아와 음침한 목소리로 비전을 찾는 사람에게 더 음침한 표정으로 그 책을 대출받고 싶으면 처녀의 피 한 병을 가져와야 한다고 말하면 어울릴 것 같은 사서형 청년과 이야기를 나누고 있는 것은 지금 당장 사냥이라도 떠나려는 것이 아닌가 싶은 거친 복장의 처녀였고, 그들의 이야기에 참가하지 않은 채 가만히 듣고 있는 것은 약 냄새를 잔뜩 풍기기 때문에 의사라는 것을 당장 알아차릴 수 있는 청년이었다. 조금 떨어진 곳에서는 거친 작업복에 톱밥을 잔뜩 묻히고 있어 건재상인이나 목수쯤으로 보이는 청년이 열 명쯤 되는 예비 신랑에게 추파를 받고 있을 법한 단아한 처녀와 잡담을 나누고 있었다. 그 외에도 언뜻 공통점을 찾기 어려운 많은 젊은이들이 있었다. 하지만 그들에겐 눈에 보이지 않는 공통점이 몇 가지 있다. 그들 모두는 저녁을 아직 먹지 못했고 누군가를 기다리고 있었다. 그리고 추종의 방식이나 이유는 조금씩 달랐지만 모두 지키멜 퍼스의 추종자들이었다.

지키멜은 그들에게 더 기다리지 않아도 된다고 말해 줄까 했다. 바깥을 보던 지키멜은 비나간의 야경뿐만 아니라 황급히 달려오는 어떤 사람도 본 것이다. 하지만 그만두기로 했다. 아마도 도착하는 인물은 기다리는 사람들이 깜짝 놀라길 기대할 것이다.

그녀의 예상대로였다. 응접실의 문을 부수듯이 들어선 팩스벗 졸다비는 기겁한 동지들의 얼굴에 곧장 말을 던졌다. 아마 달려오면서 줄곧 외칠 말을 생각했던 모양이다.

"파마크가 잡혔다!"

젊은이들은 놀라면서도 그 말이 조금 부적절하다는 것을 느꼈다. 약 냄새를 풍기던 젊은이가 다른 사람들보다 조금 빨리 그 말이 왜 부적절한지 깨달았다.

"파마크는 중요하지 않아. 열쇠는?"

다른 젊은이들은 팩스벗의 외침이 왜 이상한지 깨달았다. 팩스벗은 의사에게 고개를 가로저었다.

"파마크는 우리에게 열쇠를 줄 수 없어."

젊은이들이 얼어붙었다. 하지만 창가에 서 있던 지키멜은 태연히 팩스벗을 바라보았다. 팩스벗은 싱긋 웃으며 품속에서 큼직한 열쇠 꾸러미를 꺼냈다. 그리고 당황한 동지들을 향해 말했다.

"이미 줬으니까."

젊은이들은 안도했다. 그들은 박수를 치거나 탄성을 내질렀고 어떤 이는 야유를 보내기도 했다. 팩스벗은 두 손을 들어 동지들에게 진정하라는 몸짓을 하고 갑자기 옷차림을 가다듬었다. 그는 엄숙한 걸음으로 지키멜 퍼스에게 다가갔다. 지키멜은 벽에 기댄 채 팩스벗을 바라보았다.

지키멜의 앞에 도달한 팩스벗은 겸손한 동작으로 열쇠 꾸러미를 내밀었다.

"자야스텐의 열쇠입니다, 각하."

지키멜은 빙긋 웃으며 손을 뻗었다. 젊은이들은 홀빈 퍼스 후작의 시종장이 보관하고 있던 자야스텐의 창고 열쇠가 지키멜의 손에 들어가는 것을 보았다.

자야스텐의 창고에는 후작가의 보물들이 잔뜩 들어 있다. 금권주의적 성향을 가진 젊은이들은 보상을 약속하고 협조를 얻은 이들에게 줄 것이 생겼다는 사실에 안도했다. 그리고 그 방에는 비나간의 중요 서류들도 잔뜩 들어 있다. 정보의 중요성을 최우선시하는 젊은이들은 자신들이 막강한 힘을 얻었다고 생각했다. 하지만 대부분은 자야스텐의 창고에 보관되어 있는 비나간의 국새를 떠올리며 즐거워했다. 국새의 상징성은 말할 것도 없다. 그리고 홀빈 퍼스 후작에게 무기징역을 언도한다 해도 국새가 없어 명령서를 발부할 수 없다면 황당하기 짝이 없는 일이다.

하지만 지키멜이 느끼고 있는 감정은 그 방에 있는 젊은이들 중 누구와도 달랐다. 어쩔 수 없는 입장 차이 때문일 것이다. 지키멜은 자신의 손에 들어와 있는 묵직한 열쇠 꾸러미를 보며 이제는 되돌아갈 수 없다고 생각했다.

애초에 되돌릴 생각 같은 것은 없었다. 그리고 홀빈 퍼스 후작에 대한 고발장이 제출된 시점부터 이미 상황을 역전시키는 것은 불가능해졌다. 하지만 지키멜의 손안에서 확실한 무게감으로 그녀의 손을 내리누르는 열쇠 꾸러미는 그녀의 팔뿐만 아니라 정신도 긴장시켰다. 지키멜은 추락하는 것과 비슷한 기분을 느꼈다. 좋은 기분이었다.

지키멜은 열쇠 꾸러미를 머리 위로 힘차게 들어 보였다.

그녀는 아무 말도 하지 않았지만 열쇠가 부딪치며 거세게 절그렁거리는 소리는 몇 백 단어의 연설 이상이었다. 젊은이들은 함성을 내질렀다. 지키멜은 입술을 단단히 붙인 채 눈으로 웃었다. 그녀는 열쇠를 내리며 말했다.

"좋아, 동지들. 이제부터는 정말 바쁘게 되었다. 지금부터 가장 필요 없는 말은 잠깐 생각 좀 해 보자거나 다른 방법은 없나 등의 말이다. 생각할 시간은 확실히 지났으니 이제부터는 재빨리 저지른 실수가 성공을 보장하는 숙고보다 훨씬 낫다. 그래야만 우리는 우리의 비나간 앞에 떳떳할 수 있다."

젊은이들은 당연하다는 표정을 지었다. 하지만 지키멜이 그 말을 꺼낸 것은 젊은이들이 예상하지 못했던 이유에서였다.

"오늘 같은 일은 오늘로 끝나야 한다. 모두들 초조하고 걱정돼서 이렇게 모여 있는 것은 알지만, 그리고 같은 기분일 것이 분명한 동지들과 한자리에 있음으로써 위안받고 싶은 것도 이해하지만 이렇게 모여 있다고 해서 이 열쇠가 더 빨리 돌아오는 것은 아니지. 그럴 시간이 있다면 한 사람이라도 더 만나고 한마디라도 더 하는 것이 낫지 않을까?"

젊은이들은 당황했다. 지키멜은 그들이 당황을 통제하거나 반격 논리를 구상할 시간을 주지 않았다.

"이 응접실에는 내게도 여러분에게도 많은 추억이 있지."

대화 소재가 갑자기 바뀌자 당황했던 젊은이들은 지키멜의 말에 집중했다. 지키멜은 손을 가볍게 붙였다가 뗐다. 그녀의 손에 있던 열쇠가 다시 잘그락거렸다.

"여러분도 나만큼 이곳을 사랑할 거라 생각해. 이곳은 편하고 즐겁지. 술 한잔 손에 든 채 여러분처럼 좋은 친구들과 앉아 있기엔 이보다 더 좋은 곳이 없어. 하지만 안락함과 즐거움은 모든 것이 끝난 후에 맛볼 수 있는 위안이지. 이제 끝이라고 생각하는 사람은 아무도 없겠지? 그래, 이제 시작이야. 우리는 늙은이를 보좌에서 끌어내렸고 자야스텐의 열쇠를 손에 넣었다. 그것은 이제부터 우리가 늙은이의 일을 해야 하고 우리가 자야스텐의 창고에 있는 것들을 써야 한다는 의미지. 이제 비나간은 우리 책임이다. 우리가 모든 것을 이루었고 더 이상 추구할 것이 없다고 자신 있게 말할 수 있을 때까지 이 응접실은 폐쇄하겠다. 앞으로 우리의 대화 장소는 노변이 되어야 하고 우리의 작별 인사는 달리자가 되어야 한다. 일어나."

지키멜의 추종자들은 황급히 일어났다. 지키멜은 팩스벗에게 다가가 두 손을 내밀어 그의 손을 붙잡았다. 그리고 나직하게 말했다.

"달리자."

팩스벗은 활기차게 대답했다.

"달리자!"

그리고 팩스벗은 응접실을 빠져나갔다. 지키멜은 그 옆의 젊은 이에게 다가가 똑같이 손을 붙잡았다. 어떤 처녀는 지키멜과 포옹했고 어떤 청년은 지키멜과 주먹을 부딪쳤다. 그리고 모두들 달리자고 외친 다음 응접실을 빠져나갔다. 마지막 사람이 응접실을 빠져나간 다음 지키멜은 방 안에 홀로 서서 손에 쥔 자야스텐의 열쇠를 내려다보았다.

잠시 후 그녀는 열쇠들을 꽉 움켜쥐었다.

"재미있을까?"

대답은 없었다. 지키멜은 피식 웃고 자야스텐의 열쇠를 갈무리했다. 그녀는 응접실을 빠져나갔다.

반 시간 후, 비나간 후 홀빈 퍼스의 방 앞에서 기묘한 일이 일어났다. 홀빈 퍼스가 자신의 방에 연금된 이후 그의 방문 앞에는 줄곧 두 명의 경비병들이 서 있었다. 밤 시간의 경비를 맡은 병사들은 저녁 식사를 든든히 하고 다음 날 아침이 올 때까지 그곳에 서 있을 예정이었다. 그런데 사람들이 잠자리에 들 무렵 병사들은 이미 아침이 다가왔으며 교대병도 나타났다고 판단하게 되었다. 그런 놀라운 시간 왜곡이 일어난 것에는 어디선가 나타나 병사들의 주머니 속으로 사라진 주머니가 중요한 역할을 한 듯하다. 어쨌든 자신들이 그곳을 떠날 시간이 되었다고 생각한 병사들은 주저 없이 그곳을 떠났다. 그리고 경비병들이 사라진 자리에는 지키멜 퍼스와 몇 명의 동행자가 남았다.

지키멜의 동행자들은 응접실에 있던 추종자들과 구성 방식이 달랐다. 한자리에 모여 있는 것이 이상하게 보일 정도로 제각기 다른 모습을 하고 있던 추종자 무리들과 달리 그들은 똑같이 험상궂은 얼굴을 했고 똑같이 큼직한 손을 가지고 있었다. 그리고 모두 무장을 했다. 지키멜은 그들과 함께 증조부의 방 안으로 들어갔다.

비나간의 후작은 잠들어 있지 않았다. 노인은 커다란 의자에 앉아 있었고 그의 무릎에 책이 한 권 놓여 있었다. 지키멜은 방을 가로질러 후작에게 다가가는 대신 빙긋 웃으며 말했다.

"안 주무셨군요. 그런데 책 아래에는 뭐가 있지요?"

퍼스 노후작은 아무 말도 하지 않았다. 지키멜은 동행한 무사들 중 한 명에게 눈짓을 보냈다. 무사는 후작에게 다가가서 실례한다는 말도 없이 손을 내밀었다. 후작은 저항하지 않았다. 무사는 책과 그 아래에 놓여 있던 단검을 집어 들고 뒤로 물러났다. 지키멜은 후작에게 다가갔다.

"촛불 빛으로 책을 보실 수 없게 되신 지가 10년도 넘었잖아요, 증조부님."

홀빈은 쭈글쭈글한 얼굴을 더욱 찡그렸다. 다른 무사가 의자를 가져왔고 지키멜은 거기에 앉아 후작을 마주 보았다. 그녀는 단검을 들고 있던 무사에게 손을 내밀어 그것을 받아 들었다. 지키멜은 단검을 세심하게 관찰했다.

"예쁘군요."

"뭘 할 작정이냐, 지키멜."

"필요한 일들을 할 거예요."

"무슨 일이 필요하다고 생각하느냐?"

지키멜은 손을 들어 자신의 관자놀이를 톡톡 두드렸다.

"증조부님도 모르는 증조부님의 속마음을 말씀해 드릴까요. 증조부님이 질문하시는 것은 궁금해서가 아니라 제 대답을 가지고 훈계를 시작하기 위해서예요. 그러겠다고 결정하신 것도 아니죠. 증조부님의 화법이 그렇죠…… 아, 아뇨. 제발 그러지 마세요."

"그러지 말라니?"

"'그렇게 생각하나? 하지만 말이야…….' 이런 말씀은 하지 마시라고요. 훈계를 위해 훈계한다고 생각하지 말라는 훈계는 제발 하지 마세요. 견디기 힘드니까."

홀빈은 배 위에 손을 얹고 그것을 내려다보았다.

"자신이 야무지다고 생각하고 있겠지, 지키멜."

"왜 할아버지를 죽였지요?"

홀빈의 목에서 기름기 없는 피부가 꿈틀거렸다. 노후작은 움푹 들어간 볼을 비틀어 비웃음을 만들어 내려 했다. 성공적이라고 하기는 어려웠다.

"제 아비를 노렸으니까."

"그런가요? 그러면 재산과 권리를 몰수한 다음 비나간 바깥으로 추방하셔도 되셨을 텐데요."

홀빈은 흠칫했다. 지키멜은 말했다.

"아뇨. 제가 증조부님을 그렇게 하겠다는 뜻이 아니에요. 정말 궁금해서 여쭙는 거예요."

"그것은 분란을 잠시 미뤄 두는 짓이지 해결이 아니다."

지키멜은 고개를 끄덕였다. 그 동작의 끝에서 그녀는 고개를 젖혀 천장을 바라보았다. 주름 하나 없는 그녀의 목은 고왔다. 지키멜은 위를 보며 말했다.

"경고하고 싶으셨던 거지요?"

"뭐?"

"아들을 죽일 수도 있는 냉혹한 사람이니 조심하라는 경고를 하고 싶으셨던 거지요?"

"웃기는 생각이구나."

"저는 안 우스운데요."

"비나간의 후작인 내가 누구에게 경고를 한다는 거냐?"

"물론 비나간의 후작에게 경고하신 거죠."

"궤변을 늘어놓으려고 온 거냐?"

지키멜은 어깨를 장난스럽게 움츠렸다. 홀빈은 눈살을 찌푸리며 뭐라 말하려 했다. 그때 지키멜의 손이 갑자기 움직였다.

지키멜은 품속에서 열쇠 꾸러미를 꺼내어 들어 올렸다. 홀빈은 흐린 눈으로 그것을 알아보려고 눈을 찌푸렸다. 지키멜이 말했다.

"자야스텐의 열쇠입니다, 증조부님. 파마크 시종장은 꽤 빨리 도망쳤지만 충분히 빠르지는 못했어요."

홀빈의 어깨가 눈에 보이게 꿈틀거렸다. 지키멜은 열쇠를 무릎에 얹어 놓으며 말했다.

"궤변을 늘어놓으려고 온 것은 아니고, 혹시 필요하신 것이 있는지 여쭤 보려고 왔어요."

홀빈 퍼스의 눈가에 눈물이 맺혔다. 인색한 눈물이었다. 흘러내리지도 않고 눈꺼풀을 몇 번 껌뻑이면 모두 사라지는. 홀빈은 가만히 생각해 보았다.

"잠처럼 강한 것이 좋겠구나."

"알겠습니다. 그렇게 준비하겠습니다."

"지금 준비해라."

지키멜은 움찔했다.

"지금이오?"

"그래. 지금. 그리고 바쁘지 않다면 그것이 올 때까지 나와 이야기나 좀 하자. 괜찮겠니?"

지키멜은 고개를 조금 떨어뜨렸다. 조금 후 지키멜은 다시 고개를 들었고, 그것을 또 떨어뜨렸다.

"그렇게 하겠어요."

지키멜의 명령을 받은 무사는 약간 당혹한 표정으로 물러갔다. 지키멜은 다른 무사들도 모두 내보냈다. 그들은 못마땅하지만 거부하기도 어렵다는 표정으로 떠났다. 지키멜은 직접 문을 닫은 다음 증조부 앞으로 돌아왔다. 그녀는 의자를 주의 깊게 배치한 다음 거기에 앉았다.

그리고 지키멜은 자결할 증조부와 대화를 시작했다.

홀빈 퍼스는, 지키멜의 희미한 우려와 달리 90년의 역사로 증손녀를 침몰시키지는 않았다. 홀빈 퍼스는 현재와 미래에 대해 이야기했다. 특이한 일이었다. 옛날 이야기만 하는 노인에게 젊은이들은 짜증을 내지만 절대로 자신의 것이 될 리 없는 것에 사람이 무관심한 것은 당연하다. 노인에겐 미래가 그러하다. 하지만 홀빈은 미래에 대해 이야기했다.

비나간 후는 황제가 사라진 제국의 상황과 앞으로의 전망을 이야기했다. 그리고 지키멜이 비나간의 주인으로서 해야 할 일과 하지 말아야 할 일을 이야기했다. 속성으로 이루어지는 후계자

교육 같았다. 그리고 날카로운 통찰력과 풍부한 지식의 향연은 아니었다. 비나간 후는 정치적, 지리적 세부 사항들을 혼동했고 가끔은 죽은 인물을 살아 있는 것처럼 이야기하기도 했다. 하지만 그것은 자신보다 나중에 태어난 이가 먼저 죽는 것을 볼 수 있을 정도로 장수한 노인이 당연히 저지를 수 있는 정도의 실수였다. 죽을 사람의 말을 방해하는 것이 어울리는 것 같지 않아 주저하던 지키멜이 어렵게 증조부의 실수를 지적했을 때 홀빈은 고개를 끄덕이며 자신의 실수를 교정하고 다시는 같은 실수를 반복하지 않았다.

그리고 그의 이야기가 몽땅 실언이나 상식적인 수준이지는 않았다. 홀빈은 먼 곳을 바라보는 표정으로 말했다.

"어떻게든 즈믄누리의 지지를 얻도록 해라."

"즈믄누리요?"

"그래. 즈믄누리는 즈믄누리의 성주가 내리는 결정들과 마찬가지지. 신경 쓰지는 않지만 무시하기도 찜찜하지. 그것은 사실 엄청난 힘이다. 백만 명의 레콘보다 강한 힘이지."

"그렇긴 하지만, 그들은 유사 이래 한번도 다른 사람들의 모듬살이에 개입하지 않았는데요. 아, 한 번은 있었군요. 페시론 섬. 하지만 그것은 소각이지 개입이 아니었어요. 그건 파괴지 정치가 아니었지요. 태풍이나 지진을 정치적이라고 할 수는 없잖아요."

증손녀의 표현이 재미있다고 생각한 홀빈은 홀쭉한 볼을 조금 부풀리며 웃었다.

"그렇구나. 정치적인 태풍이나 정치적인 지진은 없지. 하지만 네가 태풍이나 지진을 일으킬 수 있다고 모든 사람들이 믿게 된다면 너는 정치적인 태풍이나 정치적인 지진을 일으키는 사람으로 취급될 거다."

"아."

"그래. 그리고 다른 사람…… 유료도로당의 젊은이가 너를 도와주겠다고 했니?"

지키멜은 조금 당황했다. 홀빈이 말했다.

"그냥 짐작한 거다. 이름이 뭐였더라?"

"시오크 지울비."

"유료도로당주의 아들인데도 내가 이름을 기억하지 못하는 것을 보니 그 젊은이도 참 은자처럼 살아왔나 보구나. 너처럼 자기 통제를 잘하는 젊은이냐?"

"게으름뱅이예요."

홀빈은 빙긋 웃었다. 지키멜은 입을 닫았다.

홀빈은 더 할 말이 없나 하는 표정으로 생각에 잠겼다. 차례로 손을 내미는 시간들에 아무 단어도 내주지 않은 채 앉아 있던 노후작이 지나가는 투로 말했다.

"황제가 될 생각이냐?"

지키멜은 호흡을 멈췄다.

그녀는 가슴이 쿵쾅거리는 것을 느꼈다. 홀빈의 질문 내용에 놀란 것은 아니다. 지키멜은 지금 이 순간이 죽을 때까지 잊히지 않을 순간임을 본능적으로 직감했다. 질문에 대비하여 그녀는 많은 말을 준비해 두었다. 하지만 지금 지키멜은 그런 말들을 입 밖으로 꺼내 놓는 것은 바보밖에 없을 거라는 확신에 차 있었다. 그녀는 당혹했고 억울했으며 예민해졌다. 어디서 정체를 알 수 없는 냄새가 나는 것 같았다. 그 냄새는 고통스러웠던 몸살과 숙취의 아침을 떠올렸고 가구 아래에서 끌어낸 먼지 덩어리를 떠올렸다. 지키멜은 등을 꼿꼿하게 세웠다.

"비나간의 왕이 될 생각이에요."

"왕이라."

"저는 제국이 너무 일찍 찾아왔다고 생각해요. 원시제가 최선을 다해 기반을 닦으셨다는 것은 인정해요. 아무도 그분이 만든 것 같은 것을 만들 수는 없어요. 그런데도 그것은 충분히 튼튼하지 못했어요. 아직 세상에 제국은 어울리지 않아요. 스카리 빌파나 팔디곤 토프탈이 아무리 원한다 해도 발케네국이나 시모그라쥬국 같은 것을 만드는 것이 고작일 거예요. 귀족들의 뜻을 하나로 모아 제국을 부활시키자는 엘시 에더리의 부르짖음도 마찬가지죠. 못된 몽상가든 멋진 몽상가든 몽상가는 전부 몽상이나 하게 내버려두고 미리 우리 살 길을 찾아보는 것이 좋다고 생각해요. 목표치가 낮으니까 성공 가능성도 더 높을 것 같은데, 어떻게 생각하세요?"

단숨에 말을 끝낸 지키멜은 증조부를 바라보았다. 퍼스 노후작은 가냘픈 손가락을 꿈틀거리며 말했다.

"그 모든 이야기는 선황의 모든 구상이 파괴되었다는 것을 가정한 것이구나."

"그렇지 않은가요?"

"선황께서는 아라짓 제국이 두억시니라고 하셨지."

지키멜은 그 이야기를 알고 있었다.

"그거 사실인가요?"

"사실이다. 내가 들었으니까."

"왜 그런 말씀을 하셨죠?"

후작은 손바닥으로 볼을 쓸었다.

"여러 가지 설명을 들었지만 마음에 드는 설명은 하나도 없었다. 하지만 지금 갑자기 한 가지 떠오르는 생각이 있긴 하다."

"뭐죠?"

"두억시니는 무엇이든 될 수 있지. 그러니 두억시니 같다는 말은 쓸 수 있지만 '두억시니처럼 보이지 않는'이라는 말은 쓸 수가 없어."

지키멜은 눈을 동그랗게 떴다.

"아라짓 제국이 사라지지 않았다는 말씀이세요?"

홀빈은 피로한 표정으로 눈을 깜빡이다가 손을 들어 눈 주위를 비볐다.

"지키멜, 내가 아무 일도 하지 않을 거라 생각했기에 행동을 시작한 거지?"

지키멜은 대답하지 않았다. 비나간 후작 홀빈 퍼스는 앙상한 팔을 의자의 팔걸이 위에 고정시키려 애쓰며 말했다.

"너는 선황이 모든 노력을 다했음에도 실패했다고 말하지만 내 생각은 좀 다르다. 나는 선황을 만났을 때 이미 보는 눈이 어느 정도는 틔어 있는 연배였다. 그런 눈으로 본 선황은 실패할 일에 도전하지는 않으셨을 분이었다. 너는 다른 사람들처럼 선황께서 제국을 만들었다고 생각하겠지. 하지만 이렇게 생각해 보면 어떨까."

홀빈의 목소리에 힘이 실렸다. 그는 빛나는 눈빛으로 말했다.

"원시제 폐하께서 만드신 것은 따로 있고, 우리가 제국이라고 생각했던 것은 그 '무엇'이 만들어 낸 한 가지 모습일지도 모른다. 그리고 지금 우리가 겪고 있는 제국의 실종 또한 그 '무엇'이 만들어 낸 모습일 수 있다. 선황께서는 2대 만에 사라질 부실한 제국을 만드느라 수명이 단축되신 것이 아니라 우리가 알아차릴 수 없지만 훨씬 튼튼한 무엇인가를 만드셨던 것이다."

홀빈은 원시제와 만나던 시절로 되돌아간 듯했다. 지키멜은 자신이 입을 벌리고 있다는 것을 깨닫고 황급히 말했다.

"하지만 그 '무엇'이 뭐죠?"

노후작의 몸짓과 눈빛에서 생기가 사라졌다. 평생의 노화를 몇 분 만에 재현해 보인 홀빈은 다시 자결을 앞두고 있는 아흔 살 노인으로 돌아와 말했다.

"나도 모르겠다."

지키멜은 좀 더 기운을 내보라고 말하고 싶었다. 홀빈의 말에는 그녀가 예상할 수도 없었던 특이한 통찰이 있었다. 지키멜은 그것이 신경 쓰였다. 하지만 홀빈은 잠깐 동안의 과거 회귀를 이미 잊은 듯 자신에 대해 말했다.

"너는 현실 안주를 위한 변명 거리라고 생각하겠지만 내겐 그런 느낌이 있었다. 걱정할 것은 없다고. 선황께서 쉽게 망해 버릴 제국을 만들지는 않았을 거라고. 내가 집적거려서 위험해질 것을 만들지는 않았다고."

지키멜은 모든 사람들이 불평꾼이자 능력 없는 야심가쯤으로 여기는 증조부를 새로운 눈으로 바라보았다. 홀빈 퍼스는 선황을 존경하고 신뢰했다. 그런 그가 왜 사사건건 제국 정부에 불평을 늘어놓고 방해를 일삼았던 것일까? 지키멜은 알 것 같았다. 그는 아들을 죽인 인물이다.

"그래서 뭔가를 해야 한다는 절박한 기분이 없었다. 그래. 이건 환상을 가지고 변명하는 꼴일지도 모르지. 내겐 주관적인 느낌 말고 아무런 증거가 없다. 흥, 네가 옳을 거다. 지금은 행동이 중요한 시점이겠지."

"증조부님."

"나는 그저 귀찮았던 것인지도 모른다. 비나간에겐 나보다 네가 필요하겠지. 과감히 행동에 나서 줘서 고맙다고 해야겠군."

비꼬는 투였다. 지키멜은 화가 나지 않았다. 그보다 홀빈이 원시제에 대한 신뢰를 잃어 가고 있다는 것에 신경이 쓰였다. 지키멜은 증조부가 평생을 지켜 온 믿음을 죽기 직전에 포기하게 하고 싶지 않았다. 그러나 그때 문 두드리는 소리가 들렸다.

홀빈은 문 쪽을 돌아보았고 지키멜은 그 소리를 무시했다. 홀빈은 침묵하고 있는 증손녀를 곁눈질하고 문을 향해 말했다.

"들어오너라."

문이 열리며 무사가 들어섰다. 그는 잔이 놓인 쟁반을 든 채 정중한 동작으로 방 안으로 걸어왔다. 지키멜은 자신이 해야 할 일을 생각했고 일어나서 무사에게 쟁반을 받아 들었다. 그리고 무사에게 다시 나가도록 명령했다.

쟁반을 든 지키멜은 고개를 숙인 채 증조부에게 다가갔다. 그녀는 퍼스 노후작 앞에 한쪽 무릎을 꿇고 거안제미했다. 조그마한 잔은 가벼웠지만 지키멜은 그 무게가 사라지는 것을 느낄 수 있었다. 지키멜은 쟁반을 내리고 고개를 들었다. 홀빈은 손에 쥔 잔을 바라보고 있었다. 지키멜은 뒷걸음쳐 물러나 의자에 앉았다.

사람에겐 손이 있다. 그것은 쥐고 만지고 밀며 주변의 환경을 통제한다. 하지만 부모가 따로 가르쳐 주지 않는다면 대부분의 사람은 자신의 손으로 쥔 최초의 물건이 무엇인지 기억하지 못한다. 홀빈 또한 구십여 년 전 자신이 처음으로 쥔 물건이 무엇인지 기억하지 못했다. 언젠가 그는 자신이 마지막으로 쥐는 물건이 무엇이 될지 생각해 본 적이 있었다. 가족의 손? 이불 끄트머리? 붓이나 칼일 수도 있고 술잔일 수도 있다. 준비하지 않는다면 무엇을 쥐고 죽을지 알 수 없기에 홀빈은 어떤 물건을 쥐어야 할지 생각해 보았다. 하지만 마진이 죽은 이후로 홀빈은 그것에 대해 생각하는 것을 그만두었다. 죽음을 생각하는 것이 싫었기 때문이다. 그의 늙은 몸은 언제 기능을 그만둘지 알 수 없고 만약 자다가 죽는다면 고민은 필요 없다.

예상치 못했지만 자신이 곧 죽게 되었다는 것을 알고 그것을 대비할 수 있게 되자 홀빈은 예전에 그만둔 고민을 다시 떠올렸다. 그리고 대답도 바로 떠올랐다. 홀빈은 맨손으로 죽어야겠다고 생각했다. 홀빈은 맞은편에 앉아 있는 증손녀를 바라보았다.

"너도 나가라."

지키멜은 고개를 살짝 가로저었다.

"여기 있겠어요."

"필요하지 않다."

"제게 필요해요, 증조부님."

"네게?"

"예."

"그러하냐. 알겠다."

홀빈은 잔을 조금 들어 지키멜에게 보여 주었다. 그리고 냉랭한 목소리로 말했다.

"이 잔을 들고 가서 잘 씻어 다른 잔과 함께 놓아라. 홀빈 퍼스 후작이 마셨던 독배라는 식으로 후대에 전해지게 하고 싶지는 않다."

"그렇게 하겠습니다."

홀빈은 잔을 입가로 가져갔다. 그는 입술에 잔을 댄 채 잠깐 주춤했다. 그리고 노후작은 잔을 단숨에 비웠다. 노인의 앙상한 목에서 목젖이 꿈틀거렸다.

지키멜은 눈을 돌리지 않은 채 그 모습을 바라보았다. 홀빈은 잔을 내밀었고 지키멜은 그것을 받아 들었다. 홀빈이 의자에 몸을 기대었다.

"쓰구나."

지키멜은 말없이 고개를 끄덕였다. 금세 그녀의 눈에 눈물이 고였다.

후작의 눈이 꿈틀거렸다. 그는 초점이 맞지 않는 눈으로 허공을 바라보았다. 그의 호흡이 가빠졌다. 후작은 팔을 들어 올릴 듯 어깨를 꿈틀거렸다. 하지만 그 팔은 움직이지 않았다. 후작이 눈을 감았다. 메마른 입술이 바람에 비벼지는 잎사귀들처럼 움직였다.

"마진."

후작이 숨을 거두었다.


아라짓력 31년 10월, 살해 교사의 혐의로 재판을 앞두고 있던 비나간 후작 홀빈 퍼스가 자신의 방에서 자결한 시체로 발견되었다. 사람들은 공공연한 비밀 취급을 받는 마진 퍼스 독살 사건은 조사자가 약간의 열의만 있으면 쉽게 전모가 드러날 것이니만큼 노후작이 빠져나갈 길은 없고, 강대한 권력자로 평생을 살아온 그가 생의 마지막에 끔찍한 꼴을 보지 않으려고 얼마 남지 않은 생을 포기한 것은 이해할 수 있는 일이라고 생각했다. 사람들의 생각은 "나라도 그러겠다."는 말로 표현되었다.

피의자가 죽었기에 재판은 중지되었고 비나간의 지배자를 재판하기 위해 모인 유력인사들은 즉각 비나간 후의 장례와 비나간의 차기 지배자를 선출하는 일에 매달렸다. 장례를 주관하는 것은 당연히 후작의 손자인 레데른 퍼스여야겠지만 사람들의 생각은 달랐다. 명문화된 규정이 있는 것은 아니지만 이왕이면 차기 지배자가 전 지배자의 장례를 주관하는 것이 좋다는 것이 사람들의 생각이었다. 그 말은 바꿔 말하면 레데른 퍼스가 후작위를 승계받는 것이 그렇게 당연하지 않다는 의미였다. 레데른의 입장에서는 꽤 수치스러운 상황일 수도 있지만 그 소문난 호인은 허허 웃을 뿐이었다. 그는 자신이 아버지 마진과 달리 살아남았으며 무서운 할아버지가 죽었기에 이제는 안전하다는 것만으로 만족했다. 그리고 그에게 언제는 위험했냐고 말해 준 사람은 없었다. 무능한 레데른은 한번도 위험했던 적이 없다. 레데른은 호인처럼 웃으며 사람들의 고민을 덜어 주었다.

"비나간의 사람들이 반대하지 않는다면, 지키멜이 후작위를 계승하는 것이 좋을 것 같아."

그것은 사람들이 차마 레데른에게 직접 말하기 어려워 꺼내지 못한 요구였지만 그들은 경악한 얼굴로 어떻게 딸이 아버지의 자리를 뺏을 수 있느냐고 말했다. 그런 모습은 레데른을 자극했고 레데른은 범인들이 내릴 수 없는 탁월한 용단을 내린 자처럼 행동했다. 지키멜이 반드시 후작위를 계승해야 한다고 고집을 부린 것이다. 지키멜과 사람들은 적당한 수준까지 반대한 다음 그처럼 고집을 부리니 어쩔 수 없다는 듯이 레데른의 말을 받아들였다. 그들의 행동이 공정했다고 말하기는 어렵겠지만 세심하기는 했다. 사람들은 레데른이 자신의 '대범한 양보'에 도취될 수 있도록 도와주었다.

"어쩌면 비나간 사람들의 태도는 공정했다고 말할 수도 있겠군."

유료도로당주 게라임 지울비는 보고서를 내려놓으며 논평했다. 시오크가 질문했다.

"왜 공정하다는 거죠, 아버지? 그들은 레데른을 기만했습니다."

"진실을 받아들일 능력도 없는 바보에게 진실을 가르쳐 주는 것은 공정하지 않아. 그 반대가 공정하지."

시오크는 웃으며 찻잔을 들어 올렸다.

시구리아트 유료도로당의 당주의 방이다. 꽤나 큼직했지만 그것은 품위를 거주지의 용적으로 나타내는 악취미 때문이 아니다. 가끔 좀 더 내밀한 회의를 위해 사용되기 때문에 커다란 것뿐이다. 꽤 많은 사람들이 둘러앉을 수 있는 커다란 탁자에는 지금 게라임과 시오크가 앉아 있었다. 게라임은 연초를 피우며 비나간의 유료도로당 지부로부터 보내온 보고서를 읽고 있었고 시오크는 그 앞에서 차를 홀짝거렸다. 유료도로당 외부의 사람이라도 관심이 있다면 알고 있는 유료도로당주와 그 아들의 대립은 그 자리에선 보이지 않았다. 두 사람만 있는 상황에서 그들은 서로를 좋아하는 보통의 부자처럼 보였다.

그리고 그것은 꾸민 상황이 아니다. 유료도로당의 앞날에 대해 두 사람은 도저히 화해가 불가능한 이견을 가지고 있었고 그 때문에 게라임은 시오크의 승진을 감찰관에 못 박아 둘 작정이지만 두 사람 모두 그런 상황이 부자 관계에 특별히 영향을 끼쳐야 한다고 생각하지 않았다. 그들은 사이가 좋은 부자였고 그것은 아버지가 아들을 공개적인 회의석상에서 똥오줌도 못 가리는 주제에 별을 따려고 덤비는 급진주의자로 만들어 놓거나 반대로 아들이 아버지를 정신적으로는 임종을 지난 수구주의자로 몰아붙인 후에도 그러했다. 시오크는 아무런 승리감을 드러내지 않은 채 말했다.

"어떻게 하시겠습니까? 새 비나간 후를 등에 업고 젊은 당원들을 선동해 볼까 하는데요."

게라임 또한 그 말에 놀라거나 하지는 않았다. 그는 비꼬는 기색이 전혀 없는 어조로 말했다.

"그거 좀 어렵지 않겠냐? 내가 너를 상당한 바보로 만들어 놨는데."

"그게 좀 지나치셨거든요. 동정을 얻고 있습니다."

"동정은 다른 경우엔 꽤 도움이 되지만 혁명에 도움이 안 돼. 네가 일으키고 싶은 것은 유료도로당의 혁명이잖아. 혁명에 도움이 되는 것은 미치광이들이지."

"미친 친구들도 제법 모아 놨습니다."

"잘했군. 그래서? 네 계획은?"

"당원 대회를 열어서 지도부에 대한 불신임 결정을 내릴까 합니다. 물론 비나간에서 하게 되겠지요."

"비나간의 새 후작이 내가 훼방 놓을 수 없도록 막는 것이군. 상당히 껄끄럽겠는데."

"그냥 사임하시고 저를 후임 당주로 지명하시지요?"

"아들아, 난 유료도로당을 사랑한단다."

시오크는 미소를 지었다. 게라임 또한 웃으며 말을 이었다.

"너에게 유료도로당을 맡기면 무슨 일이 일어날지 뻔하다. 너는 너만이 공정함과 불공정함을 가릴 수 있다는 오만한 생각 속에서 당의 도로를 사람들의 정치적 도구로 제공하겠지. 그리고 자신과 당을 모두 정치의 그물에 빠져 허둥거리게 만든 다음 결국 당이 지켜 온 철학이 옳다는 판단을 내리게 되겠지. 원래 자리로 돌아오기 위해 지나치게 많은 낭비를 하는 셈이다."

시오크는 어깨를 으쓱였다.

"단정적이십니다, 아버지. 철없는 아들은 보통 그런 태도에 반항하게 되는데요."

"넌 철없는 아들이 아니니까 괜찮아."

"제가 철없는 아들이 아니라고요?"

"그래. 넌 멍청한 아들이지 절대로 철없는 아들은 아니다."

"누구 아들인데, 어련하겠습니까."

게라임은 킥킥 소리를 내며 웃었다. 잠시 후 게라임은 웃음을 거두고 말했다.

"하지 마라, 시오크. 시기가 안 좋다. 당내 분란이 일어나도 피해를 간단히 수습할 수 있는 평화로운 시기가 아니다. 최악의 경우 당은 천 조각, 만 조각으로 찢어지고 당원들은 귀족들과 결탁하여 유료도로당의 도로를 그들에게 바치고 개인적인 영달을 꾀할 수도 있다. 우리가 다른 단체들처럼 그들에게서 당의 재산을 몰수할 수 있는 것도 아니잖느냐. 우리는 도로를 되찾아오거나 할 수 없지. 그게 우리의 문제란 말이야. 지금 당 지도부는 가장 확고한 태도로 당을 장악해야 한다. 당주의 아들이 벌인 사고는 지도부에게 부담이 너무 크다."

시오크는 탁자 위에 놓인 두 손을 깍지 끼고 말했다.

"반대로 생각하실 수는 없습니까? 이런 안 좋은 시기야말로 유료도로당이 사람들을 위해 나설 시기라고 말입니다. 우리는 언제나 길을 준비했습니다. 지금 앞날이 보이지 않는 사람들에게 길을 제공해야 하지 않겠습니까?"

"우리가 목적지를 알고 있다면 길을 뚫을 수도 있지. 하지만 모르는 것은 우리도 마찬가지 아니더냐? 우리 유료도로당이라고 해서 다른 사람들보다 월등히 우수한 것도 아닌데."

"하지만 월등히 더 멍청한 것도 아닙니다, 아버지. 전쟁을 정당화하는 명분은 없습니다. 어떤 전쟁도 나쁜 겁니다. 이런 것은 꼭 증명하지 않아도 알 수 있는 것 아닙니까? 그런 것을 아는 데 대단한 지혜가 필요한 것도 아니잖습니까? 그러니 침략 전쟁을 일으키려는 모든 군대의 길을 막자는 겁니다. 그 주장이 그렇게 황당합니까?"

"황당하다."

"왜지요?"

"왜냐하면 그건 전쟁을 막기 위해 전쟁을 벌여야 한다는 주전론자들의 고질적인 모순 논리를 답습하는 주장이기 때문이다."

시오크는 몸을 물려 의자에 등을 기댔다. 게라임은 웃음기를 거두고 침중하게 말했다.

"우리가 길을 막으면 그들이 '예. 잘 알겠습니다. 안녕히 계십시오.'라고 하겠느냐? 그럴 사람도 있을지 모르지만 어떤 자는 우리와 싸워서 길을 얻으려고 할 거다. 그건 전쟁이 아니냐? 너는 전쟁을 막기 위해 우리가 싸워야 한다는 식으로 이야기하고 있다. 그런데 저 바깥에서는 사람들이 제국의 재건을 위해 자신들이 싸워야 한다는 사명 의식에 불타고 있겠지. 뭐가 다르지?

우리는 옳고 그들은 틀렸다고 말할 거냐?"

시오크는 팔짱을 끼고 아버지를 바라보았다. 게라임이 계속 말했다.

"우리 피를 흘리기 싫으니 다른 사람들이 피를 흘려야 한다는 식의 이야기를 하는 것은 아니다. 전쟁을 막기 위해 전쟁을 벌인다는 이야기는 말이 안 된다는 것을 말하려는 거다, 시오크. 만약 도로 사용료를 내지 않는 자가 있다면 나는 피를 흘리기 싫어서 그것을 용인하는 대신 무기를 준비할 거다. 그것이 우리 규칙이기 때문에. 그리고 우리가 소중히 여기는 것을 지키기 위해 우리가 싸운다면 다른 사람들도 그럴 권리가 있다고 말하겠다. 그것이 양자에게 공정하다. 하지만 너희는 싸우면 안 되고 우리는 싸워도 된다는 네 주장은 공정하지 않다. 싸움은 둘이서 하는 거니 네 주장은 앞뒤가 맞지 않는다. 그래서 너에게 반대하는 거다."

찻잔 속에 남은 찻물 속에서 앙금이 검게 가라앉았다. 시오크는 찻잔을 들어 가볍게 흔들었다. 앙금이 사라진 차를 다시 내려놓고 시오크가 아버지에게 말했다.

"아버지께서 말씀하시는 공정함은 공정함이 아니라 무관심입니다. 우리는 우리 하고 싶은 대로 할 테니까 너는 너 하고 싶은 대로 하라는 거죠."

게라임은 약간 어두운 미소를 지으며 말했다.

"그게 황당한 거냐?"

"황당합니다. 나와 너를 구분하고 절대로 합칠 생각이 없다고 말하는 거니까. 우리가 될 수 있는 가능성을 막아 두는 거니까. 다른 사람들의 경우에도 그런 태도는 바람직하지 못하지만, 길을 만들어 사람과 사람을 이어 주는 우리가 그런 태도를 보이는 것은 앞뒤가 맞지 않습니다. 그래서 저는 아버지에게 반대하는 겁니다."

시오크는 말끝에서 자조적인 미소를 머금었다.

"그런데 아버지?"

"왜?"

"다른 부자들은 마주 앉으면 좋은 며느릿감 있는데 관심 있느냐, 그 여자 예뻐요, 뭐 그런 이야기를 나누는 것 같은데 우리는 왜 그럴 수 없죠?"

"그러게 말이다. 끙."

그들은 사이 좋은 부자였다. 한쪽이 다른 쪽을 파멸시킨 후에도 그들은 여전히 사이 돈독한 부자로 남을 것이다.


아트밀은 꿈꾸는 듯한 목소리로 말했다.

"파라말, 사막의 여자들은 아름답다고 들었어."

파라말 아이솔은 이것을 미인계라고 불러야 하는지 의심스러웠다. 수레 위에서 어리둥절한 표정으로 바라보는 골케 남작과 지노피 말티, 히다 켄의 얼굴을 무시하며 파라말은 말했다.

"관심 없습니다."

"어째서? 너 여자 구경한 지 엄청나게 오래되었잖아."

파라말은 설명하기 귀찮았다.

"저는 남자를 좋아합니다."

아트밀은 부리를 딱 벌린 채 파라말을 바라보았지만 파라말이 말을 멈추지 않았기에 곧 뒤처졌다. 아트밀은 고개를 심하게 내젓고 다시 걸음을 뗐다.

몇 분 후, 아트밀은 꿈꾸는 듯한 목소리로 말했다.

"파라말, 사막의 남자들은 아름답다고 들었어."

휘청하고 헛기침을 하고 하늘을 올려다본 다음, 파라말은 형을 잡아먹을 듯한 눈으로 바라보았다. 하지만 사라말은 동생이 곤경에서 빠져나오도록 도와줄 생각이 없어 보였다. 아트밀이 파라말을 괴롭히고 있다면 그것은 바꿔 말해 아트밀이 자신을 괴롭힐 수 없다는 의미가 된다는, 따라서 행복하다는 듯한 얼굴로 사라말은 태평하게 말을 몰고 있었다.

하지만 집요하게 노력했는데도 파라말이 사막으로 달려가고픈 충동에 빠트리는 데 실패한 아트밀은 일행의 사막행을 포기하는 대신 사라말을 설득하기 시작했다. 파라말은 그 상황이 너무너무 행복하다는 표정을 지으려 애썼다. 그러고 나서 자신이 바보가 된 것 같았다. 어처구니없다는 표정으로 바라보는 남작과 지노피와 히다를 무시하며 파라말은 규리하 성까지 도대체 얼마나 남았을까 고민해 보았다.

규리하 성을 향해 걸어가고 있는 일행은 모두 여섯 명이었다. 골케 남작과 지노피 말티, 히다 켄은 남작의 수레에 탔고 사라말과 파라말은 말에 타고 있었다. 그리고 아트밀은 그들 중 가장 빠른 이동 수단인 자신의 두 다리를 타고 있었다. 보통 이렇게 여러 종류의 이동 수단이 한꺼번에 동원되면 가장 속도가 느린 이동 수단에 맞춰 이동 속도가 결정되게 마련이지만, 일행의 이동 속도를 늦추는 것은 가장 빠른 아트밀이었다. 아트밀은 일행 모두에게 사막 추구열을 전파시키려고 애썼다. 그 때문에 일행은 수레의 평균 속도에도 미치지 못하는 느린 속도로 움직였다.

아스캄에서 합류한 세 남자는 그런 속도에 크게 개의치 않았다. 골케 남작은 이 여행을 벌써 후회하고 있었다. 도중에 들른 마을과 도시들에서 규리하를 침공한 발케네군에 대한 이야기를 전해 들었기 때문이다. 규리하 공이 오비삼척인 상황이라면 골케 남작의 성을 파내 주는 일에 신경 쓸 수 없을 테고 괜히 전쟁터에 발을 들이밀었다가 좋지 않은 꼴이나 당할지 모를 일이다. 그래서 남작은 느린 이동 속도에 초조해하지 않았다. 골케 남작을 수행하기 위해 따라온 아스캄 수비 대원 히다 켄이나 히다가 간다면 자신도 가야 한다는 알 수 없는 논리로 따라온 지노피 말티의 경우에는 남작만큼 걱정하지는 않았다. 중늙은이라 할 수 있는 두 남자는 그들의 짧지 않은 생에서 처음으로 아스캄 바깥으로 나온 것이고 그 때문에 꽤 즐거워하고 있었다. 어쨌든 그 때문에 그들도 이동 속도가 느린 것에는 특별히 불만을 품지 않았다.

파라말의 경우엔 느린 속도에 화를 내어야 할지 안도해야 할지 알 수 없었다. 발케네군이 이미 규리하에 침공했다면 최악의 경우 그들이 도착하기 전에 규리하 공이나 엘시 에더리가 죽거나 포로로 붙잡힐지도 모른다. 파라말은 한시라도 빨리 도달해야 한다고 생각했다. 하지만 그것이 무슨 소용이 있을지는 알 수 없었다. 만약 그들이 늦지 않게 도착해서 황제의 유지를 전달한다 해도 전진해 오고 있던 스카리 빌파가 '황제의 유언이 그렇다면 물러가겠습니다.'라며 되돌아갈지 의심스러웠다. 파라말은 그럴 가능성은 극히 희박하다고 생각했다. 그런 좌절을 맛보는 것이 두려웠기에, 파라말은 속도를 높이자고 재촉하는 것도 삼갔다. 자신의 이중적인 태도에 진저리를 내며 파라말은 형이 무슨 생각을 하고 있는지 궁금해했다.

사라말은 발케네군의 침공 소식을 들은 이후 주로 생각에 잠겨 있었다. 파라말은 형이 무슨 생각을 하는지 알 수 없었지만 어쨌든 사라말은 거의 하루 종일 생각에 빠져 있었다. 아트밀이 그를 향해 사막의 온갖 아름다움에 대해 이야기하고 있는 도중에도 사라말은 꿈쩍도 하지 않은 채 생각을 계속했다. 놀라운 능력이었다.

강이 나타났다.

겨울이라 수량이 많이 줄어 그냥 걸어서도 지날 수 있었지만 파라말은 그곳에 다리가 있는지 살폈다. 다행히 튼튼한 돌다리가 있었다. 아마 아트밀은 밟지 않고 뛰어넘겠지만 뛰어넘으려 해도 아래에 다리가 있기는 해야 한다. 사라말에게 사막행을 역설하던 아트밀은 강의 모습에 움찔하다가 파라말이 발견한 다리를 보고 안도했다.

일행은 다리 쪽으로 다가갔다. 수레와 두 마리의 말이 건넌 다음 아트밀이 파라말의 예상처럼 다리를 한꺼번에 뛰어넘었다. 반대편 강변에 선 아트밀은 다시 출발하는 사라말의 뒤를 따라잡아 사막행에 대해 말하려 했다. 하지만 사라말은 출발하지 않았다. 그는 어느새 말에서 내려 아트밀을 바라보고 있었다. 걸어가려던 파라말과 수레의 아스캄 사람들은 그 모습에 멈춰 섰다.

사라말은 말고삐를 끌며 파라말에게 다가갔다. 그는 동생에게 고삐를 넘겼고 파라말은 얼떨결에 그것을 받아 들었다. 다시 아트밀의 앞으로 돌아온 사라말은 레콘을 올려다보았다. 그러곤 다시 뒤로 조금 물러났다. 마치 거리를 재는 것처럼 보였지만, 아트밀을 포함하여 모든 사람들은 그 이유를 알 수 없었다. 그때 적당한 거리에 도달한 것처럼 사라말이 멈춰 섰다. 그는 아트밀에게 등을 보이며 돌아섰다. 그리고 어깨 너머로 아트밀을 돌아보며 부드럽게 말했다.

"아트밀."

"왜?"

"나 잡아 봐라!"

사라말은 발랄하게 강둑을 달려갔다.

파라말은 기절할 것 같았다. 히다 켄은 수레를 끌고 있는 말 궁둥이를 바라보았고 골케 남작은 "허!" 하는 뜻 모를 소리를 냈다. 그리고 지노피 말티는 "역시 그랬나?"라고 중얼거렸다. 파라말은 뭐가 역시냐고 고함을 지르고 싶었지만 그때 더 당황스러운 일이 일어났기에 그러지 못했다.

"거기 서!"

아트밀은 쿵쿵거리며 사라말을 따라 달렸다. 파라말은 자신이 주피그라쥬쯤에 있었으면 좋겠다고 생각했다. 아니면 처용 산맥 동쪽이라도. 어쨌든 파라말은 이곳에 서서 달려가는 형과 그 뒤를 따라 뛰어가는 아트밀을 보는 것이 끔찍하게 싫었다. 파라말은 도대체 무슨 장난이냐고 외치려 했다. 그러나 그의 두 번째 시도 또한 무위로 돌아갔다. 파라말은 머리카락이 모조리 곤두서는 것 같은 기분을 느꼈다.

사라말은 강물 속으로 뛰어 들어갔다. 파라말이 예상한 것처럼 수면은 낮았고 물은 사라말의 발목 정도를 적셨다. 사라말은 거침없이 달려 강 반대쪽에 도달했다.

그리고 아트밀도 그러했다.

아트밀은 거대한 발로 물보라를 크게 일으키며 강물을 달렸다.

어쩌면 창조 이후 처음 일어난 것일지도 모르는 사건을 보며 파라말은 호흡 곤란을 느꼈다. 그리고 아스캄 사람들 또한 비명을 지르거나 신음을 토했다. 주저 없이 강물을 가로지른 아트밀은 사라말 앞에 도달했다. 사라말은 그의 발을 바라보고 있었다. 아트밀은 고개를 갸웃하고 자신의 발을 내려다보았다. 다음 순간 그의 몸이 확 부풀었다.

잠시 아무도 말을 하지 않았다. 반쯤 정신이 나간 상태에서 파라말은 일행의 아침 식사에 대해 생각하려 애썼다. 하지만 그중에서 집단 환각을 일으킬 만한 음식이 있었던 것 같지는 않았다. 파라말은 아트밀이 변장한 인간이라는 가설을 검토해 보았다. 그건 변장이 아니라 변신이다. 파라말은 결국 설명을 해 줄 수 있는 유일한 사람인 듯한 그의 형을 바라보았다. 하지만 엄청나게 부푼 아트밀 때문에 사라말의 모습은 잘 보이지 않았다. 그때 사라말의 목소리가 들렸다. 주위가 놀랍도록 고요해서 파라말은 그 목소리를 알아들을 수 있었다.

"다리로 갑시다."

부풀어 오른 아트밀의 옆으로 생각에 잠긴 표정의 사라말이 나타났다. 그는 뒤도 돌아보지 않고 다리를 향해 강둑을 올라갔다. 잠시 후 아트밀은 뭐가 뭔지 모르겠다는 얼굴을 한 채 힘없이 그 뒤를 따랐다.


다미갈 카루스 부위는 땅에 납작하게 몸을 낮췄다. 풀잎이 콧구멍을 찌를 정도의 높이였지만, 다행히 겨울이라 그런 풀잎은 없었다. 대신 섬뜩한 냉기가 몸속으로 확 밀려왔다. 카루스는 이를 악문 채 땅 위를 뱀처럼 기어갔다.

구릉 뒤편을 기어간 카루스는 조금 후 맥키 네미 부위와 만났다. 맥키 네미 또한 그와 비슷한 자세로 땅에 엎드려 있었다. 맥키에게 가까이 다가간 카루스는 목소리를 낮추어 말했다.

"사라티본 부대는 안 보였어."

"나도 못 봤어. 안 보인다는 것은 좋지만, 이왕이면 어디에 있는지 알면 더 좋겠는데."

"가자."

구릉 반대편에서 그들을 볼 수 없을 거라 확신할 수 있는 곳까지 기어간 두 부위는 일어났다. 그리고 말을 묶어 둔 곳까지 전력으로 달렸다. 말에 오른 두 부위는 빠른 속도로 말을 달렸다.

잠시 후 그들은 헨로 중대가 기다리고 있는 곳에 도달했다. 중대는 한때 채석장으로 쓰였던 계곡에 숨어 있었다. 채석장이 흔히 그렇듯 계곡은 터무니없는 각도와 형태였기에 외부에서는 안쪽이 잘 보이지 않았다. 두 부위는 중대를 가로질러 지휘부에 도달했다. 니어엘 헨로 수교위가 야외에 놓아둔 탁자 위에 도깨비지를 펼쳐 놓고 그들을 기다리고 있었다. 돌멩이로 눌러 놓은 도깨비지에는 주변 지형이 대략적으로 그려져 있었다. 탁자 뒤편에서 니어엘은 추위 때문에 팔짱을 끼고 있었다. 두 부위가 도착하는 것을 본 니어엘은 경례도 생략한 채 말했다.

"어때?"

"사라티본 부대는 보이지 않았습니다."

"알았어. 그럼 여기는 없고……."

니어엘 헨로는 붓을 들어 지도 위에 표시했다. 니어엘은 자신이 표시한 자취와 주변의 지형을 잠시 바라보고 나서 고개를 끄덕였다.

"여기 있겠군. 강물이 있으니 이쪽으로는 오지 않았을 테고. 여기로 간 것이 시집가기 어려운 우리 미녀 부위던가?"

카루스와 맥키는 미소를 머금었다. 하지만 상당히 작위적인 미소였다. 그들은 니어엘이 활기차게 구는 것이 싫었지만 그것을 그만두라고 말하기도 어려웠다.

니어엘은 여전히 제국군의 영웅이었지만 그 사실에 기뻐하는 헨로 중대원들은 별로 없었다. 특별히 둔한 병사들을 제외한 대부분의 중대원들은 니어엘 헨로가 힘겨워 하는 것을 느낄 수 있었다. 여동생을 잃은 후에도 오히려 9014 독립 중대를 전설의 중대로 바꿔 놓았던 니어엘이지만 양친이 하늘누리와 함께 사라진 후에는 빛을 잃은 것처럼 보였다. 그녀의 태도는 바뀌지 않았지만, 그것은 실제의 꽃과 종이에 그린 꽃이 비슷하게 보인다는 정도의 의미밖에 없었다. 그림 속의 꽃에서는 향기가 나지 않는다. 더군다나 그 종이는 계속 때를 타고 구겨지는 것 같았다. 니어엘이 말했다.

"릿폴이 돌아오면 확실히 알 수 있겠지. 소대로 돌아가 쉬도록 해."

두 부위는 경례하고 나서 자신들의 소대가 있는 방향으로 걸었다. 1소대와 2소대는 조금 떨어진 위치에 있었기 때문에 그들은 갈라져야 했지만 둘은 떨어지지 않았다. 그들은 모두 상대편이 할 말이 있는 것 같다고 느꼈다. 결국 맥키가 말했다.

"저기 좀 앉자."

맥키가 가리킨 바위를 본 카루스는 거기에 앉았다. 맥키는 그 곁에 나란히 앉아서 말했다.

"간단히 말하지. 이젠 우리가 보답할 차례야."

카루스는 묵묵히 고개를 끄덕였다. 맥키가 계속 말했다.

"중대장님은 우리를 잘 이끌어 주셨어. 어, 물론 제국군 내에서 중대장님 자신의 입지를 유지하기 위해 그랬다고도 할 수 있지만, 그럼 어때? 덕분에 우리는 심각한 피해 없이 잘 싸웠고 명예도 얻었지. 이젠 우리가 저분을 도울 차례야. 그것도 우리 자신을 위한 일이지. 중대장이 넋 빠진 사람처럼 굴면 중대원이 살아남을 수 있겠냐."

"아직 수교위님이 넋 빠진 사람처럼 구는 것은 보지 못했는데."

"그거야 전투가 없었으니 그렇지. 하지만 전투가 벌어지면 어떻게 될지 뻔히 알 수 있어. 지금 꼴을 봐. 제기랄, 언제 저런 식으로 말했어? 가라면 가고. 서라면 서고."

"까라면 깐다."

"맞아. 그랬지. 그런데 지금은 뭐야. '릿폴이 돌아오면 알 수 있겠지. 가서 쉬어.' 이게 뭐냐고. 옛날 같았으면 '릿폴이 돌아오면 출발한다. 가서 준비해!' 이렇게 말했을 거야."

카루스는 고개를 끄덕였다. 정확한 지적이다. 맥키는 투덜거렸다.

"솔직히 겁난다고. 다 알아서 우리가 이기게 해 주던 사람이 기운 빠진 것처럼 보이니까. 하지만 그렇게 생각하다 보니 내가 뭔지 떠올랐어. 나는 부위야. 원래 전쟁터에서 가장 먼저 죽으러 나가는 부위 말이야."

맥키는 재채기를 하고는 고뿔인가 하는 소리를 중얼거렸다.

"뭐, 그렇게 되어야지. 중대장님이 훌륭하셔서 아직 안 죽은 건 특별한 선물이었어. 이젠 그 아홉 명처럼 죽으러 나가야지.

안 그래?"

"너무 빨리 죽지는 마."

맥키는 씩 웃으며 일어났다. 그는 카루스에게 손을 한 번 흔들고 자신의 소대가 있는 곳으로 걸어갔다. 카루스는 지휘부가 있는 곳을 바라보았다. 거리가 제법 되었지만 탁자 위에 허리를 숙인 채 지도를 들여다보고 있는 니어엘을 확인할 수 있었다. 카루스는 가슴속이 싸늘하게 가라앉는 기분을 느끼며 일어났다.

잠시 후 가리아 릿폴 부위가 돌아왔다. 다섯 명의 소대장은 다시 지휘부로 모였다. 니어엘은 지도를 가리키며 말했다.

"사라티본 부대의 위치는 이곳이다. 작전 목표는 발케네군의 진군 속도를 늦추는 것이고……."

니어엘의 설명을 듣던 카루스는 저도 모르게 맥키를 돌아보았다. 맥키는 못마땅하다는 표정을 감추지 않았다. '언제 설명하셨던 적이 있습니까, 중대장님?' 이라고 말하고 싶은 표정이었다. 카루스는 쓰디쓴 입맛에 혀를 굴리며 지도를 들여다보았다. 그러다가 뭔가 이상한 것을 느꼈다.

카루스는 주위가 기묘하게 조용하다는 것을 깨달았다. 고개를 든 카루스는 니어엘이 팔짱을 낀 채 자신들을 노려보고 있는 것을 발견했다. 카루스는 주위를 곁눈질했다. 부위들은 모두 당혹한 표정을 짓고 있었고 맥키의 경우엔 얼굴이 벌겋게 변해 있었다. 카루스는 어디서 본 듯한 광경이라고 생각했다. 그때 갑자기 니어엘의 마지막 말이 무엇이었는지 떠올렸다. 설명을 마친 니어엘은 이렇게 말했다.

'그러니, 우리는 어떻게 해야 하지?'

카루스는 놀라서 얼굴을 숙였다. 그가 그 질문의 의미를 생각하고 그 질문의 정답을 생각하는 어려운 작업에 헐떡일 때 니어엘이 나직하게 말했다.

"애들아, 너희 언제 사람 될래?"

카루스는 머릿속에 번개가 번쩍하는 것을 느꼈다. 고개를 들고 싶은 것을 가까스로 억누르고 그대로 숙인 채 맥키 쪽을 쳐다보았다. 맥키 네미 또한 놀란 얼굴로 그를 곁눈질하고 있었다. 니어엘의 말이 계속되었다.

"도무지 발전이라고는 없구나. 영웅으로 만들어 줬으면 영웅 흉내는 좀 내야 할 것 아냐. 중대장님 심기 언짢은 거 느꼈으면 머리 좀 굴려 볼 생각은 해야지. 너희 때문에 난 전사도 못하고 우아하게 수심에 잠긴 척하지도 못하겠다. 까짓것, 퇴역할 때까지 너희 보살펴 주지. 그러니 너희도 전사하지 마."

카루스는 고개를 들었다. 니어엘은 싱긋 웃고 빠르게 말했다.

"설명 관두자. 도와줄 생각 없는 거 알았으니. 즉각 출발한다. 가서 소대 챙겨!"

다섯 부위는 엉덩이를 걷어차인 사람처럼 황급히 달려갔다. 하지만 그들 중 놀라거나 겁먹은 사람은 없어 보였다. 그들은 서로를 돌아보았고 다른 전우들도 기뻐하고 있다는 것을 확인했다. 그들은 정말 기뻤다.

니어엘은 달려가는 부위들의 씩씩한 모습을 보았다. 그들은 기뻐했고 긍정적인 감정의 탁월한 전파력에 대한 실례가 되듯 니어엘도 기뻐했다. 니어엘은 자신의 승리에 만족했다.

위로받고 싶어.

위로를 받으면 더 약해지겠지.

그건 싫어.

니어엘은 어깨를 뒤로 젖혔다. 견갑골 쪽에서 뚜둑 하는 당혹스러운 소리가 들렸다. 니어엘은 혀를 조금 내밀었다. 그녀는 자신이 곡차 한 동이와 누가 선물하고 간 것 같은 시간을 가질 자격 정도는 있다고 믿었지만 억울해하지는 않기로 했다.

원망하면 안 돼.

허리에는 잘 벼린 제국검을 차고 있고 전통엔 예리한 아기살이 가득하다. 그녀는 제국군 수교위고 독립 중대의 중대장이다. 그것을 확인받는 방법은 간단하다. 농부가 작물로 자신을 증거하고 작가가 책으로 자신을 증거하듯 공인받은 살인자인 그녀는 적의 시체로 자신을 증거한다. 많은 적을 죽이면 그녀는 유능한 군인이 된다. 가서, 적을 죽이자. 니어엘은 자신에게 다짐했다.

"나를 그들이 죽일 것이다."

다짐한 대로 그들을 죽이기 위해, 니어엘은 중대에게 출발 명령을 내렸다.

그리고 많은 자들이 죽었다.


두르사 돌 하장군은 이맛살을 찌푸리며 주위를 둘러보았다.

주위는 답답할 정도로 막혀 있었다. 높은 산마루와 고개들이 위압적으로 둘러싸고 있어 얼굴을 조금 들기 전에는 하늘을 보기 어려울 지경이었다. 이토록 깊고 외진 곳에 오두막이 있으면 좀 기묘하게 보이겠지만 그것이 숯막이라는 것을 알면 의구심은 사라질 것이다. 숯막은 물론 나무들이 많은 곳에 세워지지만 또한 바람이 적은 곳을 선택해야 한다. 숯과 재를 경계 짓는 것은 불 조절인데 바람이 심한 곳에서는 불을 조절하기가 어렵다. 세즈비

돌의 숯막도 그런 조건을 따라 바람이 잘 들지 않는 깊은 계곡에 자리하고 있었다.

무향 규리하에서 무문을 찾는 것은 어려운 일이 아니지만 누대에 걸쳐 규리하 가문을 섬겨 온 돌 가문은 규리하에서도 무문의 명가로 받아들여지며 그 구성원들은 세상에 무사 외에 다른 직업도 있다는 사실을 가끔 망각할 지경이다. 그런 긍지 높은 가문에서 세즈비 돌은 가문의 이단아라고 할 수 있다. 두르사 돌의 동생인 세즈비 돌은 방랑자였다. 방랑자 중에서도 세즈비 돌은 사람살이의 곁을 스치는 방랑자라기보다는 사람살이를 벗어나려 애쓰는 방랑자에 가까웠다. 그는 사람들을 사귀길 싫어했고 방랑 도중 들른 숯막에서 숯쟁이 기술을 익힌 후에는 아예 숯가마를 차려 세상과 인연을 끊었다.

하지만 그런 세즈비도 돌 가문의 사람이었고 자신이 원하든 원하지 않든 규리하 내에 여러 인맥을 가지고 있었다. 세즈비의 숯막을 찾아오며 두르사는 동생이 자신을 실망시키지 않을 거라 생각했다. 그의 예상은 맞았다. 형의 무사 귀환에 대해 그다운 조용한 방식으로 기쁨을 표현한 다음 세즈비는 묻지도 않았는데 정보들을 알려 주기 시작했다.

"회담이라고?"

그들은 오두막에서 조금 떨어진 숲 속에서 땅을 파며 이야기하고 있었다. 세즈비는 휘두르던 괭이를 잠시 내려놓고 말했다.

"그래. 나도 변경백께서 어디에 계신지는 모르지만 그 회담 장소로 찾아가면 각하를 만날 수 있지 않을까."

"회담 장소가 어디지?"

"규리하 남쪽에 탈리톤 동굴 있는 곳 알지? 그 동굴로 가기 전에 샛길로 빠져서 몇 백 미터쯤 가면 나타나는 곳인데. 음. 이름을 까먹었군."

"소발굽 바위?"

"아, 맞아. 소발굽 바위. 거기 지형이 좀 묘하잖아."

"거기라면…… 그래. 무슨 소리인지 알겠군. 날짜는?"

"나흘 뒤 정오. 그동안 여기서 지내다가 가도록 해."

"그래. 고마워."

세즈비는 다시 괭이를 들어 올렸다. 그리고 오두막의 마루 쪽을 흘긋 돌아보며 말했다.

"그런데 공자님이랑 함께 있는 저 여자들은 누구지?"

숯막 앞의 마당에는 발케네에서 도망친 규리하 가문의 가신들이 이리저리 흩어져 앉아 있었다. 그리고 오두막의 마루에는 이이타 규리하와 두 명의 여자들이 앉아 있었다. 아니, 앉아 있는 것은 두 사람이었고 좀 어린 소녀는 지친 표정으로 마루에 누워 잠들어 있었다. 두르사가 말했다.

"손위는 헤어릿 에렉스, 발케네 공의 사생아. 손아래는 소리 로베자, 발케네 공의 하녀였지."

세즈비는 고개를 갸웃했다.

"재미있는 조합이군. 어떤 관계지?"

"그게 좀 복잡하군. 공자님은 소리를 연인처럼 대하고 있어. 가당찮은 일이지."

"둘이 좋아하면 그만이지. 발케네 공의 사생아는 왜 따라왔지?"

"우리를 발케네에서 꺼내 준 것이 저 여자야."

"어떻게?"

"저 처녀, 도깨비감투를 가지고 있어."

세즈비의 괭이질이 멈췄다. 그는 약간 놀란 표정으로 형을 보다가 헤어릿을 잠시 돌아보았다.

"빌파 가문의?"

"그래. 세 개의 감투가 있었지. 스카리가 하나 가지고 있었고, 락토 공작의 것도 스카리에게 넘어간 것 같아. 하지만 마지막 감투는 저 처녀가 가지고 있어. 우리가 여기까지 무사히 온 것은 그 감투 덕분이었지."

"그런가. 그런데 왜 이이타 공자를 돕는데?"

"글쎄. 본인이 설명하지 않아서 확신하기는 어렵지만, 말투나 행동으로 짐작해 보면 원래 발케네를 떠날 생각이었나 봐. 그래서 떠나는 김에 공자를 데려다 주는 거지. 그리고 공자에게 호의적이기도 하고."

"공자에게?"

"그래. 그래서 규리하를 되찾을 수 있도록 도와주겠다더군."

"대가는?"

"소리 로베자를 데려가라더군."

세즈비는 빙그레 웃었다.

"연인의 수호자인가."

두르사 돌 하장군은 그 낭만적인 표현에 뭐라 한마디하고 싶었다. 하지만 그때 세즈비의 괭이가 금속성의 소리를 냈다. 세즈비는 괭이를 조심스럽게 긁어 땅속에서 큼직한 상자가 드러나도록 했다. 세즈비는 상자 주변을 팠고, 잠시 후 두르사와 세즈비는 힘을 합쳐 상자를 땅 위로 끌어올렸다.

상자 뚜껑을 열자 몇 개의 술병이 나타났다. 두르사는 빙긋 웃었다.

"왜 묻어 둔 거지? 설마 도망쳤던 형이 돌아왔을 때 마시려고 묻어 둔 것은 아닐 텐데."

"의미는 없어. 여기 처음 숯가마 차렸을 때 일인데, 혼자 있으니 계속 술을 마시게 되더군. 언젠가 술에 취한 채 산길을 걷다가 다리 부러진 이후로 다 치웠지. 이건 축하할 일이 생기면 꺼내기로 하고 따로 묻어 둔 것이고."

상자를 옆으로 치워 놓은 세즈비는 빠져서 다리 부러질지도 모른다며 구덩이를 다시 메웠다. 세즈비는 괭이로, 그리고 두르사는 발로 흙더미를 밀었다. 땅을 다지던 세즈비가 갑자기 말했다.

"그런데 좀 어둡지 않아? 구름이 끼나."

세즈비는 그렇게 말하곤 고개를 들어 하늘을 올려다보았다.

"어라, 하늘치군."

두르사는 깜짝 놀라 하늘을 올려다보았다. 그들의 주위를 빈틈없이 둘러싸고 있는 산들 때문에 하늘치는 갑자기 나타난 것처럼 보였다.

정신없이 하늘치를 살펴본 두르사는 잠시 후 한숨을 내쉬었다. 그의 두려운 예상과 달리 그것은 하늘누리가 아니었다. 하늘치처럼 놀라운 것에게 그런 말이 어울리는지는 알 수 없지만 그것은 평범한 하늘치였다.

하늘치는 북동쪽에서 산들을 뒤덮을 듯한 모습으로 나타나 하늘을 가렸다. 그 머리 쪽이 남서쪽 산을 넘어가 보이지 않게 된 이후에도 그 몸의 반대편은 아직 북동쪽 산 저편에 있었다. 결과적으로 하늘의 대부분이 하늘치의 몸에 가려졌다. 세즈비는 고개를 가로저었다.

"여기 하늘은 코딱지만 한데 저런 것이 나타나니 캄캄하군."

세즈비의 말처럼 숯막 주위의 숲은 일몰이 찾아온 것처럼 어두워졌다. 하늘치의 모습이 언제 다 지나갈지 짐작하기 어려웠던 세즈비와 두르사는 각자 술병을 들고 마루 쪽으로 걸어갔다.

규리하로 진공하면서 발케네군의 병사들이 두려워한 것은 무향의 전설이었다. 비록 대장군 엘시 에더리가 그 불패의 신화를 재조정했지만 오래된 공포는 여전했다. 하지만 지러쿼터 산맥을 넘은 그들을 괴롭힌 것은 낯선 땅에서 기대할 수 있는 유서 깊은 두려움이 아니라 그들에게 이미 익숙한 두려움이었다.

헨로 중대는 공병 부대를 공격하고 건재를 불태웠다. 다리가 건설되지 못해 사라티본 부대가 강을 건너지 못했다. 그리고 헨로 중대는 사라티본 부대로 가는 명령서를 위조했다. 늪지로 곧장 진격하게 된 사라티본 부대가 광란을 일으켰다. 헨로 중대는 규리하 지방의 지역 명물이라고 할 수 있는 독특한 간헐천에 대한 소문을 유포시켰다. 사라티본 부대의 진격 속도가 현저하게 떨어졌다.

격분한 스카리 빌파는 니어엘 헨로의 수급에 금편 천 닢을 걸었다. 그러자 얼마 후 발케네군 내부에는 니어엘 헨로의 이름으로 스카리 빌파의 고환 한 쪽당 금편 오천 닢을 지불하겠다는 내용의 유인물이 돌아다니게 되었다. 일만금의 불알을 가진 사나이가 된 스카리가 그 사실에 기뻐했다는 이야기는 들리지 않았다.

진지에 밤이 찾아오면 화톳불 주위에 모여앉은 발케네 병사들은 니어엘 헨로와 그녀의 다섯 소대장에 대한 이야기를 주고받았다. 당연하게도 상당히 저속한 내용이나 익살맞은 내용이 주를 이루었다. '그 여자 부위는 깐다더군. 그러니 상관은 어떻겠어?' 정답으로 간주될 만한 것이 제시된 적은 없지만 토론 분위기를 고조시키는 명답은 많이 제출되었다. 물론 공포의 대상을 희화화 하려는 것이 그들의 무의식적인 목적이었지만 헨로 중대로부터 혹독한 피해를 입은 병사들의 가세로 효과는 반대로 나타났다. 발케네 병사들은 자신들이 이토록 이야기를 나누는 대상이 보통 사람은 아닐 거라고 생각하게 되었다. 그리하여 헨로 중대가 입힌 피해는 과장되었고 헨로 중대에 대한 두려움은 심화되었다. 발케네군의 이동 속도는 정착을 고려하는 것이 아닌가 싶을 정도로 둔화되었다.

발케네의 지휘부는 고민에 빠졌다. 헨로 중대의 아기살 집중사격은 비슷한 규모의 부대로는 도저히 감당할 수 없는 전투력이었다. 하지만 일개 독립 중대를 붙잡기 위해 대규모 군사 작전을 펼칠 수는 없었다. 사람의 모든 행위가 그렇듯 군사 작전도 경제성의 논리에서 자유롭지 못하며, 대규모 군사 작전을 펼쳐 독립 중대 하나를 분쇄한다 해도 그것은 승리라고 하기 어렵다.

무엇보다도 그들을 짜증 나게 하는 것은 헨로 중대가 입히는 피해가 대수롭지 않다는 것이었다. 물론 헨로 중대가 입히고 있는 심리적인 피해는 막대했지만 물질적인 피해는 그에 훨씬 못 미쳤다. 일개 독립 중대가 입힐 수 있는 피해는 한계가 있게 마련이다.

어정쩡했다. 전략 목표로 삼고 본격적으로 추적하기엔 피해 규모로 볼 때 과잉 대응이고 그렇다고 해서 그냥 참기엔 꺼림칙하다. 결국 규리하 성으로 최대한 빨리 진격하여 승부를 대회전으로 이끄는 것이 최선의 대응책이었다. 하지만 헨로 중대의 목표가 바로 발케네군의 진격 속도를 늦추는 것이었다. 회의용 막사에서 고민하고 있던 지휘부의 장수들 앞에, 그 소재도 잘 파악되지 않는 스카리 빌파가 갑자기 나타났다.

장수들은 당황하여, 또는 왜 이제야 나타났냐는 듯한 힐난의 표정을 지으며 자리에서 일어났다. 스카리는 그들에게 앉으라는 손짓을 보내고 탁자의 상석으로 갔다. 그곳에는 스카리가 나타날 경우를 대비하여 빈 의자가 놓여 있었다. 그는 자리에 앉아 장수들을 둘러보았다.

"여기서 지금 뭣들 하고 있는 거지?"

누군가를 지명하지 않았기에 아무도 대답하지 않았다. 스카리 또한 대답을 기다리지 않았던 듯 계속 말했다.

"독립 중대 하나 때문에 십만 명의 병사들이 꼼짝 못한다는 것이 말이 되나? 시맘 자작. 대답해 봐."

미차도 자작 아이고스 시맘은 얼굴을 아주 약간 찌푸렸다. 그는 자신에게 그럴 정도의 권한이 있다고 믿었다. 그의 충성을 받는 대상은 발케네 공이 아닌 펜스터 자작 레드마 브릭이다. 아이고스 시맘과 레드마 브릭은 같은 자작이지만 혈족의 서열을 따지면 아이고스는 레드마보다 하위에 해당하고 서약은 그 혈족 서열을 기반으로 이루어졌다. 어쨌든 아이고스는 자신이 스카리 때문에 참전한 것이 아니라 레드마 브릭을 따라 참전했다고 생각했고 그 때문에 레드마 브릭이 아닌 스카리에게 힐난당할 이유는 없다고 생각했다. 아이고스의 찌푸림은 그런 상황을 지적하는 것이었다. 스카리는 싸늘한 얼굴로 그 찌푸림을 무시했다.

아이고스가 말했다.

"각하, 헨로 중대가 막고 있는 것은 우리의 십만 병사가 아니라 사라티본 부대입니다. 니어엘 헨로의 작전은 모조리 사라티본 부대의 진격 속도를 늦추는 것에 중점을 두고 있습니다. 그런데 사라티본 부대가 진격하지 않으면 다른 병사들도 움직이지 않습니다. 저곳에는 대장군 엘시 에더리가 있으니까요."

아이고스는 알지 못했지만 스카리를 정말 자극한 것은 그의 찌푸림이 아니라 엘시 에더리라는 이름이었다. 스카리는 얼음장 같은 표정으로 아이고스를 노려보았다. 아이고스는 그 눈초리에 조금 주눅 들었지만 계속 말했다.

"니어엘 헨로는 놀랍도록 교활하게 우리의 약점을 추궁하고 있는 겁니다. 그것을 극복할 방법은 간단합니다. 힌치오를 불러 사라티본 부대를 진격시키십시오. 그러면 모든 발케네군이 그 뒤를 따를 겁니다."

'우리를 닦달하지 말고.'라는 아이고스의 속마음이 거의 육성으로 들리는 것 같았다. 스카리는 매서운 눈으로 아이고스를 노려보다가 말했다.

"에더리가 그렇게 두렵나?"

아이고스는 성난 표정으로 말했다.

"병사들이 두려워한다는 말입니다. 그들은……."

"두렵나?"

아이고스의 성난 표정이 당황한 표정으로 그리고 기 죽은 얼굴로 바뀌었다.

"무향을 거꾸러뜨린 사람은 무향을 지킬 수도 있을 겁니다. 그는 레콘 여단 없이도 무향을 정복했습니다. 누가 그처럼 할 수 있겠습니까? 저는 그를 존경합니다."

"나는 폭우가 쏟아지던 날 사라티본 부대 없이도 나나본을 점령했다. 칼 한번 휘두르지 않고."

아이고스는 어처구니가 없었다. 폭우에 관한 기억은 없다. 레콘이 움직일 수 없는 평범한 비였을 뿐이다. 그리고 나나본은 무향과 도저히 비교할 수 없다. 말이 되는 소리를 하라고 힐난하는 것과 침묵으로 무시해 버리는 것을 놓고 저울질하던 아이고스는 후자를 선택했다. 어쨌든 칼 한번 휘두르지 않은 것은 명백한 사실이니까. 스카리가 말했다.

"나를 존경하지는 않나?"

"존경합니다, 각하."

"나에 대한 존경과 에더리에 대한 존경 중 어느 것이 더 큰가?"

"각하, 무슨 말씀을······."

"너희를 지휘하는 나는 믿지 못하고 에더리는 두려워하니 에더리를 더 존경하나 보군."

"각하, 저는 각하를 존경합니다."

"그래도 에더리는 무섭고?"

아이고스는 대답을 그만두었다. 스카리는 눈빛으로 아이고스를 지져 대다가 고개를 돌렸다. 그의 눈이 팔리탐 지소어에게 머물렀다.

"팔리탐 지소어."

"예, 각하."

"힌치오에게 가서 전해라. 지금 당장 사라티본 부대를 출발시켜 규리하 성 앞에 도달할 때까지 멈추지 말라고. 너도 함께 가라. 네가 가면 니어엘 헨로의 장난질은 막을 수 있을 것이다."

"규리하 성에 도달한 다음 어떻게 해야 합니까?"

"부술 수 있는 모든 것을 부수고 죽일 수 있는 모든 것을 죽여라."

팔리탐의 가면은 묵묵히 스카리를 마주 보며 꼼짝하지 않았다. 스카리는 거친 콧김을 뿜어내었다.

"이것들을 위해선 시체나 남겨 두면 된다. 시체를 찌를 정도의 용기밖에 없는 것 같으니."

장수들의 얼굴이 굳었다. 그리고 팔리탐의 가면은 여전히 움직이지 않았다. 스카리는 목에 힘줄을 잔뜩 세우며 말했다.

"왜? 내 명령을 받을 수 없나?"

스카리는 팔리탐의 가면을 향해 속으로 말했다. '너는 나를 포기할 수 없어. 내가 유일한 빌파니까.' 팔리탐이 고개를 가로저었다.

"아닙니다. 명령대로 시행하겠습니다."

팔리탐은 자리에서 일어났다.

반 시간 후, 사라티본 부대가 발케네군 앞으로 돌출했다. 넓게 펼쳐진 그들은 곧 한쪽 방향을 향해 달렸다. 레콘의 질주는 아니었지만 말이 가볍게 뛰는 속도는 훨씬 상회했다. 그들 앞에는 이쑤시개를 든 힌치오와 그 곁에서 말을 달리는 팔리탐 지소어가 있었다.


소발굽 바위는 그 생김새가 소의 발처럼 생겼다 해서 붙은 이름이다. 소의 발굽은 말의 발굽과 달리 가운데가 갈라져 두 개로 이루어져 있는데 소발굽 바위 또한 가운데가 크게 갈라져 있다.

그 갈라진 곳의 간격은 15미터쯤 되며 그 사이로 낮은 곳에 계곡 물이 흘렀다.

두 개의 바위 중 북쪽에 있는 바위 위에서 제국군 부위 틸러 달비는 지형을 둘러보았다. 그리고 틸러는 왜 회담 장소로 그곳이 선정되었는지 깨달았다. 두 바위 사이의 거리는 목소리를 높이면 대화가 가능할 정도였지만 결코 뛰어넘을 수 있는 거리는 아니다. 레콘이라면 뛰어넘을 수도 있겠지만 아래에 물이 흐르는 곳에서 레콘은 결코 뛰지 않는다. 그리고 사이를 흐르는 물이 지형을 그렇게 만들어 놓았는지 한쪽 바위에서 다른 쪽 바위로 건너가려면 산 아래를 통해 몇 시간 정도 산행을 해야 했다. 따라서 두 바위 위에 사람이 선다면 이야기는 나눌 수 있겠지만 공격할 수는 없을 것이다. 서로를 믿기 어려운 회담자들에겐 안성맞춤인 회담 장소였다.

하지만 틸러는 노궁이나 투창이 동원된다면 공격이 불가능한 것은 아니라고 생각했다. 틸러는 산 아래쪽을 내려다보았다.

산 아래쪽, 틸러가 서 있는 북쪽 바위로 통하는 진입로에는 그의 소대원 중 절반 가량과 탈해, 쵸지, 정우가 서 있었다. 먼저 살펴보러 올라온 틸러가 두 팔로 동그라미를 그릴 경우 탈해는 번뜩이에 정우를 태우고 날아오기로 되어 있었다. 그래서 그들은 틸러를 유심히 바라보고 있었다.

틸러의 팔이 움직였다. 하지만 그는 동그라미를 그리지 않았다. 잠시 후 틸러를 올려다보던 사람들은 그의 정신이 어떻게 된 것이 아닌가 의심했다. 틸러는 두 팔을 휘두르고 앞으로 뛰었다 뒤로 뛰었다 했다. 사람들은 틸러가 무엇인가와 싸우는 모습을 보여 준다고 생각했다. 쵸지가 말했다.

"저 친구 헛것과 싸우고 있는 것 같은데?"

탈해는 당혹한 표정으로 정우를 내려다보았다. 그때 정우가 말했다.

"방패 주세요."

틸러의 소대원들은 정우를 바라보았다. 그중 선임자가 말했다.

"방패라고 하셨습니까, 각하?"

"예? 예, 그래요. 틸러가 방패를 가져오라고 하잖아요?"

탈해와 소대원들은 헛것과 싸우고 있는 틸러를 다시 올려다보았다. 그러고 보니 그는 오른팔을 휘둘렀다가 왼팔로 무엇인가를 막는 동작을 하고 있었다. 하지만 그것이 어떻게 방패를 가져오라는 뜻이 되는지 그들은 알 수 없었다. 한 병사가 시험 삼아 자신의 방패를 들어 정우에게 건넸다. 그러자 틸러는 머리 위로 동그라미를 그려 보였다. 병사들은 감탄한 얼굴로 정우를 바라보았다.

정우와 탈해는 번뜩이 위에 올랐다. 번뜩이는 푸드덕 날아올라 빠른 속도로 틸러가 서 있는 바위로 접근했다. 틸러는 날개 바람에 날려 가지 않도록 한쪽 무릎을 꿇고 자세를 낮추었다. 탈해는 방패를 든 정우를 바위 위에 내려놓고 다시 날아올랐다.

번뜩이가 원래 위치로 돌아간 다음 틸러는 일어섰다. 정우는 두 손으로 힘겹게 방패를 들고 있었다. 틸러는 그것을 받아 들고 말했다.

"투사 무기를 가지고 오면 골치 아플 것 같아서요."

정우는 어깨를 으쓱였다. 틸러는 바닥을 가리켰다.

"춘부장께서 오실 때까지 앉아 계세요."

"어디서 저격할까 봐?"

"서서 기다리면 다리 아프시잖습니까."

정우는 부드럽게 웃고 바닥에 앉았다. 틸러는 저격이 있기는 어려울 거라 생각했다. 소발굽 바위는 꽤 뾰족한 산꼭대기에 있었고 아래에서 바위산 위쪽을 저격하는 것은 쉽지 않았다. 중력 때문에 속도가 줄어드니 파괴력도 떨어진다. 하지만 틸러는 작은 위험도 무릅쓰고 싶지 않았다. 이 회담을 받아들여야 한다고 주장한 사람은 틸러였으므로, 그는 정우에게 긁힌 상처 하나도 나지 않게 할 작정이었다.

대부분의 사람들은 회담에 반대했다. 군정 출신이 주를 이루는 정우의 신하들은 아이저에게 별 호감이 없었다. 그들은 아이저가 해야 할 일은 회담이 아니라 무기를 버리고 규리하 성으로 찾아오는 것이라고 주장했다. 정우는 엘시의 의견을 궁금해했지만 엘시는 이것이 규리하의 내정 문제라고 판단하고 개입하지 않았다. 대장군이 생각하기에 규리하의 지배자가 규리하 내에서 누구를 만나거나 말거나 하는 것은 그녀 자신이 결정할 일이었다.

하지만 틸러는 규리하의 문제든 뭐든 자신은 알 바 없고 할 말은 해야겠다고 생각했다. 그가 보기에 아이저와 정우의 문제는 서로 만난 이후로, 그러니까 정우가 태어난 이후로 한번도 제대로 된 대화를 하지 못했다는 것이다. 틸러는 딸을 서슴없이 죽이려 했던 아이저의 태도 또한 그런 상황에서 이해할 수 있는 것이라고 생각했으며 양자가 취해야 할 가장 시급한 행동은 대화라고 믿었다. 정우는 틸러의 의견을 받아들여 회담에 나서기로 했다.

그리고 이 바람 세찬 바위산 위에서 회담 결정에 대해 더 후회하고 있는 사람은 틸러였다. 틸러는 사방에서 화살이 날아올 거라 믿는 사람처럼 행동했다. '당신이 회담을 받아들이자고 주장

했잖아요.'라고 말하듯이 웃는 눈으로 틸러를 바라보던 정우는 고개를 돌려 남쪽 하늘을 배회하는 태양을 살폈다.

"정오가 되려면 시간이 좀 남아 있는 것 같네요. 당신도 앉지 그래요?"

"아뇨, 괜찮습니다. 서 있어야 잘 보이니까요."

"비무장 회담인데 방패를 들고 있어도 괜찮을까요?"

"그걸 지적당하면 방패는 무기가 아니라고 주장할 겁니다."

"아버지는 무슨 말씀을 하실까요?"

"모르겠습니다. 그냥 그분을 아시려고 노력하세요. 제게 그러시지 않으셨습니까? 누군가를 알면 그를 이해시킬 수 있다고 믿는다고."

정우는 고개를 가로저었다.

"믿고 싶다고 했지요. 그건 달라요."

틸러는 남쪽에 있는 바위를 향해 서서 정우를 곁눈질했다.

"아직 믿지 못하십니까?"

"틸러, 아버지에게 규리하를 돌려드리고 제가 즈믄누리로 돌아가면 어떨까요?"

틸러는 움찔했다. 그러나 그가 대답을 가다듬기도 전에 정우가 말했다.

"저는 왜 규리하를 다스리고 있지요? 황제 폐하께서 그것을 원했기 때문이지요. 제가 그것을 원한 적은 없어요. 하지만 지금은 황제 폐하께서 안 계시죠. 그런데 제가 원하지도 않는 규리하 변경백위를 계속 유지해야 할까요? 저는 고민스러웠어요. 그런데 제국군이 왔지요. 힘들어 죽을 것 같은 얼굴을 한 대장군님과 함께."

정우는 뺨을 쓰다듬었다. 높은 바위산 위를 치달리는 바람은 사나웠다.

"만약 제국군이 돌아오지 않았다면 전 도망쳤을지도 몰라요. 도망친 태위님처럼 말이에요. 하지만 제국을 잃어버린 군대가 왔어요. 제국을 되찾고 싶으니 도와달라면서. 저는 그러라고 했어요. 힘들어 보여서. 대장군님에겐 제가 변경백인 것이 편하시겠지요. 그래서 계속 변경백으로 남아 있었어요. 그런데 제국을 되찾으려면 대장군님과 제국군은 떠나야 해요. 저는 제국군을 전송할 수 있어요. 안녕, 잘 가요. 가서 잃어버린 제국을 꼭 되찾으세요. 그런데 발케네군이 쳐들어왔어요. 제국군은 떠나지 못했지요."

정우는 갑자기 얼굴을 기묘하게 일그러뜨렸다.

"그런데 말이지요. 태위님이 가, 가, 가물치를…… 우하하하!"

정우는 배를 부여잡고 웃었다. 틸러는 따라 웃으려 했지만 어쩐지 웃음이 잘 나오지 않았다. 정우는 허리를 꺾은 채 웃다가 눈물이 그렁해서 말했다.

"태위님은 발케네군의 진군 속도를 늦추며 기다리면 제국을 되찾을 수단을 보내겠다고 했어요! 그게 뭘까요? 정말 궁금해요. 어쨌든 니어엘 헨로 수교위는 그 수단이 도착할 때까지 시간을 끌어 주겠지요. 그리고 그 수단이 도착하면 대장군님은 규리하를 떠날 수 있겠지요. 제국을 되찾으러요."

정우의 목소리가 조금씩 가라앉았다.

"예, 대장군님과 제국군은 떠나겠지요. 그 다음에도 제가 계속 변경백이어야 할 이유가 있나요? 저는 그런 이유가 있는지 모르겠어요. 그런데, 봐요. 누가 일부러 준비한 것처럼 때맞춰 아버지가 규리하로 돌아왔어요. 와!"
"와."
"예. 와! 틸러, 세상이 제게 이렇게 말하는 것 같지 않아요? 귓속에 메아리가 들리는 것 같아요. 정우야으야으…… 그동안 수고했다으다으…… 이젠 변경백위를 아버지에게 돌려드리고 즈믄 누리로 돌아가라으라으……."

틸러는 어떤 반응을 보여야 할지 알 수 없었다. 정우는 그를 웃기려는 것 같으면서도 웃음 같은 것을 듣고 싶지 않다는 표정을 짓고 있었다. 그래서 틸러는 입을 다문 채 가만히 기다렸다.

정우와 틸러는 알지 못했지만 그곳에는 세 번째 사람이 있었다. 그리고 그 사람도 자신이 어떤 반응을 보여야 할지 알 수 없었다. 그 사람은 도깨비감투를 쓴 채 틸러와 정우에게서 조금 떨어진 위치에 앉아 있던 헤어릿 에렉스였다.

헤어릿은 정우나 틸러가 위험해서 다가오지 않을 바위 끄트머리에 앉아 두 사람을 보고 있었다. 그녀는 이이타에게 규리하를 되찾아주겠다고 약속했고 회담 장소에서 정우를 억류할 생각이었다. 그 후에 이곳에 나타날 아이저 규리하에게 정우를 넘겨주면 가장 적은 노고로 목적을 이룰 수 있다. 헤어릿의 고려는 그러했다. 하지만 지금 그녀는 상당히 혼란스러웠다.

그녀는 비셀스 규리하라는 사람이 어떤 자일지 깊이 생각해 두지 않았다. 헤어릿이 알고 있는 비셀스는 아이저를 거꾸러뜨린 황제가 엘시 에더리에게 규리하를 주기 위해 찾아낸 아이저의 버린 자식이었다. 간단히 요약하자면 필요성 때문에 갑자기 부각된 혈육이라고 할 수 있다. 따라서 헤어릿은, 멍청하기 때문에 자신이 이용당하는 줄도 모른 채 벼락출세에 흥분한 여자를 만날 거라고 생각했다. 하지만 정우는 그렇지 않았다. 정우는 변경백위에 눈곱만큼의 애정도 없지만 사람들이 불편해할까 봐 맡고 있었다는 식으로 이야기했다. 그것은 감정 이입을 일으키는 말이었다. 헤어릿은 발케네 공의 핏줄이라는 사실에 조금도 감사해 본 적이 없다.

갑자기 재채기가 나올 것 같았기에 헤어릿은 황급히 코를 막았다. 도깨비감투도 소리를 막아 주지는 않았다. 가까스로 재채기를 억누른 헤어릿은 팔리탐의 말을 생각했다.

팔리탐은 그녀가 인지되었다면 그녀에게 발케네를 줬을지도 모른다는 식으로 말했다. 헤어릿은 자신이 발케네 공이 된다면 어떠했을지 생각해 보았다.

헤어릿이 그 생각이 두렵다고 생각했을 때 틸러가 말했다.

"오는군요."

헤어릿은 남쪽 바위를 바라보았다. 15미터쯤 떨어진 그곳에 두 명의 남자가 걸어 올라오고 있었다. 헤어릿은 그중 한 사람이 아이저 규리하임을 알아보았다. 그 곁에는 십대 후반으로 보이는 남자가 틸러처럼 큰 방패를 든 채 따라오고 있었다. 이곳저곳에서 들은 이야기를 종합해 본 헤어릿은 그가 규리하 성에서 탈출했다는 시카트 규리하일 거라 짐작했다. 그녀는 짧게 고민한 다음 소리 죽여 칼집에서 단검을 꺼냈다. 그러나 일어나지는 않았다. 헤어릿은 부녀의 대화를 듣기로 했다.

아이저 규리하와 시카트 규리하가 바위 위에 섰다.


진지의 회의실에 앉아 있던 엘시는 척후로 나가 있던 주테카와 론솔피의 보고에 벌떡 일어났다. 그는 그대로 명령을 외치려 했다. 하지만 그의 입에서는 아무 말도 나오지 않았다. 그는 멍한 눈으로 시허릭 마지오 상장군을 바라보았다. 시허릭 또한 두 레콘의 보고에 충격을 받은 듯했다.

사라티본 부대가 달려오고 있다는 보고였다. 니어엘 헨로의 분투도 한계에 도달한 것이 분명하다. 그리고 태위가 보낸다는 것은 아직 도착하지 않았다. 엘시는 가물치의 옆구리에 씌어져 있던 태위의 편지 내용을 떠올렸다.

'발케네군의 도착을 지연시키며 기다리게. 제국을 되찾을 수단을 보내겠네.'

레이헬 라보 태위는 허튼소리를 할 인물이 아니다. 그를 믿고 더 기다려야 한다. 하지만 스카리는 엘시에게 시간을 주지 않았다. 엘시가 가진 병력을 모조리 동원하여 사라티본 부대의 앞을 가로막는다 해도 얻을 수 있는 시간은 한 시간도 되지 않을 것이다.

한 시간이라도 버티며 기다려야 하나? 그렇지 않으면 당장 부대 해체령을 내려 부대를 해산시켜야 하나? 엘시는 대답이 듣고 싶다는 눈으로 시허릭을 바라보았다. 시허릭은 엘시가 말하지 않은 질문을 이해했다. 대답은 분명하다. 그리고 시허릭은 자신의 입으로는 그 말을 할 수 없다고 생각했다. 장제황제는 항복하지 않는다.

시허릭은 자신에 대한 의심을 느꼈다. 자신이 이상한 생각을 한 것 같았다. 시허릭이 압박감 때문에 그런 것이라고 생각했을 때 엘시가 말했다.

"전 병력을 이동시킨다."

"어디로 이동합니까?"

"동쪽으로."

엘시는 군사 지휘자라기보다는 뱃사람처럼 말했다. 그래서 시허릭은 잠깐 동안 그 말의 의미를 알 수 없었다. 그러다가 갑자기 깨달았다.

사라티본 부대는 동쪽에서 오고 있었다.

"대장군님!"

"시간을 끌어서 태위를 도와야 한다. 가서 회담을 요청할 생각이다. 그러기 위해서라도 부대를 진격시켜야 한다. 싸우려는 것이 아니다. 회담을 하기 위해서다. 태위에게…… 그리고 규리하 공에게 시간을 주어야 한다. 론솔피! 규리하 공이 있는 곳으로 가서 빨리 그녀에게 돌아오라고 전하십시오."

론솔피는 대답도 하지 않고 달려갔다. 엘시는 뒤따라 움직이며 외쳤다.

"일단 움직여라! 배치는 가면서 하겠다. 주테카! 나를 따라오십시오!"

주테카는 비장한 표정으로 고개를 끄덕였다. 엘시와 주테카가 달려가는 모습을 보던 시허릭은 몸을 일으켰다. 그리고 자신도 거의 믿을 수 없는 명령을 내렸다.

규리하에 주둔하고 있던 발케네 점령군이 모두 동쪽으로 움직이기 시작했다. 그해 초 치천제와 락토 빌파의 대결로 시작되었던 전쟁이 개전 1년여 만에 전혀 다른 장소에서 엘시 에더리와 스카리 빌파의 대결로 결말을 지으려 하고 있었다.

그리고 시허릭은 그 결말이 두려웠다.

흙먼지가 자욱하게 일어나 하늘을 가렸다. 대지가 울리는 소리는 몇 십 킬로미터까지 퍼져 나갈 것 같다. 돌이 튀고 땅이 파헤쳐졌다. 사라티본 부대가 달리고 있었다.

팔리탐 지소어는 몇 시간째 계속된 기마행의 후유증에 고통스러워했다. 힌치오는 그가 처지지 않도록 사라티본 부대의 진격 속도를 상당히 느긋한 수준으로 유지했지만 그래도 팔리탐은 전력 질주에 가까운 속도로 달려야 했다. 어쩌면 규리하에 도달하기 전에 말이 쓰러질지도 모른다. 하지만 팔리탐은 잠시 멈춰 쉬자는 말은 꺼내지 않기로 했다. 고통을 잊기 위해 그는 자신에게 동기 의식을 부여하기로 했다. 그는 자신이 왜 규리하 성에 가는지 생각했다.

'암살의 주인을 위해.'

팔리탐은 스카리의 말을 떠올리고 이를 갈았다. 부술 수 있는 것은 다 부수고 죽일 수 있는 것은 모두 죽이라고 했다. 팔리탐은 그 명령을 수행하기 위해 달려가는 레콘들을 돌아보았다.

숲이 움직인다면, 그것도 해일처럼 움직인다면 이 모습과 같지 않을까. 말 위에 있는데도 팔리탐은 그들 중 가장 낮은 곳에 있었다. 레콘들은 가볍게 구보하고 있었지만 거기에 내재된 힘은 소름 끼치는 것이었다. 쿵쿵쿵쿵, 쾅쾅쾅쾅. 레콘들의 발소리는 음악적이다. 귀가 멀 것 같은 음악이다.

팔리탐은 재앙이라 할 수 있는 그 힘을 규리하 성으로 데려가야 한다. 어쩌면 새 제국이 잉태되고 있는지도 모를 그곳으로. 팔리탐은 답답했다. 가면이 너무도 답답했다. 그것을 떼어 던져 버리고 싶었다.

"따라오는데."

힌치오의 목소리였다. 팔리탐은 힘겹게 그를 바라보았다. 힌치오가 뒤를 흘끔거리며 말했다.

"우리 뒤를 따라오는 것이 둘 있어. 그중 하나는 하늘치야."

팔리탐은 그 말에 뒤를 슬쩍 돌아보았다. 곧 지평선 쪽에서 구름이 솟아나듯 솟아오르고 있는 하늘치의 모습을 보았다. 팔리탐은 하늘누리가 돌아오는 것은 아닐 거라 생각했고 그 판단은 옳았다. 날아오고 있는 하늘치의 등에는 도시 같은 것이 보이지 않았다. 팔리탐이 말했다.

"그러면 두 번째는?"

"지금은 보이지 않지만 인간들이 따라오고 있었어. 헨로 중대인 것 같아."

"헨로 중대?"

"그래. 저쪽, 우리 오른쪽 뒤편에서 달리고 있었어. 뒤처져서 지금은 안 보여."

"하긴 다급할 거요."

"또 무슨 장난질을 하는 거 아냐?"

"뒤처졌다면 괜찮을 거요. 그들은 기병이 아니라 보병이니까. 걱정하지 말고 갑시다."

힌치오는 고개를 끄덕이고 말했다.

"그러면 앞쪽에 있는 건 뭘까."

"앞쪽?"

"지평선 쪽에 먼지구름이 일어나고 있어. 뭔가 꽤 숫자가 많은 것이 움직이고 있나 봐."

"제국군이군요."

그랬다.

틸러 달비는 시카트 규리하를 향해 웃었다. 남쪽 바위 위의 시카트는 웃지 않았다. 그는 잡아먹을 듯한 눈으로 틸러를 마주 보았다. 틸러는 빙긋 웃고 왼손 손가락으로 허공을 쓱 훑었다. 그리고 그것을 입 쪽으로 가져왔다. 시카트는 그 동작을 무시하려 애썼지만 15미터나 떨어져 있어도 틸러는 시카트의 호흡이 급해진 것을 알 수 있었다. 틸러는 속으로 웃으며 아이저 규리하를 돌아보았다.

아이저는 허리에 손을 얹은 채 정우를 바라보았다. 그는 감식하는 눈으로 정우의 위아래를 바라보고 말했다.

"오래간만이구나, 비셀스."

"예. 좋은 꿈 꾸셨어요, 아버지?"

"괜찮았다. 그럭저럭."

"다행이에요."

정우는 어색해했고 그것은 아이저도 마찬가지였다. 틸러는 흥미진진한 표정으로 두 사람을 관찰했다. 아이저는 자신에게 심술이 난 사람처럼 말했다.

"이곳에 돌아와서 너에 대한 소문을 많이 들었다. 성을 파묻었다더구나."

"아, 예! 그러잖아도 아스캄으로 돌아가서 골케 남작님의 성을 파내야 하는 것이 아닌가 걱정하고 있어요. 하지만 이제는 레콘 부대가 없어서 참 곤란하네요."

"그러면 그 소문이 사실이라는 거냐?"

"사실인데요. 아, 제가 묻지는 않았고 엉겅퀴 여단의 레콘들이 묻었어요."

아이저 규리하는 입술 끝을 조금 꿈틀거렸다.

"하늘을 날아다닌다는 이야기도 들었다."

"아뇨. 환상 계단이었어요."

"하늘누리의?"

"예. 그런데 제게 질문을 많이 하시네요. 제가 어떻게 있는지 궁금하셨어요?"

"넌 네 아버지가 주지 않은 것을 제멋대로 가졌다."

아이저의 말에 시카트가 단호한 표정을 지었다. 그는 이글이글 타는 눈으로 누나를 노려보았다. 정우가 나직하게 말했다.

"시카트, 그 눈 안 예뻐. 아버지, 제가 가질 수 있도록 아버지께서 주신 것이 있기는 있나요? 아버지는 제 목숨도 제가 가져선 안 된다고 생각하시는 것 같은데요. 제 생각이 틀렸나요?"

아이저는 잠시 침묵했다가 말했다.

"네 목숨은 네 것이고 다른 사람이 그것을 좌지우지할 수는 없다, 비셀스. 하지만 규리하가 원하면 그것을 내놓아야 한다."

"아버지가 원한 것이 아니었나요?"

"규리하가 원한 것이다."

"죄송하지만 저는 규리하가 제게 그런 이야기 하는 것 듣지 못했어요."

"여기에 농담이나 나누려고 나온 거냐?"

"그건 정말 오해세요. 저는……."

정우는 말을 멈추었다. 그녀는 두 손을 들어 자신의 손바닥을 보았다. 마치 그곳에 책이 한 권 있는 것처럼 손바닥을 바라보던 정우는 고개를 가로저었다. 그리고 먼 곳을 멍하니 바라보았다.

그녀가 돌아서지 않았다.

정우는 지나치게 오랫동안 허공을 바라보았다. 아이저가, 시카트가, 그리고 틸러와 헤어릿이 차례로 고개를 돌렸다. 그들은 정우가 무엇을 보고 있는지 알아보려 했다. 곧 그것이 무엇인지 알 수 있었다. 저 먼 곳에서 하늘치 한 마리가 날아오고 있었다. 정우가 보고 있는 것은 그 하늘치였다. 세 남자와 보이지 않는 한 여자는 의아해했다. 하늘치의 모습이 볼 만한 것이긴 하지만 정우가 그토록 오랜 시간 동안 침묵할 이유 같지는 않았다. 마침내 더 기다릴 수 없었던 아이저가 말했다.

"비셀스."

정우는 꼼짝하지 않았다. 그녀는 여전히 멍한 얼굴로 하늘치만 바라보았다. 아이저는 한 번 더 정우를 불렀다.

"비셀스!"

"아버지!"

정우는 몸을 홱 돌려 아버지를 바라보았다. 아이저는 정우의 얼굴이 환하게 빛나는 것을 보았다. 정우는 웃음을 터뜨리고 싶다는 표정으로 말했다.

"죄송해요, 아버지. 다음에…… 이야기는 다음에 계속해야겠어요. 지금은 꼭 가 봐야 할 일이 있어요."

"어디를 간다는 거냐?"

"어디가 아니라 누구예요."

"누구에게 간다는 거냐?"

"제 신랑 찾아 주기로 한 사람에게요."

정우가 날아올랐다.

틸러가 황급히 손을 뻗어 정우의 허리를 안으려는 몸짓을 취한 것은 그런 일이 일어날지도 모른다는 희미한 예감 같은 것이 있었기 때문이다. 하지만 그 동작은 충분히 빠르지 못했다. 틸러는 놀랍다기보다 안타까워하는 얼굴로 하늘을 쳐다보았다. 그리고 틸러가 느낀 예감 같은 것은 가지고 있지 않았던 아이저 규리하와 시카트 규리하는 충격으로 얼이 빠졌다. 그들이 들었던 말도 안 되는 풍문이 사실이었다는 것을 안 두 사람은 몸을 떨며 신음을 흘렸다.

바위산 위로 높이 날아오른 정우는 아래쪽을 향해 손을 흔들었다. 시카트와 아이저는 아무 반응도 보이지 못했고 틸러는 체념한 얼굴로 손을 마주 흔들었다.

"곧 따라가겠습니다!"

그리고 틸러는 바위산 아래로 뛰어 내려갔다. 아이저는 틸러를 붙잡고 어떻게 된 것인지 묻고 싶었지만 그가 지정한 회담 장소의 특성 때문에 그것은 불가능했다. 아이저는 손톱을 물어뜯고 싶은 기분 속에서 하늘에 떠 있는 딸을 바라보았다.

정우는 규리하 성을 향해 매처럼 빠른 속도로 날아갔다. 그것은 분명히 비행이었고 아이저가 사람에게서 볼 수 있으리라고 한 번도 생각한 적 없는 모습이었다. 아이저는 저도 모르게 가슴을 움켜쥐었다.

그리고 아이저나 시카트는 알지 못했지만, 헤어릿 에렉스 또한 그들만큼이나 경악했다.


엘시는 달리는 병사들 앞으로 말을 달리며 계속해서 지시를 내렸다. 그러자 엉성하나마 진형이 갖추어졌다. 그것이 가능했던 것은 엘시의 탁월한 용병술 때문이며 제국군의 높은 훈련도 때문이기도 하다. 분명히 그 행동 하나만은 찬사받을 만하다. 하지만 그 밖에는 찬사받을 만한 것이 별로 없었다. 진형을 갖추고 다시 병사들 앞쪽으로 돌아왔을 때 엘시는 앞쪽 지평선에서 피어오르는 흙먼지를 보았다. 흙먼지의 크기에서부터 압도적인 차이가 났다. 엘시는 말없이 손을 움직여 속도를 서서히 늦추라고 지시했다.

제국군의 속도가 줄어들었다. 달리던 것이 서서히 걷는 수준으로, 그리고 마침내 멈춰 섰다. 장병들은 엘시가 구축한 진형대로 서서 맞은편에서 다가오는 흙먼지를 불안한 눈으로 바라보았다. 엘시는 그들에게 기운을 내라는 연설이라도 한마디 해야 하나 생각했지만 사라티본 부대의 접근 속도로 볼 때 그럴 시간이 없을 듯했다. 입술을 깨문 채 앞을 바라보던 엘시는 곁에 있는 주테카에게 말했다.

"주테카, 멈춰 서서 회담을 하자고 계명성으로⋯⋯."

"대장군님!"

엘시는 숨이 멎을 만큼 놀랐다. 그것은 정우의 목소리였다. 엘시는 주위를 두리번거렸다. 하지만 정우의 모습은 보이지 않았다. 그때 엘시는 장병들이 그의 머리 위쪽을 보고 있음을 깨달았다. 엘시는 고개를 들었다. 그리고 그의 위쪽 몇 미터쯤 되는 곳에 떠 있는 정우를 발견했다.

"저, 정우?"

엘시는 말에서 떨어지지 않기 위해 고삐를 바짝 부여잡고 발에 힘을 주었다. 빠르게 호흡하며 침착을 되찾은 그는 못 믿겠다는 얼굴로 정우를 바라보았다. 그녀는 손뼉을 치며 말했다.

"역시 태위님이 보내 주셨어요!"

"예?"

"대장군님과 제국군을 규리하 바깥으로 데려다 줄 것이오."

"예?"

"아, 참. 말씀 안 드렸군요. 저 움직일 줄 알아요."

"예?"

엘시는 여기서 영원히 '예?'만 반복해야 하는 게 아닌가 하는 걱정을 느꼈다. 정우는 방긋 웃고 위쪽으로 명랑하게 손을 흔들었다.

"이리 와! 착하지. 이리!"

하늘에서 강아지가 뛰어내려 올지 모른다고 생각했던 엘시는 조금 후 급한 기침을 내뱉었다. 그리고 형태는 다르지만 그 취지는 대장군의 그것과 비슷한 다양한 반응들이 제국군의 장병들 사이에서도 경쟁적으로 일어났다.

정우의 손짓에 따라 하늘에서 서서히 내려오고 있는 것은 하늘치였다.


힌치오는 멈추라는 명령을 내린 기억이 없었다. 하지만 사라티본 부대의 병사들은 모두 제자리에 멈춰 있었다. 힌치오는 그것을 탓할 생각이 없었다. 그는 한 손으로 벼슬을 주무르며 애타게 말했다.

"저게 뭐야? 저 하늘치가 왜 자꾸 내려오는 거야?"

그 말투는 누구에게서든 동정심을 잔뜩 끌어낼 만큼 애달팠지만 아무도 그 질문에 대답하지 않았다. 하지만 힌치오는 계속 질문했다. 그럴 수밖에 없었다. 마침내 팔리탐이 쉰 목소리로 말했다.

"힌치오."

"아, 대답해 주려고?"

"아니요. 한 가지 말하고 싶은 것이 있는데."

"뭔데?"

"우리 상당히 외로운 것 같지 않소?"

힌치오는 그 말에 주위를 둘러보았다. 팔리탐의 말이 맞았다. 그들 주위에는 아무도 없었다. 당황하여 뒤를 돌아보니 레콘들이 슬금슬금 물러나고 있었다. 사라티본 부대의 레콘들이 물러나고 있는 것이다. 힌치오는 영문을 알 수 없었다. 그는 다시 앞을 바라보았다. 앞에서는 그냥 하늘치가 날아 내려오고 있을 뿐······.

하늘치가 날아오고 있다고? 낮은 궤도로?

그것은 하늘누리가 아니다. 따라서 물을 뿌릴 수 없다. 그 위에 레콘 여단이 타고 있는 것도 아니다. 따라서 그들을 겨냥한 낙석이 일어날 리는 없다. 하지만 그것은 하늘치다. 하늘을 나는 산과도 같이 거대한 생물이다. 만약, 정말 만약의 경우지만, 하늘치가 머리를 쓰다듬으면 어떻게 될까.

다음 순간 팔리탐은 힌치오의 의리를 갈비뼈로 느끼게 되었다. 힌치오는 말 위에서 팔리탐을 낚아챈 다음 뒤로 도망치기 시작했다. 말을 타고 도망치는 것보다는 힌치오 자신이 데리고 가는 것이 더 빠르다는 생각에서 취한 행동이지만, 팔리탐은 당장은 고마워하기 어려웠다. 몸이 부서질 것처럼 아팠기 때문이다. 팔리탐은 비명을 질렀지만 그 비명은 힌치오의 계명성에 파묻혔다.

"도망쳐—!"

레콘들은 비명을 지르며 달려왔던 길로 도망쳤다. 질풍 같은 속도였다.


아라짓력 31년 11월 9일, 규리하 성을 향해 돌진하던 사라티본 부대는 어딘가에서 갑자기 나타난 하늘치 때문에 도주하게 되었다. 발케네군의 본진으로 귀환한 레콘들은 한결같이 그 하늘치가 지극히 '공격적인' 비행을 했다고 주장했지만 그들과 동행하던 팔리탐 지소어는 약간 주저하며 그 하늘치가 단지 하강하려 했던 것이 아닐까 하는 의견을 내놓았다. 하지만 그 또한 상황을 제대로 관찰하기엔 애로 사항이 많았기에 자신의 의견을 강변하지 못했다. 스카리 빌파는 어처구니없어 하다가 겨우 정찰병들을 파견했다.

그리고 뒤이어 들려온 소식은 기겁할 만한 것이었다. 낮게 내려온 하늘치는 지상에서 몇 십 미터쯤 되는 높이에 멈춰 섰으며, 제국군들이 그 등 위로 올라가기 시작했다는 것이다. 발케네군의 수뇌부는 어디로 가 버릴지 모르는 하늘치의 등에 올라가다니 제국군이 자살 여행을 하려는 것이 아닌가 하는 말을 주고받았다. 그리고 그런 말을 주고받으며 장수들은 상대방의 눈 속에 담겨 있는 자신과 똑같은 의심을 읽었다. '설마…… 그들이 두 번째 하늘누리를 찾아낸 것은 아니겠지?'

아무도 그 의심을 입 밖으로 꺼내어 말하지는 않았지만, 발케네군의 장병들은 모두 그 의심에 대해 알고 있었다. 그래서 세 번째 보고가 들어왔을 때 그들은 통제할 수 없을 만큼 놀라지는 않았다. 제국군 중 환상 계단을 다룰 줄 아는 자들의 탑승이 끝나자 하늘치가 갑자기 뒤로 방향을 돌려 그들을 향해 날아온다는 것이었다. 정찰병의 보고가 도달하고 나서 얼마 후 발케네 병사들은 두 눈으로 직접 그 모습을 목격하게 되었다.

서쪽 하늘에서 나타난 하늘치는 그들의 머리 위를 유유히 지나쳐 갔다. 아래쪽에서는 그 위에 있는 것을 볼 수 없었기에 발케네군은 그 위에 제국군이 타고 있는지 확인할 수 없었다.

그런데 마치 그들의 고민을 덜어 주기라도 하듯 하늘치의 등 위에서 딱정벌레 한 마리가 뛰쳐나왔다.

딱정벌레는 발케네군의 머리 위로 곧장 내려왔다. 그리고 충격과 의혹으로 굳어 버린 발케네군 사이에 내려선 딱정벌레에서 도깨비 한 명이 뛰어내렸다. 도깨비는 주위를 둘러보다가 가장 가까이 있는 병사에게 봉투 하나를 내밀었다. 병사가 얼떨결에 그것을 받아 들자 도깨비는 싱긋 웃고 다시 딱정벌레를 타고 날아올랐다. 그리고 그것은 하늘치 위로 사라졌다.

잠시 후 마비 상태에서 풀려난 병사는 그 봉투를 가지고 발케네군의 지휘부로 달려갔다. 그곳에서 기다리던 스카리는 봉투 속에서 도깨비지 한 장을 꺼냈다. 그 위에는 짤막한 글이 씌어져 있었다.

'나는 제국군의 상황을 살펴보러 갑니다. 발케네로 돌아가 귀족원 회의를 기다리시오. 엘시 에더리.'

스카리는 숨이 막혔다. 엘시 에더리는 발케네로 돌아가지 않으면 제국군을 모두 데리고 돌아와 치겠다는 협박을 한 것이다.

잠시 후 스카리는 멈췄던 호흡을 욕설로 토해 내기 시작했다.

다음 날 아침.

지러쿼터 산맥 동쪽에서는 작별이 이루어지고 있었다. 작별에 참석한 사람은 많았지만 그 주역은 엘시 에더리와 정우 규리하였다.

엘시는 아쉬운 표정으로 하늘에 떠 있는 하늘치를 바라보았다. 그 하늘치를 타고 제국군을 규합하러 다닌다는 것은 매력적인 생각이었지만 몇 가지 이유에서 그 계획은 불가능했다. 하늘치를 조종할 수 있는 것은 정우뿐이었다. 그리고 정우는 규리하로 돌아가야 했다. 그리고 정우가 그들과 함께 떠난다고 해도 여전히 그 하늘치는 적절한 탑승 수단이 되지 못했다. 온갖 편의 시설이 갖춰져 있는 하늘누리와 달리 그 위에는 추위를 막아 줄 집도 없고 기본적인 급수 시설도 없었다. 그 위로 음식과 물을 계속 실어 올리는 것은 끔찍한 일이 될 것이다. 그리고 병사 개인이 지참할 수 있는 음식과 물만 가지고 다닌다면 그 거대한 몸이 쉴 새 없이 오르락내리락해야 할 것이다. 모든 면에서 불편함이 더 많다.

엘시는 아쉬움을 가누고는 정우를 바라보았다. 정우는 모든 사람에게 관심을 받고 있었지만, 특히 야리키에게 지대한 관심을 받고 있었다.

그들이 탄 하늘치의 등 위에는 엘시가 소환했지만 오지 않았던 레콘 야리키가 있었다. 야리키는 하늘치의 등 위에서 많은 시간을 보냈기 때문에 부른 줄 몰랐다고 대답했고 그 사실에 별로 신경 쓰지도 않았다. 야리키는 정우에게 연모에 가까운 관심을 보내어 그녀를 당황시키고 있었다. 그는 정우에게 간절히 원하는 것이 있는 것 같았다. 하지만 그것이 무엇인지는 말하지 않았다.

"천천히 말하지, 엘시. 나 불렀다는데, 미안하지만 나 이 아가씨 옆에 있어야겠는데?"

"나는 괜찮습니다. 당신을 불러 해결하려 했던 일은 이미 끝났으니까요. 정우 곁에 있어도 되는지는 본인에게 물어보십시오."

정우는 좋다고 했고 그제야 겨우 야리키에게서 풀려났다. 엘시는 정우에게 말했다.

"덕분에 발케네군의 저항을 받지 않고 지러쿼터 산맥을 넘었습니다. 하지만 우리가 떠난 이후 발케네군이 우리를 따라올까요? 서신을 보내긴 했습니다만."

밤새도록 싸늘한 하늘치 위에 있었던 정우는 두 팔로 가슴을 끌어안은 채 와들와들 떨며 말했다.

"좋게 생각해야지요. 으하…… 춥다. 감기 들겠어요."

엘시는 걱정스러운 표정으로 정우를 바라보았다.

"번뜩이를 타고 돌아가신다고 했지요?"

"예. 번뜩이가 있는데 겨우 저 한 명 태워 달라고 하늘치에게 또 부탁하기는 어렵네요. 야리키는 달려와야겠어요."

"딱정벌레 위도 꽤 추울 텐데요."

정우의 얼굴이 울상이 되었다. 걱정스럽게 그 모습을 보던 엘시가 갑자기 자신의 이마를 딱 짚었다.

"탈해, 자네의 도깨비불로 정우를 감싸 드리면 되잖나? 적당히 따뜻한 불로. 왜 지난밤에는 그 생각을 못했지?"

눈을 동그랗게 뜬 채 엘시를 보던 탈해가 그만 고개를 확 숙였다. 정우는 지난밤 내내 그 생각을 떠올리지 못한 것은 모두 마찬가지 아니냐는 듯이 웃으며 탈해의 손을 두드리고 다시 자신의 몸을 끌어안았다.

"돌아갈 때 그러면 되겠네요. 고마워요, 대장군님. 그럼 빨리 가셔야지요? 만약 발케네군이 쫓아온다면 레콘 부대는 굉장히 빨리 올 텐데."

"예, 알겠습니다."

정우는 왼손으로는 여전히 몸을 감싼 채 오른손을 내밀었다. 엘시는 그 손을 바라보다가 그것을 마주잡았다. 정우가 말했다.

"제국을 찾아오세요, 대장군님."

"제국을 찾아오겠습니다, 정우."

정우는 빙그레 웃었다.

"그리고 시간 나시면 제 신랑도요. 약속하셨죠?"

"꼭 찾아오겠습니다."

정우는 환하게 미소 짓고 엘시의 손을 놓았다. 그녀는 탈해에게 다가가 폭 안기듯 그 겨드랑이에 파고들었다. 그들은 딱정벌레 번뜩이에 올라탔고 번뜩이는 곧장 하늘로 날아올랐다. 그리고 야리키는 엘시에게 가볍게 손을 흔든 다음 지러쿼터 산맥을 향해 달렸다.

그 모습을 바라보던 엘시는 몸을 돌렸다.

반대편에는 오만 명의 제국군이 기다리고 있었다. 원래 발케네 정벌군의 병력은 구만이었지만 이제 그의 곁에 남아 있는 것은 그 절반 정도였다. 엘시는 그들을 둘러보다가 말했다.

"그럼, 제국을 찾으러 가자."

# 피를 마시는 새 4

1판 1쇄 펴냄 2005년 7월 8일
1판 22쇄 펴냄 2022년 11월 25일

**지은이** | 이영도
**발행인** | 박근섭
**편집인** | 김준혁
**펴낸곳** | 황금가지

**출판등록** | 2009. 10. 8 (제2009-000273호)
**주소** | 06027 서울 강남구 도산대로 1길 62 강남출판문화센터 5층
**전화** | **영업부** 515-2000 **편집부** 3446-8774 **팩시밀리** 515-2007
**홈페이지** | www.goldenbough.co.kr

도서 파본 등의 이유로 반송이 필요할 경우에는 구매처에서 교환하시고
출판사 교환이 필요할 경우에는 아래 주소로 반송 사유를 적어 도서와 함께 보내주세요.
06027 서울 강남구 도산대로 1길 62 강남출판문화센터 6층 민음인 마케팅부

ⓒ 이영도, 2005. Printed in Seoul, Korea

ISBN 978-89-8273-935-4  04810 (4권)
ISBN 978-89-8273-931-6  04810 (세트)

㈜민음인은 민음사 출판 그룹의 자회사입니다.
황금가지는 ㈜민음인의 픽션 전문 출간 브랜드입니다.

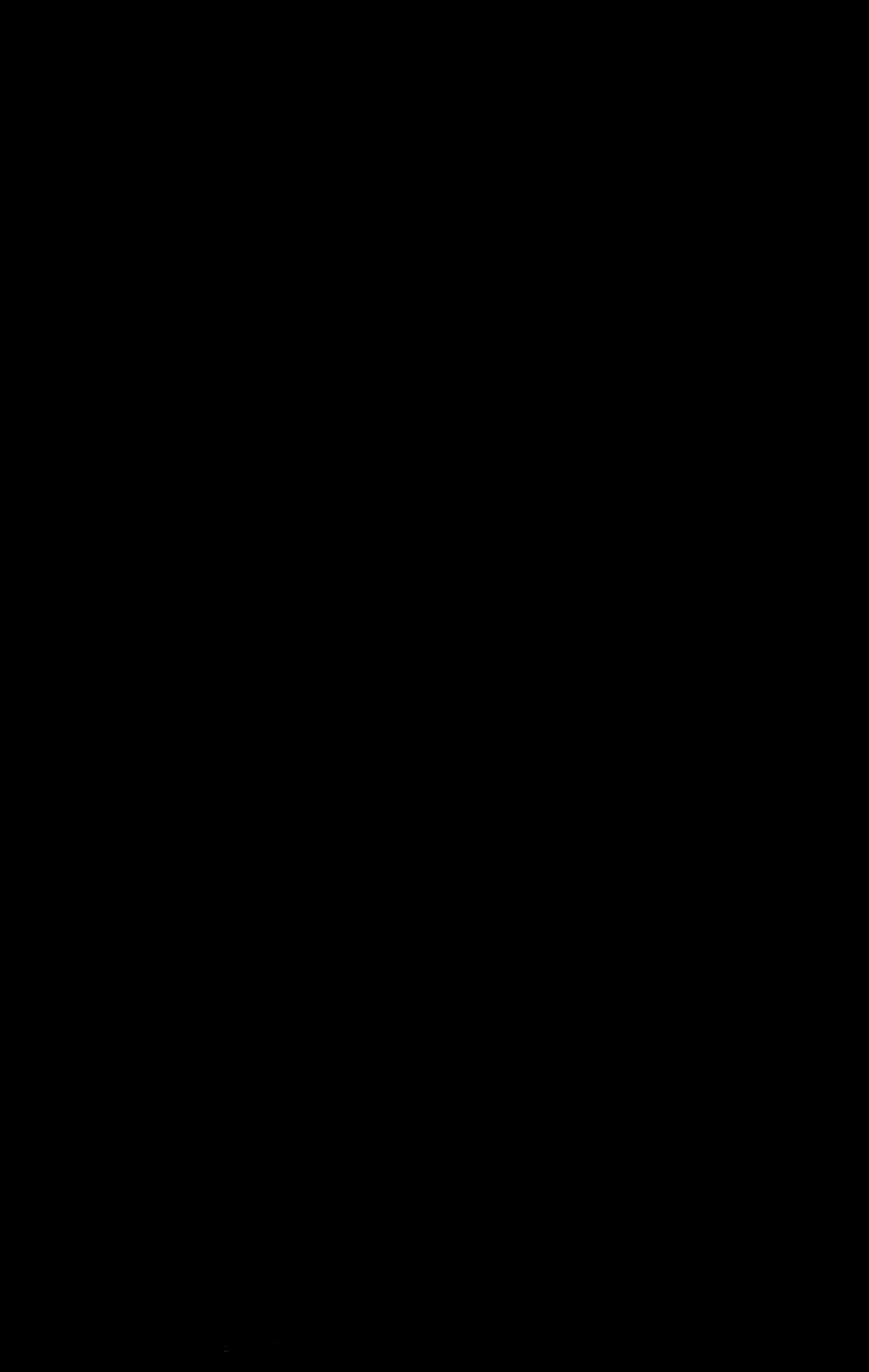

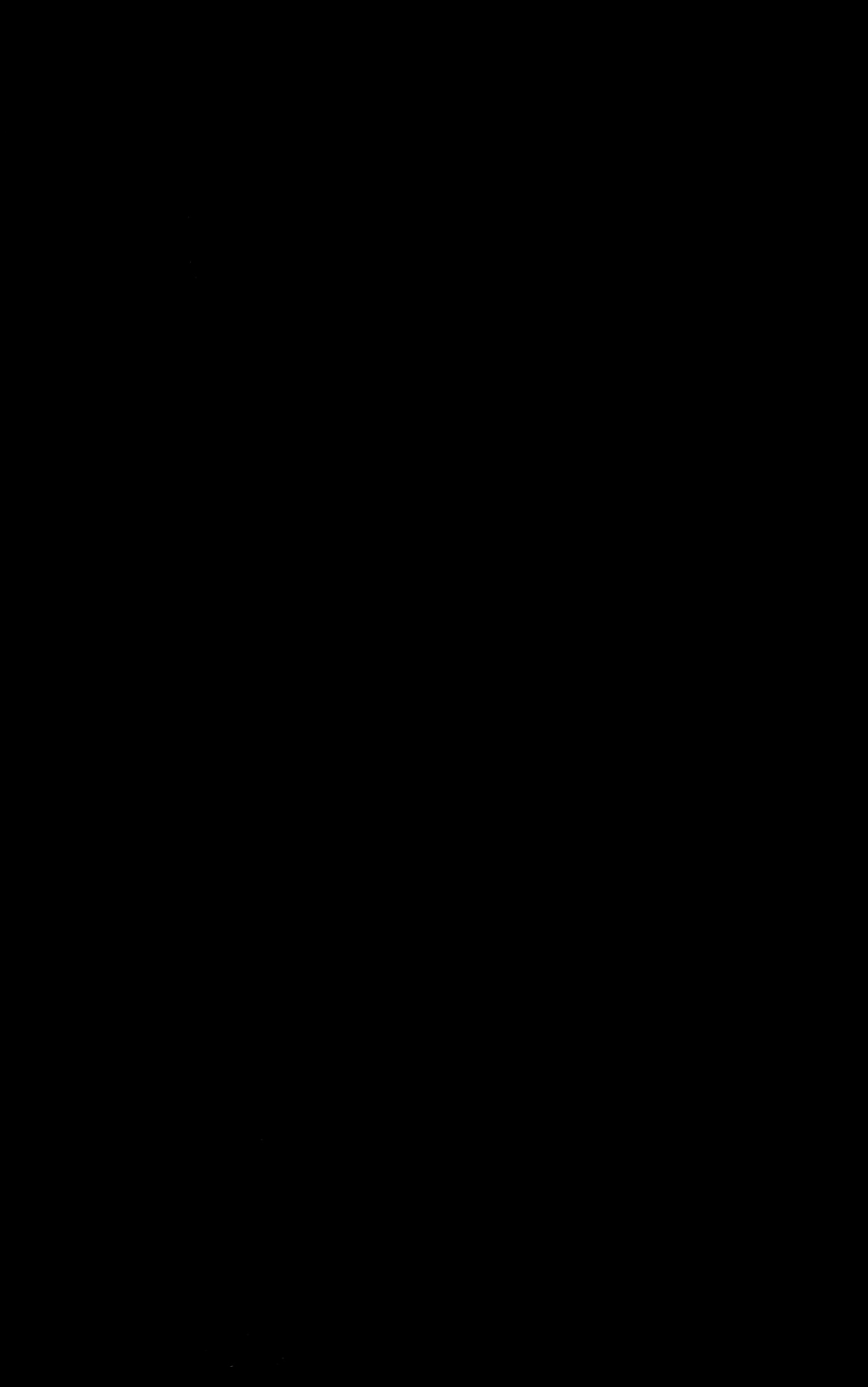